Sonderseiten

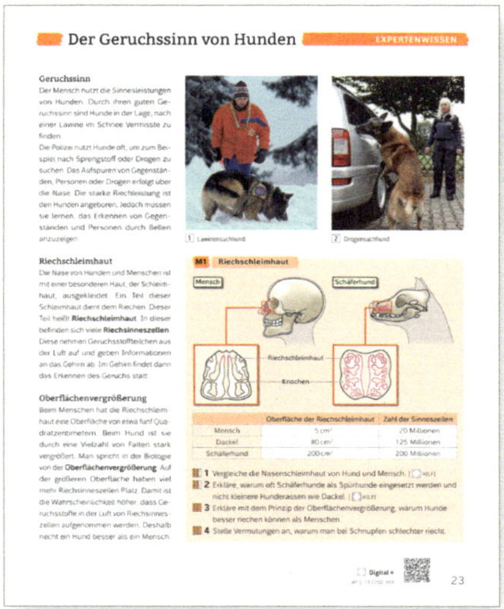

Expertenwissenseiten erweitern und vertiefen bestimmte Themen des Kapitels.

Methodenseiten stellen wichtige Methoden vor und zeigen dir, wie du sie anwenden kannst.

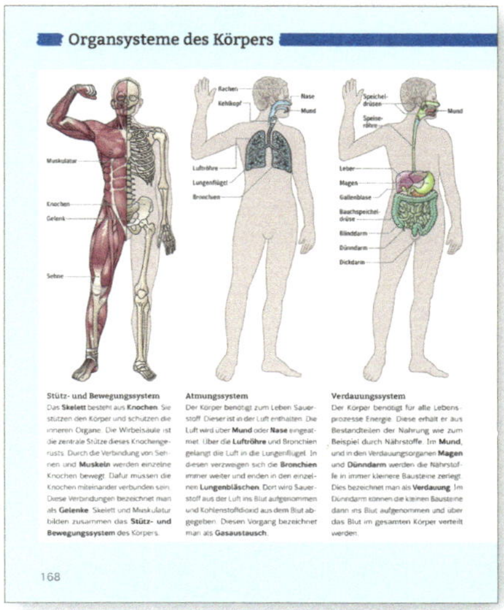

Auf-einen-Blick-Seiten vernetzt verschiedene Themen des Kapitels miteinander.

Kapitelabschluss

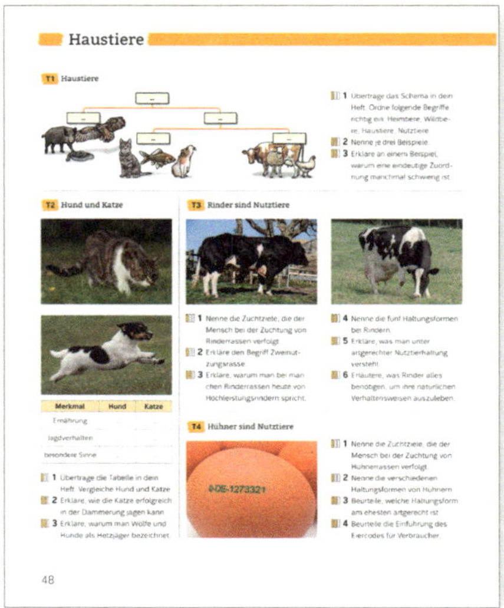

Trainer bieten dir Aufgaben, mit denen du dein Wissen anwenden und vertiefen kannst.

Abschlussaufgaben bereiten dich mit vernetzten Aufgaben optimal auf Klassenarbeiten vor.

Zusammenfassungen bieten dir einen Überblick über die wichtigsten Inhalte des Kapitels.

westermann

blickpunkt.

NATURWISSENSCHAFTEN

5/6

Eine Neubearbeitung von 978-3-14-188000-7, erarbeitet von: Sandra Adamitzki, Horst Groth, Dr. Petra Hoppe, Tobias Hoppe, Jennifer Jakobsen, Daniel Kroll, Uwe Leiding, Daniela Mittler, Dr. Katharina Moschner-Rahe, Thomas Sudeik, Julia Volkmer, Petra Wolthaus und in Teilen eine Bearbeitung von 978-3-14-187200-2

Unter Mitarbeit der Verlagsredaktion

Druck A[1] / Jahr 2025

Readktion: Raffael Gall
Layout und Umschlaggestaltung: LIO Design GmbH, Braunschweig
Grafikkonzept: Atelier tigercolor Tom Menzel
Druck und Bindung: Westermann Druck GmbH, Georg-Westermann-Allee 66, 38104 Braunschweig

ISBN 978-3-14-**187000**-8

1

ab Seite 22

Sinne und Wahrnehmung

2

ab Seite 68

Magnetismus

3

ab Seite 86

Haustiere

4

ab Seite 118

Projekt: Tiere in ihren Lebensräumen

5

ab Seite 182

Blütenpflanzen

Leben im Wandel der Jahreszeiten

6 ab Seite 214

7 ab Seite 252

Wasser

8 ab Seite 274

Stoffe im Alltag

9 ab Seite 298

Mischen und Trennen

10 ab Seite 330

Projekt: Wärme und Wetter

Leistungen des Körpers

12 ab Seite 418

Elektrizität

13 ab Seite 444

Entwicklung und Sexualität

Anhang

Kennzeichen des Lebendigen

Kennzeichen des Lebendigen

Die Biologie untersucht den Aufbau und das Verhalten von Lebewesen. Sie erforschen Vorgänge, die in Lebewesen ablaufen.

Jedes Lebewesen besitzt eine Reihe von Kennzeichen, die es von nicht lebenden Gegenständen unterscheidet. Man spricht von den **Kennzeichen des Lebendigen**. Fehlt auch nur eines dieser Kennzeichen, handelt es sich nicht um ein Lebewesen.

‣ **Fortpflanzung** • In der Paarungszeit treffen sich das erwachsene Hundemännchen und das erwachsene Hundeweibchen. Sie paaren sich. Nach etwa 62 Tagen bringt das Weibchen mehrere lebende Jungtiere zur Welt. So pflanzen sich Hunde fort. Lebewesen stammen von anderen Lebewesen ab und bekommen auch selbst Nachkommen. Die **Fortpflanzung** ist ein Kennzeichen des Lebendigen.

A

B

C

1 Hund: **A** Mutter säugt ihre Jungtiere, **B** Welpe beim Spielen, **C** erwachsener Hund

▸ **Wachstum und Entwicklung** • Bei der Geburt wiegt ein Welpe je nach Rasse zwischen 70 und 700 Gramm. Er nimmt an Körpergröße und Körpergewicht zu. Er wächst. Das Jungtier entwickelt sich mit der Zeit zu einem erwachsenen Hund. Ein ausgewachsener Hund kann je nach Rasse zwischen 3 und 120 Kilogramm schwer werden. Das **Wachstum** und die **Entwicklung** sind ebenfalls Kennzeichen des Lebendigen.

▸ **Bewegung** • Nach der Geburt bewegt sich der Welpe eigenständig zu den Milchdrüsen der Mutter und wird mit Muttermilch gesäugt. Je älter er wird, desto mehr läuft und springt er umher. Diese **aktive Bewegung** kennzeichnet ebenfalls ein Lebewesen.

▸ **Reizbarkeit** • Hunde jagen gerne geworfenen Bällen hinterher. Dabei verfolgen sie mit ihren Augen den Ball, um ihn manchmal sogar schon aus der Luft zu fangen. Hunde nehmen Reize mit ihren Sinnesorganen auf und reagieren darauf. Jedes Lebewesen kann Reize aus seiner Umgebung aufnehmen und reagieren. Diese **Reizbarkeit** ist ein weiteres Kennzeichen des Lebendigen.

▸ **Stoffwechsel** • Mit der Muttermilch nimmt der Welpe energiereiche Stoffe auf. Später frisst er Fleisch. Die aufgenommene Nahrung wird verdaut. Dabei werden die in der Nahrung enthaltenen Stoffe umgewandelt. So erhält der Hund Energie. Die Aufnahme, den Umbau und die Abgabe von Stoffen durch Lebewesen bezeichnet man als **Stoffwechsel**.

M1 Der Uhu - die größte einheimische Eule

1 Beschreibe die Abbildungen A-D aus dem Leben des Uhu.

2 Erkläre, welche Kennzeichen des Lebendigen jeweils deutlich werden. | HILFE

M2 Lebewesen - ja oder nein?

Kennzeichen des Lebendigen	Auto	...
Bewegung	Ja	...
...	...	...

1 Vergleiche das Auto, die Kerze und den Gepard. Übernimm die Tabelle in dein Heft, erweitere und ergänze sie. | HILFE

2 Erkläre, ob es sich bei den drei Beispielen jeweils um ein Lebewesen handelt.

2 Eiche: **A** Keimling, **B** ausgewachsener Baum

Sind Pflanzen auch Lebewesen?

Wenn Pflanzen Lebewesen sind, müssen sie alle Kennzeichen des Lebendigen zeigen.

Das **Wachstum** und die **Entwicklung** kann man an einer Eiche gut beobachten. Aus einem heruntergefallenen Samen, der Eichel, wachsen neue Wurzeln und ein Stängel. Im Laufe der Zeit wächst dieser Stängel zu einem mächtigen Baumstamm mit vielen Ästen heran. Es entwickelt sich eine Baumkrone mit vielen Laubblättern. Im Frühjahr bildet eine Eiche Blüten, in denen sich später wieder neue Samen bilden. Blüten und Samen dienen der **Fortpflanzung**. Die Blüten mancher Blumen sind morgens noch geschlossen. Morgens mit dem ersten Sonnenlicht öffnen sich die Blüten. Wenn die Sonne untergeht, schließen sie sich wieder. Sie rweagieren auf die Reize des Sonnenlichts. **Reizbarkeit** und **Bewegung** weisen auch Pflanzen auf. Alle Pflanzen nehmen Stoffe aus ihrer Umgebung auf. Mit Hilfe des Sonnenlichts wandeln sie diese in ihren grünen Blättern in Traubenzucker und später in andere Nährstoffe um. Dabei geben sie Sauerstoff an die Luft ab. Pflanzen nehmen Stoffe auf, wandeln sie um und geben andere Stoffe wieder ab. Sie haben einen **Stoffwechsel**.

A Beschreibe die Kennzeichen des Lebendigen am Beispiel einer Pflanze .

M3 Venusfliegenfalle

Die Venusfliegenfalle kommt aus den USA. Sie wächst in mineralstoffarmen Böden. Daher fängt und „verdaut" die Venusfliegenfalle kleine Tiere wie zum Beispiel Insekten. So erhält sie wichtige Stoffe für ihren Stoffwechsel.

1 Beschreibe den auf den Bildern dargestellten Vorgang.

2 Erkläre, welche Kennzeichen des Lebendigen auf den Bildern gezeigt werden. | HILFE

3 Erkläre die Bedeutung des Vorgangs für die Venusfliegenfalle.

Zellen - Grundbausteine des Lebens

EXPERTENWISSEN

Lebewesen bestehen aus Zellen
Untersuchungen mit dem Mikroskop zeigen eine weitere Gemeinsamkeit aller Lebewesen. Die kleinen „Körperbausteine“, die man mit dem Mikroskop entdeckt, sind die kleinsten Einheiten des Lebens. Alle Lebewesen bestehen aus diesen **Zellen**. In ihnen laufen alle Lebensvorgänge ab.

Einzeller und Vielzeller
Menschen, Tiere und Pflanzen bestehen aus Millionen von Zellen. Man nennt sie **Vielzeller**. Sie haben verschiedene Zellen, die unterschiedliche Aufgaben erfüllen. Meistens liegen gleichartige Zellen dicht beieinander und bilden einen Zellverband.
Viele winzige Lebewesen wie die Amöbe oder das Pantoffeltierchen bestehen aus nur einer einzigen Zelle. Die Amöbe und das Pantoffeltierchen gehören zu den **Einzellern**.
Die Amöbe lebt zum Beispiel in kleinen Wassertröpfchen in Moospolstern. Sie kann chemische Stoffe im Wasser erkennen und so kleine Nahrungsteilchen aufspüren. Sie bewegt sich aktiv auf die Nahrungsteilchen zu, umfließt die Nahrung und nimmt sie dann in ihr Zellinneres auf. Unverdauliche Reste scheidet die Amöbe wieder aus. Ist die Amöbe groß genug, kann sie sich teilen. Aus einer Amöbe werden zunächst zwei kleinere Amöben. Sie wachsen jeweils zu ihrer endgültigen Größe heran. Einzeller wie die Amöbe zeigen alle Kennzeichen des Lebendigen.

A Erkläre den Unterschied zwischen Einzeller und Vielzeller.

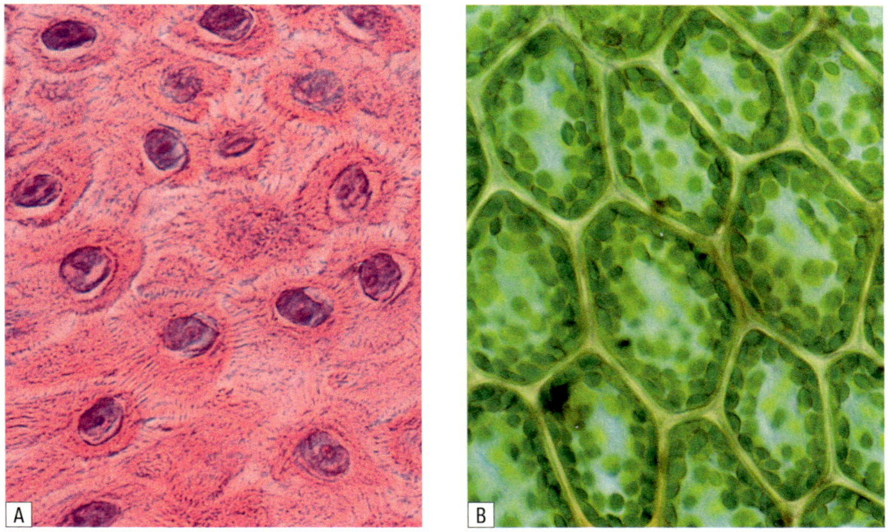

1 Zellen: **A** Tierzellen, **B** Pflanzenzellen

M1 Amöbe

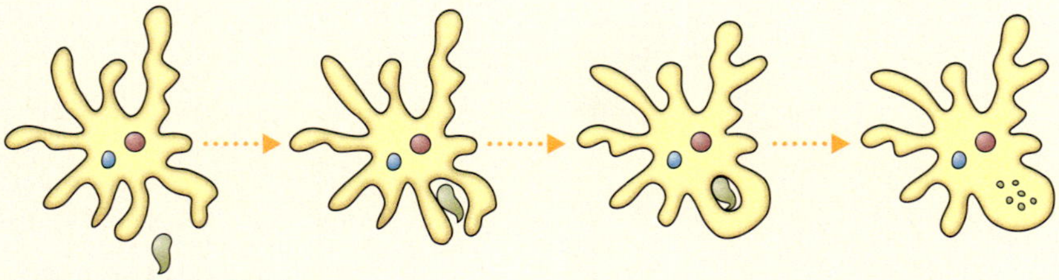

A Amöbe beim Fressen

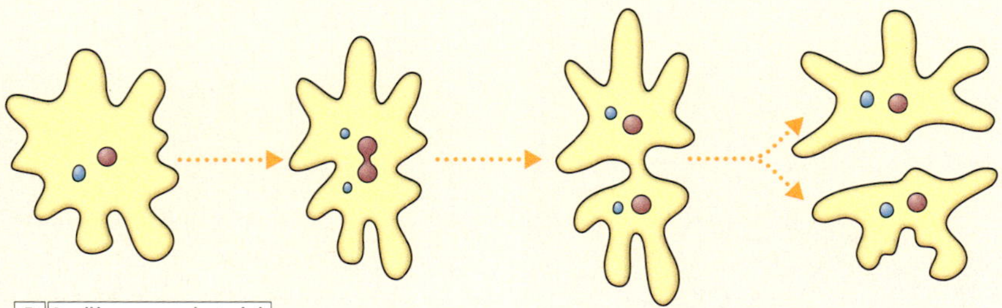

B Amöbe vermehrt sich

1 Beschreibe, wie sich die Amöbe ernährt.

2 Beschreibe, wie sich die Amöbe vermehrt.

3 Stelle anhand des Textes und der Bilder heraus, dass Einzeller alle Kennzeichen des Lebendigen zeigen.

Basiskonzepte

Bei allen Lebewesen kann man eine Vielzahl unterschiedlicher Merkmale und Eigenschaften beobachten. Viele Regeln tauchen in unterschiedlichen Themen der Naturwissenschaften immer wieder auf. Man bezeichnet sie als **Basiskonzepte**. Sie helfen, übergeordnete Prinzipien und Zusammenhänge in den Naturwissenschaften besser zu verstehen und zu vergleichen.

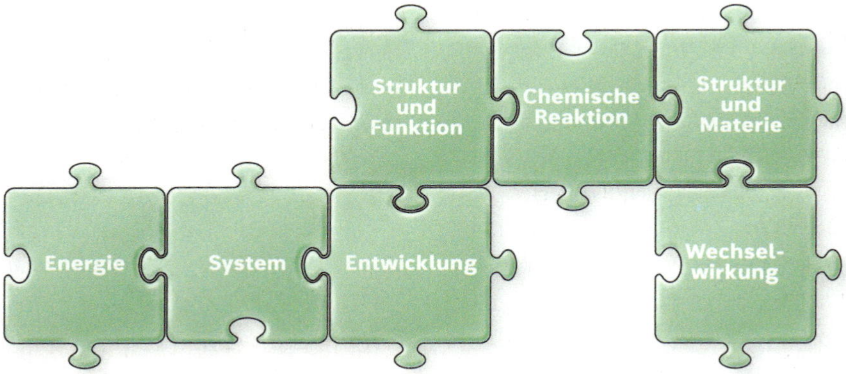

Basiskonzept Struktur und Funktion

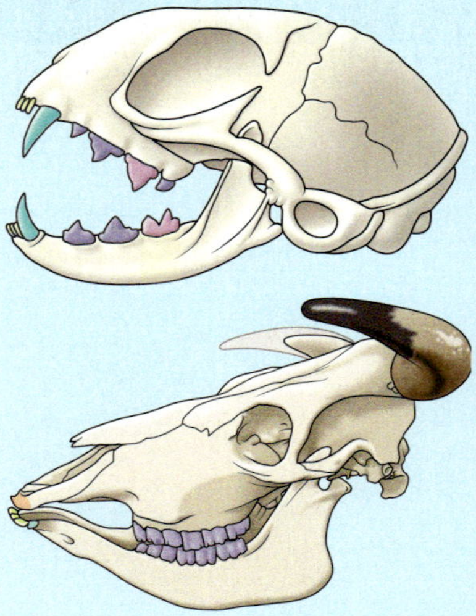

Die Körper von Lebewesen haben Merkmale, die man als Struktur bezeichnet. Jede biologische Struktur erfüllt eine bestimmte Funktion.

- Katzen sind reine Fleischfresser. Sie haben lange Eckzähne, mit denen sie ihre Beutetiere festhalten können. Mit ihren spitzen Backenzähnen zerteilen sie ihre Beutetiere.
- Rinder haben als Pflanzenfresser kleine Eckzähne und breite, flache Backenzähne, mit denen sie Pflanzen zermahlen. Die Struktur beider Gebisse zeigt eine Angepasstheit an ihre jeweilige Aufgabe.

Basiskonzept System

Ein System besteht aus verschiedenen Bestandteilen, die arbeitsteilig verschiedene Aufgaben erfüllen. Nur durch ihr Zusammenwirken ist ein Lebewesen lebensfähig.

- Jedes Organ im Körper hat eine bestimmte Aufgabe. Mehrere Organe arbeiten zusammen. So wirken der Magen, die Leber und der Dünndarm bei der Verdauung mit. Sie bilden ein Organsystem. Der Organismus besteht aus mehreren solcher Organsysteme.

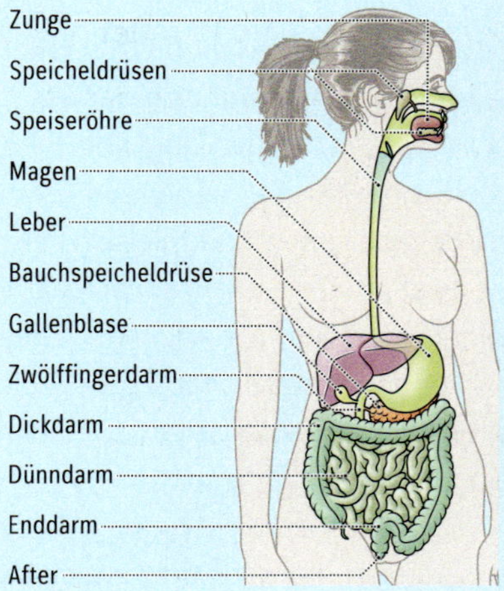

Basiskonzept Entwicklung

Alle Lebewesen pflanzen sich fort. Ihre Nachkommen wachsen im Laufe der Zeit und verändern sich dabei.

- Katzen entwickeln sich von hilflosen Kätzchen zu erwachsenen Katzen. Diese können wieder Nachkommen hervorbringen. Dies bezeichnet man als Individualentwicklung.

Basiskonzept Energie

Energie begegnet uns in verschiedenen Energieformen. Diese können von einer Energieform in eine andere umgewandelt werden.

▸ Mithilfe der Energie des Sonnenlichts bauen grüne Pflanzen Nährstoffe auf. Die Strahlungsenergie der Sonne wird in chemische Energie umgewandelt. Wir Menschen nehmen die chemische Energie mit der Nahrung auf. Mithilfe der aufgenommenen Energie können wir uns zum Beispiel bewegen und wachsen. Der Körper wandelt die aufgenommene Energie in Bewegungsenergie und Wärme um.

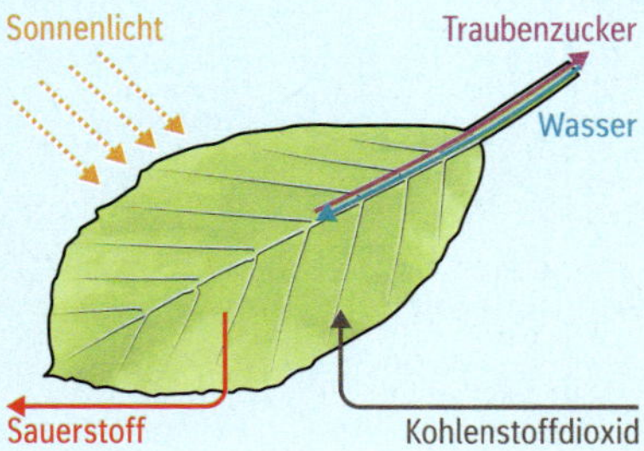

Basiskonzept Chemische Reaktion

Vorgänge, bei denen aus Ausgangsstoffen neue Stoffe entstehen, nennt man chemische Reaktion.

▸ Für eine Verbrennung braucht man einen Brennstoff wie Kohle. Kohle fängt aber nicht von selbst an zu brennen. Sie muss erwärmt werden, bis die Zündtemperatur erreicht ist. Wenn genügend Sauerstoff vorhanden ist, entzündet sich die Kohle. Bei der Verbrennung wird Kohlenstoffdioxid abgegeben und aus der Kohle wird Asche. Aus den Ausgangsstoffen Holz und Sauerstoff sind die Stoffe Asche und Kohlenstoffdioxid entstanden.

Basiskonzept Wechselwirkung

Körper können sich gegenseitig beeinflussen. Man spricht von einer Wechselwirkung.

▸ Ein Magnet zieht einen Körper aus Eisen an. Der Körper aus Eisen zieht jedoch auch den Magneten an.

Basiskonzept Struktur der Materie

In der Natur liegen Stoffe in unterschiedlichen Zustandsformen vor: fest, flüssig und gasförmig. Sie unterscheiden sich in der Struktur ihrer Teilchen.

▸ Durch Erwärmen oder Abkühlen kann man einen Stoff von einem Aggregatzustand in einen anderen Aggregatzustand überführen. In einem Feststoff sind die Teilchen regelmäßig angeordnet. Sie schwingen auf ihren Plätzen hin und her. Erwärmt man den Feststoff, wird dem Stoff Energie zugeführt. Dadurch bewegen sich die Teilchen schneller. Der Stoff schmilzt und wird flüssig. Die Teilchen sind gegeneinander verschiebbar. Erhitzt man den Stoff noch weiter, verdampft er. Im gasförmigen Zustand haben die Teilchen einen großen Abstand zueinander. Die Bewegungsenergie der Teilchen ist größer als im flüssigen Zustand.

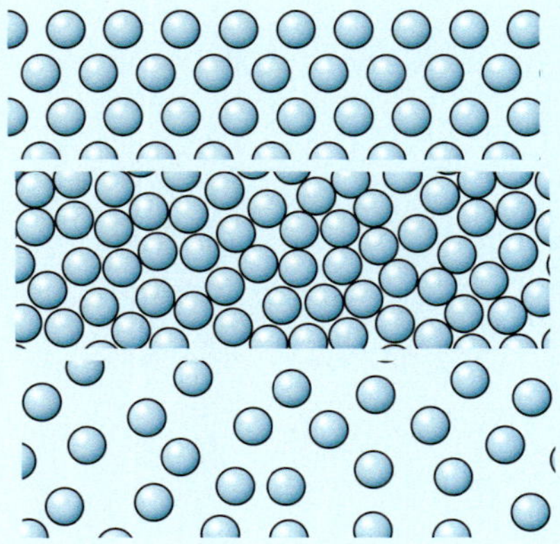

Digital+
WES-187000-015

Im naturwissenschaftlichen Unterricht wird viel experimentiert. Was muss dabei alles beachtet werden?

Arbeiten im Fachraum

Experimentieren im Fachraum

In den Naturwissenschaften wird oft experimentiert. Viele Experimente werden zu zweit oder in Gruppen durchgeführt. Damit jeder weiß, was er zu tun hat, sollten die Aufgaben vorher verteilt und ausreichend besprochen werden. Der Arbeitsplatz sollte beim Experimentieren immer aufgeräumt und übersichtlich sein. Zur Vermeidung von Unfällen müssen die **Sicherheitsregeln** und die Anweisungen der Lehrkraft eingehalten werden.

Sicherheitsregeln

Damit man sich und andere beim Experimentieren nicht verletzt, muss man die folgenden wichtigen Sicherheitregeln beachten:

- **Nicht essen** • Im Fachraum darf man nicht essen und trinken. Man darf auch keine Lebensmittel offen herumstehen lassen.

- **Schutzbrille** • Eine Schutzbrille muss beim Experimentieren mit Gasbrennern, Chemikalien oder auf Anweisung der Lehrkraft getragen werden.

- **Versuchsaufbau** • Der Aufbau sollte immer auf einer festen Unterlage und die Geräte in sicherer Entfernung zur Tischkante stehen.

- **Wärmequellen** • Beim Umgang mit Gasbrennern, Herdplatten oder Kerzen muss man sehr vorsichtig sein. Wärmequellen sollten immer sicher auf einer festen, nicht brennbaren Unterlage stehen. Es dürfen sich in ihrer Nähe keine brennbaren Materialien wie Papier befinden.

- **Umgang mit Strom** • Strom wird niemals aus der Steckdose genutzt. Strom wird nur aus Batterien oder Netzgeräten und verwendet.

Sicherheitseinrichtungen

Im Fachraum gibt es einige Einrichtungen, die der Sicherheit dienen:

- **Not-Ausschalter** • Den Not-Aus-Schalter findet man neben den Türen und am Lehrerpult. Wird der rote Knopf gedrückt, wird der elektrische Strom abgeschaltet und die Gaszufuhr wird sofort unterbrochen.

- **Augendusche** • Gelangen beim Experimentieren Fremdkörper ins Auge, muss schnell der Fremdkörper entfernt werden. Mit der Augendusche kann man im Notfall schnell das Auge ausspülen.

- **Fluchtweg** • Das grüne Schild zeigt einem den schnellsten Fluchtweg ins Freie.

- **Löschmittel** • Ein kleiner Brand kann mit einer Löschdecke oder einem Feuerlöscher gelöscht werden. Bei größeren Bränden muss man schnell die Feuerwehr rufen.

- **Abzug** • Bei vielen Experimenten entstehen giftige Gase. Diese Experimente müssen unter dem Abzug von der Lehrkraft durchgeführt werden.

Arbeitsplatz aufräumen

Nach dem Experimentieren muss man seinen Arbeitsplatz aufräumen. Die benutzten Geräte werden sauber zurückgestellt. Reste von Chemikalien müssen besonders entsorgt werden.

A Erkläre, warum der Arbeitsplatz jederzeit aufgeräumt sein sollte.

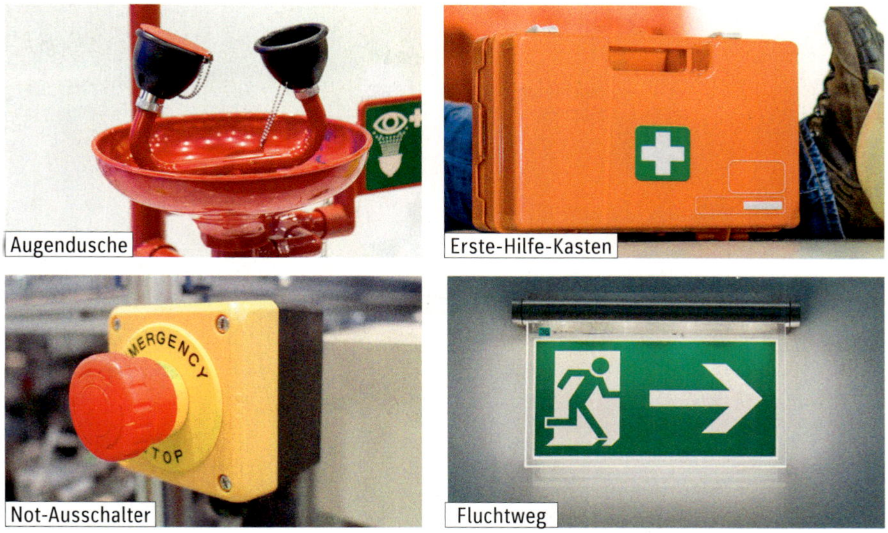

1 Sicherheitseinrichtungen im Fachraum

M1 Arbeiten im Fachraum

1 Nenne die Sicherheitseinrichtungen, die in dem Bild zu sehen sind.

2 Erkläre, warum Sicherheitseinrichtungen wichtig sind.

3 Beschreibe, welche Sicherheitsregeln die Schülerinnen und Schüler im Bild beachten. | HILFE

Arbeiten mit dem Gasbrenner

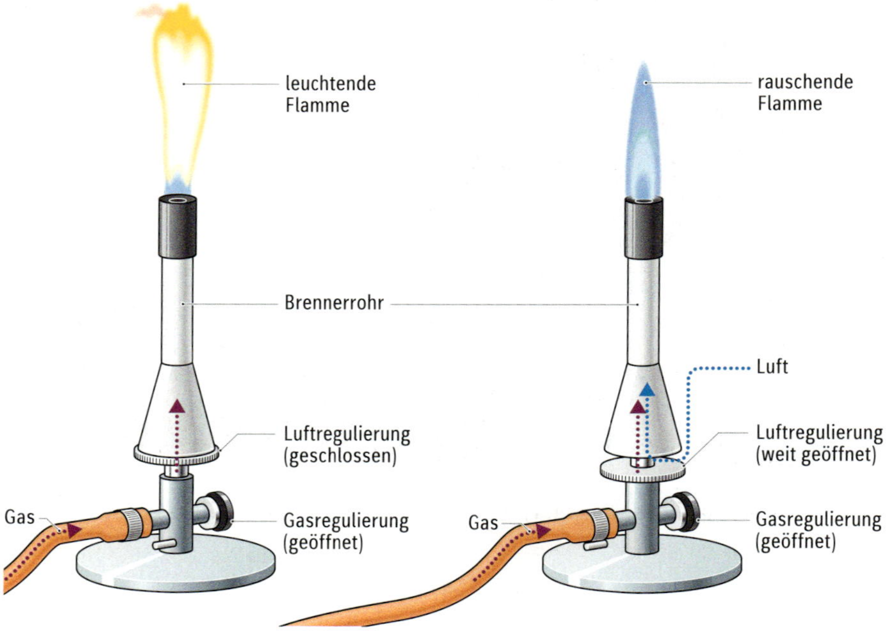

1 Aufbau eines Gasbrenners

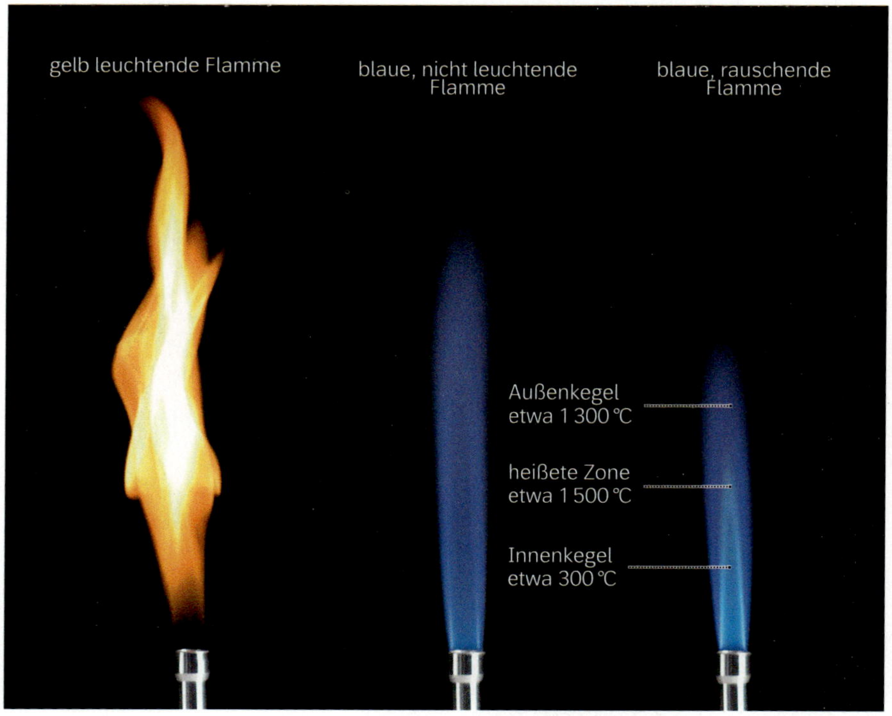

2 Flammentypen

Aufbau des Gasbrenner

Im Labor werden zur Erhitzung von Stoffen Gasbrenner eingesetzt. Der Gasbrenner wird an eine Gasleitung angeschlossen, durch die brennbares Gas strömt. Im Brennerrohr vermischt sich das Gas mit Luft und wird dann über dem Brennerrohr entzündet.

Bevor man mit einem Gasbrenner arbeitet, muss man den Aufbau eines Gasbrenners kennen. Der untere Teil eines Gasbrenners ist der Metallfuß. An ihm befindet sich die Gaszufuhr. Gegenüber der Gaszufuhr befindet sich die Gasregulierung. Mit ihr kann die Menge des einströmenden Gases eingestellt werden. Der obere Teil besteht aus dem Brennerrohr und der Einstellschraube für die Luftzufuhr.

Flammentypen

Mithilfe der Luftzufuhr können verschiedene Flammen erzeugt werden. Ist die Luftzufuhr geschlossen, bildet sich eine gelb leuchtende Flamme, die stark rußt. Diese Flamme wird bis zu 900 °C heiß. Ist die Luftzufuhr geöffnet, entsteht eine blaue, nicht leuchtende Flamme. Bei ganz geöffneter Luftzufuhr entsteht eine sehr heiße, rauschende Flamme. Diese Flamme kann in Flammenzonen unterteilt werden. Im Innenkegel ist die rauschende Flamme mit etwa 300 °C deutlich kühler als in der Mitte über dem Innenkegel mit über 1 500 °C. Der Außenkegel der rauschenden Flamme besitzt eine Temperatur von etwa 1 300 °C. Da alle Flammentypen sehr heiß werden, sind beim Arbeiten mit dem Brenner bestimmte Sicherheitsregeln zu beachten.

1 Anschließen des Gasbrenners
Trage eine Schutzbrille und binde lange Haare zusammen. Stelle den Brenner kippsicher auf eine feuerfeste Unterlage. Schließe den Gasschlauch des Brenners an die Gasleitung am Tisch an. Kontrolliere die Standsicherheit. Achte darauf, dass der Schlauch festsitzt und die Gas- und Luftzufuhr geschlossen sind.

2 Entzünden der Brennerflamme
Öffne den Gashahn am Arbeitsplatz. Entzünde ein Feuerzeug und halte die Flamme mit ausgestrecktem Arm über die Öffnung des Brennerrohres. Öffne jetzt die Gaszufuhr am Brenner. Nun entzündet sich das Gas. Wenn die Luftzufuhr am Gasbrenner geschlossen ist, entsteht eine gelb leuchtende Flamme.

3 Brennerflamme einstellen
Stelle die gewünschte Höhe der gelb leuchtenden Flamme mit der Gasregulierung am Gasbrenner ein. Öffne danach die Luftzufuhr etwas, bis du eine blaue Flamme erhältst. Wenn du die Luftzufuhr weiter öffnest, hörst du die Flamme rauschen. Verringere danach die Gaszufuhr wieder, bis die Höhe der Flamme etwa einer Handbreite entspricht.

4 Löschen der Brennerflamme
Zum Löschen der Brennerflamme schließt du zuerst die Luftzufuhr und erst danach die Gaszufuhr am Brenner. Als nächstes wird der Gashahn am Tisch geschlossen.

Beachte: Die Brennerflamme darf nicht ausgeblasen werden!

M1 Sicher arbeiten mit dem Gasbrenner

1 Beschreibe, was das Mädchen im Bild alles falsch macht.

2 Beschreibe die Sicherheitsmaßnahmen für die Benutzung des Gasbrenners.

3 Stelle Vermutungen an, warum beim Gasbrenner nie unbemerkt Gas austreten darf.

P1 Flammentemperaturen

Material: Schutzbrille, Gasbrenner, Streichholz, Holzklammer, Magnesiastäbchen

Durchführung: Setze zunächst die Schutzbrille auf und binde lange Haare zusammen. Nimm den Gasbrenner in Betrieb und stelle eine rauschende Flamme ein. Halte ein Magnesiastäbchen mit der Holzklammer in verschiedene Bereiche der rauschenden Flamme.

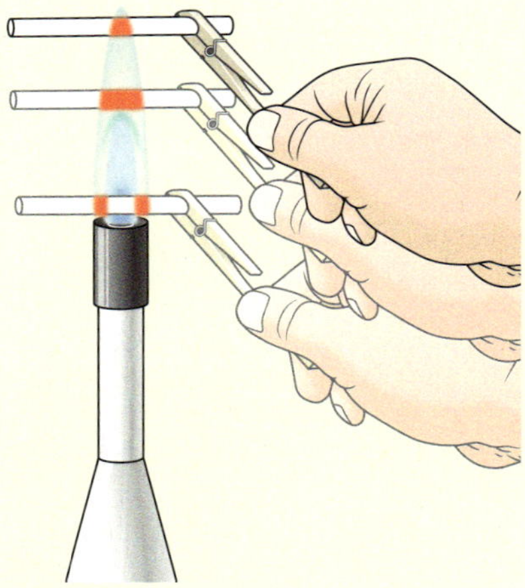

1 Beschreibe deine Beobachtungen.

2 Erkläre deine Beobachtungen.

3 Erstelle eine Zeichnung mit deiner Versuchsbeobachtung.

4 Formuliere eine Forscherfrage, die mit diesem Versuch beantwortet werden kann.

Umgang mit Chemikalien

1 Gefahrstoffsymbole

Gefahrstoffsymbole

Im Haushalt werden viele Stoffe benutzt, von denen bei unsachgemäßem Gebrauch eine Gefährdung für die Umwelt und die eigene Gesundheit ausgeht. Diese Stoffe bezeichnet man daher als **Gefahrstoffe**. Vor ihren Gefahren wird auf ihren Aufbewahrungsgefäßen gewarnt. Seit dem Jahr 2010 erfolgt die Kennzeichnung weltweit einheitlich nach **GHS**. Die Kennzeichnung gilt nicht nur für Haushaltschemikalien, sondern auch für Chemikalien, die in der Industrie hergestellt werden. Auf den ersten Blick geben kleine **Gefahrstoffsymbole**, die Piktogramme, Hinweise auf die Art der Gefährdung.

Waschbenzin
Gemisch verschiedener Stoffe

Gefahrenhinweise (Auszug):
H225 Flüssigkeit und Dampf leicht entzündbar.
H304 Kann bei Verschlucken und Eindringen in die Atemwege tödlich sein.
...

Sicherheitshinweise (Auszug):
P210 Von Hitze/Funken/offener Flamme/heißen Oberflächen fernhalten.
P261 Einatmen von Staub/Rauch/Gas/Nebel/Dampf/Aerosol vermeiden.
...

2 Etikett von Waschbenzin

Gefahrstoffe im Alltag

Waschbenzin ist ein häufiges Lösemittel. Es ist leicht entzündbar und giftig. Es ist gefährlich für die Gesundheit und schädlich für die Umwelt. Daher findet man auf einer Dose mit Waschbenzin vier Gefahrstoffsymbole. Auf Verpackungen vieler Chemikalien findet man die Gefahrstoffsymbole.

Gefahrenhinweise

Möchte jemand wissen, welche Gefahren beispielsweise von Waschbenzin ausgehen, liefern die Gefahrenhinweise, die **H-Sätze**, weitere Informationen. Jeder einzelne Gefahrenhinweis ist mit einer Nummer gekennzeichnet. So bedeutet der Hinweis H315 immer: „Verursacht Hautreizungen".

Sicherheitshinweise

Zusätzlich zu den Gefahrenhinweisen gibt es noch die Sicherheitshinweise. Diese **P-Sätze** geben an, wie man sich beim Umgang mit einer Chemikalie verhalten soll. Die P-Sätze sind ebenfalls mit einer Nummer gekennzeichnet. Der Hinweis P210 auf dem Aufbewahrungsgefäß einer Chemikalie bedeutet zum Beispiel, dass man diese von Hitze, Funken, offenen Flammen und heißen Oberflächen fernhalten muss. Eine Liste von H-Sätzen und P-Sätzen befindet sich im Anhang dieses Schulbuchs.

Umgang mit Chemikalien

- Chemikalien dürfen nicht mit den Fingern angefasst werden.
- Zur Aufbewahrung dürfen nur Gefäße, die die Stoffe sicher lagern, genutzt werden. Sie dürfen nur in Gefäßen aufbewahrt werden, die eindeutig und dauerhaft beschriftet sind und die vorgeschriebenen Gefahrstoffsymbole aufweisen.
- Experimente werden mit möglichst wenigen Chemikalien durchgeführt. So bleibt die Abfallmenge gering.
- Reste von Chemikalien werden nicht in die Vorratsgefäße zurückgegeben. Sie werden in besonderen Abfallbehältern gesammelt.
- Gefährliche und umweltschädliche Chemikalien werden in besonderen Sammelbehältern entsorgt. Die Abfälle werden von einer speziellen Entsorgungsfirma abgeholt.
- Geschmacksproben dürfen nicht durchgeführt werden. Den Geruch eines Stoffes stellt man durch vorsichtiges Zufächeln fest.

M1 Gefahrstoffsymbole

1 Beschreibe, worauf du beim Umgang mit dem oben abgebildeten Reinigungsstift achten musst.

2 Erkläre die Vorteile einer weltweiten einheitlichen Einstufung und Kennzeichnung von Stoffen.

M2 Umgang mit Chemikalien

1 Erkläre, auf welchen der Bilder A-D richtig mit Chemikalien gearbeitet wird.

2 Erkläre, warum man keine Geschmacksproben durchführen darf.

3 Erkläre, warum man beim Arbeiten mit Chemikalien immer eine Schutzbrille tragen muss.

4 Erkläre, warum man beim Entsorgen vom Chemikalien den Vorgaben der Lehrkraft folgen muss.

1

Sinne und Wahrnehmung

1 Autoscooter

2 Mädchen essen Süßigkeiten auf einer Kirmes

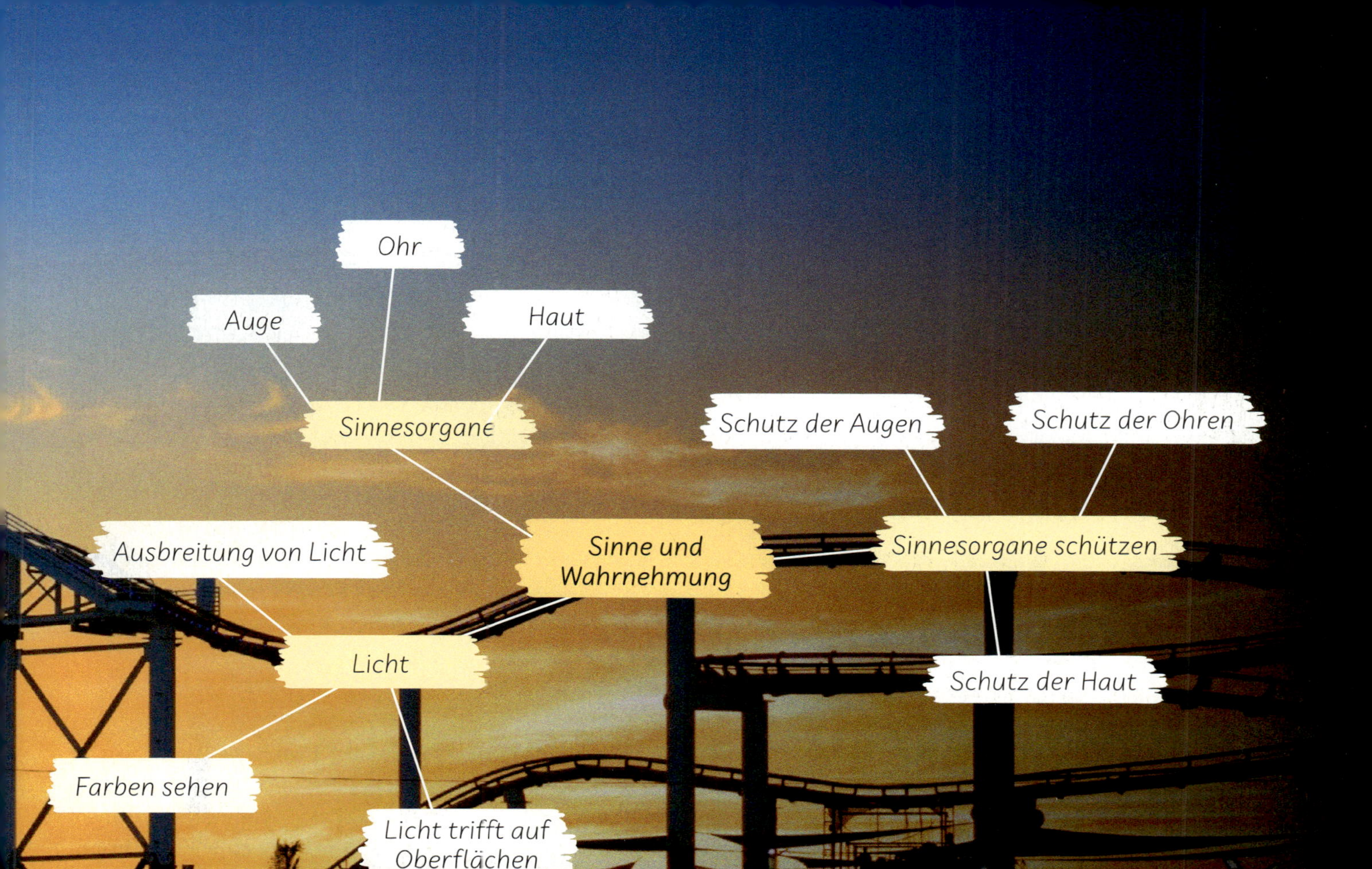

A Auf dem Jahrmarkt werden alle Sinne angesprochen. Beschreibe mit Hilfe der Fotos, welche Sinneseindrücke uns auf einem Jahrmarkt begegnen.

B Beschreibe an einem der gezeigten Beispiele und Attraktionen, wie verschiedene Sinneseindrücke zusammenspielen.

C Beschreibe Beispiele für Sinneseindrücke, die Menschen als gut oder als schlecht empfinden.

3 Ein Greifautomat mit Plüschtieren als Gewinn

Sinne erschließen die Welt

Umwelteinflüsse

Ständig wirken Umwelteinflüsse auf uns ein. Im Kino sind diese sehr vielfältig: Wenn die Lampen im Kinosaal ausgehen, sieht man nichts mehr, bis der Film beginnt. Über Lautsprecher hört man die Musik. Es riecht nach Popcorn. Die Chips schmecken salzig. Beim Trinken spürt man die Kälte des Bechers auf der Haut.

Sinn	Sehsinn	Gehörsinn	Geruchsinn	Geschmacks-sinn	Tastsinn
Sinnes-organ	Auge	Ohr	Nase	Zunge	Haut
Reiz	Licht	Schall	Duftstoffe	Geschmacks-stoffe	Druck

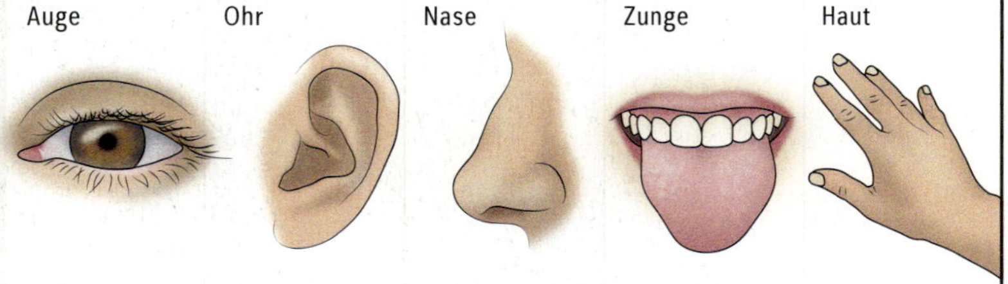

1 Sinne, Sinnesorgane und Reize

Sinne und Sinnesorgane

Die Umwelteinflüsse im Kinosaal werden von unsere Sinnen wahrgenommen: dem **Sehsinn**, **Gehörsinn**, **Geruchsinn**, **Geschmackssinn** und **Tastsinn**.
Der Körper besitzt für jeden Sinn spezielle **Sinnesorgane**. Dies sind die Augen, die Ohren, die Nase, die Zunge und die Haut.

Sinneszellen

Alle Sinnesorgane haben zugehörige **Sinneszellen**. Diese Sinneszellen reagieren nur auf bestimmte Umwelteinflüsse. Das heißt jede Sinneszelle reagiert auf den entsprechenden **Reiz**. Die Lichtsinneszellen der Augen reagieren auf Licht. Die Hörsinneszellen der Ohren werden durch Schall gereizt. In der Nase reagieren Geruchssinneszellen auf Geruchsstoffe. Geschmackssinneszellen auf der Zunge nehmen Geschmacksstoffe wahr. Tastsinneszellen der Haut reagieren auf Berührungen.

Vom Reiz zur Wahrnehmung

Hat eine **Sinneszelle** einen Reiz aufgenommen, wandelt sie diesen in ein elektrischen Impuls um. Dieser wird über **Nerven** ans **Gehirn** geleitet. Dort wird die Information verarbeitet. Das Gehirn vergleicht die neue Information mit gespeicherten Informationen. Hat man beispielsweise schon einmal Popcorn gegessen, führt die Information durch gerade aufgenommene Duftstoffe zum Wahrnehmen und Erkennen: „leckeres Popcorn".

Vom Reiz zur Reaktion

Im Straßenverkehr kommt es oft zu gefährlichen Situationen. Beim Überqueren einer Straße kann das laute Geräusch einer Hupe einen erschrecken. Man bleibt dann sofort stehen. Das Geräusch der Hupe ist ein **Reiz**. Mithilfe der Ohren wird der Reiz aufgenommen und die Hörsinneszellen in den Ohren wandeln ihn in Informationen um. Diese werden in Form von elektrischen Impulsen über Empfindungsnerven an das Gehirn geleitet und dort verarbeitet. Durch diese Verarbeitung entsteht ein Wahrnehmen und Erkennen. Noch bevor man sich der Gefahr bewusst ist, leitet das Gehirn eine **Reaktion** ein. Über Bewegungsnerven sendet das Gehirn elektrische Impule an bestimmte Muskeln des Körpers. Diese Muskeln bewegen sich dann. Man bleibt stehen. Das ist die Reaktion. Reiz und Reaktion hängen direkt zusammen. Man spricht von einer **Reiz-Reaktions-Kette**.

A Erstelle für die Situation im Eröffnungsbild eine Reiz-Reaktions-Kette.

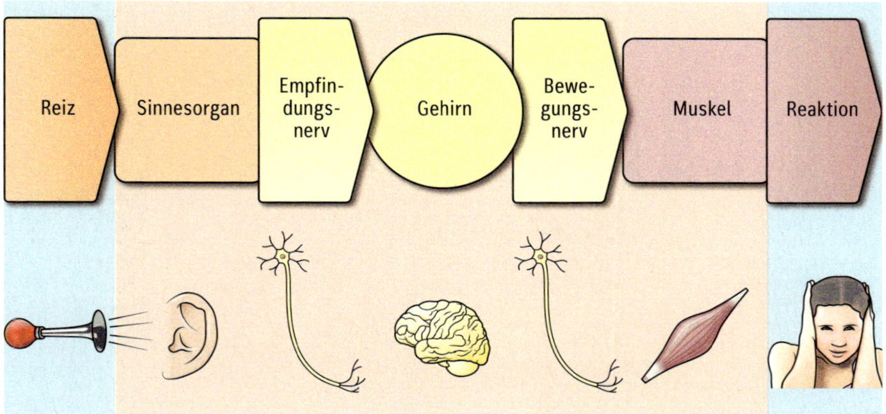

2 Reiz-Reaktions-Kette

M1 Reiz-Reaktions-Kette

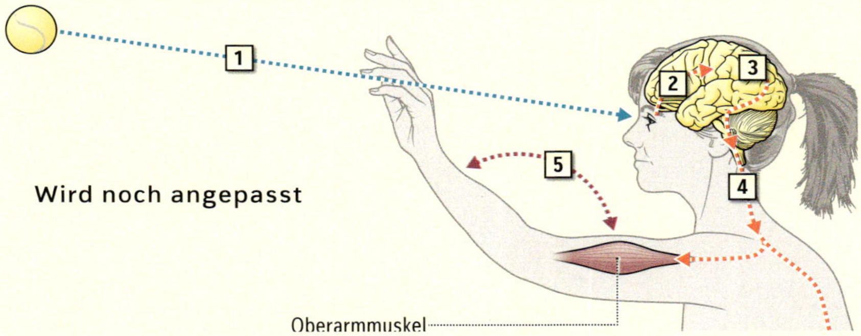

1 Erstelle eine Reiz-Reaktions-Kette für dieses Beispiel.

2 Erkläre, die Bedeutung des Gehirns für das Wahrnehmen und Erkennen. | HILFE

3 Beschreibe an einem weiteren Beispiel eine Reiz-Reaktions-Kette.

M2 Der Körper reagiert auf Reize

1 Beschreibe die Reize, die im Bild dargestellt sind und welche Sinnesorgane gereizt werden.

2 Erstelle für das Stehenbleiben an der roten Ampel eine Reiz-Reaktions-Kette.

Ausbreitung von Licht

Leuchtende Körper

Eine Glühbirne oder eine Taschenlampe senden Licht aus. Man nennt sie darum **selbstleuchtende Körper**. Das Licht selbstleuchtender Körper fällt auf andere Körper, die nicht leuchten. Sie heißen **beleuchtete Körper**. Diese können einen Teil des Lichts in die gleiche oder in eine andere Richtung zurückwerfen.

Lichtquellen

Die Sonne, Blitze oder ein Glühwürmchen leuchten von allein. Sie werden daher als **natürliche Lichtquellen** bezeichnet. Lichtquellen, die von Menschen hergestellt wurden und nicht von allein leuchten, wie zum Beispiel Taschenlampen und Displays, bezeichnet man als **künstliche Lichtquellen**.

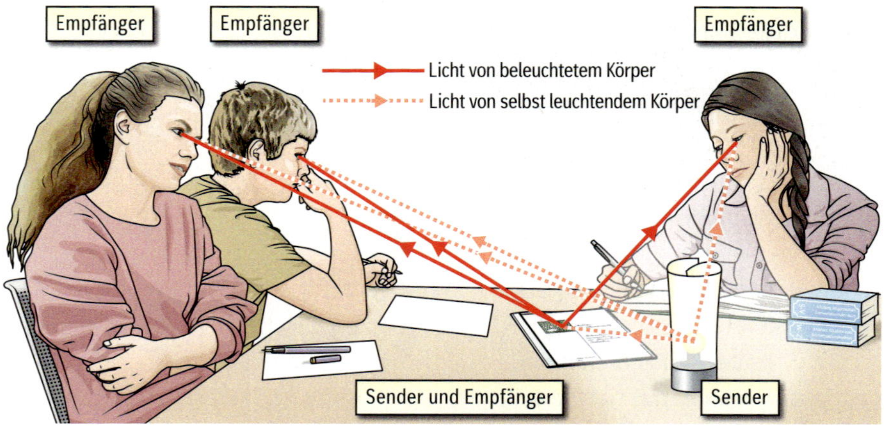

1 Sender-Empfänger-Modell

Vom Sender zum Empfänger

Die Lampe in Bild 1 strahlt Licht aus. Sie ist ein Sender. Das Licht wird von den Augen der Kinder empfangen. Sie sind die Empfänger des Lichts. Außerdem beleuchtet die Lampe noch das Buch. Das Buch ist ein beleuchteter Körper und wirft einen Teil des Lichts zu den Augen. Es ist sowohl ein Sender als auch ein Empfänger des Lichts. Um die Wahrnehmung von Licht besser zu beschreiben, verwendet man das Sender-Empfänger-Modell. Ein **Sender** strahlt Licht ab und der **Empfänger** nimmt es auf.

Das Lichtstrahlmodell

Das Licht breitet sich in alle Richtungen gleichmäßig aus. Dabei nimmt das Licht immer den zeitlich kürzesten, geraden Weg. Man sagt, das Licht breitet sich **geradlinig** aus. Damit die Ausbreitung des Lichts besser beschrieben werden kann, nutzt man das **Lichtstrahlmodell**. Das Licht einer Lichtquelle wie einer Glühlampe breitet sich in alle Richtungen aus. Stellt man vor die Glühlampe eine schmale Öffnung, eine sogenannte **Blende**, fällt nur ein kleiner Teil des Lichts durch die Öffnung. Es entsteht ein **Lichtbündel**. Das Lichtbündel ist an den Seiten klar begrenzt. Da sich das Licht geradlinig ausbreitet, kann man mit zwei Pfeilen die Grenzen des Lichtbündels bis zu der Glühlampe zurück verlängern. So einen Pfeil nennt man **Lichtstrahl**. Die Lichtstrahlen am Rand des Lichtbündels bezeichnet man als **Randstrahlen**. Um die Ausbreitungsrichtung des Lichts zu zeigen, reicht es aus, einen Pfeil von der Lichtquelle in die entsprechende Richtung zu zeichnen.

Sonnenstrahlen sehen

Beleuchtete Körper werden von Lichtquellen angestrahlt. Einen Teil des Lichts werfen sie zurück. Das zurückgeworfene Licht gelangt zu den Augen. Dadurch werden beleuchtete Körper sichtbar. Morgens in einem nebligen Wald sieht es so aus, als könnte man Sonnenstrahlen sehen. Das Licht der Sonne wird durch winzige Wassertröpfchen in der Luft sichtbar. Die Wassertropfen werden beleuchtet und strahlen einen Teil des Lichts zurück. Dieser gelangt dann zu den Augen.

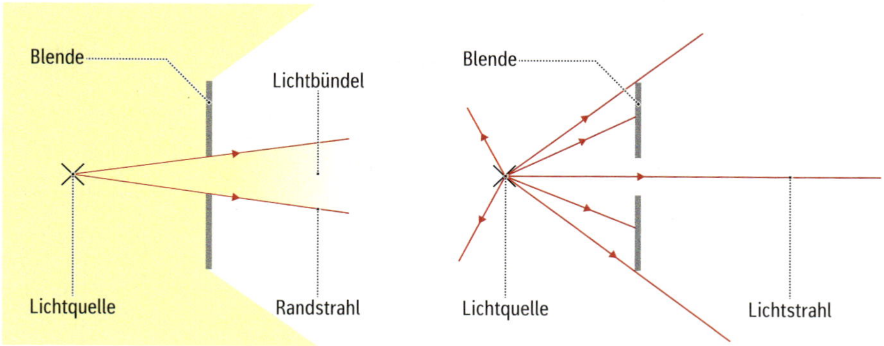

2 Lichtstrahlmodell

A Nenne den Unterschied zwischen selbstleuchtenden und beleuchteten Körpern.

B Nenne Beispiele für künstliche und natürliche Lichtquellen.

C Beschreibe ein Sender-Empfänger-Beispiel aus deinem Alltag.

M1 Lichtstrahlmodell

1 Beschreibe den Versuchsaufbau im Bild.

2 Erkläre an diesem Beispiel die Ausbreitung des Lichts. | HILFE

3 Fertige mithilfe des Lichtstrahlmodells eine vereinfachte Zeichnung des Versuchs an. Stelle damit die Lichtausbreitung dar.

Digital+
WES-187000-027

Licht trifft auf Oberflächen

Absorption

Wenn Licht einen Körper beleuchtet, dann nimmt der Körper einen Teil des Lichts auf. Es wird **absorbiert**. Die Strahlungsenergie erwärmt dabei den Körper. Schwarze Körper absorbieren besonders viel Licht. Das merkt man im Sommer. In einem dunklen Auto ist es dann wärmer als in einem hellen Auto.

Reflexion

Bei manchen Körpern dringt das Licht kaum in die Oberfläche ein. Trifft Licht auf eine glatte Oberfläche, so wird das nicht absorbierte Licht nur in eine Richtung zurückgeworfen. Das Licht wird **reflektiert**. Licht wird zum Beispiel an Spiegeln reflektiert. Auf einer Diskokugel befinden sich viele kleine Spiegel. Trifft Licht auf die Diskokugel, reflektiert jeder Spiegel das Licht in eine andere Richtung. Deshalb sieht man viele Lichtpunkte im Raum.

Streuung

Fällt Licht auf eine unebene Oberfläche, wird das nicht absorbierte Licht in viele Richtungen reflektiert. Es wird **gestreut**. Man spricht von ungerichteter Reflexion.

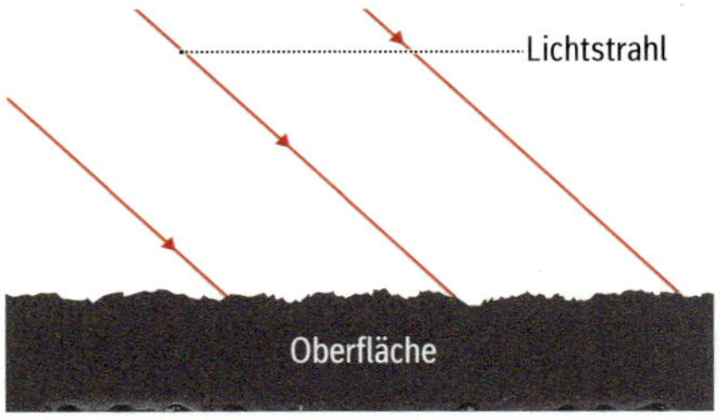

1 Absorption

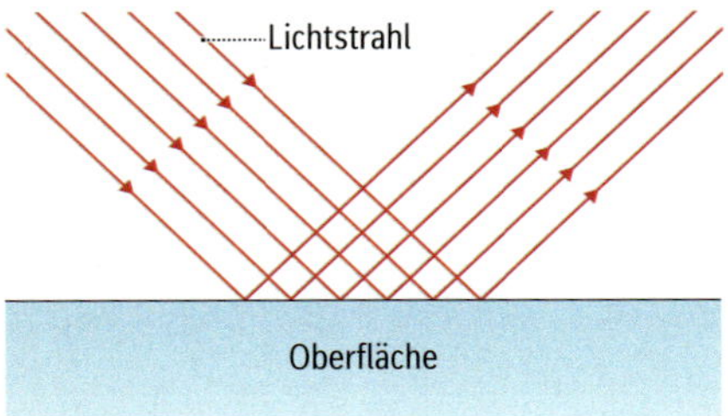

2 Reflexion

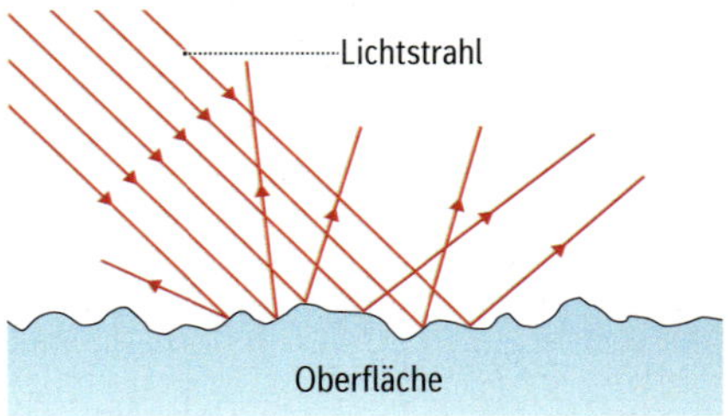

3 Streuung

Das Reflexionsgesetz

Fällt ein Lichtstrahl auf einen Spiegel, wird er reflektiert. Der Lichtstrahl wird gespiegelt. Der Lichtstrahl fällt in einem bestimmten Winkel, dem **Einfallswinkel** auf den Spiegel. Der reflektierte Strahl wird im sogenannten **Reflexionswinkel** am Spiegel reflektiert. Der Einfallswinkel und der Reflexionswinkel sind immer gleich groß. Für die Bestimmung der Winkel hilft eine senkrechte Linie. Sie wird am Auftreffpunkt des einfallenden Lichtstrahls gezogen. ▶

Der Einfallswinkel und der Reflexionswinkel sind immer gleich groß.

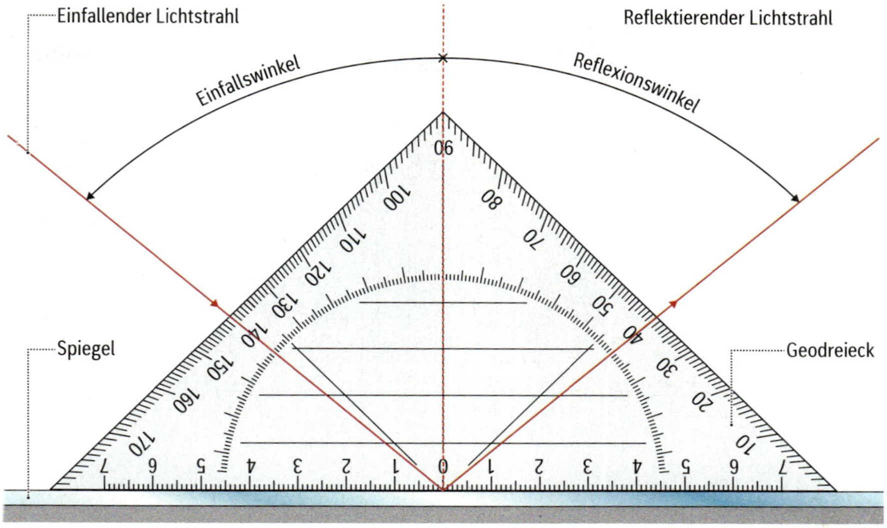

4 Einfallswinkel und Reflexionswinkel

M1 Reflexion, Absorption und Streuung

1 Ordne den Körpern A bis E zu, ob sie das Licht reflektieren, absorbieren oder streuen.

2 Beschreibe mit Hilfe der Fachbegriffe den Lichtweg eines Lichtstrahls. | HILFE

3 Zeichne einen Lichtstrahl, der in einem Winkel von 25 Grad auf einen Spiegel trifft. Zeichne danach den reflektierten Strahl. Gib dabei den Winkel an, in dem er reflektiert wird. | HILFE

4 Verändere die Position eines Körpers so, dass ein weiterer Lichtstrahl an Körper D gestreut wird. Zeichne den alten und den neuen Aufbau in dein Heft.

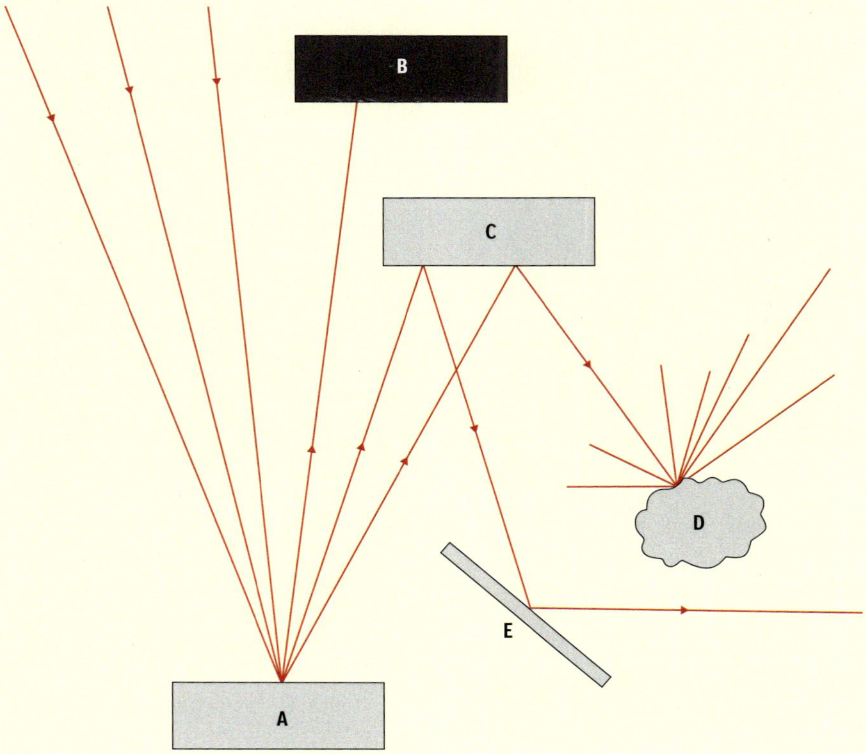

5 Katzenaugen reflektieren Licht

6 Reflektor am Fahrrad

M2 Reflektoren

A

B

1 Vergleiche die Bilder A und B miteinander.

2 Formuliere einen Merksatz für die Sicherheit im Straßenverkehr von Radfahrern und Fußgängern im Dunkeln. | HILFE

3 Nenne Vorteile von Reflektoren im Straßenverkehr von Radfahrern und Fußgängern, wenn es dunkel ist. | HILFE

4 Erkläre warum die Kinder in Bild B besser zu sehen sind.

Reflektoren

Sobald es dunkel wird, beleuchten Straßenlaternen die Straßen und Gehwege. Durch das fehlende Sonnenlicht sind Fußgänger und Fahrradfahrer schlecht zu sehen. Besonders beim Überqueren der Straße muss man gut für Autos zu sehen sein. Dabei helfen **Reflektoren**. Sie reflektieren die Lichtstrahlen immer in die Richtung zurück, aus der sie gekommen sind. Dadurch sehen Reflektoren so aus, als würden sie selbst leuchten. Reflektoren befinden sich zum Beispiel an Fahrrädern, Kleidung oder Schultaschen.

Reflektoren in der Natur

Werden die Augen von Katzen angestrahlt, sieht es manchmal so aus, als würden sie leuchten. Das liegt an einer zusätzlichen **Spiegelschicht** in den Augen der Katze. Fällt Licht in das Auge, wird es von der Spiegelschicht zurückgeworfen.

Spiegel im Straßenverkehr

Für eine bessere Orientierung im Straßenverkehr benutzt man Spiegel. In schlecht einsehbaren Kurven stehen oft Spiegel am Straßenrand. Mit ihnen kann man Autos in der Kurve früher erkennen. An Autos befinden sich Seitenspiegel und innen ein Rückspiegel. Mit diesen Spiegeln können Autofahrer sehen, was hinter und neben ihnen ist. Bestimmte Bereiche neben oder hinter dem Auto kann der Fahrer aber auch mithilfe der Spiegel nicht sehen. Diesen Bereich nennt man **toten Winkel**. Daher müssen Autofahrer vor dem Abbiegen immer über die Schulter nach hinten schauen.

7 Verkehrsspiegel

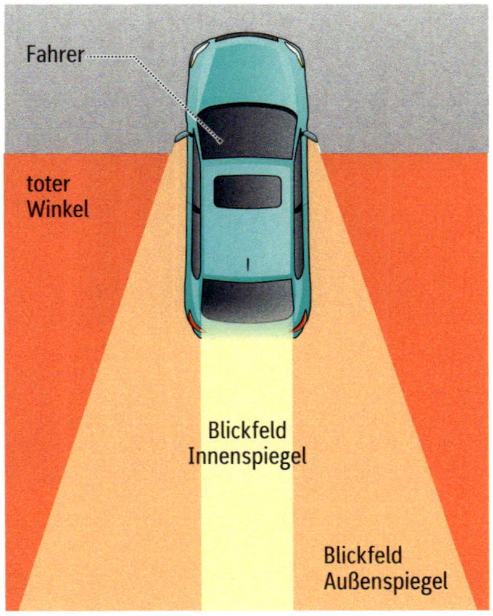

8 Toter Winkel

Physikalisches Farbensehen

Fällt Licht auf einen Gegenstand, wird ein Teil des Lichts reflektiert. Gelangt dieses reflektierte Licht in die Augen, kann man den Gegenstand sehen. Gegenstände mit unterschiedlichen Farben reflektieren aber immer nur einen bestimmten Teil des Lichts. Das weiße Licht der Sonne besteht aus verschiedenen, farbigen Bestandteilen. Mithilfe eines **Prismas** kann man das weiße Licht in seine einzelnen, farbigen Bestandteile zerlegen. Ein roter Apfel reflektiert nur die roten Teile des Lichts, welche ein Bestandteil des weißen Lichts sind. Die anderen Farben des Lichts werden absorbiert. Dadurch sieht der Apfel rot aus. Werden alle Farben von einem Gegenstand reflektiert, sieht er weiß aus. Werden keine Farben reflektiert, erscheint er schwarz.

A Erkläre den Unterschied zwischen Reflexion und Streuung.

M3 Physikalisches Farbensehen

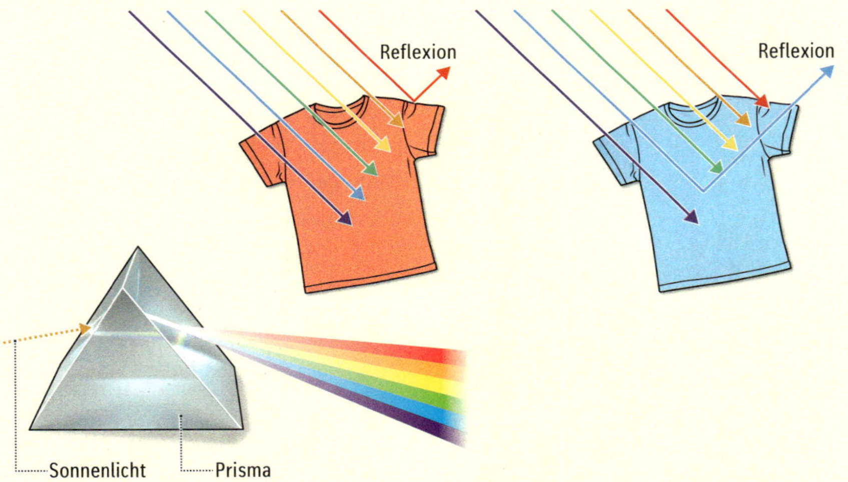

1 Nenne die Farben des Lichts, die bei jedem der T-Shirts reflektiert und absorbiert werden.

2 Erkläre, warum man die beiden T-Shirts in ihren jeweiligen Farben wahrnehmen kann. | HILFE

3 Erläutere, welche Farben bei einem schwarzen und weißen Gegenstand reflektiert und absorbiert werden. | HILFE

4 Stelle Vermutungen an, welche Farben bei einem grauen Gegenstand reflektiert und absorbiert werden.

Digital+ WES-187000-031

Bau des Auges

Schutzeinrichtungen

Gut geschützt vor Stößen liegt das Auge in der knöchernen **Augenhöhle**. Die beiden haarigen **Augenbrauen** lenken Schweiß von der Stirn aus seitlich ab, damit er nicht in die Augen gelangt. **Wimpern** und **Augenlider** verhindern das Eindringen von Staub und Schmutz. Dem Feuchthalten des Auges und dem Ausspülen von Fremdkörpern dient die salzhaltige **Tränenflüssigkeit**. Diese wird in den **Tränendrüsen** produziert. Die Tränenflüssigkeit fließt über den **Tränenkanal** und den **Tränensack** in die Nasenhöhle ab.

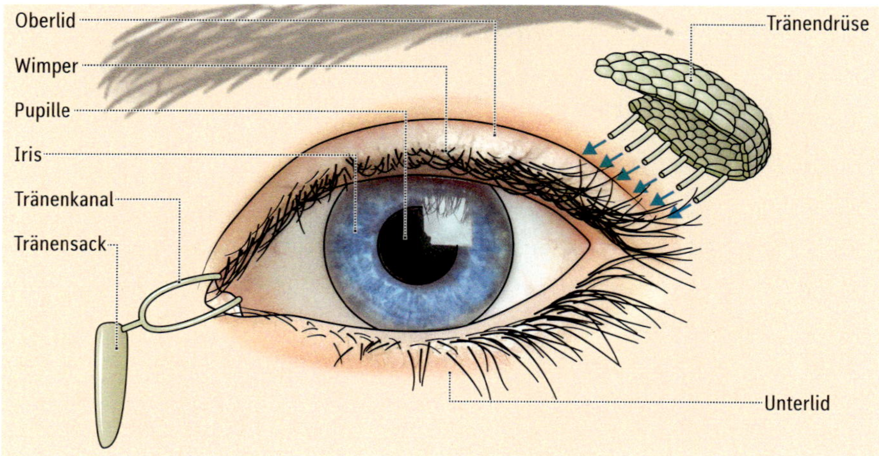

1 Schutzvorrichtungen des Auges

Aufbau in Schichten

Nach außen hin schützt die **Lederhaut** das Auge und verleiht ihm Festigkeit. An dieser äußeren Schicht sitzen Muskeln, mit denen das Auge bewegt werden kann. In der folgenden **Aderhaut** liegen Blutgefäße. Sie versorgen das Auge mit Nährstoffen und Sauerstoff. Die innere Schicht, die **Netzhaut**, enthält die Lichtsinneszellen, die das Licht aufnehmen, die Information umwandeln und weiterleiten. Der **Gelbe Fleck** ist die Stelle des schärfsten Sehens. Im vorderen Bereich des Auges geht die Lederhaut in die durchsichtige **Hornhaut** über. Diese schützt das Auge vor Fremdkörpern und

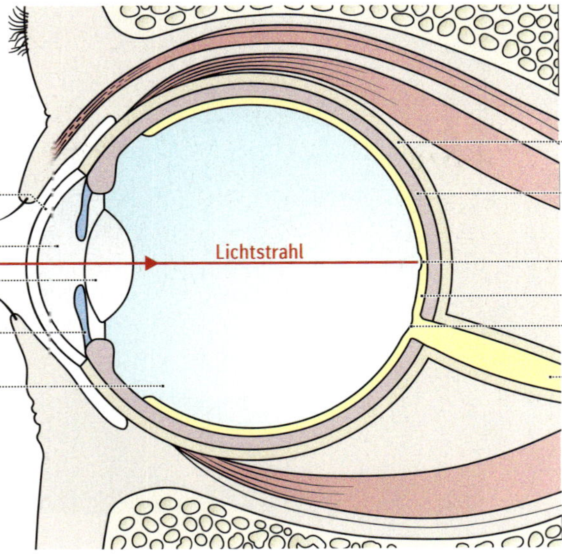

2 Bau des Auges | FILM

dem Eindringen von Krankheitserregern. Die **Iris** oder Regenbogenhaut bestimmt die Augenfarbe. Sie umschließt die für den Lichteinfall verantwortliche Öffnung, die **Pupille**, und verändert deren Größe. Die durchsichtige, elastische **Linse** sorgt für das „Scharfstellen" des Bildes. Der **Glaskörper** besteht aus einer gelartigen Masse und verleiht dem Auge Festigkeit. Der **Sehnerv** verbindet Auge und Gehirn. An der Austrittstelle des Sehnervs, befinden sich keine Lichtsinneszellen. Man spricht vom **Blinden Fleck**.

Räumliches Sehen

Hält man beim Blick auf einen Gegenstand erst das eine und danach das andere Auge zu, betrachtet man den Gegenstand aus zwei verschiedenen Richtungen. Beide Augen liefern unterschiedliche Bilder. Blickt man mit beiden Augen auf den Gegenstand, kommen unterschiedliche **Informationen** im Gehirn an. Hier werden sie verarbeitet und zu einem Bild zusammengefügt. So entsteht ein **räumliches Bild**.

A Nenne die natürlichen Schutzeinrichtungen des Auges.

B Erstelle eine Tabelle mit den Bauteilen des Auges und ihren jeweiligen Aufgaben.

C Stelle in einem Fließschema den Lichtweg vom Augeneintritt bis zum Auftreffen auf der Netzhaut dar.

M1 Räumliches Sehen

1 Beschreibe die Bilder, welche die einzelnen Augen dem Gehirn übermitteln und wie daraus ein räumlicher Eindruck entsteht. | HILFE

2 Erkläre, warum mit einem Auge kein räumliches Sehen möglich ist. | HILFE

3 Beim Schielen handelt es sich um eine Fehlstellung der Augen. Stelle eine Vermutung an, welchen Einfluss das Schielen auf das räumliche Sehen hat.

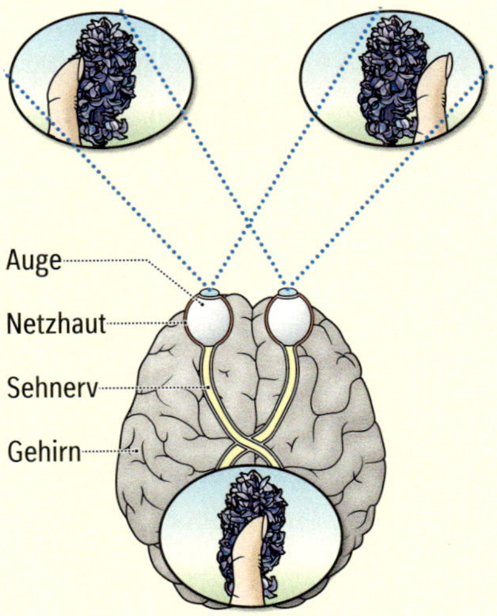

FILM

Bildentstehung im Auge

M1 Lichtbrechung

1 Beschreibe den Verlauf des Lichts durch den Glaskörper.

2 Erkläre den Verlauf des Lichts. Nutze dafür die richtigen Fachbegriffe. | HILFE

Die Lichtbrechung

Das Licht breitet sich geradlinig aus. Trifft Licht aus der Luft auf Glas, kann man ab der Eintrittstelle einen Knick des Lichts erkennen. Die Eintrittstelle wird auch **Grenzfläche** genannt. Das Licht dringt in das Glas ein und wird in einem Winkel, dem **Brechungswinkel**, **gebrochen**. Dringt Licht aus der Luft in Glas ein, wir das Licht **zur Achse hin** gebrochen. Der Einfallswinkel ist genauso groß wie der Brechungswinkel. Neben dem eindringenden Licht wird auch ein kleiner Teil des Lichts an der Grenzfläche reflektiert.

Lichtbrechung im Auge

Auf dem Weg durch das Auge wird das Licht ebenfalls gebrochen. An der Lichtbrechung im Auge sind die Hornhaut, die Augenflüssigkeit, die Linse und der Glaskörper beteiligt.

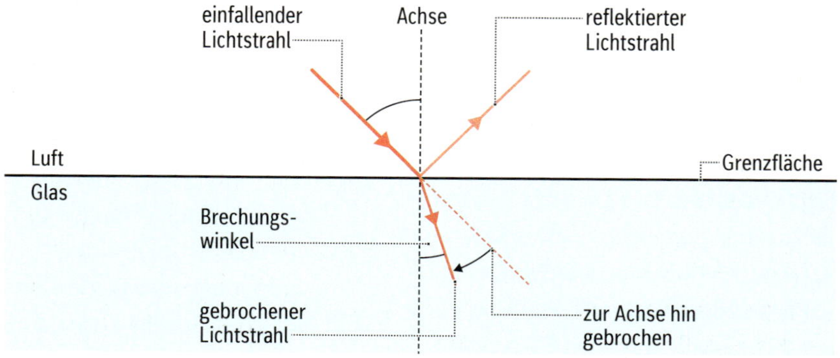

1 Lichtbrechung zur Achse hin

Bildentstehung

Fällt Licht auf einen Gegenstand, wird von jedem Punkt des Gegenstands Licht zurückgeworfen. Dieses Licht wird reflektiert und breitet sich dann in alle Richtungen aus. Das vom Gegenstand ausgehende Licht gelangt ins Auge. Beim Durchgang durch das Auge wird das Licht mehrfach an den verschiedenen Teilen des Auges gebrochen. Die **Linse** ist dabei mit Muskeln verbunden, wodurch die Form der Linse verändert werden kann. Das in das Auge einfallende Licht wird von der Linse so gebrochen, dass es scharf auf die **Netzhaut** fällt. Von jedem Punkt des Gegenstandes entsteht auf der Netzhaut ein entsprechender Bildpunkt. So entsteht ein genaues Abbild des gesehenen Gegenstandes. Durch die vielen entstehenden Bildpunkte setzt sich auf diese Weise ein Bild zusammen, das seitenverkehrt ist, auf dem Kopf steht und verkleinert ist

Wahrnehmung im Gehirn

Durch das Licht werden die Lichtsinneszellen der Netzhaut gereizt. Die Lichtsinneszellen wandeln die vielen Lichtreize in **elektrische Impulse** um. Über den Sehnerv gelangen die Impulse ins Gehirn. Das Gehirn wertet diese Informationen aus. Bei der Wahrnehmung wird das Bild dann umgedreht und wieder gespiegelt. So nimmt man ein originalgetreues Abbild des Gegenstands wahr. ▶

A Beschreibe den Strahlenverlauf im Auge mit Hilfe von Bild 2.

B Erkläre die Bedeutung der Linse für die Bildentstehung.

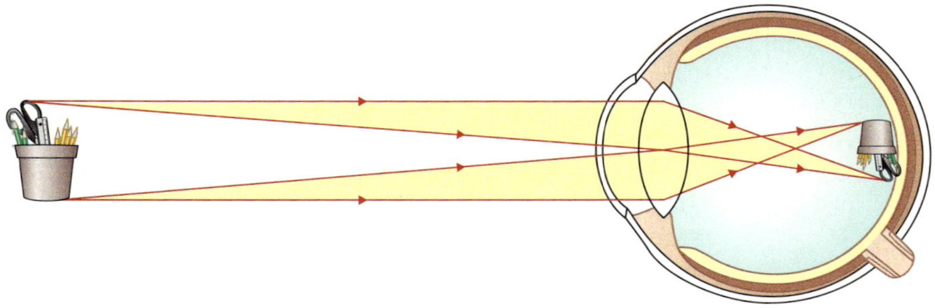

2 Strahlenverlauf im Auge

M2 Bildenstehung im Auge

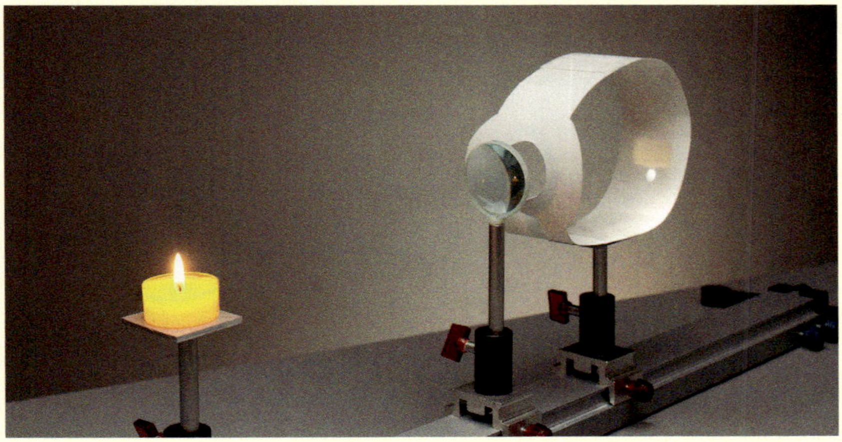

1 Erstelle eine Tabelle, in der den Teilen des Modells die entsprechenden Bestandteile des Auges zugeordnet werden.

2 Beschreibe mithilfe des Modells die Bildentstehung im Modell. | HILFE

3 Erkläre die Unterschiede in der Bildentstehung im Modell und dem menschlichen Auge. | HILFE

4 Beschreibe, was das Modell gut darstellt und was das Modell weniger gut darstellt. | HILFE

5 Erstelle ein Fließschema für den Lichtweg vom Gegenstand bis zum Auftreffen auf die Rückwand. | HILFE

Digital+
WES-187000-035

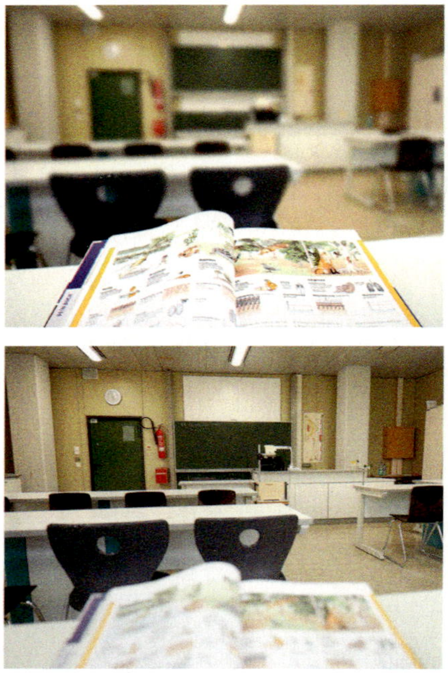

3 Akkommodation

Akkommodation

Im Klassenzimmer ist es nur möglich, entweder den Text im Schulbuch oder den Text auf der Tafel im Hintergrund scharf zu sehen. Je nach Entfernung des Gegenstandes muss das Licht unterschiedlich stark gebrochen werden. Die Lichtbrechung wird verändert durch die Form der Linse.

Damit ein naher Gegenstand scharf gesehen wird, muss die Brechkraft der Linse hoch sein. Das heißt, die Linse muss sich stark wölben. Um einen weit entfernten Gegenstand scharf zu sehen, muss das Licht weniger stark gebrochen werden. Die Linse muss flach sein. Zuständig für die **Linsenwölbung** sind die Ringmuskeln und **Linsenbänder**. Der Ringmuskel bildet einen Ring um die Linse und ist über die Linsenbänder mit ihr verbunden. Betrachtet man einen nah gelegenen Gegenstand, spannt sich der Ringmuskel an, wodurch der Ring um die Linse enger wird. Die Linsenbänder sind locker und ermöglichen es der Linse, sich stark zu wölben. So wird eine hohe Brechkraft erreicht. Diesen Vorgang nennt man **Nahakkommodation**. Um einen weit entfernten Gegenstand scharf sehen zu können, entspannt sich der Ringmuskel. Der Ring um die Linse weitet sich. Dadurch werden die Linsenbänder gespannt und es entsteht ein Zug auf die Linse. Die Linse ist nun flach und ihre Brechkraft dadurch niedrig. Diesen Vorgang bezeichnet man als **Fernakkommodation**.

P1 Akkommodation

Material: Schulbuch

Durchführung: Halte dein Schulbuch mit ausgestrecktem Arm vor dein Gesicht. Halte einen Daumen zwischen Buch und Gesicht.

1 Fixiere mit den Augen abwechselnd Buch und Daumen. Beschreibe deine Beobachtungen.

2 Erkläre, wie die verschiedenen Seheindrücke entstehen.

M3 Akkommodation

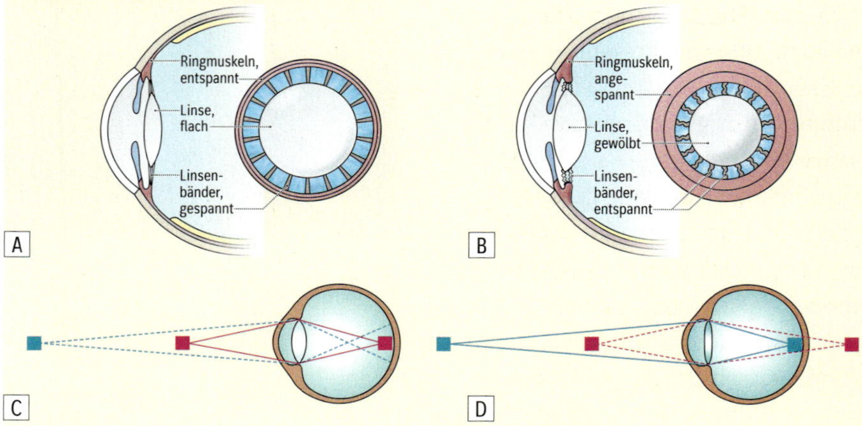

1 Ordne den Bildern A und B die Begriffe Nahakkommodation und Fernakkommodation zu. Begründe deine Entscheidung.

2 Beschreibe die Aufgabe der Muskeln bei der Wölbung der Linse. | HILFE

3 Ordne die Abbildungen C und D den Abbildungen A und B richtig zu. | HILFE

4 Erläutere die Vorgänge im Auge bei der Nahakkommodation und der Fernakkommodation mithilfe der Bilder A–D.

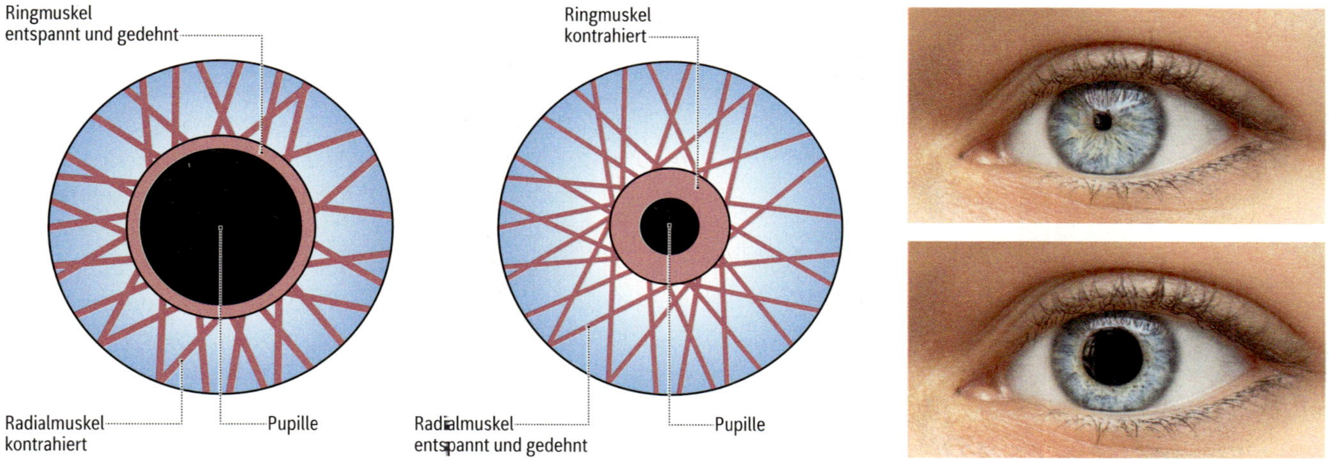

4 Zustand der Pupille und Iris: **A** bei schwachem Lichteinfall, **B** bei starkem Lichteinfall

Lichtmenge im Auge

Damit man gut sehen kann, muss eine ausreichende Lichtmenge ins Auge gelangen. Im Dunkeln ist diese zu niedrig, bei starkem Sonnenlicht zu hoch. Durch zu starken Lichteinfall kann die Netzhaut geschädigt werden. Das Auge kann sich unterschiedlichen Lichtverhältnissen anpassen und die einfallende Lichtmenge ins Auge regulieren. Dies geschieht über die Pupille. Die Pupille kann mithilfe von Muskeln in der Iris verengt oder erweitert werden. Diesen Vorgang bezeichnet man als Hell-Dunkel-Anpassung oder auch als **Adaptation**.

M4 Adaptation

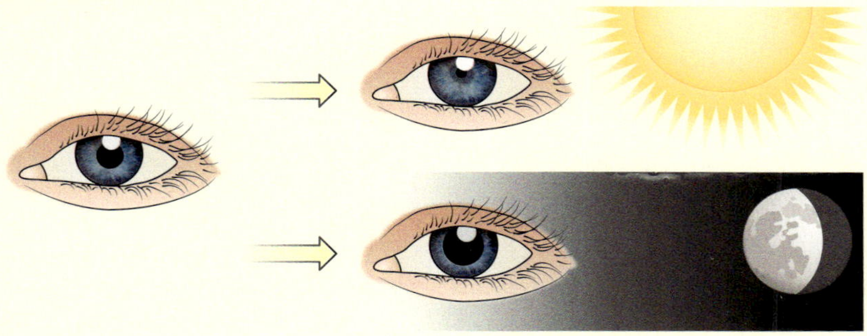

1 Beschreibe mithilfe der Abbildungen den Zustand der Pupille bei verschiedenen Lichtverhältnissen.

2 Erkläre, warum die Pupillenöffnung an verschiedene Lichtverhältnisse angepasst wird. | HILFE

P2 Adaptation

Material: -

Durchführung: Setze dich deinem Versuchspartner gegenüber. Lasse ihn für eine Minute die Augen schließen und mit den Händen verdecken. Blicke anschließend sofort in seine Augen.

1 Beschreibe die Pupille direkt nach dem Öffnen der Augen.

2 Erkläre die Veränderung nach dem Öffnen der Augen. | HILFE

3 Erläutere, warum die Veränderungen der Pupille eine Schutzfunktion des Auges darstellen.

Digital+
WES-187000-037

Die Lochkamera

1 Eine Lochblende

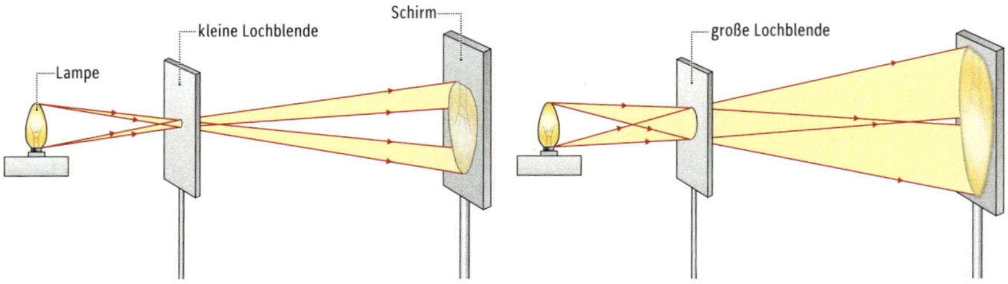

A B

2 Entstehung eines Bildes an einer Lochblende: **A** scharfes Bild, **B** unscharfes Bild

Die Lochkamera

Die Lochkamera besteht nur aus einer Lochblende und einem Schirm. Im Mittelalter hat man eine dunkle Kammer gebaut, die **Camera obscura.** Das Bild auf dem Schirm wurde nachgezeichnet.

Eigenschaften des Bildes

Je größer die Öffnung der Lochblende ist, desto mehr Licht kommt durch und desto unschärfer wird das Bild. Erst bei einer Lochblende mit genügend kleiner Öffnung ist das Bild auf dem Schirm scharf. Jedoch wird das Bild dunkler, da immer weniger Licht durch die Öffnung gelangt. Nur bei einem sehr kleinen Loch entsteht ein scharfes Abbild auf dem Schirm. Die Lichtstrahlen kreuzen sich im Loch und erzeugen ein auf dem Kopf stehendes, seitenverkehrtes Abbild. Ein solches Abbild entsteht im Auge jedoch durch das Zusammenspiel durch die Pupille und den lichtbrechenden Teilen wie Hornhaut, Linse und Glaskörper.

P1 Bau einer Lochkamera

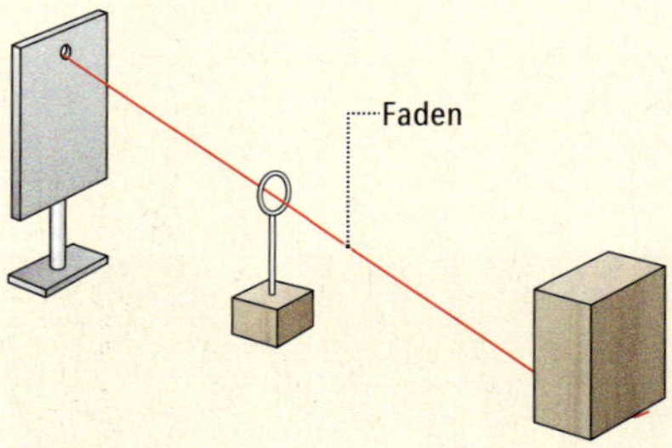

Material: Holzstück mit Ring, abzubildender Gegenstand, Schirm, Fäden, Klebeband

Durchführung: Stelle zwischen den Schirm und den Gegenstand das Holzstück mit dem Ring. Befestige mit Klebeband Fäden an verschiedenen Stellen des Gegenstandes. Stelle den Verlauf der Lichtstrahlen durch die Lochblende auf den Schirm mit den Fäden nach.

1 Erkläre die Bildentstehung an einer Lochblende mit dem Modell.

2 Erläutere Vor- und Nachteile des verwendeten Modells.

M1 Camera Obscura

1 Beschreibe den Aufbau einer Camera obscura.

2 Erkläre, warum das Bild auf dem Kopf steht.

3 Begründe, warum die Kammer dunkel sein muss.

Optische Täuschungen

Optische Täuschungen

Sämtliche Informationen, die vom Auge aus zum Gehirn gelangen, werden dort mit gespeicherten Erfahrungen und Erinnerungen verknüpft. Daraus entsteht dann ein Seheindruck. Die Wahrnehmung eines Bildes oder der Umgebung ist also abhängig von den eigenen Erfahrungen, die im Gehirn verankert sind. Manchmal entsteht durch diese gespeicherten Erfahrungen ein falscher Eindruck. Man nenn das eine **optische Täuschung**.

Der Linienverlauf in Bild 1 erzeugt eine räumliche Tiefe. Man bekommt das Gefühl, als ob man in einen Raum hinein schaut. Aus der eigenen Erfahrung heraus erscheint der weiter entfernte Stab größer als der Stab im Vordergrund. Beim Betrachten von Bild 2, nimmt man im ersten Moment entweder eine alte oder eine junge Frau wahr. Welche Frau zuerst gesehen wird, hängt von den Erfahrungen des Betrachters ab. Das Gehirn versucht beim ersten Blick auf ein Bild immer etwas Bekanntes zu erkennen. So ergibt sich ein stimmiges Gesamtbild. Nach längerem Betrachten ist ein „Hin- und Herspringen" zwischen alter und junger Frau möglich und man sieht beide. Die gleichen Kreise mit der dicken Umrandung in Bild 3 sind einmal von mehreren kleinen Kreisen umgeben und einmal von mehreren großen Kreisen. Jedoch wirkt der Kreis, der von kleineren Kreisen umgeben ist, größer als der andere Kreis. Das liegt daran, dass man sich bei der Wahrnehmung an der Umgebung orientiert.

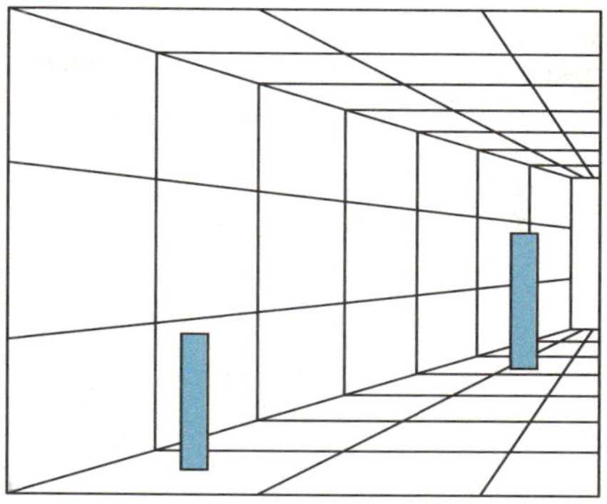

1 Gleich große Stäbe

2 Alte und junge Frau

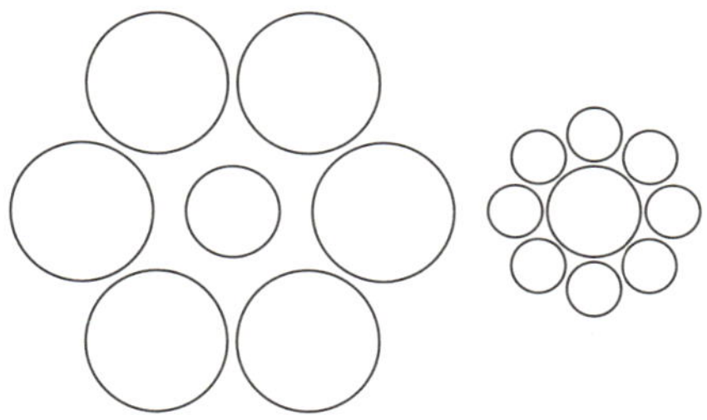

3 Gleich große Kreise

M1 Optische Täuschungen

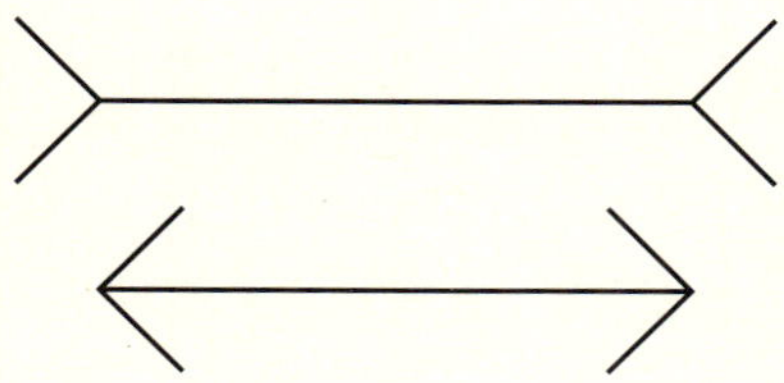

1 Beschreibe deinen ersten Eindruck beim Ansehen der Bilder A–C.

2 Überprüfe den ersten Eindruck durch Betrachten oder durch Nachmessen mit einem Lineal.

3 Recherchiere weitere optische Täuschungen und stelle sie der Klasse vor.

Farben sehen

Lichtsinneszellen

Das Licht trifft im menschlichen Auge auf die **Netzhaut**, die aus drei Schichten aufgebaut ist. Die **Lichtsinneszellen** liegen in der innersten Schicht. Es gibt **Stäbchen**, die für das Hell-Dunkel-Sehen zuständig sind und wenig Licht benötigen. Es gibt auch Lichtsinneszellen, die für das Farbsehen zuständig sind. Diese **Zapfen** benötigen viel Licht. Die Lichtsinneszellen sind in der Schicht nicht gleichmäßig verteilt. Im Zentrum gibt es einen eng begrenzten Bereich, an dem sich sehr viele Zapfen liegen. Dieser Bereich wird als **Gelber Fleck** bezeichnet. Er ist der Ort des schärfsten Sehens. Am Rand liegen mehr Stäbchen, dort können Hell-Dunkel-Effekte und Bewegungen erkannt werden.

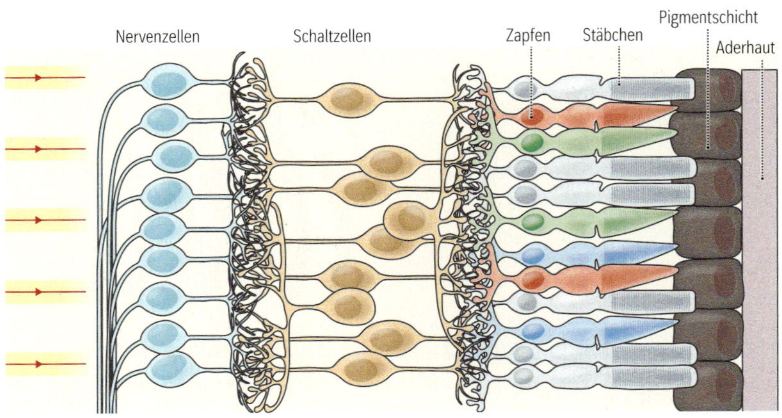

1 Bau der Netzhaut

Umwandlung der Informationen

Fällt Licht auf die Netzhaut, gelangt es durch eine Schicht mit Nervenzellen und eine Schicht mit Schaltzellen zu den Lichtsinneszellen. Werden diese gereizt, geben sie einen elektrischen Impuls an die Schaltzellen der mittleren Schicht ab. Diese leiten den Impuls an die außen liegenden Nervenzellen. Ihre Fortsätze bilden den Sehnerv, der den Impuls an das Gehirn leitet, wo der Seheindruck entsteht. Die Stelle, an der der Sehnerv beginnt, heißt **Blinder Fleck**. Hier liegen keine Lichtsinneszellen.

Farben sehen

In der Netzhaut befinden sich drei verschiedene Zapfentypen. Sie reagieren auf rotes, grünes oder blaues Licht. Werden nur Zapfen für rotes Licht erregt, entsteht im Gehirn ein roter Seheindruck. Werden die grünen und roten Zapfen gereizt, entsteht eine Mischung der Farben. Man spricht von **additiver Farbmischung**. Das Gehirn setzt die Informationen zusammen. Es entsteht im Gehirn ein gelber Seheindruck.
Es gibt Menschen, die Schwierigkeiten dabei haben, Rot- und Grüntöne zu erkennen und voneinander zu unterscheiden. Man spricht von einer **Rot-Grün-Sehschwäche**. Diese Beeinträchtigung ist erblich bedingt.

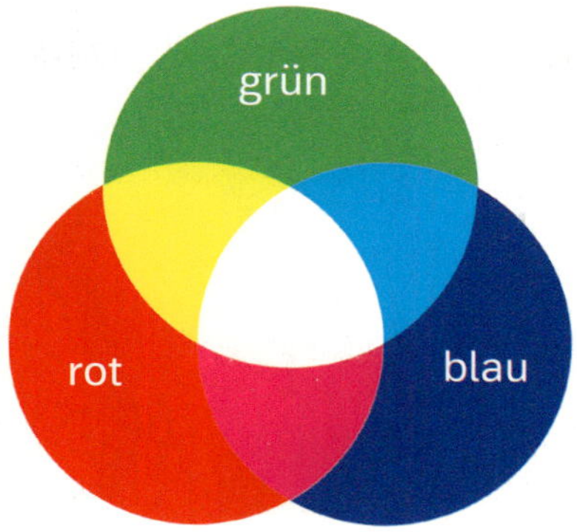

2 Additive Farbmischung

A Beschreibe den Bau der Netzhaut.
B Beschreibe Enzstehung verschiedener Farben bei der additiven Farbmischung.

M1 Lichtsinneszellen in der Netzhaut

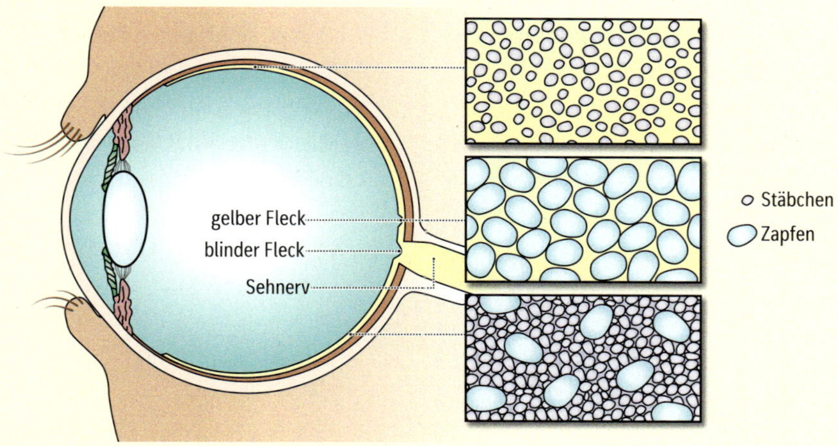

1 Beschreibe die Verteilung von Stäbchen und Zapfen in der Netzhaut.
2 Beschreibe die Besonderheit des Gelben Flecks. | HILFE
3 Erkläre, warum am Blinden Fleck keine Lichtreize aufgenommen werden. | HILFE
4 Erkläre, warum bei Dunkelheit kaum Farben erkannt werden. | HILFE
5 Stelle begründete Vermutungen über die Lage des Gelben und Blinden Flecks an.

M2 Rot-Grün-Schwäche

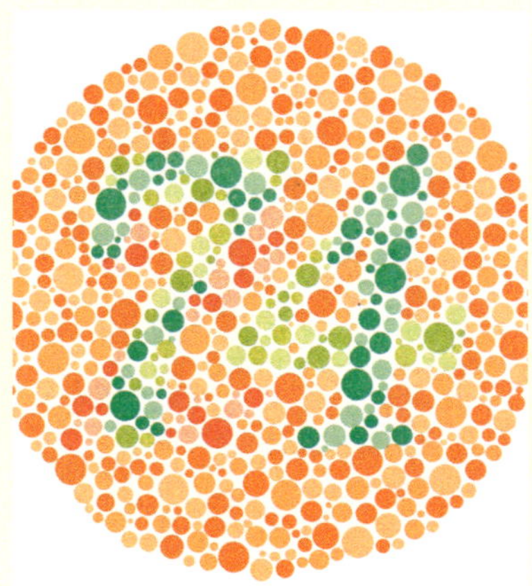

1 Beschreibe die Abbildung.
2 Erkläre, warum man mit einer solchen Abbildung herausfinden kann, ob jemand an einer Rot-Grün-Sehschwäche leidet. | HILFE

Digital+
WES-187000-041

Sehfehler korrigieren

Fehlsichtigkeiten

Viele Menschen benötigen eine Brille, damit sie ihre Umgebung scharf sehen können. Sie leiden an einer Fehlsichtigkeit. Menschen, die weit entfernte Gegenstände nicht scharf sehen können, leiden an **Kurzsichtigkeit**. Bei kurzsichtigen Menschen wird das Licht von der Linse zu stark gebrochen. Das scharfe Bild des weit entfernten Gegenstands entsteht vor der Netzhaut. Auf der Netzhaut ist das Bild schon wieder unscharf. Menschen, die nahegelegene Gegenstände nicht scharf sehen können, leiden an **Weitsichtigkeit**. Bei weitsichtigen Menschen entsteht das scharfe Bild eines nahen Gegenstands erst ein Stück hinter der Netzhaut. Das Licht wird von der Linse nicht stark genug gebrochen, um das entstehende Bild scharf auf der Netzhaut abzubilden.

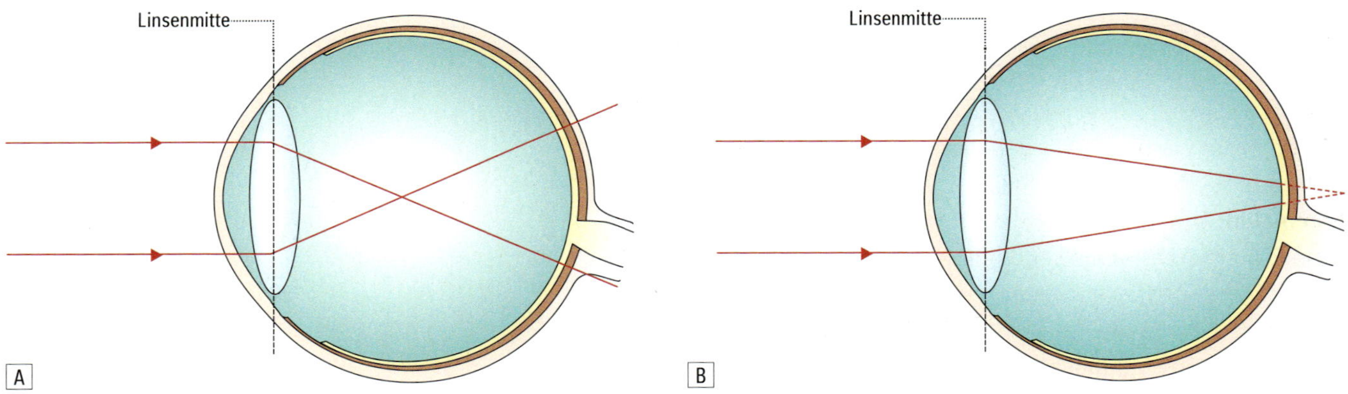

1 Fehlsichtigkeit: **A** Kurzsichtigkeit, **B** Weitsichtigkeit

Altersweitsichtigkeit

Vor allem ältere Menschen müssen beim Lesen oft eine Brille aufsetzen. Wenn sie keine Brille zur Hand haben, halten sie oft beim Lesen das Buch nicht direkt vor das Gesicht, sondern halten es weit entfernt mit gestreckten Armen. Sie haben Probleme nah entfernte Gegenstände scharf zu sehen. Die betroffenen leiden an **Altersweitsichtigkeit**. Im zunehmenden Alter verliert die Linse oft an Elastizität. Sie lässt sich durch die Muskeln nicht mehr so stark krümmen. Dadurch ist die Brechkraft der Linse nicht mehr stark genug, nah entfernte Gegenstände oder die Buchstaben einer Buchseite scharf auf der Netzhaut darzustellen.

Hornhautverkrümmung

Auch die Hornhaut ist eine Grenzfläche, an der ins Auge kommendes Licht gebrochen wird. Bei manchen Menschen ist die Hornhaut nicht regelmäßig gekrümmt, sondern kann stärker oder weniger stark gekrümmt sein. Die Hornhaut ist dann unregelmäßig. Dadurch werden eingehende Lichtbündel auch unterschiedlich gebrochen. Auf der Netzhaut werden Bilder abgebildet, die teilweise scharf oder unscharf sind. Durch eine Hornhautverkrümmung kann zusätzlich eine Fehlsichtigkeit auftreten.

A Beschreibe, wie Altersweitsichtigkeit entsteht.

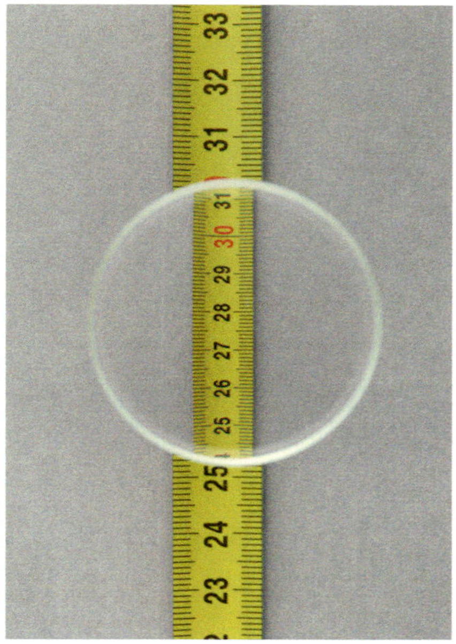

2 Wirkung einer Zerstreuungslinse

Fehlsichtigkeiten korrigieren

Bei kurzsichtigen Menschen liegt der Brennpunkt bei einem entspannten Auge vor der Netzhaut. Damit kurzsichtige Menschen weit entfernte Gegenstände gut sehen können, benötigen sie eine Brille mit **Zerstreuungslinsen**. Diese Linsen weiten das Lichtbündel auf und verschieben den Brennpunkt nach hinten auf die Netzhaut. Bei weitsichtigen Menschen liegt der Brennpunkt des entspannten Auges hinter der Netzhaut. Möchte ein weitsichtiger Mensch einen nah entfernten Gegenstand scharf sehen, reicht die Brechkraft der Linse nicht aus. Er benötigt eine Brille mit **Sammellinsen**. Die Lichtbündel werden hinter der Linse gesammelt und verlaufen dann so, als wäre der Gegenstand weiter weg. Der Brennpunkt wird nach vorne verschoben, sodass er auf der Netzhaut liegt.

M1 Fehlsichtigkeiten korrigieren

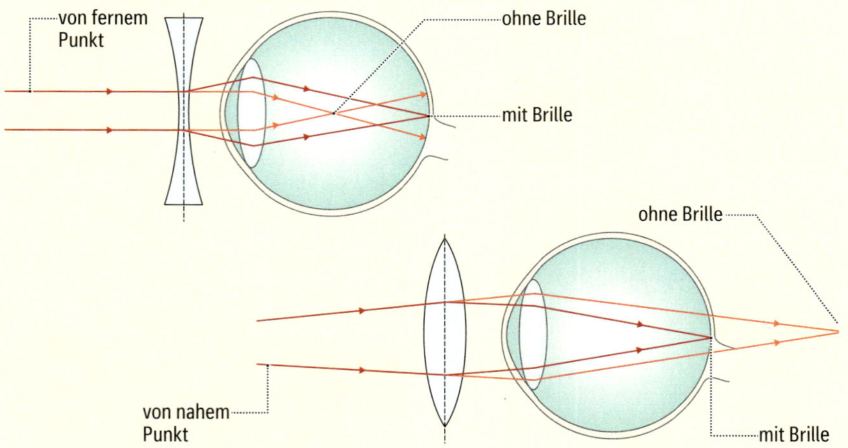

1 Beschreibe die Bildentstehung beim kurzsichtigen und weitsichtigen Auge.

2 Beschreibe mithilfe des Bildes, wie diese Fehlsichtigkeiten korrigiert werden können. | HILFE

3 Erkläre, warum die verwendeten Linsen helfen, die jeweilige Fehlsichtigkeit zu korrigieren. | HILFE

Digital+
WES-187000-043

Schutz der Augen

Schutzvorrichtungen

Obwohl das Auge durch seine natürlichen Schutzeinrichtungen vor vielen Gefahren geschützt wird, reichen diese nicht immer aus. In bestimmten Situationen muss man zusätzliche Maßnahmen ergreifen. Die Sonnenbrille schützt die Augen vor schädlicher UV-Strahlung der Sonne. Beim Kauf einer Sonnenbrille sollte man deshalb darauf achten, dass die Gläser einen ausreichenden UV-Schutz bieten, der durch ein Zertifikat ausgewiesen ist. Gleichzeitig hält eine Brille Wind und Fremdkörper vom Auge fern, was zum Beispiel beim Skifahren von großer Bedeutung ist. Beim Schwimmen sollte man eine Schwimmbrille tragen, damit das dem Wasser zugesetzte Chlor die Augen nicht schädigt.

A

B

1 Zusätzliche Schutzmaßnahmen: **A** Sonnenbrille, **B** Schwimmbrille

Verhalten

Einige einfache Verhaltensweisen im Alltag helfen, die Augen gesund zu halten. Bei der Nutzung von Fernseher und Computer sollte man darauf achten, einen ausreichenden Abstand zum Gerät einzuhalten und bestenfalls alle 15 Minuten eine kurze Pause einzulegen. So verhindert man eine Übermüdung und Austrocknung der Augen. Eine gesunde Ernährung mit viel Gemüse verbessert das Sehvermögen.

Arbeitsschutz

Nicht nur in der Freizeit, auch in vielen Berufen ist ein zusätzlicher Augenschutz unverzichtbar. Beim Bearbeiten von Stein, Holz oder Metall muss ein Sichtschutz zum Schutz vor Fremdkörpern getragen werden. So kann ein Eindringen von Fremdkörpern in das Auge verhindert werden. Gelangen trotzdem Fremdkörper ins Auge, kann man das Augenlid nach unten ziehen und versuchen, den Fremdkörper in Richtung Nase aus dem Auge zu wischen. Im Labor schützt eine Schutzbrille vor Hitze oder ätzenden Flüssigkeiten. Sollte es zu Verbrennungen oder Verätzungen der Augen kommen, ist eine Augendusche sehr hilfreich. Bei schweren Verletzungen muss sofort ein Arzt gerufen werden.

2 Verwendung einer Augendusche

A Beschreibe, warum zusätzliche Schutzmaßnahmen für das Auge sinnvoll sind.

M1 Schutz der Augen

Die Bilder zeigen verschiedene Situationen, bei denen eine Schutzbrille getragen werden muss.

1 Beschreibe die gezeigten Situationen.

2 Nenne Gefahren für die Augen, die durch die gezeigten Situationen entstehen.

3 Beschreibe, wie die Schutzbrillen die Menschen schützen.

4 Erkläre mögliche Folgen für Menschen, die ohne Schutzbrille arbeiten. | HILFE

5 Erläutere das weitere Vorgehen nach Verletzungen der Augen bei den dargestellten Tätigkeiten.

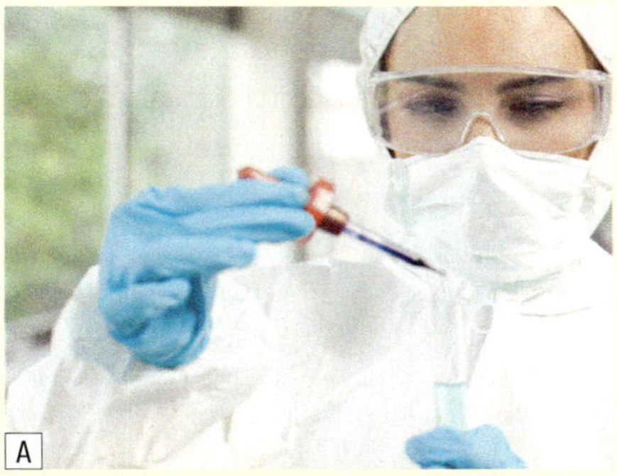

A

B

C

D

Schall unterwegs

Was ist Schall?

Bei einem Konzert hört man Gesang, den Klang von Instrumenten, aber auch Klatschen und Geschrei. Man kann auch zwischen lauten und leisen Geräuschen unterscheiden. Jeden Tag hört man die unterschiedlichsten Dinge. Alles, was mit den Ohren als Reiz aufgenommen wird, nennt man **Schall**.

Schallentstehung

Wenn der Gitarrist an den Gitarrensaiten zupft, dann bewegen sie sich. Sie **schwingen**. Singt ein Sänger, schwingen seine Stimmbänder. Wird eine Trommel geschlagen, dann schwingt das gespannte Fell. Schall entsteht, wenn etwas schwingt. Diese **Schwingungen** werden dann auf die Luft übertragen.

1 Schall im Modell

Schall im Teilchenmodell

Die Luft besteht aus vielen, gleichmäßig verteilten Teilchen. Diese werden zum Beispiel von einer schwingenden Gitarrensaite angestoßen. Sie stoßen dann andere Teilchen an. Die Luftteilchen werden **verdichtet** und stoßen immer weitere Luftteilchen an. Dadurch bewegt sich die **Luftverdichtung** weiter. Der Schall breitet sich aus. Gelangt der Schall in die Ohren, wird er in einen elektrischen Impuls umgewandelt und im Gehirn entsteht ein Höreindruck.

Ausbreitung von Schall

Alles, was Schall aussendet, wird **Schallsender** genannt. Der Schall breitet sich in alle Richtungen durch einen **Schallüberträger** aus. Neben Luft kann Schall auch über andere Schallüberträger wie Wasser oder Metalle weitergeleitet werden. Mithilfe der Ohren nimmt man den Schall auf. Das Ohr ist ein **Schallempfänger**. Je weiter man vom Schallsender entfernt ist, desto weniger schwingende Teilchen sind vorhanden. Die Lautstärke eines Geräusches nimmt ab.

Reflexion von Schall

Trifft Schall auf eine Oberfläche, wird er zurückgeworfen. Er wird **reflektiert**. Ist die Fläche, von der der Schall reflektiert wird, weit entfernt, kann man den reflektierten Schall erneut hören. Ruft man zum Beispiel sehr laut in den Bergen, kann man sein eigenes Rufen wieder hören. Man nennt das **Echo**. ▶

A Beschreibe mithilfe des Teilchenmodells, wie sich Schall ausbreitet.

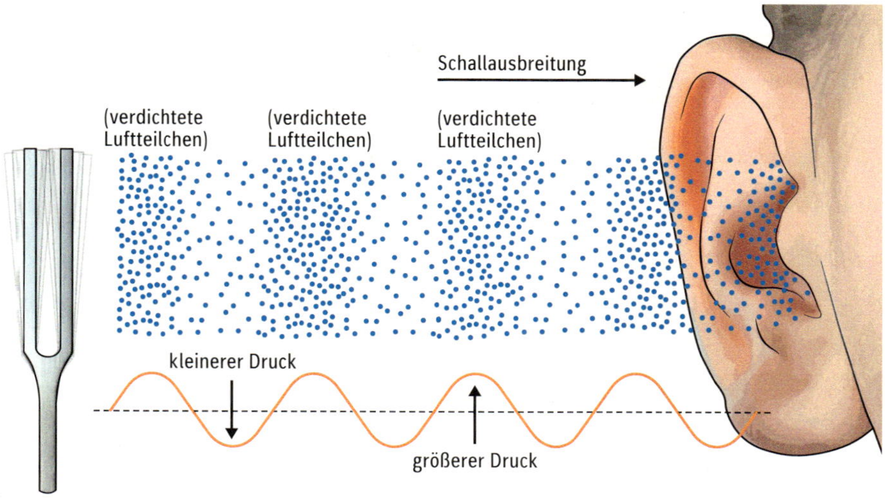

2 Schallausbreitung im Teilchenmodell

M1 Schallausbreitung

Versuch 1

Versuch 2

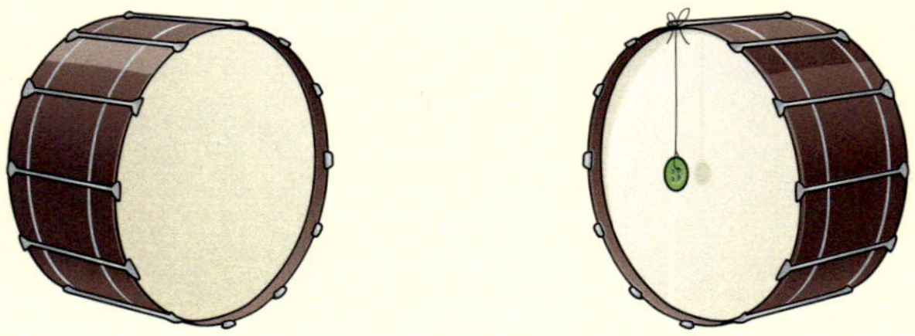

1 Beschreibe die Schallausbreitung in Versuch 1.

2 Ordne die Begriffe Schallsender, Schallüberträger und Schallempfänger dem Modell in Versuch 1 zu. | HILFE

3 Erläutere, warum die Kerzenflamme flackert oder sogar ausgehen kann. | HILFE

4 Erläutere was passiert, wenn die linke Trommel in Versuch 2 geschlagen wird.

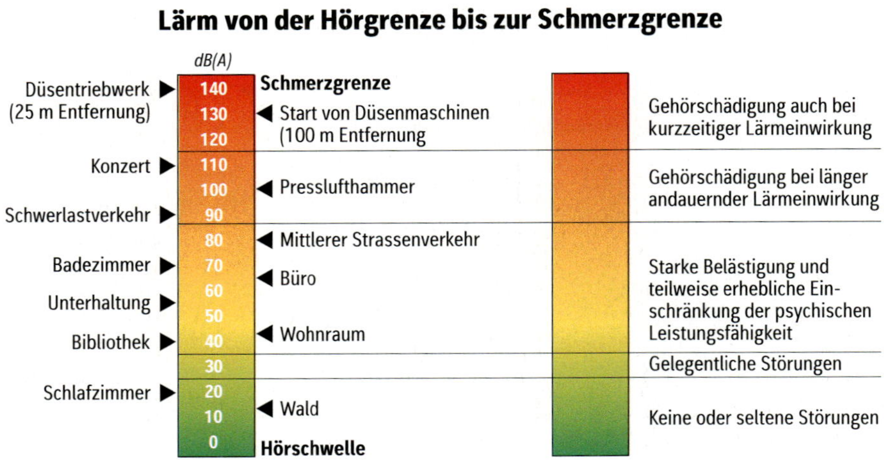

3 Dezibelskala

M2 Schwingungen

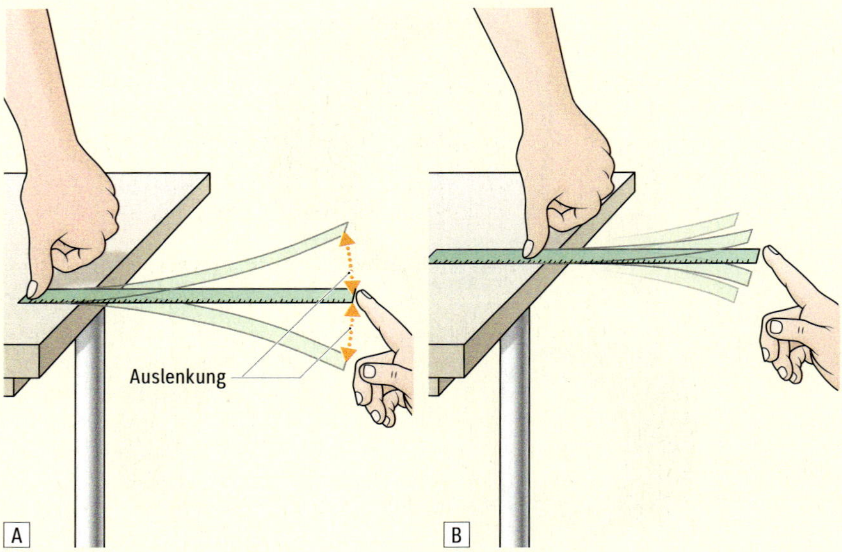

1 Beschreibe die Schwingungen in den Bildern A und B.

2 Erkläre, welches der Lineale einen hohen und welches einen tiefen Ton erzeugt. | HILFE

3 Erkläre, welches der Lineale einen lauten und welches einen leisen Ton erzeugt. | HILFE

4 Erläutere, wie man mit dem Lineal einen lauten und tiefen Ton erzeugt.

Hoch und Tief

Hält man ein Lineal über einer Tischkante fest, kann man es mit einer Hand anzupfen. Das Lineal schwingt dann hin und her. Gleichzeitig hört man einen Ton. Je kürzer der schwingende Teil des Lineals ist, umso schneller schwingt es. Dabei ändert sich auch die Tonhöhe. Die Höhe eines Tons hängt davon ab, wie oft das Lineal in einer Sekunde nach unten und nach oben schwingt. Die Anzahl der Schwingungen pro Sekunde wird als **Frequenz** bezeichnet. Die Einheit für die Frequenz ist **Hertz**, abgekürzt Hz. Schwingt das Lineal in einer Sekunde 100-mal hin und her, beträgt die Frequenz 100 Hertz. Je höher die Frequenz ist, desto höher ist auch der Ton.

Laut und Leise

Je stärker das Lineal angezupft wird, desto weiter schwingt es nach unten und nach oben. Die Entfernung von der Ruhelage des Lineals bis zu seinem weitesten Ausschlag ist die Auslenkung. Sie wird **Amplitude** genannt. Die Lautstärke des Tons hängt davon ab, wie weit das Lineal nach oben und nach unten schwingt. Je größer die Amplitude einer Schwingung ist, desto lauter ist der Ton. Die Einheit der Lautstärke ist **Dezibel**, abgekürzt **dB**. Für jeden Menschen sind Lautstärken unterschiedlich angenehm. Um Lautstärken besser vergleichen zu können, wurde die **Dezibelskala** eingeführt. Sie zeigt typische Werte für verschiedene Schallquellen aus dem Alltag. Zum Beispiel liegt der Lärm des Straßenverkehrs bei 80 Dezibel. Ab etwa 130 Dezibel empfindet man ein Geräusch als unangenehm.

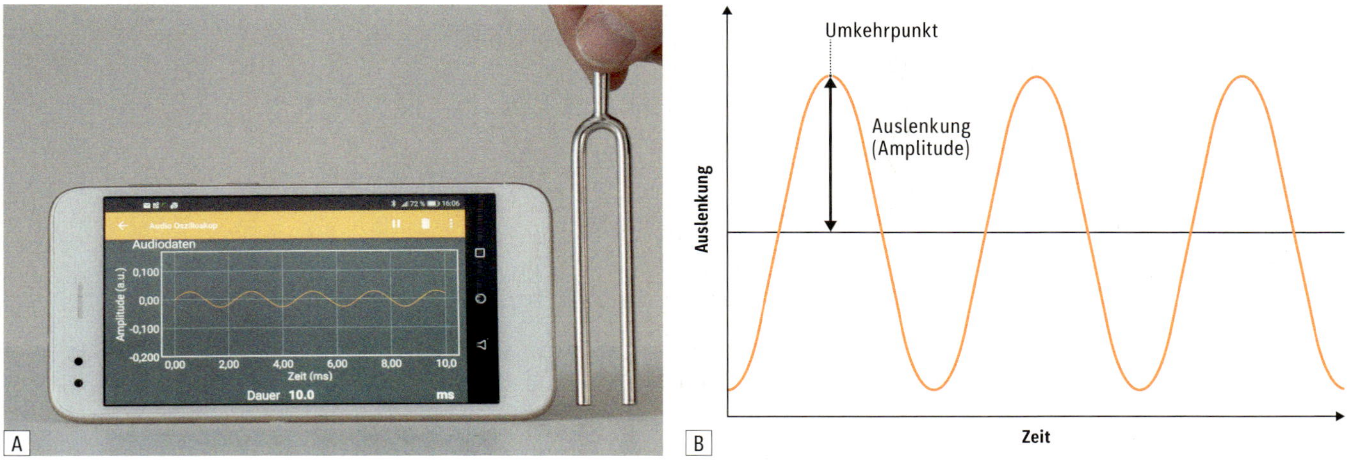

4 Schwingungsbilder: **A** einer Stimmgabel auf einer Smartphone-App, **B** grafische Darstellung

Schwingungsbilder

Schlägt man eine Stimmgabel an einen Gegenstand an, beginnt sie zu schwingen. Man hört einen Ton. Die Schwingungen der Stimmgabel sind jedoch kaum zu sehen. Mit einem einfachen Versuch lassen sich die Schwingungen sichtbar machen: Wenn ein Mikrofon an einen Computer angeschlossen wird, kann dieser die aufgenommenen Töne als **Schwingungsbilder** anzeigen. Auch Apps können die Schwingungen grafisch darstellen. Mithilfe dieser Diagramme lassen sich die Frequenzen und die Amplituden der Töne ablesen. So kann man die Schwingungen verschiedener Schallquellen miteinander vergleichen.

B Erkläre am Beispiel eines schwingenden Lineals, was der Begriff Frequenz bedeutet.

C Erkläre, wovon die Lautstärke eines Tons abhängt.

D Beschreibe den Nutzen von Schwingungsbildern.

M3 Schwingungsbilder

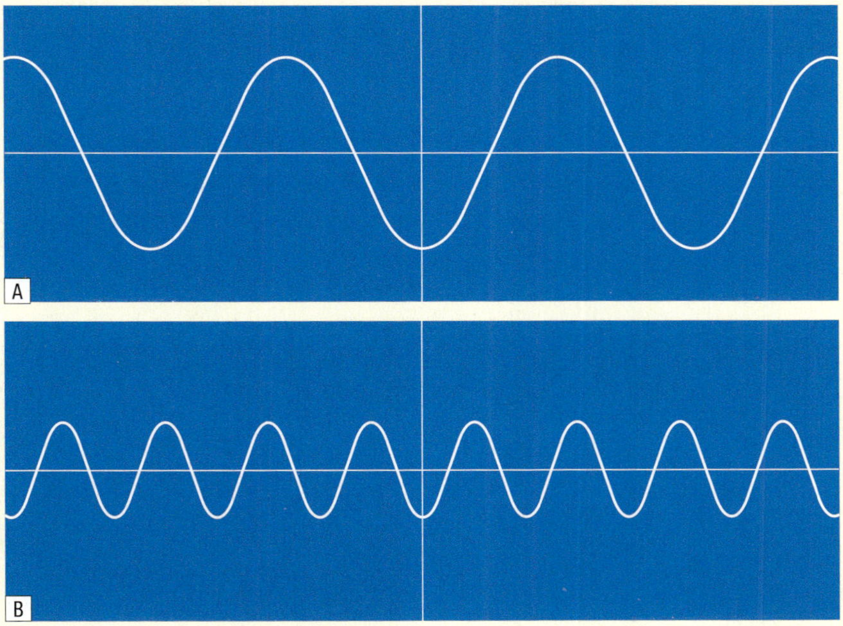

1 Vergleiche die Schwingungsbilder A und B.

2 Erkläre, welches der beiden Schwingungsbilder einen tiefen Ton und welches einen hohen Ton darstellt. | HILFE

3 Erläutere, welcher der beiden Töne lauter ist. | HILFE

4 Erläutere, wie sich das Schwingungsbild in A verändert, wenn der Ton mit der Zeit immer lauter wird.

Digital+
WES-187000-049

Bau des Ohres

Das Ohr ist ein Sinnesorgan

Mit den Ohren wird Schall aufgenommen, weitergeleitet und in einen elektrischen Impuls umgewandelt. Das Ohr ist das Sinnesorgan für die Aufnahme, Weiterleitung und Umwandlung von Schall. Es besteht aus den drei Teilen **Außenohr**, **Mittelohr** und **Innenohr**.

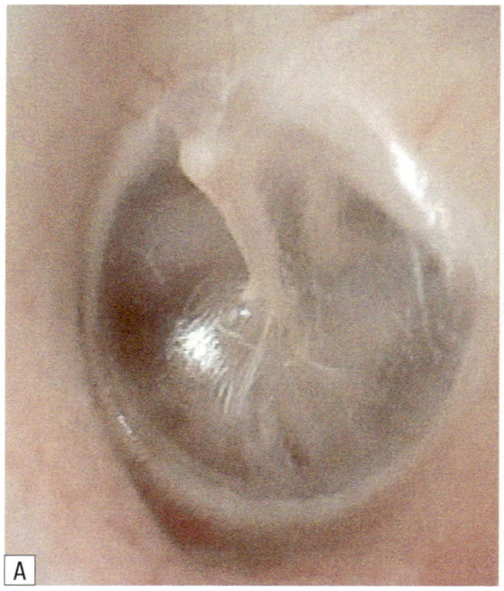

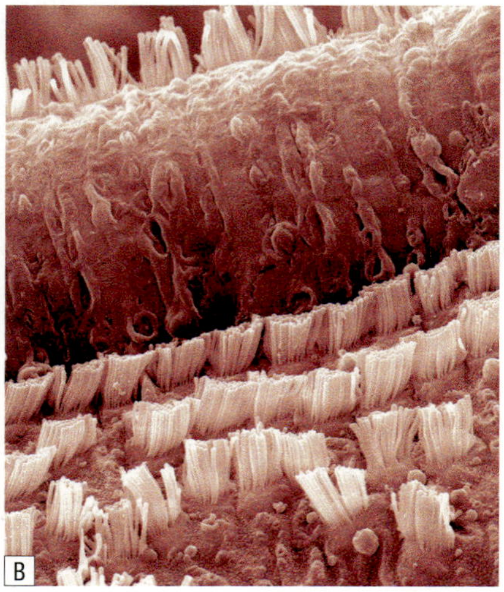

1 Ohr: **A** Trommelfell, **B** Hörsinneszellen

Außenohr

Vom Außenohr ist nur die Ohrmuschel sichtbar. Sie fängt den Schall wie ein Trichter auf. Der Schall gelangt dann in den Gehörgang. Im Gehörgang befinden sich kleine Härchen, die das Ohr vor dem Eindringen von Schmutz schützen. Drüsen des Gehörgangs bilden das Ohrenschmalz. Mithilfe des Ohrenschmalzes werden Staub und Hautreste verklebt und anschließend nach außen transportiert. Der Schall gelangt durch den Gehörgang an ein dünnes Häutchen, das **Trommelfell**, und versetzt es in Schwingung.

Mittelohr

Im Mittelohr ist das Trommelfell mit den **Gehörknöchelchen** Hammer, Amboss und Steigbügel, verbunden. Schwingt das Trommelfell, geraten die Gehörknöchelchen in Bewegung. Sie sind so angeordnet, dass Schwingungen des Trommelfells verstärkt werden.

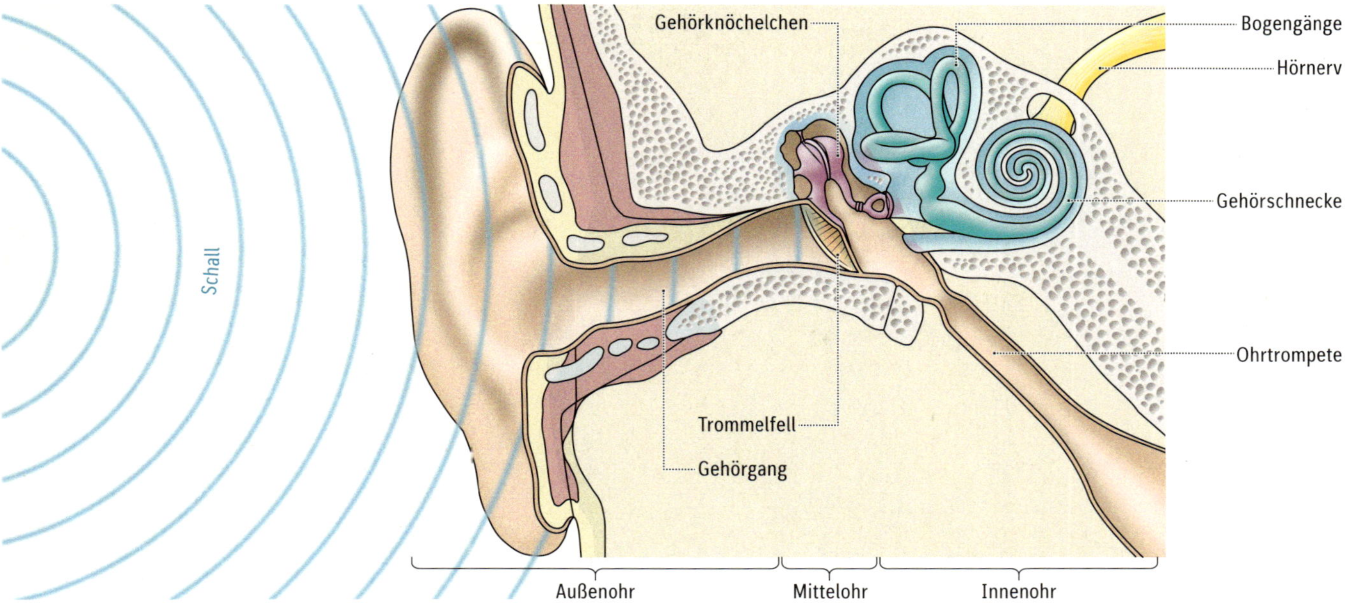

2 Aufbau des Ohres FILM

Innenohr

Das Innenohr liegt geschützt im Schädel. Hier liegt die **Gehörschnecke**. Sie ist mit Flüssigkeit gefüllt. Über die schwingenden Gehörknöchelchen wird die Flüssigkeit in der Gehörschnecke in Bewegung versetzt. So werden die in der Gehörschnecke befindlichen Hörsinneszellen bewegt. Diese erzeugen dann elektrische Impulse, die über den Hörnerv an das Gehirn geleitet werden. Dort entsteht der Höreindruck. Neben der Gehörschnecke liegen die **Bogengänge**, die mit Flüssigkeit gefüllt sind. Bei Bewegungen des Kopfes werden Sinneszellen der Bogengänge gereizt. So nimmt man Bewegungen wahr.

Druck auf den Ohren

Beim Fliegen hat man manchmal Druck auf den Ohren. Durch Gähnen oder Schlucken kann man einen Druckausgleich schaffen. Für diesen Druckausgleich ist die Ohrtrompete zuständig. Sie liegt im Mittelohr und verbindet das Ohr mit dem Rachenraum.

M1 Modell des Ohres

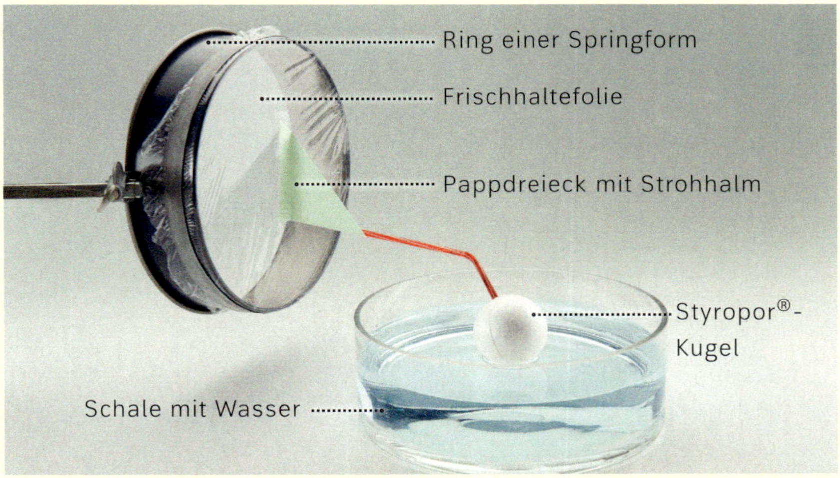

In dem Modell wird eine Frischhaltefolie straff über den Ring einer Springform gespannt. An die Frischhaltefolie wird ein Pappdreieck mit einem Strohhalm und einer Styropor®-Kugel befestigt. Diese ruht auf einer Wasseroberfläche.

1 Ordne dem Modell die Bauteile des Mittelohrs zu.

2 Erkläre was passiert, wenn man vor der Folie heftig auf eine Trommel schlägt. | HILFE

3 Erläutere, was das Modell gut und was weniger gut zeigt.

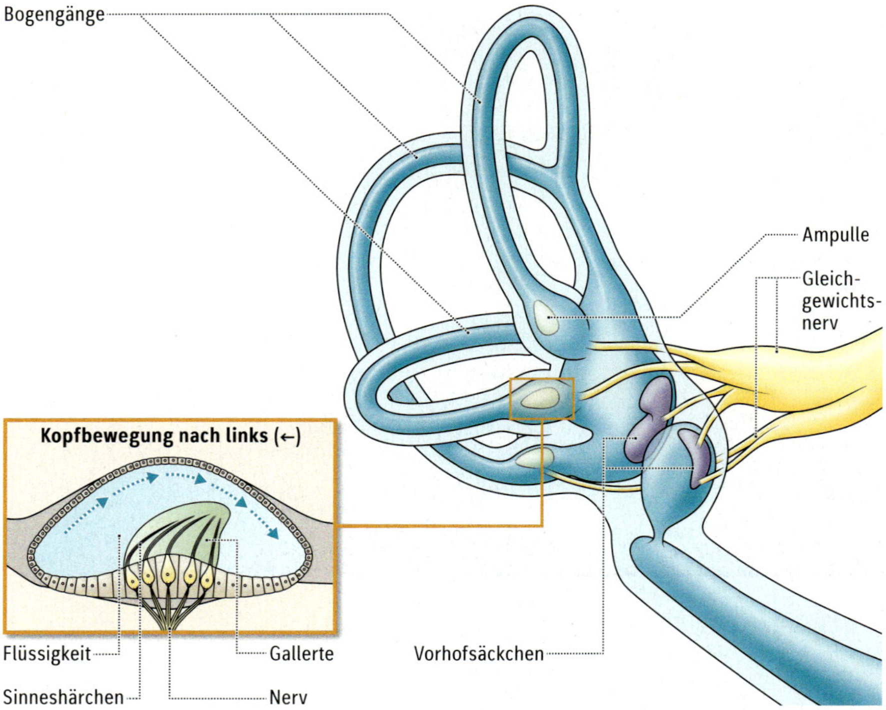

3 Gleichgewichtssinn im Ohr

M2 Richtungshören FILM

Tim schlägt mit einem Stab an verschiedene Stellen auf den Schlauch. Kira nennt die Richtung, aus der sie das Geräusch hört.

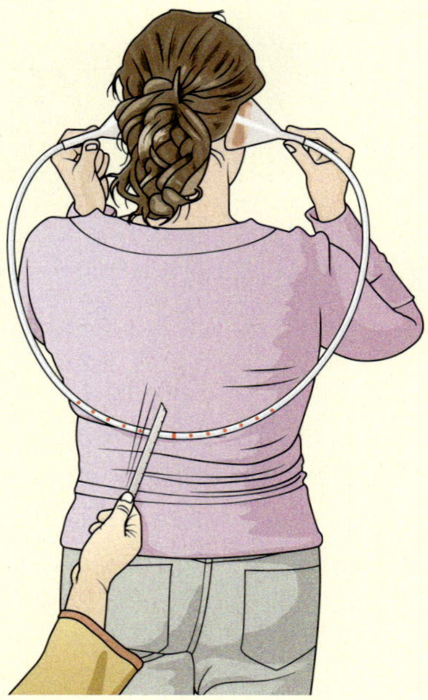

1 Erkläre, warum Kira die Richtung erkennt, aus der das Geräusch kommt.

2 Stelle Vermutungen an, ob das Richtungshören auch unter Wasser funktioniert. | HILFE

3 Stelle Vermutungen an, ob man noch erkennt, aus welcher Richtung das Geräusch kommt, wenn näher am Ohr geschlagen wird.

Richtungshören

Im Straßenverkehr ist es wichtig einzuschätzen, aus welcher Richtung ein Auto kommt. Der Weg des Schalls vom Auto ist zu beiden Ohren unterschiedlich lang. Dadurch kommt der Schall an einem Ohr ein klein wenig früher, als am anderen Ohr an. Das Gehirn ermittelt aus diesem Zeitunterschied die Richtung, aus der der Schall kommt.

Gleichgewichtssinn

Wenn man Einrad fahren lernt, fällt es zu Beginn schwer, das Gleichgewicht auf einem Rad zu halten. Meistens merkt man aber gar nicht, dass man den Gleichgewichtssinn im Alltag ständig nutzt.

Im Innenohr an der Gehörschnecke befindet sich der Gleichgewichtssinn mit den drei **Bogengängen** und den **Vorhofsäckchen**. Die **Ampulle** am Ende der Bogengänge enthält Sinneszellen mit Härchen. Durch sie können Drehbewegungen des Kopfes wie Kopfschütteln und Nicken wahrgenommen werden. Beschleunigen und Abbremsen beim Autofahren werden mit Hilfe der Sinneszellen in den Vorhofsäckchen wahrgenommen. Sind die Informationen, die das Gehirn von den Augen und dem Gleichgewichtssinn erhält, verschieden, kommt es zu Schwindelgefühl und man verliert das Gleichgewicht.

A Beschreibe, welche Schwierigkeiten sich im Straßenverkehr ergeben, wenn jemand auf einem Ohr taub ist.

B Beschreibe den Aufbau des Gleichgewichtssinns.

Tiere hören anders

Tiere hören anders

Manche Hundebesitzer pfeifen ihre Hunde mit einer speziellen Pfeife zurück. Menschen können den Ton der Pfeife nicht hören, Hunde aber schon. Das liegt daran, dass Hunde deutlich höhere Frequenzen wahrnehmen können als Menschen. Menschen und Hunde haben unterschiedliche **Hörbereiche**. Jedes Lebewesen hat nicht nur einen bestimmten Hörbereich, sondern auch einen Bereich, in dem es Schall aussendet, den **Stimmumfang**. Mäuse erzeugen Geräusche im Frequenzbereich von 1 bis 70 Kilohertz. Wir hören davon nur einen kleinen Teil, den wir als ein leises Piepsen wahrnehmen. Wale müssen sich unter Wasser über große Entfernungen verständigen. Dafür erzeugen sie sehr tiefe Töne im Frequenzbereich von 10 bis 40 Hertz.

1 Geräusch: **A** Hundepfeife, **B** Wal

M1 Wie Tiere hören

1 Nenne das Tier mit dem größten Hörbereich und Stimmumfang.

2 Nenne das Tier, das die höchsten Töne hört und das Tier, das die tiefsten Töne hört.

3 Erkläre, warum Blauwale Menschen nicht hören können.

4 Wissenschaftler haben einen Wal beobachtet, der Töne mit einer Frequenz von 52 Hz erzeugt. Stelle Vermutungen an, welche Probleme der Wal bei der Kommunikation hat.

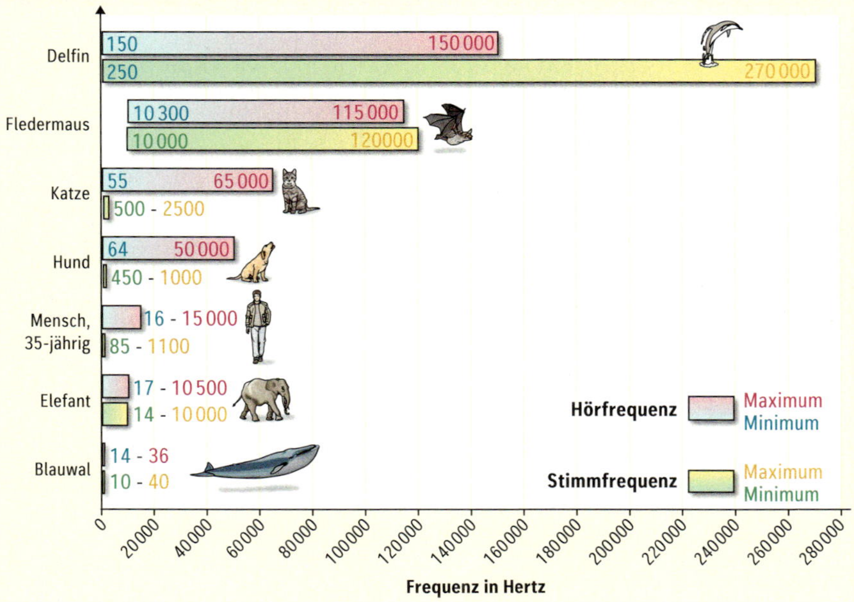

Die Musik auf einem Konzert kann sehr laut sein.
Wie können wir uns schützen?

Schutz der Ohren

Wirkung von Lärm

Für viele Menschen ist ein Konzertbesuch ein schönes Erlebnis. Die Musik wird nicht als unangenehm empfunden, obwohl sie sehr laut sein kann. Schall, der als unangenehm empfunden wird, bezeichnet man dagegen als **Lärm**. Jeder Mensch empfindet Lärm anders. Die Lautstärke und die Höhe der Geräusche haben einen Einfluss darauf, wie unangenehm man den Lärm empfindet.

Auch die Dauer des Lärms spielt dabei eine Rolle. Selbst bei geringer Lautstärke kann dauerhafter Lärm zu Schlafstörungen, Magenbeschwerden oder Nervosität führen. Auch Musik, die man über Kopfhörer hört, empfindet man meistens nicht als Lärm. Aber oft ist die Musik zu laut und kann genau so viel Schaden verursachen wie ein startendes Flugzeug.

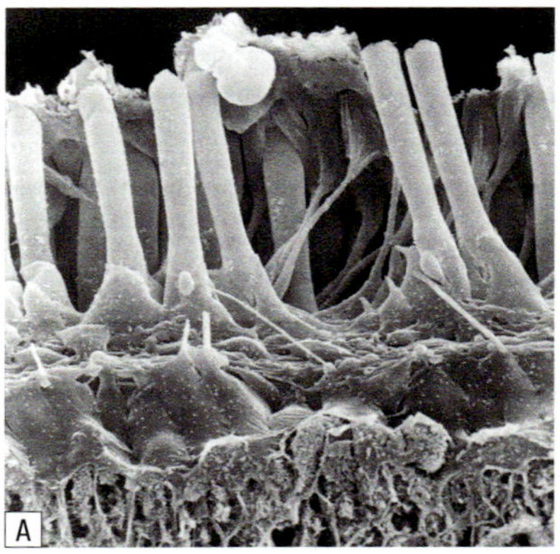
A

B

1 Hörsinneszellen: **A** gesund, **B** geschädigt

Weitere Erkrankungen

Das Ohr kann nicht nur durch Lärm erkranken, sondern auch durch falsche Pflege und Krankheitserreger wie Bakterien. Eine Mittelohrentzündung wird durch Bakterien hervorgerufen. Normalerweise bekämpft das Ohrenschmalz bei leichten Infektionen Bakterien und entfernt Schmutz aus dem Gehörgang. Deswegen sollte das Ohrenschmalz nicht mit Wattestäbchen beseitigt werden.

Schutz vor Lärm

Man kann sich einfach gegen Lärm schützen, indem man die Lautstärke verringert oder den Abstand zur Lärmquelle vergrößert. In Fällen, in denen das nicht möglich ist, kann man Ohrenstöpsel benutzen. Sie sind aus einem flexiblen Material und werden in die Ohren gesteckt. Menschen, die in ihrem Beruf mit viel Lärm arbeiten, tragen spezielle Kopfhörer. Diese sind sehr dick und umschließen das ganze Ohr.

Wenn man an einer Autobahn wohnt, möchte man nicht die Geräusche von den Autos hören. Daher stehen an vielen Autobahnen hohe Wände. Diese Schallschutzmauern sind aus Materialien, die den Schall sehr schlecht oder gar nicht weiterleiten. Sie **absorbieren** ihn. Durch eingebaute Kanten wird der Schall noch besser gedämpft. Er wird an ihnen in viele verschiedene Richtungen zurückgegeben. Der Schall wird **reflektiert**.

Schall in verschiedenen Medien

Der Schall breitet sich nicht nur mit Hilfe der Luftteilchen aus. Er versetzt auch die Teilchen von festen Stoffen und Flüssigkeiten in Schwingung. Je dichter die Teilchen beieinander liegen, desto besser leiten sie den Schall. Aus diesem Grund leiten feste Stoffe wie Metalle den Schall besser als Luft. Feste Stoffe, die den Schall schlecht leiten, haben oft in ihrem Inneren kleine Luftkammern. Dadurch liegen die Teilchen der festen Stoffe nicht mehr dicht beieinander und der Schall breitet sich schlecht aus.

A Beschreibe, wie man sich vor Lärm schützen kann.

M1 Schutz vor Schall

A

B

C

D

1 Nenne Situationen, in denen man sehr lauten Geräuschen ausgesetzt ist.

2 Beschreibe, wie man sich in diesen Situationen vor den lauten Geräuschen schützen kann.

3 Begründe die wellige Oberfläche der Lärmschutzwand.

P1 Schalldämmung

Material: Teller, dicker Filz, Münze

Durchführung: Stelle den Teller auf einen Tisch und lege dein Ohr neben den Teller auf die Tischplatte. Lasse die Münze auf den Teller fallen. Lege ein Stück Filz zwischen Tisch und Teller und wiederhole den Versuch.

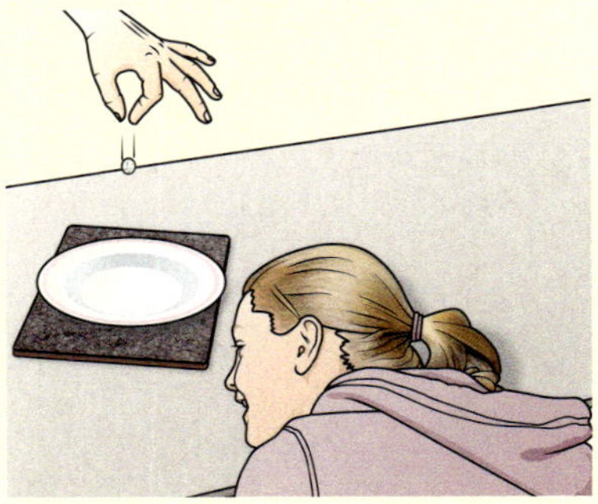

1 Beschreibe, was du hörst.

2 Erkläre deine Beobachtung. | HILFE

3 In einer Schule werden in den Fluren und Klassenräumen alle Teppichböden entfernt. Beurteile diese Maßnahme.

Blinde Menchen können mit Hilfe dei Blindenschrift lesen. Wie ist das möglich?

Die Haut

Die Haut schützt uns

Unser Körper ist mit Haut bedeckt. Bei einem Erwachsenen ist die Haut etwa so groß wie die Fläche eines Betts, also etwa zwei Quadratmeter. Die Haut besteht aus mehreren Schichten: Der oben befindlichen **Oberhaut**, der **Lederhaut** und der unten liegenden **Unterhaut**.

Oberhaut

Die **Hornschicht** der Oberhaut besteht aus abgestorbenen Zellen. Sie verhindert das Eindringen von Keimen, den-Krankheitserregern. Die Hornschicht schützt die darunterliegenden Schichten vor Austrocknung. Fetthaltige Stoffe aus den **Talgdrüsen** sorgen dafür, dass die Haut geschmeidig bleibt. Solange die Haut unverletzt ist, können keine Krankheitserreger in den Körper durch die Haut eindringen. Die äußersten Hautzellen der Hornschicht werden ständig abgestoßen. In der Keimschicht unter der Hornschicht entstehen daher ständig neue Hautzellen. Abgestorbene Hautzellen werden so durch neue Hautzellen ersetzt. Einige Hautzellen bilden unter Einwirkung des Sonnenlichts braune Farbstoffe aus. Sie schützen uns gegen die gefährliche UV-Strahlung des Sonnenlichts.

Lederhaut

Unter der Keimschicht der Oberhaut folgt die Lederhaut. Sie verleiht der Haut ihre Festigkeit. Das macht sie widerstandsfähig gegenüber äußerer Einflüsse. In die Lederhaut sind die **Schweißdrüsen** und **Haarwurzeln** eingebettet.

Unterhaut

Unter Oberhaut und Lederhaut befindet sich die Unterhaut. In der Unterhaut ist körpereigenes Fett gespeichert. Sie schützt die darunterliegenden Organe und Knochen bei Stürzen wie ein Stoßdämpfer.

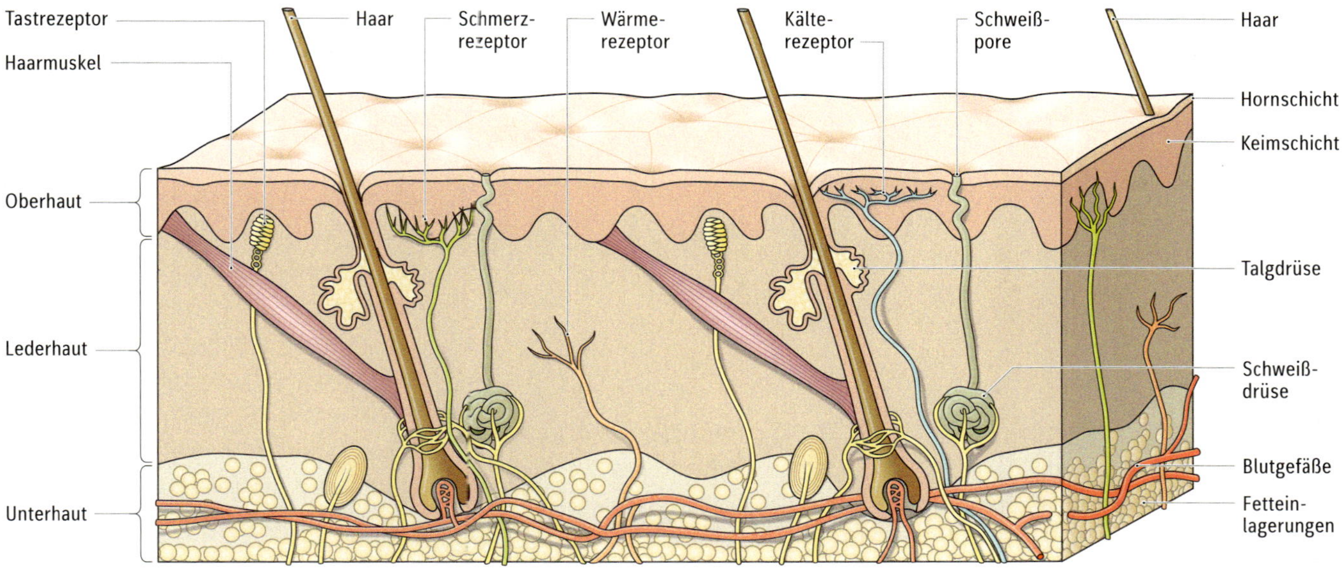

1 Aufbau der menschlichen Haut

Die Haut nimmt Reize auf

Die Haut schützt nicht nur vor äußeren Einflüssen. Sie stellt gleichzeitig eine wichtige Verbindung zur Außenwelt her. In der Haut liegen verschiedene Sinneszellen und Nervenenden, mit denen die Haut verschiedene Reize wie Berührungen aufnimmt. Man bezeichnet sie auch als **Rezeptoren**.

Tastrezeptoren reagieren auf mechanische Reize wie Berührungen. In den Fingerspitzen liegen die Tastrezeptoren besonders dicht zusammen. Mit ihnen können blinde Menschen sogar die kleinen Noppen der Blindenschrift ertasten. Kochendes Wasser fühlt sich sehr heiß an. Gefrorenes Eis dagegen kalt. Die Reize heiß und kalt werden von den **Wärmerezeptoren** und den **Kälterezeptoren** der Haut aufgenommen. **Schmerzrezeptoren** werden bei Verletzungen gereizt. Alle Rezeptoren leiten die Informationen über Nerven ans Gehirn, wo sie verarbeitet werden. Dort entsteht der Sinneseindruck. ▸

A Nenne die verschiedenen Schichten der Haut und ihre jeweiligen Aufgaben.

M1 Funktionen der Haut

1 Beschreibe drei Aufgaben der Haut mithilfe des Bildes.

2 Ordne den von dir genannten Aufgaben die Teile der Haut zu, die die Aufgaben ermöglichen.

3 „Die Haut ist das größtes Sinnesorgan." Begründe diese Aussage. Gehe dabei auf die Sinnesleistungen der Haut ein. | HILFE

4 Stelle Vermutungen an, warum man am Körper zum Beispiel Wärme und Kälte unterschiedlich empfindet.

Digital+
WES-187000-057

M2 Verteilung der Rezeptoren

1 cm³	Druckrezeptoren	Schmerzrezeptoren	Kälterezeptoren	Wärmerezeptoren
Handrücken	14	188	7	0,5
Oberkörper	29	196	9	0,3
Gesicht	50	184	8	0,6

1 Vergleiche mithilfe der Tabelle die Verteilung der verschiedenen Rezeptoren.

2 Begründe die große Anzahl der Schmerzrezeptoren in allen Körperregionen.

M3 Berührungsempfindlichkeiten

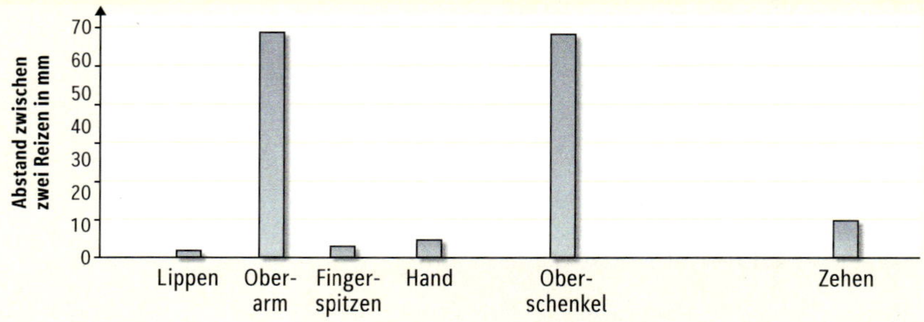

1 Erkläre den Zusammenhang zwischen der Größe des Abstandes zweier Reizpunkte, die noch als zwei Berührungen empfunden werden, und der Berührungsempfindlichkeit der Hautstelle. Verwende dazu einen Je-desto-Satz.

2 Nenne die berührungsempfindlichsten Körperteile. Beginne dabei mit dem empfindlichsten Körperteil. | HILFE

3 Erkläre, welche Vorteile die unterschiedliche Verteilung der Berührungsempfindlichkeit hat.

Schmerzempfinden

Wer sich verbrannt hat, spürt den Schmerz deutlich. Dieser Sinneseindruck wird von **Schmerzrezeptoren** zum Beispiel in der Oberhaut ausgelöst. Die Rezeptoren für Schmerz befinden sich in großer Zahl in der Haut und weiteren Organen. Sie werden gereizt und leiten elektrische Impulse ans Gehirn. Dort entstehen Sinneseindrücke wie Rückenschmerzen, Bauchschmerzen oder Schmerzen bei äußeren Verletzungen wie Knochenbrüche.

Berührungsempfindlichkeit

Berührungen werden an verschiedenen Körperteilen unterschiedlich genau gespürt. Am Oberarm werden zwei nah beieinanderliegende Berührungspunkte als nur eine Berührung wahrgenommen. Demgegenüber werden die gleichen Berührungen an der Fingerspitze deutlich als zwei Berührungen wahrgenommen. Der Abstand von zwei gleich starken Berührungsreizen, die man gerade noch getrennt wahrnimmt, bezeichnet man als **Raumschwelle**. Je kleiner die Raumschwelle ist, desto größer ist die Empfindlichkeit des Tastsinns an dieser Körperstelle.

Blindenschrift

Blinde Menschen können mit Hilfe der Blindenschrift lesen. Dazu benutzen sie ihre Fingerkuppen. Mit dem Oberarm könnten sie die Schrift nicht wahrnehmen.

B Erkläre, was bei der Berührungsempfindlichkeit der Begriff Raumschwelle bedeutet.

Schutz vor Wärme

Bei Hitze und bei körperlicher Anstrengung ist der Körper erhitzt und die Haut gerötet. Die **Schweißdrüsen** scheiden durch Poren Schweiß aus. Er besteht vor allem aus Wasser. Auf der Hautoberfläche verdunstet der Schweiß. Die Wärme wird mit dem Wasserdampf abtransportiert. So wird der Körper gekühlt. Auch erweitern sich die Blutgefäße der Haut: Die Haut wird stärker durchblutet. Dadurch kann der Körper mehr Körperwärme nach außen abgeben.

Schutz vor Kälte

In der unteren Lederhaut sind die Haare mit der Haarwurzel verankert. Sie bestehen aus Horn. Jedes Haar ist mit einem Muskel verbunden. Bei Kälte ziehen sich die Muskeln an den Haaren zusammen. Dadurch richten sich die Körperhaare auf. Man bekommt eine **Gänsehaut**. Für Säugetiere hat dieser Vorgang eine große Bedeutung, weil durch das Aufstellen der Fellhaare mehr Luft im Fell eingeschlossen wird. Durch so ein Luftpolster wird wenig Körperwärme an die Umgebung angegeben. Dadurch ist der Körper besser gegen Kälte geschützt. Gleichzeitig wird aus den Talgdrüsen Fett gepresst. Aufgerichtete Haare und Fett sorgen für einen zusätzlichen, isolierenden Schutz vor Kälte. Eine Fettschicht in der Unterhaut schützt außerdem gegen Wärmeverlust.

Ist es sehr kalt, beginnt man auch zu zittern. Beim **Zittern** ziehen sich die Muskeln in kurzen Abständen für einen kurzen Augenblick zusammen. Durch diese schnelle Muskelaktivität wird Wärme frei und man friert weniger.

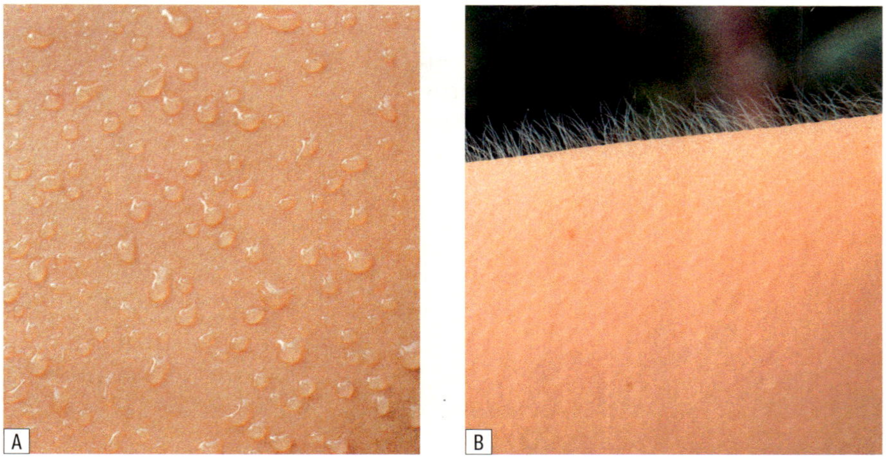

2 Schutzmechanismen der Haut: **A** Schwitzen, **B** Gänsehaut

M4 Frieren und Schwitzen

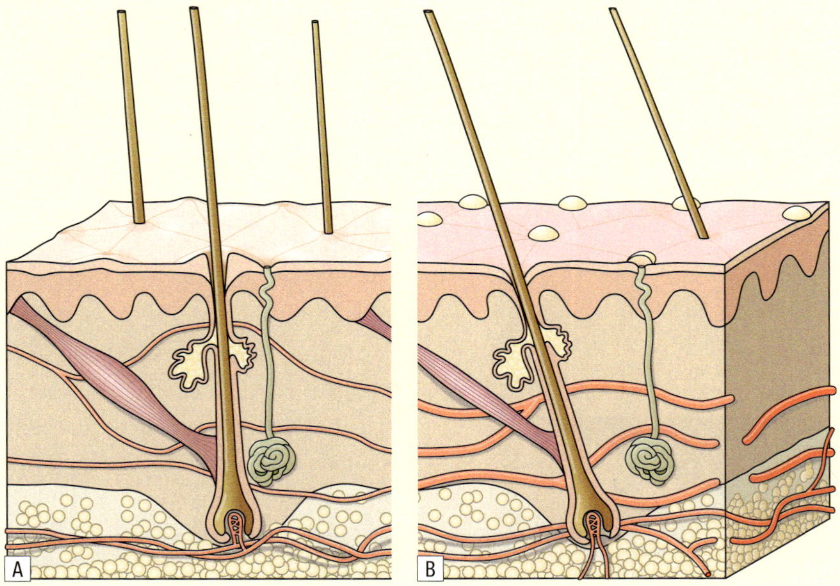

1 Ordne die Bilder A und B dem Schwitzen und dem Frieren zu. Begründe deine Zuordnung.

2 Erkläre die in den Bildern A und B dargestellte Veränderung der Haut. | HILFE

3 Erläutere die Bedeutung des Schwitzens für den Körper. | HILFE

4 Erläutere, warum das Aufstellen der Körperhaare für den Menschen eine geringere Bedeutung hat.

Schutz der Haut

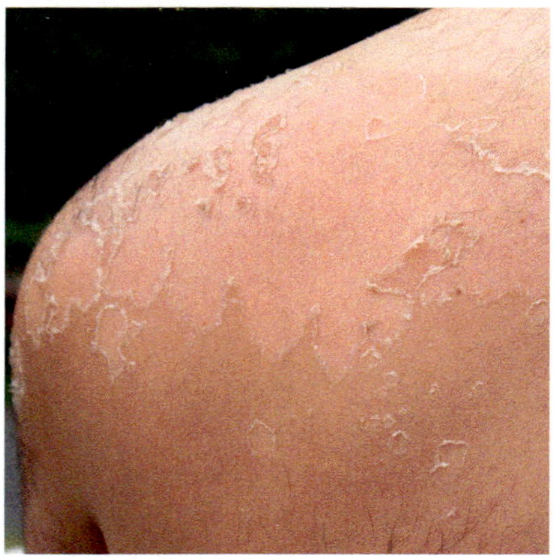

1 Starker Sonnenbrand

Schutz vor UV-Strahlung

Die Haut schützt den menschlichen Körper vor äußeren Einflüssen. Das können zum Beispiel Verletzungen und die schädliche UV-Strahlung des Sonnenlichts sein. Die für uns unsichtbare **UV-Strahlung** bewirkt, dass die Zellen der Keimschicht Farbstoffe bilden. Die Farbstoffe bräunen die Haut und sorgen dafür, dass die Strahlen zurückgehalten werden. Dadurch können die schädlichen UV-Strahlen nicht in tiefere Hautschichten gelangen. Mit gebräunter Haut kann man daher länger in der Sonne bleiben, ohne Schaden zu nehmen. Dieser Eigenschutz der Haut ist bei jedem Menschen unterschiedlich stark ausgebildet und hängt vom **Hauttyp** ab.

Sommersprossen

Bei vielen hellhäutigen Menschen entwickeln sich vor allem im Gesicht und auf den Armen kleine dunkle Flecken. Sie entstehen durch Anhäufungen von Farbstoffen in der Haut. Diese Flecken heißen **Sommersprossen**. Sommersprossen sind harmlos. Im Winter werden die Farbstoffe teilweise wieder abgebaut. Die Sommersprossen verschwinden.

Sonnenbrand

Bei sehr hellhäutigen Menschen, beispielsweise mit dem Hauttyp 1, kann die UV-Strahlung schon nach zehn Minuten einen schmerzhaften **Sonnenbrand** verursachen. Bei einem Sonnenbrand werden die Zellen der Haut geschädigt. Der Sonnenbrand ist eine Verbrennung der Haut. Zum Teil sterben die Hautzellen auch ab. Die Haut wird daraufhin stärker durchblutet und rötet sich. Sie ist dann sehr empfindlich und fühlt sich heiß an. Einige Zeit später werden die geschädigten Hautteile abgestoßen. Die Haut löst sich ab. Um die Haut zu kühlen, gibt es Cremes, die auf die Haut aufgetragen werden können.

Langfristige Schäden

UV-Strahlen können die Haut langfristig schädigen und die Hautzellen dauerhaft verändern. Jedoch zeigen sich die Veränderungen meist erst Jahrzehnte später. Bei bösartigen Veränderungen der Haut durch unkontrolliertes Zellwachstum spricht man von **Hautkrebs**. Er kann zum Tod führen. Daher sollte man die Haut regelmäßig beobachten und bei Veränderungen einen Arzt aufsuchen.

Richtiges Verhalten

Der Eigenschutz der Haut ist nur von kurzer Dauer und hängt vom jeweiligen Hauttyp ab. Daher sollte man sich nicht zu lange ungeschützt in der Sonne aufhalten. Der beste Schutz für die Haut besteht darin, die direkte Sonnenstrahlung zu vermeiden. Man sollte vor allem nicht in der starken, intensiven Mittagssonne nach draußen gehen. Die Haut sollte auch beim Sonnenbaden mit Kleidung und Sonnencremes geschützt werden. Sonnencremes können einen Teil der UV-Strahlen filtern. Der Lichtschutzfaktor auf der Sonnencremeverpackung gibt an, wieviel mal länger man sich in der Sonne aufhalten kann, ohne einen Sonnenbrand zu bekommen. Dafür wird die Eigenschutzzeit mit dem Lichtschutzfaktor multipliziert.

Eigenschutzzeit · Lichtschutzfaktor = Aufenthaltsdauer in Minuten

Regelmäßiges Eincremen ist wichtig. Nach dem Schwimmen muss die Sonnencreme erneut aufgetragen werden.

A Nenne Schutzmaßnahmen gegen die starke Sonneneinstrahlung.

M1 Entstehung von Hautkrebs

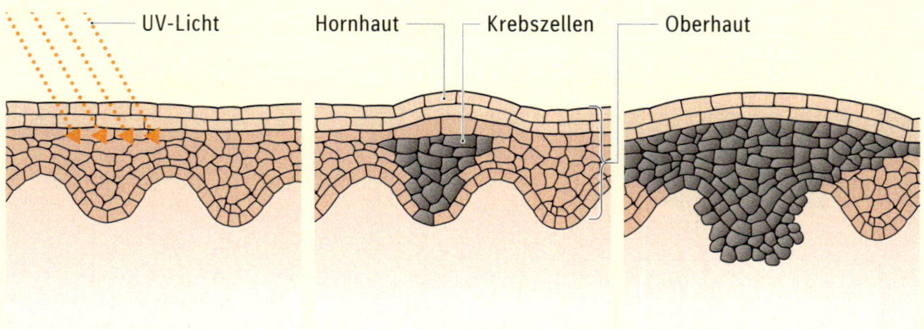

1 Beschreibe die Entstehung von Hautkrebs.

2 Erkläre, warum man seine Haut regelmäßig untersuchen lassen sollte. | HILFE

3 Erkläre, warum man Hautkrebs erst Jahre später erkennt.

M2 Hauttypen

Merkmale	helle Haut, Sommersprossen, kaum Bräunung	helle Haut, blondes Haar, mäßige Bräunung	mittelhelle Haut, dunkelblondes Haar, gute Bräunung	leicht braune Haut, braunes bis dunkles Haar, schnelle Bräunung	dunkle Haut, dunkles Haar, schnelle Bräunung, selten Sonnenbrand	dunkle bis sehr dunkle Haut, schwarzes Haar, Sonnenbrand sehr selten
Eigenschutzzeit	5-10 Minuten	10-20 Minuten	20-30 Minuten	40-50 Minuten	über 60 Minuten	über 90 Minuten
	Typ 1	Typ 2	Typ 3	Typ 4	Typ 5	Typ 6

1 Bestimme deinen eigenen Hauttyp.

2 Berechne, wie lange sich ein Erwachsender mit Hauttyp 1 und mit Lichtschutzfaktor 30 in der Sonne aufhalten darf. | HILFE

3 Erkläre, warum sich Menschen mit Hauttyp 1-3 beim Sonnen mit Sonnencreme mit hohem Lichtschutzfaktor eincremen sollten.

4 Stelle Vermutungen an, warum Menschen mit dem Hauttyp 1-3 schneller einen Sonnenbrand bekommen, als Menschen mit dem Hauttyp 4-6.

Digital+
WES-187000-061

Sinnesorgane arbeiten zusammen

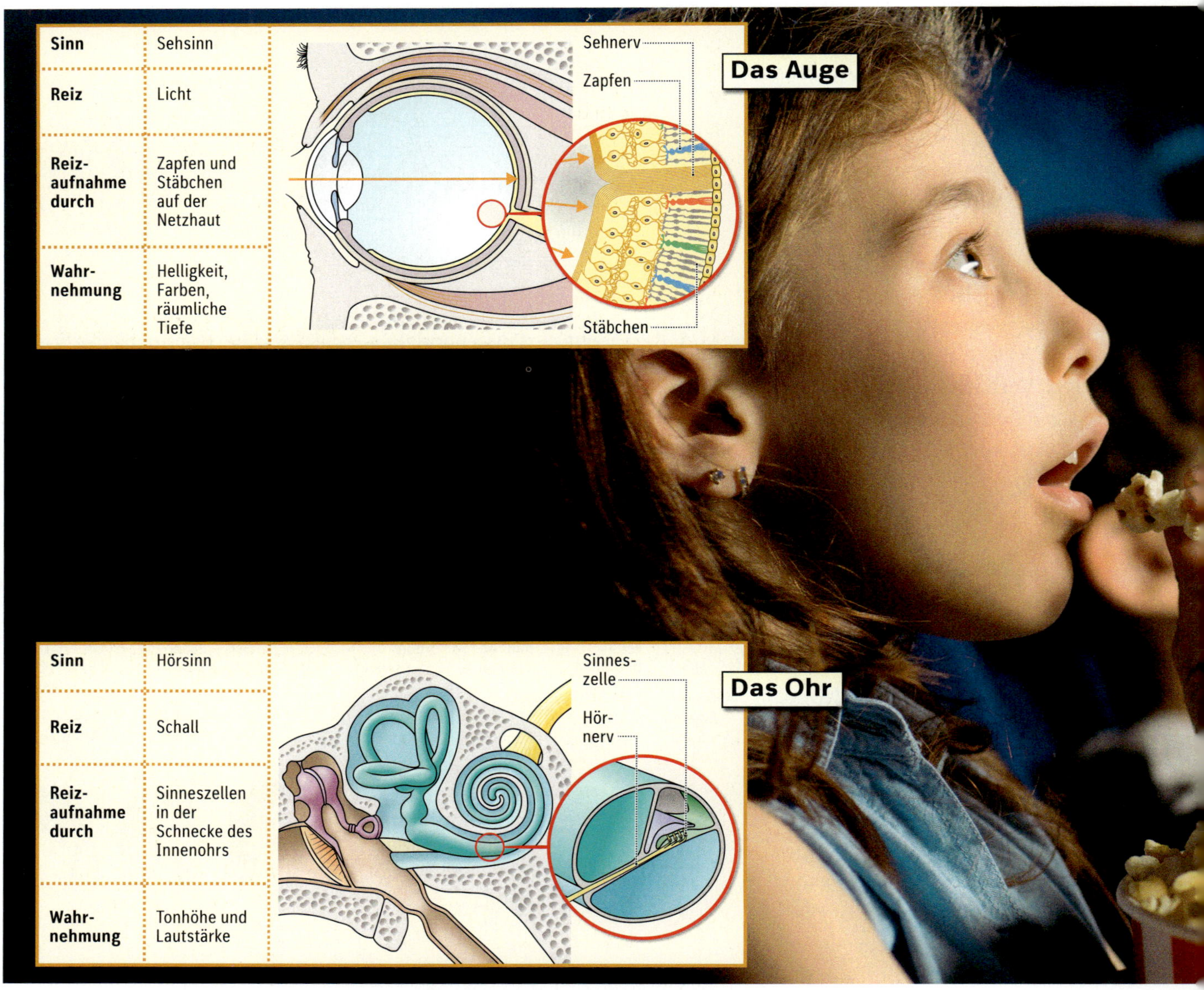

Sinn	Sehsinn
Reiz	Licht
Reiz-aufnahme durch	Zapfen und Stäbchen auf der Netzhaut
Wahr-nehmung	Helligkeit, Farben, räumliche Tiefe

Sinn	Hörsinn
Reiz	Schall
Reiz-aufnahme durch	Sinneszellen in der Schnecke des Innenohrs
Wahr-nehmung	Tonhöhe und Lautstärke

Der Weg von der Reizaufnahme bis zur Wahrnehmung ist bei allen Sinnen ähnlich. Reize werden von Sinnesorganen empfangen und in elektrische Impulse umgewandelt. Diese gelangen über Nerven ins Gehirn. Dort werden die verschiedenen Wahrnehmungen zu einem Gesamteindruck verarbeitet. Bei der Wahrnehmung der Umwelt arbeiten die verschiedenen Sinnesorgane zusammen. Neben den Hautsinnen, dem Sehsinn und dem Hörsinn tragen auch der Geschmackssinn und der Geruchssinn zur Wahrnehmung der Umwelt bei. Durch die Zusammenarbeit der Sinnesorgane kann man in einem dunk-

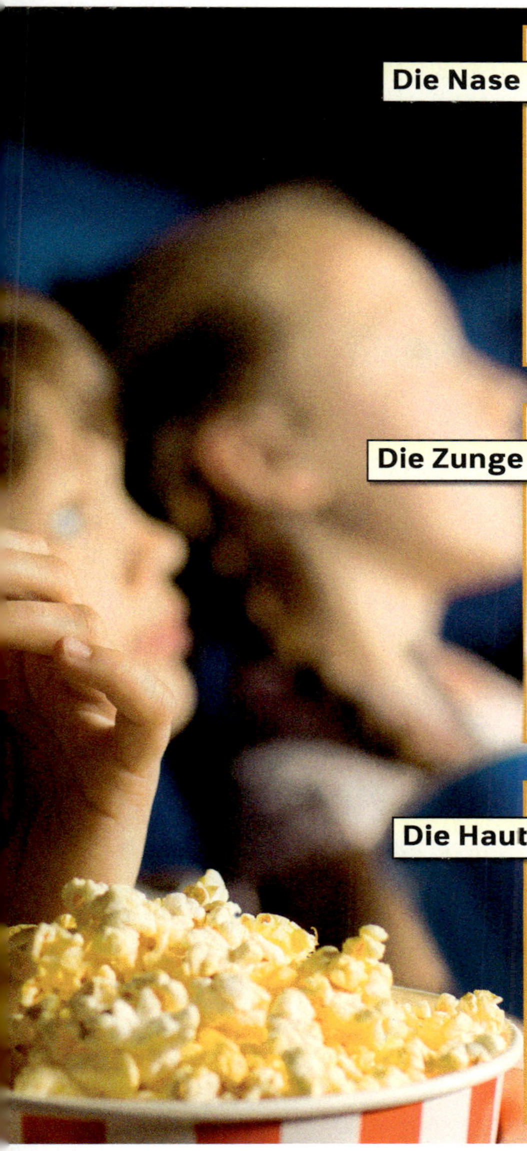

Die Nase

Sinn	Geruchssinn
Reiz	Duftstoffe in der Luft
Reizauf nahme durch	Sinneszellen in der Riechschleimhaut
Wahrnehmung	Gerüche

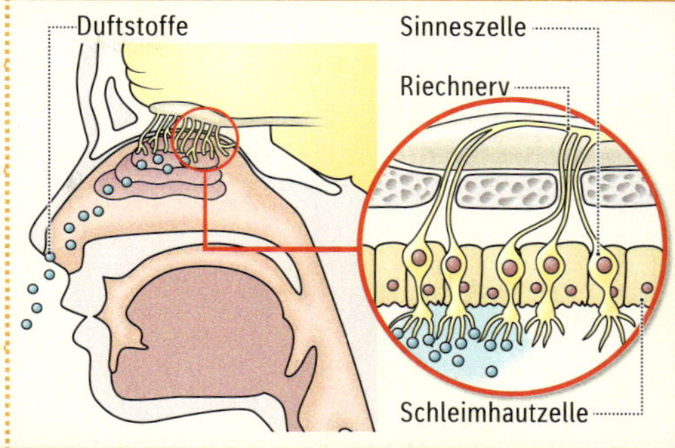

Die Zunge

Sinn	Geschmackssinn
Reiz	Geschmacksstoffe auf der Zunge
Reizaufnahme durch	Sinneszellen in den Geschmacksknospen von Zunge und Gaumen
Wahrnehmung	süß, bitter, salzig, sauer, herzhaft

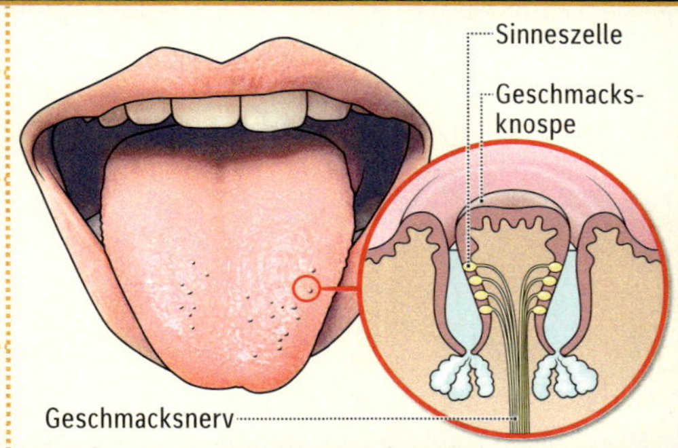

Die Haut

Sinn	Tastsinn
Reiz	Druck, Berührung
Reizaufnahme durch	Sinneszellen und andere Rezeptoren in der Haut
Wahrnehmung	Druck, Berührung, Struktur wie rau, glatt, …

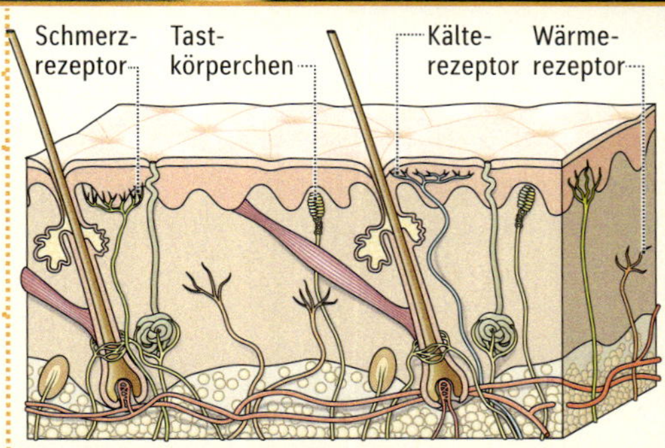

len Kino nicht nur den Film mit seinen Geräuschen wahrnehmen, sondern auch an dem typischen Geruch und Geräusch beim Kauen erkennen, dass im Sitz nebenan gerade jemand Popcorn isst.

1 Beschreibe, wie alle Sinne im Kino zusammenarbeiten.

2 Beschreibe an einem Beispiel den Weg vom Reiz bis zur Wahrnehmung im Gehirn. Zeichne ein Fließschema.

3 Erkläre, warum Geruch und Geschmack auch als chemische Sinne bezeichnet werden.

4 Beschreibe den Bau eines Sinnesorgans.

5 Stelle Vermutungen an, ob jeder Mensch die gleiche Umwelt gleich wahrnimmt.

Digital+
WES-187000-063

Sinne und Wahrnehmung

T1 Licht trifft auf Oberflächen

1 Erkläre, ob das Licht in den Bildern A-C jeweils entweder absorbiert, reflektiert oder gestreut wird.

2 Ergänze die folgenden Sätze im Heft:
- Je dunkler die Oberfläche ist, desto ...
- Je heller die Oberfläche ist, desto ...

3 Erkläre das Reflexionsgesetz.

4 Erläutere, wie die Kleidung sein sollte, damit man im Straßenverkehr gut gesehen wird.

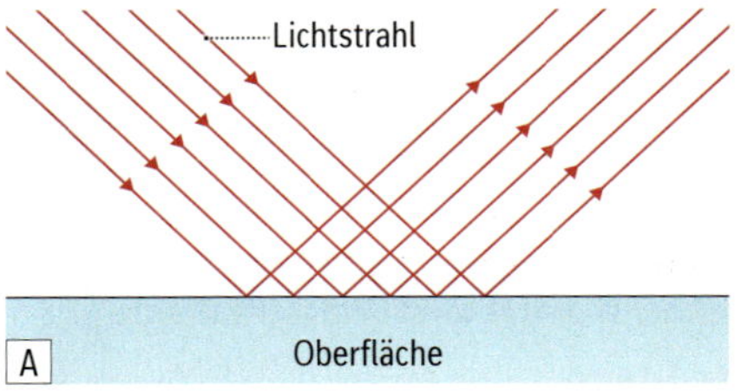

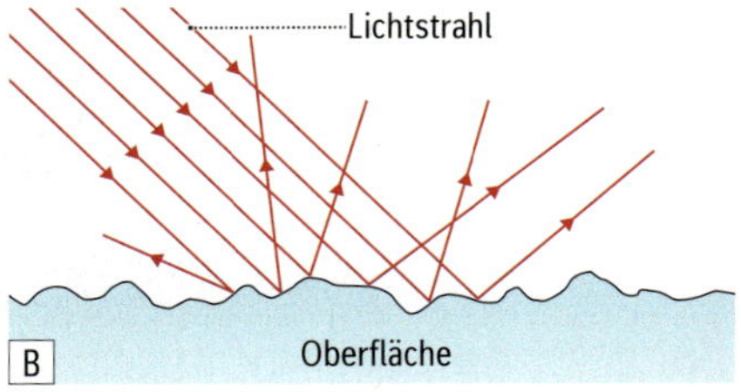

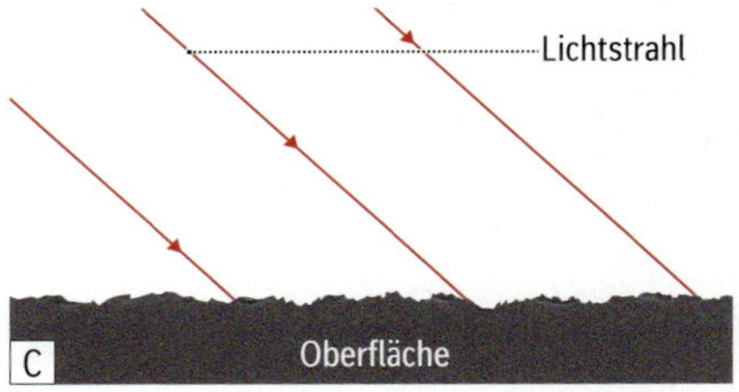

T2 Vom Reiz zur Reaktion

1 Beschreibe die Reiz-Reaktion in dem dargestellten Beispiel.

2 Erstelle eine Reiz-Reaktions-Kette für dieses Beispiel.

T3 Ein Bild entsteht

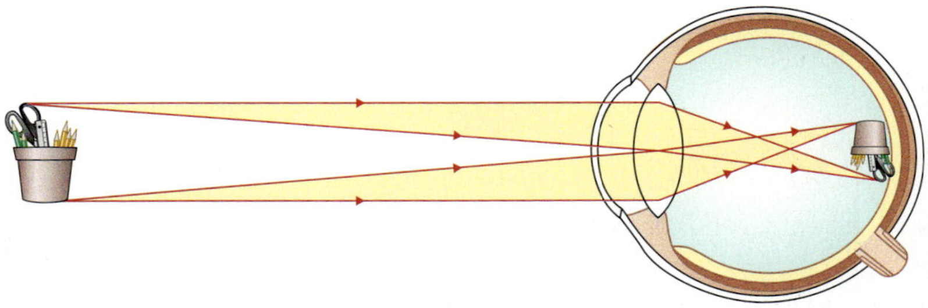

1 Beschreibe den Weg des Lichts durch das Auge.

2 Beschreibe, wie auf der Netzhaut ein verkleinertes, seitenverkehrtes und auf dem Kopf stehendes Bild eines Körpers entsteht.

3 Tom behauptet: „Am Rand der Netzhaut befinden sich viele Zapfen, mit denen wir hell und dunkel unterscheiden können." Nimm Stellung zu seiner Aussage.

T4 Bau des Auges

1 Benenne die Bauteile des menschlichen Auges.

2 Erstelle eine Tabelle mit den Bauteilen und den dazugehörigen Aufgaben.

3 Erkläre, ob das Vergrößern und Verkleinern der Pupille auch zum Schutz der Augen dient.

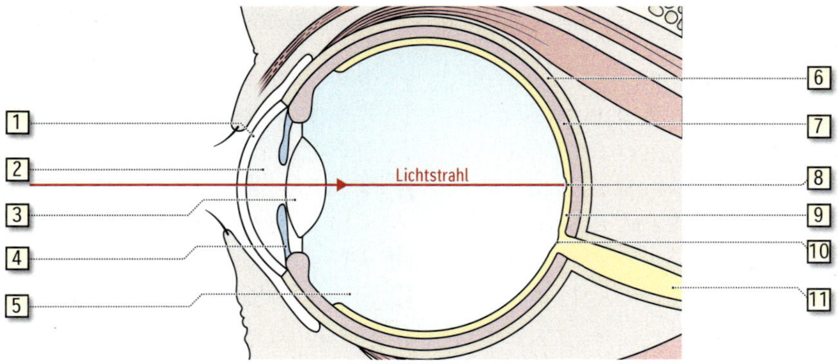

T5 Schutzvorrichtungen der Augen

1 Erstelle eine Tabelle mit den Schutzeinrichtungen des Auges und den dazugehörigen Aufgaben.

2 Beschreibe Möglichkeiten, das Auge zusätzlich zu den natürlichen Schutzeinrichtungen zu schützen.

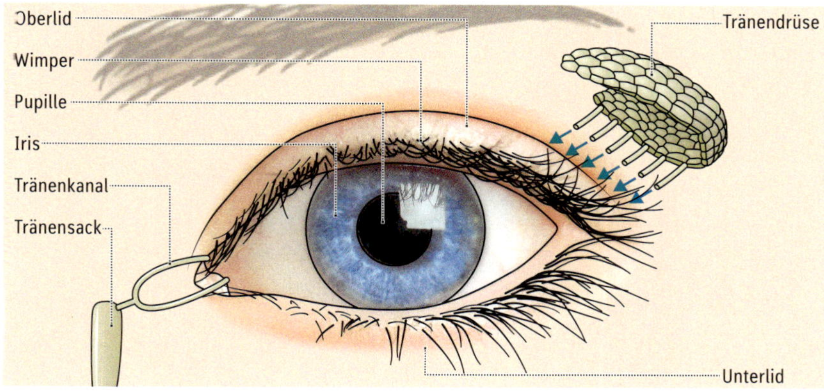

T6 Entstehung von Schall

1 Nenne Schallquellen in deiner Umgebung.

2 Beschreibe, was genau schwingt und somit Schall erzeugt.

3 Beschreibe den dargestellten Versuchsaufbau.

4 Erkläre die Beobachtung.

5 Erkläre, warum es im luftleeren Raum keinen Schall gibt.

T7 Lautstärke und Tonhöhe

1 Erkläre, was man unter Amplitude und Frequenz versteht.

2 Erkläre, welche der Töne A und B lauter und welcher höher ist.

3 An Autobahnen werden Lärmschutzwände aufgestellt. Begründe diese Maßnahme.

4 Erkläre, warum Lärmschutzwände raue Oberflächen haben.

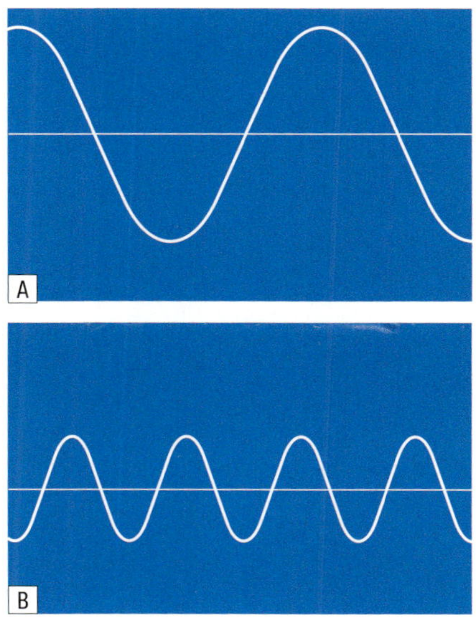

T8 Bau der Haut

1 Nenne die verschiedenen Schichten der Haut.

2 Nenne die verschiedenen Aufgaben der Haut

3 Begründe, warum die Haut des Rückens weniger Tastsinneszellen als an den Fingerspitzen hat.

4 Erkläre die Aufgabe des Schwitzens für den Körper.

5 Begründe, warum man nicht zu lange ungeschützt in der Sonne bleiben sollte.

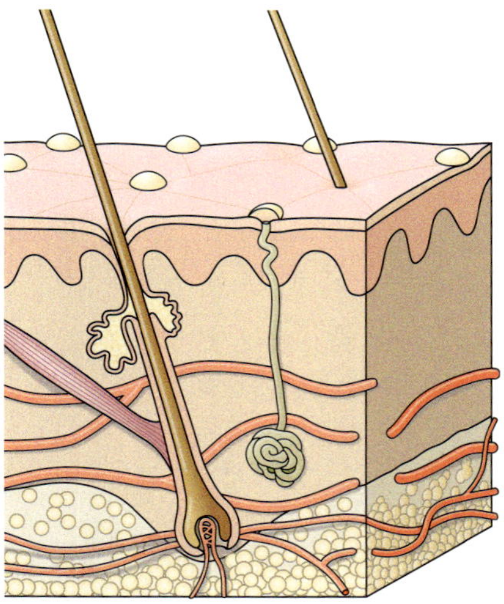

Sinne und Wahrnehmung

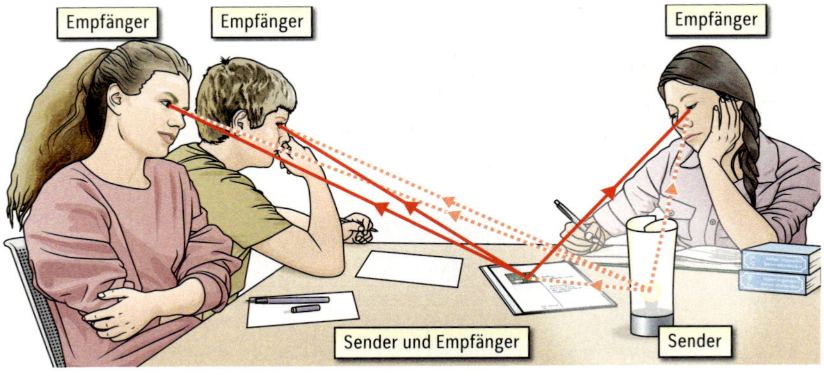

Ausbreitung von Licht

Die geradlinige Ausbreitung von Licht kann man mit dem Lichtstrahlmodell beschreiben. Für die Beschreibung der Wahrnehmung von Licht nutzt man das Sender-Empfänger-Modell. Sender wie eine Lampe strahlen Licht ab. Empfänger wie die Augen des Menschen empfangen das Licht. Manche Empfänger werden Licht wieder zurück.

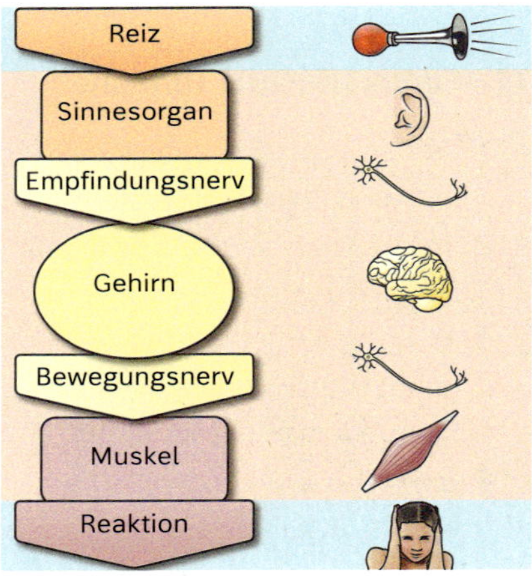

Sinne als Zugang zur Welt

Mit den Sinnen Sehen, Hören, Fühlen, Schmecken und Riechen kann der Körper viele verschiedene Reize aus der Umwelt aufnehmen. Schwingen Gegenstände, erzeugen sie Schall. Spricht man, dann schwingen die Stimmbänder. Diese Schwingungen werden beim Ausatmen an die Luft übertragen. Mit den Ohren wird der Schall aufgenommen. Er versetzt Trommelfell, Gehörknöchelchen und die Flüssigkeit der Schnecke in Schwingung. Dadurch werden Hörsinneszellen im Ohr gereizt. Die Sinneszellen der Sinnesorgane wandeln Umweltreize in elektrische Signale um. Über Nerven werden diese Informationen zum Gehirn geleitet. Das Gehirn bewertet die Informationen und entscheidet, welche Reaktion auf den Reiz erforderlich ist. Durch Nerven werden ausführende Organe wie die Muskeln zur Reaktion gebracht.

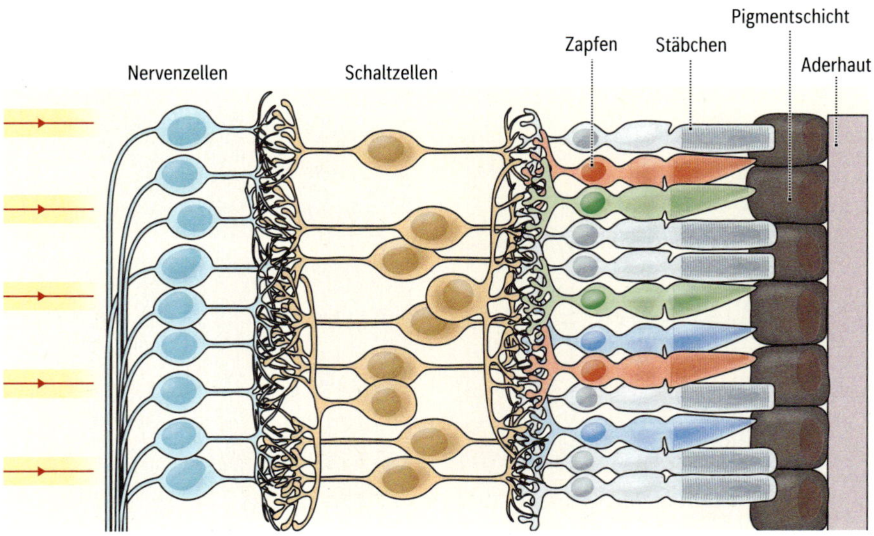

Farben sehen

Das Licht trifft im menschlichen Auge auf die Netzhaut. Dort liegen die Lichtsinneszellen. Es gibt Stäbchen, die für das Hell-Dunkel-Sehen zuständig sind und es gibt Zapfen, die für das Farbsehen zuständig sind. In der Netzhaut befinden sich drei Zapfentypen. Sie reagieren auf rotes, grünes oder blaues Licht. Werden nur Zapfen für rotes Licht erregt, entsteht im Gehirn ein roter Seheindruck. Werden die grünen und roten Zapfen gereizt, entsteht eine Mischung der Farben. Man spricht von additiver Farbmischung.

Sinne und Wahrnehmung

1 Flughafenmitarbeiterin mit Gehörschutz

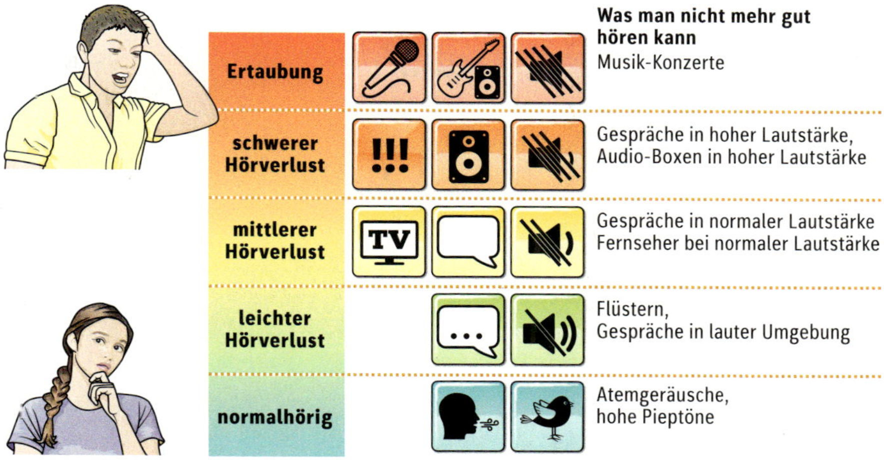

2 Stufen des Hörverlusts

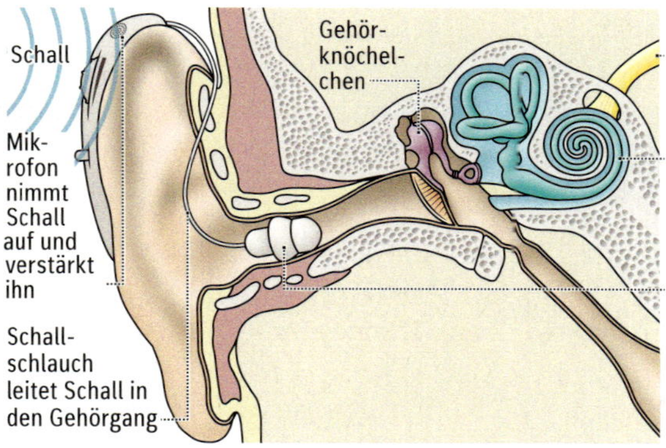

3 Funktionsweise Hörgerät

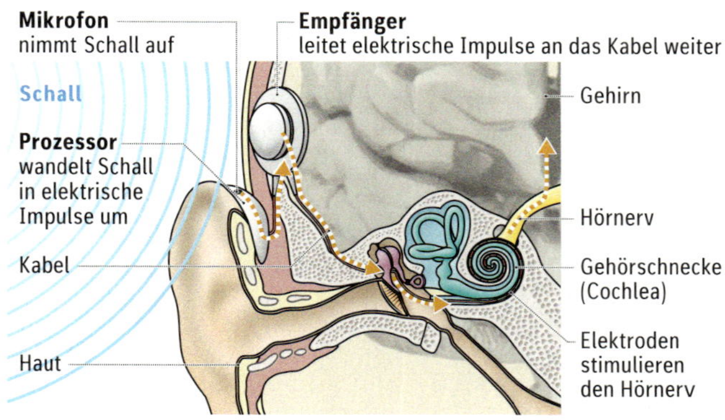

4 Funktionsweise Cochlea-Implantat

Manche Menschen werden mit einer verminderten Hörleistung oder gehörlos geboren. Jedoch kann eine verminderte Hörleistung auch im Laufe des Lebens auftreten. Vor allem durch Lärmschädigung im Alltag und Beruf können die Hörsinneszellen in der Gehörschnecke, der **Cochlea**, geschädigt werden. Im schlimmen Fällen können diese komplett zerstört werden. Betroffenen Menschen kann geholfen werden.

Ein **Hörgerät** verstärkt Geräusche, damit sie deutlicher werden. Ein **Cochlea-Implantat** hilft Menschen, die fast gar nichts hören, indem es Schall direkt in elektrische Impulse umwandelt. Diese werden direkt an den Hörnerv gesendet. So können auch Menschen, die sonst fast taub wären, wieder hören.

1 Begründe mithilfe der Abbildungen das Tragen eines Gehörschutzes als Flughafenmitarbeiter.

2 Entwickle Verhaltensregeln für den Alltag, das eigene Hörvermögen zu schützen.

3 Vergleiche die Arbeitsweise eines Hörgeräts mit der Arbeitsweise eines Cochlea-Implantates.

4 Erkläre, warum bei dauerhaft geschädigten Hörsinneszellen nur noch ein Cochlea-Implantat das Hörvermögen aufrechterhalten kann.

Digital+
WES-187000-067

2

Magnetismus

1 Natürlich vorkommendes Magnetgestein: Magnetit mit Büroklammern

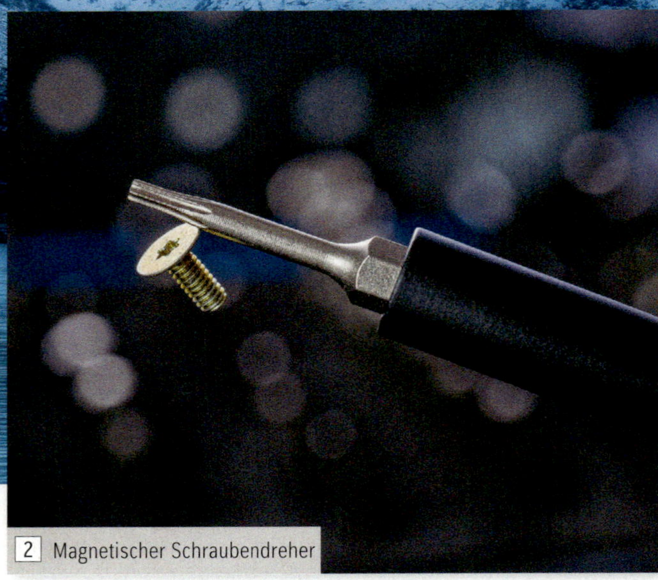

2 Magnetischer Schraubendreher

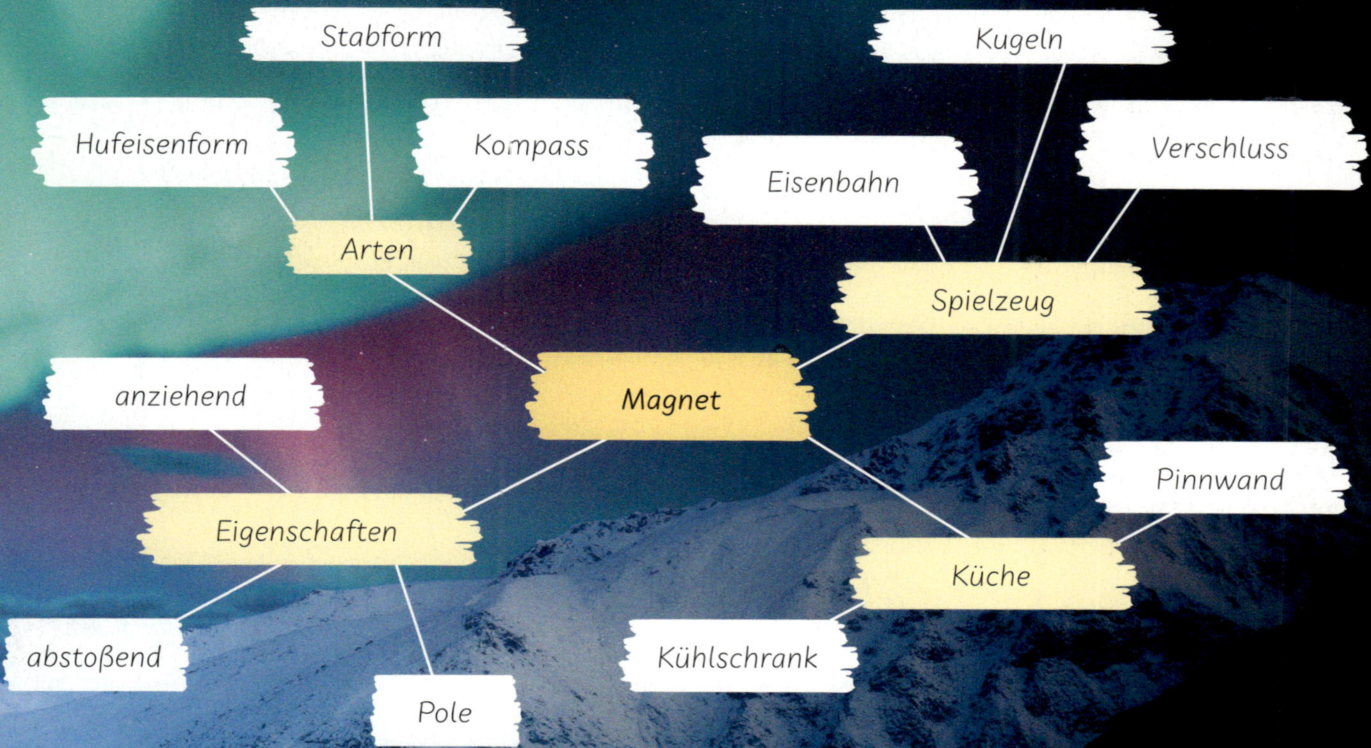

A Beschreibt, woran man die magnetische Wirkung des Steins in Bild 1 erkennen kann.

B Stellt Vermutungen darüber an, warum die Schraube in Bild 2 nicht herunterfällt.

C Bild 3 zeigt einen magnetischen Verschluss eines Schmuckarmbandes. Nennt weitere Situationen oder Gegenstände aus eurem Alltag, in denen euch Magnete begegnen.

3 Magnetverschluss Armband

Wirkung von Magneten

Das Wort ferromagnetisch stammt aus dem Lateinischen: ferrum – Eisen

Magnete im Alltag

Magnete findet man häufig an Kühlschränken, mit denen Zettel an der Tür angebracht werden können. Aber auch in Kinderspielzeug werden häufig Magnete verbaut: Manche Holzeisenbahnen haben Magnete als Bindungen zwischen den Wagen. Einige Puppen können durch Magnete einen Schnuller in den Mund nehmen oder bunte Bausteine haften aneinander und lassen sich zu großen Gebäuden zusammensetzen.

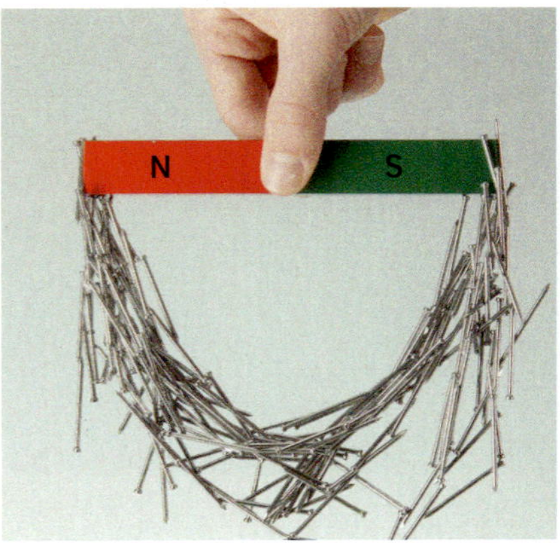

1 Stabmagnet zieht Eisennägel an.

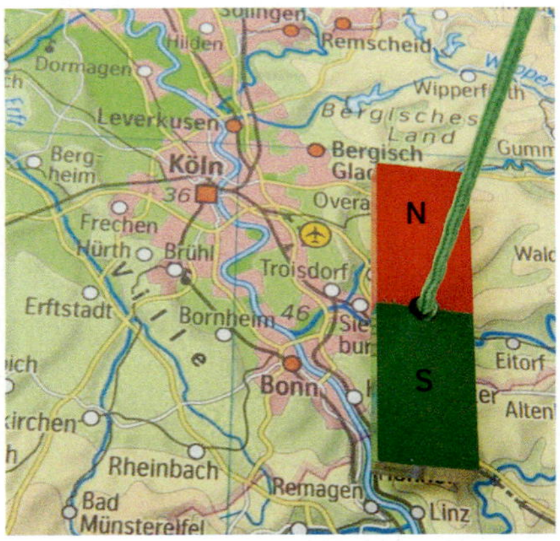

2 Stabmagnet richtet sich nach Norden aus.

Wirkung von Magneten

Nicht alle Gegenstände werden von Magneten angezogen. Während Büroklammern aus Eisen schon aus einiger Entfernung von einem Magneten angezogen werden, geht dies mit Büroklammern aus Kunststoff nicht. Nur Gegenstände, die die Metalle Eisen, Nickel oder Kobalt enthalten, werden von Magneten angezogen. Eisen, Nickel und Kobalt werden **ferromagnetische** Stoffe genannt. Wenn man einen Magneten festhält, kann man mit ihm bestimmte Gegenstände anziehen. Anders herum funktioniert das auch. Ein Magnet und ein ferromagnetischer Gegenstand ziehen sich gegenseitig an.
In einer Kühlschranktür funktioniert der Schließmechanismus auch über Magnete. In der Tür sind Magnetschienen verbaut. Die Magnete in der Kühlschranktür werden von dem ferromagnetischen Stoff im Gehäuse des Kühlschranks angezogen, sodass die Tür geschlossen bleibt.

Magnetpole

Die magnetische Wirkung ist an den Enden eines Stabmagneten am stärksten. Diese Stellen heißen **Pole**. In der Mitte des Magneten ist die magnetische Wirkung nicht so stark. Die Form und die Größe eines Magneten haben nicht unbedingt etwas mit seiner Anziehungskraft zu tun. Lässt man einen Stabmagneten frei drehbar hängen, kann man beobachten, dass er nach einiger Zeit aufhört, sich zu drehen. Dabei zeigt immer der gleiche Pol in Richtung Norden. Er wird daher Nordpol genannt. Der nach Süden zeigende Pol heißt Südpol. Zur besseren Unterscheidung werden die Pole eines Magneten oft gefärbt: der Nordpol meist rot, der Südpol oft grün.

Polregel

Magnete können einander anziehen oder abstoßen. Das hängt davon ab, welche Pole einander gegenüberliegen. Wenn zwei gleiche Pole einander annähern, stoßen sie einander ab. Zwei ungleiche Pole ziehen einander an. Zwei Nordpole stoßen einander ab, ein Nord- und ein Südpol ziehen einander an.

Abschirmung

Ein Eisennagel und ein Magnet ziehen einander an. Hält man Papier zwischen Magnet und Nagel, durchdringt die magnetische Wirkung das Papier und die Anziehung bleibt bestehen. Hält man ein Eisenblech dazwischen, schirmt dieses die magnetische Wirkung ab und der Nagel wird nicht mehr angezogen.

A Beschreibe, wie die Pole von zwei Magneten aufeinander wirken.

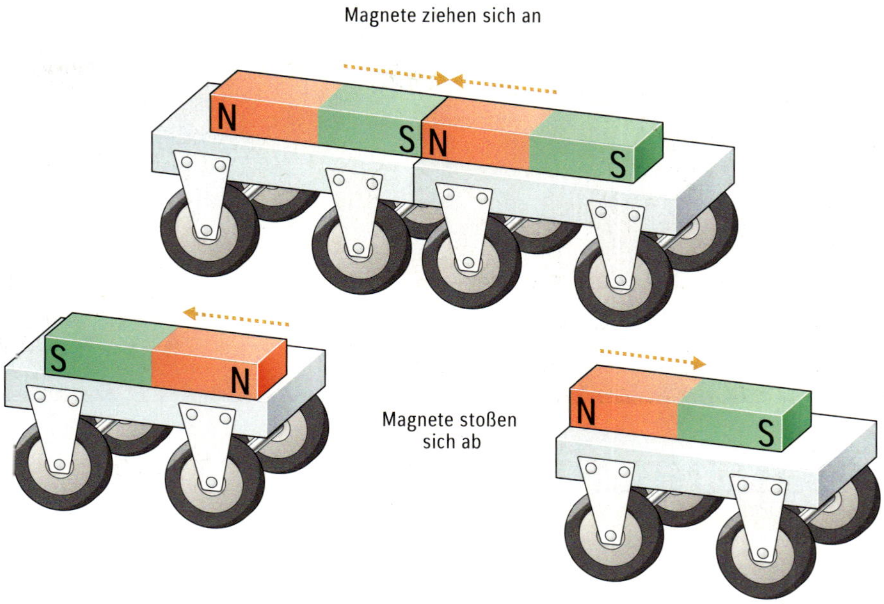

3 Magnete können einander anziehen und abstoßen.

M1 Die Polregel

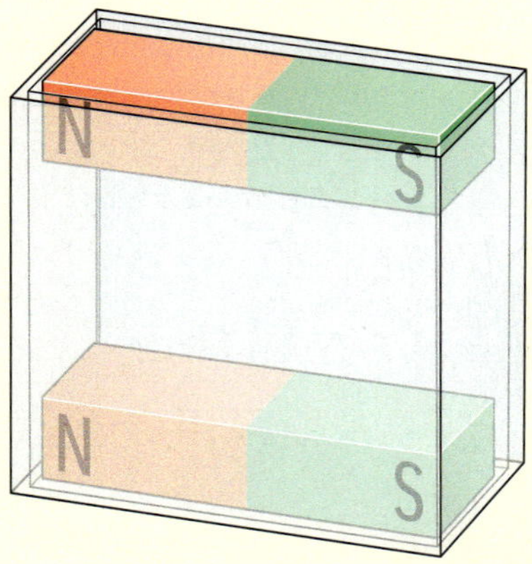

1 Begründe, warum der obere Stabmagnet im Kasten über dem unteren Magneten schwebt. | HILFE

2 Begründe, was passiert, wenn beim oberen Magneten Nord- und Südpol getauscht werden. | HILFE

M2 Magnetische Wirkung

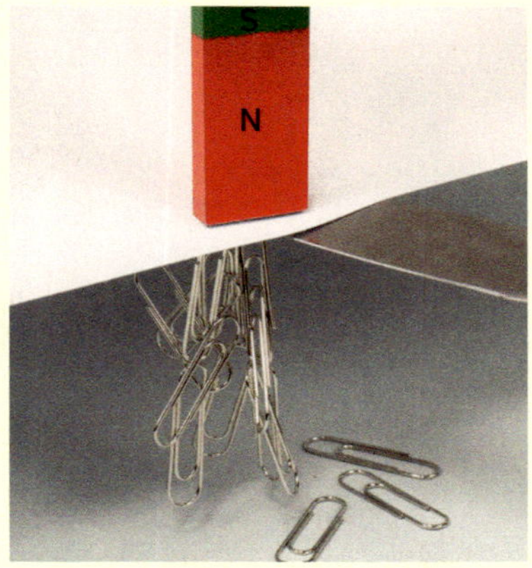

1 Erkläre, warum die Büroklammern nicht herunterfallen. | HILFE

2 Begründe, was passiert, wenn die Eisenklinge zwischen den Papieren direkt unter den Magneten geschoben wird.

Wieso kann man mit einem Magneten eine Kette aus Muttern bauen?

Magnetisierung

Magnete haben immer zwei Pole

Jeder Magnet hat zwei Pole, einen Nord- und einen Südpol. Teilt man einen Magneten, so entstehen zwei neue Magnete. Beide haben wieder einen Nordpol und einen Südpol. Teilt man diese beiden Magnetteile wieder, dann hat man vier Magnete. Auch diese haben jeweils einen Nord- und einen Südpol. Egal, wie oft man einen Magneten teilt, es entstehen sofort wieder ein Nordpol und ein Südpol. Man kann den Nordpol und den Südpol eines Magneten nicht trennen.

A

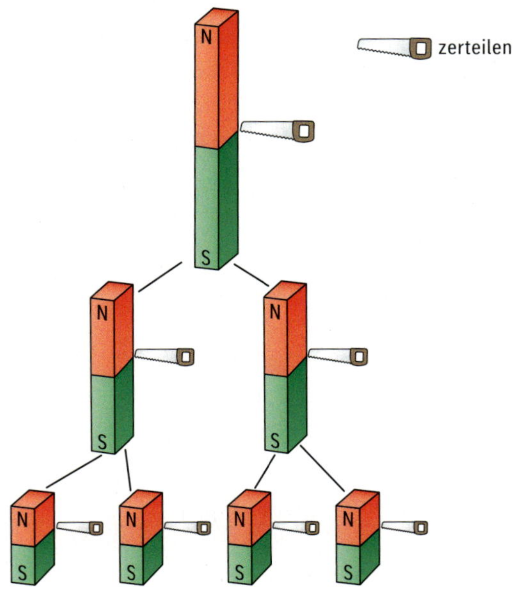

B

1 Ein Magnet wird zerlegt: **A** Foto, **B** Grafik

Elementarmagnete

Teilt man einen Magneten gedanklich immer weiter, entstehen immer kleinere Magnete. Die kleinstmöglichen Magnete in dieser Modellvorstellung werden **Elementarmagnete** genannt. Sie haben alle einen festen Platz im Magneten und können sich auf ihren Plätzen drehen. In einem Magneten sind alle Elementarmagnete geordnet. Alle Nordpole und alle Südpole der Elementarmagnete zeigen jeweils in dieselbe Richtung. Von außen wirken die vielen gleichen Elementarmagnete wie ein großer Magnet mit den zwei Polen an den Enden.

Magnetische Wirkung

In der Mitte eines Magneten befinden sich sowohl Nordpole als auch Südpole der Elementarmagnete. Sie heben sich fast vollständig in ihrer Wirkung nach außen hin auf. Dadurch bilden sich in der Mitte eines Magneten keine nachweisbaren Pole und die magnetische Wirkung ist schwächer. Daher ist an den äußeren Polen die magnetische Wirkung am größten.

Teilt man einen Magneten in zwei Hälften, bleiben alle Elementarmagnete geordnet auf ihren Plätzen. An den Schnittstellen entstehen sofort wieder ein Nord- oder Südpol. Aus diesem Grund kann man die Pole eines Magneten nicht trennen. ▶

A Nenne die Pole eines Magneten.

B Erkläre, warum die magnetische Wirkung eines Magneten an den Polen am größten ist.

C Erkläre, warum Nord- und Südpol eines Magneten nicht zu trennen sind.

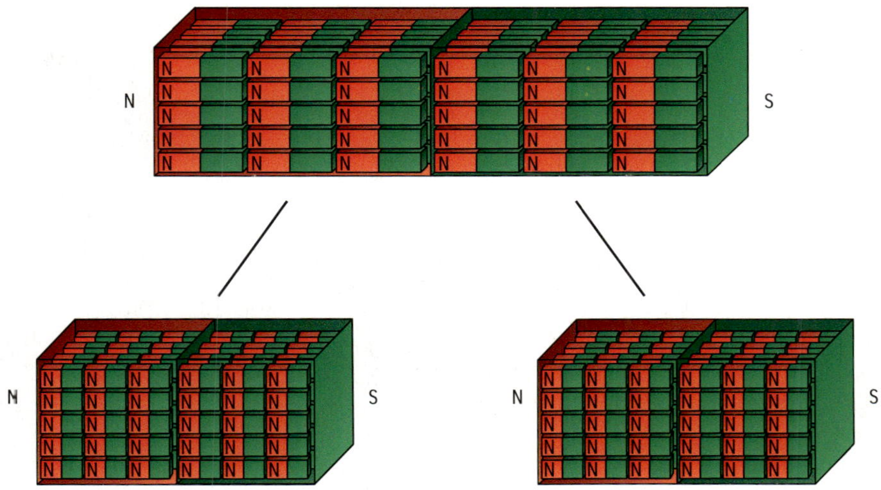

2 Modell der Elementarmagnete

M1 Elementarmagnete

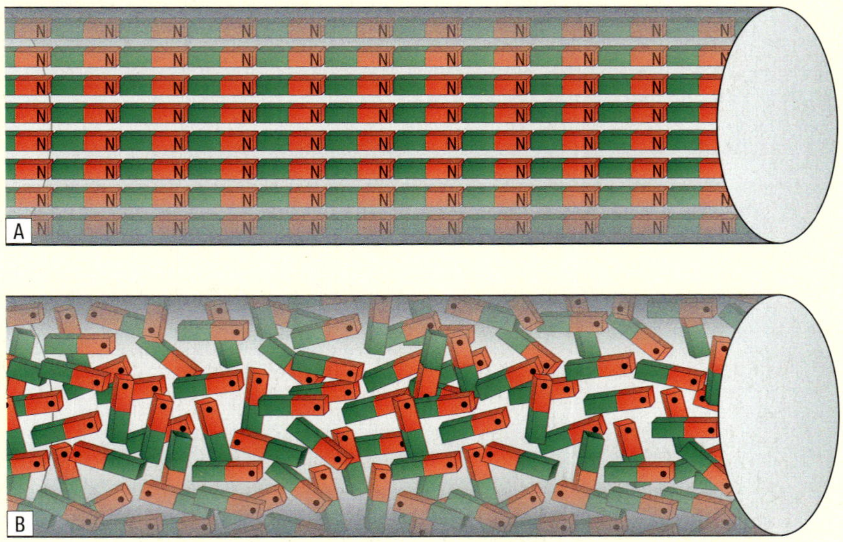

1 Beschreibe die Verteilung der Elementarmagnete in den Stäben A und B.

2 Erkläre, welcher von beiden Stäben eine magnetische Wirkung besitzt. | HILFE

3 Erkläre mithilfe des Modells der Elementarmagnete, was passiert, wenn man den Stab mit der magnetischen Wirkung an einer Stelle teilt. | HILFE

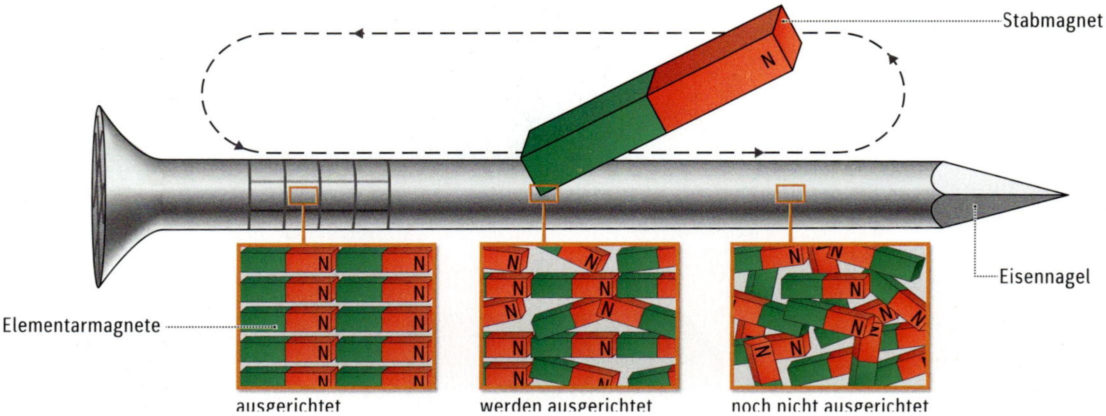

3 Ein Nagel wird magnetisiert.

M2 **Magnetisieren**

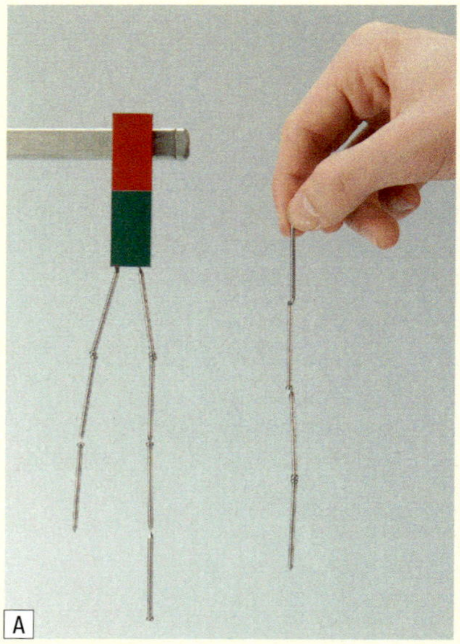

A

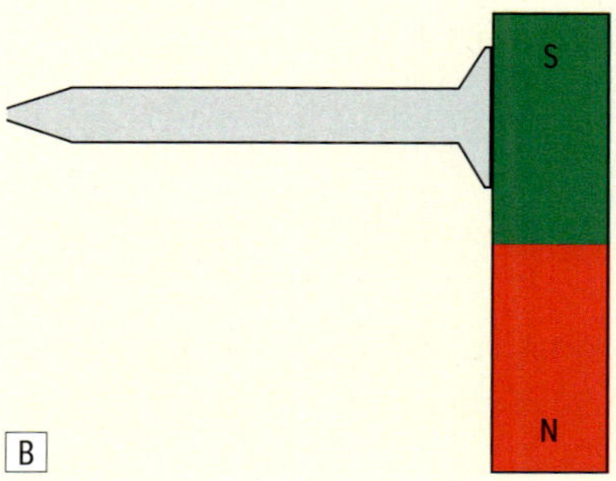

B

An einen Magneten wurden einige Nägel als eine Kette aneinander aufgehängt. Diese Kette kann man abnehmen, ohne dass die Nägel voneinander abfallen.

1 Beschreibe, was mit den Eisennägeln in Bild A passiert ist.

2 Erkläre, warum man beim Magnetisieren eines ferromagnetischen Körpers mit dem Magneten immer in die gleiche Richtung streichen muss. | HILFE

3 Erkläre die Versuchsergebnisse in Bild A mithilfe des Modells der Elementarmagnete. | HILFE

4 Übertrage die Zeichnung in Bild B vereinfacht und vergrößert in dein Heft. Zeichne danach die Ausrichtung einzelner Elementarmagnete in den Nagel ein.

Magnetisieren

Man kann Magnete auch für kurze Zeit erzeugen. Dazu benötigt man einen ferromagnetischen Stoff, zum Beispiel Eisen. Bei einem Eisennagel zeigen die Elementarmagnete alle in unterschiedliche Richtungen. Daher ist dieser Nagel auch nicht magnetisch, denn die Elementarmagnete sind nicht geordnet. Streicht man mit einem Magneten mehrmals in der gleichen Richtung über den Nagel, fangen die Elementarmagnete an, sich zu drehen. Sie richten sich aus. Mit jedem Streichen des Magneten drehen sich die Elementarmagnete weiter, bis sie alle in die gleiche Richtung zeigen. Dadurch entstehen an den Enden des Nagels ein Nordpol und ein Südpol. Der Eisennagel wurde **magnetisiert**. Er hat nun eine magnetische Wirkung.
Hat man einen besonders starken Magneten, braucht man gar nicht über den ferromagnetischen Gegenstand zu streichen. Es reicht bereits aus, wenn der Magnet den Gegenstand anzieht. Dadurch richten sich bereits die Elementarmagnete im Gegenstand aus.

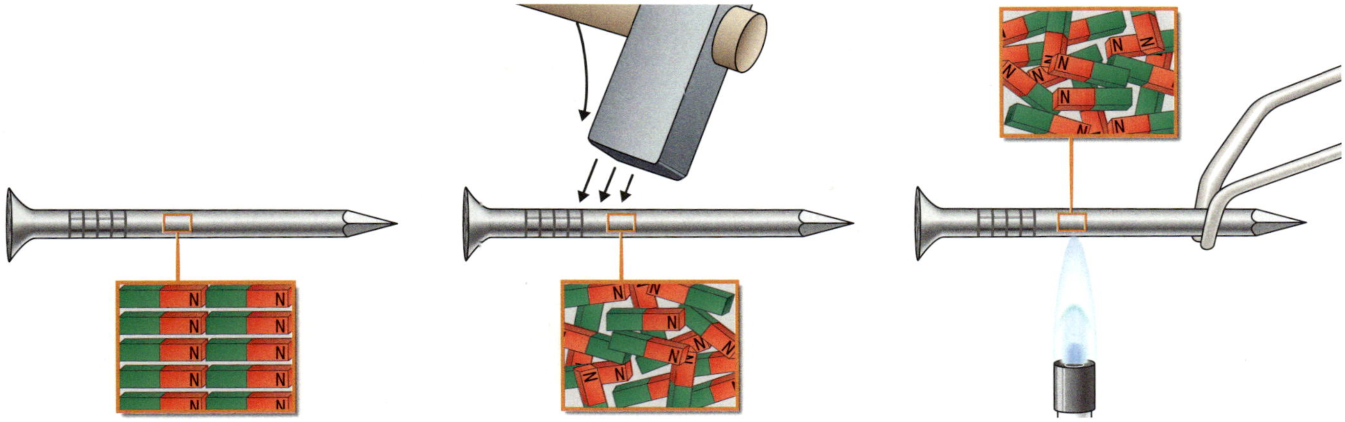

4 Verschiedene Möglichkeiten, einen magnetisierten Nagel zu entmagnetisieren.

Entmagnetisieren

Magnetisierte Gegenstände können auch ihre magnetische Wirkung verlieren. Sie werden **entmagnetisiert**. Dazu müssen die vorher ausgerichteten Elementarmagnete wieder in unterschiedliche Richtungen zeigen.
Eine Möglichkeit, um Elementarmagnete in Unordnung zu bringen, sind starke Erschütterungen. Dafür kann man zum Beispiel mit einem Hammer mehrmals auf den Nagel schlagen. Mit jedem Schlag drehen sich die Elementarmagnete etwas. Nach ein paar Schlägen zeigen sie alle in unterschiedliche Richtungen und der Nagel hat seine magnetische Wirkung verloren.
Eine andere Möglichkeit ist das Erwärmen. Wenn der Nagel erhitzt wird, fangen seine Elementarmagnete an, stärker zu schwingen. Dadurch zeigen sie nicht mehr in die gleiche Richtung und die magnetische Wirkung geht verloren.

D Beschreibe den Unterschied zwischen einem magnetisierten und einem nicht magnetisierten Eisennagel.

P1 Entmagnetisieren

Material: Stabmagnet, zwei Eisennägel, Hammer, Zange, Gasbrenner

Durchführung: Magnetisiere zunächst mit dem Magneten die beiden Eisennägel. Entmagnetisiere danach einen Eisennagel mithilfe des Hammers und den anderen mithilfe des Gasbrenners. Überprüfe anschließend, ob jeder der beiden Eisennägel auch wirklich entmagnetisiert wurde.

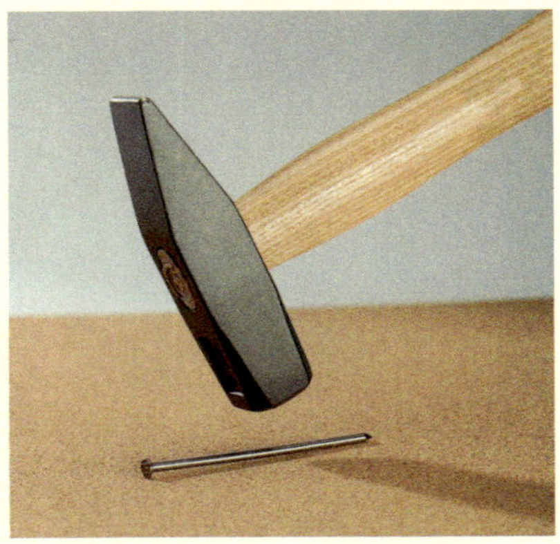

1 Schreibe auf, wie du überprüft hast, ob die beiden Nägel auch wirklich entmagnetisiert wurden.

2 Beschreibe, was beim Entmagnetisieren der beiden Nägel passiert ist. | HILFE

3 Erkläre, warum man einen Magneten möglichst gar nicht auf den Boden fallenlassen sollte.

Das Magnetfeld

Magnetfeld

Kommt man mit einem Stabmagneten immer näher an einen Eisennagel, zieht der Magnet den Nagel irgendwann an. Je weiter der Magnet entfernt ist, desto schwächer ist seine Wirkung auf den Nagel. Jeder Magnet hat einen Wirkungsbereich. Dieser heißt **Magnetfeld**.

Das Magnetfeld wirkt in alle Richtungen. Mit Magnetnadeln oder Eisenspänen kann man es sichtbar machen. Streut man Eisenspäne um einen Magneten herum, werden diese magnetisiert und bilden viele Ketten. Die Ketten verlaufen von einem Pol des Magneten zum anderen.

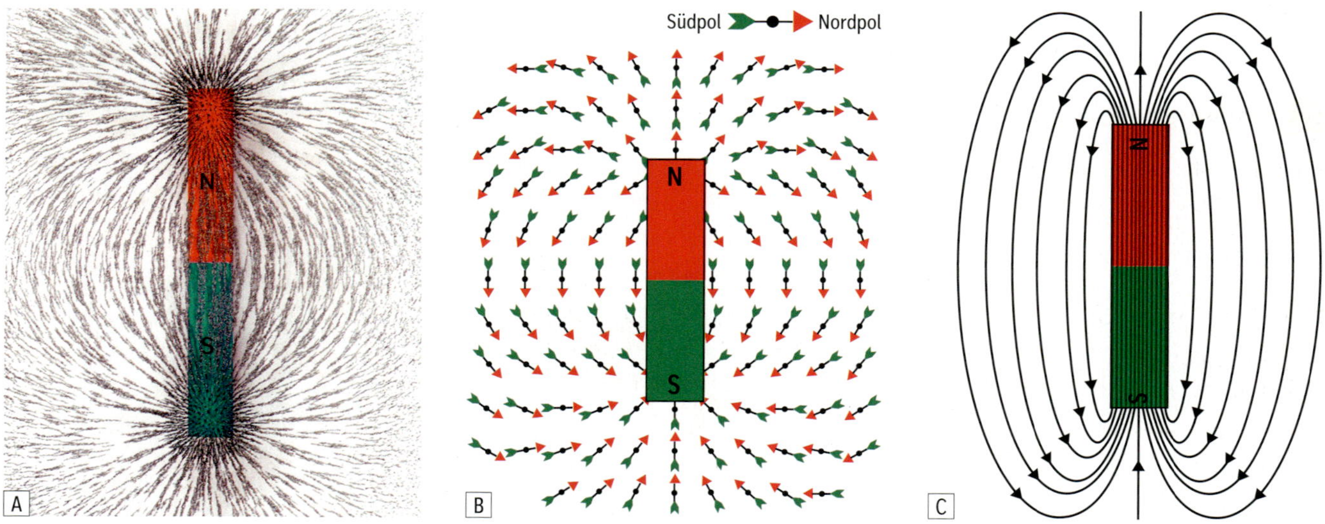

1 Das Magnetfeld eines Stabmagneten: **A** mit Eisenspänen, **B** mit Magnetnadeln, **C** gezeichnete Feldlinien

Feldlinien

Zeichnet man die Ketten der Eisenspäne nach, erhält man viele Linien. Sie sind ein Modell für die magnetische Wirkung, denn an ihnen werden der Verlauf und die Stärke des Magnetfeldes sichtbar. Sie werden **magnetische Feldlinien** genannt. Sie verlaufen vom Nordpol zum Südpol und verlaufen durch den Magneten wieder zum Nordpol. Je enger die Feldlinien zusammen stehen, desto stärker ist die magnetische Wirkung. Ein Bild mit der Darstellung von Feldlinien heißt **Feldlinienbild**. Mithilfe der Feldlinien kann man die Abstoßung und Anziehung von Magneten sichtbar machen. Zwischen den Polen von zwei einander anziehenden Magneten verbinden die Feldlinien die Pole. Bei zwei einander abstoßenden Magneten gibt es keine Feldlinien, die beide Pole verbinden.

A Beschreibe, was das Feldlinienbild eines Magneten zeigt.

B Beschreibe, wie man das Magnetfeld eines Magneten sichtbar machen kann.

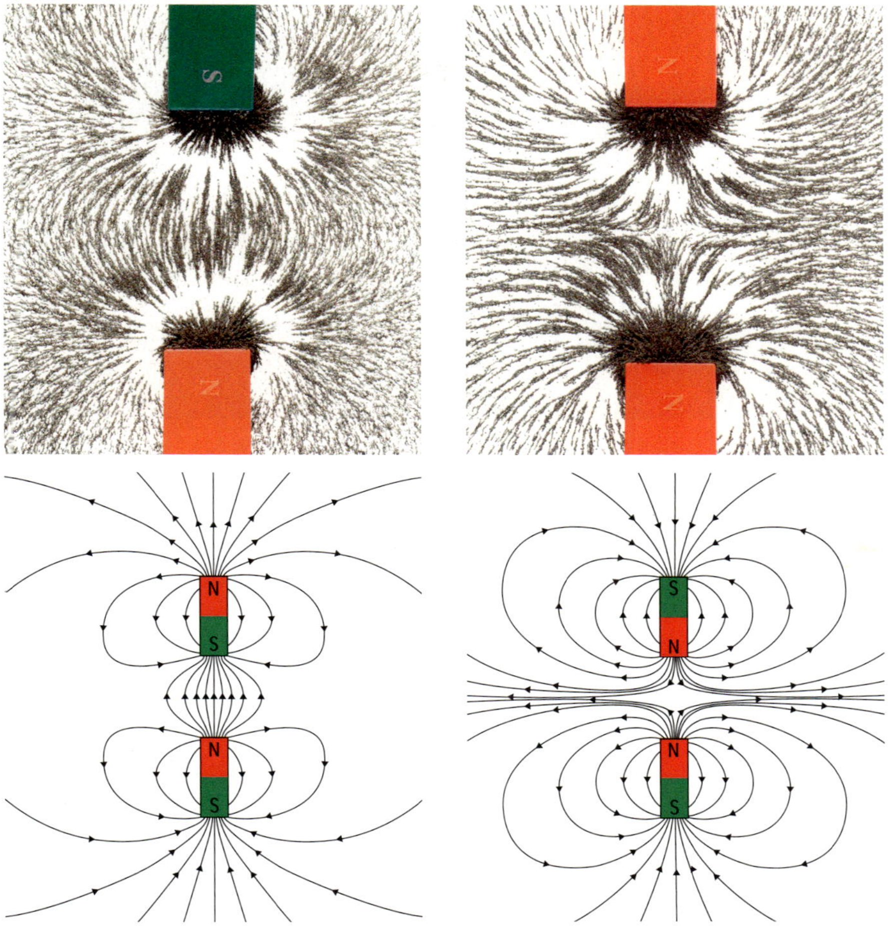

2 Magnetfeld von einander anziehenden und abstoßenden Magneten. Oben: Foto, unten: Feldlinienbild

M1 Magnetfeld zeichnen

Enes und Mia haben die Ausrichtung von Magnetnadeln um einen Stabmagneten gezeichnet.

1 Vergleiche die beiden Zeichnungen miteinander.

2 Erkläre, wer eine richtige Zeichnung angefertigt hat. | HILFE

3 Korrigiere die falsche Zeichnung in deinem Heft und ergänze mindestens drei Nadeln.

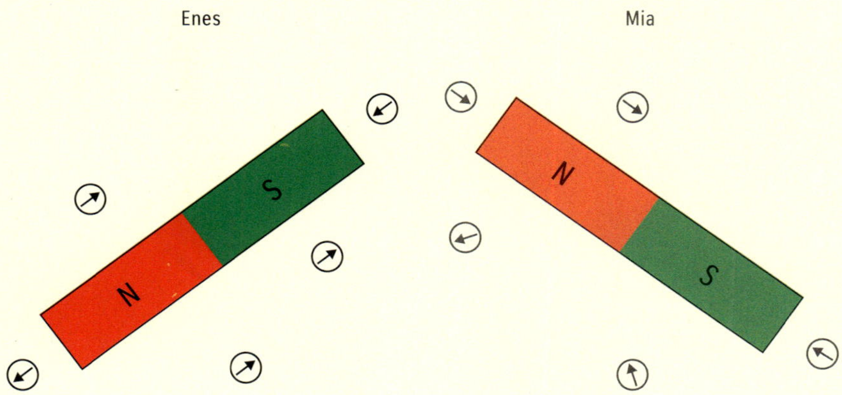

Das Magnetfeld der Erde

Erdmagnetfeld

Hält man einen Kompass in der Hand, dann richtet sich die **Kompassnadel** immer in eine Richtung aus und verändert sich auch durch Drehen nicht. Die eingefärbte Spitze zeigt immer in dieselbe Richtung. Dreht man nun den Kompass, dann dreht sich seine Anzeige um die Nadel herum. Eine Kompassnadel ist ein kleiner Magnet und ihr oft rot eingefärbter Nordpol zeigt immer in die Himmelsrichtung Norden.

Da unsere Erde ein Magnetfeld besitzt, richtet sich die Kompassnadel daran aus. Daher dreht sie sich bei Drehung des Kompasses auch nicht mit. Man kann sich die Erde als riesigen Stabmagneten vorstellen. Das Magnetfeld der Erde reicht bis in den Weltraum hinein. Der Nordpol einer Kompassnadel weist immer nach Norden. Da entgegengesetzte Pole einander anziehen, liegt dort allerdings der **magnetische Südpol**. In seiner Nähe liegt der **geografische Nordpol**. Auf der Südhalbkugel ist es genau umgekehrt. Dort befinden sich der **magnetische Nordpol** und der **geografische Südpol**. Das Erdmagnetfeld entsteht im Inneren der Erde im Erdkern. Er besteht aus einem festen Kern aus Eisen und Nickel. Um den festen Kern fließt flüssiges, sehr heißes Eisengestein. Das Magnetfeld wird durch die ständigen Bewegungen des flüssigen Eisengesteins erzeugt.

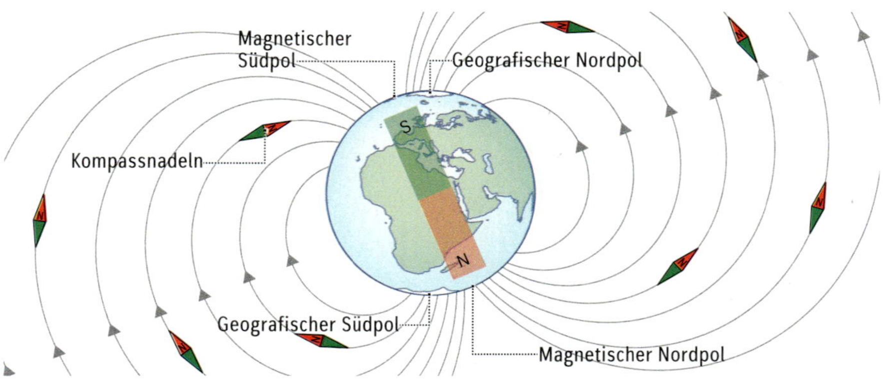

1 Das Magnetfeld der Erde

Polwanderung
Durch die ständige Bewegung des flüssigen Eisengesteins kann sich die Richtung des Erdmagnetfeldes ändern. Die magnetischen Pole des Magnetfeldes der Erde liegen nicht genau auf den geografischen Polen. Sie befinden sich nur in der Nähe und sind ständig in Bewegung. Sie bewegen sich zwischen 15 und 40 Kilometern pro Jahr.

Bau eines Kompasses
Mit einem Kompass kann die Himmelsrichtung bestimmt werden. Mit ihm kann man sich überall orientieren. Heutzutage hat jedes Smartphone eine App für einen Kompass. Im Smartphone selbst sind Magnetfeldsensoren eingebaut. Andere Kompasse haben eine kleine Kompassnadel. Diese ist ein kleiner Magnet. Die Kompassnadel ist drehbar gelagert. Unter der Lagerung befindet sich die sternförmige Kompassrose. An ihr kann man die Himmelsrichtung ablesen. Ein Gehäuse schützt Kompassnadel und Kompassrose. Die Kompassrose und das Gehäuse bestehen aus einem Material, das nicht magnetisierbar ist.

Missweisung
Würde man einem Kompass immer nach Norden folgen, kommt man nicht am geografischen Nordpol an. Das liegt an den unterschiedlichen Positionen der magnetischen und geografischen Pole.
Diese Abweichung bezeichnet man als **Missweisung**. ▶

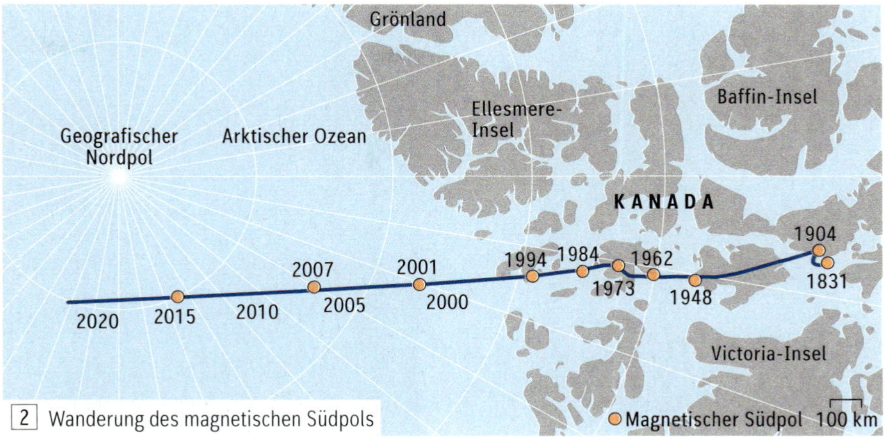

2 Wanderung des magnetischen Südpols

A Beschreibe, was eine Kompassnadel ist.

B Erläutere, warum sich eine Kompassnadel nicht mitdreht, wenn man sich mit einem Kompass um die eigene Achse dreht.

C Beschreibe die Ursache dafür, dass geografischer Pol und magnetischer Pol nicht auf einem Punkt liegen.

M1 Bauteile eines Kompasses

1 Benenne die Bauteile des Kompasses und beschreibe ihre Funktion.

2 Beschreibe die Funktionsweise eines Kompasses. | HILFE

3 Erkläre, warum das Gehäuse eines Kompasses aus einem nicht magnetisierbaren Material besteht.

Digital+
WES-187000-79

3 Zugvögel

4 In Norwegen häufig, in Deutschland eine Seltenheit: Polarlichter. Hier in Marburg (Hessen).

M2 Innerer Kompass bei Tieren

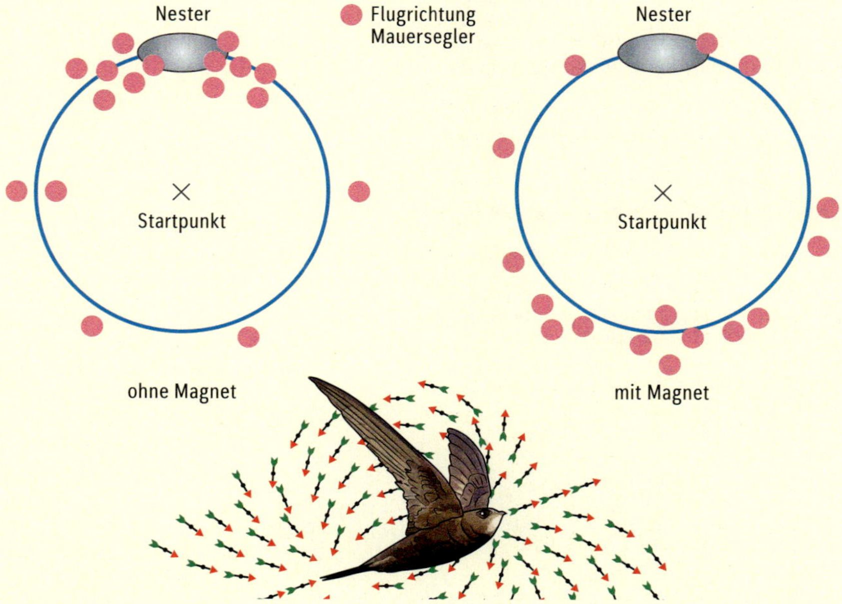

Forscher haben in einem Versuch beobachtet, welchen Einfluss das Magnetfeld auf die Orientierung von Vögeln hat.
Dazu haben sie durch äußere Magnete im Umfeld der Vögel ihren Magnetsinn gestört. In diesem Fall konnten die Tiere ganz selten zu ihrem Nest finden.

1 Beschreibe die unterschiedlichen Versuchsbeobachtungen. | HILFE
2 Erkläre die Bedeutung des Magnetsinns für die Vögel.

Tiere nutzen das Magnetfeld

Viele tausend Vögel verbringen den Winter in wärmeren Ländern, zum Beispiel in Afrika. Damit sie jedes Jahr den Weg finden, orientieren sie sich nicht nur an der Sonne und den Sternen, sondern auch am Magnetfeld der Erde. Sie besitzen einen **Magnetsinn**. Forscher vermuten diesen im Kopfbereich.

Polarlichter

Das Magnetfeld der Erde hat auch eine Schutzfunktion. Die Sonne schleudert eine große Anzahl von Teilchen in Richtung Erde. Diese große Menge an Teilchen wird Sonnenwind genannt. Das Magnetfeld der Erde lenkt diese Teilchen zu den magnetischen Polen. Wenn an den Polen der Sonnenwind mit der Luft zusammenstößt, beginnt es zu leuchten. Dieses Leuchten am Himmel nennt man Nordlichter oder **Polarlichter**.

A Nenne die Ursache von Polarlichtern.
B Beschreibe, wie Zugvögel ihren Weg in den Süden finden.

Orientierung mit dem Kompass

1 Einnorden der Karte

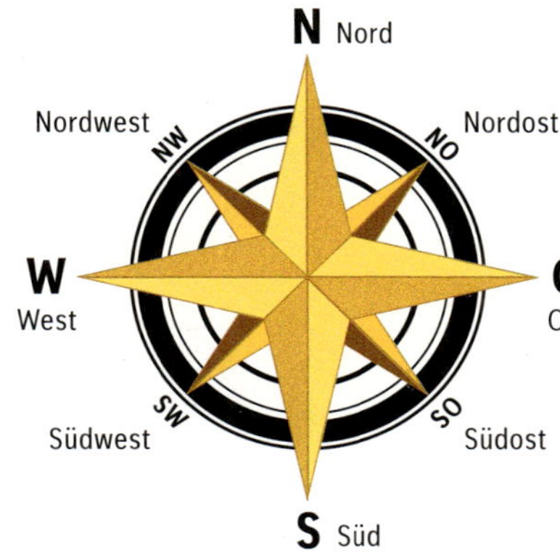

2 Kompassrose mit Himmelsrichtungen

Orientierung im Gelände

Wenn wir uns heute orientieren wollen, nehmen wir oft unser Smartphone zu Hilfe. Es leitet uns, damit wir den Weg finden. Du kannst dich aber auch ohne elektronische Hilfsmittel im Gelände orientieren. Dafür solltest du die Himmelsrichtungen kennen.

Die Kompassrose eines Kompasses zeigt alle Himmelsrichtungen an: Nord, Ost, Süd und West. Die Zwischenhimmelsrichtungen wie Nordost oder Südwest sind ebenfalls abgebildet.

Einnorden der Karte

Auf einer Karte ist die Himmelsrichtung Norden immer oben eingezeichnet. Damit die Karte mit der wirklichen Himmelsrichtung übereinstimmt, muss sie eingenordet werden. Dafür legst du den Kompass so auf die Karte, dass die Nordmarkierung der Kompassrose nach oben zeigt. Die Karte wird mit dem Kompass gedreht, bis die Magnetnadel nach Norden zeigt und der Nordpol der Nadel mit der Kompassrose übereinstimmt.

Standortbestimmung

Für die Bestimmung des eigenen Standortes sucht man sich in der Umgebung einen auffälligen Punkt, zum Beispiel einen Kirchturm. In Sichtlinie zu diesem Punkt sucht man einen weiteren Punkt. Beide Punkte werden auf der Karte verbunden. Danach sucht man zwei weitere auffällige Punkte, die man auch verbindet. Zieht man beide Linien auf der Karte weiter, treffen sie sich. Dies ist der Standort.

M1 Standortbestimmung

1 Beschreibe die Bestimmung deines Standortes mithilfe des Bildes.

2 Erkläre, warum es wichtig ist, die Karte vor der Benutzung einzunorden. | HILFE

Digital+
WES-187000-81

Magnetismus

1 Verschiedene Ansichten zum Magnetismus

1 Nenne die Polregel.

2 Nimm Stellung zu Karls Aussage.

3 Korrigiere Kurts Aussage.

4 Nimm Stellung zu Lyjas Aussage.

5 Nikes Aussage ist ungenau. Stelle die Aussage eindeutig dar. Nutze dafür auch den Begriff des Ferromagnetismus.

T2 Elementarmagnete

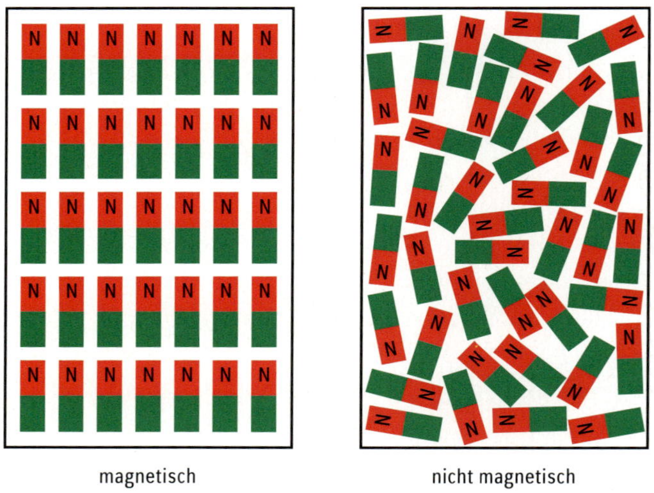

2 Elementarmagnete

1 Erkläre, was man unter dem Modell der Elementarmagnete versteht.

2 Beschreibe die Ausrichtung der Elementarmagnete in einem Magneten mithilfe des Bildes.

3 Nachdem ihr Stabmagnet in zwei Teile zerbrochen ist, behauptet Marlene: „Der rote Teil ist der Nordpol." Nimm Stellung zu ihrer Aussage.

T3 Magnetisieren und Entmagnetisieren

3 Magnetisierung

1 Beschreibe, wie man einen Eisennagel magnetisieren kann.

2 Im obigen Bild siehst du, wie Adnan versucht, eine Eisenschraube zu magnetisieren. Erkläre, warum ihm das nicht gelingt.

3 Beschreibe zwei Möglichkeiten, einen magnetisierten Körper wieder zu entmagnetisieren.

4 Erkläre den Vorgang des Entmagnetisierens mithilfe des Modells der Elementarmagnete.

T4 Erdmagnetfeld

1 Nenne die Bauteile eines Kompasses.

2 Erläutere, in welche Richtung der Südpol einer Kompassnadel zeigt.

3 Folgender Satz soll helfen, sich die vier Himmelsrichtungen zu merken: „Nicht ohne Salz würzen." Erkläre den Zusammenhang.

4 Erkläre, warum Vögel den Weg nicht finden, wenn man in ihre Nähe ein Magnetfeld bringt.

4 Kompass: Das E steht für engl. ‚east' und bedeutet Osten.

T5 Magnetfelder

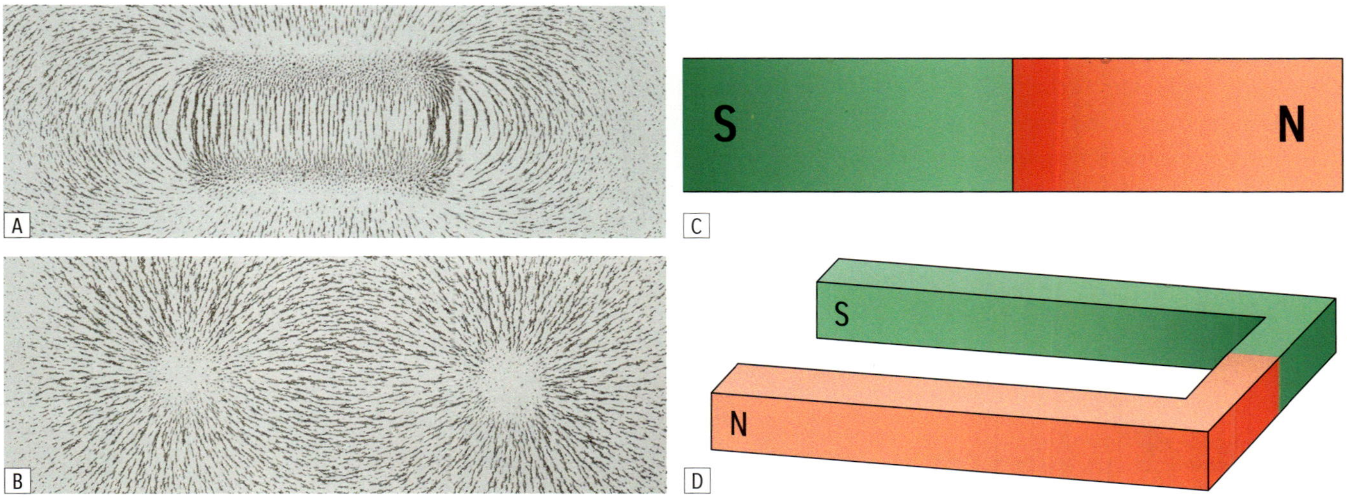

5 Magnetfelder und Magneten

1 Ordne den Feldlinienbildern in Bild A und Bild B die passenden Magnete in Bild C und Bild D zu.

2 Beschreibe, was man beim Zeichnen eines Feldlinienbildes für Magneten beachten muss.

3 Zeichne das Feldlinienbild zweier Stabmagnete, die einander abstoßen.

4 Zeichne das Feldlinienbild zweier Stabmagnete, die einander anziehen.

5 Der Magnet in Bild 6 ist ein Ringmagnet. Stelle Vermutungen darüber an, wie das Feldlinienbild dieses Ringmagneten aussehen könnte und zeichne es in dein Heft.

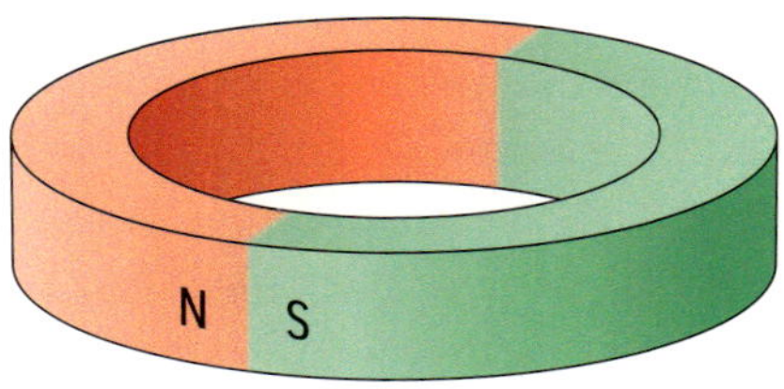

6 Ringmagnet

Magnetismus

Wirkung von Magneten

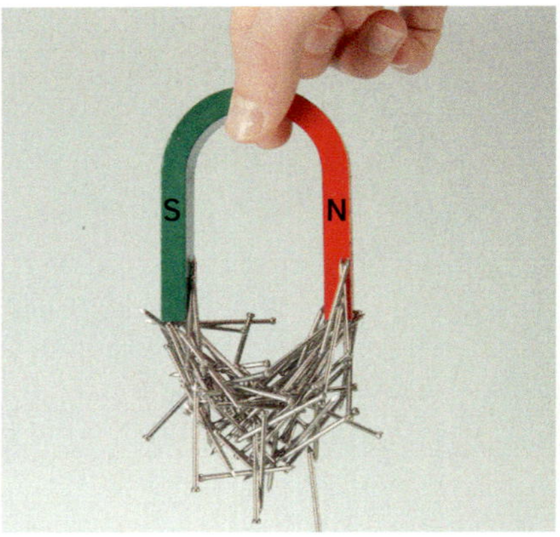

Jeder Magnet hat einen magnetischen Nord- und einen magnetischen Südpol. Oft ist der Nordpol rot gefärbt. Nach der Polregel stoßen gleiche Pole einander ab, ungleiche Pole ziehen einander an. Ein Magnet zieht nur Körper, die die ferromagnetischen Stoffe Eisen, Kobalt oder Nickel enthalten, an. Im Magneten sind die Elementarmagnete geordnet.

Magnetfeld der Erde

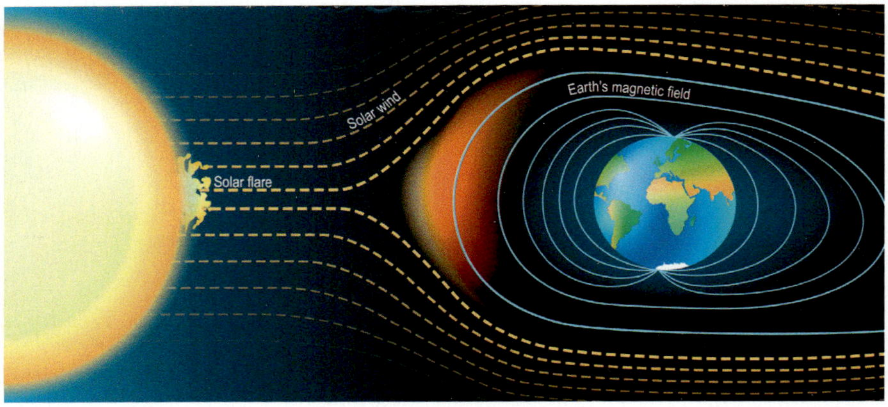

Die Erde ist ein großer Magnet. Wie bei jedem Magneten ist an den Polen die magnetische Wirkung am größten. Das Magnetfeld der Erde ähnelt dem Magnetfeld eines Stabmagneten.
Da sich das flüssige Eisengestein im Inneren der Erde ständig bewegt, bewegen sich auch die magnetischen Pole der Erde mit. Dadurch liegen der geografische Nordpol und der magnetische Südpol nicht auf derselben Stelle.
Damit wir uns am Erdmagnetfeld orientieren können, benötigen wir einen Kompass. Das Magnetfeld der Erde ist auch ein Schutzschild. Es lenkt Sonnenstürme ab, sodass sie die Erde nicht zerstören können.

Magnetisierung

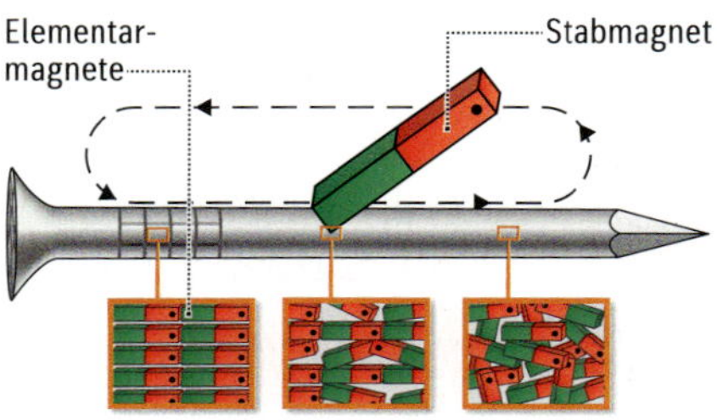

Ein ferromagnetischer Körper kann magnetisiert werden, indem man oft in der gleichen Richtung mit einem Magneten über den Körper streicht. Die Elementarmagnete des Körpers werden alle gleich ausgerichtet. Durch Erschütterungen und Erhitzen kann der Körper wieder entmagnetisiert werden.

Magnetfeld

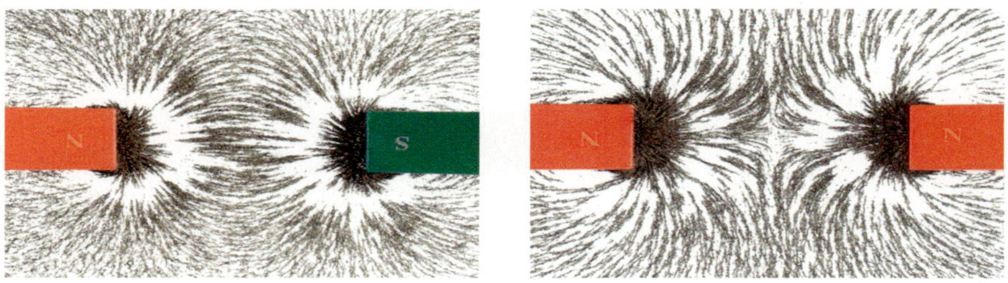

Jeder Magnet ist von einem Magnetfeld umgeben. Magnetnadeln und Eisenspäne richten sich im Magnetfeld aus. Dabei richten sie sich anhand gedachter Linien - der Feldlinien - aus.
Mithilfe von Feldlinienbildern kann man die magnetische Wirkung eines Magneten im Raum verdeutlichen.
Mithilfe ausgerichteter Eisenspäne kann man das Magnetfeld eines Magneten auch sichtbar machen. Ebenso kann dadurch Anziehung und Abstoßung zweier Magneten gezeigt werden.

Magnetsicherungen

ABSCHLUSSAUFGABE

1 Kinder-Schranktüren-Sicherung: Magnetöffner

2 Kinder-Schranktüren-Sicherung offen

Im Alltag begegnen uns sehr häufig Magnete oder magnetische Stoffe.
Manche Kindersicherungen für Schranktüren verwenden ebenfalls Magnete. Dabei wird in den Schrank ein Schlossteil und innen in die Tür das Gegenstück mit einem magnetischen Haken angebracht. Schließt man die Schranktür, lässt sie sich von außen nicht öffnen, weil der Haken im Schrankteil einrastet. Erst mit einem bestimmten magnetischen Öffner kann die Tür geöffnet werden. Der Magnet zieht den magnetischen Teil des Hakens an, sodass sich das Schrankschloss öffnet.

1 Nenne drei Alltagssituationen oder Gegenstände, in denen dir Magnete begegnen.

2 Stelle Vermutungen darüber an, wie die Kindersicherung in den Bildern 1 und 2 funktioniert.

3 Fertige eine Zeichnung zu der Funktionsweise einer Schrank-Kindersicherung an und beschrifte sie sinnvoll.

4 Zeichne das Magnetfeld eines Magnetöffners. Du kannst ihn dir als Stabmagneten vorstellen.

5 Erkläre, warum man den Magnetöffner für eine Schrankkindersicherung nicht in der Nähe einer Heizung liegenlassen sollte.

Digital+
WES-187000-85

3 Haustiere

1 Hamster frisst Gurke.

2 Kälbchen mit Kuh auf Weide

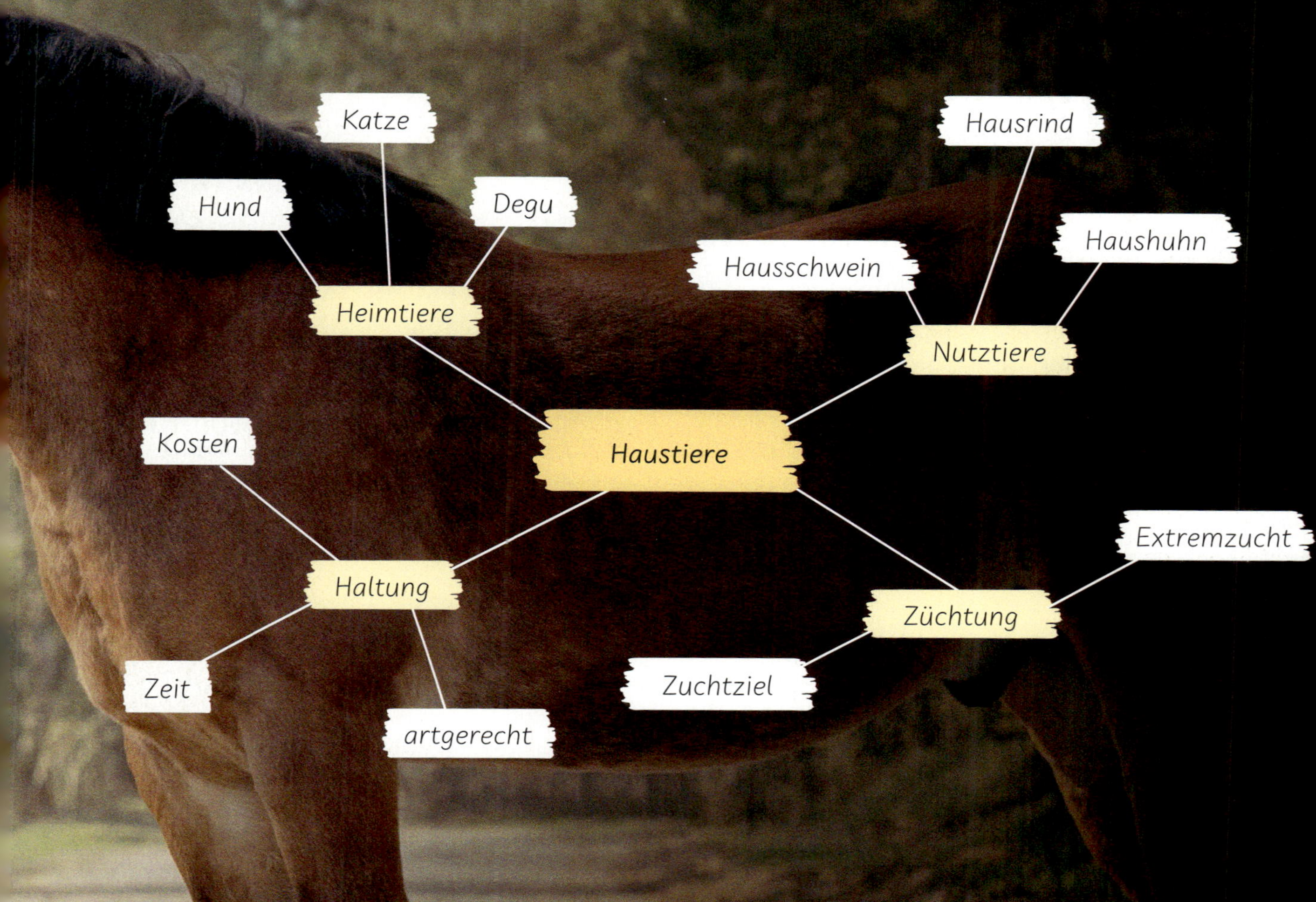

3 Henne sitzt auf Nest mit Eiern.

A Nennt Gründe, warum der Mensch Tiere hält.

B Habt ihr auch Haustiere? Macht gemeinsam eine Strichliste und sammelt eure Ergebnisse.

C Viele Tiere werden vom Menschen genutzt. Beschreibt Produkte und Lebensmittel, die von Tieren stammen.

Der Mensch nutzt Tiere

Zähmung von Wildtieren

Vor mehreren tausend Jahren beobachteten unsere Vorfahren die **Wildtiere** ihrer Umgebung genauer. Dabei stellten sie fest, dass bestimmte Eigenschaften der Wildtiere für Menschen nützlich sein konnten. Die Menschen lernten den Umgang mit diesen Wildtieren, um deren Eigenschaften zu nutzen. Dabei wurden zutrauliche Tiere ausgewählt und von ihren wilden Verwandten getrennt. Man bezeichnet das als **Zähmung**.

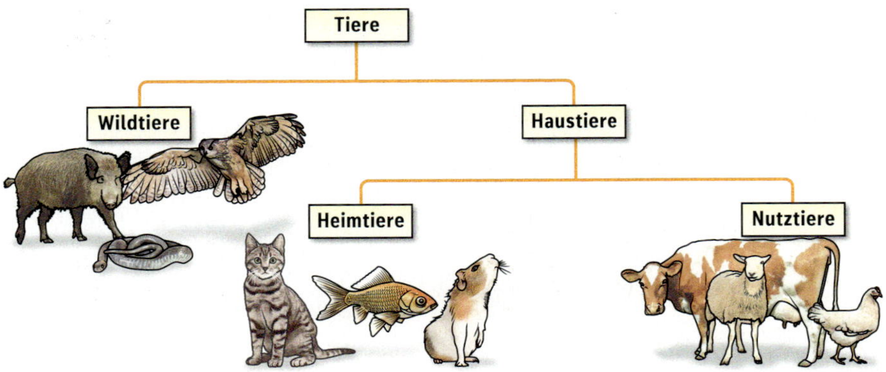

1 Wildtiere, Haustiere

Züchtung von Haustieren

Der Mensch entdeckte, dass die Nachkommen ihren Eltern zwar stark ähneln, sich aber auch ein wenig unterschieden. Man bezeichnet das als **Variabilität**.
Der Mensch ließ nur Tiere sich miteinander paaren, die für ihn nützliche Merkmale hatten. Dies nennt man **Züchtung**. So wurden aus Wildtieren **Haustiere**.
Mit der Zeit entstanden Haustiere, bei denen bestimmte Merkmale besonders stark ausgeprägt waren. Gezüchtete Tiere mit denselben Merkmalen bilden eine Rasse.
Wirtschaftlich genutzte Haustiere bezeichnet man als **Nutztiere**. Pferde und auch Hunde nutzt der Mensch als Arbeitstiere. Von Rindern, Schafen und Hühnern erhält er tierische Produkte wie Fleisch, Milch, Wolle, Leder und Eier. Durch Züchtung soll die Menge der Produkte gesteigert werden. Zudem wird versucht, die Nutztiere weniger anfällig gegenüber Krankheiten zu machen.

Leben mit Heimtieren

Leben Haustiere in der Wohnung oder im Haus, spricht man von **Heimtieren**. So sind Hunde und Kaninchen Spielgefährten für Kinder und werden wie Familienmitglieder behandelt. Auch das Interesse am Tier und seine Verhaltensweisen können Gründe für eine Tierhaltung zu Hause sein. Bei der Züchtung von Heimtieren sind das Verhalten und das Aussehen wichtig.

Haltung von Wildtieren

Zoos halten Wildtiere, um sie zu erforschen, Wissen zu vermitteln und bedrohte Tierarten zu schützen.

Manche Menschen halten zu Hause Wildtiere wie Meeresfische oder Reptilien. Die Haltung solcher Tiere ist meist schwer, teuer und benötigt viel Fachwissen.

Artgerechte Haltung

Bei der Haltung sollte auf die Bedürfnisse des Tieres geachtet werden. Neben Wasser und dem richtigen Futter sollte es auch alle Verhaltensweisen ausleben können, die es in der Natur zeigen würde. Eine solche Haltung ist **artgerecht**.

A Nenne fünf Haustiere.

2 Bartagame, ein häufig gehaltenes Wildtier

M1 Haustiere

1 Ordne die dargestellten Tiere den Wildtieren, Nutztieren oder Heimtieren zu.

2 Erkläre, warum eine eindeutige Zuordnung manchmal schwierig ist.

M2 Artgerechte Tierhaltung

Alle Rassen der Hauskaninchen stammen vom Wildkaninchen ab.

1 Beschreibe die Verhaltensweisen des Wildkaninchens.

2 Begründe, ob die Haltung des Kaninchens in Bild B artgerecht ist. | HILFE

3 Entwickle Verbesserungsvorschläge für die Haltung des Kaninchens in Bild B.

Digital+
WES-187000-089

Einen Steckbrief erstellen

Der Goldhamster

Aussehen: goldbraunes bis rötlich-goldenes Fell, weiße Unterseite

Größe: bis zu 18 cm

Gewicht: bis zu 150 g

Lebensraum: ursprünglich Steppen und Halbwüsten in Syrien

Lebensweise: nachtaktiv, Einzelgänger, gräbt unterirdische Bauten mit Kammern

Ernährung: Nagetiergebiss; Körner, Samen, Früchte, Gemüse, gelegentlich Insekten

Fortpflanzung: Säugetier; bis zu 8 Würfe pro Jahr, je 6-10 Jungtiere

Besonderheiten: legt Vorräte an, hat Backentaschen zur Nahrungsspeicherung, fällt bei Winter in Kältestarre

M1 Einen Steckbrief erstellen

Der Degu

Der Degu ist ein kleines Nagetier aus den Bergen Chiles. Er wird vom Kopf bis zum Schwanzende etwa 25 bis 30 Zentimeter lang und wiegt zwischen 170 und 300 Gramm. Sein dichtes, braun-graues Fell und die großen Augen sind typische Merkmale. Degus leben in trockenen Gebieten und graben Tunnelsysteme. Sie ernähren sich von Gräsern, Samen und Rinden. Nach einer Tragzeit von 90 Tagen bringt das Weibchen drei bis neun Jungtiere zur Welt. Degus leben in Gruppen und zeigen ein starkes Sozialverhalten.

1 Erstelle einen Steckbrief über den Degu.

2 Ergänze den Steckbrief zum Degu. Recherchiere dafür weitere Informationen in Fachbüchern und im Internet. | HILFE

3 Beschreibe, wie der Degu artgerecht gehalten wird.

Steckbriefe

In Freundschaftsbüchern findest du **Steckbriefe**. Du kannst dort ein Foto von dir einkleben und deinen Namen, deinen Wohnort oder deinen Geburtstag angeben. Zur genauen Beschreibung gibt man oft auch die Haarfarbe, die Lieblingsfarbe oder auch den Lieblingsfilm an. Liest jemand den Steckbrief, wird er über dich informiert.
Biologen beschreiben in einem Steckbrief ein Tier oder eine Pflanze. Solche Steckbriefe findest du zum Beispiel oft in Zoos. So gehst du vor, wenn du einen Steckbrief erstellen willst:

1 Gliederung planen • Überlege zunächst, worüber du in deinem Steckbrief berichten möchtest. Dazu musst du genau überlegen, welche Informationen die gewählten Tiere oder Pflanzen am besten beschreiben. Lege dazu **Oberbegriffe** fest. Bei Tieren sind das zum Beispiel das Aussehen, der Lebensraum, die Verbreitung, die Ernährung und die Fortpflanzung. Am Schluss kannst du Besonderheiten auflisten.

2 Informationen beschaffen • Nun musst du die notwendigen Informationen zu deinen Tieren oder Pflanzen beschaffen. Suche dazu gezielt in Fachbüchern oder im Internet nach Informationen zu deinen Oberbegriffen.

3 Informationen zusammenstellen • Ordne die wichtigsten Informationen deinen Oberbegriffen zu. Ergänze den Steckbrief durch Bilder, damit er interessant und ansprechend ist. Verwende eine gut lesbare und große Schrift.

Sich für ein Heimtier entscheiden

METHODE

Heimtiere in Deutschland

In Deutschland werden viele Tiere als Heimtiere gehalten. Am beliebtesten sind Katzen und Hunde. Insgesamt werden über 30 Millionen Heimtiere in Deutschland gehalten.

Voraussetzungen klären

Viele Kinder und Jugendliche wünschen sich ein Heimtier. Eltern überlegen dann, ob sie diesen Wunsch erfüllen. Wohnt die Familie in einer Mietswohnung muss zum Beispiel bei Hunden eine Genehmigung des Vermieters eingeholt werden. Bei Kleintieren wie einem Goldhamster oder bei Meerschweinchen benötigt man keine Genehmigung. Auch sollte geklärt werden, ob ein Familienmitglied eine Tierhaarallergie hat.

Sich informieren

Vor der Anschaffung eines Heimtiers sollte geklärt werden, ob das gewünschte Heimtier artgerecht gehalten werden kann. Man sollte sich gut über das gewünschte Heimtier informieren, zum Beispiel in Fachbüchern, in Zootierhandlungen oder auch auf Webseiten im Internet. Je nach Heimtier müssen unterschiedliche **Haltungsbedingungen** beachtet werden.

Kosten

Ein Heimtier kostet nicht nur bei der Anschaffung Geld, sondern auch bei der täglichen Pflege. Das Tier benötigt Nahrung, Nagel- und Zahnpflege eventuell Spielzeug und Leinen, eingerichtete Schlafplätze oder artgerechte Gehege. Die Haltung eines Tieres ist daher immer mit **Kosten** verbunden.

Zeit für das Heimtier

Neben Geld kosten Tiere vor allem **Zeit** bei der Pflege. Man muss daher einen Teil seiner Freizeit opfern, um sich mit dem Tier zu beschäftigen. Auch wenn die Familie ohne das Tier in Urlaub fährt, muss organisiert werden, dass sich jemand um das Tier kümmert. Die Familie trägt **Verantwortung** für das Tier.

1 Einkaufen für das Heimtier

M1 Entscheidung für ein Heimtier

	Hund	Katze	Kaninchen Meerschweinchen	Ratte	Maus	Degu	Wellensittich	Guppy
Was will ich mit dem Tier tun?								
beobachten	gut	gut	gut	gut	gut	gut	gut	gut
spielen	gut	gut	mäßig	gut	mäßig	nicht	mäßig	nicht
kuscheln	gut	gut	mäßig	gut	nicht	nicht	mäßig	nicht
toben	gut	nicht	nicht	nicht	nicht	nicht	nicht	nicht
Wie viel Zeit pro Tag haben meine Eltern und ich für das Tier?								
30 Minuten	nicht	nicht	nicht	nicht	nicht	nicht	nicht	gut
1 Stunde	nicht	mäßig	gut	mäßig	gut	gut	gut	gut
2 Stunden	gut	gut	gut	gut	gut	gut	gut	gut
Wie viel können wir im Monat für das Tier ausgeben?								
20 €	nicht	nicht	nicht	mäßig	mäßig	nicht	mäßig	gut
50 €	nicht	mäßig	mäßig	gut	gut	mäßig	gut	gut
100 €	gut	gut	gut	gut	gut	gut	gut	gut

gut geeignet – mäßig geeignet – nicht geeignet

1 Nenne die Dinge aus der Tabelle, die dir wichtig sind.

2 Welches Heimtier passt zu dir? Beachte die Voraussetzungen bei dir zu Hause. Benenne auch mögliche Probleme. | HILFE

3 Stelle Vermutungen an, warum Katzen und Hunde als Heimtiere beliebt sind. | HILFE

4 Stelle Vermutungen an, warum viele Tiere schon nach kurzer Haltungszeit ins Tierheim gebracht werden.

Digital+
WES-187000-091

Der Hund

„Berufe“ von Hunden

Hunde werden vom Menschen für viele Aufgaben trainiert. **Rettungshunde** suchen verschüttete Menschen unter Trümmern oder Schnee. Die Polizei setzt **Spürhunde** zum Aufspüren von Drogen oder Sprengstoff ein. Blinde Menschen werden von einem **Blindenhund** durch den Straßenverkehr geführt. Zum Schutz von Grundstücken und Häusern werden **Wachhunde** eingesetzt.

M1 „Berufe“ von Hunden

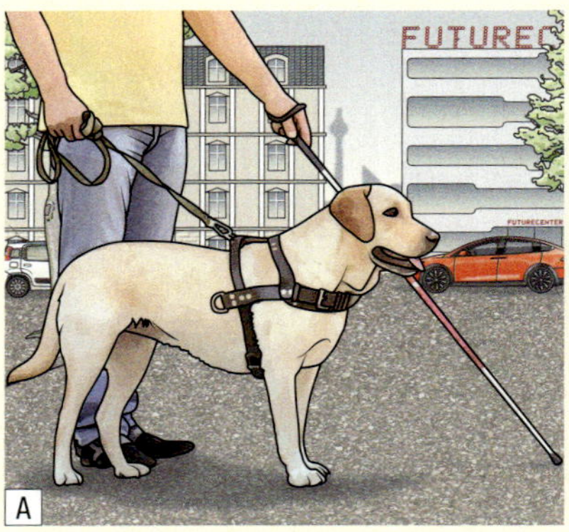

1 Nenne die dargestellten „Berufe“ des Hundes.

2 Nenne Sinne, die bei den „Berufen“ gut ausgebildet sind und ihnen beim Einsatz helfen. | HILFE

Sinnesorgane

Ein Hund kann viel besser hören als der Mensch. Selbst hohe Töne, die der Mensch nicht hört, nimmt er wahr. Die Ohren des Hundes sind beweglich, sodass er sie in die Richtung des Geräuschs drehen kann. So kann der Hund genau bestimmen, aus welcher Richtung ein Geräusch kommt.

Beim Schnüffeln nimmt der Hund Geruchsstoffe in der Luft über seine Nase auf. Sein Geruchssinn ist viel besser ausgeprägt als der eines Menschen. Selbst kleine Duftmengen genügen dem Hund, um Gegenstände oder Personen zu wittern.

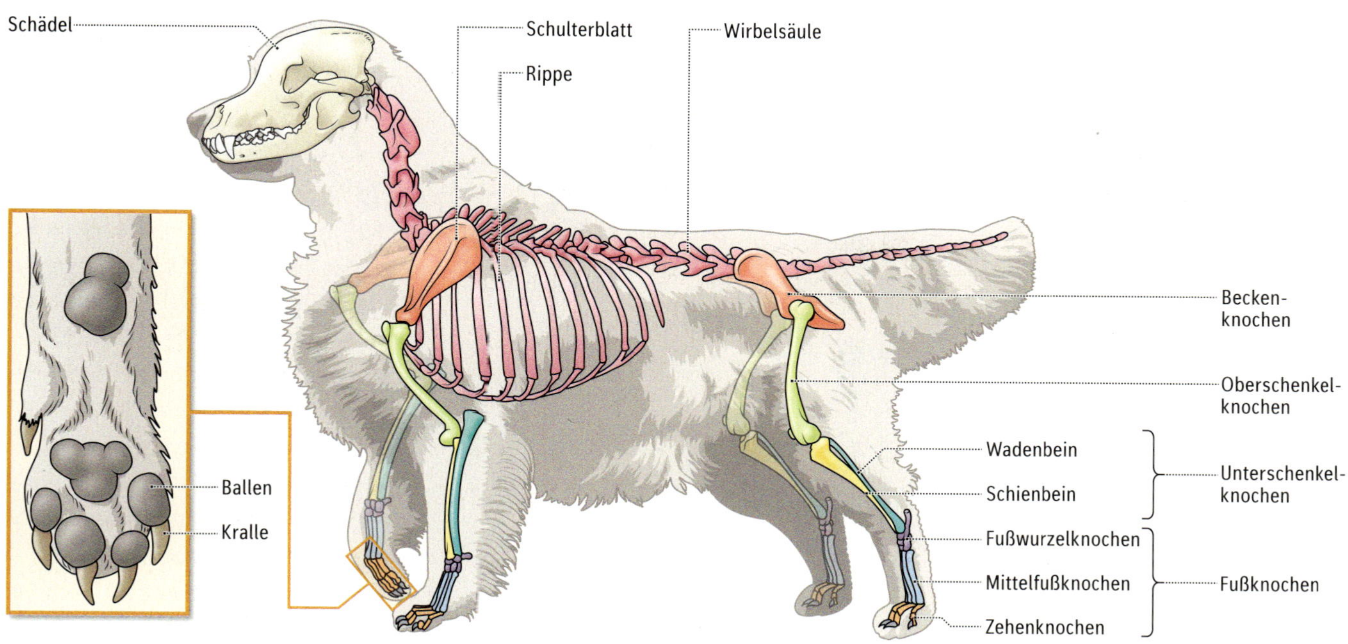

1 Körperbau des Hundes

ANIMATION

Körperbau

Der Hund besitzt im Inneren des Körpers ein Knochengerüst, das **Skelett**. Dieses Skelett gliedert sich in das Schädelskelett, das Rumpfskelett aus Rippen und das Gliedmaßenskelett der Laufbeine. Die langgestreckte Wirbelsäule verläuft vom Kopf bis in den Schwanz. Sie besteht aus beweglich miteinander verbundenen Wirbeln. Der Hund ist ein **Wirbeltier**.

Die vier kräftigen Laufbeine des Hundes sind mit dem Rumpf beweglich verbunden. Der Oberschenkelknochen ist mit dem Schienbein und Wadenbein verbunden. Der Fuß gliedert sich in Fußwurzelknochen, Mittelfußknochen und Zehenknochen. Beim Laufen tritt der Hund nur mit den Zehenknochen und nicht mit der ganzen Sohle auf. Der Hund ist ein **Zehengänger**. Seine Krallen kann er nicht einziehen. An der Unterseite der Pfoten hat er abfedernde Ballen. ▶

A Erkläre, warum Hunde zu den Wirbeltieren zählen.

M2 Beinskelett von Hund und Bär

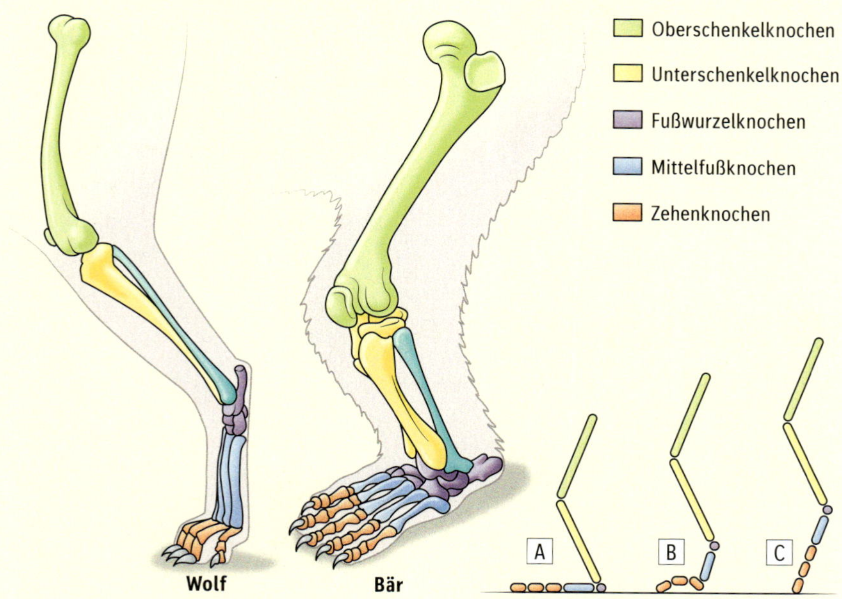

1 Ordne dem Hund und dem Bär je ein Modell A bis C zu. Begründe deine Zuordnung.

2 Erkläre, warum Hunde als Zehengänger und Bären als Sohlengänger bezeichnet werden. | HILFE

3 Stelle Vermutungen an, welche Aufgaben Ballen und Krallen bei der Fortbewegung des Hundes haben. | HILFE

4 Stelle Vermutungen an, warum sich Bären auf ihre Hinterpfoten stellen können.

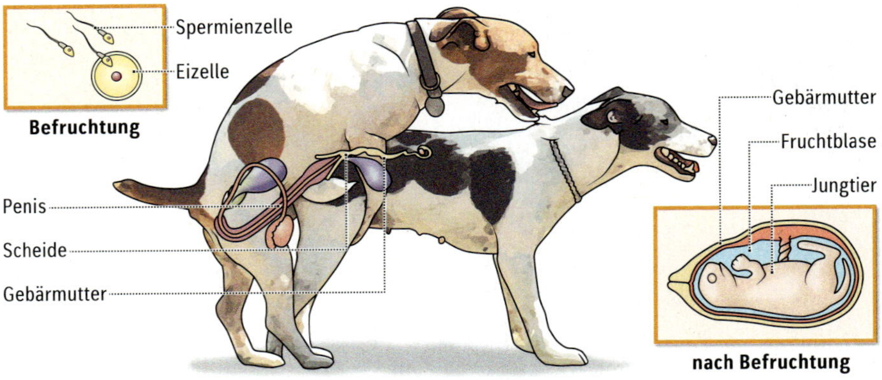

2 Paarung bei Hunden

Ernährung

Der Hund frisst andere Tiere. Er ergreift Beutetiere mit langen Eckzähnen, den **Fangzähnen**. Vor den Eckzähnen sind die **Schneidezähne**. Mit ihnen schabt er Fleisch vom Knochen ab. Hinter den Eckzähnen sind die **Backenzähne**. Die stärksten Backenzähne nennt man **Reißzähne**. Sie arbeiten kaum Kauen wie eine Schere. Mit ihnen kann der Hund Knochen aufbrechen. Der Hund hat ein Tier- oder **Fleischfressergebiss**.

M2 Gebiss des Hundes

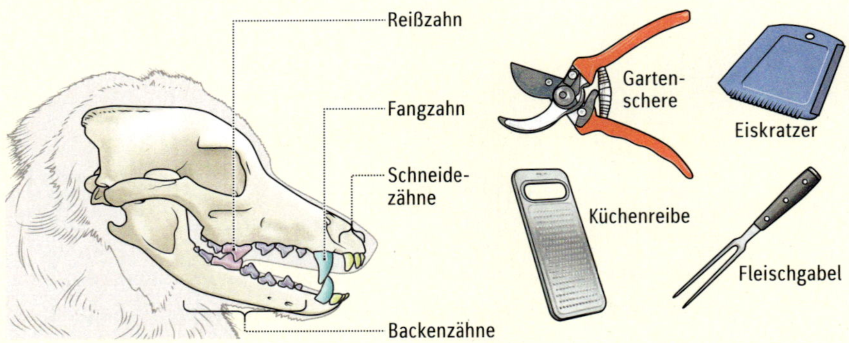

1 Beschreibe den Aufbau des Hundegebisses.

2 Benenne die Aufgaben der einzelnen Zahntypen. | HILFE

3 Ordne den Zahntypen die Werkzeuge zu. Begründe. | HILFE

4 Der Hund hat ein Fleischfressergebiss. Erläutere die Aussage. | HILFE

Fortpflanzung

Ein weiblicher Hund, eine Hündin, wird zwei Mal im Jahr jeweils für ungefähr drei Wochen läufig. Nur in dieser Zeit kann sie sich fortpflanzen. Bei der Paarung begattet der männliche Hund, der Rüde, die Hündin. Dabei gibt er seine Spermienzellen ab, die die Eizellen der Hündin befruchten. Da dieser Vorgang im Körper der Hündin stattfindet, spricht man von **innerer Befruchtung**.

Im Körper der Hündin können sich bis zu zehn Jungtiere entwickeln. Die Jungtiere, die Welpen, wachsen in einer mit Fruchtwasser gefüllten Fruchtblase heran. So sind sie vor Erschütterungen geschützt. Nach ungefähr 63 Tagen kommen die lebenden Jungtiere nacheinander zur Welt. Hunde sind **lebend gebärend**.

Direkt nach der Geburt kriechen die Welpen an den Bauch der Hündin und suchen nach den Milchzitzen. Haben sie eine Milchzitze gefunden, beginnen sie Muttermilch zu saugen. Der Hund ist ein **Säugetier**. Die nährstoffreiche Muttermilch ist überlebenswichtig für die Welpen, denn sie können anfangs noch keine feste Nahrung fressen. Die Hündin muss ihre kleinen, hilflosen Welpen anfangs auch noch wärmen, damit sie nicht auskühlen. Die Augen der Welpen sind zuerst noch geschlossen. Sie sind blind und nackt. Das **Fell** der Welpen wird erst im Laufe ihres Wachstums dichter. Weil sich Welpen zu Beginn ihres Lebens nicht selbst versorgen können, bezeichnet man sie als **Nesthocker**.

B Erkläre, was man unter innerer Befruchtung versteht.

Der Geruchssinn von Hunden

EXPERTENWISSEN

Geruchssinn

Der Mensch nutzt die Sinnesleistungen von Hunden. Durch ihren guten Geruchssinn sind Hunde in der Lage, nach einer Lawine im Schnee Vermisste zu finden.
Die Polizei nutzt Hunde oft, um zum Beispiel nach Sprengstoff oder Drogen zu suchen. Das Aufspüren von Gegenständen, Personen oder Drogen erfolgt über die Nase. Die starke Riechleistung ist den Hunden angeboren. Jedoch müssen sie lernen, das Erkennen von Gegenständen und Personen durch Bellen anzuzeigen.

Riechschleimhaut

Die Nase von Hunden und Menschen ist mit einer besonderen Haut, der Schleimhaut, ausgekleidet. Ein Teil dieser Schleimhaut dient dem Riechen. Dieser Teil heißt **Riechschleimhaut**. In dieser befinden sich viele **Riechsinneszellen**. Diese nehmen Geruchsstoffteilchen aus der Luft auf und geben Informationen an das Gehirn ab. Im Gehirn findet dann das Erkennen des Geruchs statt.

Oberflächenvergrößerung

Beim Menschen hat die Riechschleimhaut eine Oberfläche von etwa fünf Quadratzentimetern. Beim Hund ist sie durch eine Vielzahl von Falten stark vergrößert. Man spricht in der Biologie von der **Oberflächenvergrößerung**. Auf der größeren Oberfläche haben viel mehr Riechsinneszellen Platz. Damit ist die Wahrscheinlichkeit höher, dass Geruchsstoffe in der Luft von Riechsinneszellen aufgenommen werden. Deshalb riecht ein Hund besser als ein Mensch.

1 Lawinensuchhund

2 Drogensuchhund

M1 Riechschleimhaut

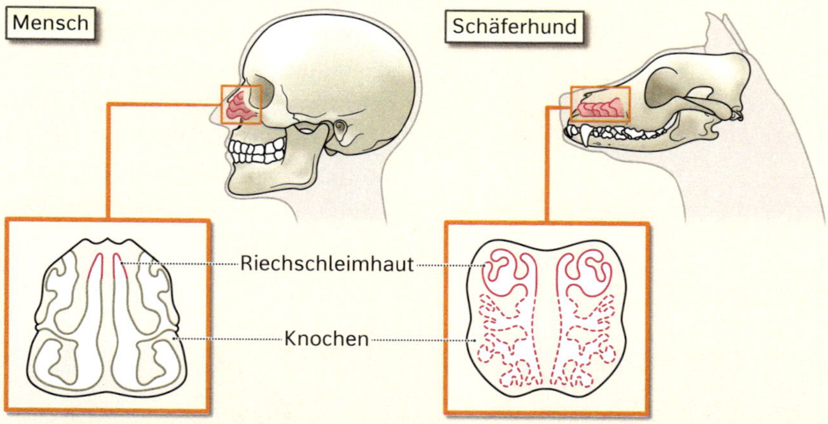

	Oberfläche der Riechschleimhaut	Zahl der Sinneszellen
Mensch	$5\,cm^2$	20 Millionen
Dackel	$80\,cm^2$	125 Millionen
Schäferhund	$200\,cm^2$	200 Millionen

1 Vergleiche die Nasenschleimhaut von Hund und Mensch. | HILFE

2 Erkläre, warum oft Schäferhunde als Spürhunde eingesetzt werden und nicht kleinere Hunderassen wie Dackel. | HILFE

3 Erkläre mit dem Prinzip der Oberflächenvergrößerung, warum Hunde besser riechen können als Menschen.

4 Stelle Vermutungen an, warum man bei Schnupfen schlechter riecht.

Digital+
WES-187000-095

Wie wurden aus dem Wolf die heutigen Hunderassen?

Vom Wolf zum Hund

Zähmung

Der Wolf ist die **Stammform** aller heutigen Haushunde. Wahrscheinlich hielten sich Wölfe früher in der Umgebung menschlicher Siedlungen auf. Sie suchten in der Nähe des Menschen nach Nahrung und wurden mit der Zeit immer zutraulicher. Die Wildtiere gewöhnten sich an die Anwesenheit des Menschen. Die Menschen nahmen vermutlich auch Wolfswelpen bei sich auf und zogen sie groß. So gewöhnte sich der Wolf langsam an das Zusammenleben mit dem Menschen. Der Mensch **zähmte** das Wildtier. Der Wolf übernahm Aufgaben und ist im Laufe der Zeit ein Haustier geworden.

1 Variabilität bei Wölfen

Variabilität

Die gezähmten Wölfe waren für den Menschen nützlich. Die Nachkommen dieser Wölfe ähnelten ihren Elterntieren in ihren Merkmalen, waren aber doch immer ein wenig verschieden. Wölfe unterscheiden sich zum Beispiel in der Farbe und der Dichte ihres Fells, in ihrer Körpergröße und in ihrem Verhalten. Sie weisen Unterschiede in den Merkmalen auf, sie variieren. Diese **Variabilität** kann man bei allen Lebewesen beobachten. Sie ist eine Ursache für die Vielfalt aller Lebewesen.

Züchtung

Der Mensch wählte gezielt die Tiere für die Fortpflanzung aus, die nützliche Eigenschaften hatten. So eignen sich Hunde mit kurzen Beinen wie der Dackel zum Beispiel für die Jagd in unterirdischen Tierbauten. Der Mensch verpaarte die Tiere miteinander, die dieses Merkmal zeigten. Unter den Nachkommen wählte er wieder die Tiere aus, die noch kürzere Beine hatten. Diesen Vorgang wiederholte man viele Male. Im Laufe von Jahrtausenden hat der Mensch aus der Stammform Wolf viele verschiedene Hunderassen **gezüchtet**. Heute gibt es über 420 Hunderassen. Viele Hunderassen sehen dem Wolf kaum noch ähnlich. Jedoch können sich alle Hunderassen miteinander fortpflanzen und bringen fortpflanzungsfähige Nachkommen hervor. Sie gehören zur gleichen **Art**.

Der Rottweiler ist wachsam und aggressiv. Er wird oft als Wachhund eingesetzt. Der Windhund ist schlank und kann ausdauernd laufen. Er wird oft bei Hunderennen eingesetzt. Der Mensch verfolgt also bei der Züchtung ein bestimmtes **Zuchtziel**. ▶

A Erkläre folgende Begriffe: Zähmung, Züchtung, Art, Zuchtziel.

B Erkläre, was man unter Variabilität versteht.

C Stelle Vermutungen an, welche Vor- und Nachteile verschieden gefärbte Wölfe in ihrem Lebensraum haben.

D Beschreibe mögliche Zuchtziele, die der Mensch bei der Züchtung von Hunderassen verfolgt.

M1 Züchtung

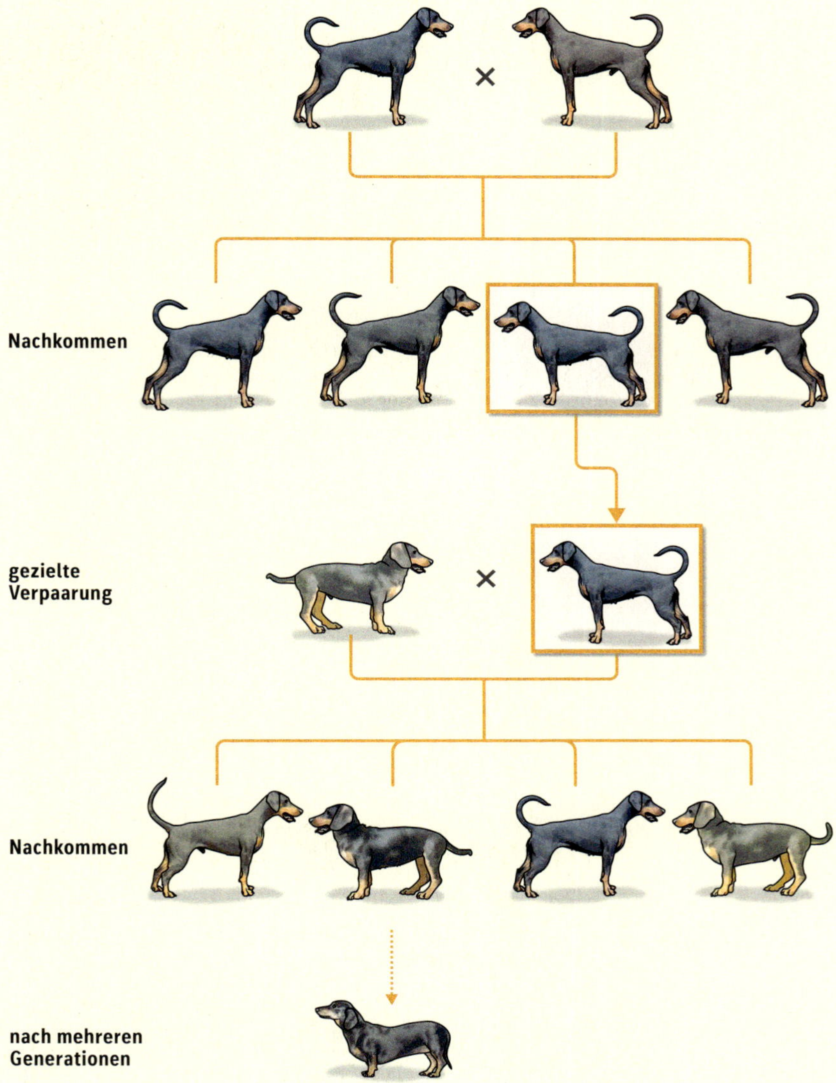

1 Nenne das Ziel bei der Züchtung des Dackels.

2 Beschreibe das Vorgehen bei der Züchtung des Dackels. | HILFE

3 Erkläre, warum sich alle Hunderassen miteinander fortpflanzen können. | HILFE

4 Erläutere, warum Variabilität die Voraussetzung für Züchtung ist. | HILFE

5 Stelle Vermutungen an, was weitere mögliche Zuchtziele bei der Zucht des Dackels waren.

Digital+
WES-187000-097

2 Verhaltensweisen des Wolfes

M2 Verhaltensweisen des Hundes

1 Beschreibe die abgebildeten Verhaltensweisen der Hunde.

2 Erkläre jeweils die Bedeutung der Verhaltensweisen. | HILFE

3 Begründe, warum Hunde ähnliche Verhaltensweisen wie der Wolf zeigen. | HILFE

4 Erkläre, warum Hunde beim Spaziergehen im Wald an der Leine geführt werden sollten. | HILFE

5 Erkläre, warum Hunde zum Schutz von Grundstücken eingesetzt werden können.

Jagen im Rudel

Wölfe leben in einer Gruppe mit bis zu 14 Tieren. Ein solches **Rudel** hat ein eigenes **Jagdrevier**. Die Wölfe markieren die Grenzen ihres Reviers mit Kot und Urin. Ihr Geruch und ihr Heulen halten fremde Wölfe fern. Bei der Jagd verständigen sie sich durch Heulen. Wölfe wittern ihre Beute mit ihrem geruchssinn. Sie laufen dem Beutetier nach, bis es erschöpft ist. Der Wolf ist ein **Hetzjäger**.

Leben im Rudel

Die Wölfe eines Rudels kennen sich genau. Im Rudel nimmt jeder Wolf einen bestimmten Platz ein. Der stärkste Wolf ist der **Leitwolf**. Er leitet mit seiner Partnerin das Rudel. Alle anderen Wölfe des Rudels ordnen sich den beiden in einer bestimmten **Rangordnung** unter.

Körpersprache

Die Rangordnung im Rudel zeigt sich an der Körpersprache der Wölfe. Begegnen sich zwei Wölfe, hebt der ranghöhere Wolf den Kopf und stellt seinen Schwanz auf. Dieses **Imponieren** kann zu einem aggressiveren **Drohen** werden. Der ranghöhere Wolf knurrt und fletscht dabei seine Zähne. Der rangniedrigere Wolf legt seine Ohren an, senkt seinen Schwanz und legt sich manchmal auch auf den Rücken. Dabei zeigt er seine verletzliche Kehle. So zeigt er dem Ranghöheren seine **Unterwürfigkeit**. So verhindert er, dass der Ranghöhere zubeißt. Bei einem Kampf wird die Rangordnung manchmal neu festgelegt.

E Beschreibe die verschiedenen Körpersprachen des Wolfes.

Wölfe in Deutschland

EXPERTENWISSEN

Ausrottung des Wolfes

Früher waren Wölfe in ganz Deutschland heimisch. Sie jagten vor allem alte, kranke und schwache Rehe. Darum gab es in den Wäldern überwiegend gesunde und starke Rehe. Da der Mensch befürchtete, selbst nicht genug Rehe zu erbeuten, wurde der Wolf gezielt gejagt. Im Jahr 1904 wurde der letzte Wolf Deutschlands getötet.

Rückkehr des Wolfes

In den letzten Jahren sind zunächst einzelne Wölfe nach Deutschland zurückgekehrt. Sie stammen hauptsächlich aus dem Osten und Süden Europas. Es bildeten sich Wolfspaare, die sich auch vermehrten. So gibt es heute in Deutschland wieder über 180 Wolfsrudel.

Wolf und Mensch

Leider greifen Wölfe gelegentlich Schafe und Ziegen auf Weiden an, da diese für sie eine leichte Beute sind.

Wölfe nehmen Menschen durch ihren guten Geruchssinn schnell wahr. Sie vermeiden den Kontakt und flüchten vor Menschen. Begegnungen mit Wölfen sind für Menschen meist ungefährlich, da sich Wölfe gegenüber Menschen vorsichtig verhalten.

In der Natur sollte man Lebensmittel sicher verpacken und keine Essensreste liegen lassen. Niemals sollte man sich absichtlich Wölfen nähern oder sie füttern, weil sie so die Scheu vor Menschen verlieren. In Wolfsgebieten sollte man mit Hunden nur angeleint spazieren.

A Beschreibe, was man unter der Rückkehr des Wolfes versteht.

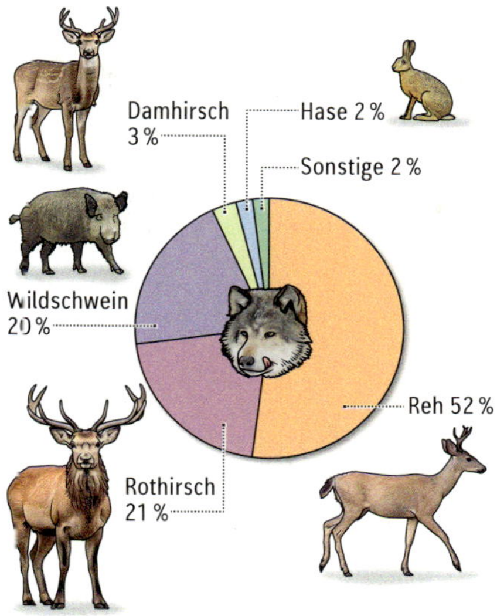

1 Beutetiere des Wolfes

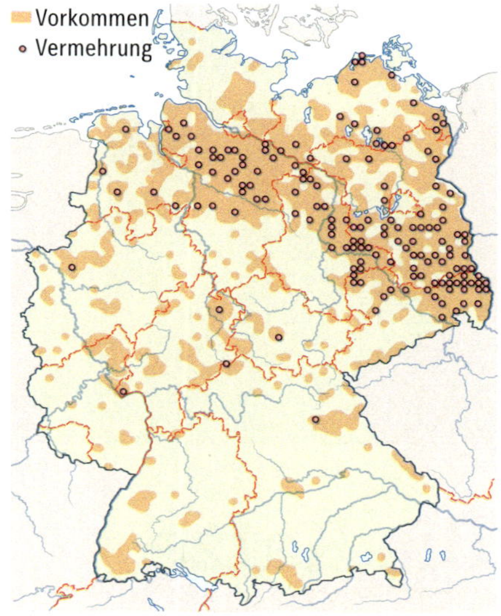

2 Verbreitung von Wölfen in Deutschland

M1 Meinungen zur Rückkehr des Wolfes

1 Ordne die Aussagen Befürwortern und Gegnern von der Rückkehr des Wolfes zu.

2 Beschreibe die Argumente für und die Argumente gegen die Rückkehr des Wolfes in eigenen Worten. | HILFE

3 Erläutere, warum die Rückkehr des Wolfes umstritten ist.

4 Diskutiert in Gruppen die Rückkehr des Wolfes.

5 Entwerft einen Regelkatalog zum richtigen Verhalten in Wolfsgebieten.

Digital+ WES-187000-099

Die Katze

Jagdverhalten

Bei der Jagd durchstreifen Katzen vorsichtig die Gegend. Aufmerksam bewegen sie ihre Ohren und richten ihren Blick auf jede Bewegung. Beim Schleichen setzen sie ihre Pfoten mit eingezogenen Krallen auf und bewegen sich lautlos. Katzen sind **Schleichjäger**. Haben sie ein Beutetier entdeckt, drücken sie sich flach auf den Boden und bleiben regungslos in einer Lauerstellung. Ist das Beutetier nah, springen sie mit ihren muskulösen Hinterbeinen und schlagen ihre Krallen in das Beutetier. Mit den Krallen halten Katzen das Beutetier fest und tötet es mit einem Nackenbiss. Katzen sind **Fleischfresser**. Sie jagen nicht in Gruppen, sondern allein. Bei der Jagd sind Katzen **Einzelgänger**.

M1 Jagdverhalten der Katze

1 Ordne den Buchstaben folgende Begriffe zu: Sprung auf Beutetier, Lauern, Anschleichen, Zupacken und Töten.

2 Vergleiche das Jagdverhalten der Katze mit dem Jagdverhalten des Hundes. | HILFE

3 Erkläre, warum man die Katze als Schleichjäger bezeichnet. | HILFE

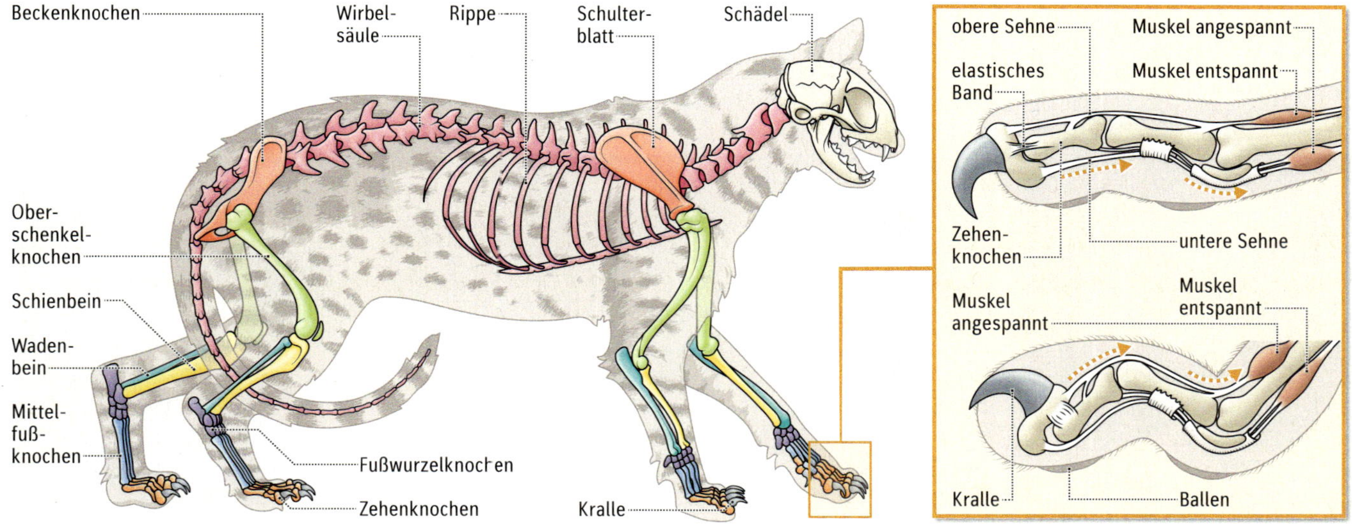

1 Körperbau der Katze   ANIMATION

Körperbau

Die Katze hat einen an die Schleichjagd angepassten Körperbau. Sie kann sich mithilfe ihrer gelenkigen Beine in geduckter Haltung fortbewegen. Die Katze hat kräftige, scharfe Krallen, mit denen sie ihre Beutetiere festhält. Sie nutzt ihre Krallen auch, um zum Beispiel auf Bäume zu klettern.

Die Katze kann ihre Krallen einziehen. Dazu spannt sie Muskeln oberhalb der Zehenknochen an. Über Sehnen werden die Krallen eingezogen. Ein elastisches Band zwischen den Zehenknochen ist dann unter Spannung. Dadurch schnellen die Krallen der Katze hervor, wenn sie die Muskeln wieder entspannt.

Die Katze tritt beim Laufen nur mit den weichen Ballen an der Unterseite ihrer Pfoten auf. So kann sie fast lautlos schleichen. Die Katze läuft nur auf ihren Zehen. Sie ist ein **Zehengänger**.

Starke Muskeln und die bewegliche Wirbelsäule ermöglichen der Katze weite Sprünge. Die Wirbelsäule verläuft vom Kopf bis zum Schwanz. Die Katze ist ein **Wirbeltier**. Mit ihrem Schwanz hält sie beim Springen das Gleichgewicht.

Sinnesorgane

Die Augen der Katze sind sehr leistungsfähig. Mit ihnen kann sie besser als viele andere Tiere auch bei geringen Lichtmengen während der Dämmerung und in der Nacht, noch gut sehen. Die Katze ist ein **Nachtjäger**.

Wenn es ganz dunkel ist, sieht aber auch die Katze nichts mehr. Dann orientiert sie sich mehr mit ihrem guten **Gehör**. Die Katze kann ihre Ohren steil aufrichten und unabhängig voneinander etwas nach links und rechts drehen. So kann sie genau bestimmen, aus welcher Richtung ein Geräusch kommt, ohne den Kopf bewegen zu müssen.

Die Katze hat lange Borstenhaare am Kopf und lange Schnurrhaare an der Oberlippe. Diese Haare sind sehr empfindlich für Berührungen. Mithilfe dieser speziellen **Tasthaare** kann sich die Katze in völliger Dunkelheit orientieren und so Hindernissen geschickt ausweichen. ▶

A Beschreibe die Sinnesleistungen der Katze und ihre Bedeutung für die nächtliche Jagd.

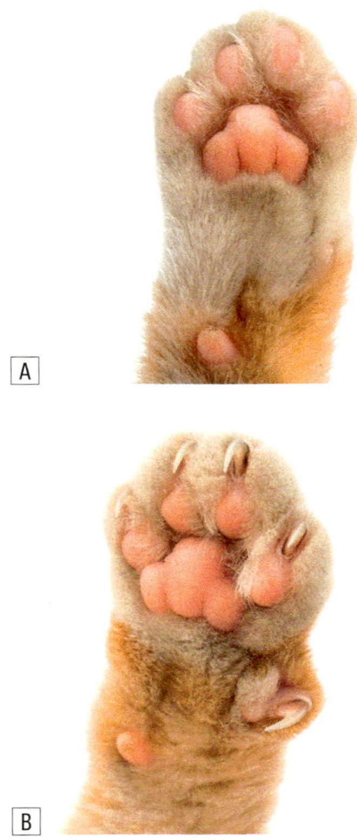

2 Krallen: **A** eingezogen; **B** ausgefahren

Digital+
WES-187000-101

3 Katze trägt Jungtier

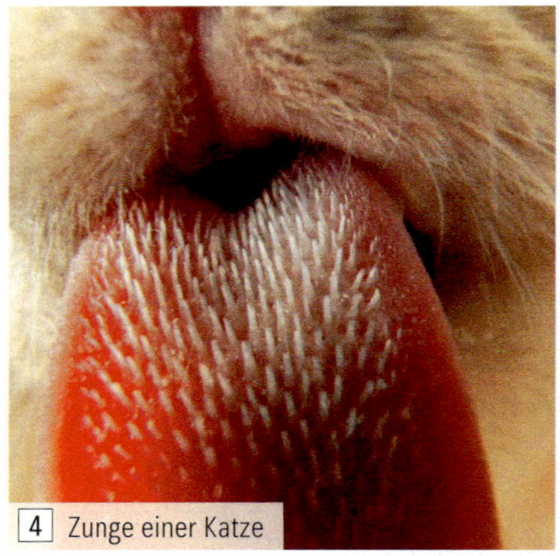

4 Zunge einer Katze

Ernährungsweise

Mit langen, spitzen Eckzähnen hält die Katze ihr Beutetier fest. Man bezeichnet diese Eckzähne auch als **Fangzähne**. Mit den Fangzähnen tötet die Katze ihr Beutetier durch einen Nackenbiss. Vor den Eckzähnen sind die kleineren Schneidezähne. Mit ihnen kann die Katze Fleisch von Knochen schaben.

Mit ihrer rauen Zunge schabt und kratzt die Katze Fleischreste vom Knochen ab. In jeder Zahnreihe ist ein Backenzahn besonders groß und scharfkantig. Wie eine Schere teilen diese **Reißzähne** das Fleisch ihrer Beutetiere in kleine Stücke, die die Katze dann schluckt. Die Katze hat ein **Fleischfressergebiss**.

M2 Gebiss der Katze

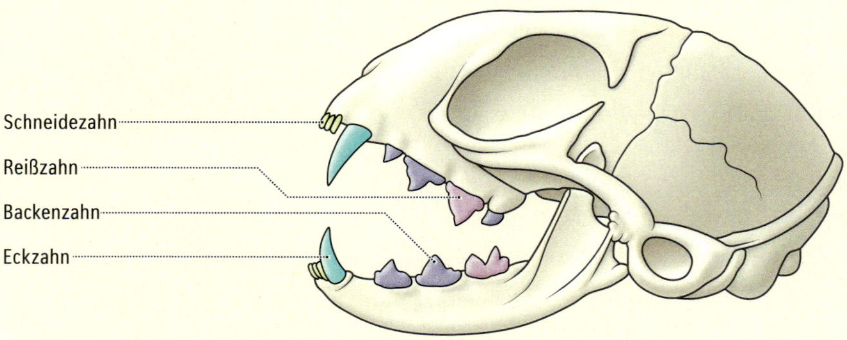

1 Nenne die Zahntypen der Katze und beschreibe ihre jeweiligen Funktionen.

2 Erkläre, warum das Gebiss der Katze als Fleischfressergebiss bezeichnet wird. | HILFE

3 Erkläre die Aufgabe der rauen Zunge bei der Ernährung der Katze. | HILFE

4 Erkläre die Funktion der Reißzähne bei der Ernährung der Katze.

Fortpflanzung

Bereits nach neun Wochen Schwangerschaft bringt die Katze zwei bis acht lebende Jungtiere zur Welt. Diese sind zunächst hilflos. Die Jungtiere sind nach der Geburt noch blind und ihr Fell ist noch nicht voll entwickelt. Katzenjunge sind **Nesthocker**.

Die Katze trägt ihre Jungtiere mit ihren Zähnen vorsichtig im Genick. Die Jungtiere verharren dabei regungslos in der **Tragstarre**. In den ersten Wochen nach der Geburt werden sie von der Mutter gesäugt. Katzen sind **Säugetiere**.

Nach einigen Wochen lernen die Jungtiere das Anschleichen und das Fangen von Beutetieren. Die Mutter bringt ihnen dazu lebende Mäuse.

Der Sehsinn der Katze

Sehsinn

Beim Aufspüren der Beutetiere nutzt die Katze ihren guten Sehsinn. Im hinteren Teil des Auges befinden sich viele kleine Bausteine, die **Lichtsinneszellen**. Sie werden durch einfallendes Licht gereizt und erzeugen so einen Seh-Eindruck. Das Licht gelangt durch die Pupille in das Auge.

Am hellen Tag verengen sich die Pupillen der Katze zu schmalen Schlitzen. So verringert die Katze das ins Auge einfallende Licht. Dadurch schützt sie ihre empfindlichen Lichtsinneszellen vor zu großen Lichtmengen. Bei Dämmerung vergrößern sich die Pupillen der Katze zu kreisrunden Öffnungen. Die geringen Lichtmengen können so besser in das Auge gelangen.

Eine zusätzliche Schicht in den Augen der Katze, die **Spiegelschicht**, wirft das aufgenommene Licht wieder zurück.

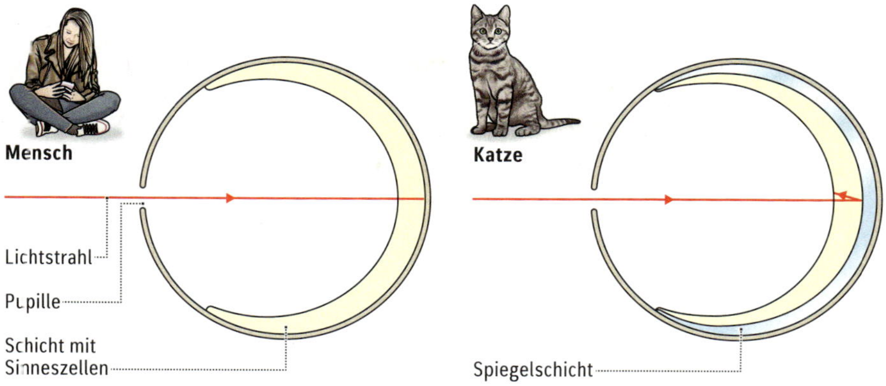

1 Augen mit und ohne Spiegelschicht

Das Licht wird **reflektiert**. Es wird dadurch den Lichtsinneszellen mehrfach zugeführt. Die geringe Lichtmenge bei Dämmerung wird durch diese Reflexion besser genutzt.

Durch die Spiegelschicht sieht es manchmal so aus, als würden die Katzenaugen im Dunkeln leuchten, wenn sie angestrahlt werden.

2 Leuchtende Katzenaugen

M1 Katzenaugen

A

B

1 Ordne den Katzenaugen in den Bildern A und B die entsprechenden Lichtverhältnisse zu. Begründe deine Zuordnung.

2 Erkläre, warum Katzen in der Dämmerung gut sehen können. Beachte die Besonderheit im Bau des Katzenauges. | HILFE

3 Erkläre die Funktion der Pupillenverengung bei hellen Lichtverhältnissen.

Merkmale des Hausrindes

Pflanzenfressergebiss

Rinder fressen vor allem Gras und Kräuter. Sie sind **Pflanzenfresser**. Mit ihrer langen, rauen Zunge umfassen sie Grasbüschel und ziehen sie in das Maul. Das Rind hat im Oberkiefer eine **Hornleiste**. Die Grasbüschel werden zwischen der Hornleiste und den Schneide- und Eckzähnen des Unterkiefers eingeklemmt. Hebt das Rind den Kopf, wird das Grasbüschel abgerissen. Die **Backenzähne** des Rindes sind breit und stehen dicht zusammen. Sie haben harte Kanten, die **Schmelzfalten**. Durch Kauen werden die Pflanzen zermahlen. Die Backenzähne des Rindes sind **Mahlzähne**. Das Rind hat ein **Pflanzenfressergebiss**.

M1 Gebiss des Rindes

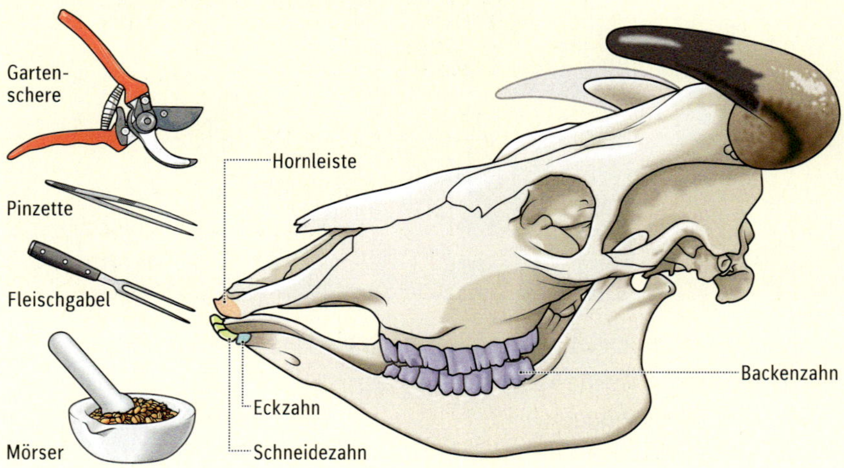

1 Beschreibe den Aufbau des Rindergebisses.

2 Benenne die Aufgaben der einzelnen Zahntypen. | HILFE

3 Ordne folgenden Teilen des Rindergebisses ein Werkzeug zu. Begründe deine Zuordnung.
a) Schneide- und Eckzähne mit Hornleiste
b) Backenzähne | HILFE

4 Erkläre, warum die Backenzähne des Rindes auch als Mahlzähne bezeichnet werden.

Rinder sind Wiederkäuer

Die abgerissene Nahrung wird mit Speichel vermengt und zunächst fast unzerkaut geschluckt. Sie gelangt über die Speiseröhre in den ersten der vier Mägen einer Kuh, den **Pansen**. Er kann sehr viel Nahrung aufnehmen. Hier wird die schwer verdauliche, pflanzliche Nahrung eingeweicht und von Bakterien zersetzt. Am vorderen Ende des Pansens befindet sich eine Ausstülpung mit einer netzartigen Innenwand, der **Netzmagen**. Grobe Nahrungsbestandteile werden hier zu kleinen Portionen geformt und über die Speiseröhre wieder zurück in das Maul gestoßen. Nun legt sich die Kuh hin und zerkaut den Nahrungsbrei sorgfältig, bevor er erneut geschluckt wird. Das Rind ist ein **Wiederkäuer**.

Der feine Nahrungsbrei gelangt durch den Netzmagen in den **Blättermagen**. Seine Innenwand hat viele Ausstülpungen. Durch die große Oberfläche wird dem Nahrungsbrei Wasser entzogen. Im folgenden **Labmagen** zerlegen Verdauungssäfte die Nahrungsbestandteile in kleine Bausteine. Diese werden im Dünndarm in das Blut aufgenommen.

Rinder sind Huftiere

Das Rind hat an jedem Fuß ein Paar große Zehen und ein Paar kleinere Zehen. Das Rind ist ein **Paarhufer**. Die Zehen sind mit einem Huf aus Horn überzogen. Das Rind ist ein **Huftier**. Das Rind tritt nur mit der Spitze der Zehen auf. Es ist ein **Zehenspitzengänger**.

A Nenne die vier Mägen des Rindes.

B Beschreibe die Aufgaben der einzelnen Mägen beim Rind.

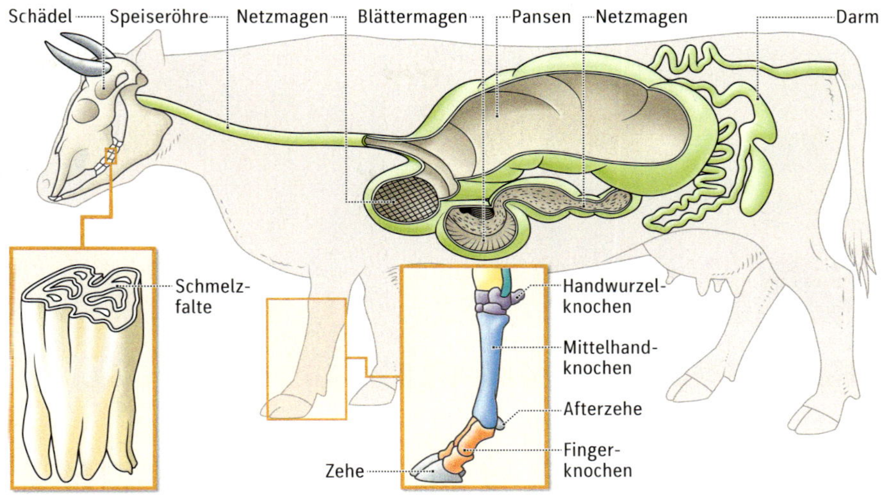

1 Körperbau des Rindes

ANIMATION

M2 Verdauung beim Rind

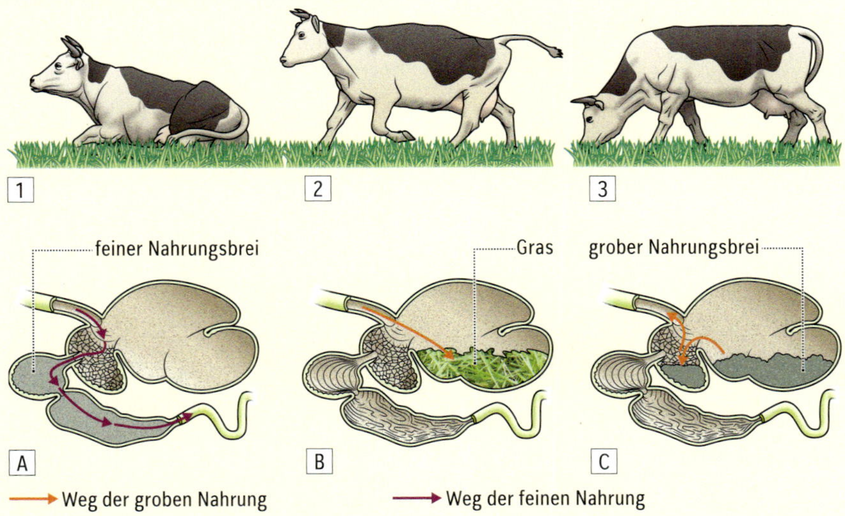

1 Beschreibe den Aufbau des Verdauungssystems beim Rind.

2 Erstelle ein Fließschema vom Weg der Nahrung. | HILFE

3 Ordne Bilder 1–3 den Bildern A–C zu. Begründe deine Zuordnung. | HILFE

4 Erkläre die Bedeutung der Oberflächen der Innenwände von Netzmagen und Blättermagen. | HILFE

5 Stelle Vermutungen an, wie die Verdauung bei Kälbern abläuft, die sich nur von Milch ernähren.

Wie werden Milchrinder gehalten?

Haltung und Züchtung des Hausrindes

Lebensweise des Urrindes

Rinder stammen vom ausgestorbenen Urrind ab. Es lebte in einer Gruppe, der **Herde**. Diese bestand aus weiblichen Kühen und ihren Kälbern. Unter den Kühen gibt es eine feste Rangordnung, die mit Schieben und Stoßen mit den Hörnern ausgetragen wird. Die männlichen Bullen kamen nur zur Paarungszeit zur Herde. Eine Kuh bringt nach 9 Monaten Tragzeit meistens ein Jungtier mit Fell zur Welt. Nach der Geburt sucht das Kalb das Euter der Mutter. Die Kuh säugt das Kalb zehn Monate lang mit Milch. Das Rind ist ein Säugetier.

Einen Großteil des Tages verbringen auch heutige Rinder mit Fressen und dem Wiederkäuen der schwer verdaulichen Pflanzenkost.

M1 Tagesablauf des Urrindes

1 Beschreibe dargestellten natürlichen Verhaltensweisen eines Rindes.

2 Beschreibe die Bedeutung der Hörner eines Rindes für die Lebensweise in einer Rinder-Herde. | HILFE

3 Erläutere, welche Merkmale ein Lebensraum haben muss, damit Rinder ihren natürlichen Verhaltensweisen nachgehen können.

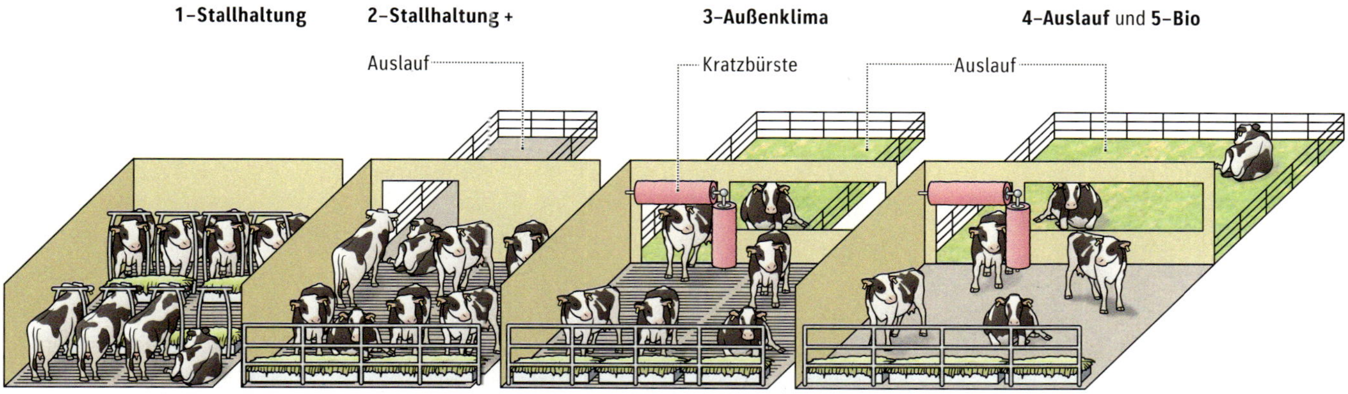

1 Haltungsformen von Milchrindern

1 - Stallhaltung

Bei der Haltung von Hausrindern gibt es zwei Stalltypen. In einem **Anbindestall** sind die Kühe nebeneinander angebunden. Die Tiere stehen oder liegen an einer etwa 2 Quadratmeter großen Stelle und dürfen sich kaum frei bewegen. Betriebe können so viel und somit günstig Milch produzieren. Anbindeställe dürfen nicht mehr gebaut werden. In einem **Laufstall** können sich die Kühe frei bewegen. Jede Kuh hat mindestens 4 Quadratmeter Platz. Sie können aufstehen, sich hinlegen und herumlaufen. Damit die Tiere weniger Kontakt mit Urin und Kot haben, sind in den Böden der meisten Ställe Spalten als Abfluss. Besonders auf nassen **Spaltenböden** können die Tiere ausrutschen und sich die Beine und Klauen verletzen. Damit sich die Tiere mit ihren Hörnern nicht verletzen, führt man eine **Enthornung** durch. Dies geschieht bei den Kälber durch Verätzung oder durch Verödung der Hornanlagen.

2 - Stallhaltung +

Die Stallhaltung plus gibt es nur große Laufställe, teilweise auch mit Außenbereich. Jedes Tier hat mindestens 5 Quadratmeter Platz. Die Enthornung der Kälber ist erlaubt. Der Preis für die Milch ist eher gering.

3 - Außenklima

Bei dieser Haltung hat jede Kuh über 5 Quadratmeter Platz im Laufstall. Es gibt Kratzbürsten zur Fellpflege. Die Tiere haben durch offene Stallseiten oder Außenbereiche Kontakt zum Außenklima. Die Enthornung der Kälber ist erlaubt.

4 und 5 - Auslauf und Bio

Bei der aufwändigen und teuren Auslauf- und Bio-Haltung hat jede Kuh über 6 Quadratmeter Platz im Laufstall mit Kratzbürsten und Außenbereichen. Eine Enthornung ist nur im medizinischen Notfall erlaubt. Bei Bio-Haltung muss das Futter ökologisch angebaut sein. ▶

A Nenne die fünf Haltungsformen.

2 Rind nutzt Kratzbürste.

M2 Haltungsformen

	1 Stallhaltung	2 Stallhaltung +	3 Außenklima	4 und 5 Auslauf und Bio
Stalltyp	Anbinde- / Laufstall	...	...	...
Quadratmeter Platz pro Tier	2	...	...	...
Anbindehaltung	ja	...	...	...
Zugang zu Außenbereich	nein	...	...	...
Enthornung	ja	...	...	...
Preis für einen Liter Milch	sehr gering	...	hoch	...

1 Vergleiche die vier Haltungsformen. Ergänze die Tabelle in deinem Heft. | HILFE

2 Wähle eine Haltungsform aus. Beurteile, ob die Tiere artgerecht gehalten werden.

Digital+
WES-187000-107

3 Kuh mit Narbe nach einem Kaiserschnitt

Muttertier und Jungtier werden nach der Geburt getrennt. Oft rufen sie noch tagelang nacheinander. Da Milchrindrassen auf die Milchleistung der Kühe gezüchtet wurden, nehmen die Kälber nur langsam an Gewicht zu. Die männlichen Kälber eignen sich kaum zur Mast und werden nach 8 Monaten geschlachtet. Sinkt nach gut 5,5 Jahren die Milchleistung der Kühe, werden sie geschlachtet.

Züchtung von Rindern

Der Mensch hat im Laufe der Zeit aus dem Urrind über 1 000 Rinderrassen gezüchtet. Früher wurden vor allem **Zweinutzungsrassen** gehalten, die sich für Fleisch- und Milchproduktion eignen. Für die Fleischproduktion werden heute Rinderrassen gezüchtet, die schnell viel Muskelfleisch ansetzen. Dafür werden sie mit Kraftfutter gemästet. Innerhalb von 1,5 bis 2 Jahren erreichen diese **Fleischrinderrassen** ihr Schlachtgewicht von etwa 700 Kilogramm.
Damit die Kühe der **Milchrinderrassen** ständig Milch geben, müssen sie einmal im Jahr ein Kalb zur Welt bringen.

Extreme Züchtungen

Durch gezielte Züchtung wurde die Leistung einiger Rinderrassen enorm gesteigert. So geben die Kühe mancher Milchrinderrassen heute bis zu 50 Liter Milch am Tag. Dies ist nur durch die Fütterung mit speziellem Futter möglich. Bei diesen **Hochleistungskühen** sind die Euter manchmal so groß, dass sie sich kaum noch hinlegen können.
Manche Fleischrinderrassen setzen so viel Muskelfleisch an, dass ihre Kälber nicht mehr auf normalen Wege geboren werden können. Sie müssen darum durch eine Operation, einem Kaiserschnitt, auf die Welt gebracht werden.

M3 Züchtung von Rinderrassen

Holstein-Rind

Gewicht: 680 kg (Kuh), 1 100 kg (Bulle)
Gewichtszunahme: 900 g pro Tag
Milchleistung: 10 000 l pro Jahr

Weißblauer Belgier

Gewicht: 850 kg (Kuh), 1 300 kg (Bulle)
Gewichtszunahme: 1 350 g pro Tag
Milchleistung: 5 000 l pro Jahr

1 Beschreibe den Körperbau der beiden Rinderrassen.

2 Ordne die Rinderrassen den Milchrinderrassen oder den Fleischrinderrassen zu. Begründe. | HILFE

3 Beschreibe die Zuchtziele bei den beiden Rinderrassen. | HILFE

4 Beurteile die Zucht von Hochleistungsmilchkühen.

Auswerten von Diagrammen

Ergebnisse sind häufig Werte

Naturwissenschaftler untersuchen die Natur und führen Versuche durch. Dabei werden häufig Werte erfasst. Dies kann die Milchmenge sein, die eine Kuh durchschnittlich pro Jahr gegeben hat. Erfasst man diese Werte für mehrere Jahre, kann man sie vergleichen. Durch eine übersichtliche Darstellung der Werte kann man sie besser vergleichen.

Tabellen

Die ermittelten Daten werden in eine **Tabelle** eingetragen. Im Tabellenkopf steht die feste Größe. Oft ist das die Zeit. In den Zeilen darunter werden den festen Größen die ermittelten Werte zugeordnet, wie die durchschnittliche Milchmenge von Kühen.

Diagramme

Um die Werte besser vergleichen zu können, nutzt man **Säulendiagramme**. Auf der **Längsachse** werden die Informationen des Tabellenkopfes dargestellt. Darüber ragen einzelne Säulen in die Diagrammfläche. Je größer der jeweils ermittelte Wert ist, desto höher ist auch die Säule. Damit man die Werte ablesen kann, hat das Diagramm eine **Hochachse** mit einer **Skala**. Durch die Einteilung der Skala kann man die ermittelten Werte gut ablesen. Aus dem Säulendiagramm kannst du die Werte erkennen, indem du auf der Höhe der oberen Kante der Säule den Wert auf der Skala findest.

Verlaufen die Säulen von links nach rechts, spricht man auch von einem **Balkendiagramm**. Es eignet sich, um Rangfolgen darzustellen.

	1950	1970	1990	2000	2010	2020
durchschnittliche Milchmenge je Kuh pro Jahr	2 300 l	3 600 l	4 800 l	6 100 l	7 000 l	8 100 l

1 Tabelle

Soll der Verlauf sich verändernder Werte veranschaulicht werden, wird oft ein **Liniendiagramm** genutzt. Dabei werden die Messwerte an die richtige Stelle in die Diagrammfläche eingetragen und miteinander verbunden. Es entsteht eine Linie, deren Verlauf man beschreiben kann. So ist es möglich, mehrere Messwertreihen in ein Diagramm einzutragen und miteinander zu vergleichen.

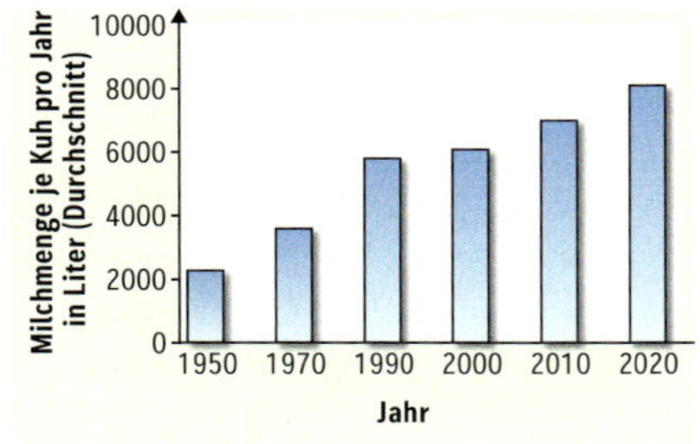

2 Säulendiagramm

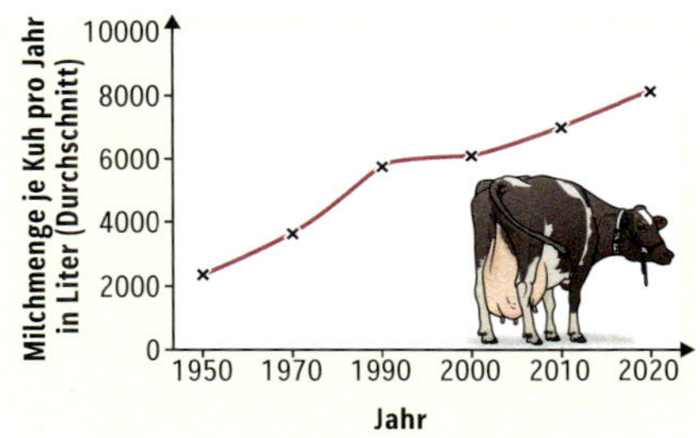

3 Liniendiagramm

Beschreiben und auswerten

Beginne mit der Beschreibung, was das Diagramm zeigt. Benutzte dazu die Beschriftung der beiden Achsen. Die Beschreibung könnte lauten:

„Das Diagramm zeigt die Veränderung der durchschnittlichen Milchmenge pro Kuh im Laufe der Zeit".

Danach wird der Verlauf der Werte auf der Hochachse von links nach rechts beschrieben. Benutze dafür Formulierungen wie:

„die Werte steigen",

„die Werte sinken" oder

„die Werte bleiben gleich".

Nach der Beschreibung wird eine kurze Auswertung formuliert. Diese fasst die zentralen Aussagen des Diagramms zusammen. Die Auswertung könnte lauten:

„Im Laufe der Zeit gaben Kühe immer mehr Milch."

A Beschreibe den Aufbau eines Liniendiagramms.

M1 Diagramm

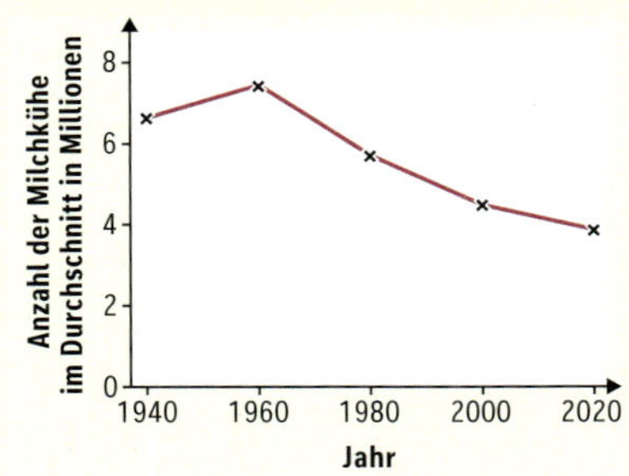

1 Beschreibe das Diagramm. | HILFE

2 Werte das Diagramm aus.

3 Stelle Vermutungen an für die gezeigte Entwicklung.

Merkmale des Hausschweins

Ernährung des Hausschweins

Das Hausschwein frisst Nüsse, Kräuter und Gras. Mit seinem guten Geruchssinn spürt es auch Würmer und Insektenlarven im Boden auf. Das Hausschwein ist ein **Allesfresser**. Im Ober- und Unterkiefer besitzt es gut entwickelte Eckzähne, die **Hauer**. Mit ihrer Hilfe und ihrer sehr biegsamen Nase kann es den Boden aufwühlen. Mit den Schneidezähnen kann es Blätter abzupfen und mit den hinteren Backenzähnen gut zermahlen. Die vorderen Backenzähne sind sehr scharfkantig. Sie dienen dem Zerreißen von Fleisch und dem Zerbeißen von wirbellosen Tieren. Das Hausschwein hat ein **Allesfressergebiss**.

M1 Gebiss des Schweins

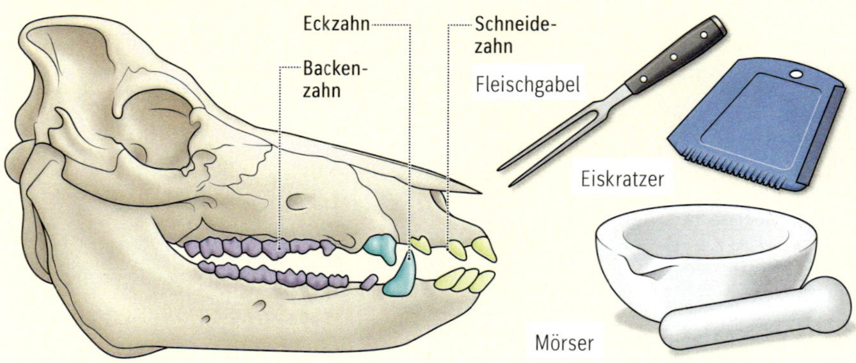

1 Beschreibe den Aufbau des Schweinegebisses.

2 Benenne die Aufgaben der einzelnen Zahntypen. | HILFE

3 Ordne den Zahntypen die Werkzeuge zu. Begründe deine Zuordnung. | HILFE

4 Erläutere die Aussage: „Das Schwein hat ein Allesfressergebiss.“ | HILFE

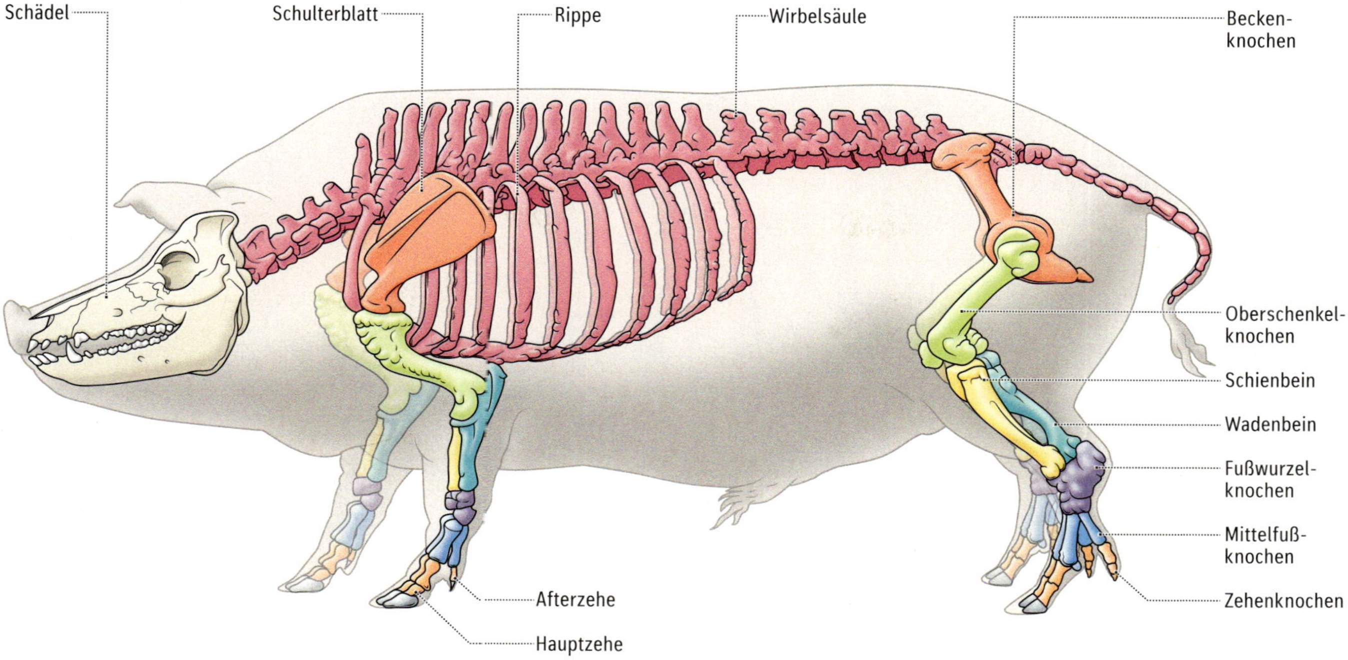

1 Körperbau des Hausschweins | ANIMATION

Verdauung

Die vielseitige Ernährung des Hausschweins aus pflanzlicher und tierischer Nahrung zeigt sich auch im Aufbau seines Verdauungssystems. Das Schwein hat wie reine Tierfresser einen einfachen Magen. Weil pflanzliche Nahrung schwer zu verdauen ist, haben Schweine einen längeren Darm als reine Tierfresser. Die **Darmlänge** des Schwein ist jedoch kürzer wie bei einem etwa gleich großen Pflanzenfresser.

Schweine sind Huftiere

Das Schwein hat an jedem Fuß ein Paar große Zehen und ein Paar kleinere Zehen. Das Schwein ist ein **Paarhufer**. Auf matschigem Boden spreizen sich die beiden Hauptzehen. Zusammen mit den kleinen Nebenzehen, den **Afterzehen**, verhindern sie ein Einsinken. Die Zehen sind mit einem Huf aus Horn überzogen. Das Schwein ist ein **Huftier**. Das Schwein tritt nur mit der Spitze der Zehen auf. Es ist ein **Zehenspitzengänger**.

M2 Darmlängen

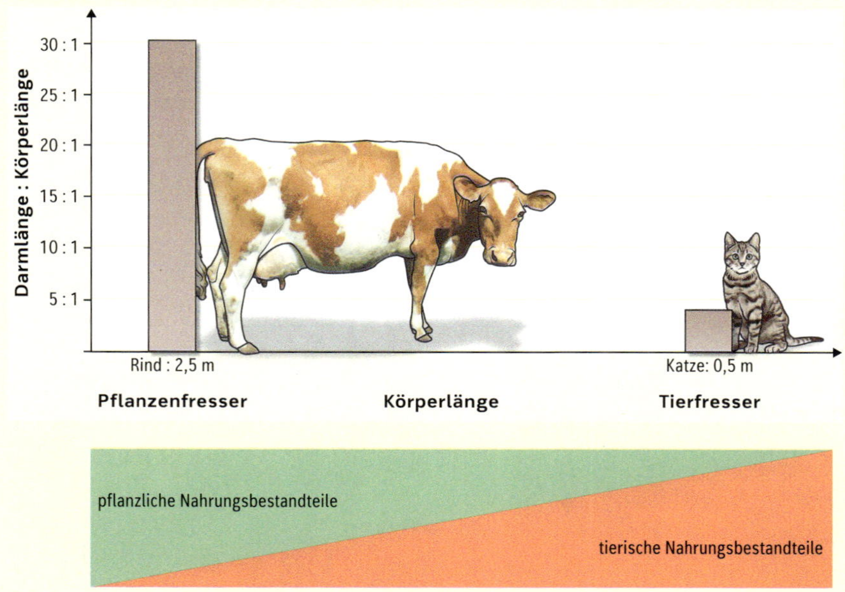

1 Beschreibe, was das Diagramm zeigt.

2 Vergleiche die Länge des Darms von Pflanzen- und Tierfressern. | HILFE

3 Begründe die unterschlichen Darmlängen von Pflanzen- und Fleischfressern. | HILFE

4 Erläutere, wo das Schwein als Allesfresser in dem Diagramm zu finden sein wird.

Digital+
WES-187000-111

Haltung von Legehennen

Verhalten des Huhns

Die meiste Zeit des Tages sind Hühner in Schatten von Bäumen auf Nahrungssuche. Dazu scharren sie mit den Krallen ihrer Füße im Laub und Boden. Mit ihrem Schnabel picken sie Samen, Würmer und Insekten auf. Mehrmals täglich schleudern sie Sand in ihr Gefieder und schütteln ihn wieder ab. Bei diesem **Sandbaden** reinigen sie ihr Federkleid. Zum Schlafen fliegen Hühner in Bäume.

Bodenhaltung

Bei der Bodenhaltung können sich die Hühner in geschlossenen Hallen frei bewegen. Die Ställe sind mit Stroh, Sand und Sägespänen ausgelegt. Es gibt Bereiche mit Sitzstangen, von denen jedes Huhn 15 Zentimeter zur Verfügung hat. Die Tiere legen ihre Eier in Nestboxen. Pro Quadratmeter Stall dürfen 9 Hühner gehalten werden. Jedes Huhn hat also etwa 0,11 Quadratmeter Platz.

M1 Tagesablauf des Bankivahuhns

1 Beschreibe den Tagesablauf eines Huhns.

2 Erkläre, weshalb Hühner Sandbaden. | HILFE

3 Erläutere, welche Eigenschaften ein Lebensraum haben muss, damit Hühner ihren natürlichen Verhaltensweisen nachgehen können.

1 Hühner im Freiland

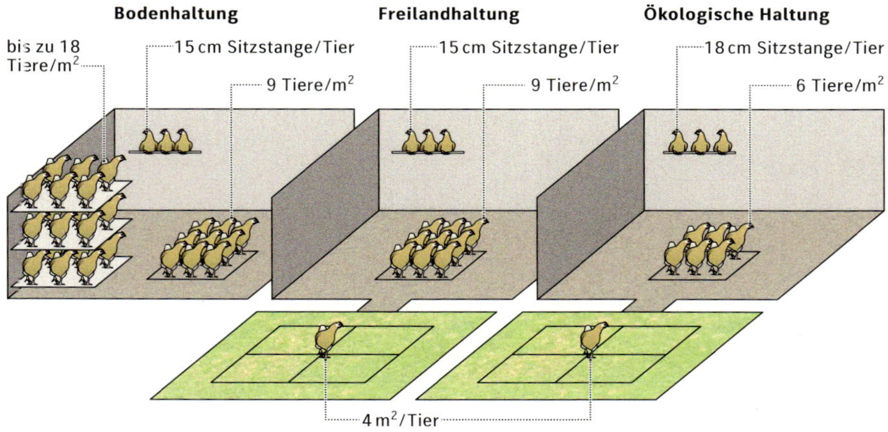

2 Haltungsformen von Legehennen

Das entspricht in etwa der Größe dieser Doppelseite. Sind Sitzstangen und Nestboxen in mehreren Etagen angebracht, dürfen es auch 18 Hühner pro Quadratmeter sein. Große Betriebe halten in mehreren Ställen zehntausende von Hühnern, damit viele und so auch günstige Eier produziert werden können.

Freilandhaltung

Die Bedingungen im Stall sind bei der Freilandhaltung ähnlich wie bei der Bodenhaltung. Den Tieren steht tagsüber aber zusätzlich ein Auslauf von mindestens 4 Quadratmetern pro Huhn offen.

Ökologische Haltung

Die ökologische oder Bio-Haltung ähnelt der Freilandhaltung. Es dürfen in den Ställen aber maximal 6 Hühner pro Quadratmeter gehalten werden. Jedes Huhn hat mindestens 18 Zentimeter Sitzstange zur Verfügung. Es werden nur so viele Tiere gehalten, wie vom Hof ernährt werden können. Bewegliche Ställe werden genutzt, um immer frische Auslaufflächen zu nutzen. Die Haltungsform ist aufwändig und daher teuer.

A Nenne die drei Haltungsformen für Legehennen in Deutschland.

M2 Haltungsformen

	Bodenhaltung	Freilandhaltung	ökologische Haltung
Hühner können Sandbaden	...	...	...
Hühner können sich sonnen	...	...	...
Hühner können scharren und picken	...	...	...
Anzahl Hühner pro Quadratmeter Stall	...	...	...
Zentimeter Sitzstange pro Huhn	...	...	...
Quadratmeter Auslauf pro Huhn	...	...	...
Preis für ein Ei	...	...	...

1 Vergleiche die drei Haltungsformen. Ergänze die Tabelle in deinem Heft. | HILFE

2 Wähle eine Haltungsform aus. Beurteile, ob die Tiere artgerecht gehalten werden.

M3 Eiercode

Jedes Ei im Handel ist mit einem Code bedruckt.

1 Ordne den Eiercodes ihre Haltungsform zu.

2 Erkläre die unterschiedlichen Preise von Eiern aus den verschiedenen Haltungsformen. | HILFE

3 Stelle Vermutungen an, weshalb die Betriebsnummern auf die Eier gedruckt werden.

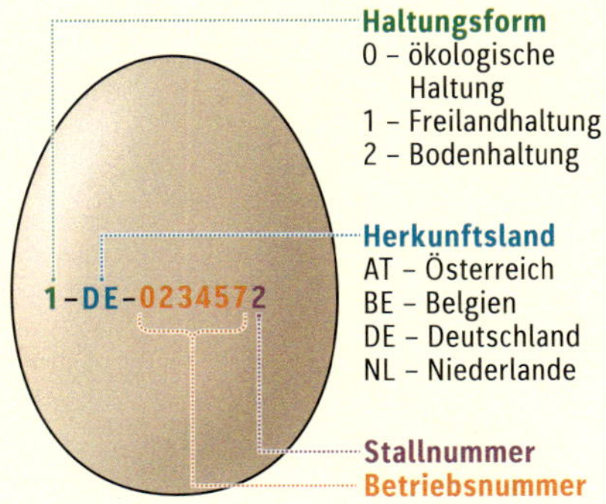

Eiercodes:
0-NL-4365873
1-DE-0257234
2-BE-1564942

Haustiere

T1 Haustiere

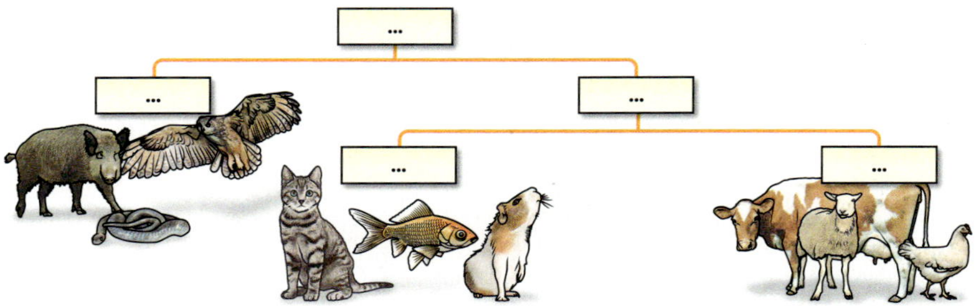

1 Übertrage das Schema in dein Heft. Ordne folgende Begriffe richtig ein: Heimtiere, Wildtiere, Haustiere, Nutztiere.

2 Nenne je drei Beispiele.

3 Erkläre an einem Beispiel, warum eine eindeutige Zuordnung manchmal schwierig ist.

T2 Hund und Katze

Merkmal	Hund	Katze
Ernährung	...	...
Jagdverhalten	...	...
besondere Sinne	...	...

1 Übertrage die Tabelle in dein Heft. Vergleiche Hund und Katze.

2 Erkläre, wie die Katze erfolgreich in der Dämmerung jagen kann.

3 Erkläre, warum man Wölfe und Hunde als Hetzjäger bezeichnet.

T3 Rinder sind Nutztiere

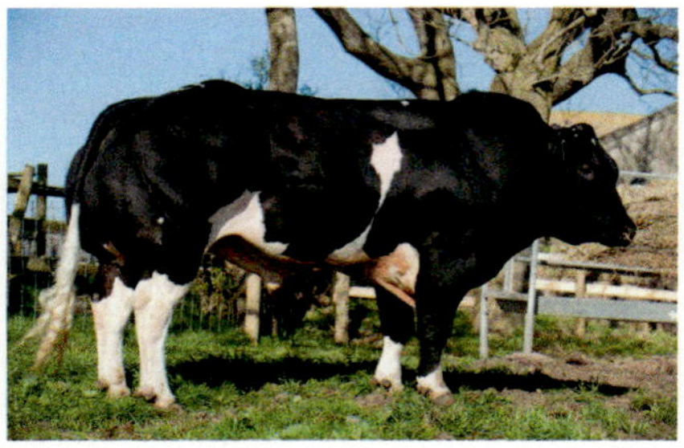

1 Nenne die Zuchtziele, die der Mensch bei der Züchtung von Rinderrassen verfolgt.

2 Erkläre den Begriff Zweinutzungsrasse.

3 Erkläre, warum man bei manchen Rinderrassen heute von Hochleistungsrindern spricht.

4 Nenne die fünf Haltungsformen bei Rindern.

5 Erkläre, was man unter artgerechter Nutztierhaltung versteht.

6 Erläutere, was Rinder alles benötigen, um ihre natürlichen Verhaltensweisen auszuleben.

T4 Hühner sind Nutztiere

1 Nenne die Zuchtziele, die der Mensch bei der Züchtung von Hühnerrassen verfolgt.

2 Nenne die verschiedenen Haltungsformen von Hühnern.

3 Beurteile, welche Haltungsform am ehesten artgerecht ist.

4 Beurteile die Einführung des Eiercodes für Verbraucher.

T5 Haltungsformen

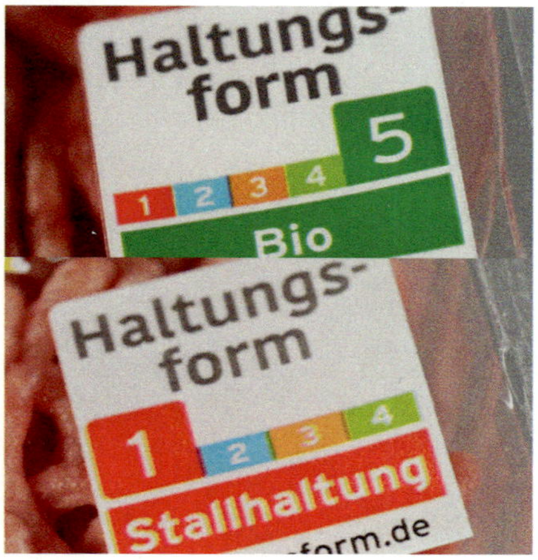

1 Vergleiche die Kennzeichnungen der Produkte.

2 Beschreibe die unterschiedlichen Haltungsformen der für die Produkte genutzten Tiere.

3 Begründe, dass die beiden Produkte unterschiedliche Preise haben.

T6 Verdauung bei Rindern

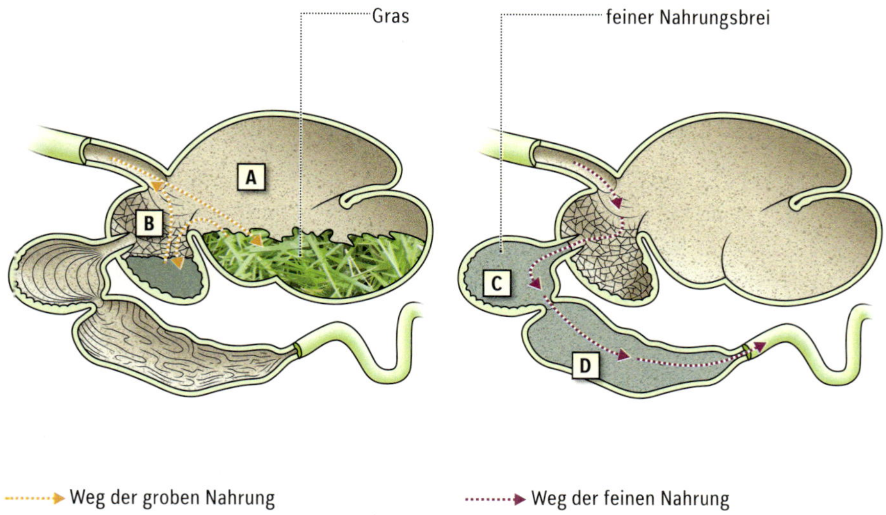

1 Benenne die Mägen des Rindes A–D.

2 Beschreibe die Aufgaben der einzelnen Mägen des Rindes.

3 Beschreibe den Weg der Nahrung beim Rind.

4 Erkläre, warum man das Rind als Wiederkäuer bezeichnet.

5 Begründe, warum das Rind ein komplizierter gebautes Verdauungssystem hat als die Katze.

T7 Gebisse

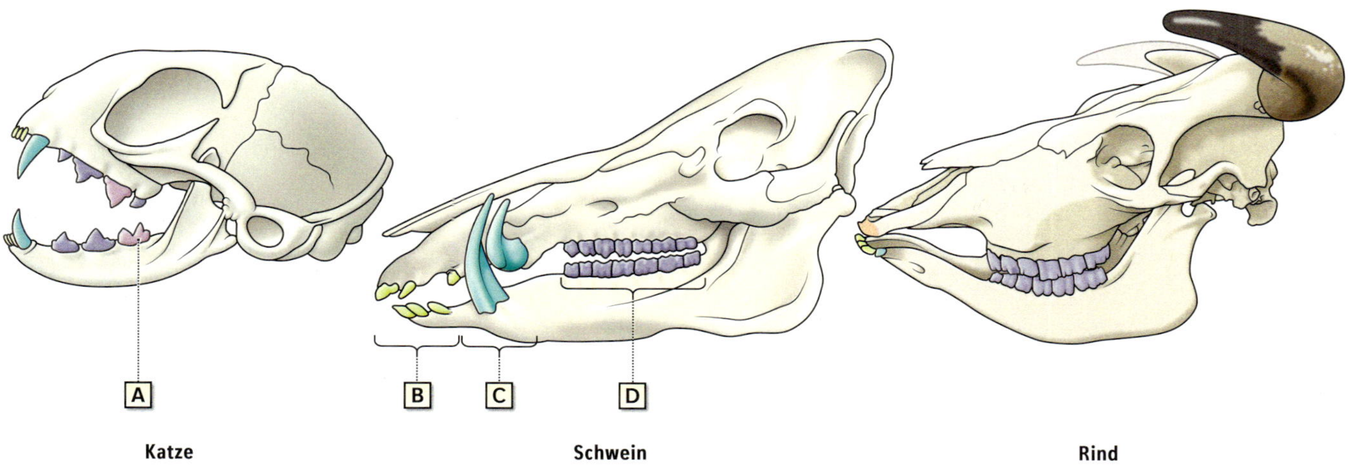

1 Benenne die Zahntypen A–D.

2 Erkläre die Aufgaben der verschiedenen Zahntypen.

3 Ordne den Gebissen begründet eine Art der Ernährung zu.

Der Hund

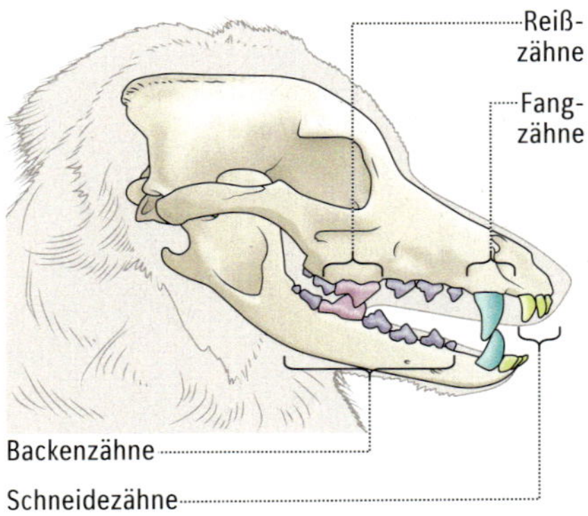

Der Hund ist ein Fleischfresser. Er hat ein Fleischfressergebiss, welches an seine Ernährung angepasst ist. Mit den kräftigen Reißzähnen kann er sogar Knochen aufbeißen. Hunde besitzen außerdem einen sehr guten Geruchssinn und Gehörsinn. Beim Laufen tritt der Hund nur auf seinen Zehen und nicht mit der ganzen Sohle auf. Er ist ein Zehengänger und Hetzjäger. Der Hund stammt vom Wolf ab. Der Wolf ist die Stammform des Hundes. Wölfe schlossen sich vor Jahrtausenden den Menschen an. Aus den Wildtieren entwickelten sich mit der Zeit Haustiere. Der Mensch züchtete viele verschiedene Hunderassen. Er nutzt die verschiedenen Merkmale. Hunde werden zum Beispiel als Spürhund, Wachhund oder Blindenhund eingesetzt.

Die Katze

Katzen haben ein gutes Gehör und gute Augen. Sie können sich bei wenig Licht orientieren. Katzen haben scharfe, einziehbare Krallen und laufen als Zehengänger auf ihren Zehen. Sie haben ein Fleischfressergebiss. Katzen sind Schleichjäger.

Das Rind

Das Hausrind stammt vom Urrind ab. Der Mensch hält Rinder vor allem als Milch- und Fleischlieferanten. Er hat verschiedene Rinderrassen gezüchtet. Fleischrinderrassen setzen schnell viel Muskelfleisch an. Milchrinderrassen geben viel Milch. Rinder sind Zehenspitzengänger. Sie haben paarige Zehen und zählen zu den Huftieren. Sie haben ein Pflanzenfressergebiss. Ihr Wiederkäuermagen besteht aus vier Teilen: dem Pansen, dem Netzmagen, dem Blättermagen und dem Labmagen.

Das Schwein

Das Hausschwein stammt vom Wildschwein ab. Das Schwein ist ein Zehenspitzengänger und ein Huftier. Zur Entfernung von Krankheitserregern wälzt es sich im Schlamm. Es hat ein Allesfressergebiss. Der Mensch hat im Laufe der Jahre vor allem Hausschweinrassen gezüchtet, die sich schnell vermehren, schnell wachsen und viel Muskelfleisch ansetzen.

Das Huhn

Unsere Haushühner stammen vom Bankivahuhn ab. Der Mensch hält Hühner vor allem als Eier- und Fleischlieferanten. Er hat im Laufe der Zeit verschiedene Hühnerrassen gezüchtet. Fleischhuhnrassen setzen schnell viel Muskelfleisch an. Bei Legehühnern legen die Hennen viele Eier. Bei der Haltung von Legehennen unterscheidet man die Bodenhaltung, die Freilandhaltung und ökologische Haltung.

Das Pferd – ein Haustier

1 Reitpferd mit Reiterin

2 Rennpferd

3 Zugpferd vor Straßenbahn um 1870

Gewicht: 300–500 kg

Größe: 130–150 cm Schulterhöhe

Farben: braun, grau, schwarz

Lebensdauer: 20–25 Jahre

Lebensweise: leben in Herden

Ernährung: Grasfresser

Fortpflanzung: 11 Monate Tragzeit, 1 Fohlen pro Jahr

4 Steckbrief Wildpferd

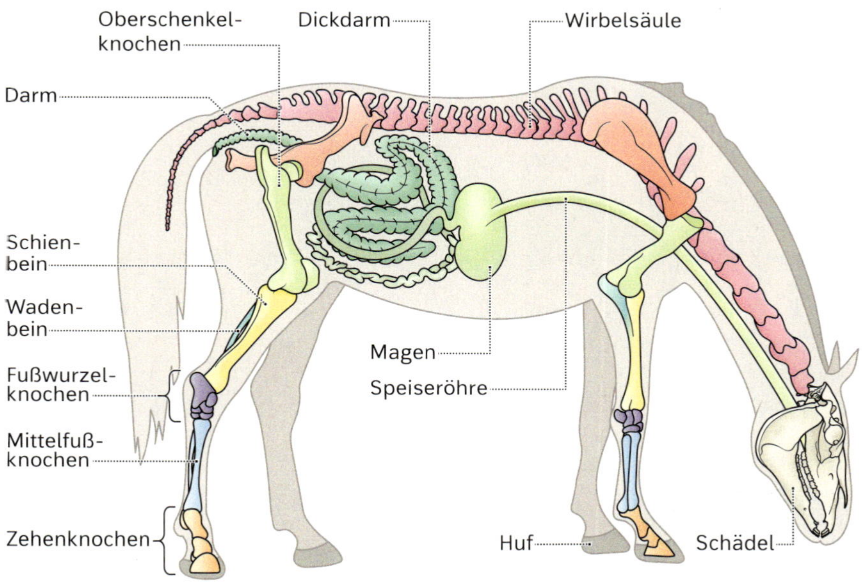

5 Merkmale des Pferdes

Der Mensch hat aus Wildpferden über 200 Hauspferderassen gezüchtet. Wildpferde leben in trockenen Graslandschaften. Das männliche Pferd heißt Hengst, das weibliche Pferd nennt man Stute. Jungtiere heißen fohlen. Pferde werden heute vor allem für den Reitsport gehalten. Durch ihren muskulösen und kräftigen Körperbau können manche Pferde über 50 Kilometer pro Stunde schnell und ausdauernd laufen.

1 Beschreibe die Ernährungsweise des Hauspferdes. Beachte das Gebiss und das Nahrungsangebot.

2 Nimm Stellung zu der Aussage: „Das Pferd ist kein Wiederkäuer."

3 Beschreibe die Angepasstheiten des Fußskeletts an den Lebensraum und die Fortbewegung des Pferdes.

4 Beschreibe mögliche Zuchtziele für die verschiedenen Hauspferderassen.

5 Beschreibe den Wandel in der Bedeutung des Hauspferdes für den Menschen.

6 Begründe, weshalb bei der Haltung von Hauspferden auf viel Auslauf geachtet werden sollte und dass Hauspferde nicht einzeln gehalten werden sollten.

Digital+ WES-187000-117

4

Projekt: Tiere in ihren Lebensräumen

1 Smaragdeidechse sonnt sich.

2 Frosch sitzt auf Seerosenblatt.

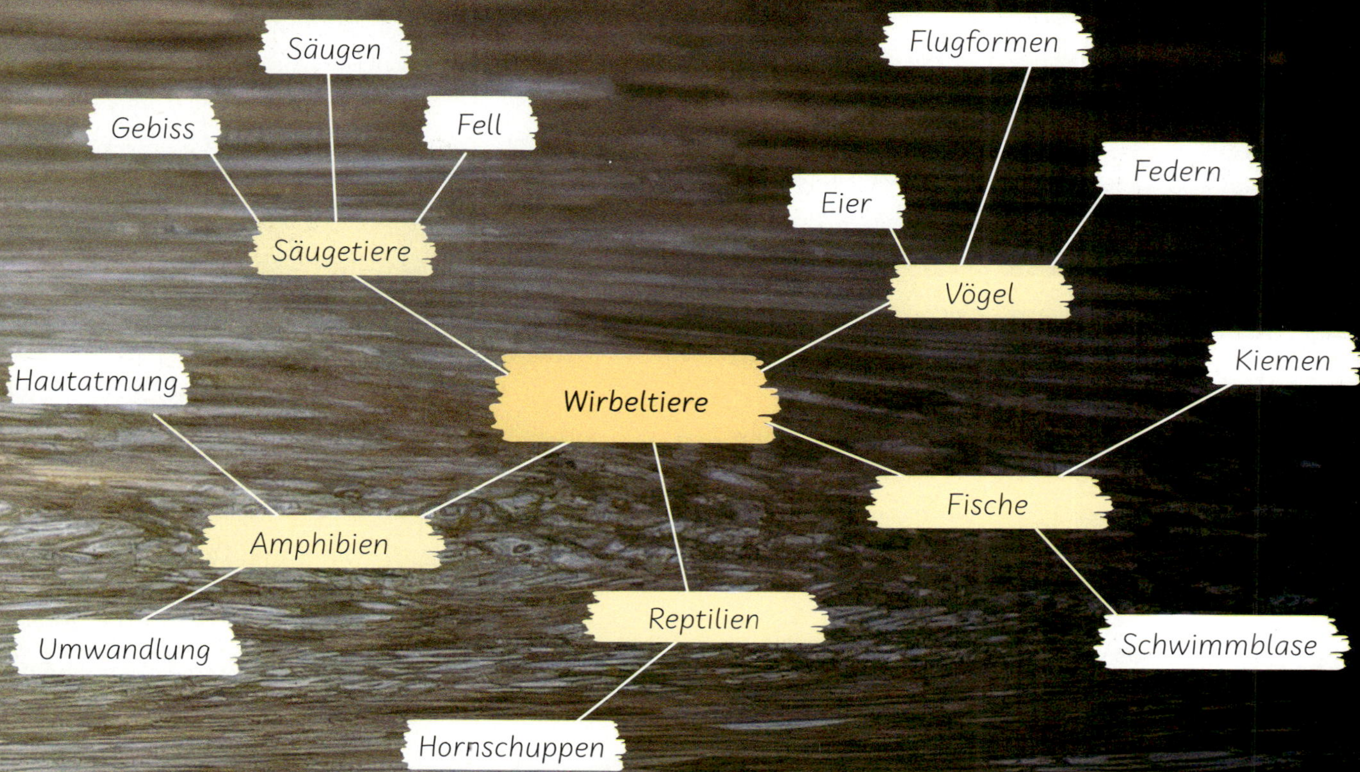

3 Weibliches Reh säugt Rehkitz

A Betrachte die abgebildeten Fotos. Beschreibe Besonderheiten der abgebildeten Tiere.

B Kannst die Tiere den Tiergruppen der Mind-Map zuordnen? Kennst du noch andere Tiere, die man den Tiergruppen zuordnen kann?

C In der Mind-Map sind einige weitere Begriffe dargestellt. Kannst du einige diese Begriffe bereits erklären?

Der Mischwald

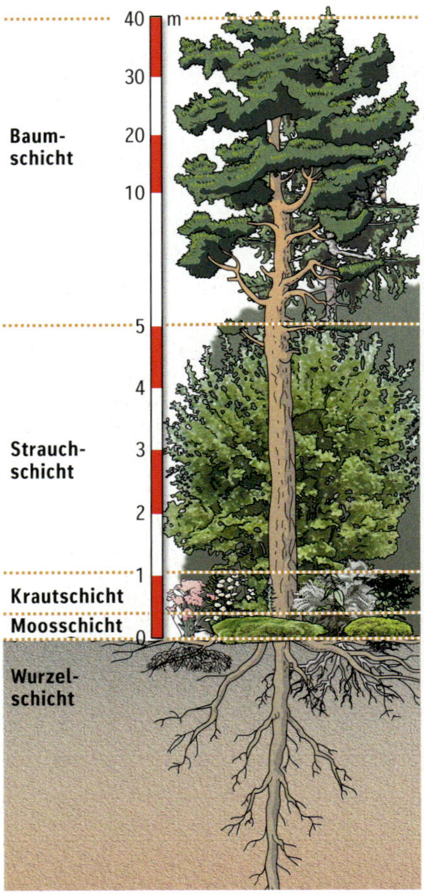

1 Stockwerkbau des Waldes

Der Mischwald

Mischwälder sind in mehrere Schichten oder **Stockwerke** untergliedert. Die **Umweltbedingungen** wie Wind, Licht und Feuchtigkeit sind in jedem Stockwerk unterschiedlich ausgeprägt. Daher leben verschiedene Tiere und Pflanzen in den verschiedenen Stockwerken.

Baumschicht

Ein Wald besteht aus mehreren Baumarten, die eine Höhe von bis zu 40 Metern erreichen. Zu den Baumarten gehören Nadelbäume wie Kiefer und Fichte und Laubbäume wie Rotbuche und Stieleiche. Man spricht daher von einem **Mischwald**. Die Äste und Blätter der Bäume bilden die **Baumschicht**. Das dichte Blätterdach der Bäume lässt nur wenig wärmendes Sonnenlicht hindurch. Zudem fängt es Niederschläge auf, wodurch Wasser nur langsam am Boden ankommt. Andererseits hält es die Feuchtigkeit im Wald. Im Blätterdach und an den Stämmen leben Eichhörnchen, Vögel und Insekten.

Strauchschicht

Bis zu einer Höhe von etwa 5 Metern wächst die **Strauchschicht**. Diese setzt sich aus jungen Bäumen und Sträuchern wie Hasel und Eberesche zusammen. Sie bilden eine dichte Schicht, die nur wenig Licht, Wasser und Wind hindurch lässt. An den Bäumen und Sträuchern wachsen Kletterpflanzen wie Efeu und Waldrebe. Vogelarten wie die Amsel nisten in der Strauchschicht.

Krautschicht

Gräser wie das Waldrispengras und krautige Pflanzen wie Brennnesseln bilden die **Krautschicht**. Sie werden selten höher als einen Meter. Sie kommen auch mit wenig Licht zurecht. An besonders dunklen Stellen wachsen Farne. In der Krautschicht leben viele Insekten, Spinnen, aber auch Waldeidechsen. Bodenbrütende Vögel wie das Rotkehlchen finden in der Krautschicht viele Verstecke. Größere Säugetiere wie Rehe finden in der Krautschicht ihre Nahrung, aber auch Verstecke.

2 Lebensraum Mischwald

Moosschicht

Wenn das Laub der Laubbäume nicht zu hoch auf dem Waldboden liegt, breiten Moose aus. Neben den Moospolstern wachsen auch verschiedene Fruchtkörper von Pilzen in dieser **Moosschicht**. Moose können sehr gut Wasser speichern. Das erhöht die Feuchtigkeit im Wald. In der Moosschicht ist es kalt und dunkel. Dort leben zahlreiche mikroskopisch kleine Lebewesen. Viele wirbellose Tiere wie Ameisen, Käfer und Schnecken finden in der Moosschicht Nahrung.

Wurzelschicht

Der Waldboden ist von einem Wurzelgeflecht der Pflanzen und Pilze des Waldes durchzogen. Damit nehmen die Pflanzen Wasser und Mineralstoffe auf. In der **Wurzelschicht** graben Waldmäuse ihre Gänge. Im Boden leben viele wirbellose Tiere wie Regenwürmer, Tausendfüßer und Asseln. Zusammen mit Bakterien und Pilzen zersetzen sie heruntergefallenen Laub und anderes totes Tier- und Pflanzenmaterial. Dadurch entsteht ein mineralstoffreicher Boden. Das ist wichtig für alle Pflanzen im Wald.

A Nenne die Stockwerke eines Mischwaldes.

M1 Umweltbedingungen

1 Beschreibe den Lichteinfall in einem Mischwald.

2 Erkläre die Veränderung des Lichteinfalls in den einzelnen Stockwerken in einem Mischwald.

3 Beschreibe die Luftfeuchtigkeit in den Stockwerken eines Mischwaldes.

4 Erkläre die Veränderung der Luftfeuchtigkeit in den Stockwerken eines Mischwaldes. | HILFE

5 Erkläre die Bedeutung von Moospolstern für die Lebensraum Wald. | HILFE

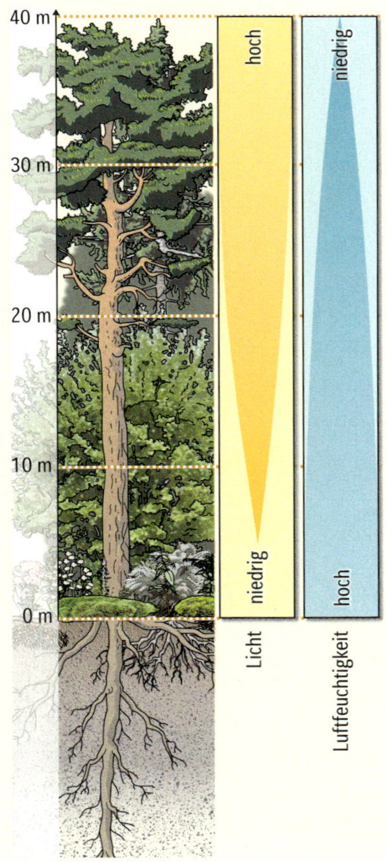

Digital+
WES-187000-121

Nahrungsbeziehungen im Wald

Pflanzen sind Produzenten

Pflanzen erzeugen alle für ihr Leben benötigten Stoffe selbst. Mit Hilfe der Fotosynthese wandeln Pflanzen die Strahlungsenergie der Sonne in chemische Energie um. Diese wird in den Nährstoffen gespeichert. Man nennt Pflanzen Erzeuger oder **Produzenten**.

Tiere sind Konsumenten

Die Rötelmaus lebt in Wäldern und Hecken. Sie ernährt sich von Nüssen und Beeren. Tiere wie die Rötelmaus, die sich von Pflanzen ernähren, nennt man **Pflanzenfresser**. Die über die pflanzliche Nahrung aufgenommenen Nährstoffe werden von der Rötelmaus zum Aufbau körpereigener Stoffe und zum Erhalt der Körperfunktionen verwendet. Die in den Nährstoffen enthaltene chemische Energie wird genutzt, damit sich die Rötelmaus bewegt oder die Körpertemperatur aufrechterhalten wird.

1 Nahrungskette: Brombeere → Rötelmaus → Steinkauz

Da die Rötelmaus energiereiche Nährstoffe „verbraucht“, ist sie ein Verbraucher oder **Konsument**. Die Rötelmaus wird von Tieren, wie dem Steinkauz, gefressen. Der Steinkauz ernährt sich von anderen Tieren. Tiere wie der Steinkauz, die sich hauptsächlich von anderen Tieren ernähren, zählen zu den **Tierfressern** . Auch Tierfresser zählen zu den Konsumenten. Sie nutzen die über die Nahrung aufgenommenen Nährstoffe zum Aufbau körpereigener Stoffe und als Energielieferanten.

Nahrungskette

Die Brombeere wird von der Rötelmaus gefressen, die Rötelmaus wird vom Steinkauz gefressen. Die Nahrungsbeziehung von Brombeeren über die Rötelmaus bis zum Steinkauz kann als **Nahrungskette** dargestellt werden:
Brombeere → Rötelmaus → Steinkauz
Der Pfeil bedeutet: ...wird gefressen von...

Nahrungsnetz

Der Steinkauz ernährt sich nicht nur von der Rötelmaus, sondern frisst auch andere Beutetiere wie junge Eichhörnchen. Auch der Rotfuchs ernährt sich wie der Steinkauz von der Rötelmaus. Es gibt auch andere Tiere neben der Rötelmaus, die Nüsse und Beeren fressen. Die Lebewesen sind durch viele verschiedene Nahrungsketten miteinander verbunden. Da die Nahrungsketten wie die Fäden eines Netzes miteinander verknüpft sind, bezeichnet man diese Nahrungsbeziehungen als **Nahrungsnetz**.

A Erkläre die Begriffe Produzent und Konsument.

M1 Nahrungsnetz im Wald

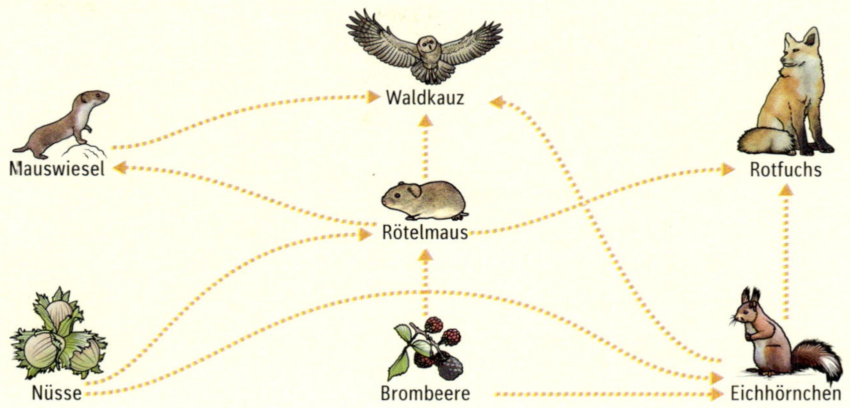

1 Ordne den abgebildeten Tieren die Begriffe Pflanzenfresser und Tierfresser zu.

2 Erstelle mithilfe des Nahrungsnetzes drei möglichst lange Nahrungsketten.

3 Begründe, warum grüne Pflanzen immer am Anfang einer Nahrungskette stehen.

4 Erläutere die Aussage: „Auch Tierfresser sind auf grüne Pflanzen angewiesen.“

M2 Nahrungsnetz erstellen

1 Erstelle aus den abgebildeten Lebewesen eine möglichst lange Nahrungskette. | HILFE

2 Erstelle aus den abgebildeten Lebewesen ein Nahrungsnetz.

3 Erkläre was passiert, wenn sich plötzlich die Anzahl der Buchen durch vermehrtes Fällen von Bäumen stark verringert.

Das Eichhörnchen

Lebensweise

Tagsüber kann man das beobachten, wie es springend und kletternd zwischen Bäumen nach Nahrung sucht. Dabei ist es meist allein. Nur zur Paarungszeit kommt es mit anderen Eichhörnchen zusammen. Das Eichhörnchen ist ein **Einzelgänger**. Es baut hoch oben im Baum aus Zweigen sein Nest, den **Kobel**. Innen polstert es ihn mit Laub und Moos aus. Nachts schläft es im Kobel.

Fortpflanzung

Im Januar und im Juni paaren sich Eichhörnchen. Nach der Paarung erfolgt die innere Befruchtung der Eizellen. Ungefähr fünf Wochen nach der Paarung bringt das Weibchen zwei bis fünf Jungtiere auf die Welt. Eichhörnchen sind lebend gebärend. Sie sind zunächst blind und ihr **Fell** ist noch nicht voll ausgebildet. Die Jungtiere verbringen die erste Zeit im Kobel. Eichhörnchen sind **Nesthocker**.

1 Jungtier im Kobel

Wie alle **Säugetiere** werden sie mit Muttermilch **gesäugt**. Erst nach etwa sechs Wochen haben die Jungtiere ihr Fell und ihre Augen sind geöffnet. Nun verlassen sie den Kobel.

Körperbau

Das Eichhörnchen ist vom Kopf bis zum Schwanzende etwa 40 Zentimeter lang. Vom Kopf bis zum Schwanz verläuft die Wirbelsäule. Diese besteht aus vielen beweglich verbundenen Wirbeln. Das Eichhörnchen ist ein **Wirbeltier**. Sein Körper ist sehr schlank und leicht. Mit den muskulösen Hinterbeinen kann es sehr weit springen. Es hat einen langen, buschigen Schwanz, mit dem es beim Springen sein Gleichgewicht hält. Das Eichhörnchen hat an den Pfoten lange Krallen. So kann es sich an der Rinde und den Ästen der Bäume gut festhalten. Mit den rauen Sohlen der Pfoten rutscht es nicht von glatten Baumrinden ab.

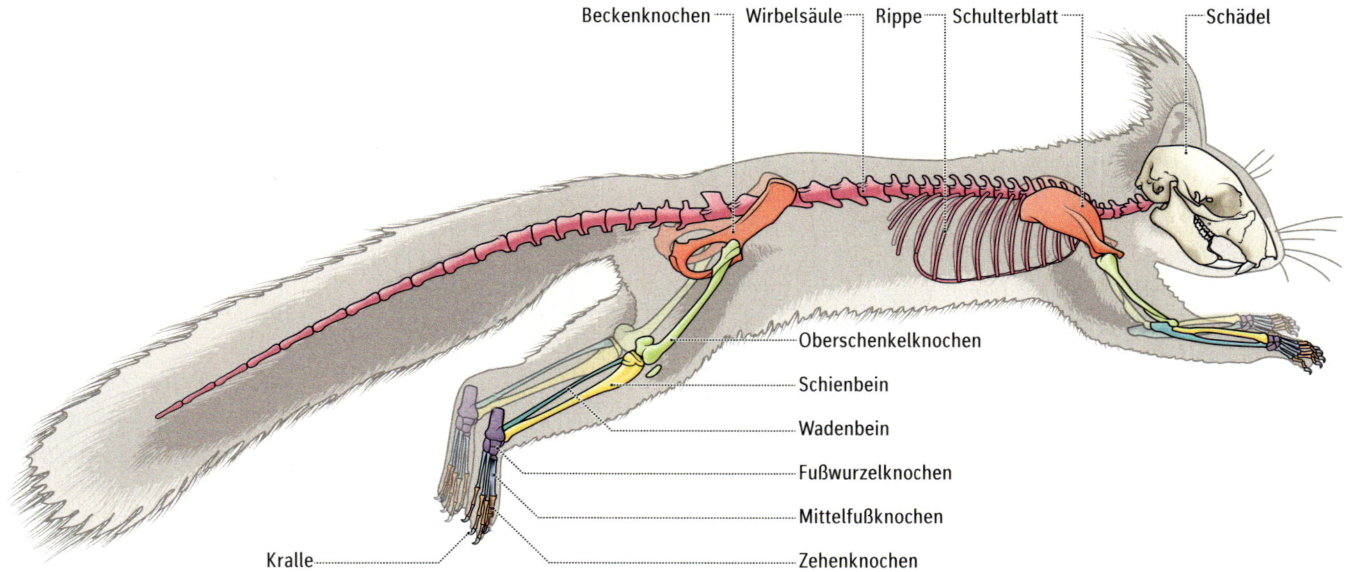

2 Skelett des Eichhörchens

Ernährungsweise

Das Eichhörnchen frisst Früchte, Samen und Nüsse. Es ernährt sich aber auch von Insekten und Vogeleiern. Das Eichhörnchen ist ein **Allesfresser**. Es besitzt im Oberkiefer und Unterkiefer lange, meißelartige Schneidezähne. Sie werden als **Nagezähne** bezeichnet. Das Eichhörnchen hat ein **Nagetiergebiss**. Die weichere Hinterseite der ständig nachwachsenden Nagezähne nutzt sich beim Nagen schneller ab als die harte Vorderseite. Dadurch entsteht an der Vorderseite eine scharfe Kante. Mit dieser nagt das Eichhörnchen zum Beispiel Furchen in die harte Schale einer Nuss. Mit den Vorderpfoten öffnet es dann die Nuss. Das Eichhörnchen hat keine Eckzähne. Stattdessen hat es hinter den Nagezähnen eine große Zahnlücke. Mit seinen flachen Backenzähnen zermahlt es die Nahrung. ▶

A Nenne die zwei Merkmale, die das Eichhörnchen als Säugetier kennzeichnen.

B Beschreibe, was ein Kobel ist.

M1 Gebiss des Eichhörnchens

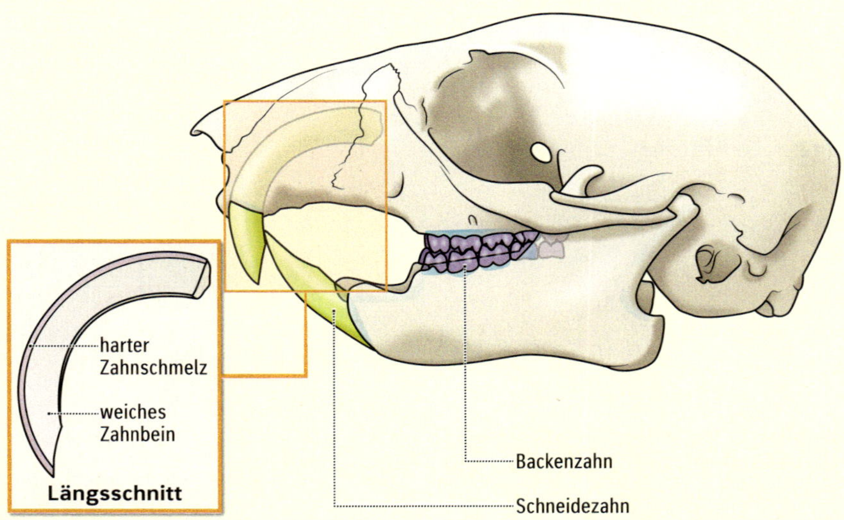

1 Beschreibe den Aufbau des Gebisses des Eichhörnchens.

2 Beschreibe den Aufbau eines Nagezahns. | HILFE

3 Erkläre, wodurch der Nagezahn immer scharfkantig bleibt. | HILFE

4 Nimm Stellung zu der Aussage: „Das Eichhörnchen ist ein Allesfresser, was sich aber nicht an seinem Gebiss zeigt."

5 Stelle Vermutungen an was passiert, wenn ein Eichhörchen nicht genug nagen kann.

3 Eichhörnchen am Baum mit gut sichtbaren Tasthaaren

4 Eichhörnchen mit gefundener Nuss im Winter

Sinnesorgane

Das Eichhörnchen hat große, weit hervorstehende Augen. Dadurch hat es ein weites Sehfeld. So kann das Eichhörnchen sicher von Ast zu Ast springen und herannahende Feinde aus der Umgebung erkennen. Mit seinen Tasthaaren an Beinen und Schnauze findet es sich auch nachts zwischen den Ästen zurecht. Das Gehör ist sehr empfindlich. Das Eichhörnchen nimmt das Herannahen anderer Tiere wahr und wird daher nur selten von Raubtieren wie dem Baummarder oder Greifvögeln überrascht. Mit seinem guten Geruchssinn kann das Eichhörnchen seine Nahrung aufspüren. Es riecht sogar Nüsse unter einer 30 Zentimeter dicken Schneeschicht.

Überwinterung

Im Herbst sammelt das Eichhörnchen Nüsse und Samen. Es vergräbt die Nahrung im Boden oder versteckt sie in Baumhöhlen. Das Eichhörnchen legt **Wintervorräte** an. Den Großteil des Winters verbringt es im Kobel. Nur ab und zu unterbricht es seine Ruhezeiten und geht auf Nahrungssuche. Das Eichhörnchen ist ein **Winterruher**. Seine Körpertemperatur schwankt kaum. Das Eichhörnchen ist **gleichwarm**. Mithilfe seines Geruchssinnes spürt das Eichhörnchen die meisten seiner Nahrungsverstecke auf. Es findet aber nicht alle Verstecke wieder. Aus den Samen, die nicht gefunden wurden, wachsen im Frühjahr neue Pflanzen. So trägt das Eichhörnchen zu deren Verbreitung bei.

M2 Sehfelder

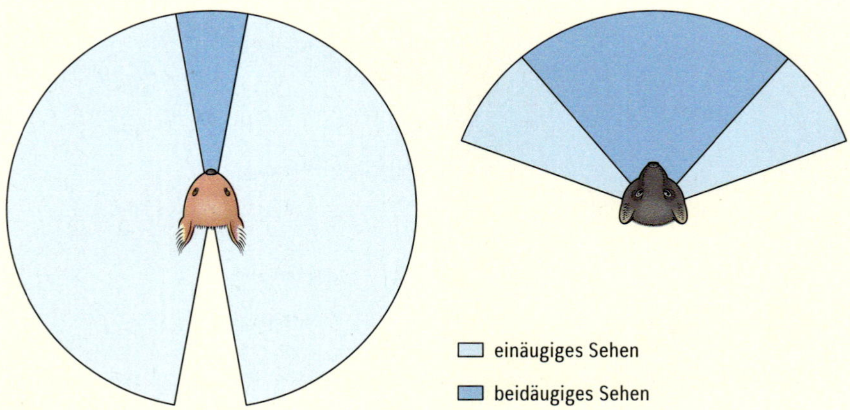

1 Vergleiche die Sehfelder von Eichhörnchen und Baummarder.

2 Erkläre, welche Bedeutung die Größe des Sehfeldes für das Eichhörnchen hat. | HILFE

3 Stelle Vermutungen an, welche Vorteile das Sehfeld des Baummarders für seine Ernährungsweise hat.

Nesthocker – Nestflüchter

Wildkaninchen sind Nesthocker

Die Jungtiere von Wildkaninchen werden blind und fast nackt in einem unterirdischen Bau geboren. Im Bau sind sie gut geschützt vor äußeren Umwelteinflüssen. Sie können sich kaum vom Fleck bewegen. In den ersten Tagen nach der Geburt sind sie völlig auf die **Fürsorge** der Mutter angewiesen. Sie säugt ihre Jungtiere oft, hält sie warm und schützt sie vor Feinden. Die jungen Wildkaninchen öffnen erst nach etwa zehn Tagen die Augen. Nach etwa vier Wochen haben die Jungtiere ein dichtes Fell. Erst dann fangen die sie an, den Bau zu verlassen. Tiere, die nach der Geburt eine langsame Entwicklung haben, bezeichnet man als **Nesthocker**. Nesthocker haben oft mehrere Nachkommen pro Wurf, weil ihre hilflosen Jungtiere anfälliger für Gefahren sind.

Feldhasen sind Nestflüchter

Die Jungtiere von Feldhasen kommen bereits mit offenen Augen und einem vollständigen Fell zur Welt. Sie werden in einer gut versteckten Vertiefung auf dem Boden geboren. Diese Vertiefung nennt man bei Feldhasen Sasse. Schon kurz nach der Geburt verlassen die jungen Feldhasen ihr Geburtslager und bewegen sich eigenständig fort. Sie bleiben aber in der Umgebung ihres Geburtslagers und werden von der Mutter regelmäßig gesäugt. Bereits wenige Tage nach der Geburt beginnen die Jungtiere, selbst erste Nahrung zu suchen. Tiere, die nach der Geburt eine schnelle Entwicklung haben, bezeichnet man als **Nestflüchter**.

A Beschreibe Merkmale von Nesthockern und Nestflüchtern.

1 Kaninchen, zwei Tage alt

2 Feldhasen, zwei Tage alt

M1 Nesthocker und Nestflüchter

1 Beschreibe die zwei Tage alten Jungtiere von Igel und Hirsch.

2 Ordne dem Igel und dem Hirsch die Begriffe Nesthocker oder Nestflüchter zu. Begründe deine Zuordnung.

3 Übertrage die Tabelle in dein Heft und ordne folgende Angaben richtig ein: blind und fast nackt, sehend und behaart, Muttermilch, Muttermilch und Blätter, wenige Stunden, mehrere Wochen. |

4 Begründe, warum Elterntiere von Nesthocker mehr Fürsorge betreiben.

1 Igel, zwei Tage alt

2 Hirschkalb, zwei Tage alt

	Igel	Hirsch
Merkmale zur Geburt	...	...
Nahrungsaufnahme	...	...
Aufenthalt im Geburtslager	...	...

Digital+ WES-187000-127

Der Maulwurf

Lebensweise

Der Maulwurf verbringt fast sein ganzes Leben unter der Erde. Seine Anwesenheit ist durch Häufchen lockerer Erde, den **Maulwurfshügeln**, zu erkennen. Diese sind durch ein weit verzweigtes Gangsystem etwa 50 Zentimeter unter der Erdoberfläche verbunden.

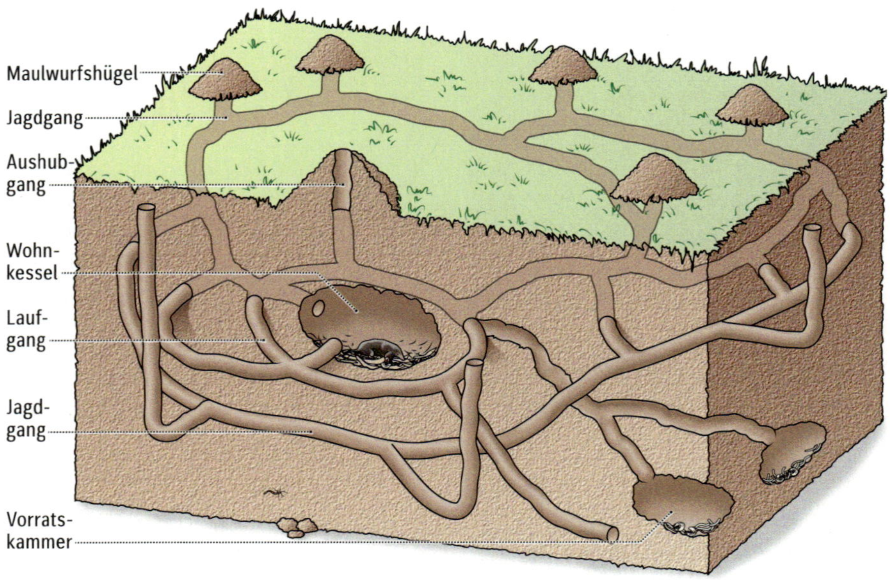

1 Gangsystem des Maulwurfs

Den Mittelpunkt dieses Gangsystems bildet der **Wohnkessel**. Dieser ist mit Gras und Laub ausgepolstert. Er dient dem Maulwurf als Ruhe- und Schlafort. In der Nähe des Wohnkessels gibt es oft mehrere **Vorratskammern**. Vom Wohnkessel zweigen **Laufgänge** ab. Sie führen in sein Jagdrevier. Dort gräbt der Maulwurf dicht unter der Erdoberfläche ständig neue **Jagdgänge**. Die Erde schiebt er beim Graben mit der Stirn durch **Aushubgänge** an die Erdoberfläche. So entstehen die Maulwurfshügel.

Fortpflanzung

Maulwürfe sind **Einzelgänger**. Nur zur Paarung kommen sie zusammen. Nach der Paarung erfolgt die innere Befruchtung der Eizellen. Etwa vier Wochen nach der Paarung bringen die Weibchen im Wohnkessel die Jungtiere mit Fellansatz zur Welt. Maulwürfe sind **lebend gebärend**. Die Jungtiere sind **Nesthocker** und werden etwa zwei Monate lang gesäugt. Der Maulwurf ist ein **Säugetier**.

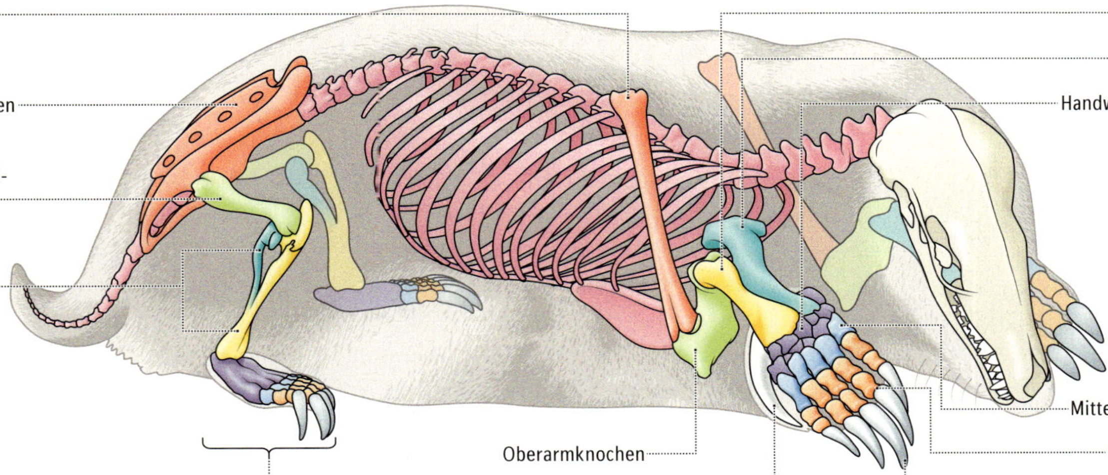

2 Skelett des Maulwurfs

Körperbau

Der Maulwurf hat einen walzenförmigen Körper. Mit seinen kurzen Hinterbeinen schiebt er sich durch die Gänge. Dabei bohrt er seinen spitz zulaufenden Kopf ins Erdreich. Seine Nase ist rüsselartig verlängert. In ihr ist ein biegsamer Knorpel, der **Rüsselknorpel**.

Der Maulwurf hat ein dichtes, schwarzes Fell, das ihn vor Kälte und Nässe schützt. Anders als bei anderen Säugetieren, legen sich seine Haare beim Vorwärtskriechen wie auch beim Rückwärtskriechen durch die Gänge an den Körper an. Sein Fell hat **keine Strichrichtung**. So wird der Maulwurf beim Kriechen durch seine Gänge nicht behindert.

Besonders auffällig sind seine seitlich vom Körper abstehenden **Grabhände**. Durch einen besonders langgezogenen Knochen, das **Sichelbein**, wird die Handfläche verbreitert. Mit den langen **Krallen** lockert der Maulwurf die Erde auf und scharrt sie anschließend nach hinten. ▶

A Nenne die Merkmale, die den Maulwurf als Säugetier kennzeichnen.

M1 Hand von Maulwurf und Mensch

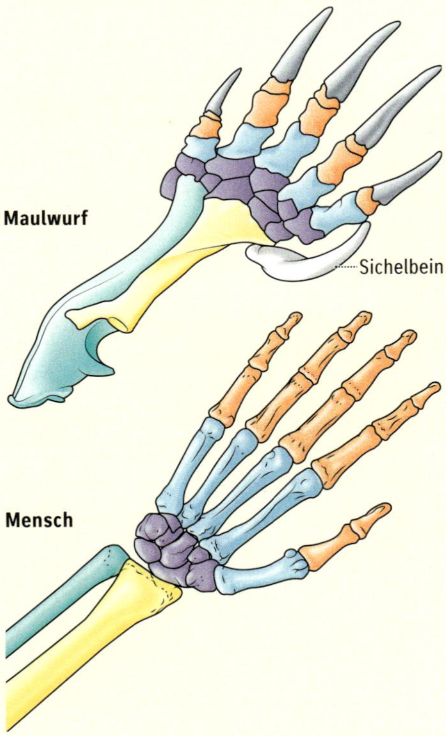

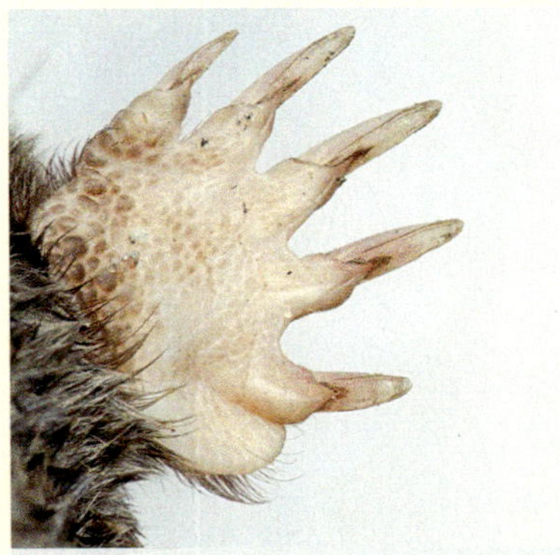

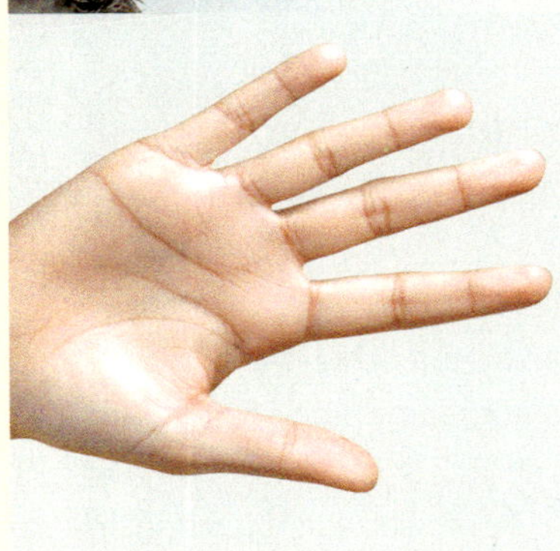

1 Vergleiche den Arm des Maulwurfs mit dem Arm des Menschen.

2 Erkläre, warum die Vordergliedmaßen eine Angepasstheit an den Lebensraum ist. | HILFE

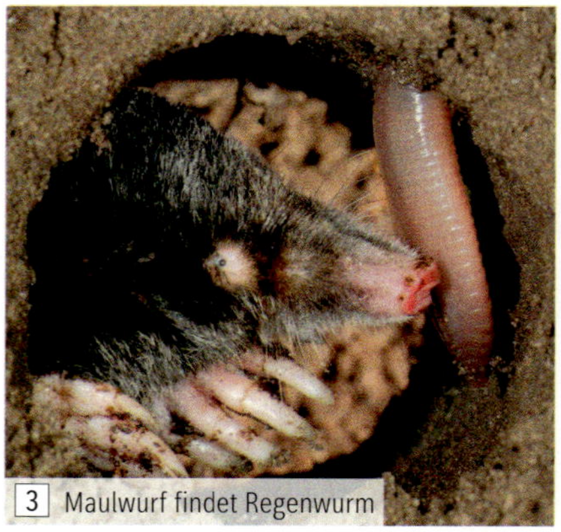

3 Maulwurf findet Regenwurm

Ernährungsweise

Der Maulwurf frisst Insekten, Spinnen und vor allem Regenwürmer. Außerdem isst er viele Wurzelschädlinge wie Insektenlarven. Er spürt seine Beutetiere in seinen Gängen auf. Der Maulwurf ergreift sie mit seinen scharfen, spitzen Zähnen. Mit ihren harten Schmelzkanten durchdringt er die harte Schale von Insekten und die feste Haut von Regenwürmern. Durch Kauen mit allen Zähnen wird das Beutetier zerkaut. Der Maulwurf hat ein **Insektenfressergebiss**. Durch einen Biss in den vorderen Körperteil kann der Maulwurf Regenwürmer bewegungsunfähig machen. Die so gelähmten Regenwürmer lagert er als Vorrat in seiner Vorratshöhle.

Sinnesorgane

Der Maulwurf hat winzige Augen, die im Fell verborgen liegen. Mit ihnen kann er nur hell und dunkel unterscheiden. Der Maulwurf kann gut riechen und so Beutetiere aufspüren. Auch nimmt er so Eindringe in sein Gangsystem wahr. Der Maulwurf kann sehr gut hören. Er nimmt vor allem tiefe Töne wahr. Durch das Fehlen der äußeren Ohrmuscheln kann er sich leicht in den Gängen bewegen. Der wichtigste Sinn zur Orientierung in den dunklen Gängen ist der empfindliche Tastsinn. Seine empfindlicher Rüssel und Tasthaare ermöglichen eine Orientierung in den dunklen Gängen. So nimmt er auch kleinste Erschütterungen im Boden wahr.

M2 Sinne des Maulwurfs

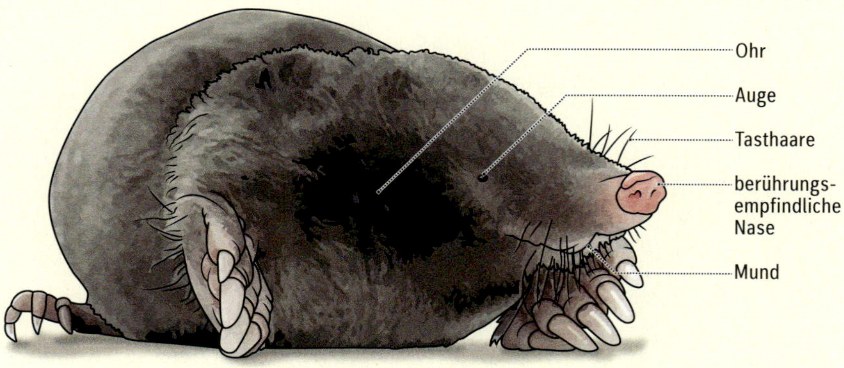

Der Maulwurf verbringt fast sein gesamtes Leben in dunklen, selbstgegrabenen Tunneln in der Erde.

1 Beschreibe die Sinnesleistungen des Maulwurfs.

2 Erkläre, warum der Sehsinn für den Maulwurf eher unwichtig ist. | HILFE

3 Erkläre, warum der Tastsinn für den Maulwurf einer der wichtigsten Sinne ist. | HILFE

4 Erkläre, warum der Maulwurf keine große äußere Ohrmuschel hat. | HILFE

5 Stelle Vermutungen an, wie der Maulwurf einen Rasenmäher über ihn wahrnimmt.

Überwinterung

Im kalten Winter läuft der Maulwurf ständig auf der Suche nach Beutetieren durch sein Gangsystem. Der Maulwurf ist ein **aktiver Überwinterer**. Wird es im Winter zu kalt, zieht er sich in tiefere, nicht gefrorene Erdschichten zurück. Seine Körpertemperatur schwankt kaum. Der Maulwurf ist **gleichwarm**.

Bedeutung des Maulwurfs

Der Maulwurf durchwühlt beim Bau seiner Gänge den Boden. In der lockeren und gut durchmischten Erde können Pflanzen besser wachsen. Auf der Jagd frisst der Maulwurf Schädlinge, die die Wurzeln der Pflanzen befallen. Der Maulwurf ist ein Nützling.

B Erkläre, warum der Maulwurf sich auch ohne einen guten Sehsinn im Boden zurechtfinden kann.

Die Wühlmaus

1 Große Wühlmaus vor ihrem Bau

Wühlmaus

Viele Menschen denken, dass alle aufgeschobenen Erdhügel vom Maulwurf stammen. Das ist jedoch nicht immer der Fall. Es kann sich auch um die Erdhügel der Großen Wühlmaus handeln. Die Große Wühlmaus ist ein Pflanzenfresser und frisst hauptsächlich Wurzeln. Sie legt daher ihre Gänge direkt unter der Grasoberfläche an. Die Wühlmaus kann schwere Schäden an Wurzelgemüse, Kartoffeln, Obstbäumen und anderen Nutzpflanzen verursachen.
Im Gegensatz zu Maulwurfshügeln sind ihre Hügel nicht rund, niedriger und oft mit Wurzelresten durchzogen.
Gartenbesitzer versuchen die Große Wühlmaus zu verscheuchen oder mit speziellen Wühlmausfallen zu fangen. Es ist für Gartenbesitzer wichtig zu wissen, wie sie erkennen können, ob sich in ihrem Garten ein Maulwurf oder Wühlmäuse aufhalten. Der Maulwurf ist nämlich eine streng geschützte Art, die nicht gefangen oder getötet werden darf.

A Beschreibe die Lebensweise der Großen Wühlmaus in eigenen Worten.

M1 Skelett der Wühlmaus

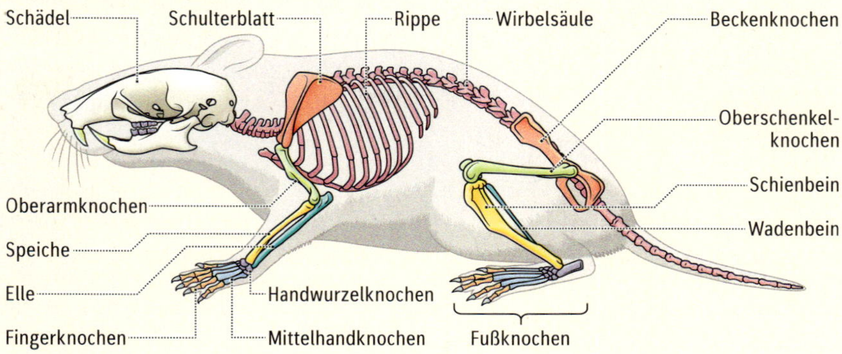

1 Beschreibe die Körperform und die Gliedmaßen der Wühlmaus.
2 Erkläre, welchen Gebisstyp die Wühlmaus hat. | HILFE
3 Stelle Vermutungen zur Ernährungsweise der Wühlmaus an.
4 Nimm Stellung zur Aussage: „Das Skelett der Wühlmaus ist weniger an ein Leben in der Erde angepasst als das Skelett des Maulwurfs."

M2 Bau der Wühlmaus

1 Beschreibe das Gangsystem der Wühlmaus.
2 Vergleiche den Bau mit dem Gangsystem des Maulwurfs. | HILFE
3 Erkläre, warum der Maulwurf im Garten keinen Schaden an den Wurzeln der Pflanzen anrichtet. | HILFE
4 Erläutere, warum es für Gartenbesitzer wichtig ist zu wissen, ob die Erdhügel vom Maulwurf oder von der Wühlmaus verursacht wurden.

Die Fledermaus

1 Kleiner Abendsegler mit Jungtieren

Lebensweise

Der Kleine Abendsegler zählt zu den **Fledermäusen**. Den Sommer verbringt er tagsüber in hohlen Baumstämmen, Höhlen oder Felsspalten. Er bewohnt auch Dachböden von Häusern. Der Kleine Abendsegler hält sich mit den Krallen der Hinterbeine fest und hängt mit dem Kopf nach unten. Bei Anbruch der Nacht kann man ihn aus seinem Versteck fliegen sehen. Dabei jagt er Insekten, die er im Flug fängt. Der Kleine Abendsegler ist **nachtaktiv**. Die Männchen leben allein oder in kleinen Gruppen zusammen. Er ist ein **Einzelgänger**. Bei den Weibchen des Kleinen Abendseglers nutzen bis zu 50 Tiere ein und dasselbe Versteck. Weil sie hier auch ihre Jungtiere zur Welt bringen und aufziehen, werden diese Sammelplätze von Weibchen auch als **Wochenstuben** bezeichnet.

Fortpflanzung

Das Männchen des Kleinen Abendseglers sucht im späten Herbst und Winter das Weibchen zur Paarung in ihren Verstecken auf. Dabei weckt das Männchen das Weibchen mit einem Biss in den Nacken. Nach der Begattung erfolgt die innere Befruchtung der Eizelle erst nach dem Winter. Nach etwa 70 Tagen bringt das Weibchen meist ein, manchmal auch zwei Jungtiere zur Welt. Fledermäuse sind lebend gebärend. Jedes Jungtier ist nach der Geburt fast nackt und blind. Der Kleine Abendsegler ist ein **Nesthocker**. Das Jungtier klettert nach der Geburt zu einer Zitze der Mutter und wird mit Muttermilch **gesäugt**. Mit seinen Krallen hält es sich am **Fell** der Mutter fest, damit es beim Flug nicht verloren geht. Fledermäuse sind fliegende **Säugetiere**.

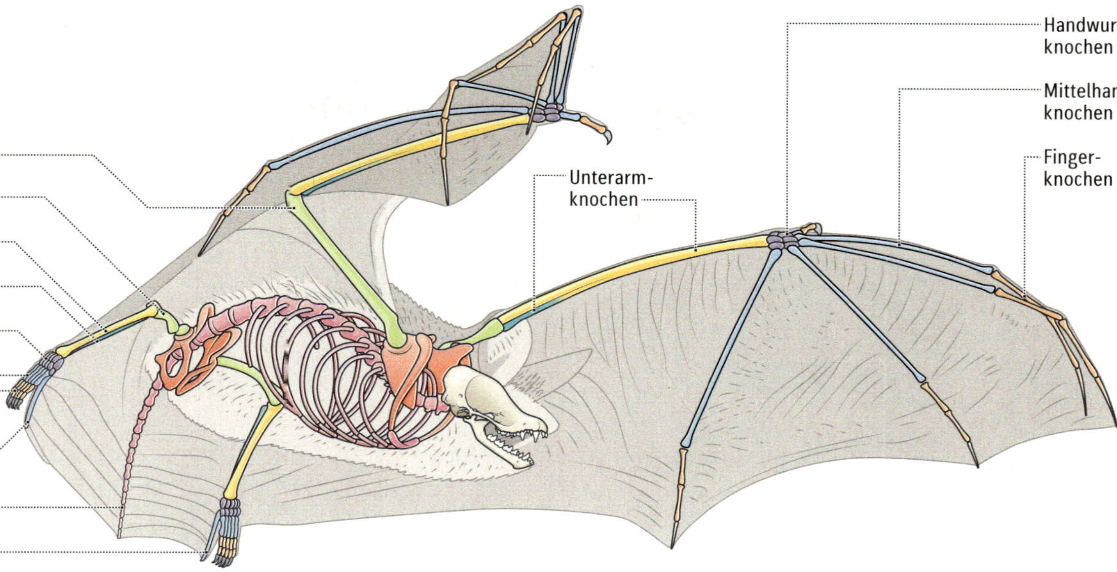

2 Skelett des Kleinen Abendseglers

Körperbau

Der Kleine Abendsegler ist nur etwa 8 Zentimeter lang. Vom Kopf bis zum Schwanz verläuft die Wirbelsäule. Der Kleine Abendsegler ist ein **Wirbeltier**. Sein Körper ist sehr leicht. Zwischen dem Rumpf, den Armen und den Beinen sind dünne, elastische **Flughäute** gespannt. Die Armknochen und die Fingerknochen sind stark verlängert. So kann die Flughaut zwischen den Fingern wie ein Regenschirm aufgespannt werden. Mithilfe dieser großen, häutigen Oberfläche kann die Fledermaus mit schnellen, flatternden Bewegungen fliegen. An den Hinterbeinen hat die Fledermaus einen dünnen, elastischen Knochen. Dieses **Sporenbein** dient dazu, die Flughaut zwischen Schwanz und Beinen zu spannen. ▶

A Nenne die zwei Merkmale, die den Kleinen Abendsegler als Säugetier kennzeichnen.

M1 Armskelette von Fledermaus und Mensch

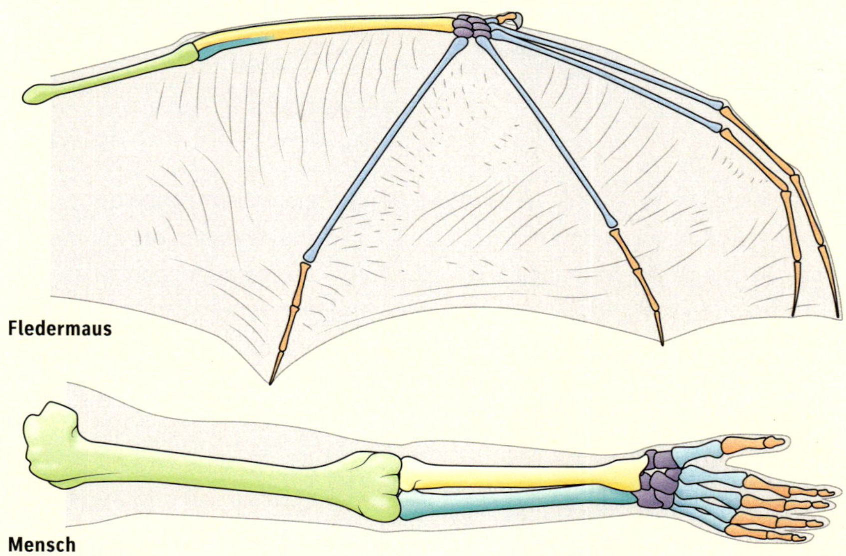

1 Vergleiche das Armskelett einer Fledermaus mit dem eines Menschen. Beachte auch das Aussehen der Knochen.

2 Erkläre, wie das Armskelett der Fledermaus an das Fliegen angepasst ist. | HILFE

3 Stelle Vermutungen an, welche Vorteile es hat, dass die Daumen der Fledermaus frei beweglich sind.

Digital+
WES-187000-133

3 Kopf des Kleinen Abendseglers

4 Fledermäuse im Versteck

M2 **Gebisse von Hausmaus und Kleiner Abendsegler**

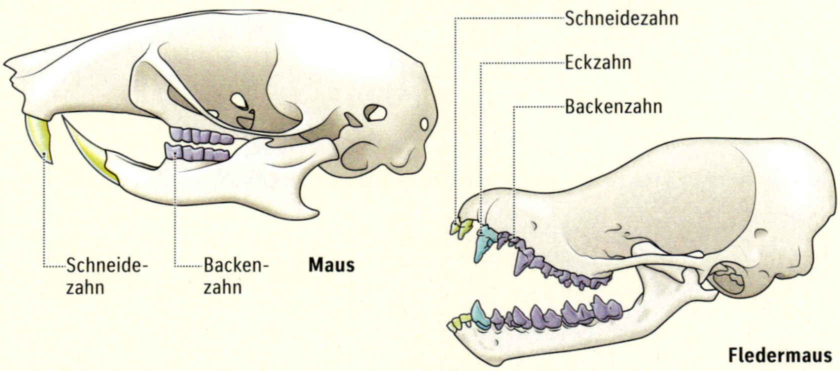

1 Vergleiche die beiden Gebisse.
2 Begründe, warum man das Gebiss der Fledermaus als Insektenfressergebiss bezeichnet. | HILFE
3 Erkläre die Aufgabe der Schmelzkanten der Zähne.
4 Stelle Vermutungen zur Ernährungsweise der Hausmaus an.

M3 **Aktivität im Winter**

Umgebungstemperatur	Körpertemperatur	Herzschläge	Atemzüge
25 °C	38 °C	600 pro Minute	200 pro Minute
2 °C	5 °C	50 pro Minute	5 pro Minute
-10 °C	37 °C	500 pro Minute	180 pro Minute

1 Erkläre, warum Fledermäuse Winterschlaf halten müssen. | HILFE
2 Erkläre die in der Tabelle angegebenen Werte bei den verschiedenen Umgebungstemperaturen. | HILFE
3 Erkläre, wie die Fledermaus ihren Energiebedarf verringert.

Ernährungsweise

Auf seinen nächtlichen Jagdausflügen frisst der Kleine Abendsegler viele Insekten. Eine zehn Gramm schwere Fledermaus fängt in einer Nacht bis zu 1 500 Insekten. Das entspricht fast der Hälfte ihres eigenen Körpergewichts. Der Kleine Abendsegler hat sehr spitze, scharfkantige Zähne. Die Eckzähne sind größer als die anderen Zähne. Mit ihnen fängt der Kleine Abendsegler seine Beutetiere im Flug. Mit seinen spitzen Zähnen bricht er die harte Schale von Insekten auf. Der Kleine Abendsegler hat ein **Insektenfressergebiss**.

Überwinterung

Den Winter verbringt der Kleine Abendsegler in frostsicheren Höhlen und hohlen Baumstämmen. Er schläft mit dem Kopf nach unten. Die Flügel sind eng an den Körper gelegt. In einem Versteck überwintern oft mehrere hundert Fledermäuse. Im Winter ist das Nahrungsangebot gering, da die meisten Insekten sich im Winter verstecken oder sterben. Die Fledermaus hat daher eine energiesparende Überwinterungsform: Fledermäuse zählen wie alle Säugetiere zu den **gleichwarmen** Tieren. Ihre ansonsten gleichbleibende Körpertemperatur sinkt im Winter fast auf die Umgebungstemperatur ab. Die Zahl der Atemzüge und der Herzschläge pro Minute verringert sich. Der Stoffwechsel der Fledermaus verlangsamt sich. Das spart Energie. Fledermäuse halten **Winterschlaf**. Während des Winterschlafes nutzen sie ihre Fettreserven im Körper. Wenn es zu kalt wird, erwachen sie. So verhindern sie das Erfrieren im Winter.

Orientierung der Fledermaus

Orientierung in der Dunkelheit

Fledermäuse starten ihre Beutezüge in der Dämmerung. Dabei orientieren sie sich bei Dunkelheit nicht mit ihren Augen, sondern mit ihrem Gehörsinn. Die Fledermaus stößt während des Fluges in sehr kurzen Abständen hohe Schreie aus. Diese Ultraschall-Schreie sind so hoch, dass Menschen sie nicht hören können. Wenn die Ultraschallwellen auf einen Gegenstand oder ein Beutetier treffen, wird er zurückgeworfen. Diese Echo-Schallwellen fängt die Fledermaus mit ihren Ohrmuscheln auf. Mithilfe dieser **Echoortung** kann die Fledermaus die Größe, die Geschwindigkeit und die Form eines Objektes erkennen. Da das Echo von weit entfernten Objekten später zu den Ohren gelangt als von nahen Objekten, kann die Fledermaus auch die Entfernung eines Objektes abschätzen.

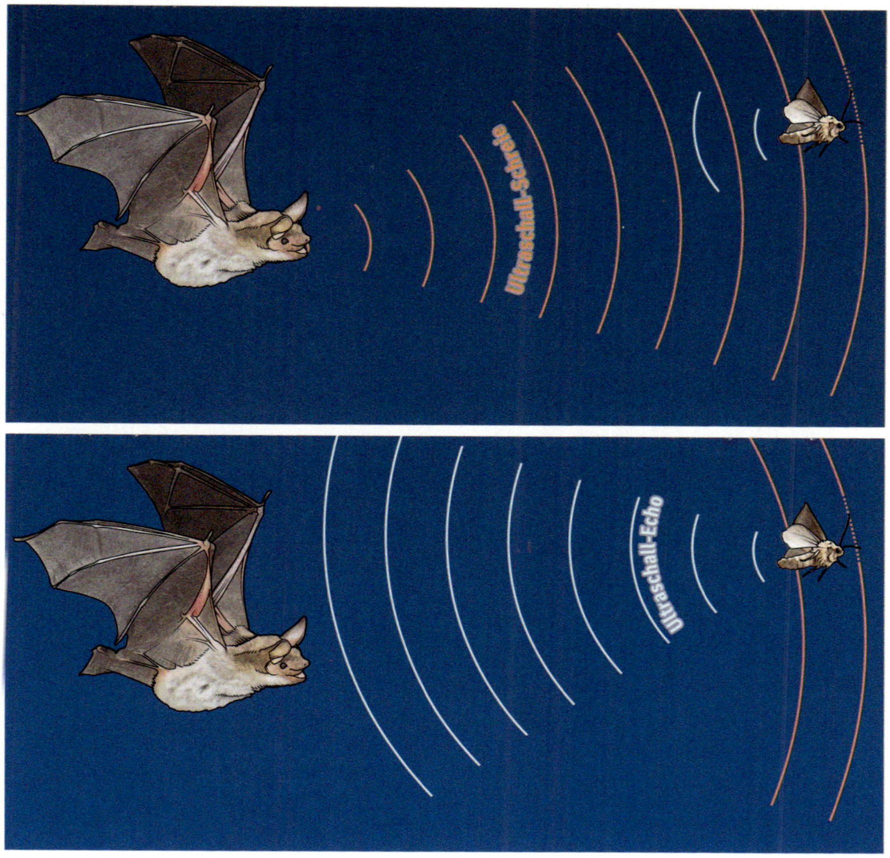

A Beschreibe die Jagd der Fledermaus mit Hilfe der Echoortung.

M1 Ein Gedankenexperiment

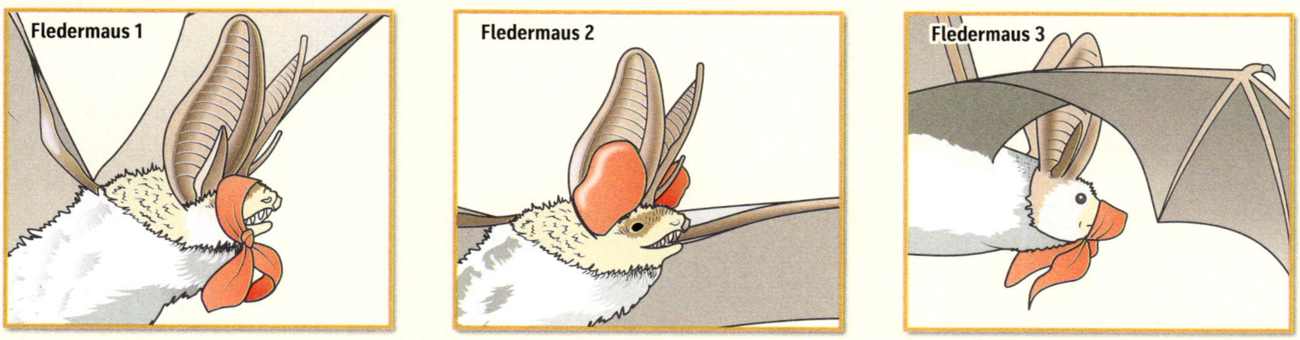

1 Erkläre, wie sich Fledermäuse auch bei Dunkelheit in ihrer Umgebung orientieren können. | HILFE

2 Entscheide, welche der drei Fledermäuse erfolgreich jagen kann. Begründe deine Entscheidung.

3 Stelle Vermutungen an, ob eine Fledermaus einen hochgeworfenen Stein als Beute erkennen und fangen würde.

Digital+
WES-187000-135

Merkmale der Vögel

1 Stromlinienform des Vogelkörpers

Körperbau

Der Vogelkörper läuft vorn und hinten spitz zu. Durch diese Form strömt die Luft beim Fliegen leicht am Körper vorbei. Vögel haben eine **Stromlinienform**. Die vorderen Gliedmaßen der Vögel sind zu **Flügeln** umgebildet. Die hinteren Gliedmaßen sind Beine, die an die jeweilige Lebensweise angepasst sind.

Die Haut der Vögel ist mit **Federn** bedeckt, die wie Dachziegeln übereinander liegen. So kann die Luft leicht über sie hinweg strömen. Teile der Federn eines Vogels sind hohl. Sie bestehen aus dem Stoff Keratin, aus dem auch unsere Fingernägel sind. Keratin ist sehr leicht, aber dennoch stabil.

M1 Füße von Vögeln

1 Beschreibe die Vogelfüße von Specht, Ente und Habicht.

2 Ordne die Vogelfüße je einem Werkzeug zu. | HILFE

3 Beschreibe, wozu jeder Vogel seinen Fuß verwendet. | HILFE

Atmung

Vögel haben an ihren Lungen mehrere Ausstülpungen, die **Luftsäcke**. Sie liegen zwischen den Organen, teilweise bis in Hohlräume der Knochen hinein. Die Luftsäcke verringern das Gewicht des Vogels. Dank der Luftsäcke wird die Luft immer nur in eine Richtung durch die Lungen geleitet. Vögel können so den Sauerstoff aus der Luft viel besser aufnehmen. Durch einen sehr schnellen Herzschlag wird das Blut in einem **geschlossenen Blutgefäßsystem** im gesamten Körper des Vogels verteilt.

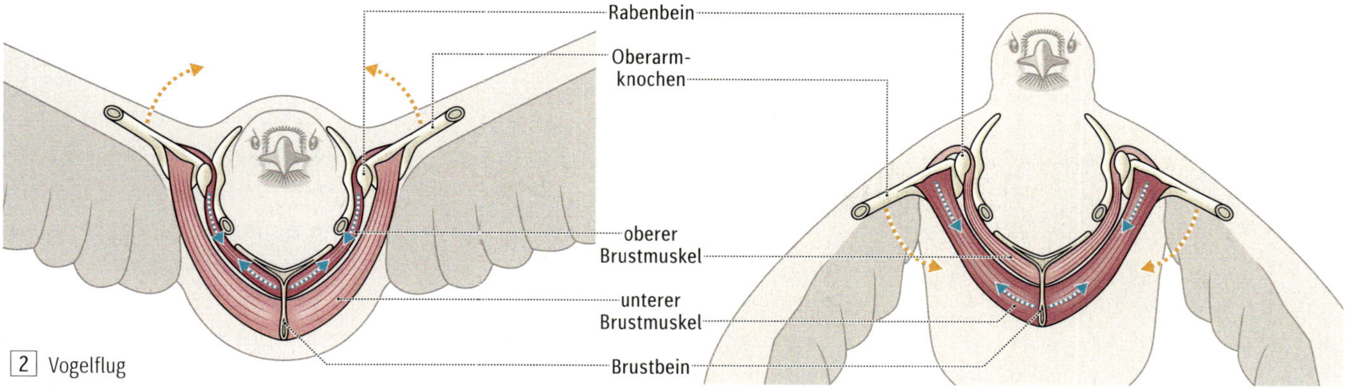

2 Vogelflug

Skelett

Damit Vögel fliegen können, dürfen ihre Körper nicht zu schwer sein. Ein Großteil der Knochen ist daher dünnwandig und hohl. Das Knochengerüst der Vögel ist trotz des geringen Gewichts sehr stabil. Diese Knochenmerkmale sind wichtig für ihre **Leichtbauweise**.

Vögel haben ein innen liegendes Skelett mit einer **Wirbelsäule**. Vögel sind **Wirbeltiere**. Die **Wirbel** von der Brust bis zum Schwanz sind miteinander verwachsen. Starre Verbindungen der Rippen untereinander und zum Brustbein sorgen für eine hohe Festigkeit des Vogelkörpers.

Das **Brustbein** ist stark vergrößert. An ihm befinden sich die kräftigen Flugmuskeln, die die Flügel auf und ab bewegen. Das **Rabenbein** ist ein kräftiger Knochen, der die Schulterknochen mit dem Brustbein verbindet. Es hilft dabei, die Bewegung von den kräftigen Brustmuskeln auf die Flügel zu übertragen. Auf der Vorderseite zwischen den Schultern befindet sich das **Gabelbein**. Dieser bewegliche Knochen federt die große Belastung beim Flügelschlag ab und stabilisiert so den Brustkorb. ▶

A Beschreibe verschiedene Kennzeichen der Leichtbauweise bei Vögeln.

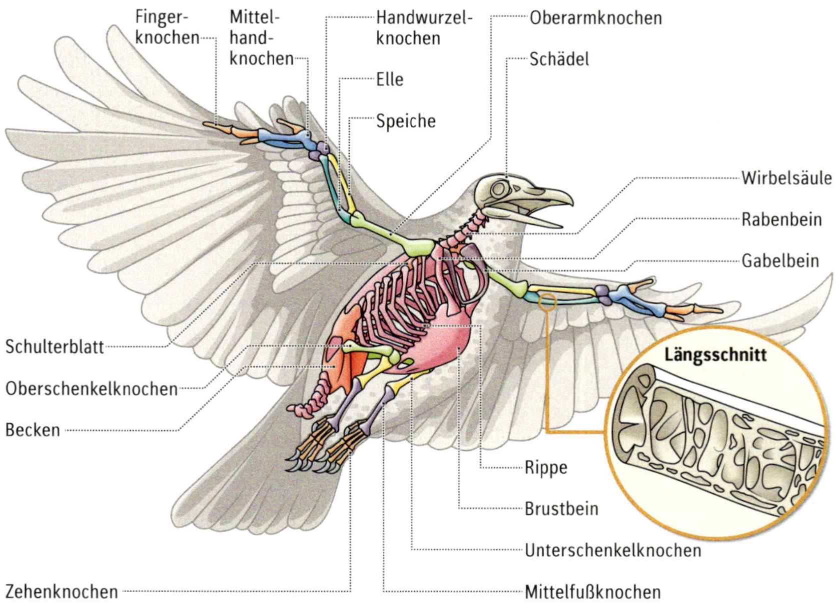

3 Skelett eines Vogels [ ] ANIMATION

M2 Körpermassen von Vögeln und Säugetieren

1 Vergleiche die Körpermassen der gleich großen Tiere.

2 Begründe, wie die unterschiedlichen Körpermassen der gleich großen Tiere zustande kommen. | [ ] HILFE

3 Erkläre die Bedeutung der Leichtbauweise für die Vögel.

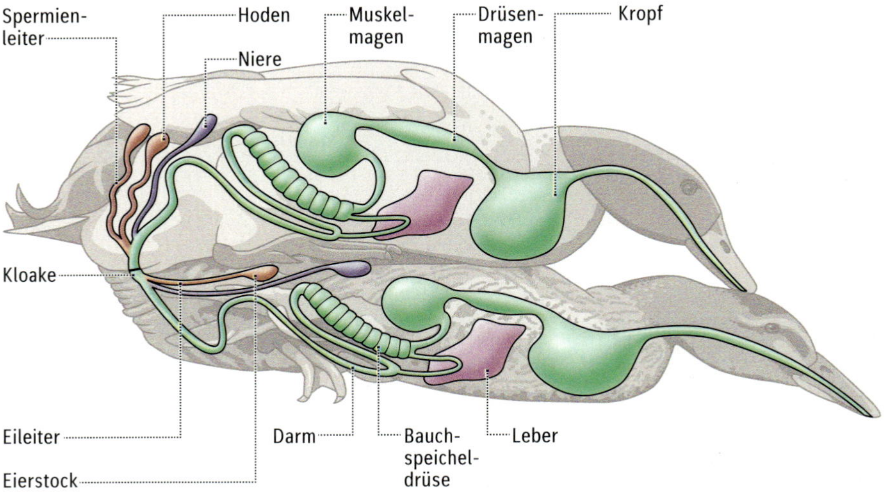

4 Organsysteme von Vögeln: Verdauungssystem und Fortpflanzungssystem

Die Knochen des Vogelschnabels sind mit leichtem, stabilen Keratin überzogen. Man nennt ihn **Hornschnabel**. Vögel haben eine schnelle Verdauung, um nicht lange durch das Gewicht der Nahrung belastet zu sein. Im **Kropf** wird die unzerkaute Nahrung aufgeweicht. Im **Drüsenmagen** wird die Nahrung mit Verdauungssäften vermischt, die Zerkleinerung erfolgt im **Muskelmagen**. Vögel scheiden Nahrungsreste und Wasser schnell aus. Eine Harnblase zum Sammeln von Harn fehlt. Sie scheiden mit dem Kot Harnsäure aus, die kaum Wasser enthält.

Ernährungsweise

Vögel müssen viel Nahrung aufnehmen, da der Energiebedarf beim Fliegen hoch ist. Die bei den Stoffumwandlungen im Körper entstehende Wärme nutzen Vögel, um ihre Körpertemperatur gleich hoch zu halten. Vögel sind **gleichwarm**.

Fortpflanzung

Alle weiblichen Vögel nennt man **Henne**, männliche Vögel heißen **Hahn**. Hennen haben nur einen Eierstock, der außerhalb der Fortpflanzungszeit fast völlig zurückgebildet ist. Zur **Paarung** steigt der Hahn auf den Rücken der Henne. Beide pressen dann ihre hinteren Körperöffnungen, die **Kloakenöffnungen**, aufeinander. Dabei gibt der Hahn seine Spermienzellen in die **Kloake** der Henne ab. Die Öffnungen der Geschlechtsorgane, des Harnleiters und des Darms münden in der Kloake. Die Eizelle wird durch die Spermienzellen befruchtet. Nach dieser **inneren Befruchtung** läuft die Entwicklung der Küken außerhalb des Körpers der Henne im Ei ab. So bleibt das Körpergewicht der Henne während der Fortpflanzungszeit niedrig.

B Beschreibe die Ernährungsweise der Vögel.

C Begründe, warum Vögel keine Harnblase besitzen.

M3 Schnäbel von Vögeln

1 Beschreibe die Vogelschnäbel von Stockente, Habicht und Schwarzspecht.

2 Ordne die Vogelschnäbel je einem Werkzeug zu. | HILFE

3 Beschreibe, wozu jeder Vogel seinen Schnabel nutzt. | HILFE

4 Erkläre, wie der Schnabel der Ente an die Ernährung angepasst ist.

Atmung der Vögel

EXPERTENWISSEN

Atmungssystem

Vögel atmen wie auch Säugetiere mit ihren sehr gut ausgebildeten Lungen. Mit ihnen nehmen sie den Sauerstoff aus der Luft auf. Von den Lungen zweigen in den gesamten Vogelkörper mehrere Ausstülpungen ab. Diese **Luftsäcke** befinden sich zwischen den Muskeln und Organen und reichen sogar bis in einige Knochen.

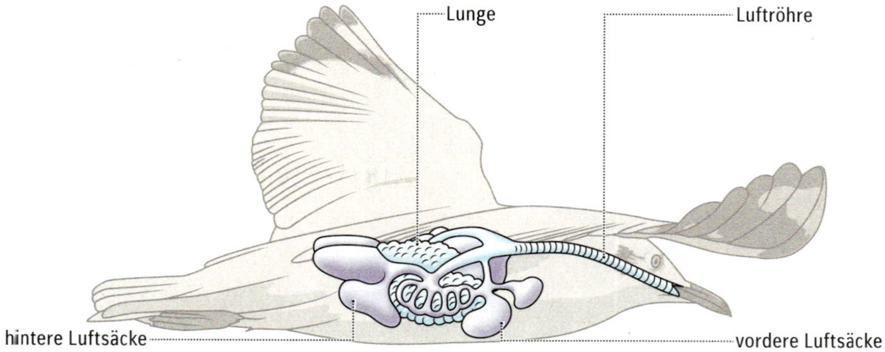

1 Luftsäcke eines Vogels

Weg der Atemluft

Beim Einatmen gelangt die Luft durch die **Luftröhre** in den hinteren Teil der Lungen und die **hinteren Luftsäcke**. Durch Zusammenpressen dieser hinteren Luftsäcke gelangt die Luft aus den hinteren Luftsäcken in die **Lungen**. Dort wird der Sauerstoff aus der Luft aufgenommen. Von dort aus strömt die Luft weiter in die **vorderen Luftsäcke**. Ziehen sich diese zusammen, wird die Luft nach außen gedrückt.

Vorteile der Atmung

Diese Form der Atmung hat für Vögel viele Vorteile. Zum einen strömt die Luft bei Vögeln immer nur in eine Richtung durch die Lungen. So befindet sich während der Atmung in der Lunge immer Luft mit einem hohen Sauerstoffanteil. Zudem strömt frische Luft beim Einatmen und Ausatmen durch die Lungen. So durchfließt die Lungen der Vögel schneller und mehr frische Luft.
Im Gegensatz dazu nimmt bei Säugetieren wie dem Menschen die Luft beim Einatmen und Ausatmen denselben Weg durch die Lungen. So kann der Sauerstoff nur nach dem Einatmen ins Blut aufgenommen werden.

Das System der Atmung der Vögel macht hingegen die Sauerstoffaufnahme besonders wirksam. So können Vögel auch in großen Höhen atmen, in denen der Sauerstoffgehalt der Luft geringer ist als in Bodennähe. Kraniche überfliegen sogar das höchste Gebirge der Welt, den Himalaya. Manche Vogelarten können bis in 11 Kilometer Höhe aufsteigen. Das ist höher, als die meisten Flugzeuge fliegen.

M1 Atmung der Vögel

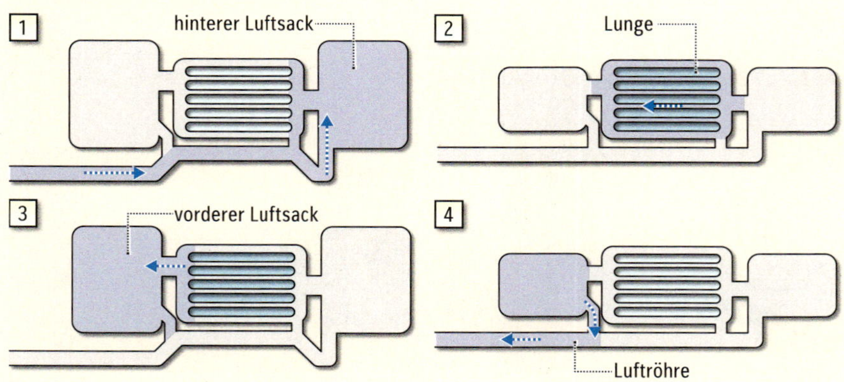

1 Beschreibe den Aufbau des Atmungssystems der Vögel.
2 Erkläre die Aufgabe der Luftsäcke für die Atmung der Vögel. | HILFE
3 Begründe den Vorteil dieses Atmungssystems für das Fliegen in großer Höhe.

Digital+
WES-187000-139

Wie ist das Federkleid der Vögel aufgebaut?

Federn der Vögel

Federkleid

Der Körper der meisten Vögel ist bis auf Füße und Schnabel mit Federn bedeckt. Federn bestehen wie unsere Haare aus **Horn**. Da sich Federn mit der Zeit abnutzen, müssen sie abgeworfen und ersetzt werden. Vögel sind dann in der **Mauser**. Die Männchen einiger Arten wie die Stockente sehen nach der Mauser anders aus. Zur Paarungszeit haben sie ein buntes **Prachtkleid** aus Federn, um Weibchen aufzufallen.
Manche Vögel wie der Pfau haben dann auffällige **Schmuckfedern**. Den Rest des Jahres haben sie wie die Weibchen zur besseren Tarnung ein einfaches **Schlichtkleid**.

M1 Federkleid der Stockente

1 Beschreibe die verschiedenen Federkleider der Stockente.

2 Beschreibe, wie man weibliche Stockenten und männliche Stockenten im Schlichtkleid unterscheiden kann. | HILFE

3 Erkläre die jeweiligen Aufgaben von Prachtkleid und Schlichtkleid. | HILFE

4 Stelle Vermutungen an, warum weibliche Stockenten kein Prachtkleid haben.

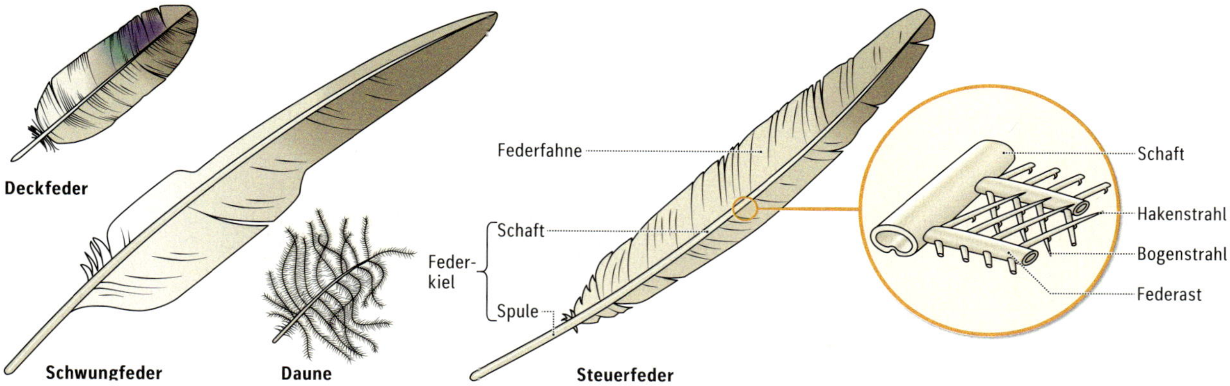

1 Verschiedene Federtypen und Aufbau einer Steuerfeder

Bau einer Feder

Federn haben in der Mitte eine hohle Röhre, den **Federkiel**. Mit dem unteren Teil, der **Spule**, steckt die Feder in der Haut. Der obere Teil, der **Schaft**, wird zur Spitze schmaler. Vom Schaft zweigen links und rechts **Federäste** ab. Sie sind über Strahlen miteinander verbunden. Die **Hakenstrahlen** verzahlen sich mit kleinen Häkchen mit den hakenlosen **Bogenstrahlen**. Durch diese Verbindung wird die geschlossene Fläche der **Federfahne** gebildet.

Federtypen

An den Flügeln haben Vögel Federn mit dicken Federkielen. Oft ist eine Federfahne größer als die andere. Diese **Schwungfedern** bilden die Tragflächen. Die Federn am Schwanz haben einen dicken Federkiel und gleich große Federfahnen. Mit diesen **Steuerfedern** steuert der Vogel beim Flug. Der Großteil des Körpers ist mit biegsamen, gleichförmigen **Deckfedern** bedeckt. Sie liegen dachziegelartig übereinander und schützen den Vogel vor Wind, Wasser und Schmutz. Direkt über der Haut liegen kleine Federn mit weichem Federkiel. Ihre Federäste bilden keine Federfahne. Zwischen ihren Ästen bildet sich ein Luftpolster als isolierende Schicht. Man nennt sie **Daunen**.

A Erstelle eine Tabelle mit den vier Federtypen und ihren jeweiligen Aufgaben.

P1 Untersuchung einer Feder

Material: Steuer- oder Schwungfedern, Bleistift

Durchführung: Stoße mit dem Bleistift durch die Federfahne. Ziehe anschließend die Feder von der Spule zum Schaft durch die Finger.

1 Beschreibe deine Beobachtungen. | HILFE

2 Vögel ziehen offene Federn durch den Schnabel. Beschreibe, wie eine geschlossene Federfahne gebildet wird.

M2 Federtypen

Die Abbildungen zeigen die Verteilung von Federtypen am Körper der Ente.

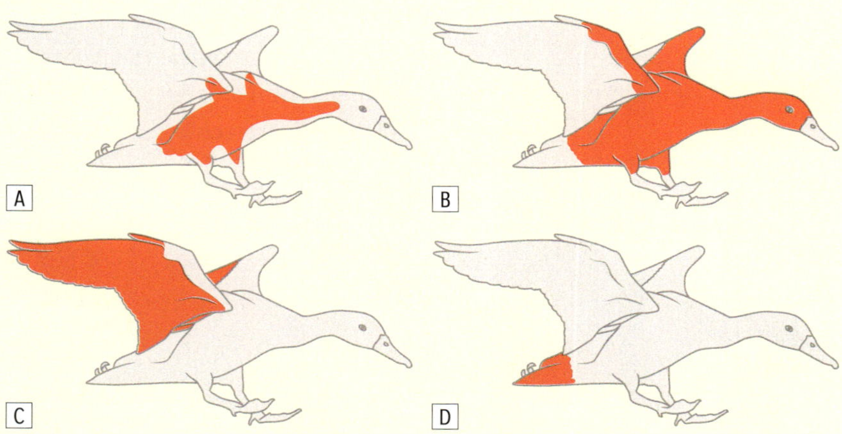

1 Ordne den Bildern A–D den richtigen Federtyp zu. Begründe deine Zuordnung.

2 Begründe die Verteilung der Federtypen. Beachte ihre jeweiligen Aufgaben. | HILFE

Der Vogelflug

Ruderflug

Wenn der Turmfalke abhebt, bewegt er in schneller Folge seine Flügel abwärts und aufwärts. Beim **Abwärtsschlag** werden die Flügel ausgestreckt nach unten hinten gedrückt. Das erfordert sehr viel Energie. Die Federn der Flügel bilden dabei eine große, luftundurchlässige Fläche. So kann sich der Vogel nach oben und vorn drücken.

Beim **Aufwärtsschlag** sind die Flügel angewinkelt und werden wieder nach oben vorn gezogen. Die Stellung der Schwungfedern wird dabei verändert, sodass die Flügelfläche nicht mehr geschlossen ist. So kann Luft zwischen den Federn hindurchströmen. So wird verhindert, dass der Vogel beim Aufwärtsschlag nach unten gedrückt wird. Danach erfolgt wieder ein kräftiger Abwärtsschlag. Diese Flugform bezeichnet man als **Ruderflug**. Er ist sehr anstrengend für den Vogel, weil die kräftigen Flugmuskeln ständig beansprucht werden.

1 Turmfalke beim Ruderflug

Rüttelflug und Sturzflug

Der Turmfalke beherrscht wie viele Greifvögel eine besondere Form des Ruderfluges. Er bleibt dabei „in der Luft stehen“, obwohl er ganz schnell mit seinen Flügeln schlägt. Er rüttelt. Mit ausgebreiteten Schwanzfedern bremst der Vogel beim **Rüttelflug** seine Vorwärtsbewegung. So kann der Turmfalke die Höhe und Position über dem Boden halten und mit seinen sehr guten Augen nach Beutetieren Ausschau halten. Hat der Turmfalke ein Beutetier erspäht, legt er seine Flügel nah an den Körper an. Dann stürzt er sich im **Sturzflug** mit bis zu 200 Kilometern pro Stunde auf sein Beutetier.

Gleitflug

Ein Vogel kann in der Luft mit ausgebreiteten Flügeln gleiten ohne mit den Flügeln zu schlagen. Der **Gleitflug** ist eine sehr energiesparende Flugform. Sie ist vor allem bei größeren Vögeln zu beobachten.

Die Flügel der Vögel sind leicht gewölbt. Durch diese Form strömt die Luft oberhalb des Flügels schneller als unterhalb. Dies zieht den Vogel nach oben. Man spricht hierbei vom **Auftrieb**.

Durch sein Gewicht verliert der Vogel während des Gleitfluges ständig an Höhe. Der Widerstand der Luft bremst den Vogel, sodass er auch an Geschwindigkeit verliert. Deshalb muss er zwischendurch immer wieder mit den Flügeln schlagen, um in der Luft zu bleiben. Je nach Masse des Vogels und Größe der Flügel können manche Vögel in diesem energiesparenden Gleitflug weite Strecken zurücklegen.

2 Turmfalke beim Rüttelflug

3 Turmfalke beim Sturzflug

A Nenne Flugformen des Turmfalken.

B Beschreibe den Rüttelflug des Turmfalken.

M1 Ruderflug

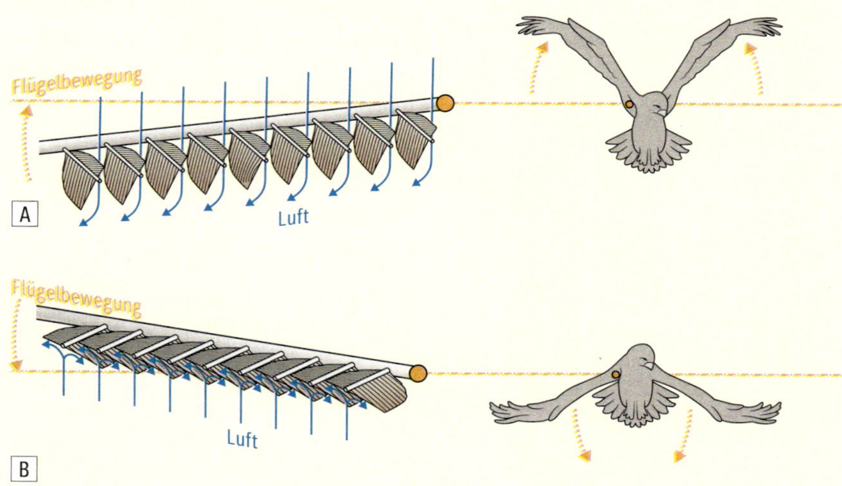

1 Ordne den Bildern A und B die Begriffe Abwärtsschlag und Aufwärtsschlag zu.

2 Beschreibe den Ruderflug. Achte dabei auf den Einsatz der Flügel und die Stellung der Federn. | HILFE

3 Erkläre, warum der Ruderflug sehr energieaufwändig ist. | HILFE

4 Erkläre, warum der Vogel beim Ruderflug die Stellung seiner Schwungfedern ständig ändern muss.

Digital+
WES-187000-143

4 Weißstorch beim Segelflug

M2 Flugformen

1 Ordne den Buchstaben die passenden Flugformen zu. Begründe deine Zuordnungen.

2 Vergleiche die Flugformen B und C miteinander. Nenne Gemeinsamkeiten und Unterschiede. | HILFE

3 Erkläre, warum der Segelflug für Vögel energiesparender ist als der Ruderflug. | HILFE

4 Erstelle eine Rangfolge des Energieverbrauches der verschiedenen Flugformen. Begründe deine Rangfolge.

Segelflug

Vögel mit großen Flügeln können ohne einen Flügelschlag lange in der Luft bleiben. Sie nutzen dabei nach oben aufsteigende Luft, die **Aufwinde**. Diese entstehen, wenn sich Luft zum Beispiel über Städten oder Feldern erwärmt. Die warme Luft steigt nach oben. Aufwinde können auch entstehen, wenn Luft an Hängen hinauf gleitet. Die Vögel nutzen diese Aufwinde und lassen sich mit ihnen in die Höhe tragen. Dabei kreisen sie mit ausgebreiteten Flügeln. Diese Flugform ohne Flügelschlag nennt man **Segelflug**. Der Segelflug ist energiesparend, da die Vögel nicht mit den Flügeln schlagen müssen, um in der Luft zu bleiben. Weißstörche können große Strecken ohne einen Flügelschlag zurücklegen. Ist ihre Flughöhe durch Segelflug hoch genug, gleiten sie wieder. Dabei verlieren sie an Höhe und steuern ein neues Gebiet mit Aufwinden an, die sie erneut in die Höhe tragen.

C Beschreibe den Segelflug.

Vögel nutzen den Auftrieb

Auftrieb

Der obere Teil des Vogelflügels ist leicht gewölbt, während der untere Teil flacher ist. Wenn die Luft über den Flügel strömt, muss sie oben einen längeren Weg zurücklegen als unter dem Flügel. Dadurch bewegt sich die Luft oben schneller als die Luft darunter. Durch die unterschiedliche Geschwindigkeit entsteht ein Unterschied im Luftdruck. Oben entsteht ein Unterdruck, der den Flügel nach oben zieht. Unten entsteht ein Überdruck, der den Flügel nach oben drückt. Dies nennt man **Auftrieb**.

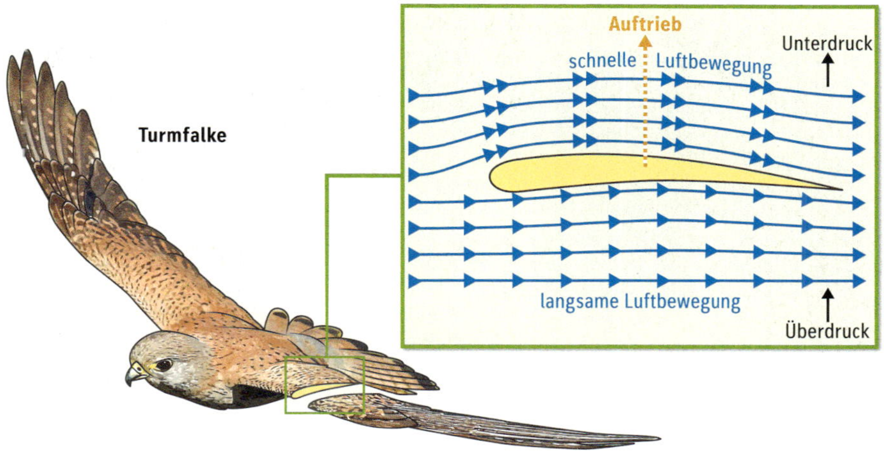

1 Auftrieb am Flügel

M1 Auftrieb im Modell

1 Beschreibe den Aufbau und die Beobachtung dieses Modellversuches. | HILFE

2 Übertrage das Versuchsergebnis auf den Vogelflügel.

3 Erläutere, was dieses Modell gut veranschaulicht und was es nicht zeigt.

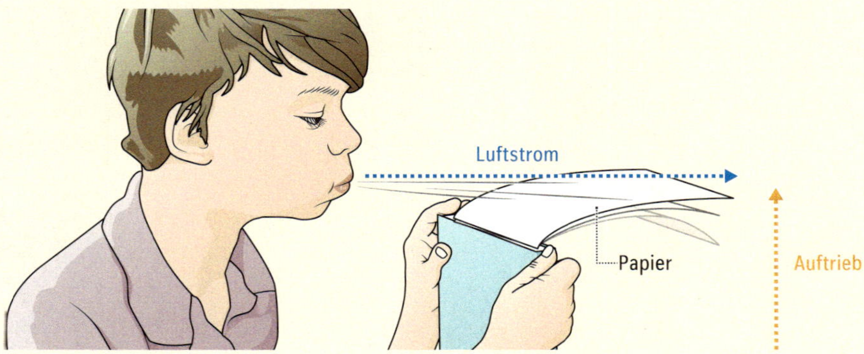

M2 Versuch zum Auftrieb

1 Beschreibe den Aufbau des Versuches. | HILFE

2 Beschreibe die Beobachtungen des Versuches. | HILFE

3 Begründe, warum der Vogel nur scheinbar leichter wird.

Digital+
WES-187000-145

Entwicklung der Vögel im Ei

Bildung eines Eies

Im Eierstock der Henne befinden sich die Eizellen, die von nährstoffreichem Dotter umgeben sind. Als **Dotterkugeln** und mit einer **Dotterhaut** umschlossen gelangen sie zunächst in den **Eileiter**.
Nach der Paarung mit einem Hahn trifft eine Spermienzelle auf eine Eizelle. Sie dringt in diese ein und verschmilzt mit ihr. Die Eizelle ist nun befruchtet. Auf dem Weg durch den Eileiter erhält das Ei weiteren Dotter, nährstoffreiches Eiklar und wasserdichte, aber luftdurchlässige **Eihäute**. Die **Hagelschnüre** halten den Dotter in der Mitte des Eies. Am Schluss wird das Ei in von einer harten **Kalkschale** umschlossen.
Findet keine Paarung statt, entwickelt sich das Ei als unbefruchtetes Ei. Bei unbefruchteten Eiern, die man im Supermarkt kauft, ist die Eizelle mit weiteren Zellen als ein kleiner weißer **Keimfleck** auf dem Dotter erkennbar.

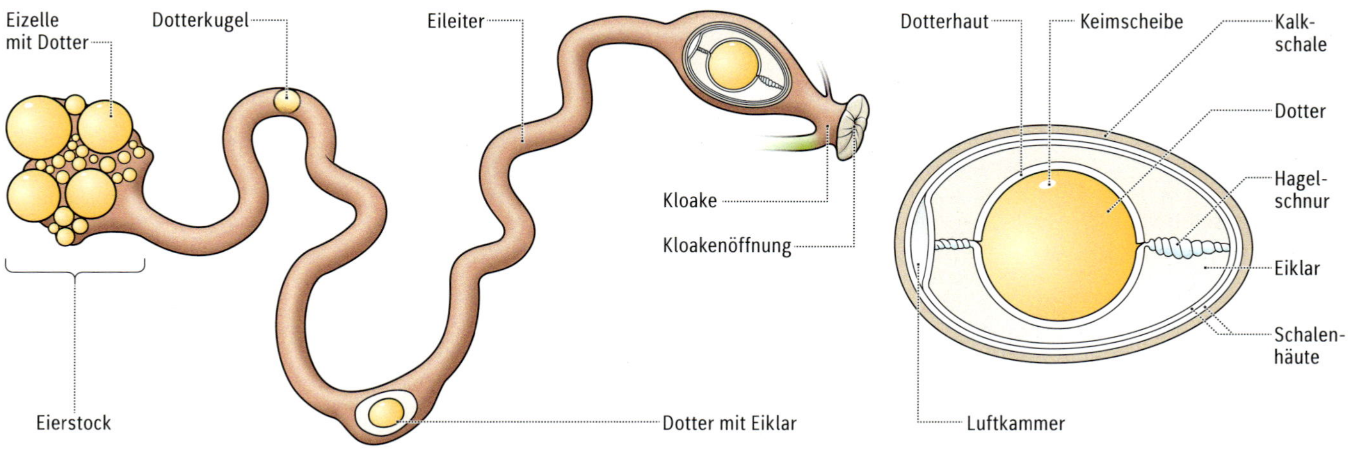

1 Bildung eines Eies

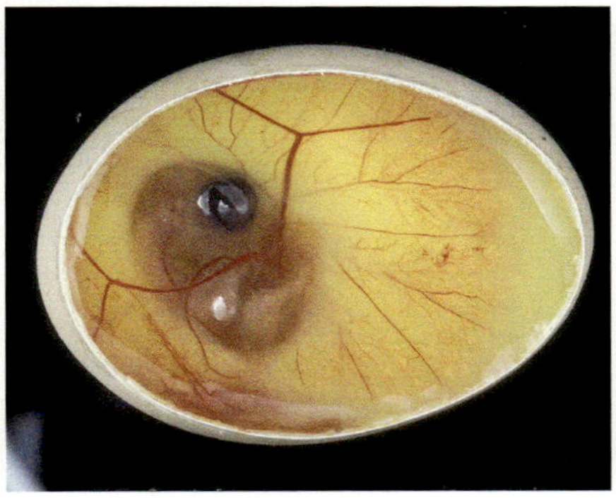

[2] Befruchtetes Ei nach 5 Tagen

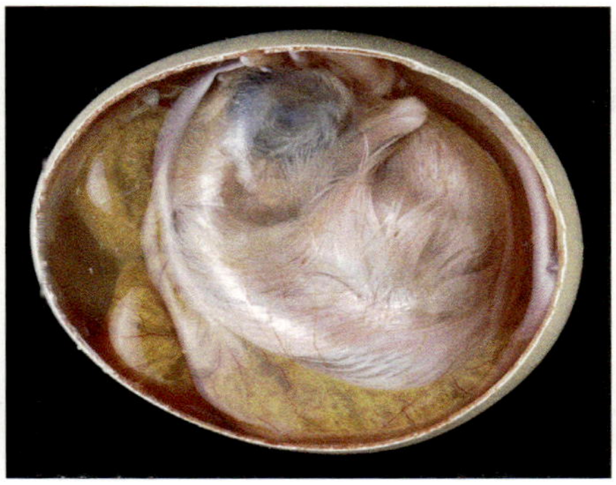

[3] Befruchtetes Ei nach 14 Tagen

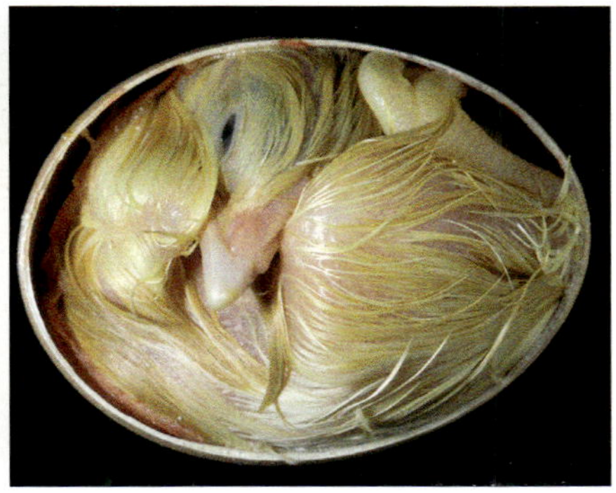

[4] Befruchtetes Ei nach 20 Tagen

Vom befruchteten Ei zum Küken

Die Henne legt das fertige Ei in ein Nest, setzt sich darauf und beginnt, es mit ihrer Körperwärme zu bebrüten. Dadurch wird das befruchtete Ei auf einer gleichmäßig hohen Temperatur gehalten. Die Henne wendet das Ei regelmäßig. So bleibt es auf allen Seiten gleichmäßig warm. Durch die Brutwärme entwickelt sich aus der **Keimscheibe** ein **Embryo**. Aus dem Embryo entwickelt sich später das Küken.

Nach 3 Tagen bilden sich Blutgefäße, die das Küken mit Nährstoffen aus dem Dotter und Eiklar versorgen. Der für das Wachstum wichtige Sauerstoff gelangt durch die **Kalkschale** und den **Eihäuten** zum Küken. Die **Luftblase** im Ei ist ein wichtiger Vorrat an Luft. Nach etwa 6 Tagen sind der Kopf und die Augen des Kükens zu erkennen, nach 14 Tagen sind der Schnabel und die Federn ausgebildet. Die Nährstoffe im Ei werden für das Wachstum des Kükens aufgebraucht.Nach etwa 21 Tagen durchstößt das Hühnerküken die Kalkschale mit einer kleinen Erhebung auf der Oberseite des Schnabels, dem **Eizahn**. Das Hühnerküken schlüpft.

A Beschreibe die Entstehung eines Eies.

B Fertige eine Tabelle zu den Bestandteilen eines befruchteten Hühnereies an. Ergänze die jeweiligen Aufgaben in der Tabelle.

C Erkläre, warum aus einem gekauften Ei nie ein Küken schlüpfen kann.

P1 Untersuchung eines Hühnereies

Material: Eierkarton, Schere, Pinzette, Schale, unbefruchtetes Hühnerei

Durchführung: Lege das Hühnerei in eine Mulde des Eierkartons. Stich mit der Scherenspitze vorsichtig ein kleines Loch in die Kalkschale. Entferne nacheinander die Reste der Kalkschale vorsichtig mit der Pinzette, bis die Öffnung etwa so groß wie eine 2-Euro-Münze ist. Betrachte das Innere des Eies. Bewege es ein wenig hin und her und beobachte, wie sich der Eidotter bewegt. Schütte nun das Innere des Eies in eine Schale. Versuche, alle Ei-Bestandteile zu finden.

1 Nenne die Bestandteile des Eies, die du sehen kannst und die Bestandteile des Eies, die du nicht erkennen kannst. | HILFE

2 Erkläre, woran du erkennst, dass das vorliegende Ei unbefruchtet ist. | HILFE

Digital+
WES-187000-147

Warum sonnen sich Zauneidechsen?

Reptilien

Körperbau

Die Zauneidechse lebt an sonnigen Waldrändern, auf Wiesen und auf trockenen, steinigen Plätzen. Sie besitzt eine Wirbelsäule und zählt daher zu den **Wirbeltieren**.

Beim Laufen biegt sich ihre Wirbelsäule abwechseln nach rechts und nach links. Ihre kurzen Beine sitzen seitlich am Rumpf und können den Körper kaum vom Boden anheben. Beim Laufen schleift ihr Bauch auf dem Boden. Sie bewegt sich kriechend fort. Aufgrund dieses Kriechens zählt die Zauneidechse zu den Kriechtieren, den **Reptilien**.

Ernährungsweise und Sinne

Die Zauneidechse ernährt sich von Spinnen, Insekten und Würmern. Häufig lässt sie ihre gespaltene Zunge aus dem Maul herausschnellen. Sie **züngelt**. So nimmt sie Geruchsstoffe aus ihrer Umgebung auf. Zieht sie die Zunge zurück, gibt die Zauneidechse die Geruchsstoffe in ein besonderes Geruchsorgan im Maul. Auch ihre Augen und ihr Gehör sind gut ausgeprägt. Erkennt die Zauneidechse ein Beutetier, schnappt sie mit ihren spitzen Zähnen blitzschnell zu. Anschließend zerkaut sie ihr Beutetier und schluckt es hinunter.

1 Fortbewegung der Zauneidechse

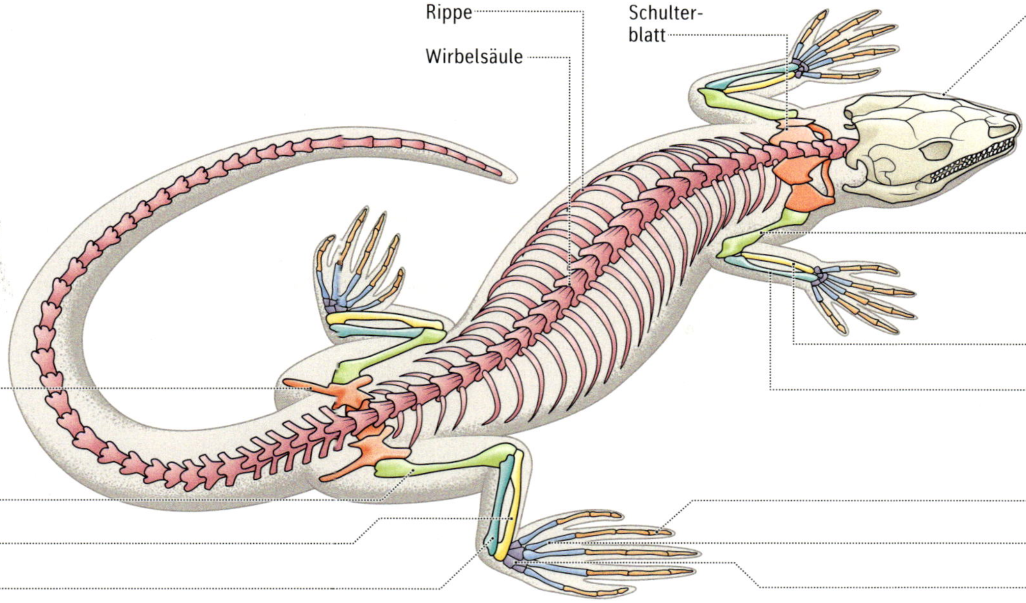

2 Skelett der Zauneidechse [ ] ANIMATION

Körperbedeckung und Atmung

Die Zauneidechse hat eine trockene Haut aus **Hornschuppen**. Diese schützen den Körper der Zauneidechse vor Verletzungen und vor Austrocknung. Reptilien wie die Zauneidechse können daher auch in trockenen Gebieten leben. Durch die Hornschuppen gelangt allerdings kein Sauerstoff. Die Zauneidechse atmet daher mit ihren gut ausgebildeten **Lungen**.

Ihre Haut ist nicht dehnbar und kann wegen der Hornschuppen beim Wachsen des Körpers nicht mit wachsen. Sie wird mit der Zeit zu eng, reißt an mehreren Stellen ein und blättert ab. Die Zauneidechse muss sich regelmäßig häuten.

A Erkläre, warum man bei der Zauneidechse auch von einem Kriechtier spricht.

B Beschreibe die Fortbewegung der Zauneidechse.

C Erkläre, weshalb Zauneidechsen sich häuten müssen.

M1 Körperbedeckung und Atmung

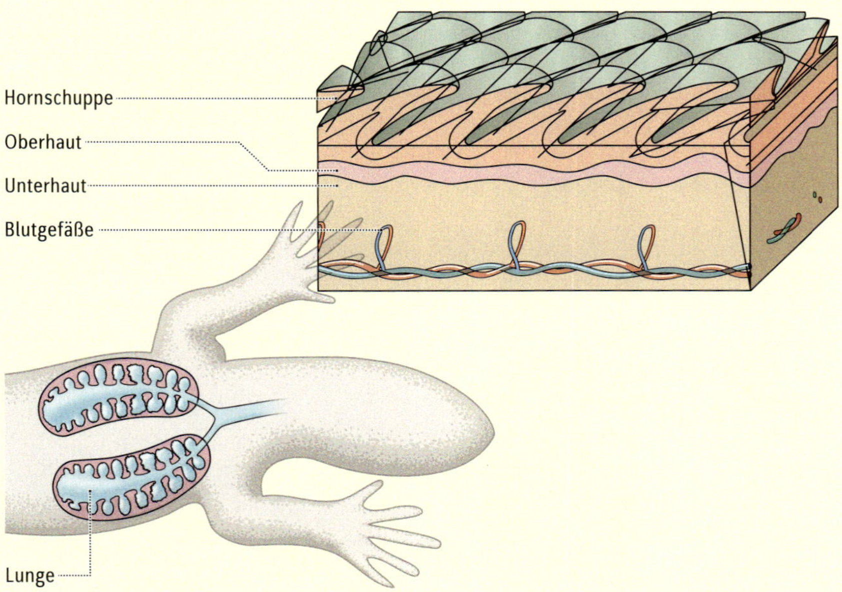

1 Beschreibe den Aufbau der Haut der Zauneidechse.

2 Begründe, warum Reptilien wie die Zauneidechse nicht über die Haut atmen können. | [ ] HILFE

3 Erkläre, warum die Zauneidechse auf besonders gut ausgebildete Lungen angewiesen ist. | [ ] HILFE

4 Erkläre am Beispiel der Lunge der Zauneidechse die Bedeutung der Oberflächenvergrößerung.

3 Zauneidechsen bei der Paarung

4 Zauneidechse beim Schlüpfen

5 Jungtiere der Zauneidechse

Fortpflanzung

Im Frühling beginnt die Paarungszeit der Zauneidechsen. Das Männchen ist dann auffällig grün gefärbt. Es wirbt um Weibchen und imponiert männlichen Rivalen. Trifft es ein Weibchen, ergreift es das Weibchen mit dem Maul. Danach umschlingt das Männchen das Weibchen und paart sich mit ihm. Dabei presst es seine Kloakenöffnung auf die des Weibchens. Die Spermienzellen gelangen in die Kloake des Weibchens. Die Eizellen werden im Körper des Weibchens befruchtet. Diesen Vorgang nennt man **innere Befruchtung**.

Nach etwa vier Wochen gräbt das Weibchen an einem sonnigen Platz ein Loch und legt bis zu 15 Eier ab. Die Eier sind durch ihre feste, ledrige Schale vor Austrocknung geschützt. Nach etwa acht Wochen schlüpfen die entwickelten Jungtiere. Sie ritzen mit ihrem **Eizahn** die Eischale auf. Sie suchen sofort selbstständig nach Nahrung.

Aktivität

Die Zauneidechse sonnt sich gern. Sie versucht, die Wärme des Sonnenlichtes einzufangen. Ist ihr Körper aufgewärmt, ist sie besonders aktiv und bewegt sich schnell. Bei kühlem Wetter ist sie träge und verkriecht sich in einem Versteck. Die Körpertemperatur gleicht in etwa der Temperatur ihrer Umgebung. Die Zauneidechse zählt daher wie alle Reptilien zu den **wechselwarmen** Tieren. Im Winter fallen Reptilien in **Kältestarre**. Ihre Körpervorgänge sind stark verringert.

M2 Verhalten der Zauneidechse

1 Beschreibe das Verhalten der Zauneidechse.

2 Erkläre das Verhalten der Zauneidechse. | HILFE

3 Erläutere, zu welcher Tageszeit im Sommer die Aktivität der Zauneidechse am größten ist. | HILFE

4 Schätze die jeweilige Körpertemperatur der Zauneidechse in der Abbildung ab. Begründe deine Überlegungen.

5 Begründe, warum Zauneidechsen sonnige, steinige Lebensräume bevorzugen.

Vielfalt der Reptilien

1 Kreuzotter

2 Europäische Sumpfschildkröte

3 Alligator

Schlangen

Weltweit gibt es über 3600 Arten von Schlangen. Manche Giftschlangen wie die Schwarze Mamba aus Afrika zählen zu den giftigsten Tieren der Welt. Zu den bekanntesten der 7 heimischen Schlangenarten zählt die **Kreuzotter**. Ihr Gift ist für den Menschen kaum gefährlich. Alle Schlangen besitzen einen langen Körper ohne Gliedmaßen. Sie bewegen sich schlängelnd fort. Dabei drücken sie sich mit den großen Bauchschuppen und kräftigen Muskeln vom Boden ab und schieben den Körper nach vorne.

Schildkröten

Weltweit gibt es etwa 340 Arten von Land-, Sumpf- und Meeresschildkröten. Die **Europäische Sumpfschildkröte** ist die einzige heimische Schildkrötenart. Zwischen ihren mit Hornschuppen bedeckten Zehen besitzt sie Schwimmhäute, mit denen sie sich paddelnd in langsam fließenden Gewässern fortbewegt. Schildkröten besitzen einen Panzer, in den sie den Kopf und die Beine als Schutz vor Feinden einziehen können. Der Panzer besteht aus knöchernen Platten. Die Rippen und Wirbelsäule sind fest mit dem Panzer verwachsen.

Krokodile

Weltweit gibt es 25 Arten von Krokodilen. Zu ihnen zählen Kaimane, Alligatoren und der Gavial. Sie leben in und an warmen Gewässern und liegen häufig am Ufer, um sich zu sonnen. In Europa gibt es keine Krokodile. Mit einer Körperlänge von bis zu 8 Metern ist das Leistenkrokodil die größte Krokodilart und somit eines der größten Raubtiere der Welt. Der gesamte Körper der Krokodile ist von einem harten Schuppenpanzer bedeckt. Krokodile wachsen ihr Leben lang.

M1 Verbreitung von Reptilien

1 Beschreibe, was die Karte in den Bereichen A–F von Europa zeigt. | HILFE

2 Stelle Vermutungen an, warum die Artenviefalt in wärmeren Gebieten größer ist als in kühleren. | HILFE

3 Begründe, warum in Polargebieten keine Reptilien überleben können.

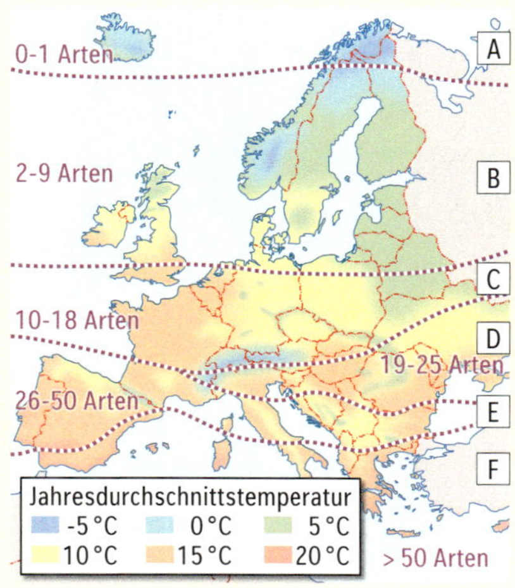

Lebensraum See

Umweltbedingungen

Ein See bietet vielen Tier- und Pflanzenarten einen **Lebensraum**. Manche Arten wie Fische leben nur im Wasser. Andere Arten wie Enten leben auch auf dem Wasser und in der Umgebung des Sees. Ein See kann aufgrund der Wassertiefe in mehrere Zonen geteilt werden. Die Umweltbedingungen sind in verschiedenen Zonen eines Sees unterschiedlich. Der **Wind** bewegt oft nur die oberste Wasserschicht. Die warmen und hellen **Sonnenstrahlen** durchdringen nur die oberen Bereiche des Wassers. Deshalb nehmen die Temperatur und die Helligkeit von oben nach unten ab. Da Pflanzen zum Leben Licht benötigen, können sie je nach See ab einer bestimmten Wassertiefe nicht mehr leben.

Zonen eines Sees

In der Nähe von Seen wachsen nur Bäume, die mit dem feuchten Untergrund zurecht kommen. In dieser **Waldzone** findet man Erlen und Weiden. Hier lebt der Biber, der Äste aus dem Wald holt, um damit seine Biberburg zu bauen.

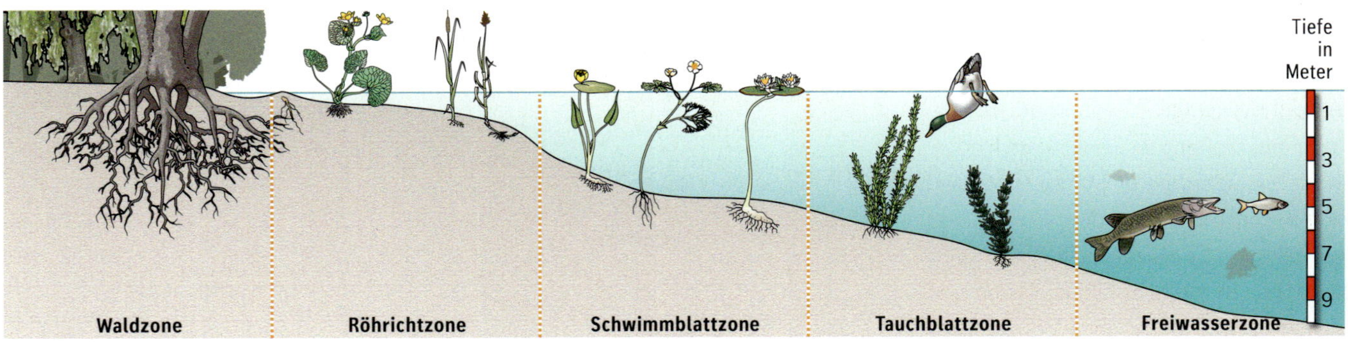

1 Pflanzzonen eines Sees

2 Lebensraum See

In der anschließenden **Röhrichtzone** wachsen Sumpfdotterblumen, Schilfrohr und Rohrkolben. Die Pflanzen stehen meist unter Wasser. Sie sind oft biegsam und stabil gebaut, da sie sonst durch Wind und Wellen beschädigt werden würden. Zwischen den Halmen verstecken sich viele Tiere, wie auch Libellen. Im Schilf bauen Vögel wie der Teichrohrsänger ihre Nester.

Die **Schwimmblattzone** hat eine größere Wassertiefe. Dennoch reichen die Blätter der am Grund verankerten Teich- und Seerosen bis zur Wasseroberfläche. Durch ihre langen Stängel befinden sich die Blüten und Blätter an der Wasseroberfläche. Die Blätter besitzen mit Luft gefüllte Hohlräume, damit sie auf dem Wasser schwimmen. Auf den Schwimmblättern sitzen Wasserfrösche und lauern auf Nahrung.

In der tiefer gelegenen **Tauchblattzone** erreicht keine Pflanze mehr die Wasseroberfläche. Hier wächst zum Beispiel die Wasserpest. Enten schwimmen und tauchen hier nach Nahrung. Zwischen den Pflanzen verstecken sich viele Larven von Insekten und Jungfische.

In der **Freiwasserzone** wachsen keine Pflanzen, da es zu dunkel ist. Auf der Wasseroberfläche bewegen sich Wasserläufer ruckartig hin und her. Im Wasser leben Fische wie der Hecht. Winzig kleine Algen und kleine Krebse, die Wasserflöhe, treiben im Wasser. Am Grund leben Teichmuscheln und Flusskrebse.

A Nenne die Zonen eines Sees.

M1 Zonen eines Sees

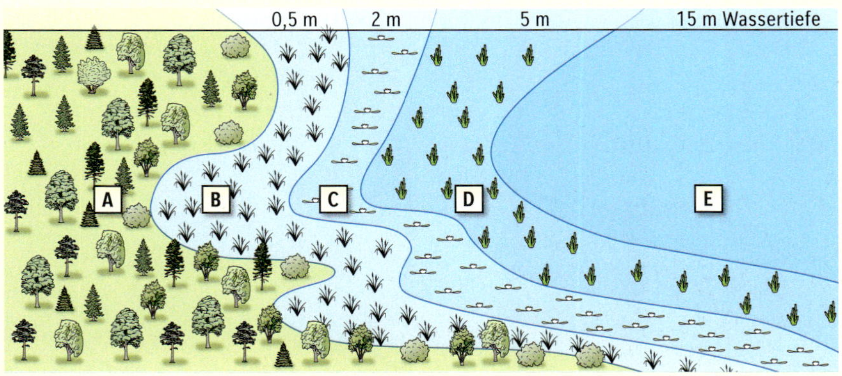

1 Benenne die Bereiche A–E.

2 Beschreibe, wie sich die Lichtverhältnisse und die Temperaturverhältnisse in den Zonen verändern | HILFE

3 Begründe, warum Seen meist artenreiche Lebensräume sind.

Digital+
WES-187000-153

Was ermöglicht es dem Wasserfrosch, im Wasser und an Land zu leben?

Amphibien

Sinnesorgane

Der Wasserfrosch sitzt gut getarnt zwischen Wasserpflanzen. Seine kugeligen Augen sitzen seitlich am Kopf. Dahinter liegen die runden Ohröffnungen. Durch die Lage seiner Augen und Ohren kann der Wasserfrosch Geräusche und Bewegungen von Feinden und Beutetieren frühzeitig erkennen.

Ernährungsweise

Bei der Jagd sitzt der Wasserfrosch ruhig an einer Stelle und wartet. Ist ein Beutetier wie ein Insekt nah genug, wendet er sich zu ihm und schleudert seine lange Zunge heraus. Das Beutetier bleibt an seiner klebrigen **Schleuderzunge** kleben. Beim Hereinziehen der Zunge ins Maul wird es als Ganzes verschluckt.

M1 Jagdverhalten der Erdkröte

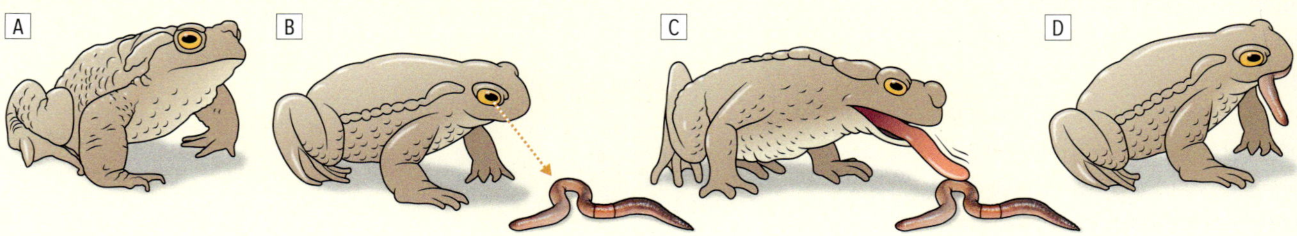

1 Beschreibe das Jagdverhalten der Erdkröte.

2 Ordne den Bildern A–D folgende Begriffe zu: Hinwenden, Fangen, Fressen, Suchen. | HILFE

3 Stelle Vermutungen an, was das Verhalten der Erdkröte auslöst.

Körperbau

Mit den langen Hinterbeinen kann der Wasserfrosch gut schwimmen. Er zieht seine Hinterbeine zunächst an und stößt sie kräftig nach hinten. **Schwimmhäute** zwischen den Zehen verbessern den Abstoß im Wasser. Mit muskulösen Hinterbeinen kann er an Land weit springen. Die Sprünge federt er mit den Vorderbeinen und Schulterblättern ab. Die Wirbelsäule ist starr. Der Wasserfrosch ist ein **Wirbeltier**. Er lebt im Wasser und an Land. Der Wasserfrosch gehört zu den Lurchen oder **Amphibien**. Er hat keinen Schwanz und zählt wie Kröten und Unken zu den **Froschlurchen**.
Der Teichmolch hat einen Schwanz und gehört wie der Feuersalamander zu den **Schwanzlurchen**. An Land bewegt sich der Teichmolch kriechend fort, mit seinem langen, abgeplatteten Schwanz schlängelt er schnell durchs Wasser.

Atmung

Der Wasserfrosch kann mit seiner Lunge an Land atmen. Beim Tauchen kann er einige Minuten unter Wasser bleiben. Dabei atmet er über die Haut und kann so Sauerstoff aus dem Wasser aufnehmen. Amphibien sind Doppelatmer mit **Lungen**- und **Hautatmung**.

Aktivität

Die Körpertemperatur des Wasserfroschs ist in etwa so hoch wie seine Umgebungstemperatur. Amphibien sind **wechselwarme** Tiere. Wird es im Herbst kälter, bewegen sie sich kaum noch und fallen in **Kältestarre**. Seinen im Winter geringeren Sauerstoffbedarf deckt der Wasserfrosch über die Hautatmung.

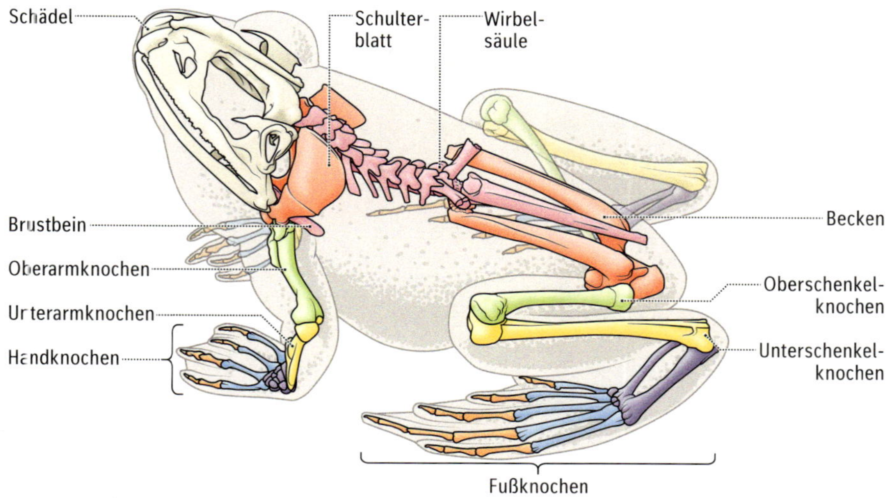

1 Skelett vom Wasserfrosch | ANIMATION

M2 Fortbewegung vom Wasserfrosch

1 Beschreibe, wie sich der Wasserfrosch an Land fortbewegt.

2 Beschreibe, welche Körperteile der Wasserfrosch beim Springen nutzt. | HILFE

3 Erkläre die Aufgabe der Schwimmhäute zwischen den Zehen bei der Fortbewegung im Wasser. | HILFE

4 Stelle Vermutungen an, bei welcher Fortbewegungsart der Wasserfrosch am schnellsten ist.

Atmung bei Amphibien

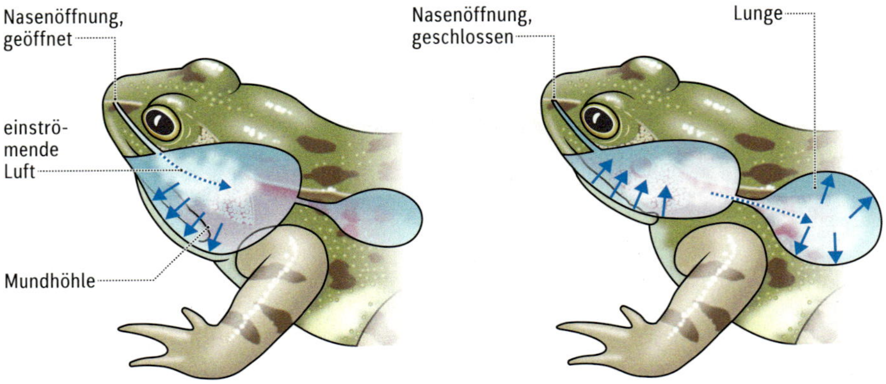

1 Schluckatmung

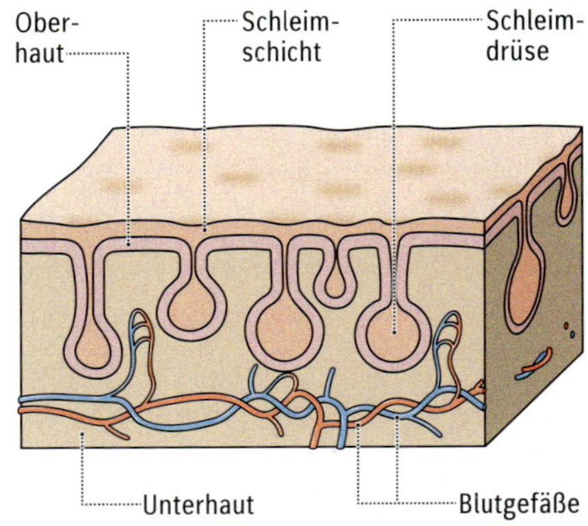

2 Querschnitt der Haut eines Wasserfroschs

M1 Atmung bei Amphibien

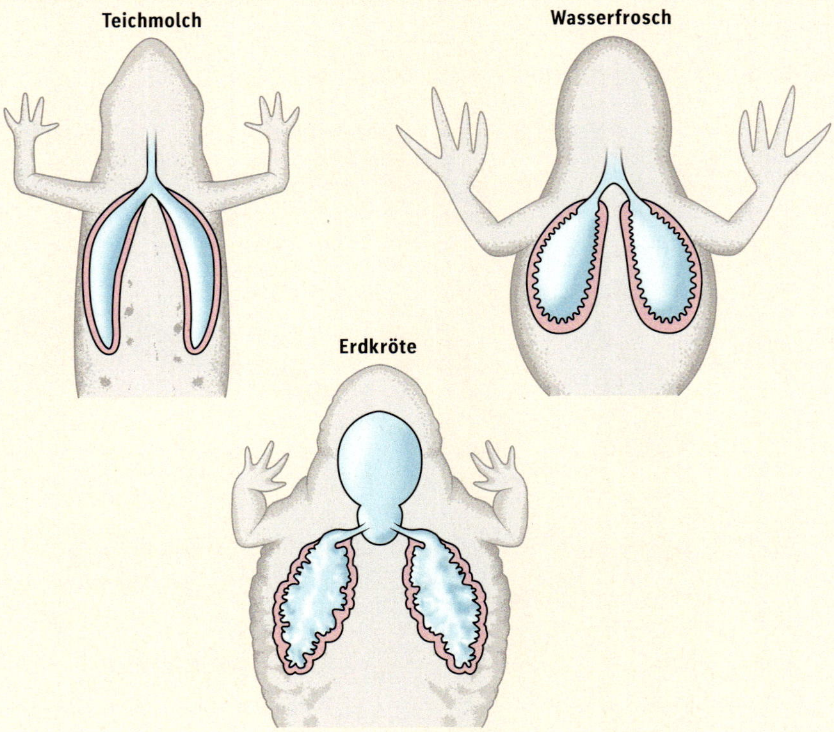

1 Beschreibe die Lungen von Teichmolch, Wasserfrosch und Erdkröte.

2 Erkläre, welche der abgebildeten Lungen die größte Oberfläche besitzt und mehr Sauerstoff an Land aufnehmen kann. | HILFE

3 Stelle Vermutungen an, ob der Teichmolch oder die Erdkröte den Sauerstoffbedarf mehr über die Hautatmung deckt.

Atmung an Land und im Wasser

Der Wasserfrosch kann im Wasser und an Land über die Haut atmen. Über seine dünne und stark durchblutete Oberhaut kann der Frosch Sauerstoff aus dem Wasser oder der Luft aufnehmen. Dafür muss die Haut immer feucht sein. **Schleimdrüsen** in der Haut produzieren deshalb einen Schleim, der die Haut überzieht.

Beobachtet man einen an Land sitzenden Wasserfrosch, fallen die ständigen Bewegungen der **Kehlhaut** auf. Frösche besitzen keine Rippen und keinen Brustkorb. Sie atmen anders als Menschen. Zunächst gelangt die Luft in den Mund des Frosches. Danach schließt der Frosch Mund und Nasenlöcher. Er drückt die Kehlhaut nach innen und presst so die Luft in seine Lungen. Man bezeichnet dies als **Schluckatmung**.

Über die innere Oberfläche der Lunge und die Schleimhaut der Mundhöhle wird der Sauerstoff aus der Luft aufgenommen. Amphibien wie die Erdkröte, die vorwiegend an Land leben, haben leistungsfähigere Lungen mit einer großen inneren Oberfläche.

Amphibien bestimmen

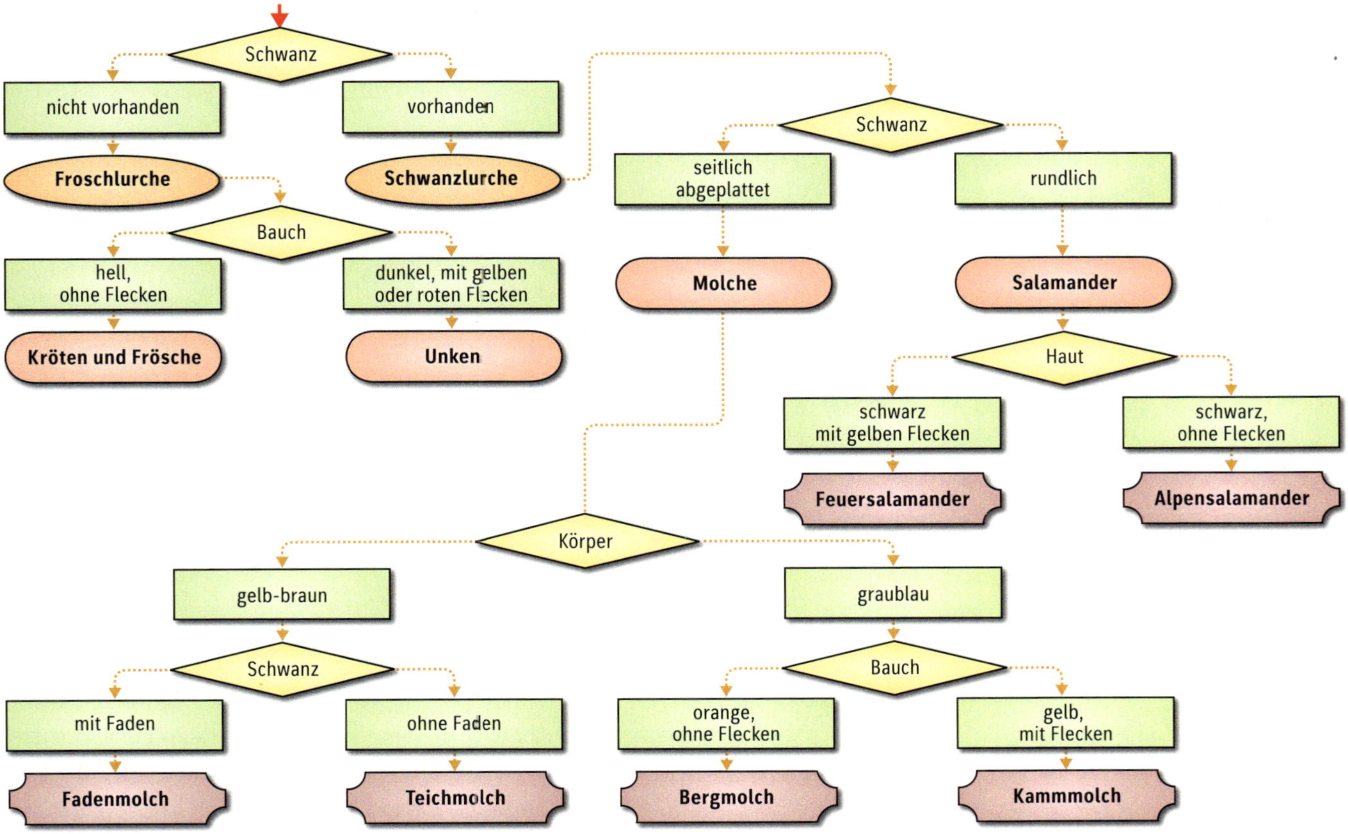

Bestimmungsschlüssel

Zur Bestimmung von Arten nutzt man Bestimmungsschlüssel. Darin werden die Ausprägungen bestimmter Merkmale betrachtet. Hat man sich für eine Ausprägung eines Merkmals entschieden, wird das nächste Merkmal betrachtet. Das wiederholt sich so lange, bis alle abgefragten Merkmalsausprägungen zu einer Art führen.
Der dargestellte Bestimmungschlüssel dient dem Bestimmen von heimischen Schwanzlurchen. In den gelben Rauten stehen die Merkmale, in den grünen Rechtecken stehen die möglichen Ausprägungen. Die Arten stehen in den lila Kästen.

M1 Amphibien bestimmen

1 Bestimme die abgebildeten Amphibien mithilfe des Bestimmungsschlüssels. | HILFE

2 Recherchiere Informationen zu einer Amphibie deiner Wahl. Erstelle einen Steckbrief. | HILFE

Digital+
WES-187000-157

Fortpflanzung bei Amphibien

Paarung

Zur Paarungszeit im Frühjahr versammeln sich die Grasfroschmännchen in Gewässern wie Seen und Teichen. Sie erzeugen mit ihrer **Schallblase** an ihrer Kehle knurrende Laute, um damit Grasfroschweibchen anzulocken. Nähert sich ein Weibchen, klettert das Männchen auf dessen Rücken und umklammert es mit den Vorderbeinen. Danach legt das Weibchen über 3000 unbefruchtete Eizellen, den **Laich**, in das Wasser ab. Gleichzeitig gibt das Männchen eine milchige Flüssigkeit über den Laich. Die darin enthaltenen Spermienzellen befruchten die Eizellen. Die Befruchtung erfolgt außerhalb des Körpers des Weibchens. Diesen Vorgang nennt man daher **äußere Befruchtung**. Nach der **Paarung** überlassen die Frösche den Laich sich selbst. Die Hülle des Laichs ist dünn, sodass der Embryo im flachen Wasser gewärmt wird und sich rasch entwickelt.

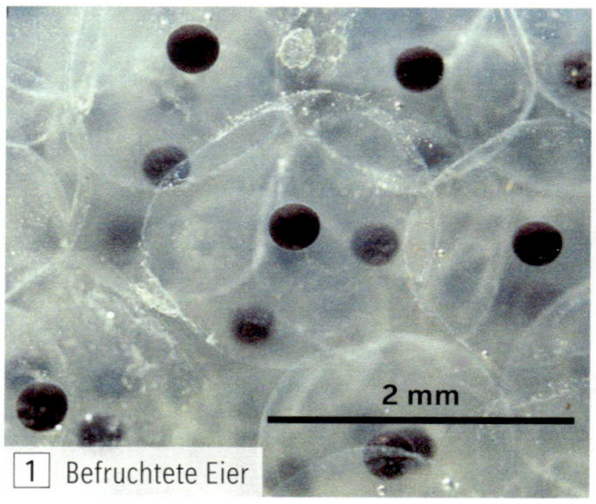

1 Befruchtete Eier

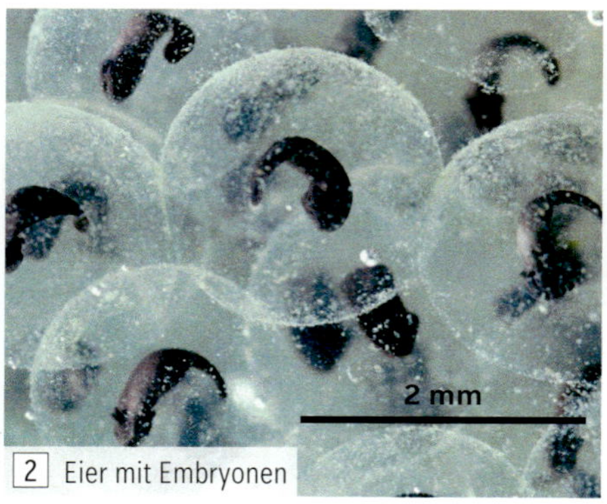

2 Eier mit Embryonen

3 Frisch geschlüpfte Larve

Entwicklung

In den befruchteten Eiern entwickelt sich die **Embryonen**. Nach zwei Wochen schlüpfen die Larven, die **Kaulquappen**. Sie ernähren sich zunächst vom Dottersack an ihrer Bauchseite. An den Seiten des Kopfes liegen **Außenkiemen**, mit denen sie im Wasser atmen.

Die zwei Wochen alten Kaulquappen beginnen, mit ihrem saugnapfartiger Mundöffnung Algen zu fressen. Die Kiemen werden von einer Hautfalte überwachsen und sind als **Innenkiemen** nicht mehr sichtbar. Der Schwanz wächst zu einem **Ruderschwanz** mit Flossensaum heran. Acht Wochen nach dem Schlupf wachsen erst die Hinterbeine, dann die Vorderbeine. Die Kiemen werden zurückgebildet. Die Lungen entwickeln sich. Der Ruderschwanz bildet sich zurück. Der Jungfrosch erbeutet Würmer und Insekten. Etwa 12 Wochen nach dem Schlüpfen kann er auch an Land leben. Diese Umgestaltung vom befruchteten Ei, über die Larve zum erwachsenen Tier heißt **Metamorphose**.

A Erkläre, warum man beim Frosch von einer äußeren Befruchtung spricht.

M1 Entwicklung des Teichfrosches

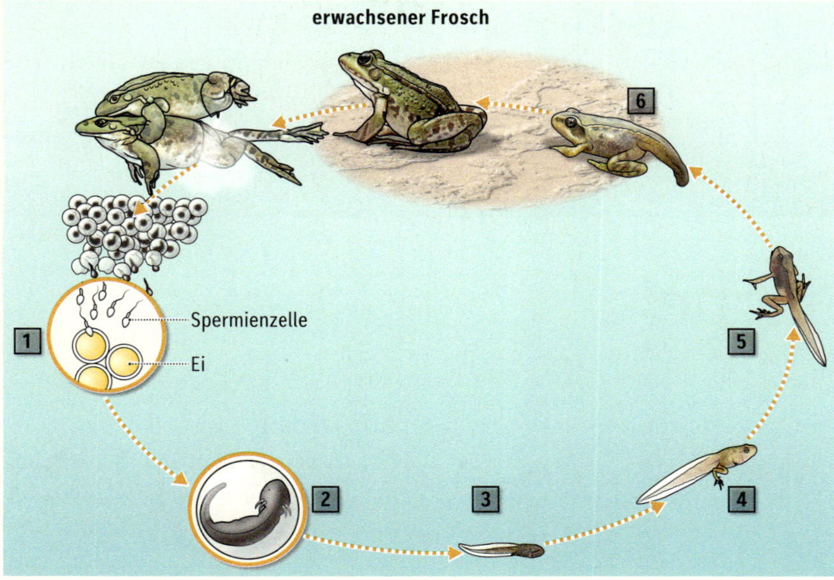

1 Ordne den Ziffern 1–6 folgende Begriffe zu: Jungfrosch, Befruchtung, Embryo im Ei, junge Larve, Larve mit Hinterbeinen, Larve mit Hinter- und Vorderbeinen.

2 Beschreibe die Entwicklung des Teichfrosches an folgenden Merkmalen: Atmungsorgane, Gliedmaßen und Schwanz. | HILFE

3 Erkläre, warum man die Entwicklung der Amphibien als Metamorphose bezeichnet. | HILFE

4 Stelle Vermutungen an, warum sich das Froschmännchen bei der Paarung an das Froschweibchen klammert. | HILFE

5 Stelle Vermutungen an, weshalb Froschweibchen eine große Anzahl von Eiern ablegen.

4 Kaulquappe mit Hinterbeinen

5 Kaulquappe mit Hinter- und Vorderbeinen

6 Junger Frosch

Digital+
WES-187000-159

Fische

1 Stromlinienform des Fischkörpers

Körperbau

Der Körper der Bachforelle unterteilt sich in Kopf, Rumpf und Schwanz. Zum Kopf und zum Schwanz läuft ihr Körper spitz zu. Durch diese **Stromlinienform** strömt das Wasser leichter am Körper vorbei. Den Körper der Bachforelle durchzieht eine **Wirbelsäule**. Sie besteht aus einzelnen Wirbeln. Fische sind **Wirbeltiere**. Die Rippen setzen an den Wirbeln an. Zwischen den Muskeln liegen feine, verknöcherte Stäbe, die **Gräten**. Sie festigen den Rumpf und sind nicht mit der Wirbelsäule verbunden.

Flossen

Die Flossen der Bachforelle bestehen aus feinen Knochenstäben, den Flossenstrahlen. Dazwischen spannt sich die Flossenhaut. Durch kräftiges Hin- und Herschlagen der **Schwanzflosse** bewegt sich die Bachforelle schlängelnd vorwärts. Die **Rücken-** und **Afterflosse** halten die Bachforelle aufrecht. Die paarigen **Bauchflossen** und **Brustflossen** dienen der Steuerung. Mit ihnen kann die Bachforelle paddeln, sich drehen und bremsen. Bachforellen und Lachse haben zudem eine **Fettflosse**.

M1 Stromlinienform

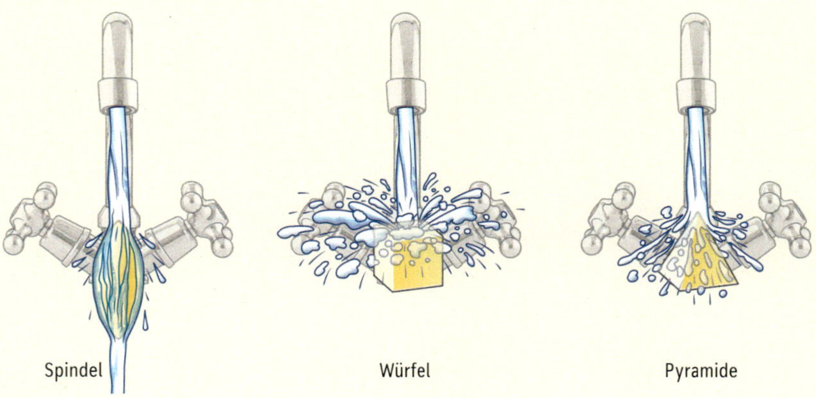

1 Beschreibe die Versuchsbeobachtung.

2 Erkläre die Versuchsbeobachtung. | HILFE

3 Erkläre mithilfe der Versuchsergebnisse die Bedeutung der Stromlinienform bei Fischen.

4 Erkläre, warum Fische ohne Stromlinienform wie tropische Kugelfische keine schnellen Schwimmer sind.

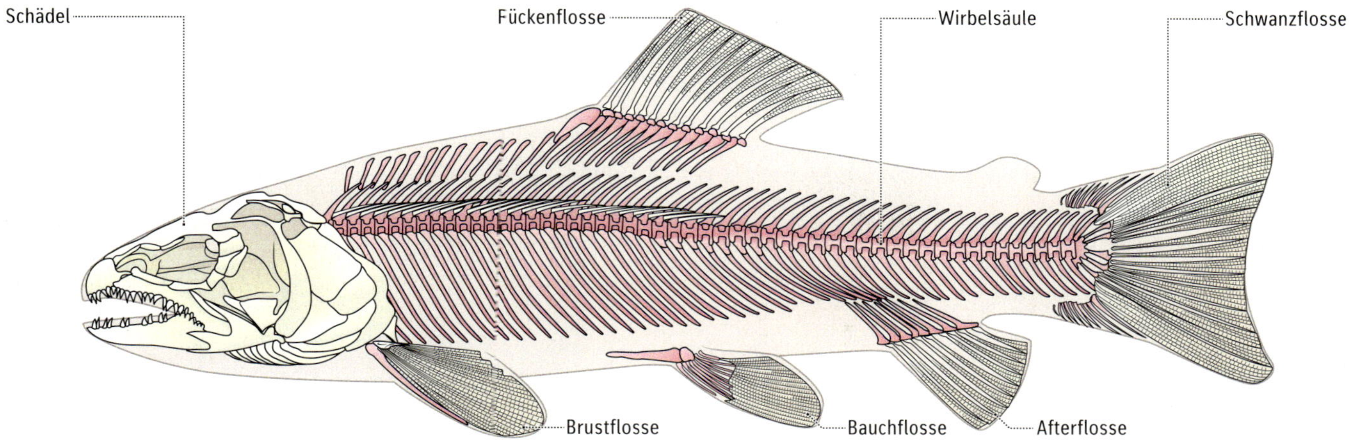

2 Skelett der Bachforelle ANIMATION

Haut

Der gesamte Körper der Bachforelle ist mit **Schuppen** bedeckt. Sie liegen wie Dachziegel übereinander. Die Haut ist von einer Schleimschicht bedeckt. Die Bachforelle kann so schnell durch das Wasser gleiten.

Sinnesorgane

An beiden Seiten der Bachforelle ist eine feine Linie zu erkennen, die **Seitenlinie**. Mit ihr kann die Bachforelle Strömungen des Wassers wahrnehmen und so Hindernissen oder Fressfeinden ausweichen. Die Augen der Bachforelle befinden sich seitlich am Kopf. So kann sie gut nach vorn und nach hinten sehen.

Ernährungsweise

Die Bachforelle jagt aktiv mit ihren spitzen Zähnen kleine Fische und andere Kleintiere. Der Wels jagt am Grund von Seen mit langen, berührungsempfindlichen Fäden am Maul, den **Barteln**, kleine Fische. Die Bachforelle und der Wels zählen zu den **Raubfischen**. Der Karpfen sucht mit seinen Barteln den Boden nach Nahrung ab. Er frisst Pflanzen und Kleintiere. Er zählt zu den **Friedfischen**. Sie haben meistens gar keine Zähne im Kiefer. ▶

M2 Friedfisch und Raubfisch

1 Beschreibe die Köpfe und die Körperform der beiden Fische.

2 Begründe, ob der Hecht ein Friedfisch oder ein Raubfisch ist. | HILFE

3 Stelle Vermutungen an, welcher Fisch der schnellere Schwimmer ist.

4 Beim Hecht unterstützen Rücken- und Afterflosse durch ihre Lage die Schwanzflosse. Erkläre diese Angepasstheit.

M3 Aufbau der Haut

1 Beschreibe den Aufbau der Haut eines Fisches.

2 Begründe, in welcher Richtung der Kopf des Fisches liegt.

3 Erkläre die Bedeutung der Schleimschicht. | HILFE

4 Erkläre, wie Fische auch im trüben Wasser Beutetiere oder Hindernisse erkennen können.

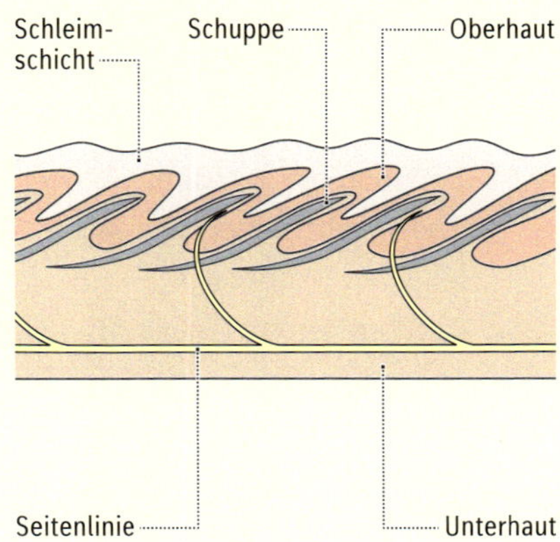

[3] Kiemen eines Fisches

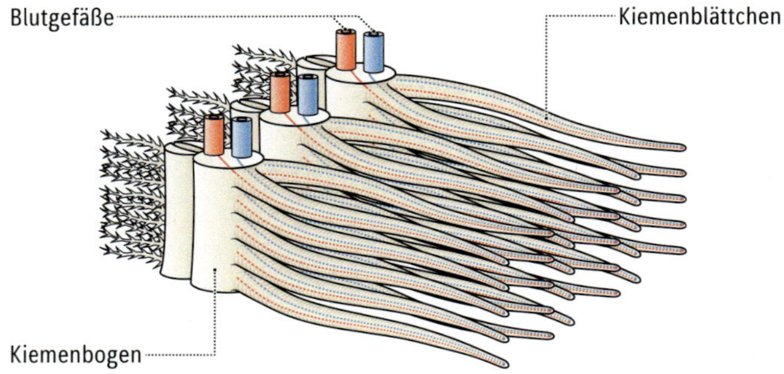

[4] Aufbau einer Kieme

Atmung

Fische können unter Wasser atmen. Sie nehmen den im Wasser gelösten Sauerstoff mit ihren Atmungsorganen, den **Kiemen**, auf. Diese liegen an beiden Kopfseiten und werden von den harten **Kiemendeckeln** geschützt.

Die Kiemen bestehen aus knöchernen Kiemenbögen, an denen hunderte dünne, stark durchblutete **Kiemenblättchen** befestigt sind.

Beim Einatmen öffnet der Fisch sein Maul und saugt Wasser ein. Beim Ausatmen presst er das Wasser mit geschlossenem Maul durch die Kiemendeckel nach außen. Diese heben sich dabei ab. Das Wasser strömt dann an den Kiemenblättchen vorbei. Dabei wird Sauerstoff aus dem Wasser in die Blutgefäße der Kiemenblättchen aufgenommen. Gleichzeitig wird Kohlenstoffdioxid aus dem Blut über die Kiemenblättchen ans Wasser abgegeben.

M4 Kiemenatmung

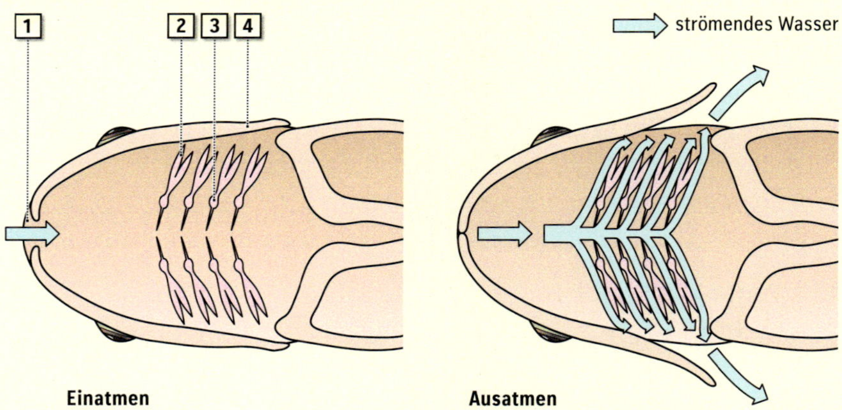

1 Benenne die mit Ziffern 1-4 gekennzeichneten Bestandteile des Fischkopfs.

2 Beschreibe das Ein- und Ausatmen des Fisches. Beachte die Öffnung des Mundes und die Kiemendeckel. | HILFE

3 Erkläre, weshalb die Kiemenblättchen sehr dünn und stark durchblutet sind. | HILFE

4 Begründe, warum viele Kiemenblättchen übereinander gestapelt sind. Hinweis: Beachte die Oberflächenvergrößerung.

Körpertemperatur

Die Körpertemperatur der Bachforelle hängt von der Wassertemperatur ab. Fische zählen zu den **wechselwarmen** Tieren. Den Winter verbringen die meisten Fische am Grund von Gewässern.

A Beschreibe den Bau der Kiemen eines Fisches.

B Beschreibe, was beim Vorbeiströmen des Wassers an den Kiemenblättchen eines Fisches passiert.

Die Schwimmblase

Schwimmblase

Viele Fischarten besitzen in ihrem Körper eine spezielle mit Gas gefüllte Blase, die **Schwimmblase**. An ihr befinden sich viele Blutgefäße. Über sie gelangen Gase aus dem Blut in die Schwimmblase und so auch wieder hinaus. In der Schwimmblase kann unterschiedlich viel Gas sein. Durch das Gas in der Schwimmblase kann der Fisch im Wasser schweben.

Auftauchen und Abtauchen

Wenn der Fisch nach unten schwimmt, drückt die über dem Fisch liegende Wassermenge auf den Körper des Fisches. Der Fisch wird zusammengedrückt und so etwas kleiner. Dadurch wird der Körper des Fisches dichter. Durch den Druck des Wasser wird auch das Gas in der Schwimmblase zusammengedrückt. Die Schwimmblase wird kleiner. Damit der Fisch nicht noch weiter absinkt, gibt er Gas aus dem Blut in die Schwimmblase. Dadurch wird die Schwimmblase wieder gedehnt, bis der Fisch schließlich im Wasser schwebt.
Schwimmt der Fisch nach oben, drückt weniger Wasser auf den Fisch. Der Körper des Fisches und das Gas in der Schwimmblase dehnt sich aus. Die Dichte des Fischkörpers nimmt ab. Damit er nicht bis zur Wasseroberfläche steigt, wird Gas aus der Schwimmblase in das Blut abgegeben, bis er schwebt. Mit Hilfe unterschiedlicher Gasmengen in der Schwimmblase kann der Fisch in verschiedenen Wassertiefen schweben.

A Erkläre, warum ein Fisch in unterschiedlichen Wassertiefen schweben kann.

1 Funktion der Schwimmblase

M1 Taucher im Glas

In einer mit Wasser gefüllten, verschlossenen Kunststoffflasche ist eine kleine Figur. Diese besteht aus Glas und ist mit Luft gefüllt. Am Bauch der Figur befindet sich eine kleine Öffnung.

1 Beschreibe die Versuchsbeobachtungen.

2 Beschreibe den Zusammenhang zwischen Druck auf die Flasche, Schwebehöhe der Figur und Luftmenge in der Figur. | HILFE

3 Beschreibe Gemeinsamkeiten und Unterschiede zwischen dem abgebildeten Versuch und der Funktion der Schwimmblase eines Fisches.

Mit der Schwanzflosse schlägt das Forellenweibchen ins Bachbett ab. In die Grube legt es Eizellen ab. Wie entwickeln sich Forellen?

FILM

Fortpflanzung bei Fischen

Paarung

Zur Paarungszeit im Spätherbst halten sich Forellenmännchen in Gebieten auf, die sie auch verteidigen. Hat ein Forellenweibchen in einem solchen **Revier** einen passenden Laichplatz gefunden, schlägt es mit der Schwanzflosse in das Kiesbett eine flache Grube. Danach schwimmt das Weibchen über die Grube und gibt darin bis zu 1 500 unbefruchtete Eizellen, den **Laich**, ab. Gleichzeitig gibt das Männchen eine milchige Flüssigkeit über den Laich. Die enthaltenen männlichen Geschlechtszellen, die **Spermienzellen**, befruchten die weiblichen **Eizellen**. Die Befruchtung erfolgt außerhalb des Körpers des Weibchens. Dies nennt man **äußere Befruchtung**. Nach der Paarung bedeckt das Weibchen den Laich mit Kies und kümmert sich nicht um den Laich.

1 Befruchtete Eier

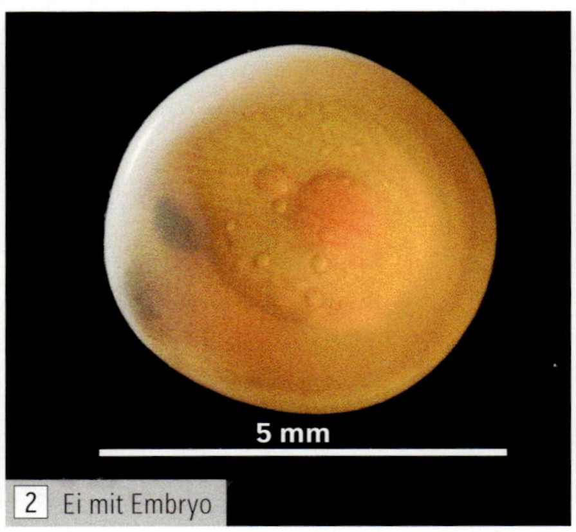

2 Ei mit Embryo

3 Larven beim Schlüpfen

Entwicklung

In den befruchteten Eiern entwickelt sich die **Embryonen**. Nach etwa zwei Monaten schlüpfen die Jungtiere, die **Larven**. Die fast durchsichtige Larve der Forelle ist nur wenige Millimeter groß. Sie ernährt sich zunächst von ihrem nährstoffreichen **Dottersack** an ihrer Bauchseite. Die Forellenlarve hält sich zwischen den Kieselsteinen des Bachbetts auf, um besser vor Fressfeinden geschützt zu sein. Erst wenn die Nährstoffe ihres Dottersacks fast aufgebraucht sind, verlässt sie als **Jungfisch** das schützende Bachbett. Nun erbeutet sie Insektenlarven. Am Ende des ersten Jahres ist die junge Forelle etwa 10 bis 12 Zentimeter lang. Im Alter von zwei bis vier Jahren ist die Forelle etwa 30 Zentimeter groß. Sie ist nun geschlechtsreif und kann sich fortpflanzen.

A Erkläre, warum man bei der Forelle von einer äußeren Befruchtung spricht.

B Erkläre, weshalb das Forellenweibchen vor der Paarung eine Grube mit ihrer Schwanzflosse ins Bachbett schlägt.

M1 Entwicklung der Forelle

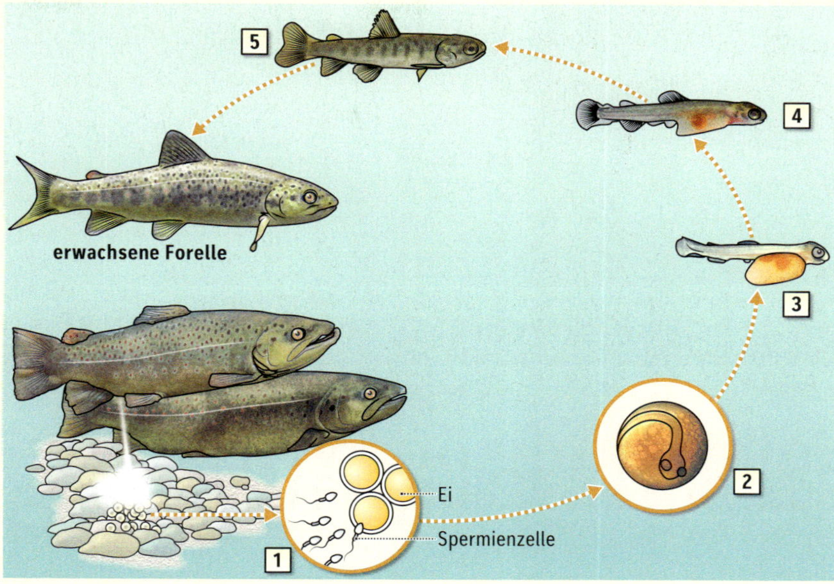

1 Ordne den Ziffern 1–5 folgende Begriffe zu: Jungfisch, Befruchtung, Embryo im Ei, junge Larve, alte Larve.

2 Beschreibe die Entwicklung der Forelle von der Larve zur erwachsenen Forelle. | HILFE

3 Erkläre, warum sich die Größe des Dottersacks im Laufe der Zeit verändert. | HILFE

4 Erkläre, warum das Forellenweibchen und das Forellenmännchen bei der Paarung ganz dicht zusammen schwimmen. | HILFE

5 Stelle Vermutungen an, weshalb Forellenweibchen eine sehr große Anzahl von Eiern in den Kies ablegen.

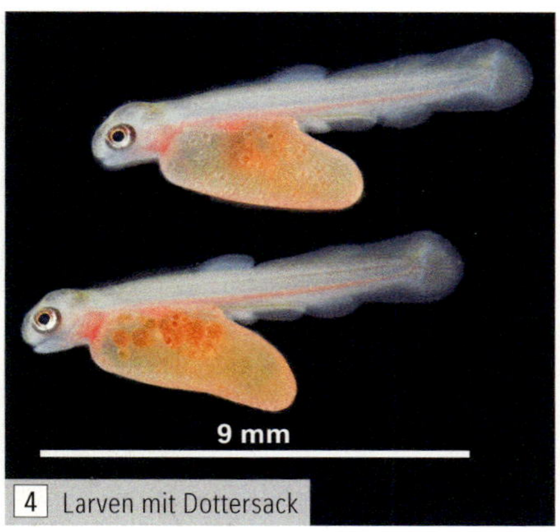

4 Larven mit Dottersack

5 Jungfisch

6 Erwachsener Fisch

Digital+
WES-187000-165

Entstehung der Wirbeltiergruppen

Merkmale der Wirbeltiere

Alle Wirbeltiere haben eine aus einzelnen Wirbeln bestehende **Wirbelsäule**. Sie stützt den Körper und ist Teil eines **innenliegenden Skeletts**. Der Körper der Wirbeltiere ist in Kopf, Rumpf und Schwanz gegliedert. Sie besitzen einen **geschlossenen Blutkreislauf**, in dem das Blut in Blutgefäßen fließt. Ein zentrales Nervensystem mit einem im Schädel liegenden **Gehirn** ermöglicht höher entwickelten Wirbeltieren viele Verhaltensweisen. Wirbeltiere pflanzen sich **geschlechtlich** fort, das heißt, dass es Männchen und Weibchen gibt.

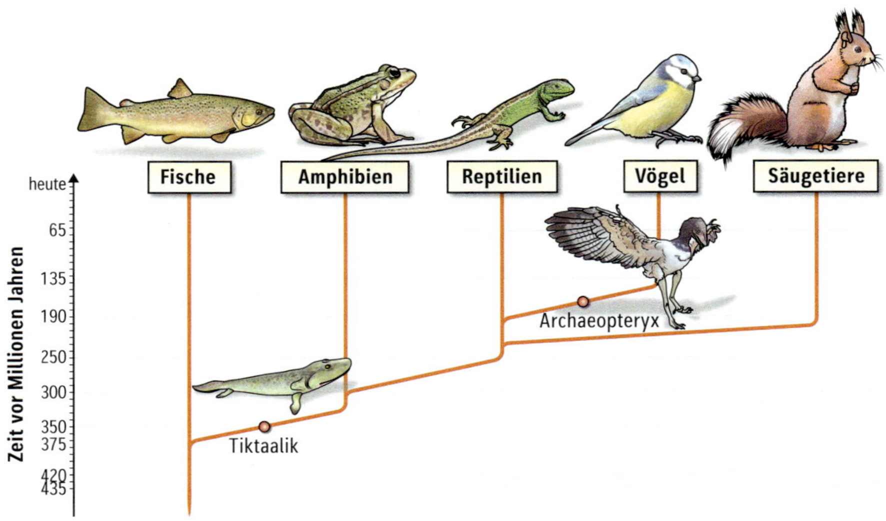

1 Stammbaum der Wirbeltiere

Landgang der Wirbeltiere

Vor 400 Millionen Jahren lebten alle Wirbeltiere im Wasser und zeigten Skelettmerkmale, die man bei heutigen Fischen findet. Vor 350 Millionen Jahren entwickelten sich Wirbeltiere mit einem Becken- und einem Schultergürtel mit jeweils zwei kräftigen Armen und Beinen. Dadurch konnten sich die Tiere auch an Land fortbewegen. Eines dieser Wirbeltiere war **Tiktaalik**. Er besaß Merkmale von **Fischen** und **Amphibien**. Er ist ein Bindeglied zwischen diesen beiden Wirbeltiergruppen. Man bezeichnet Tiktaalik daher als **Übergangsform**.

2 Schuppen und Krallen einer Echse

3 Frischling wird mit Milch gesäugt

4 Fossil von Archaeopteryx

Neue Wirbeltiergruppen an Land

Die ersten Amphibien waren abhängig von Wasser. Vor etwa 300 Millionen Jahren entstanden Arten, die ein trockene, schuppige Haut mit Krallen hatten. Diese ersten **Reptilien** waren unabhängiger von Wasser.

Vor etwa 230 Millionen Jahren entwickelten sich aus den Reptilien Arten, deren Jungtiere sich nicht mehr in Eiern, sondern geschützt im Körper der Mutter entwickelten. Nach der Geburt wurden die Jungtiere mit Milch von Milchdrüsen der Mutter ernährt. Ein Fell ermöglichte eine gleichbleibende Körpertemperatur. Das waren die Anfänge der **Säugetiere**.

Vor etwa 160 Millionen Jahren gab es kleine Raubsaurier, die in der Luft gleiten konnten. So hatte **Archaeopteryx** Merkmale von Reptilien und neue Merkmale wie einen leichten Körperbau und Federn. Diese Übergangsformen waren die Vorfahren unser heutigen **Vögel**.

Durch Fossilfunde kann die Entwicklung der Wirbeltiere nachvollzogen werden. Ihre Abstammung kann in einem **Stammbaum** dargestellt werden.

A Nenne die fünf Gruppen der Wirbeltiere.

M1 Stammbaum der Wirbeltiere

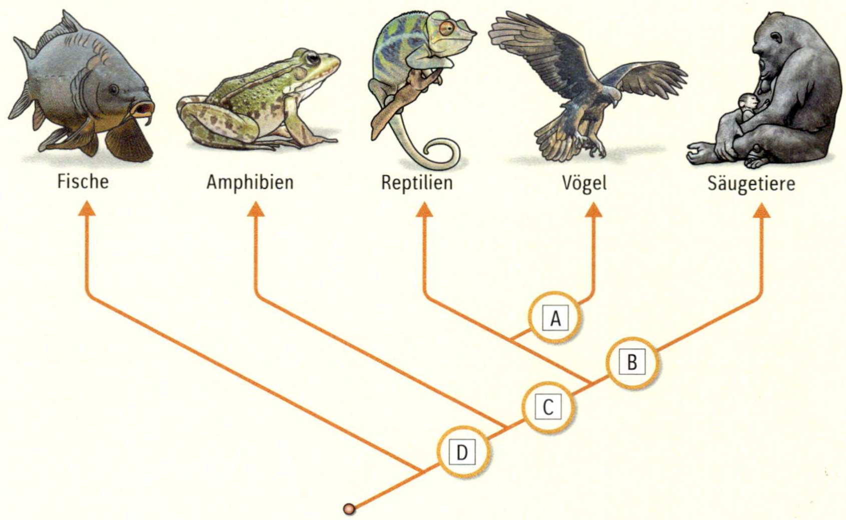

1 Nenne die Wirbeltiergruppen in der Reihenfolge ihrer zeitlichen Entwicklung. | HILFE

2 Beschreibe, welche Tiergruppen sich aus Reptilien entwickelt haben. | HILFE

3 Ordne folgende Merkmale an die Stellen A–D im Stammbaum ein: Krallen, Federn, 4 Gliedmaßen, Milchdrüsen. | HILFE

4 Erkläre, warum Vögel näher mit Reptilien verwandt sind als mit Amphibien.

Digital+
WES-187000-167

Die Honigbiene

1 Bürste einer Honigbiene

Körperbau

Die Honigbiene hat wie alle Insekten kein Innenskelett aus Knochen. Sie hat keine Wirbelsäule und zählt darum zu **wirbellosen Tieren**. Ihr Körper ist von einem behaarten Panzer umgeben. Dieses **Außenskelett** besteht aus einem festen Stoff, dem Chitin. Der Körper gliedert sich in **Kopf**, **Brust** und **Hinterleib**. Der Hinterleib besteht aus mehreren Hinterleibsringen. Diese sind durch Gelenkhäute beweglich verbunden. Die Honigbiene hat an der Brust zwei Paar **Flügel** und sechs gegliederte **Beine**.

Kopf

Am Kopf der Honigbiene befinden sich zwei große **Facettenaugen**. Sie besteht aus etwa 5000 Einzelaugen. Zudem hat die Honigbiene auf der Stirn drei kleine Augen zur Wahrnehmung von Helligkeit. Am Kopf befinden sich außerdem zwei bewegliche **Fühler**. Mit den Fühlern tastet und riecht die Honigbiene.

Die Honigbiene hat einen ausrollbaren **Leck-Saugrüssel**. Ihre ausfahrbare Zunge hat am Ende eine breite Vertiefung, das Löffelchen. Die Honigbiene hat leckend-saugende **Mundwerkzeuge**.

Beine

Bei einem Blütenbesuch bleiben Pollenkörner im Pelz der Honigbiene hängen. Mit ihren Vorderbeinen schiebt sie die Pollenkörner an ihrem Körper nach hinten. An ihren unteren Hinterbeinen sind viele kurze, steife Härchen. Mit dieser **Bürste** fegt die Honigbiene die Pollenkörner aus dem Pelz. An der Außenseite der Hinterbeine ist eine tiefe Delle, das **Körbchen**. Dort hinein drückt die Honigbiene die Pollenkörner mit einer Kante ihres unteren Fußgliedes, dem **Pollenschieber**. Ist das Körbchen voll, bringt die Honigbiene die Pollenkörner in den Bienenstock. Sie dienen den Honigbienen als Nahrung.

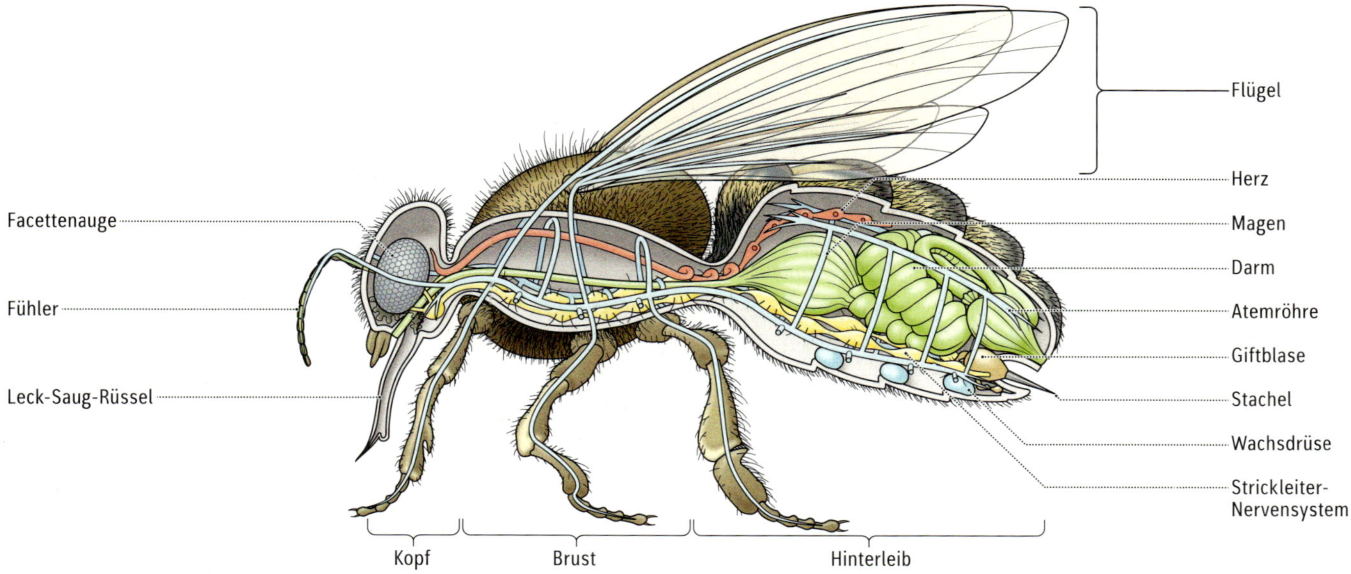

2 Körperbau einer Honigbiene

Atmung und Blutkreislauf

Honigbienen haben keine Blutgefäße. Das gesamte Innere ihres Körpers wird von Blut durchströmt. Es wird durch ein schlauchförmiges **Herz** in Bewegung gehalten. Wie alle Insekten haben sie einen **offenen Blutkreislauf**. Luft und den darin enthaltenen Sauerstoff nimmt die Honigbiene durch seitliche Öffnungen an ihrem Hinterleib auf. Durch verzweigte **Atemröhren** gelangt er ins Blut und wird zu den Organen transportiert.

Nervensystem

An der Bauchseite von Insekten wie der Honigbiene verlaufen zwei Nervenstränge, das **Bauchmark**. Es besteht aus mehreren Paaren von Nervenknoten, die verbunden sind. Da es im Aussehen an eine Strickleiter erinnert, bezeichnet man das Nervensystem der Honigbiene auch als **Strickleiternervensystem**. Im Kopf der Honigbiene liegt ein großer Nervenknoten, der die Aufgabe eines Gehirns erfüllt. Hier laufen die Informationen der Sinnesorgane wie die der Augen zusammen. ▶

A Beschreibe die Gliederung und den Körperbau der Honigbiene.

M1 Wirbellose und Wirbeltiere im Vergleich

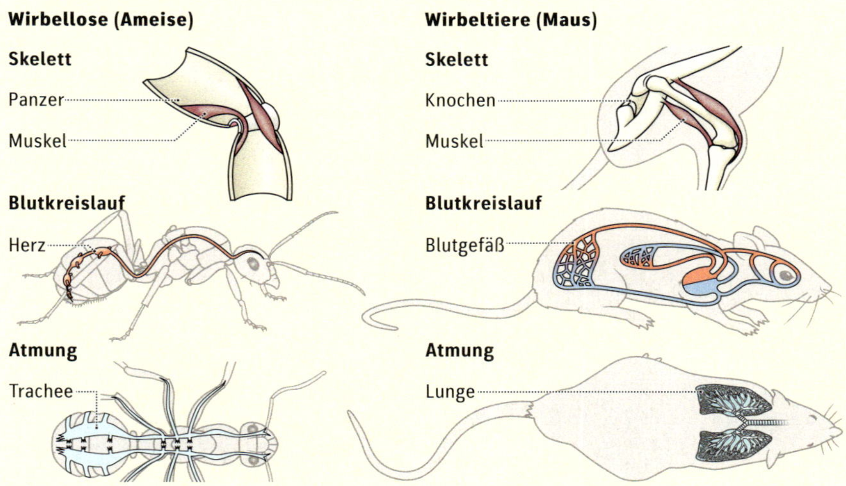

1 Vergleiche das Stütz- und Bewegungssystem des Vogels und des Insekts mithilfe des Bildes. | HILFE

2 Vergleiche die Atmung und den Blutkreislauf des Vogels und des Insekts mithilfe des Bildes. | HILFE

3 Begründe, warum man bei der Fliege von einem offenen und beim Vogel von einem geschlossenen Blutkreislauf spricht.

4 Fällt eine Fliege ins Wasser, erstickt sie nach kurzer Zeit. Erläutere diesen Sachverhalt.

3 Bienentiere

Bienenstaat

Die heimische Honigbiene zählt zu den **staatenbildenden Insekten**. Ein Bienenstaat besteht aus bis zu 80 000 Bienen, die in einem Bienenstock leben. Darin sind mehrere Ebenen von **Waben**. Diese bestehen aus tausenden sechseckigen Zellen. Die Zellen dienen der Lagerung von Pollenkörnern und Honig.

Bienentiere

In einem Bienenstaat lebt nur eine Biene, die Eier legen kann, die **Königin**. Diese verlässt kurz nach ihrem Schlupf den Bienenstock, um sich mit männlichen Bienen, den **Drohnen**, zu paaren. Danach kehrt sie in den Bienenstock zurück und legt täglich bis zu 2 000 Eier. Aus den befruchteten Eiern entwickeln sich Larven, die mit Honig und Pollenkörnern gefüttert werden.

Ist die Larve groß genug, verpuppt sie sich. Nach drei Wochen schlüpfen Arbeitsbienen. Aus unbefruchteten Eiern entwickeln sich Drohnen. Wenn der Bienenstaat zu groß wird, werden große Zellen angelegt. Die Larven darin werden mit einem besonderen Futter gefüttert, dem **Gelée royale**. Aus diesen Larven entwickeln sich Königinnen. Die erste geschlüpfte Königin tötet die anderen. Die alte Königin verlässt den Bienenstock mit etwa der Hälfte der Arbeitsbienen und gründet einen neuen Staat.

Das Leben einer Arbeitsbiene

Das Leben einer Arbeitsbiene dauert etwa sechs Wochen. In den ersten 18 Tagen arbeitet die Arbeitsbiene als **Stockbiene** im Bienenstock. Dort reinigt sie drei Tage lang als **Putzbiene** leere Waben. Danach pflegt und füttert sie als **Ammenbiene** die Bienenlarven. Danach ist die Arbeitsbiene als **Baubiene** für den Wabenbau verantwortlich. Mit Wachs, das in ihren Wachsdrüsen gebildet wird, baut sie neue Waben. Von Sammelbienen nimmt sie Nektar und den Pollen entgegen. Aus dem Nektar stellt sie den Honig her und lagert ihn in Wabenzellen ein. Er dient als Nahrungsvorrat. Nach ihren Tätigkeiten im Inneren des Bienenstocks bewacht die Arbeitsbiene als **Wächterbiene** das Flugloch des Bienenstocks. Sie lässt nur die Bienen des eigenen Staates hindurch. Ab dem 22. Tag arbeitet die Arbeitsbiene als **Sammelbiene**. Sie sammelt Pollen und Nektar von Blüten und bringt beides zum Bienenstock. Nach etwa 35 Tagen stirbt die Arbeitsbiene.

M2 Leben einer Arbeitsbiene

1 Ordne den Bienen A–E die richtige Bezeichnung zu: Baubiene, Putzbiene, Wächterbiene, Sammelbiene, Ammenbiene.

2 Beschreibe das Leben einer Arbeitsbiene in der richtigen Reihenfolge.

3 Erkläre, warum die Bienenkönigin täglich Eier legen muss. | HILFE

4 „Im Bienenstaat herrscht Arbeitsteilung." Erkläre diese Aussage.

Gewinnung von Honig

Bienen stellen den Honig vor allem aus Nektar her. Diesen speichert die Biene in ihrem Honigmagen. Dort wird er durch Drüsensäfte verändert. Dadurch entsteht Honig. Er wird in Waben gefüllt und mit einem Wachsdeckel verschlossen. Früher sammelte man Honig von Wildbienen. Heute kommt er meist von gezüchteten Honigbienen. Sie werden oft in Holzkästen mit Rahmen gehalten, in die die Bienen ihre Waben bauen. Zur Ernte des Honigs entnimmt der **Imker** die Rahmen und kratzt die Wabendeckel ab. Danach wird der Honig aus den Waben geschleudert.

4 Entfernen der Wabendeckel

5 Bienen sind wichtige Bestäuber

Bienen als Bestäuber

Beim Sammeln von Pollen und Nektar Blüten übertragen Insekten Pollen von einer Blüte auf eine andere. Insekten wie die Honigbiene sind darum wichtige Bestäuber von Pflanzen. Ohne die Bestäubung bildet eine Blüte keine Früchte. Der Mensch ist auf die bestäubenden Insekten angewiesen, denn sie bestäuben auch Nutzpflanzen. Ohne bestäubende Insekten würden sich kaum Früchte wie Äpfel, Birnen oder Kirschen entwickeln.

B Nenne die Bienentiere eines Bienenstaates.

C Erkläre, warum man bei der Honigbiene auch von einem staatenbildenden Insekt spricht.

D Beschreibe, unter welchen Bedingungen eine Königin im Bienenstock heranwächst.

E Beschreibe die Entstehung von Honig.

M3 Bedeutung der Honigbiene

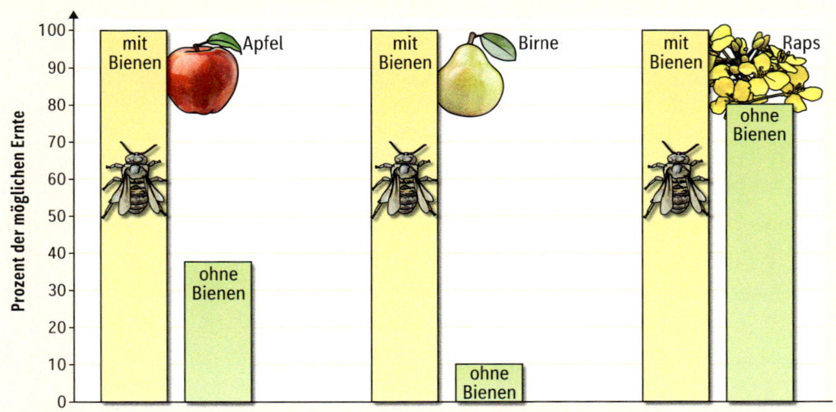

Honigbienen sind neben anderen Insekten wichtige Bestäuber von Pflanzen.

1 Vergleiche die Ernteerträge.

2 Erkläre die Bedeutung der Biene für die Landwirtschaft.

3 Erkläre, warum man Honigbienen auch als wichtigstes Nutztier bezeichnet. | HILFE

Digital+ WES-187000-171

Wirbeltiere und Wirbellose im Vergleich

Körpergliederung

Der Körper eines Spatzen gliedert sich, wie bei allen Wirbeltieren, in Kopf, Rumpf und Schwanz. Am Rumpf sind je ein Paar Vordergliedmaßen und Hintergliedmaßen. Bei Vögeln wie dem Spatz sind die Vordergliedmaßen zu Flügeln umgewandelt. Im Schwanz befinden sich keine inneren Organe.

Den Körper der Biene gliedert sich in Kopf, Brust und Hinterleib. Am Brustabschnitt befinden sich zwei Flügelpaare und drei Beinpaare. Die inneren Organe sind im gesamten Körper.

Skelett

Der Spatz besitzt wie alle Wirbeltiere ein Innenskelett aus Knochen. Die Wirbelsäule besteht aus miteinander verbundenen Wirbeln und bildet die zentrale Stütze des Körpers. An den Knochen setzen Muskeln an. Zusammen mit den Gelenken ermöglichen die Muskeln die Bewegungen des Körpers.

Der Körper der Biene ist von einer festen, elastischen Hülle aus Chitin umgeben. An der Innenseite der Chitinhülle setzen Muskeln an, mit denen sich die Biene bewegt.

Atmungssystem

Der Spatz hat wie fast alle an Land lebenden Wirbeltiere eine Lunge, mit denen er Sauerstoff aus der Luft aufnimmt. Er besitzt wie alle Vögel zusätzlich Luftsäcke.

Die Biene besitzt wie alle Wirbellosen keine Lunge. An den Seiten von Brust und Hinterleib befinden sich Atemlöcher. Durch pumpende Bewegungen des Hinterleibs wird Luft aufgenommen, über ein verzweigtes Röhrensystem im Körper verteilt und so direkt zu den Organen geleitet.

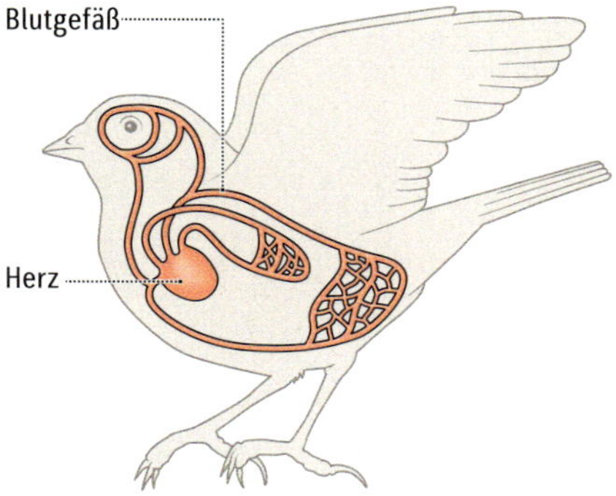

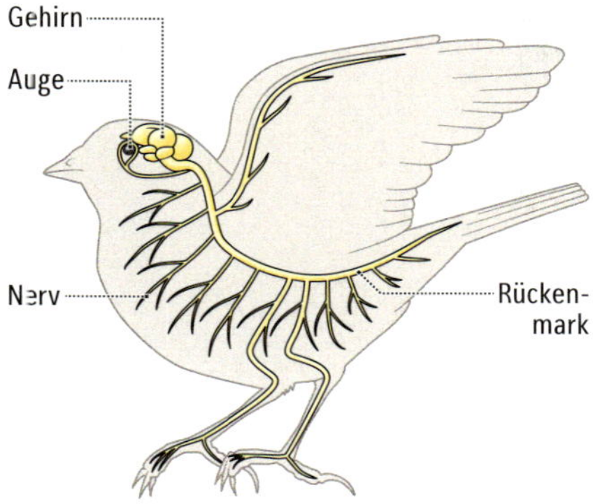

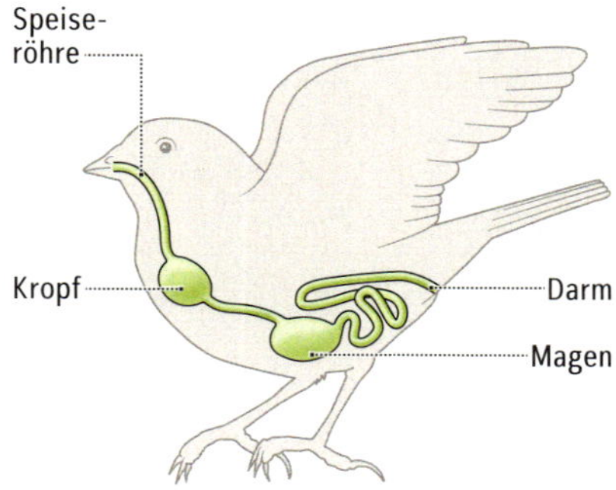

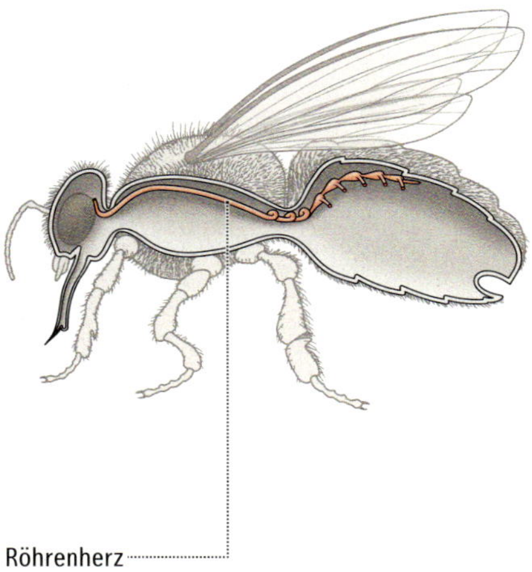

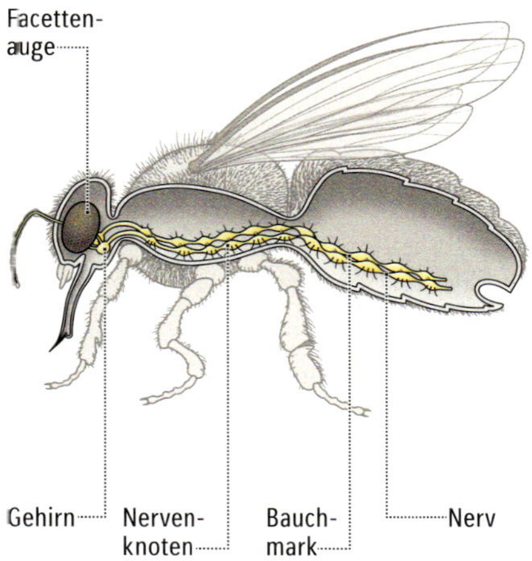

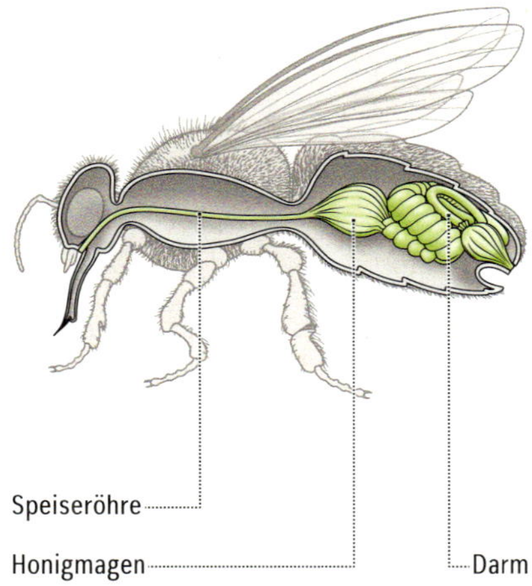

Blutkreislauf

Der Spatz besitzt wie alle Wirbeltiere ein Herz, welches das Blut durch den Körper pumpt. Den ganzen Körper des Spatzen durchziehen Blutgefäße, in denen das Blut strömt. Wirbeltiere haben einen geschlossenen Blutkreislauf.

Bei der Biene findet man keinen geschlossenen Blutkreislauf. In einem offenen Herzschlauch sammelt sich das Blut und wird von dort im Körperinneren verteilt. Dabei umspült das Blut direkt die inneren Organe. Wirbellose haben einen offenen Blutkreislauf.

Nervensystem

Das Nervensystem steuert alle Bewegungen und Reaktionen des Körpers.

In der Wirbelsäule des Spatzen liegt das Rückenmark. Von diesem zentralen Nervenstrang gehen zahlreiche Nerven ab und verlaufen durch den ganzen Körper. Über das Rückenmark stehen alle Nerven mit dem Gehirn in Verbindung, welches gut geschützt im Schädel liegt.

Das Nervensystem der Biene besteht aus einem größeren Nervenknoten im Kopf und einem Bauchmark. Dieses ist ähnlich einer Strickleiter aufgebaut.

Verdauung

Der Spatz nimmt seine Nahrung mit dem Schnabel auf. Über die Speiseröhre gelangt sie in den Kropf, wo sie gespeichert und vorverdaut wird. Wie bei allen Wirbeltieren wird die Nahrung in Magen und Darm verdaut. Über die Kloake scheidet der Spatz die unverdaulichen Reste als Kot aus.

Die Biene nimmt mit dem Leck-Saug-Rüssel Nektar auf. Durch die Speiseröhre gelangt der Nektar in den Honigmagen. Die Verdauung findet im Darm statt.

Digital+
WES-187000-173

Der Regenwurm

Körperbau

Der Regenwurm hat kein ein inneres Knochenskelett. Sein Körper ist prall gefüllt und besitzt eine muskulöse Haut. Dadurch ist er stabil. Er besteht aus beweglichen Ringen, die ihm ein geringeltes Aussehen verleihen. Der Regenwurm zählt zu den **Ringelwürmern**. An jedem Ring befinden sich vier Paar **Borsten**.

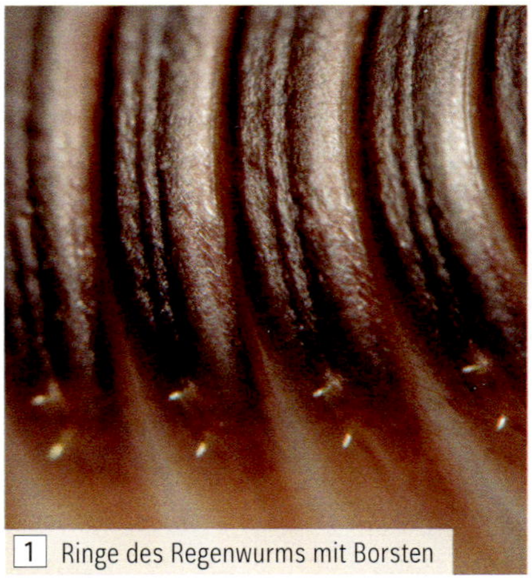

1 Ringe des Regenwurms mit Borsten

Atmung und Blutkreislauf

Der Regenwurm gräbt seine Wohnröhren im feuchten Boden. Er nimmt Sauerstoff über die Haut auf. Diese **Hautatmung** ist nur mit einer feuchten Körperoberfläche möglich. Daher meidet der Regenwurm Trockenheit und Licht. Auf der Rückenseite durchzieht ein Blutgefäß, das **Rückengefäß**, den Regenwurm. Auf der Bauchseite liegt das **Bauchgefäß**. Beide Gefäße sind in jedem Ring rechts und links über ein **Ringgefäß** verbunden. Im Vergleich zu den Insekten hat der Regenwurm einen **geschlossenen Blutkreislauf**. Im siebten bis elften Ring sind die Ringgefäße dicker. Die Ringgefäße können sich zusammenziehen. Dabei schieben diese **Seitenherzen** das Blut des Regenwurms durch die Blutgefäße. Sie erfüllen die Aufgabe eines Herzens.

Nervensystem

Auf der Bauchseite verlaufen zwei Nervenstränge. Dieses **Bauchmark** besteht aus Paaren von Nervenknoten, die verbunden sind. Der Regenwurm hat ein **Strickleiternervensystem**. Im vorderen, schmaleren Bereich des Regenwurms liegt ein großer Nervenknoten. Er erfüllt die Aufgabe eines Gehirns.

A Erkläre, warum man den Regenwurm nur nach starken Regenfällen an der Erdoberfläche findet.

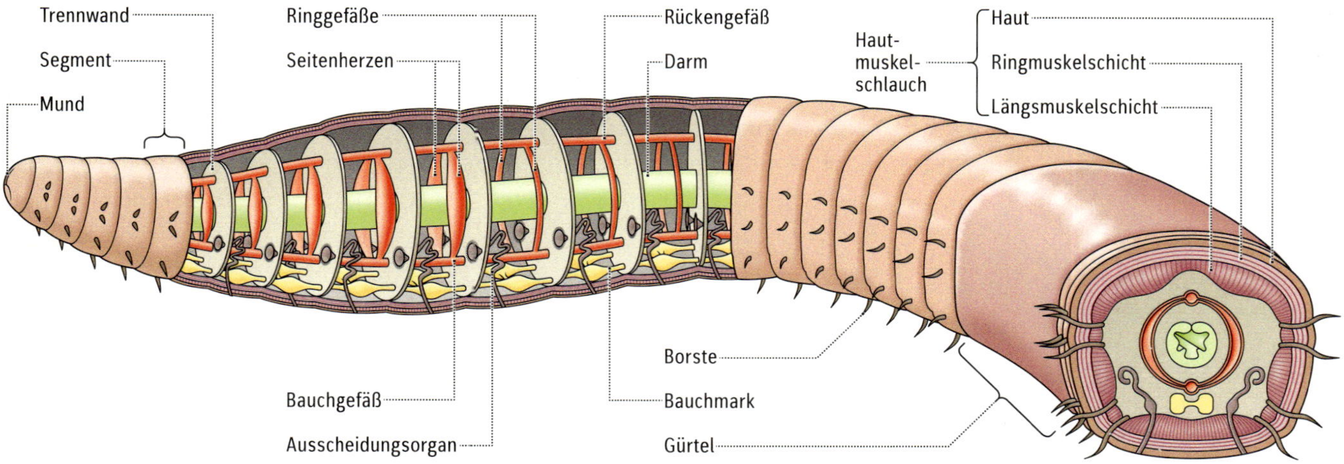

2 Körperbau des Regenwurms

Fortbewegung

Dicht unter der festen Haut des Regenwurms befindet sich eine Schicht von **Ringmuskeln** und eine weitere Schicht von **Längsmuskeln**. Durch diesen **Hautmuskelschlauch** aus Muskeln und Haut wird der Körper des Regenwurms gefestigt. Die Längsmuskeln und Ringmuskeln arbeiten bei der Fortbewegung als **Gegenspieler** zusammen. Bewegt sich der Regenwurm vorwärts, sind zunächst die Ringmuskeln erschlafft und die Längsmuskeln ziehen sich zusammen. So wird die vordere Körperregion gestreckt und dünn. Beim Zusammenziehen der Längsmuskeln drücken sich die Borsten in den Erdboden. So rutscht der Regenwurm nicht zurück. Dann erschlaffen die Längsmuskeln. Nun ziehen sich die Ringmuskeln des Regenwurms zusammen. Dadurch wird die vordere Körperregion des Regenwurms dick und der Rest des Körpers wird nachgezogen. Durch das abwechselnde Zusammenziehen der Muskelschichten bewegt sich der Regenwurm vorwärts.

Regeneration

Wird ein Regenwurm zerteilt, kann der vordere Teil überleben, wenn der verlorene Teil nicht zu groß ist. Der Regenwurm bildet ein neues Hinterteil aus. Regenwürmer besitzen die Fähigkeit zur **Regeneration**. ▶

M1 Fortbewegung des Regenwurms

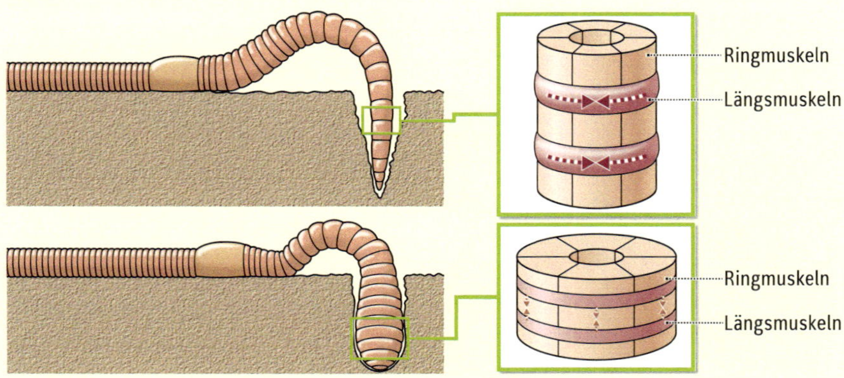

1 Beschreibe die Fortbewegung des Regenwurms.

2 Erkläre die Funktion der Ring- und Längsmuskeln bei der Fortbewegung. | HILFE

3 Erkläre, warum sich ein Regenwurm auch senkrecht im Boden bewegen kann.

Digital+
WES-187000-175

3 Regenwurm zieht Blatt in seine Wohnröhre.

Sinnesorgane

In der Haut des Regenwurms liegen verschiedene Sinneszellen. Besonders viele befinden sich am Vorderende. Mit ihnen kann der Regenwurm Wärme und Kälte unterscheiden. Pflanzenreste als Nahrung findet er mit Hilfe seines guten Geruchs- und Geschmackssinns. Mit den Lichtsinneszellen kann der Regenwurm hell und dunkel unterscheiden.

Ernährungsweise

Regenwürmer ziehen mit ihrem Mund heruntergefallene und abgestorbene Blätter in ihre Wohnröhren unter die Erde. Diese Blätter werden zusammen mit Erde gefressen. Unverdauliche Nahrungsreste scheiden die Regenwürmer als Kot wieder aus.

Bedeutung des Regenwurms

Unter einem Quadratmeter Boden leben bis zu 400 Regenwürmer. Sie graben ihre Wohnröhren bis zu zwei Meter in den Boden. Dabei lockern sie den Boden auf. Die Erde wird besser durchlüftet und kann mehr Wasser aufnehmen.
Unverdauliche Nahrungsreste scheiden Regenwürmer stark zerkleinert als Kot wieder aus. Sie werden dann von Pilzen und Bakterien im Boden abgebaut. Je feiner der Kot sind, desto besser kann er von Pilzen und Bakterien zersetzt werden. Beim Abbau werden Mineralstoffe frei. Es entsteht mineralstoffreiche Erde, der **Humus**. Er ist wichtig für das Wachstum von Pflanzen. Der Kot des Regenwurms ist ein wertvoller Dünger und erhöht die Bodenfruchtbarkeit.

B Beschreibe Sinnesleistungen des Regenwurms.

M2 Berlese-Apparatur

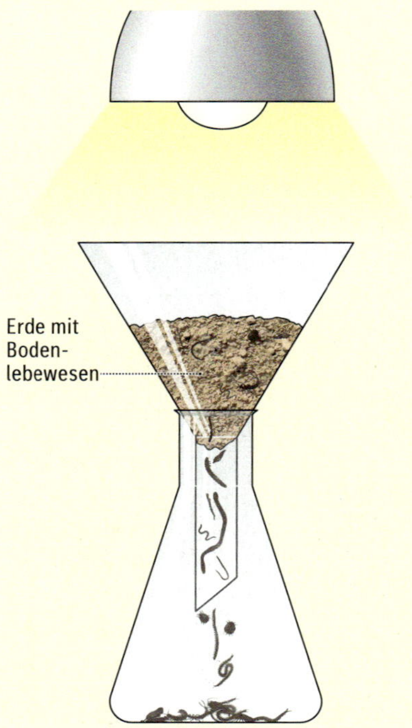

Im Boden leben viele Lebewesen. Mit der Berlese-Apparatur kann man sie aus der Erde heraustreiben.

1 Beschreibe den dargestellten Versuchsaufbau.

2 Beschreibe das Verhalten des Regenwurms.

3 Beschreibe, welchen Bedingungen der Regenwurm im Versuch ausgesetzt ist und wie er diese Bedingungen wahrnimmt. | HILFE

4 Begründe das Verhalten des Regenwurms. | HILFE

5 Stelle Vermutungen an, warum man nach starken Regenfällen Regenwürmer an der Erdoberfläche findet.

M3 Ernteerträge

	ohne Regenwürmer	mit Regenwürmern
Getreidekörner pro Halm	60 Stück	110 Stück
Masse pro Bohnenkorn	4 g	11 g

1 Vergleiche die Ernteerträge in der Tabelle.

2 Erkläre die Bedeutung des Regenwurms für die Bodenfruchtbarkeit. | HILFE

Fortpflanzung

Wenn sich Regenwürmer paaren, legen sie sich auf feuchtem Boden dicht zusammen. Ein Teil des Körpers ist verdickt. Dieser **Gürtel** gibt Schleim ab, der die beiden Regenwürmer bei der Paarung verbindet. Jeder Regenwurm kann sowohl männliche Spermienzellen als auch weibliche Eizellen bilden. Es gibt keine rein männlichen oder weiblichen Regenwürmer. Der Regenwurm ist ein **Zwitter**.

Bei der Paarung tauschen die Regenwürmer Spermienzellen aus, die zunächst in einer **Spermientasche** des Partners gespeichert werden. Wenn die Regenwürmer später die Eier ablegen, werden diese von den zuvor aufgenommenen Spermienzellen befruchtet. Die Schleimhüllen der Eier erhärten. Nach wenigen Wochen schlüpft aus jedem Ei ein junger Regenwurm.

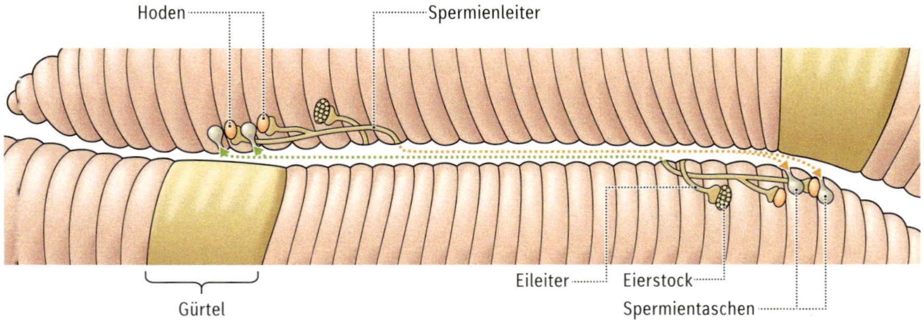

4 Paarung des Regenwurms

Überwinterung

Regenwürmer wechseln ihre Körpertemperatur mit der Temperatur ihrer Umgebung. Sie sind **wechselwarm**. Im Winter ziehen sie sich in tiefere, wärmere Bodenschichten zurück, um nicht zu erfrieren. Dort rollen sie sich zu einer Kugel zusammen. Die Regenwürmer fallen in eine **Kältestarre**. Dann nehmen sie keine Nahrung mehr auf. Wird es im Frühjahr wärmer, werden sie aktiv.

M4 Ein Leben im Boden

1 Ordne den Ziffern A–F die Verhaltensweise zu: Paarung, Koten, Graben, Überwinterung, Schlüpfen, Nahrungsaufnahme.

2 Beschreibe, wie sich der Regenwurm ernährt.

3 Begründe, warum sich Gärtner über viele Regenwürmer in ihrem Garten freuen. | HILFE

4 Erkläre, warum sich Regenwürmer im Winter in tiefere Erdschichten zurückziehen.

Projekt: Tiere in ihren Lebensräumen

T1 Vordergliedmaßen im Vergleich

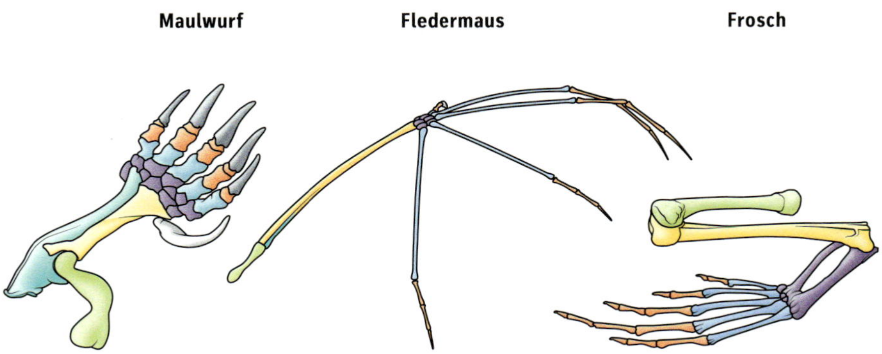

1 Beschreibe den Bau der abgebildeten Gliedmaßen von Wirbeltieren.

2 Beschreibe die jeweilige Fortbewegung der Tiere in ihren Lebensräumen.

3 Erkläre, warum der Bau der verschiedenen Gliedmaßen eine Angepasstheit an den jeweiligen Lebensraum ist.

T2 Schädel im Vergleich

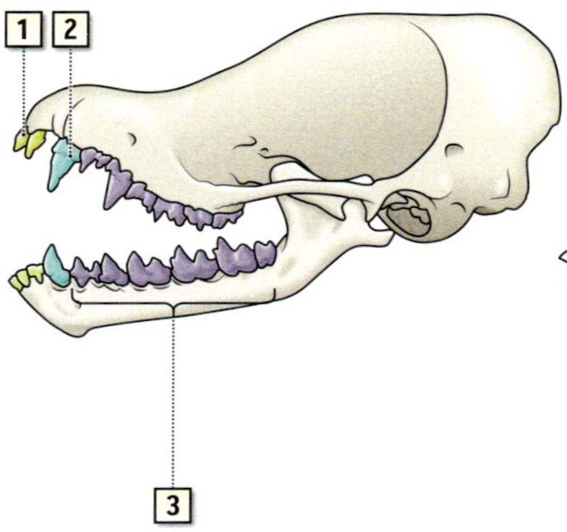

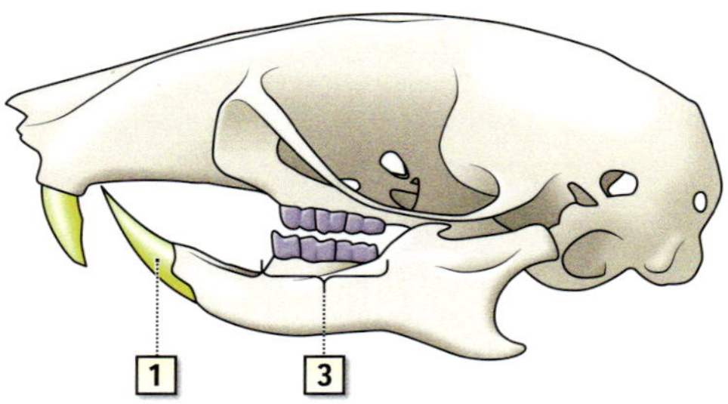

1 Benenne die mit Ziffern gekennzeichneten Bestandteile.

2 Vergleiche die Gebisse von Fledermaus und Hausmaus.

3 Ordne den beiden Tieren die Begriffe Nagetiergebiss und Insektenfressergebiss zu. Begründe deine Zuordnungen.

4 Erläutere, wie die Nagezähne bei Nagetieren scharfkantig bleiben.

T3 Vögel können fliegen

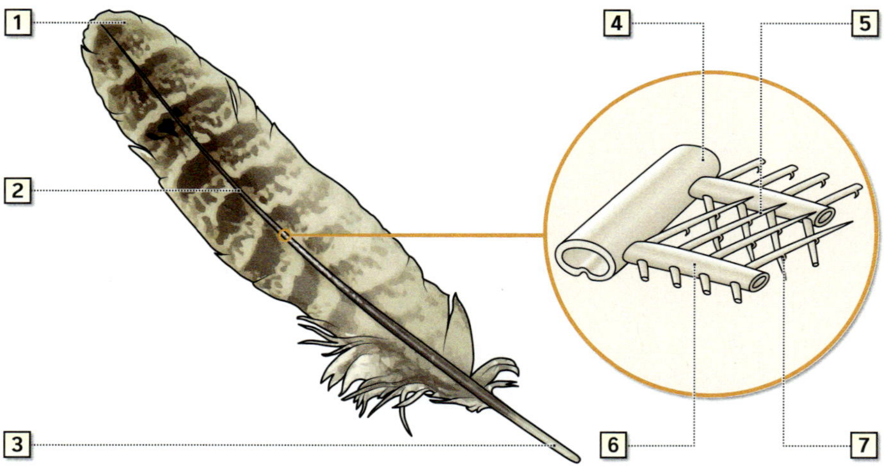

1 Nenne fünf Merkmale des Vogelkörpers, die ihn leicht machen.

2 Benenne die mit Ziffern gekennzeichneten Bestandteile.

3 Erkläre, wie Schwungfedern eine luftundurchlässige Fahne bilden.

4 Erkläre, warum Schwungfedern eine luftundurchlässige Fahne bilden.

5 Nenne verschiedene Federtypen und beschreibe ihren Aufbau und ihre jeweilige Funktion.

T4 Flugformen der Vögel

1 Nenne die verschiedenen Flugformen der Vögel.
2 Ordne dem Bild eine Flugform zu. Begründe deine Zuordnung.
3 Beschreibe Möglichkeiten, wie Aufwinde entstehen können.
4 Vergleiche Gleitflug und Segelflug miteinander.
5 Erkläre, warum ein Vogel beim Ruderflug mehr Energie verbraucht als beim Segelflug.
6 Erkläre, wie die Form des Flügels für Auftrieb sorgt.

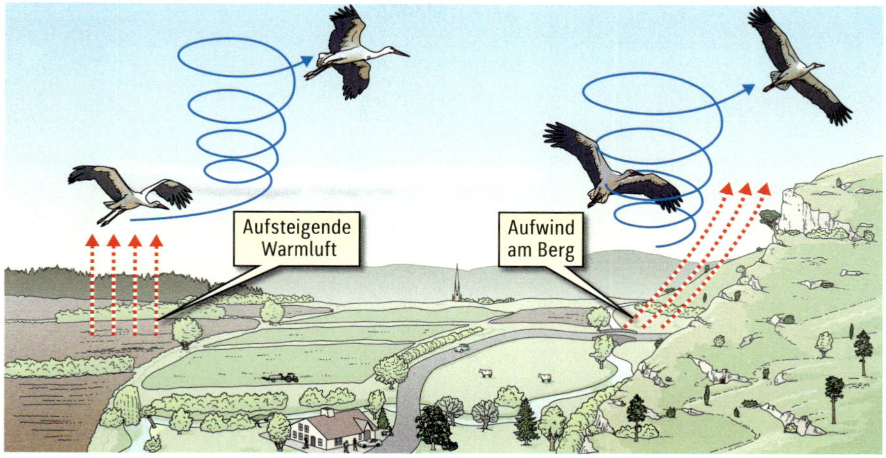

T5 Flossen der Fische

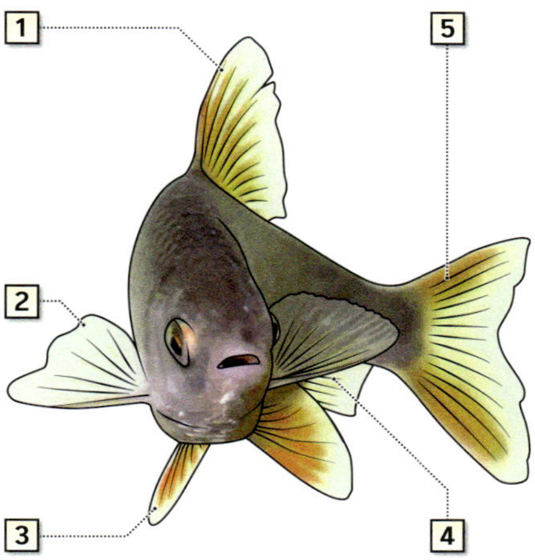

1 Benenne die Flossen 1–5.
2 Ordne den Flossen ihre jeweilige Aufgabe zu. Erstelle dazu eine Tabelle.
3 Erkläre, warum auch die Körperform und die Haut von Fischen für ihre Fortbewegung im Wasser wichtig sind.
4 Erläutere die Funktionsweise der Schwimmblase.

T6 Reptilien sind wechselwarm

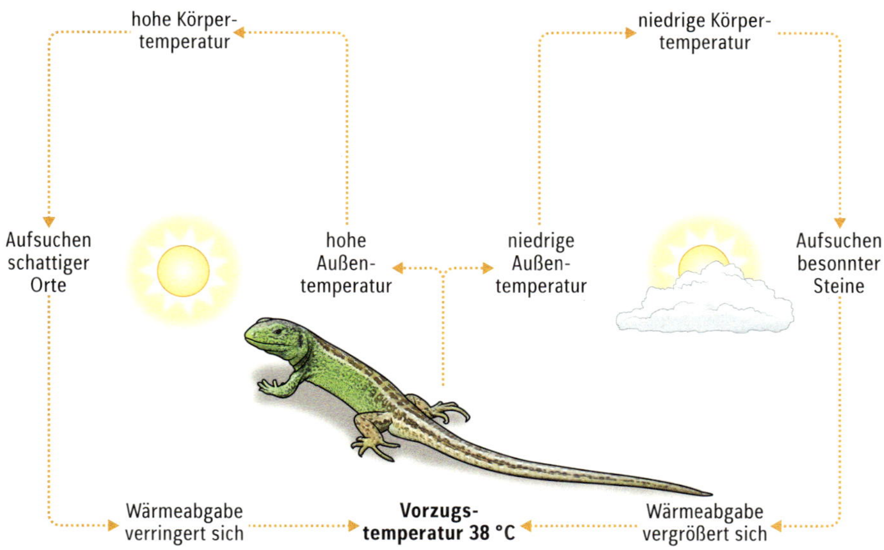

1 Reptilien wie die Zauneidechse sind wechselwarme Tiere. Erkläre, was man darunter versteht.
2 Erkläre, warum man Eidechsen häufig auf Steinen an sonnigen Plätzen findet.
3 Bei höheren Temperaturen sind Reptilien aktiver. Die Vorzugstemperatur ihrer Umgebung beträgt in etwa 38 °C.
Beschreibe mithilfe des Bildes, wie die Eidechse ihre Körpertemperatur steuert.

Projekt: Tiere in ihren Lebensräumen ZUSAMMENFASSUNG

	Körperbedeckung	Atmungsorgane	Körpertemperatur	Fortpflanzung und Entwicklung
Fische	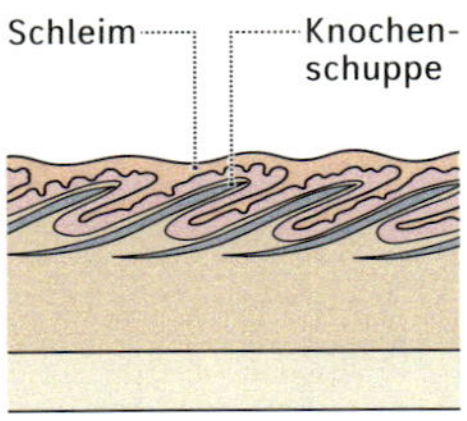 *schleimige Haut mit Knochenschuppen*	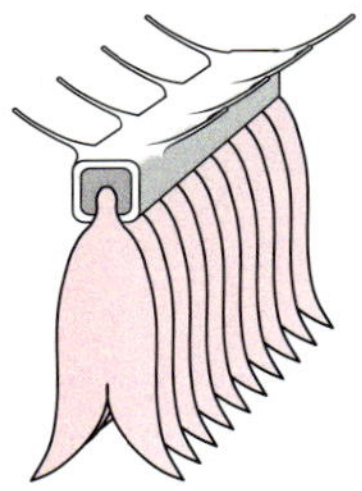 *Kiemen*	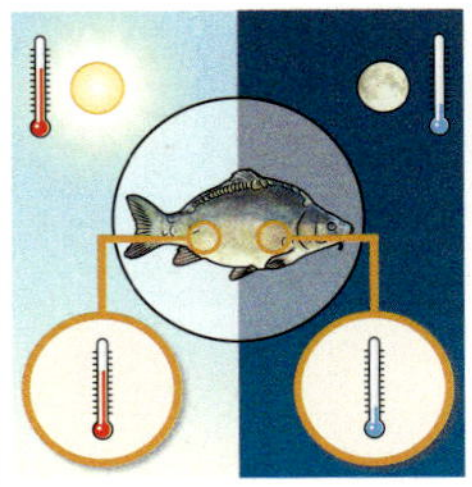 *wechselwarm*	 *äußere Befruchtung, weiche Eier, Larven mit Dottersack*
Amphibien	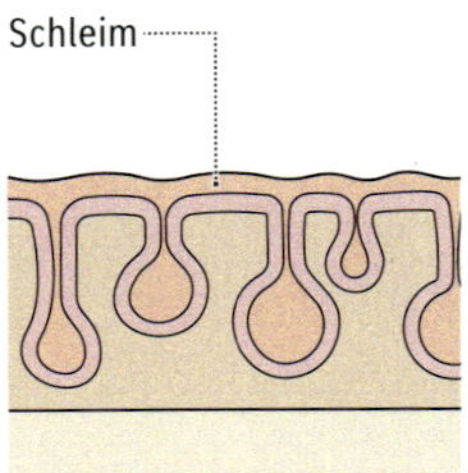 *schleimige Haut*	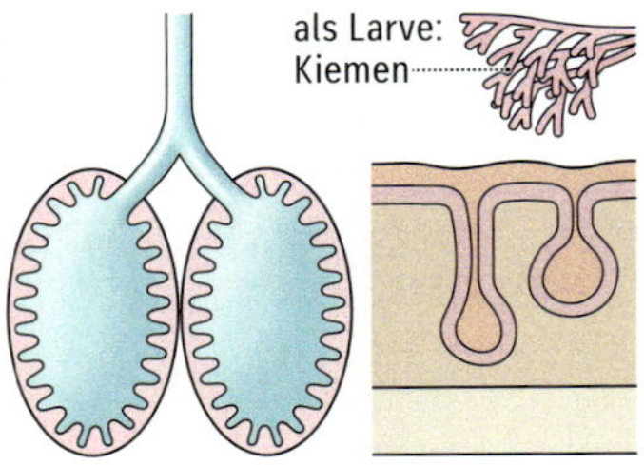 *Lunge und Haut, Kiemen als Larve*	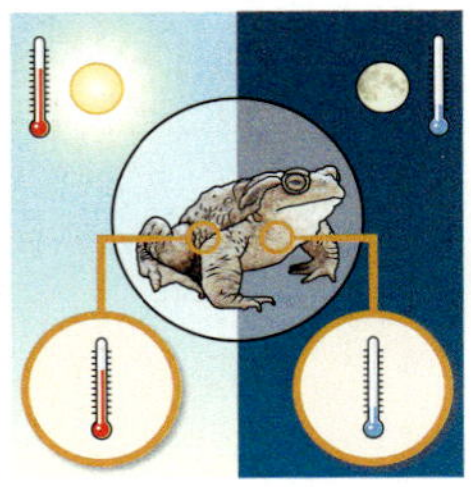 *wechselwarm*	 *äußere Befruchtung, weiche Eier, Kaulquappen, Metamorphose*
Reptilien	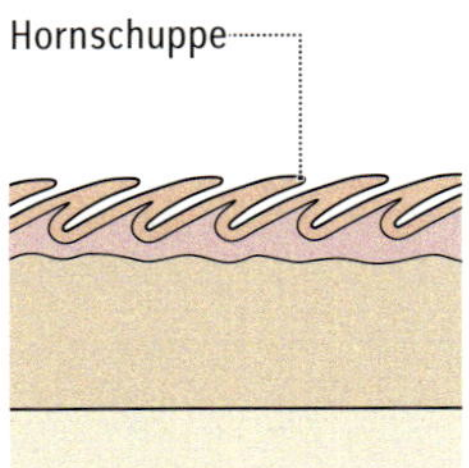 *Haut mit Hornschuppen*	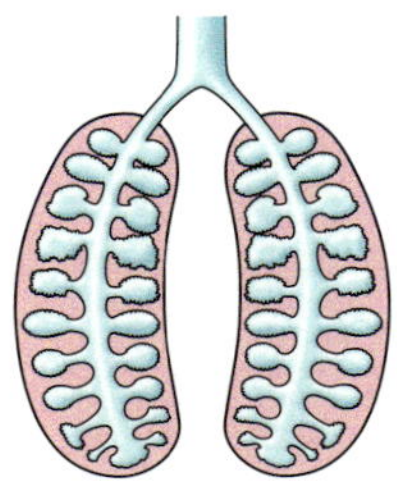 *Lungen*	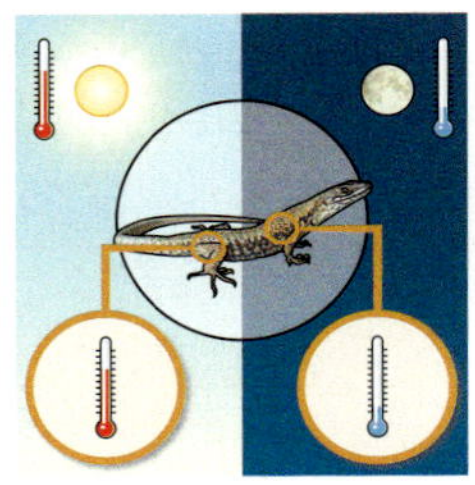 *wechselwarm*	 *innere Befruchtung, Eier mit lederartiger Hülle*
Vögel	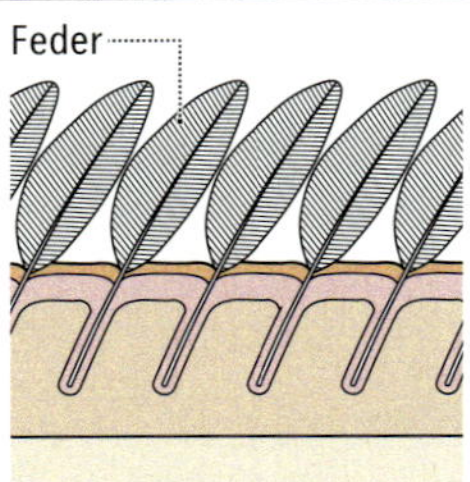 *Haut mit Federn*	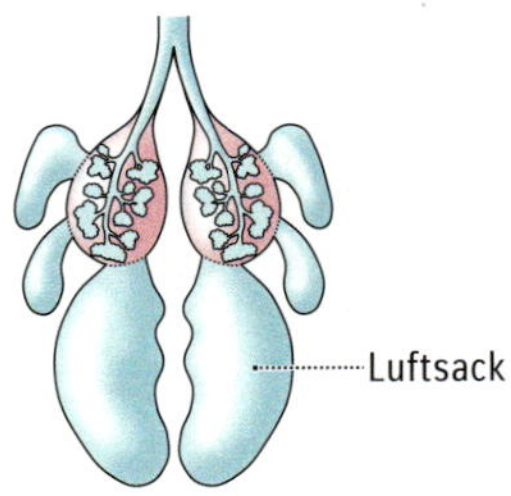 *Lungen mit Luftsäcken*	 *gleichwarm*	 *innere Befruchtung, Eier mit Kalkschale, Brüten*
Säugetiere	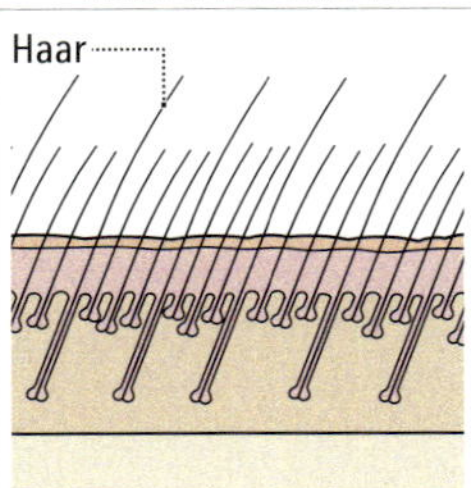 *Haut mit Fell*	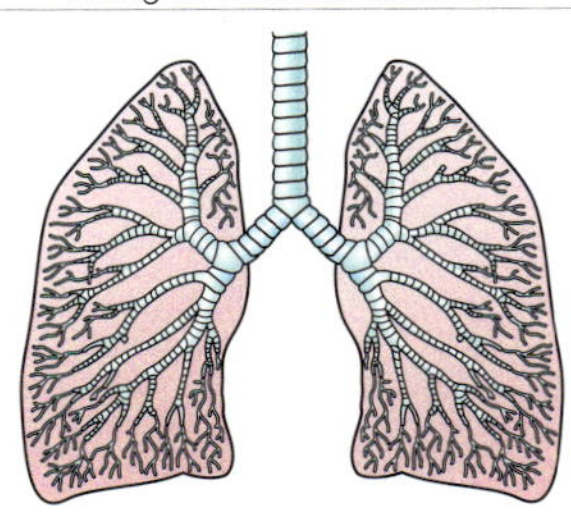 *Lungen*	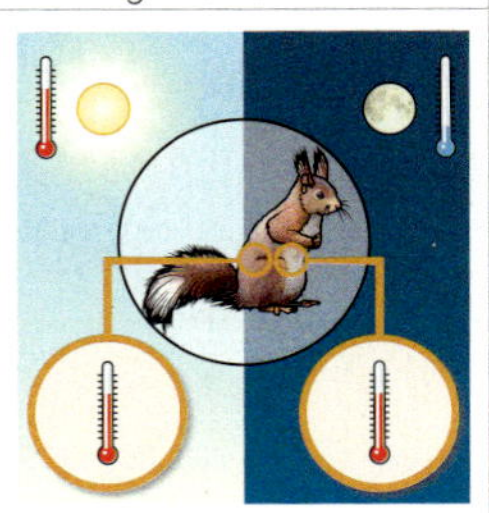 *gleichwarm*	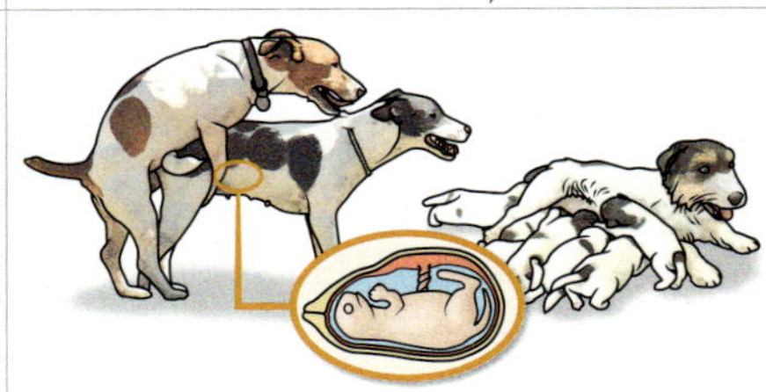 *innere Befruchtung, lebend gebärend, Säugen mit Milch*

Projekt: Tiere in ihren Lebensräumen ABSCHLUSSAUFGABE

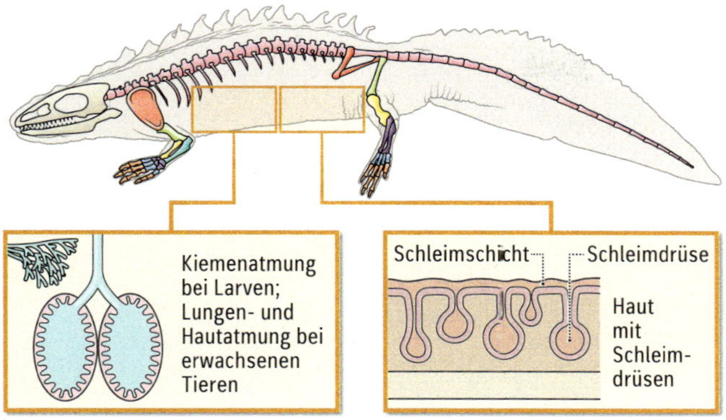

1 Merkmale vom Kammmolch

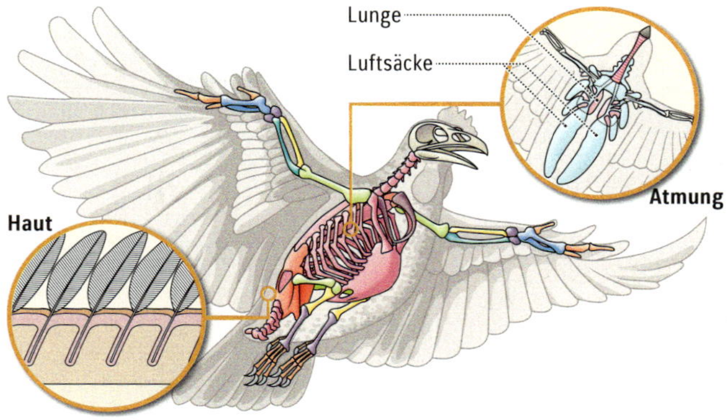

2 Merkmale vom Huhn

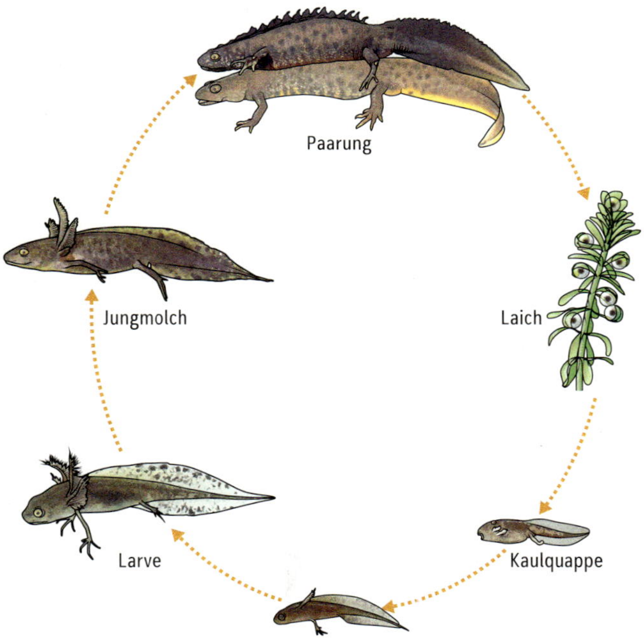

3 Entwicklung vom Kammmolch

4 Entwicklung vom Huhn

1 Vergleiche die Atmung von Kammmolch und Huhn.

2 Erkläre, wie die Atmungsorgane an die Lebensweise der beiden Tiere angepasst sind.

3 Vergleiche die Körperbedeckung von Huhn und Kammmolch.

4 Erkläre, warum Amphibien auf Hautatmung angewiesen sind und wie dies ermöglicht wird.

5 Erkläre, ob die Tiere gleichwarm oder wechselwarm sind.

6 Erkläre an den beiden Tieren den Unterschied zwischen äußerer und innerer Befruchtung.

7 Vergleiche die Entwicklung der Tiere. Nutze folgende Kriterien: Schutz des Embryos, Versorgung des Embryos mit Nährstoffen, Versorgung mit Wärme.

8 Stelle Vermutungen an, warum Amphibien mehr Eier legen als Vögel.

Digital+
WES-187000-181

5

Blütenpflanzen

1 Säen von Tomatensamen

2 Gießen von Tomatenpflanzen

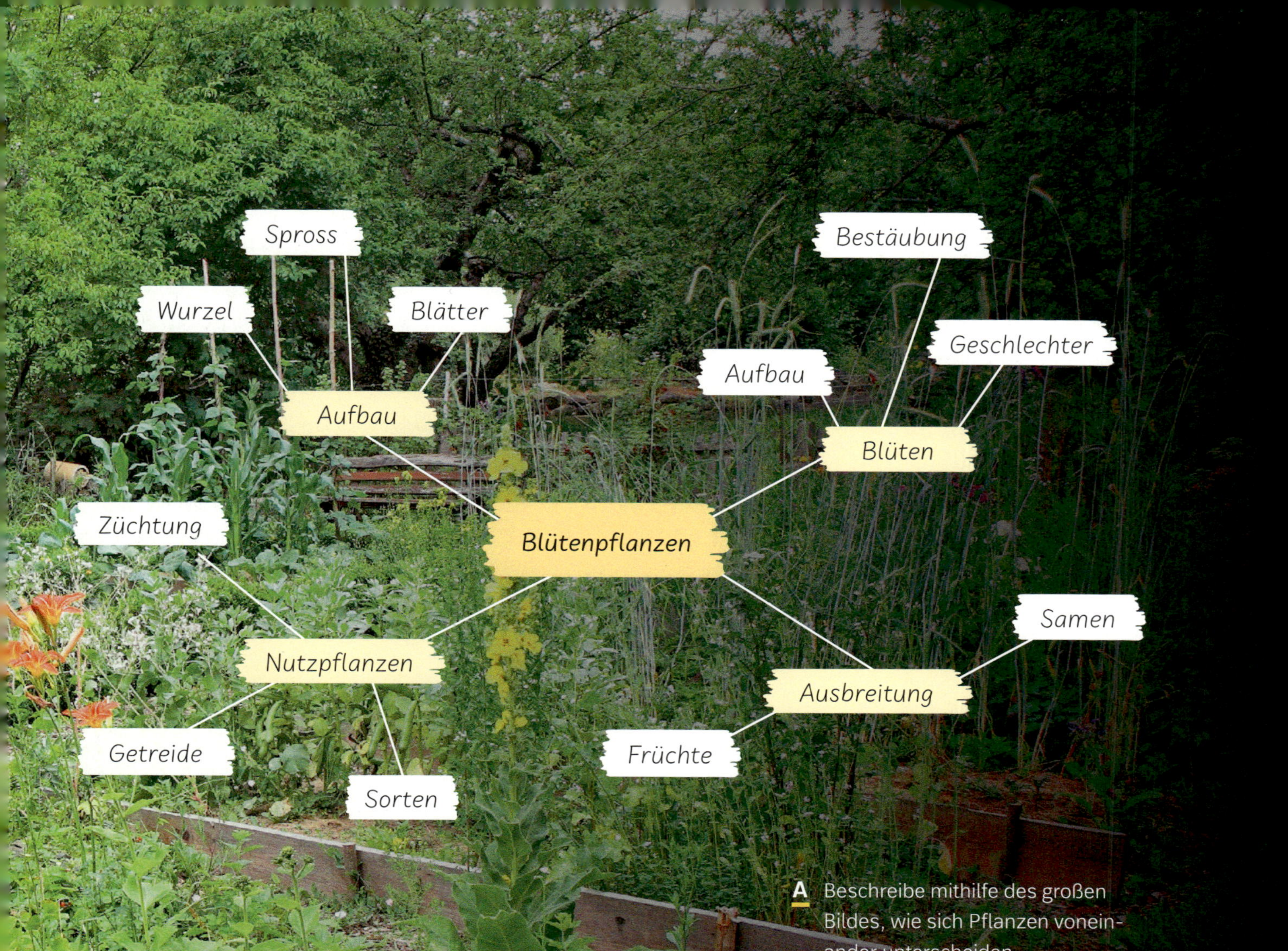

A Beschreibe mithilfe des großen Bildes, wie sich Pflanzen voneinander unterscheiden.

B Beschreibe mithilfe der kleinen Bilder, wie man im Garten Tomaten ernten kann.

C Überlege, was Pflanzen zum Wachsen benötigen könnten.

3 Ernten von Tomatenfrüchten

Aufbau von Blütenpflanzen

Grundbauplan

Pflanzen, die wie Tulpen und Kirschbäume Blüten bilden, bezeichnet man als **Blütenpflanzen**.
Sie bestehen aus den drei Grundorganen **Wurzel**, **Sprossachse** und **Blätter**. Bei allen Blütenpflanzen gibt es zwei Typen von Blättern. In den **Laubblätter** laufen die meisten Stoffwechsel in der Pflanze ab. Die **Blütenblätter** dienen der Fortpflanzung der Pflanze.

Diese Pflanzenorgane bilden den **Grundbauplan** aller Blütenpflanzen.
Die drei Grundorgane können je nach Pflanzenart sehr unterschiedlich gestaltet sein. So haben **Bäume** eine sehr dicke, stabile Sprossachse aus Holz. Man spricht von einem **Stamm**. Kleine Pflanzen haben meist eine dünne, biegsame Sprossachse. Man bezeichnet sie bei diesen **Kräutern** auch als **Stängel**.

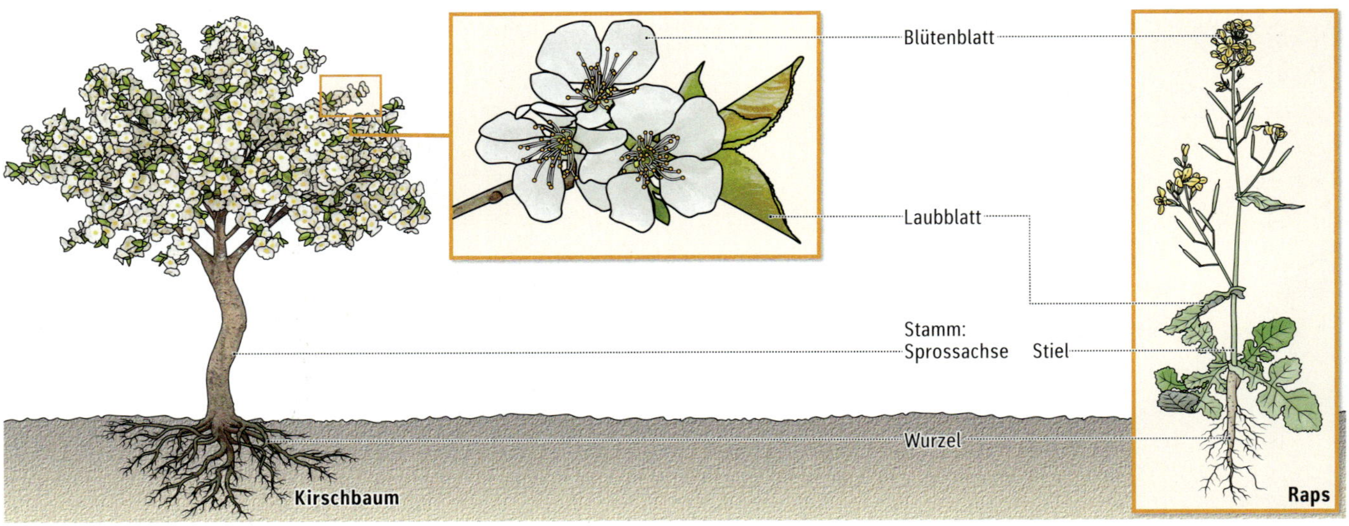

1 Aufbau von Blütenpflanzen ANIMATION

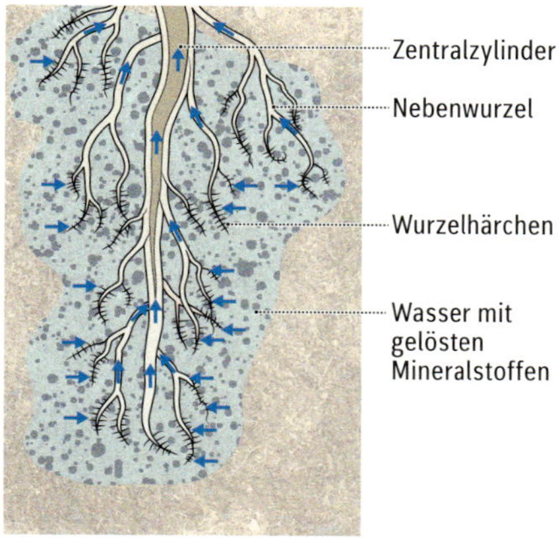

2 Aufbau einer Wurzel

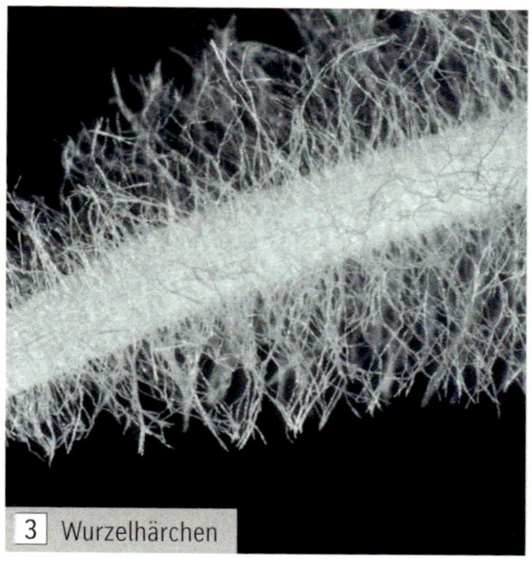

3 Wurzelhärchen

4 Verdickte Wurzel der Futterrübe

Wurzel

Blütenpflanzen sind mit ihrer Wurzel fest im Boden verankert. Die meisten Blütenpflanzen haben eine **Hauptwurzel**, von der seitlich kleinere **Nebenwurzeln** abzweigen. Mit ihren Wurzeln nimmt die Pflanze Wasser und die darin gelösten Mineralstoffe aus dem Boden auf. Beides braucht die Pflanze zum Leben. An den Enden der Wurzeln befinden sich zahlreiche, dünne Ausstülpungen, die **Wurzelhärchen**. Sie vergrößern die Oberfläche der Wurzel und verbessern so die Aufnahme von Wasser und Mineralstoffen aus dem Boden. Das aufgenommene Wasser mit den Mineralstoffen wird in die Mitte der Wurzel geleitet. Dort befinden sich in der Mitte der Wurzel gelegenen **Zentralzylinder** große **Wasserleitungsbahnen**, durch die das Wasser mit den Mineralstoffen nach oben geleitet und in der Pflanze verteilt wird.

Die Wurzeln mancher Pflanzen wie der Zuckerrübe sind verdickt und dienen der Speicherung von Stoffen. ▶

A Beschreibe den Grundbauplan der Blütenpflanzen.

B Beschreibe die Aufgaben der Wurzel für eine Pflanze.

M1 Wurzeln

1 Beschreibe die Wurzeltypen.

2 Ordne den Wurzeltypen die Begriffe Flachwurzler und Tiefwurzler zu. | HILFE

3 Erkläre, in welchen Bodenschichten die Pflanzen jeweils das meiste Wasser aufnehmen.

4 Stelle Vermutungen an, warum Fichten bei Sturm umkippen, Kiefern aber am Stamm abbrechen.

M2 Wurzelhärchen

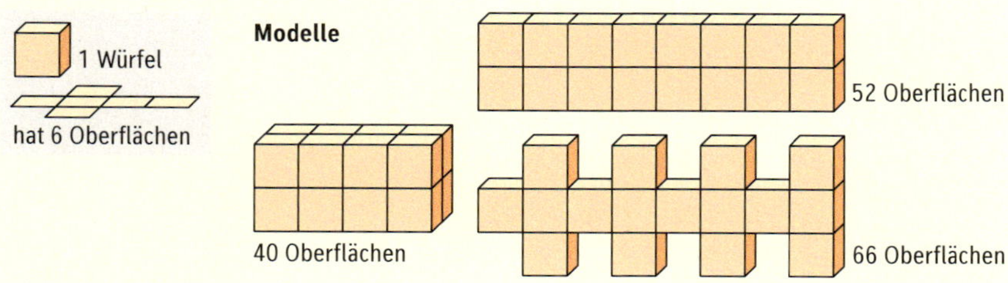

1 Beschreibe die drei dargestellten Anordnungen der Würfel.

2 Erkläre, wie das Modell die Oberflächenvergrößerung bei der Wurzel von Pflanzen veranschaulicht. | HILFE

3 Erkläre mithilfe des Modells, warum Pflanzen über die Hauptwurzel weniger Wasser aufnehmen als über die Wurzelhärchen. | HILFE

4 Erkläre Vorteile, die sich aus einer großen Zahl von Wurzelhärchen ergeben.

Digital+
WES-187000-185

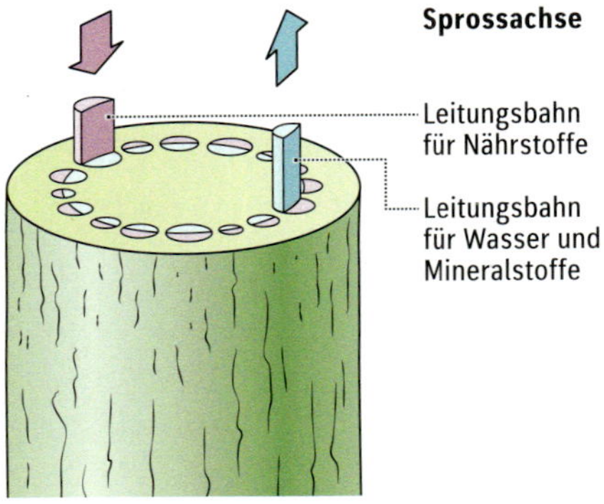

5 Aufbau einer Sprossachse

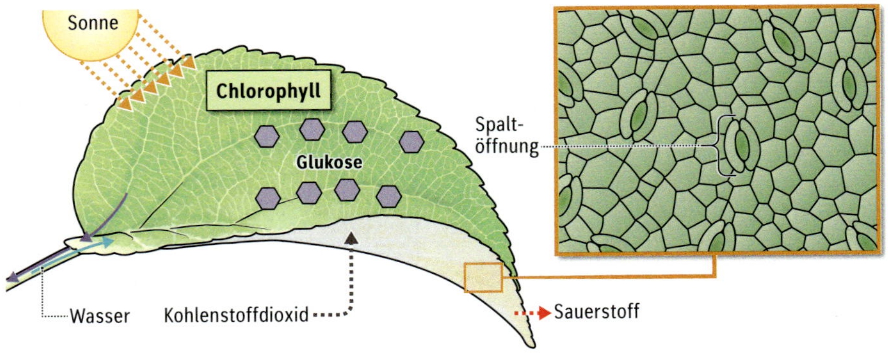

6 Fotosynthese im Laubblatt

Sprossachse

Die oberirdischen Teile einer Blütenpflanze werden **Spross** genannt. Er besteht aus der **Sprossachse** und den **Blättern**. Die Sprossachse gibt der Pflanze ihre typische Form, Stabilität und trägt die Blätter. In der Sprossachse verlaufen röhrenförmige Bahnen, die **Leitungsbahnen**. Sie transportieren Wasser, Mineralstoffe und Nährstoffe.

Blätter

Die Laubblätter vieler Blütenpflanzen sind durch den grünen Blattfarbstoff **Chlorophyll** grün gefärbt. Sie stellen mithilfe des Sonnenlichts aus Kohlenstoffdioxid und Wasser energiereiche Glukose und Sauerstoff her. Diese Stoffumwandlung nennt man **Fotosynthese**. Das für die Fotosynthese notwendige Gas Kohlenstoffdioxid gelangt über Blattöffnungen an der Unterseite aus der Luft in die Blätter. Auf umgekehrten Weg wird Sauerstoff an die Luft abgegeben. Die Blattöffnungen nennt man **Spaltöffnungen**. Über sie wird auch Wasser an die Luft abgegeben.

Blütenblätter sind umgewandelte Laubblätter. Sie sind oft bunt gefärbt und locken so Insekten an. Blüten dienen der geschlechtlichen Fortpflanzung. Aus den weiblichen Blütenteilen können sich Früchte entwickeln, in denen die Samen heranreifen. Mit diesen vermehren und verbreiten sich Blütenpflanzen.

C Nenne verschiedene Blätter bei Blütenpflanzen.

D Beschreibe den Ablauf der Fotosynthese.

M3 Spaltöffnungen

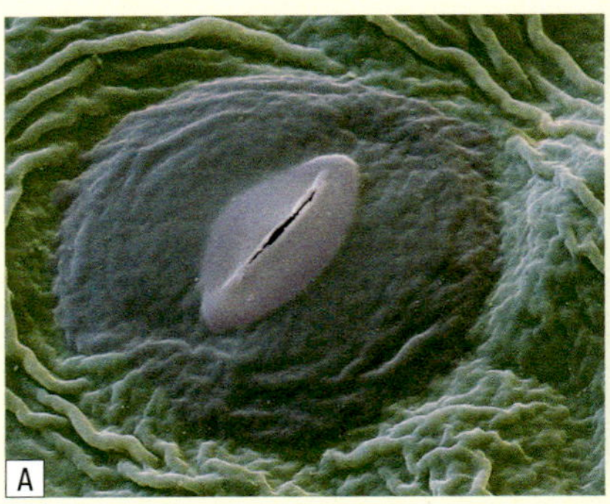

A

B

1 Beschreibe die Aufgabe der Spaltöffnungen.

2 Erkläre, welches Bild die Spaltöffnungen einer Pflanze zeigt, die gerade gegossen wurde. | HILFE

3 Erkläre, warum bei Wassermangel die Spaltöffnungen geschlossen werden. | HILFE

4 Erkläre, warum auf der Blattunterseite mehr Spaltöffnungen sind als auf der Blattoberseite.

Stofftransport in Pflanzen

EXPERTENWISSEN

Leitungsbahnen

Wurzeln, Sprossachse, Blätter und Blüten von Pflanzen sind von Leitungsbahnen durchzogen. In diesen langen Röhren werden Wasser und darin gelöste Stoffe transportiert. In den Laubblättern kann man diese Leitungsbahnen besonders gut als Blattadern sehen.

Transport von Wasser

Die Nebenwurzeln haben feine Wurzelhaare. Über deren große Oberfläche dringt Wasser aus dem Boden in die Pflanze. Die **Wasserleitungsbahnen** transportieren das Wasser in den Spross bis zu den Laubblättern und Blüten. In den Blättern wird bei der Fotosynthese Traubenzucker gebildet. Bei der Fotosynthese wird Sauerstoff frei und über die Spaltöffnungen der Blätter abgegeben. Ein großer Teil des aufgenommenen Wassers wird über die Spaltöffnungen als Wasserdampf abgegeben. Man spricht von **Verdunstung**. Je höher die Temperatur ist, desto mehr Wasserdampf wird abgegeben.

Transport von Nährstoffen

Die bei der Fotosynthese in den Blättern gebildeten Nährstoffe müssen auch zu den Blüten und Wurzeln gelangen. Dort werden sie genutzt, um Energie für die Lebensvorgänge zu gewinnen. Sie werden über **Nährstoffleitungsbahnen** in der Pflanze verteilt.

A Beschreibe den Transport von Wasser und Nährstoffen in Pflanzen.

B Beschreibe, wie Wassers aus der Pflanze abgegeben wird.

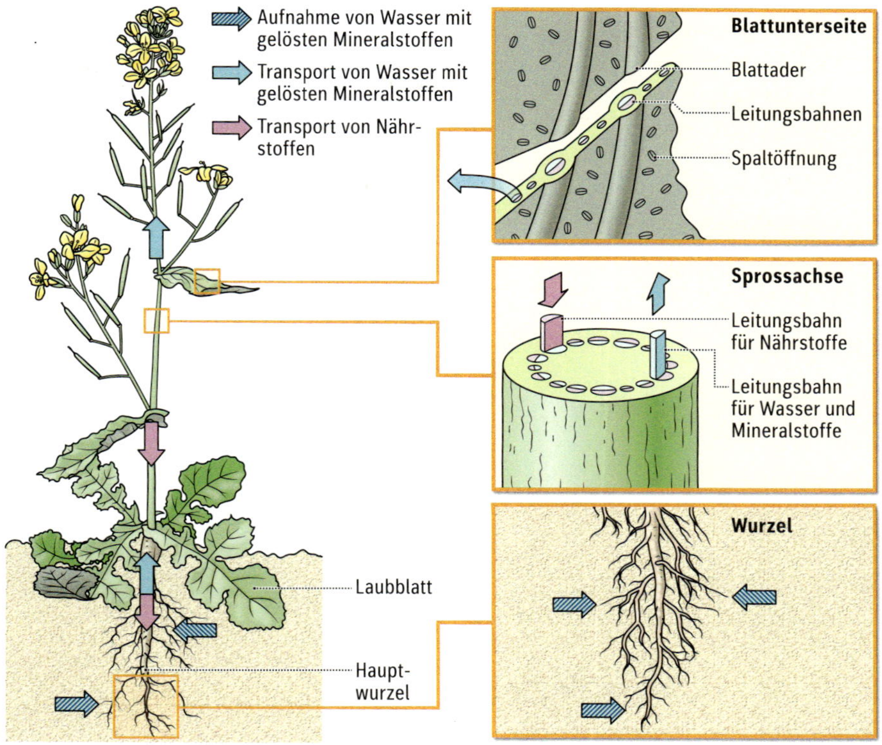

1 Stofftransport in der Pflanze

M1 Stofftransport in Pflanzen

Material:
Stängel von Pflanzen mit weißen Blüten (zum Beispiel Fleißiges Lieschen, Tulpen, Anemonen), Lebensmittelfarbe, 2 Bechergläser, Wasser

1 Entwickle mit dem dargestellten Versuchsmaterial einen Versuch, mit dem gezeigt werden kann, dass Pflanzen in der Sprossachse Wasser nach oben zu den Blüten und Blättern transportieren. Beschreibe den Versuchsaufbau und die Versuchsdurchführung.

2 Erkläre, warum der Versuch auch mit Schnittblumen funktioniert, die keine Wurzel mehr haben. | HILFE

3 Erkläre, welchen Stofftransport der Versuch nicht zeigt.

Bestimmung von Pflanzen

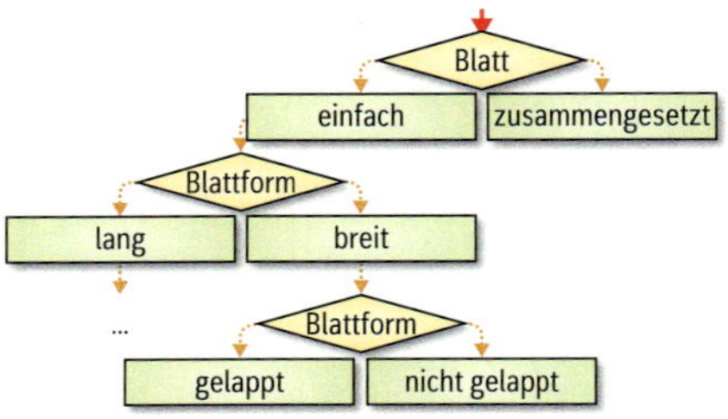

1 Bestimmungsschlüssel (Ausschnitt)

2 Bestimmungs-App

Bestimmung von Lebewesen

Allein in Deutschland leben über 48 000 Tierarten und etwa 8 800 Pflanzenarten. Selbst Experten können eine Art nicht immer sofort identifizieren. Eine Bestimmung von Lebewesen ist aber wichtig, um beispielsweise das Vorkommen von Tier- und Pflanzenarten in bestimmten Gebieten nachzuweisen und zu überwachen. So können etwa Schutzmaßnahmen ergriffen und Arten auf die Rote Liste gesetzt werden.

Methoden der Bestimmung

Lange Zeit war es nur möglich, Arten mit einem **Bestimmungsbuch** zu identifizieren. In diesen Büchern wird die Ausprägung bestimmter Merkmale abgefragt. Meistens gibt es dabei zwei Merkmalsausprägungen zur Auswahl, wie eher kleine oder eher große Blätter. Hat man sich für eine Option entschieden, gelangt man zum nächsten Merkmal, bis man schließlich die vorliegende Art bestimmt hat. Die Arbeit mit solchen **Bestimmungsschlüsseln** kann manchmal etwas schwierig sein.

Deshalb wurden Bestimmungsbücher entwickelt, die viele farbige Bilder oder auch Fotos enthalten. So können auch Menschen, die keine Experten sind, Tiere und Pflanzen bestimmen. Meist beinhalten solche Bestimmungsbücher aber nur einen kleinen Teil der Arten und sind manchmal etwas ungenau.

Es gibt immer mehr **Internetseiten**, die digitale Bestimmungsschlüssel oder Bestimmungshilfen enthalten. In letzter Zeit wurden auch **Apps** entwickelt, mit denen man Arten mithilfe der Kamera identifizieren kann.

M1 Pflanzenbestimmung mit einer App

A

B

C

1 Recherchiere nach Pflanzenbestimmungs-Apps. Teste die Funktionsweise der App. | HILFE

2 Bestimme die Pflanzen auf den Fotos A bis C mit einer Pflanzenbestimmungs-App. | HILFE

3 Teste verschiedene Apps zur Pflanzenbestimmung in einem schulnahen Ökosystem.

M2 Laubbäume bestimmen

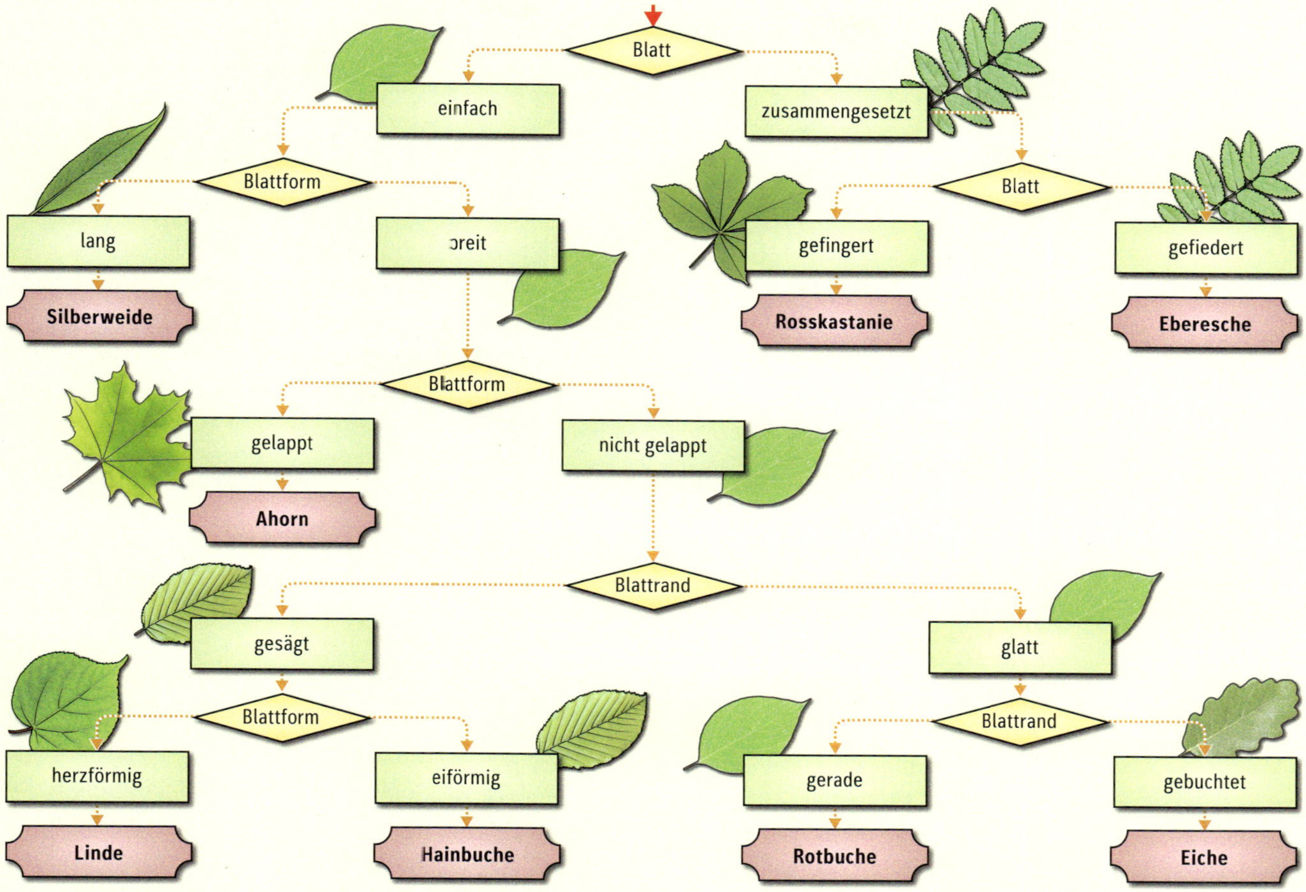

A

B

C

1 Bestimme die Laubbäume auf den Fotos A bis C mithilfe des abgebildeten Bestimmungsschlüssels. | HILFE

2 Beschreibe an einem Beispiel, anhand welcher Merkmale der Laubbaum bestimmt wurde. | HILFE

3 Informiere dich zur Waldkiefer, Tanne, Fichte und Lärche. Erstelle einen Bestimmungsschlüssel.

Aufbau von Blüten

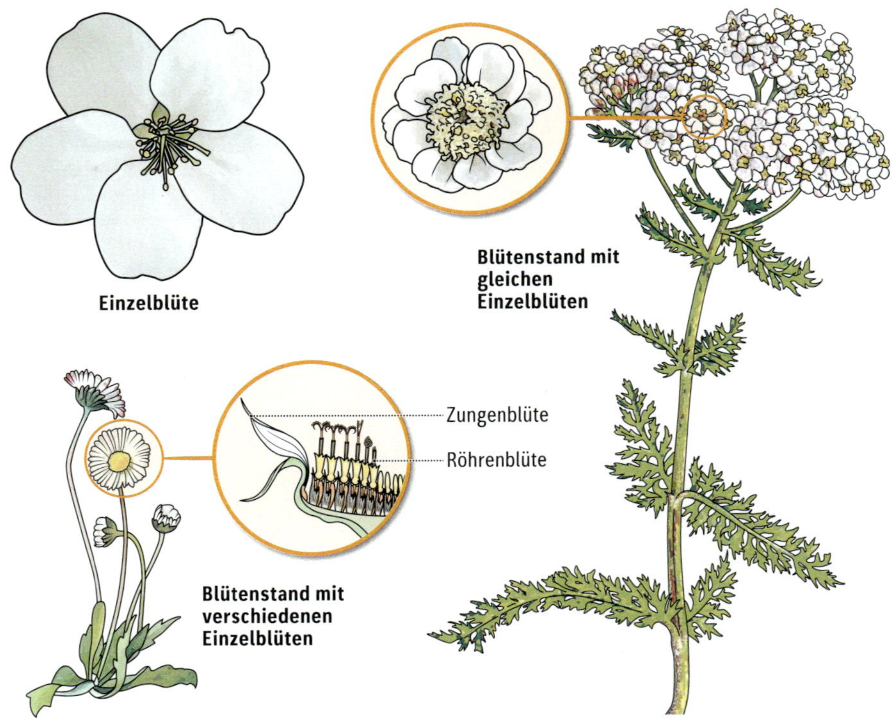

2 Blüten

Blüten

Die Blüten verschiedener Pflanzenarten können sehr unterschiedlich aussehen. Blüten haben denselben **Grundaufbau**. Sie unterscheiden sich in Anzahl und Aussehen der einzelnen Blütenbestandteile. An vielen Pflanzen sind die Blüten nicht einzeln als **Einzelblüten** an der Pflanze, sondern stehen dicht beieinander. Sie bilden einen **Blütenstand**.

Aufbau der Blüte

An einer Kirschblüte kann man den Blütenaufbau besonders gut erkennen. Ganz außen befinden sich am Rande des kelchförmigen Blütenbodens die **Kelchblätter**. Sie schützen das Innere der Blüte vor dem Aufblühen. Darauf folgen die besonders auffälligen, oft farbigen **Kronblätter**. Sie locken Insekten an.

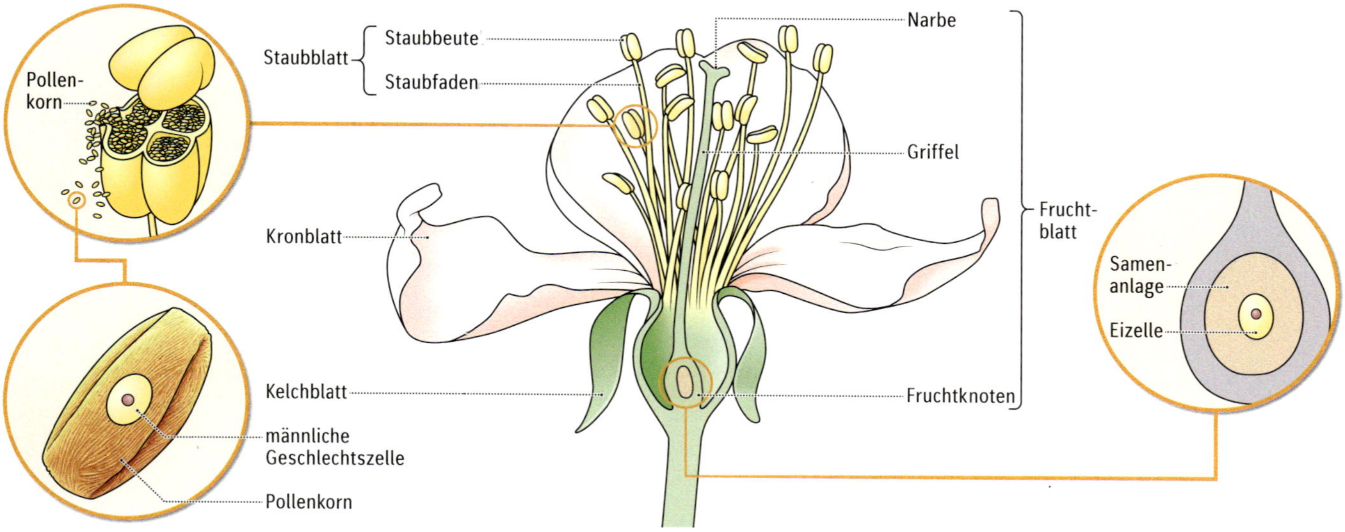

3 Aufbau einer Blüte (Kirsche)

Weiter nach innen schließen sich oft viele **Staubblätter** an. Jedes von ihnen besteht aus einem langen **Staubfaden**, der den **Staubbeutel** trägt. Der Staubbeutel enthält den Blütenstaub, der auch **Pollen** genannt wird. In jedem einzelnen **Pollenkorn** befindet sich eine männlichen Geschlechtszelle. Die Staubblätter sind die männlichen Blütenorgane.
In der Mitte der Blüte befindet sich das **Fruchtblatt**. Es besteht unten aus einem verdickten **Fruchtknoten**, dem langen **Griffel** und der klebrigen **Narbe**. Im Fruchtknoten liegt die **Samenanlage**. Hier befindet sich die weibliche Geschlechtszelle, die **Eizelle**. Das Fruchtblatt ist das weibliche Blütenorgan, aus der sich später die Frucht bildet.
Blüten, die männliche und weibliche Blütenorgane besitzen, bezeichnet man als **Zwitterblüten**.

A Beschreibe den Aufbau einer Blüte. Nimm die Abbildungen zu Hilfe.

M1 Versuch mit Blüten

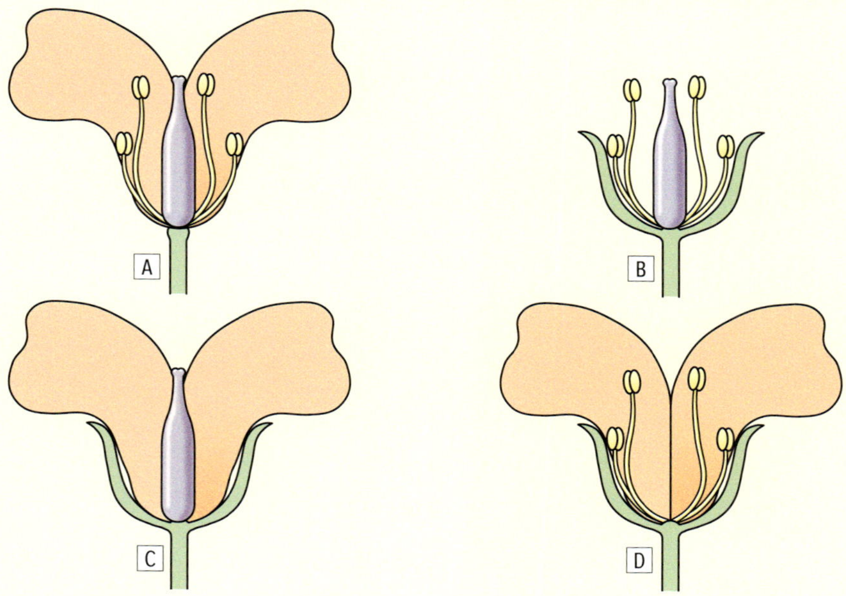

1 Nenne die Blütenblätter, die in A–D jeweils entfernt wurden.

2 Ordne folgende Beobachtungen richtig zu: Blüte wurde weniger von Insekten angeflogen, Blüten bildete keinen Pollen, kann keine Frucht bilden. | HILFE

3 Erkläre, warum die Kirschblüte eine Zwitterblüte ist. | HILFE

Blüten untersuchen

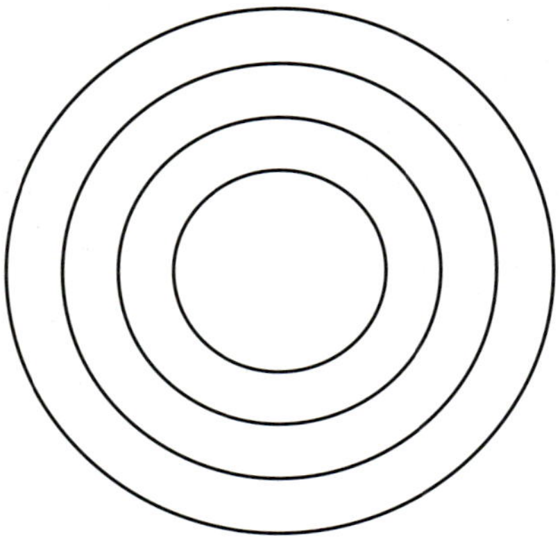

1 Kreisschema

2 Legebild einer Kirschblüte

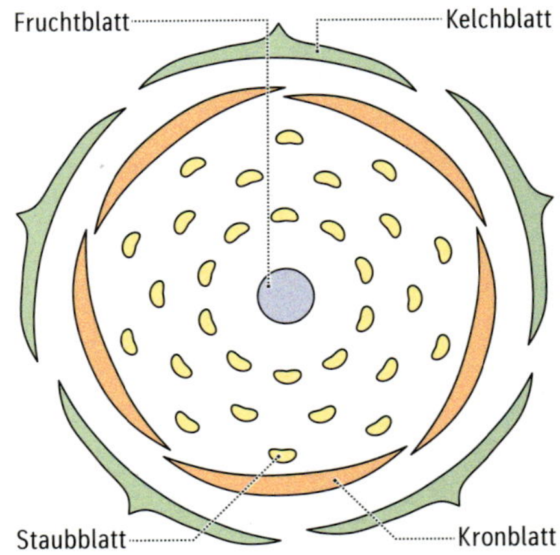

3 Blütendiagramm einer Kirschblüte

Legebild und Blütendiagramm

Damit man den Aufbau von Blüten vergleichen kann, fertigt man **Legebilder** an. Um den Aufbau von Blüten noch besser zu überblicken, kann man aus den Legebildern **Blütendiagramme** erstellen. Bei ihnen sind die Blütenblätter vereinfacht dargestellt.

Vorgehensweise

Kreisschema • Zeichne auf eine Pappe mit einem Zirkel einen kleinen Kreis. Vergrößere den Abstand der Kreise um 3 Zentimeter. Nutze die gleiche Einstichstelle für den Zirkel und ziehe einen weiteren Kreis. Wiederhole dieses Vorgehen, bis du vier Kreise hast.

Legebild • Zupfe mit einer Pinzette zuerst die äußersten Blütenblätter ab. Achte beim Zupfen darauf, möglichst dicht an der Stelle anzusetzen, an der das jeweilige Blütenblatt angewachsen ist. Verteile die äußersten Blütenblätter gleichmäßig auf dem äußersten Kreis. Orientiere dich dabei an der Anordnung bei der Blüte. Zupfe danach die nächsten Blütenblätter ab und verteile sie auf dem nächsten freien Kreis. Fahre so lange fort, bist du in der Mitte der Blüte angekommen bist. Lege das Fruchtblatt in die Mitte. Ist das Legebild fertig, decke es mit einer selbstklebenden Folie ab.

A Beschreibe die Aufgabe von Legebildern.

P1 Ein Legebild erstellen

Material: Pinzette, Pappe, Zirkel, verschiedene Blüten

Durchführung: Sammle verschiedene Blüten. Zupfe die einzelnen Blütenblätter mit der Pinzette ab. Zeichne mit dem Zirkel mehrere Kreisschema auf die Pappe.

1 Erstelle aus den gesammelten Blüten Legebilder.

2 Vergleicht in der Klasse Legebilder von verschiedenen Blüten. | HILFE

3 Zeichne ein Blütendiagramm von einem deiner Legebilder.

Mit Lupe und Binokular arbeiten

1 Untersuchung mit einer Einschlaglupe

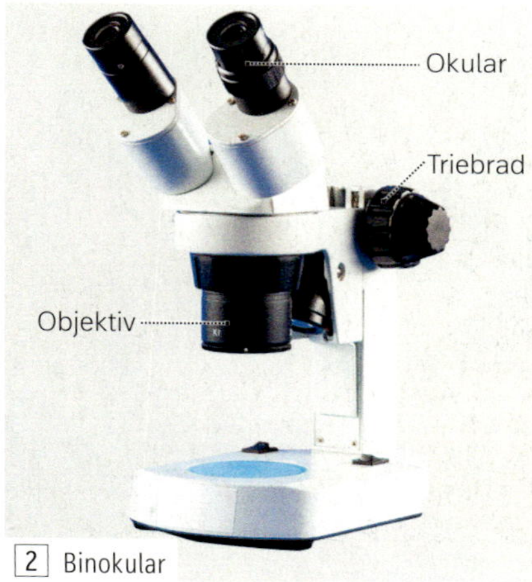

2 Binokular

3 Tulpenblüte

Kleine Dinge betrachten

Manche Einzelheiten von Lebewesen sind so klein, dass man sie mit bloßem Auge nicht erkennen kann. Mit verschiedenen Hilfsmitteln zur **Vergrößerung** kann man Einzelheiten vergrößert betrachten. So wird auch möglich, besonders kleine Lebewesen zu untersuchen.

Lupen

Mithilfe einer Lupe kann man Objekte wie Blüten bis zu 20-fach vergrößert betrachten. Je nach Untersuchungsobjekt oder Untersuchungsort verwendet man ganz unterschiedliche Lupen.
Die kleinen **Einschlaglupen** vergrößern relativ stark. Sie sind gut für das Arbeiten im Freiland geeignet. Das Objekt muss ruhig in der Hand gehalten werden. **Stiellupen** vergrößern nicht so stark. Dafür kann man mit ihnen einen größeren Ausschnitt betrachten. Deshalb erkennt man auch Einzelheiten, auch wenn das Objekt nicht ganz ruhig gehalten wird. **Becherlupen** sind gut für die Beobachtung von bewegten Objekten wie Insekten geeignet.

Bei Untersuchungen mit Lupen sieht man immer nur mit einem Auge durch die Lupe. Das andere Auge bleibt geschlossen. Die Lupe wird immer dicht an das Auge gehalten. Das Objekt wird immer näher Richtung Auge bewegt, bis man es scharf sehen kann.

Binokular

Mit einem Binokular kann man Objekte mit beiden Augen gleichzeitig betrachten. Weil man beide Hände frei hat, kann man unter dem Binokular auch Untersuchungen durchführen wie beispielsweise eine Blüte genauer untersuchen. Ein Binokular besteht aus mehreren gewölbten Linsen. Die Linsen, die sich beim Beobachten unmittelbar vor dem Auge befinden, bezeichnet man als **Okular**. Die Linse, die dem zu beobachtenden Objekt zugewandt ist, bezeichnet man als **Objektiv**.

A Betrachte kleine Blüten mit der Lupe und dem Binokular möglichst bei gleicher Vergrößerung.

M1 Lupen

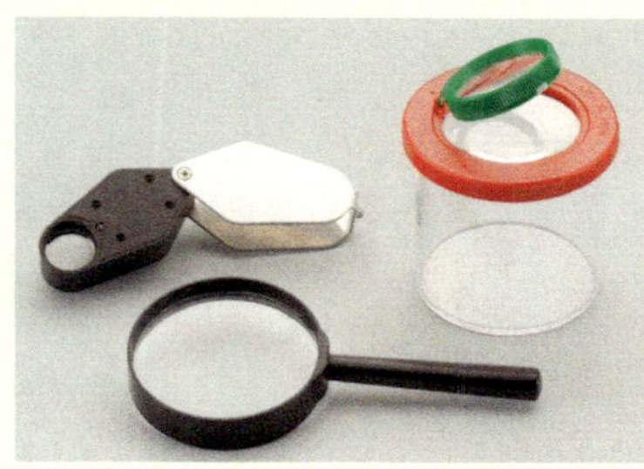

1 Ordne den Lupen folgende Bezeichnungen zu: Becherlupe, Einschlaglupe, Stiellupe.

2 Beschreibe Vor- und Nachteile der einzelnen Lupen.

3 Erkläre, für welche Zwecke die verschiedenen Lupen jeweils geeignet sind.

Bestäubung von Blüten

Bestäubung

Für die Fortpflanzung müssen männliche und weibliche Geschlechtszellen zusammenkommen. Weil Pflanzen an einem festen Ort wachsen und sich nicht fortbewegen können, müssen die männlichen Geschlechtszellen oft über weite Entfernungen transportiert werden. Dafür sind die männlichen Geschlechtszellen sicher in **Pollenkörnern** verpackt. Diese werden von den Staubblättern der Blüte abgegeben.

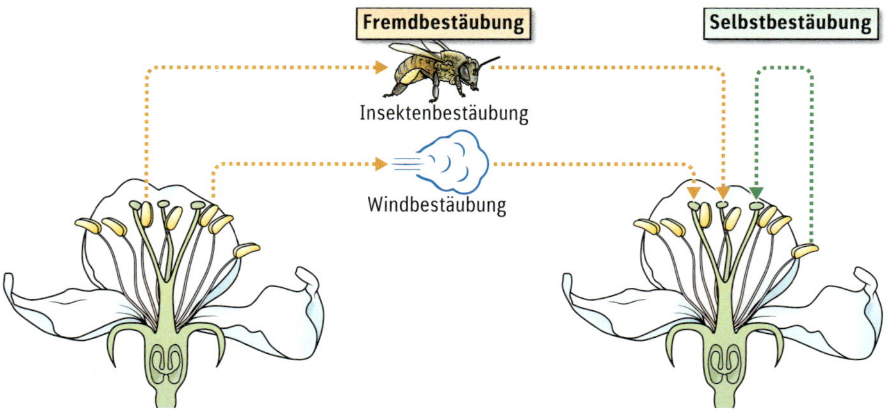

1 Formen der Bestäubung

Kommen Pollenkörner auf eine Narbe, bezeichnet man das als **Bestäubung**. Gelangen Pollenkörner einer Blüte auf die Narbe derselben Blüte, spricht man von **Selbstbestäubung**. Kommen Pollenkörner einer Pflanzenart auf eine andere Blüte derselben Pflanzenart, spricht man von **Fremdbestäubung**.

Insektenbestäubung

Die meisten Pflanzen haben große und bunte Blüten, die einen angenehmen Duft verströmen. Diese auffälligen Blüten locken viele Insekten an. In den Blüten bilden viele Pflanzen einen süßen Saft, den **Nektar**. Insekten dienen Nektar und Pollenkörner als Nahrung. Honigbienen nehmen den Nektar auf und machen daraus **Honig**. Um an den tief in der Blüte liegenden Nektar zu kommen, müssen Insekten meist weit in die Blüte kriechen. Dabei kommen sie auch an die Staubblätter mit den Pollenkörnern. Diese sind stachelig und bleiben

2 Grasblüten geben Pollen ab

im Haarkleid der Insekten hängen. Besucht das Insekt danach eine andere Blüte, können Pollenkörner vom Haarkleid auf die Blüte übertragen werden. Damit die Pollenkörner haften, ist die Narbe der Blüte klebrig. Weil die Bestäubung durch Insekten erfolgt, spricht man von **Insektenbestäubung**.

Windbestäubung

Bei Gräsern und vielen Baumarten findet die Verbreitung der Pollen mit Hilfe des Windes statt. Oft sind viele der sehr unauffälligen Blüten nebeneinander. Die Staubblätter ragen oft weit aus der Blüte heraus. Die Pollenkörner lösen sich beim geringsten Windstoß ab. Durch Luftpolster und eine glatte Oberfläche werden sie weit vom Wind getragen. Um die Pollenkörner aus der Luft zu fangen, ragen die Narben der Blüten weit aus der unauffälligen Blüte heraus. Weil bei dieser **Windbestäubung** viele Pollenkörner nicht auf eine andere Blüte kommen, ist die Anzahl der Pollenkörner sehr hoch. So bilden viele windbestäubte Pflanzen ihre Blüten vor den Laubblättern aus, damit die Laubblätter die Windbestäubung nicht behindern.

M1 Bestäubung

1 Beschreibe die Fotos.

2 Ordne die Merkmale in 1 bis 4 jeweils der Windbestäubung oder Insektenbestäubung zu. Lege eine Tabelle an.

Bestäubung durch	Wind	Insekten
Blüte	...	...
...	...	...

3 Erkläre, warum die Blüten insektenbestäubter Pflanzen auffällig sind. | HILFE

4 Erkläre, warum der Nektar bei insektenbestäubten Blüten tief in der Blüte liegt. | HILFE

5 Erkläre, warum die Pollen insektenbestäubter Pflanzen oft stachelig sind. | HILFE

6 Erkläre, warum die Staubblätter und Narben windbestäubter Pflanzen oft weit aus der Blüte herausragen. | HILFE

7 Erkläre, warum die Pollen windbestäubter Pflanzen Luftpolster haben.

8 Erkläre, warum windbestäubte Pflanzen viel mehr Pollenkörner bilden als insektenbestäubte Pflanzen.

Von der Blüte zur Frucht

Befruchtung

Nach der Bestäubung einer Blüte liegen Pollenkörner auf der klebrigen Narbe. Die Pollenkörner enthalten die männlichen Geschlechtszellen. Eines der Pollenkörner keimt auf der Narbe und bildet einen Auswuchs, den **Pollenschlauch**. Dieser wächst durch die Narbe und den Griffel bis in den Fruchtknoten hinein. Die männliche Geschlechtszelle des Pollenkorns wandert mit dem Wachstum des Pollenschlauchs bis in den Fruchtknoten der Blüte hinunter. Der Pollenschlauch verschmilzt dort mit dem Fruchtknoten und gibt die männliche Geschlechtszelle in den Fruchtknoten ab. Dort liegt die weibliche Geschlechtszelle, die **Eizelle**. Sie verschmilzt mit der männlichen Geschlechtszelle aus dem Pollenschlauch. Auch die Zellkerne der beiden Geschlechtszellen verschmelzen miteinander. Diesen Vorgang bezeichnet man als **Befruchtung**.

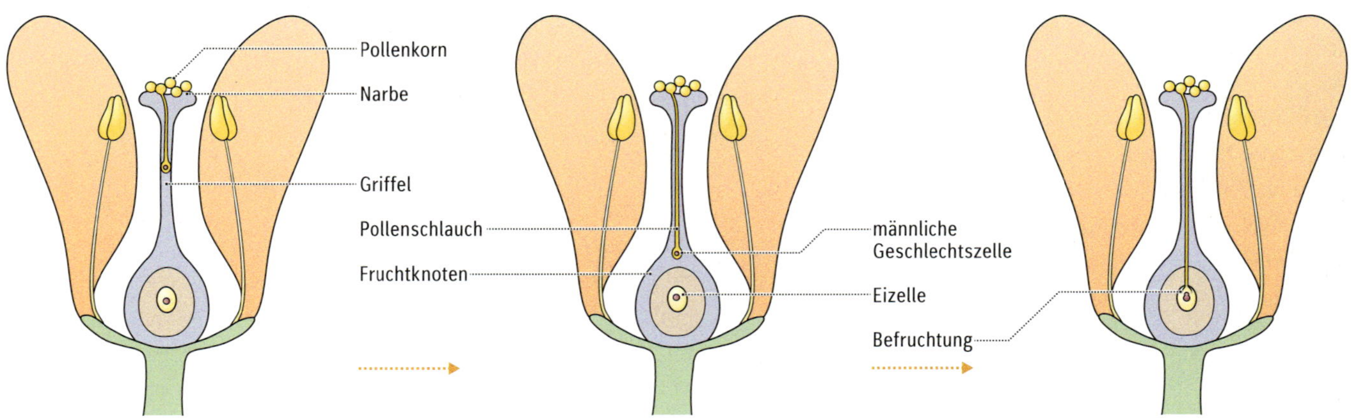

1 Befruchtung

2 Frucht einer Kirsche

Fruchtbildung

Hat eine Befruchtung stattgefunden, verändert die Blüte ihr Aussehen. Die Kelchblätter, Kronblätter und Stäubblätter welken und fallen ab. Der Griffel mit der Narbe verkümmert. Übrig bleibt nur der Fruchtknoten, der nun größer und meist auch bunter wird. Der Fruchtknoten der Blüte wird zur **Frucht**.
Aus der Wand des Fruchtknotens entwickelt sich die **Fruchtwand**. Diese besteht aus drei Schichten. Bei der Kirsche bildet die äußere Fruchtschale die dünne Haut. Darauf folgt die mittlere Fruchtschale als süßes Fruchtfleisch.

Die innere Fruchtschale bildet bei der Kirsche einen harten Kern, den Kirschkern. Die drei Schalen der Fruchtwand umgeben den **Samen**.
Je nach Pflanzenart können die Fruchtschalen unterschiedlich gestaltet sein. Es gibt verschiedene **Fruchtformen**.

A Beschreibe die Befruchtung mit Hilfe von Bild 1.

B Beschreibe die Fruchtbildung mit Hilfe von Bild 3.

C Beurteile die Aussage: „Bienen befruchten Kirschen."

M1 Schokoladen-Ei

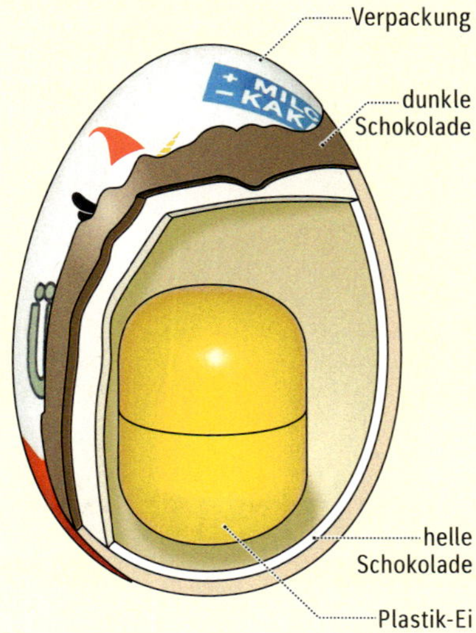

1 Beschreibe den Aufbau des Schokoladen-Eies.

2 Ordne den vier Teilen des Schoko-Eies die Teile einer Kirschfrucht zu. | HILFE

3 Beschreibe Gemeinsamkeiten des Modells mit einer Kirschfrucht. | HILFE

4 Begründe, was das Modell gut und was es weniger gut zeigt.

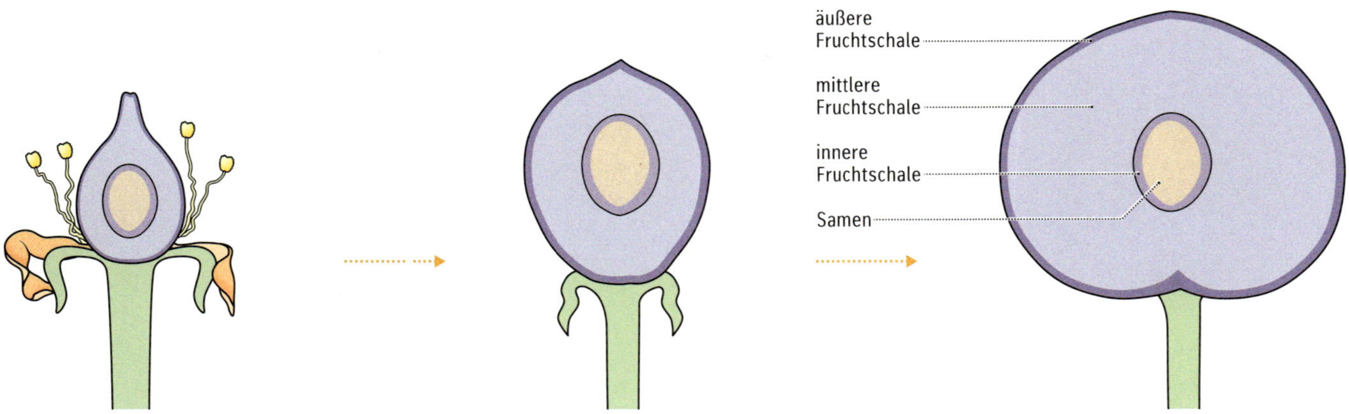

3 Fruchtbildung

Ausbreitung von Samen und Früchten

1 Flugfrüchte des Ahorns

Verbreitung von Pflanzen

Pflanzen wachsen fest an einem Standort. Um neue Standorte besiedeln zu können, müssen sie ihre Früchte, die die Samen enthalten, verbreiten. Aus den Samen können neue Pflanzen wachsen.

Verbreitung durch Wind

Die Samen vieler Nadelbäume sind sehr leicht und besitzen dünne Flughäute. Sie funktionieren wie die Flügel eines Segelfliegers. Die Samen werden durch den Wind verbreitet. Man bezeichnet sie als **Flugfrüchte**.

Auch die Frucht des Ahorns hat Tragflügel. Die Frucht des Löwenzahns hat an einem Stiel einen Schirm aus feinen Härchen. Ein solcher Schirmflieger kann viele Kilometer weit fliegen.

P1 Modell einer Ahornfrucht

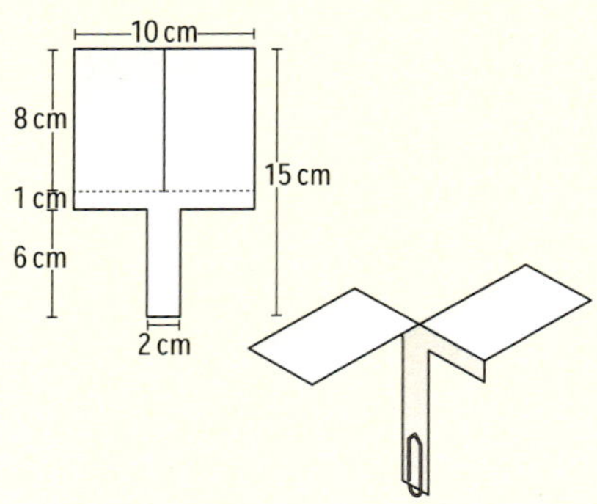

Material: Papier, Lineal, Stift, Schere, Büroklammern, Stoppuhr

Durchführung: Schneide das Papier auf 15x8 cm. Schneide in der Mitte einer schmalen Seite 5 cm tief ein. Falte die beiden Seitenteile in verschiedene Richtungen. Befestige an der anderen schmalen Seite eine Büroklammer. Lass das Modell aus etwa zwei Metern Höhe fallen. Miss die Flugdauer.

1 Beschreibe, welche Teile des Modells welchen Teilen der Ahornfrucht entsprechen.

2 Führe den Versuch durch:
a) während du beim Fallen gegen das Modell pustest,
b) mit 2 Büroklammern am Modell,
c) mit einem tiefer eingeschnittenen Papier.
Beschreibe deine Beobachtungen. | HILFE

3 Erkläre, wie eine Ahornfrucht gebaut sein muss, um möglichst weit zu fliegen.

Verbreitung durch Tiere

Die Früchte der Eberesche locken durch ihre auffällige Färbung Vögel an. Sie fressen diese **Lockfrüchte**. Die unverdaulichen Samen werden nach einiger Zeit mit dem Kot ausgeschieden. Der Kot der Vögel dient gleichzeitig als Dünger.
Die **Klettfrüchte** verschiedener Pflanzen haben an der Oberfläche Haken. Mit diesen verankern sie sich im Gefieder oder im Fell von Tieren. Sie werden eine Zeit lang mitgeschleppt und an einem anderen Ort wieder abgestreift.
Die Samen der Schneeglöckchen haben fettreiche Anhängsel. Ameisen tragen diese Früchte als Nahrung in ihren Bau. Verlieren sie beim Transport eine dieser **Ameisenfrüchte**, kann daraus eine neue Pflanze wachsen.

Verbreitung durch Wasser

Pflanzen wie die Teichrose wachsen im Wasser. Ihre Früchte haben Luftkammern. Diese **Schwimmfrüchte** treiben auf dem Wasser und werden verbreitet.

Selbstverbreitung

Wenn die Frucht des Springkrautes reif ist, steht sie unter Spannung. Bei Berührung platzt sie auf und die Samen werden herausgeschleudert. Das Springkraut hat wie der Besenginster **Schleuderfrüchte**.
Bei Pflanzen wie dem Mohn vertrocknen die Früchte und reißen auf. So verstreuen **Streufrüchten** ihre Samen wie bei einem Salzstreuer.

A Nenne verschiedene Formen der Ausbreitung von Samen und Früchten.

2 Klettfrucht

3 Ameisenfrucht

4 Schwimmfrucht der Teichrose

5 Selbstverbreitung: Spingkraut

M1 Samen und Früchte

Süß-Kirsche

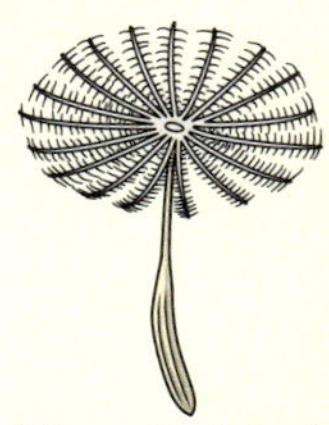
Wiesen-Bocksbart

Besenginster

Klatsch-Mohn

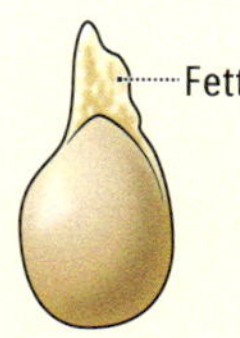

Wald-Veilchen

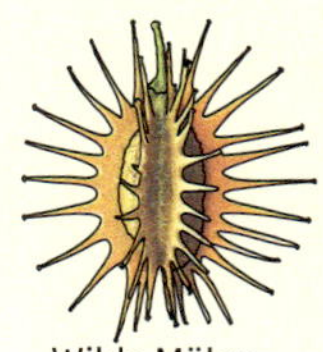
Wilde Möhre

Kokosnuss

1 Ordne die Früchte folgenden Fruchttypen zu: Flugfrucht, Klettfrucht, Schwimmfrucht, Lockfrucht, Ameisenfrucht, Streufrucht oder Schleuderfrucht.

2 Erkläre, warum Samen und Früchte, die durch den Wind verbreitet werden, besonders leicht sind. | HILFE

3 Erkläre, warum Samen und Früchte, die durch Vögel verbreitet werden, besonders bunt und süß sind. | HILFE

4 Erkläre an einem Beispiel den Zusammenhang zwischen dem Bau und der Aufgabe.

5 Stelle Vermutungen an, welche Früchte auch von Menschen verbreitet werden könnten.

Digital+
WES-187000-199

Aus Samen entwickeln sich Pflanzen

Aufbau eines Pflanzensamens

Pflanzen wie die Feuerbohne bilden zur Fortpflanzung und Vermehrung Samen aus. Der Bohnensamen ist von einer harten **Samenschale** umgeben. Sie schützt den Samen vor Beschädigungen und Austrockung. Im Samen befindet sich eine kleine, unreife Pflanze, der **Keimling**. Dieser besteht aus einer **Keimwurzel**, dem **Keimstängel** und einem Paar erste **Laubblätter**. Die ersten, kleinen Laubblätter sind noch nicht grün. Im Samen befindet sich ein Paar Keimblätter, das fast das gesamte Innere des Samens ausfüllt. Sie bilden einen **Nährstoffspeicher**, der die nötigen Nährstoffe für die anfängliche Entwicklung der Pflanze bereithält.

Quellung

Auf trockenen oder kalten Boden entwickelt sich ein Samen nicht weiter. Dieser Zustand heißt **Samenruhe**. So können Samen ungünstige Bedingungen wie den Winter überdauern. Liegt ein Samen auf feuchten, warmen Boden, dringt Wasser in ihn ein. Er wird größer und schwerer. Die Schale wird weicher. Diesen Vorgang nennt man **Quellung**.

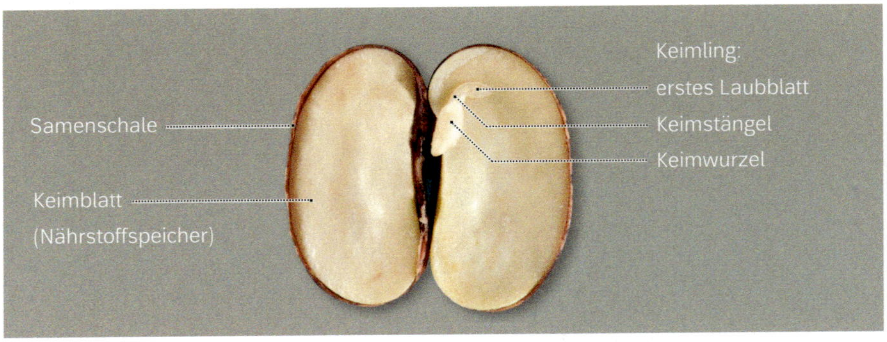

1 Aufbau eines Bohnensamens

2 Bohnensamen vor und nach der Quellung

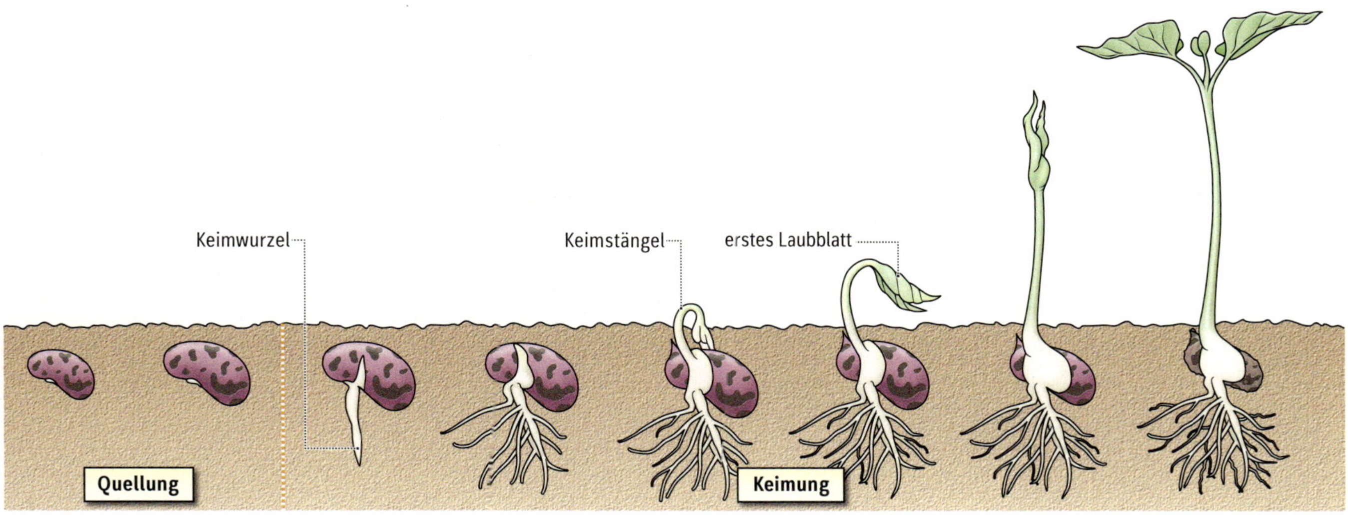

3 Quellung und Keimung der Feuerbohne ANIMATION

Keimung

Nach der Quellung des Samens beginnt der Keimling zu wachsen. Dafür nutzt er die Nährstoffe des Nährstoffspeichers. Die Keimwurzel wächst nach unten in die Erde und verankert so den Keimling im Boden. Von der immer größer werdenden Keimwurzel zweigen immer mehr **Seitenwurzeln** ab. Sie nehmen Wasser und darin gelöste Mineralstoffe aus dem Boden auf.

Auch der gekrümmte Keimstängel wächst und durchbricht die Samenschale. Über der Erde richtet sich der Keimstängel auf und die ersten Laubblätter entfalten sich. Sprossachse und Blätter werden größer und unter dem Einfluss des Sonnenlichts grün. Es bilden sich weitere, grüne **Laubblätter**. Sie bilden mit Hilfe des Sonnenlichts Nährstoffe, die für das Wachstum benötigt werden. Die Entwicklung von der Quellung bis zur Entfaltung der ersten grünen Laubblätter heißt **Keimung**. Dabei werden die Nährstoffe, die im Samen gespeichert sind, verbraucht. Die Keimblätter werden schließlich immer kleiner und sterben ab. Nach der Keimung folgt das **Wachstum** der grünen Pflanze. ▶

A Beschreibe die Quellung und die Keimung der Feuerbohne.

M1 Keimungsversuch

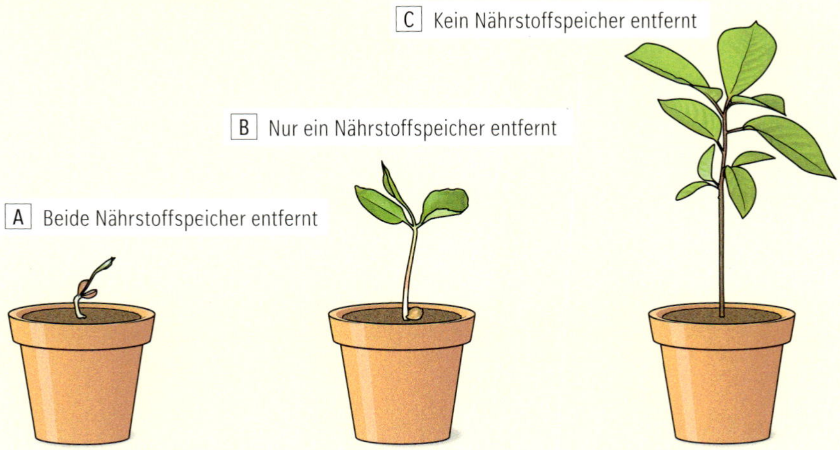

Bei einem Versuch wurden von keimenden Samen einer Pflanze die Nährstoffspeicher entfernt. Nach 30 Tagen wurden die Ergebnisse festgehalten.

1 Formuliere eine Frage, die mit dem Experiment geklärt wird.

2 Beschreibe die Beobachtungen des Versuches.

3 Erkläre die Bedeutung der Nährstoffspeicher für die weitere Entwicklung des Keimlings. | HILFE

4 Erkläre, warum die Nährstoffspeicher mit der Zeit kleiner werden. | HILFE

5 Erkläre, warum die Nährstoffspeicher nach der Entfaltung der Laubblätter nicht mehr benötigt werden.

M2 Keimungsbedingungen der Gartenbohne

~~Erde~~ Wasser Licht Wärme Luft

Erde ~~Wasser~~ Licht Wärme Luft

Erde Wasser ~~Licht~~ Wärme Luft

Erde Wasser Licht ~~Wärme~~ Luft

Erde Wasser Licht Wärme ~~Luft~~

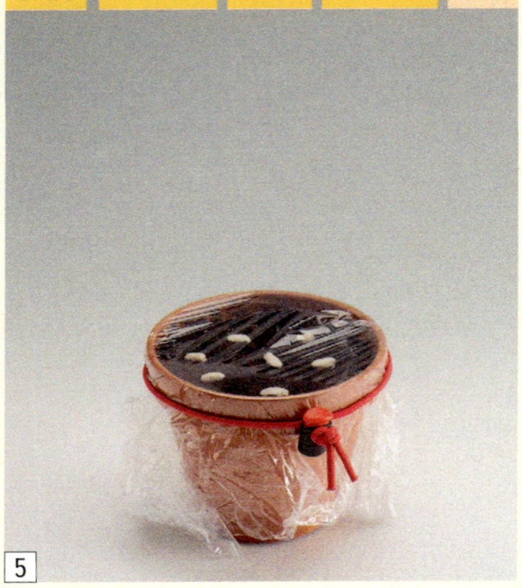

Erde Wasser Licht Wärme Luft

Die Fotos zeigen die Ergebnisse von einem Experiment nach 12 Tagen.

1 Formuliere eine Frage, die mit dem Experiment geklärt wird.

2 Beschreibe die Versuchsdurchführung jedes Teilversuches. | HILFE

3 Beschreibe die einzelnen Versuchsbeobachtungen. Übertrage dazu die Tabelle in dein Heft und fülle sie aus. | HILFE

4 Erkläre, welche Bedingungen Bohnensamen der Gartenbohne für die Keimung benötigt.

Versuch	Keimungsbedingungen					Ergebnis
1	keine Erde	Wasser	Licht	Wärme	Luft	Samen keimt
2	...	...	...	...	...	...
...	...	...	...	...	...	...

Eine digitale Präsentation erstellen

METHODE

Digitale Präsentationen

Mit Präsentationsprogrammen kann man digitale Präsentationen am Computer erstellen. Mit diesen kannst du Vorträge anschaulich machen. Es ist sehr wichtig, eine digitale Präsentation richtig aufzubauen und zu gestalten. Im Vordergrund des Vortrages steht immer die vortragende Person und nicht die Präsentation. Eine Präsentation enthält nicht nur Text, sondern auch Bilder, Diagramme oder Videos. Das macht sie interessanter für die Zuhörer.
Wenn die Präsentation in das Internet, beispielsweise auf eine Homepage, gestellt wird, oder sie außerhalb des Klassenzimmers gezeigt wird, braucht man die Erlaubnis vom Ersteller des Bildes, Tons oder des Videos.

Aufbau einer Präsentation

Die einzelnen Seiten einer digitalen Präsentation nennt man **Folie**. Eine Präsentation wird in unterschiedliche Abschnitte eingeteilt:

- **Titelfolie** • Auf der ersten Folie stehen der Titel der Präsentation und die Namen der Präsentierenden. Es kann auch ein Untertitel und ein passendes Bild hinzugefügt werden. Die Titelfolie sollte das Interesse der Zuhörenden wecken.
- **Gliederung** • Die Gliederung zeigt dem Publikum, worüber du sprechen wirst. Sie sollte kurz und knapp sein und dem Publikum nur einen groben Überblick geben.
- **Inhalt** • Auf den nächsten Folien werden die wichtigsten Stichpunkte, ergänzende Bilder oder Videos kurz und übersichtlich gezeigt.
- **Zusammenfassung** • Zum Schluss führst du die wichtigsten Aussagen deines Vortrags auf. Die Zusammenfassung sollte kurz sein und keine unnötigen Details beinhalten.
- **Quellen** • Schreibe auf die letzte Folie die Quellen aller Bilder, Töne und Videos, die du nicht selbst erstellt hast. Nenne den Ersteller und wo du den Inhalt gefunden hast.

P1 Präsentation erstellen

Keimung

und Wachstum

Yusra Tosun und Florian Groß, Klasse 5c

A

Keimung

- Nach einiger Zeit wächst die Keimwurzel

- Keimstängel und erste Laubblätter brechen durch Samenschale

B

Gliederung

- Aufbau eines Samens
- Quellung
- Keimung
- Wachstum
- Keimung und Wachstum im Überblick

C

Keimung und Wachstum im Überblick

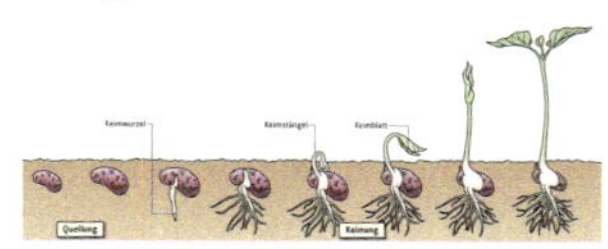

- Schritte: Quellung – Keimung – Wachstum
- neue Bohnenpflanze ist entstanden

D

Aufbau eines Samens

- Samen sind von einer Samenschale umgeben
- Im Inneren sind zwei Keimblätter und der Keimling

E

Quellen

Folie 2: www.quelle1.de/keimung
Folie 8: www. quelle2.com/bohnen
Folie 15: www.quelle3.net/samen

F

1 Ordne den Folien A–F die Abschnitte Titelfolie, Gliederung, Inhalt, Zusammenfassung und Quellen zu.

2 Nenne Vorteile und Nachteile von digitalen Präsentationen. | HILFE

Ungeschlechtliche Vermehrung

Vermehrung der Erdbeere

Die Erdbeerpflanze pflanzt sich wie alle Blütenpflanzen geschlechtlich fort. Nach der Bestäubung durch Insekten befruchtet die männliche Geschlechtszelle die Eizelle. Daraufhin bildet die Erdbeerpflanze Samen und Früchte. Aus den Samen können neue Erdbeerpflanzen entstehen. Die Erdbeerpflanze kann auch Nachkommen hervorbringen, ohne dass sie Geschlechtszellen bildet. Dafür bildet sie oberirdische **Ausläufer** des Sprosses. Die Ausläufer wachsen auf dem Boden entlang und bilden in einiger Entfernung zur **Mutterpflanze** neue Blätter und Wurzeln. Es entstehen dann **Tochterpflanzen,** die man **Ableger** nennt. Diese neuen Pflanzen haben genau die gleichen Merkmale wie die Mutterpflanze. Man nennt dies ungeschlechtliche**, vegetative Vermehrung**.

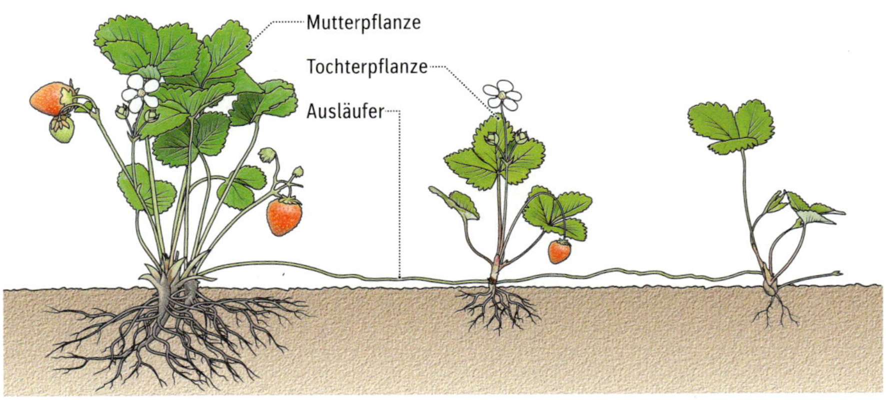

1 Ausläufer und Ableger der Erdbeerpflanze

Ungeschlechtliche Vermehrung

Auch die Kartoffelpflanze bildet Ausläufer. An ihren unterirdischen Ausläufern bilden sich **Sprossknollen**. Daran wachsen neue Sprosse mit Wurzeln. Es entsteht eine neue Pflanze. Neben Ausläufern gibt es noch weitere Möglichkeiten der vegetativen Vermehrung. So bildet der Schlangenlauch in seinen Blütenständen **Brutzwiebeln**. Diese können auf der Mutterpflanze austreiben. Auch Blätter mancher Pflanzen sind zur Bildung vegetativer Vermehrungsorgane befähigt. An den Blatträndern vom Brutblatt entstehen kleine Pflänzchen mit Wurzeln. Nach dem Abfallen dieser **Brutknospen** wachsen sie auf dem Boden weiter.

Vor- und Nachteile

Die ungeschlechtliche Vermehrung läuft schneller ab als die geschlechtliche Vermehrung. Pflanzen können durch ungeschlechtliche Vermehrung einen passenden Lebensraum schneller besiedeln. Die Nachkommen haben alle dieselben Eigenschaften wie Anpassungsfähigkeiten an Umweltbedingungen, an Krankheiten oder an Schädlinge. So kann eine Krankheit schnell großen Schaden bei allen vorkommenden Pflanzen der jeweiligen Art anrichten.

Vermehrung der Kartoffel

Diese schnelle Form der Vermehrung nutzt man in der Landwirtschaft. So werden Kartoffeln fast nur ungeschlechtlich vermehrt. Dafür werden die Knollen in die Erde gesteckt. Aus ihnen wächst eine Pflanze. Nach Bestäubung ihrer Blüten und Befruchtung bildet sie tomatenähnliche Früchte mit Samen. In der Erde bildet die Knolle Ausläufer mit Sprossknollen. Daraus können sich neue Tochterpflanzen mit Sprossachse und Wurzeln entwickeln. Da alle Tochterpflanzen die gleichen Merkmale wie die Mutterpflanze haben, schmecken auch die Knollen aller Tochterpflanzen gleich. Man spricht von **Sortenkonstanz**.

A Nenne verschiedene Vermehrungsorgane bei Pflanzen.

2 Brutzwiebel beim Schlangenlauch

3 Brutblatt mit Brutknospe

M1 Die Kartoffelpflanze

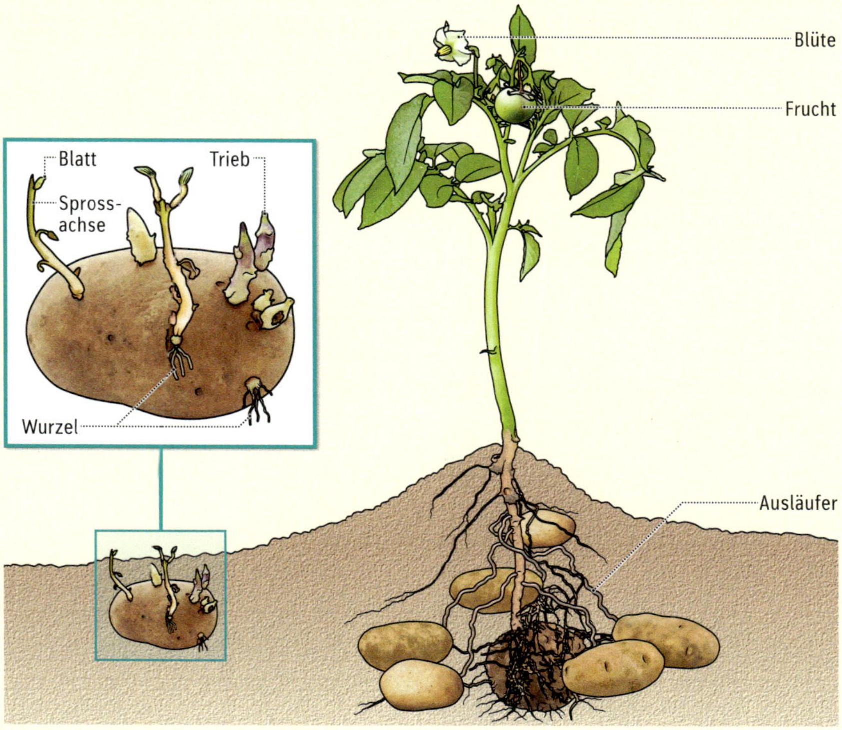

1 Beschreibe, wie sich die Kartoffel vermehren kann. | HILFE

2 Erkläre am Beispiel der Kartoffel Vorteile und Nachteile der ungeschlechtlichen Vermehrung. | HILFE

3 Stelle Vermutungen an, warum Kartoffeln in der Landwirtschaft vor allem ungeschlechtlich vermehrt werden.

Nutzung und Züchtung von Pflanzen

1 Wurzeln der Wilden Karotte und einer Zuchtsorte

Züchtung von Nutzpflanzen

Vor etwa 12 000 Jahren gründeten Menschen erste Siedlungen. Sie pflanzten in der Nähe der Siedlungen Pflanzen an, von denen sie sich oder ihre Nutztiere ernährten. Mit der Zeit entdeckten die Menschen, dass sich die angebauten Pflanzen einer Art voneinander unterschieden. Man nennt dies **Variabilität**. Für die nächste Aussaat nutzte der Mensch nur Samen von den Pflanzen, die für ihn nützliche, ertragreiche Merkmale wie viele Früchte hatten.

Die Auswahl bestimmter Pflanzen nennt man **Auslese**. Darum spricht man bei der Vermehrung von ausgewählten Pflanzen mit bestimmen Merkmalen von **Auslesezüchtung**.

So wurden im Laufe der Zeit aus Wildpflanzen **Nutzpflanzen**, bei denen bestimmte Merkmale besonders stark ausgeprägt waren. Gezüchtete Pflanzen mit denselben Merkmalen gehören zu einer **Sorte**. So gibt es zum Beispiel verschiedene Apfelsorten.

Zuchtziele von Nutzpflanzen

Man verfolgte bei der Züchtung immer ein bestimmtes **Zuchtziel**. Durch Züchtung sollen meist die Erträge gesteigert werden. Das heißt, dass eine Pflanzen beispielsweise besonders viele und besonders große Früchte trägt.

Weitere Zuchtziele können Merkmale sein, die die Ernte erleichtern. Auch wird versucht, die Anfälligkeit von Nutzpflanzen gegenüber Krankheiten und Schädlingen zu reduzieren. Neuerdings wird sogar versucht, den Gehalt von Pflanzenstoffen wie Vitaminen zu erhöhen.

Vielfältige Nutzpflanzen

Je nach Pflanzenart nutzt der Mensch ganz unterschiedliche Teile der Pflanze. Besonders häufig werden die **Früchte** von Pflanzen gegessen. Sie sind oft besonders groß und süß schmeckend. Dazu zählen Äpfel, Zitronen oder Mangos von Bäumen oder Erdbeeren, Tomaten und Gurken von krautigen Pflanzen.

Samen nutzen

Bei manchen Pflanzen wird nicht die komplette Frucht, sondern nur die enthaltenen **Samen** gegessen, wie bei Erbsen und Sonnenblumen. Bei Baumwollpflanzen werden aus den weichen Samenhaaren Stoffe hergestellt.

Blätter nutzen

Bei anderen Pflanzen wie Salat oder Pfefferminze nutzt man die **Blätter**. Dill und Salbei werden als Gewürze verwendet, aus Weißkohlblättern lässt sich Sauerkraut herstellen. Beim Rhabarber isst man die Blattstiele.

Sprossachsen nutzen

Beim weißen Spargel werden die jungen, in der Erde wachsenden **Sprossachsen** gegessen. Die Stämme von Bäumen sind als Holz ein Baustoff. Die Rinde verschiedener Zimtbäume wird getrocknet und gemahlen als Gewürz genutzt.

Wurzeln nutzen

Manche Pflanzen nutzen unterirdische Pflanzenteile als Speicher für Nährstoffe. So sind Zwiebeln ein verkürzter Spross mit dicken Nebenblättern. Karotten sind verdickte **Wurzeln**.

Blüten nutzen

Die **Blüten** von Rosen, Lavendel und Kamillen werden verwendet, um daraus Duftstoffe für Parfüm herzustellen. Die Blüten vieler Pflanzen sind sehr prachtvoll. Daher werden sie von Menschen für Blumensträuße verwendet. Zu Hause werden sie als **Zimmerpflanzen** oder im Garten als **Zierpflanzen** genutzt. ▶

2 Nutzung unterschiedlicher Pflanzenorgane von verschiedenen Nutzpflanzen

M1 Kohlsorten

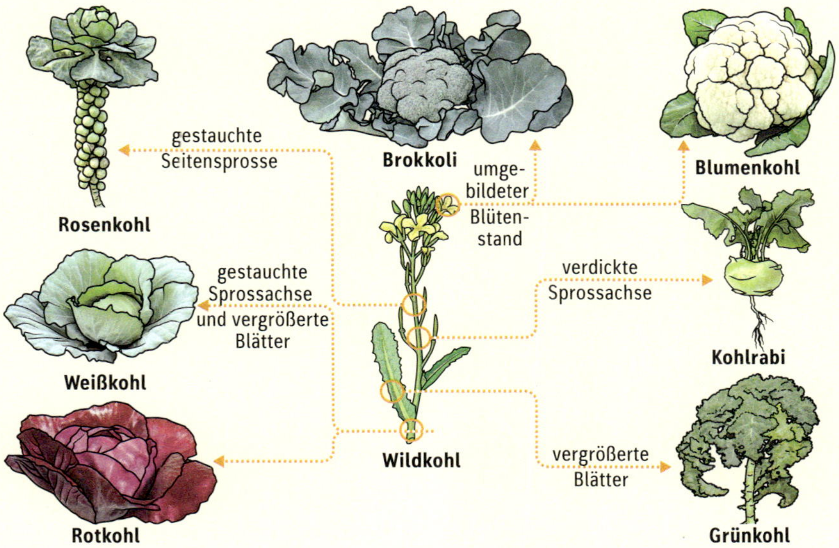

1 Beschreibe, welche Teile des Kohls durch Züchtung verändert wurden.

2 Erkläre am Beispiel des Kohls den Begriff der Züchtung. | HILFE

3 Erkläre, warum Variabilität die Voraussetzung für Züchtung ist. | HILFE

4 Stelle Vermutungen an, wie man bei der Züchtung des Kohlrabis vorgegangen ist.

5 Stelle Vermutungen an, warum die verschiedenen Kohlsorten zur selben Pflanzenart gehören.

Digital+
WES-187000-207

3 Kombinationszucht beim Apfel

M2 Zitrusfrüchte

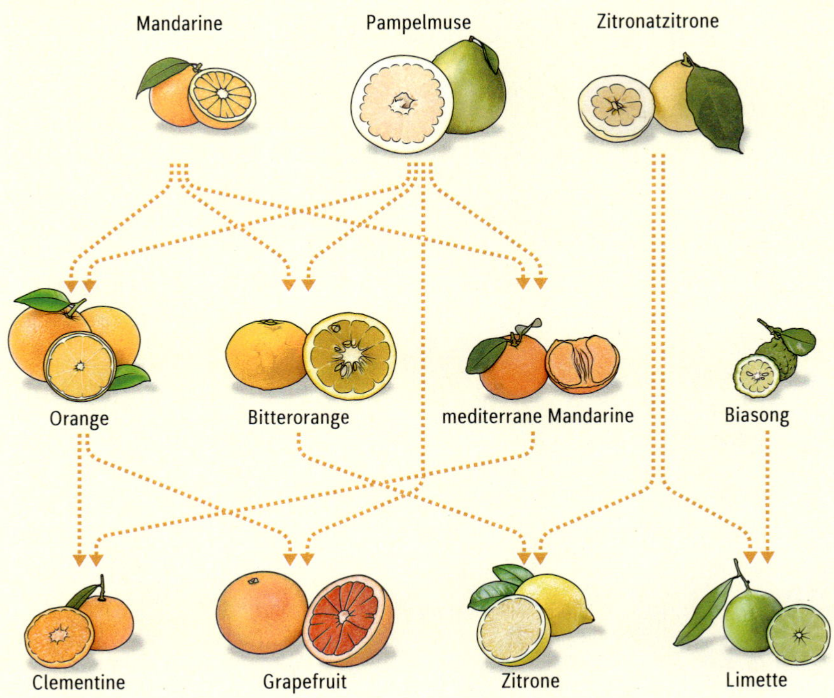

1 Nenne alle Sorten, die von der Zitronatzitrone abstammen.

2 Beschreibe die Züchtung der Grapefruit. | HILFE

3 Erkläre, ob es sich bei der Züchtung der Zitrusfrüchte um eine Auslesezüchtung oder eine Kominationszüchtung handelt. | HILFE

4 Stelle Vermutungen an, warum diese Form von Züchtung häufig angewendet wird.

Kombination

Um neue Pflanzensorten zu züchten, kombiniert man manchmal zwei vorhandene Pflanzensorten. Oft geschieht das auch zufällig, wenn beispielsweise Pollen von einer Apfelsorte auf die Blüte einer anderen Apfelsorte übertragen wird. Aus dieser Bestäubung und Befruchtung entstehen Samen, aus denen neue Pflanzen wachsen können. Die Merkmale der beiden Sorten werden zusammengeführt. So ist es möglich, Pflanzen mit immer neuen Merkmalskombinationen züchten. Man spricht von **Kombinationszüchtung**.

So wurde aus der Apfelsorte „Cox Orange", die süße aber weich werdende Früchte hat, durch Kreuzung mit der weniger süß schmeckenden Apfelsorte „Red Delicious" eine neue Sorte gezüchtet. Die neu entstandene saftige Sorte „Kidd's Orange Red" ist leicht im Anbau. Nach der Kombination mit der Sorte „Golden Delicious" entstand die süße Sorte „Gala", die heute häufig angebaut wird. Da nicht immer sicher ist, von welcher Sorte der Pollen kommt, kann es sein, dass die Abstammung einzelner Sorten nicht immer geklärt werden kann.

1 Getreidesorten: Gerste, Weizen, Hafer, Roggen

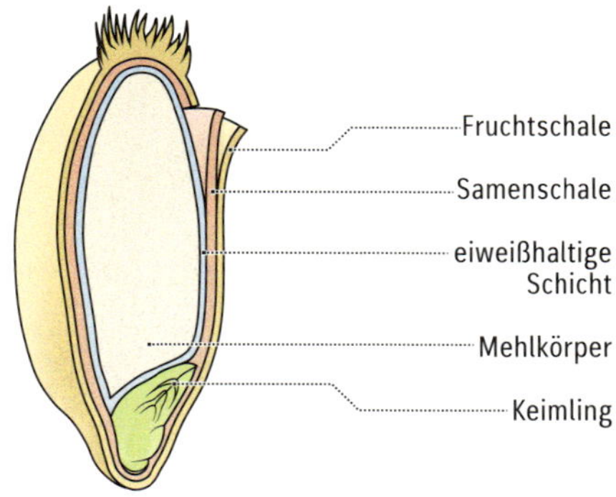

2 Bau eines Weizenkorns

Gräser sind Nutzpflanzen

Viele wichtige Nutzpflanzen sind Gräser. Schilf und Bambus sind Baumaterial, Zitronengras dient zum Würzen. Vor etwa 10 000 Jahren begann der Mensch, aus wilden Gräsern die heutigen Getreidesorten wie Gerste, Roggen, Weizen sowie Mais und Reis zu züchten. Sie haben eine lange, hohle Sprossachse, den **Halm**. Verdickungen, die **Knoten**, verleihen ihm Stabilität. Die Blütenstände, die **Ähren**, werden durch den Wind bestäubt. Die Blütenblätter mancher Getreidesorten haben lange Fortsätze, die **Grannen**. Die Früchte sind die Getreidekörner. Sie sind von einer **Frucht-** und einer **Samenschale** umgeben. Unter einer eiweißhaltigen Schicht liegt der große **Mehlkörper**. Dieser enthält Stärke und versorgt den **Keimling**. Getreidekörner werden geerntet, bevor sie keimen. Durch Mahlen der Körner wird Mehl für Brot und Nudeln gewonnen. Bei **Vollkornmehl** wird das ganze Getreidekorn gemahlen. Es enthält die Ballaststoffe der Frucht- und Samenschale und ist wichtig für eine ausgewogene Ernährung. **Weißes Mehl** wird nur aus dem Mehlkörper hergestellt.

M1 Getreidenutzung

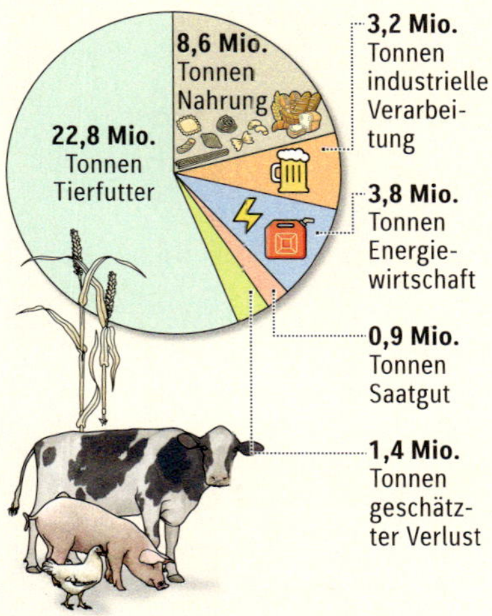

1 Nenne verschiedene Nutzungsformen von Getreide.

2 Nimm Stellung zur Aussage: „Je mehr Nutziere gehalten werden, desto mehr Flächen für Getreide werden benötigt."

3 Stelle Vermutungen an, wie Getreide zur Energiegewinnung genutzt wird.

4 Stelle Vermutungen an, in welchen Lebensmitteln Getreide vorhanden ist.

M2 Grashalm und Turm

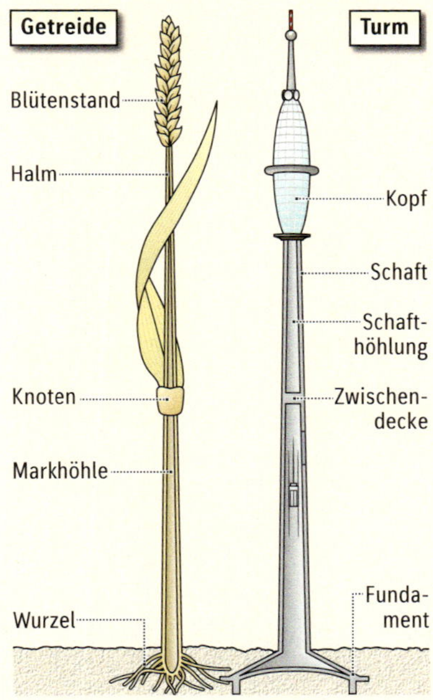

1 Ordne die Teile des Grashalms den Teilen des Turms zu. | HILFE

2 Vergleiche den Aufbau eines Grashalms mit dem Aufbau eines Grashalms. | HILFE

3 Erkläre Vorteile der Bauweise von Grashalm und Turm.

Blütenpflanzen

T1 Aufbau von Blütenpflanzen

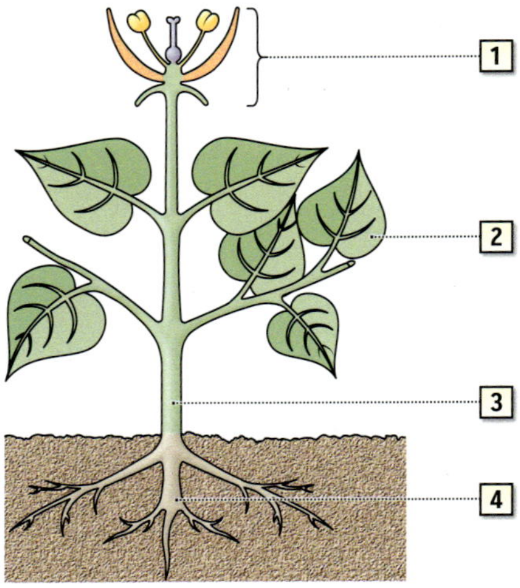

1 Benenne die mit Ziffern gekennzeichnet Teile der Blütenpflanze.
2 Beschreibe die Aufgaben der einzelnen Pflanzenteile.
3 Erkläre, woran man Bäume, Sträucher und Kräuter unterscheiden kann.

T2 Von der Bestäubung zur Frucht

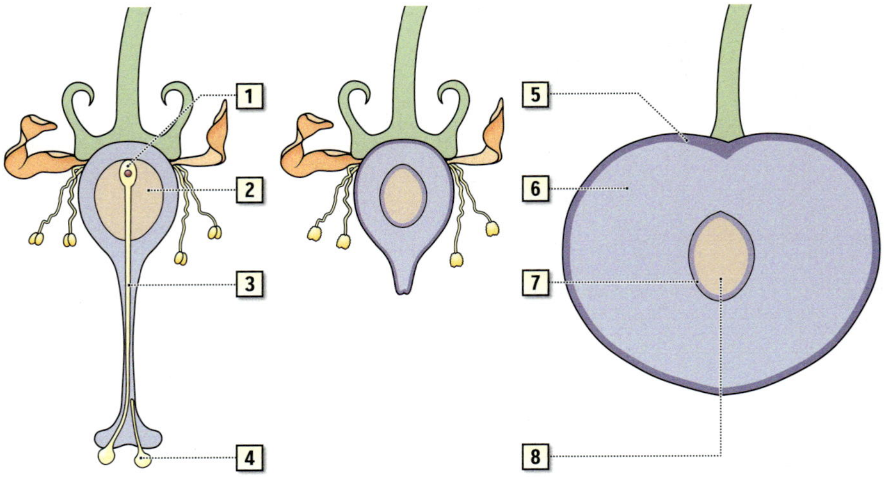

1 Erkläre den Begriff der Bestäubung und den Begriff der Befruchtung.
2 Beschreibe, was bei der Kirschblüte zwischen der Bestäubung der Blüte und der Befruchtung der Eizelle geschieht.
3 Benenne die mit Ziffern gekennzeichneten Bestandteile der Kirsche.
4 Beschreibe, wie sich aus der Kirschblüte nach der Befruchtung die Kirsche entwickelt.

T3 Aufbau von Blüten

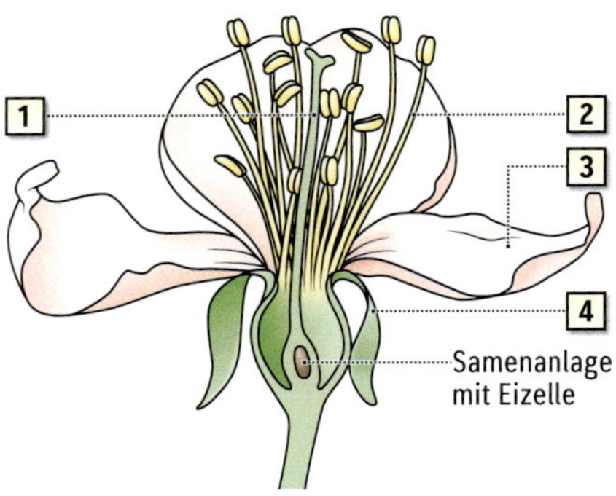

1 Benenne die mit Ziffern gekennzeichneten Bestandteile der Blüte.
2 Beschreibe die Aufgaben der einzelnen Blütenbestandteile. Erstelle dazu eine Tabelle.

T4 Ausbreitung von Samen und Früchten

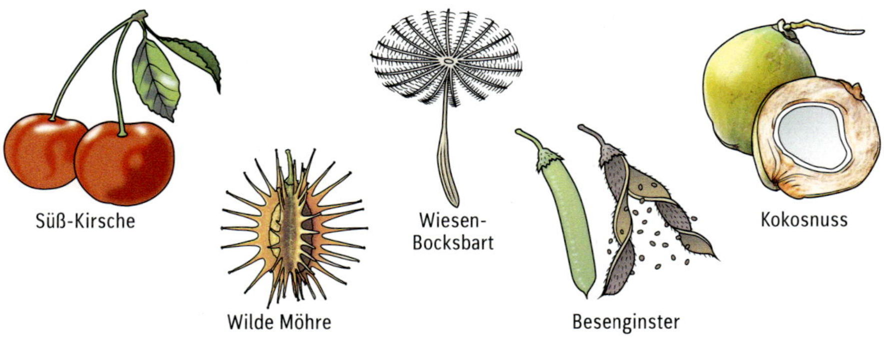

1 Beschreibe die Ausbreitung der abgebildeten Samen und Früchte.
2 Erkläre an einem Beispiel, wie der Aufbau des Samens an die Ausbreitungsart angepasst ist.
3 Erkläre, warum Pflanzen Samen bilden.
4 Beschreibe am Beispiel der Kartoffel, wie sich Pflanzen auch ohne Samen vermehren können.

T5 Quellung und Keimung

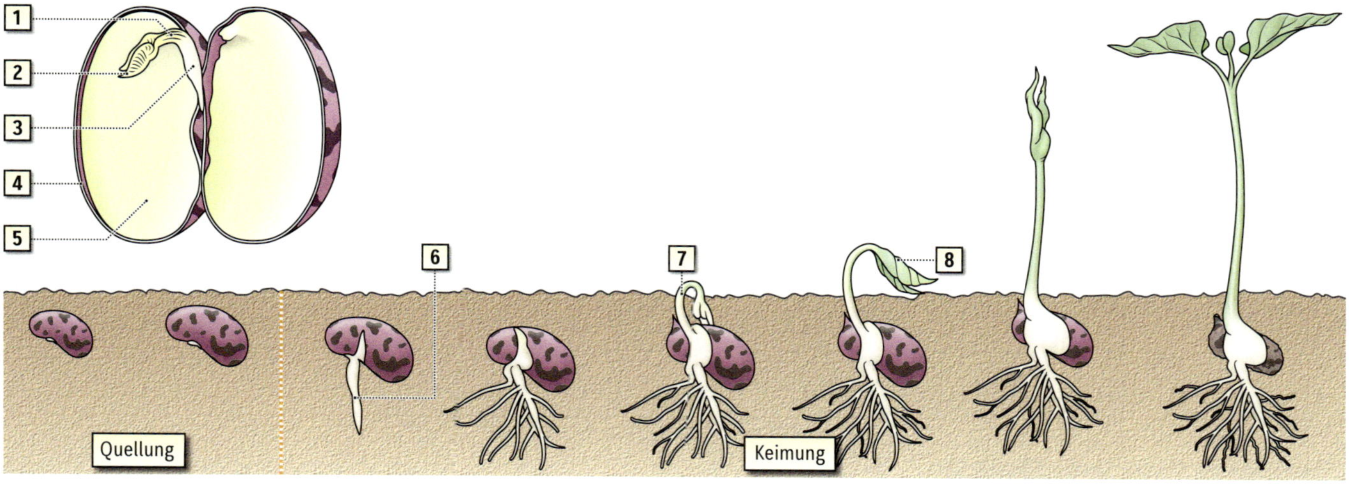

1 Benenne die mit Ziffern gekennzeichneten Bestandteile.

2 Beschreibe, was mit dem Samen bei der Quellung passiert.

3 Begründe, warum die Quellung des Samens vor der Keimung stattfinden muss.

4 Beschreibe den Vorgang der Keimung der Feuerbohne mithilfe des Bildes.

5 Beschreibe einen Versuch, mit dem man herausfinden kann, unter welchen Voraussetzungen Samen keimen.

6 Erkläre die Bedeutung des Lichts für das Wachstum von Pflanzen.

T6 Nutzpflanzen

1 Nenne die Pflanzenorgane, die wir bei folgenden Nahrungsmitteln als Nahrung nutzen: Kohlrübe, Erdbeere, Kartoffel, Erbse, Salat, Grünkohl, Möhre, Apfel, Rosmarin.

2 Beschreibe mithilfe des Bildes, wie der Mensch aus dem Wildkohl verschiedenste Kohlsorten gezüchtet hat.

3 Erkläre am Beispiel des Kohls den Begriff der Züchtung.

4 Erkläre, warum Variabilität die Voraussetzung für Züchtung ist.

5 Vergleiche die Auslesezüchtung mit der Kombinationszüchtung.

Digital+
WES-187000-211

Blütenpflanzen

Aufbau von Blütenpflanzen

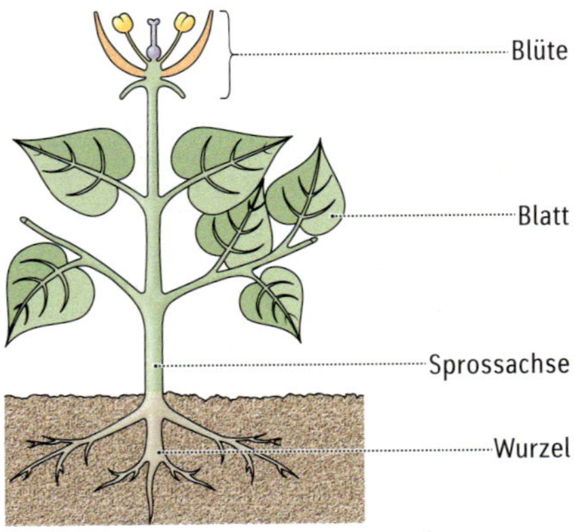

Blütenpflanzen haben unterirdische Wurzeln und einen überirdischen Spross. Der Spross besteht aus der Sprossachse und den Blättern. Manche Blätter sind zu Blütenblättern umgewandelt. In den Wurzeln, der Sprossachse und den Blättern verlaufen Leitungsbahnen. Über die Wurzeln nimmt die Pflanze Wasser und darin gelöste Mineralstoffe auf. Durch Wasserleitungsbahnen wird das Wasser in der Pflanze verteilt. Durch Nährstoffleitungsbahnen werden die durch die Fotosynthese gebildeten Nährstoffe in der Pflanze verteilt.
Blütenpflanzen unterteilt man in Kräuter, Sträucher und Bäume. Bäume besitzen eine verholzte Sprossachse, den Stamm. Sträucher haben viele kurze Stämmchen. Bei den Kräutern ist die Sprossachse nicht verholzt und wird auch Stängel genannt.

Aufbau von Blüten

Blüten bestehen aus umgewandelten Blättern. Das weibliche Blütenorgan ist das Fruchtblatt, das auch Stempel genannt wird. Es besteht aus der Narbe, dem Griffel und dem Fruchtknoten. Im Fruchtknoten befindet sich die Samenanlage mit der Eizelle. Die Staubblätter sind die männlichen Blütenorgane. Sie bestehen aus dem Staubfaden und dem Staubbeutel mit den Pollenkörnern. In jedem Pollenkorn liegt eine männliche Geschlechtszelle. Blüten mit weiblichen und männlichen Blütenorganen nennt man Zwitterblüten.

Bestäubung und Befruchtung

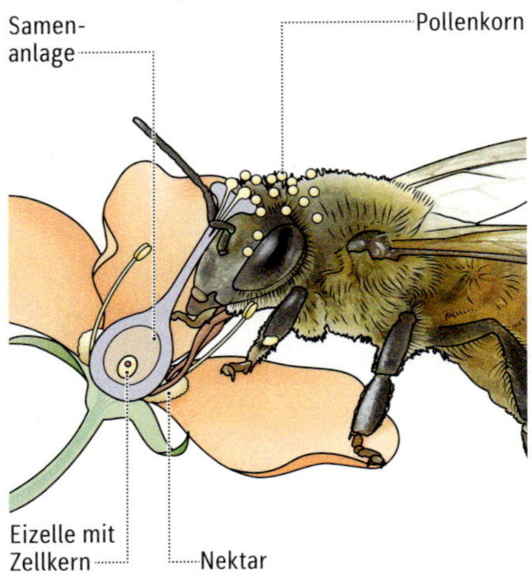

Die Übertragung von Pollen auf die Narbe heißt Bestäubung. Wird Pollen auf die Narbe derselben Blüte übertragen, spricht man von Selbstbestäubung. Fremdbestäubung kann je nach Pflanzenart als Insektenbestäubung oder Windbestäubung erfolgen.
Die Verschmelzung der männlichen Geschlechtszelle aus dem Pollenkorn mit der weiblichen Eizelle im Fruchtknoten nennt man Befruchtung. Nach der Befruchtung entwickelt sich aus dem Fruchtknoten die Frucht.

Verbreitung von Samen und Früchten

Früchte und Samen können durch den Wind, Tiere und Wasser verbreitet werden. Flugfrüchte findet man etwa beim Löwenzahn. Lockfrüchte und die darin enthaltenen Samen, wie die Vogelbeere, werden durch Tiere verbreitet. So besiedeln Pflanzen neue Lebensräume.
Manche Pflanzen wie die Kartoffel vermehren sich auch ungeschlechtlich ohne Bildung von Samen. Man spricht von vegetativer Vermehrung.

Die Kirsche

ABSCHLUSSAUFGABE

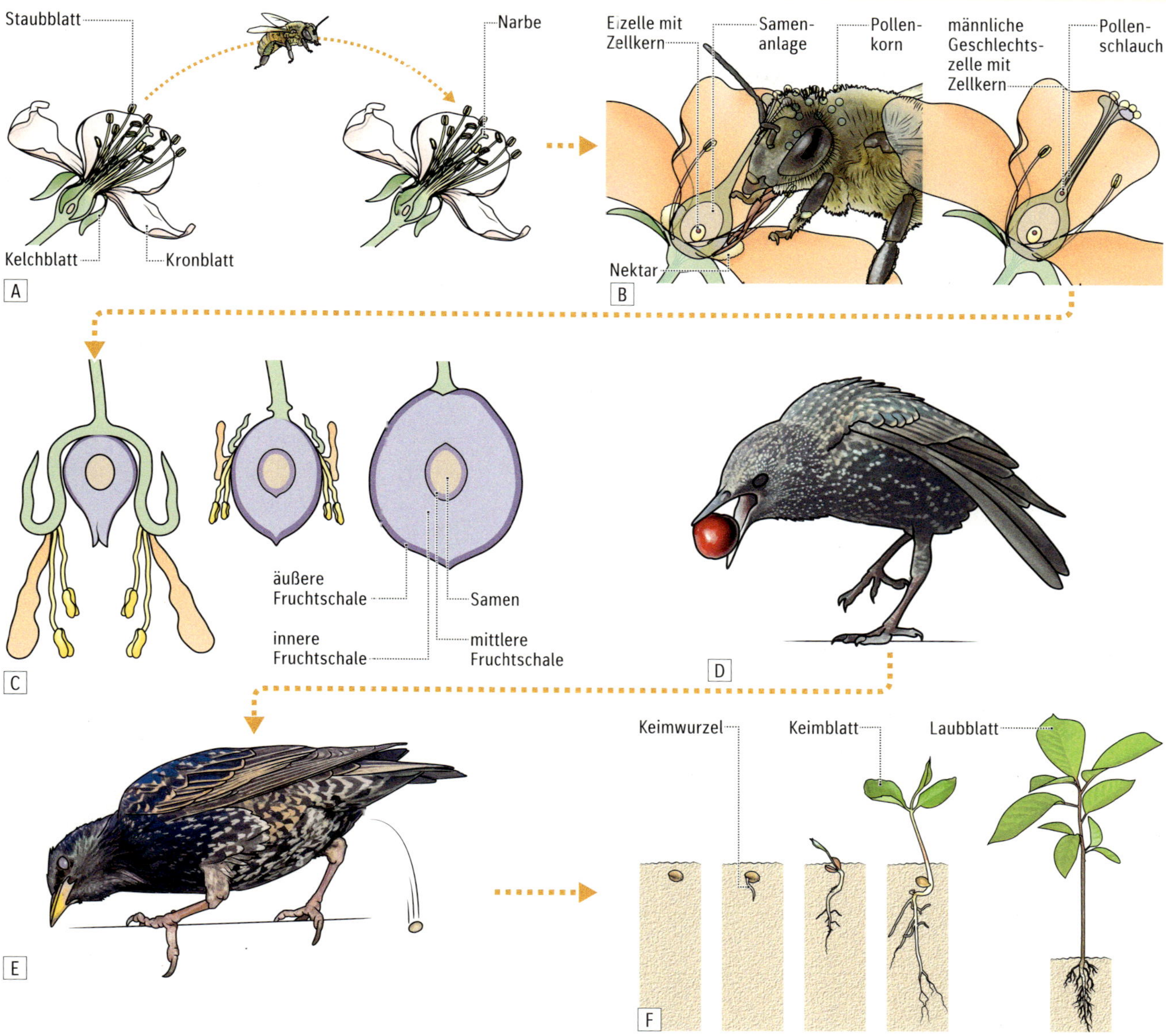

1 Benenne die Vorgänge in den Bildern A–F.

2 Begründe, warum Kirschblüten auffällig gefärbt sind.

3 Erkläre, warum es wichtig ist, dass Bienen und andere Insekten Kirschblüten aufsuchen.

4 Nimm Stellung zu der Aussage: „Bienen befruchten Blüten."

5 Beschreibe, wie bei der Kirsche aus der Blüte eine Frucht wird.

6 Beschreibe den Aufbau der Frucht einer Kirsche.

7 Beschreibe, wie die Kirsche verbreitet wird.

8 Beschreibe die Vorgänge in Bild F.

9 Entwickle einen Versuch der untersucht, unter welchen Bedingungen ein Kirschsamen keimt.

6

Leben im Wandel der Jahreszeiten

1 Knospen eine Rotbuche

2 Blüte einer Buche

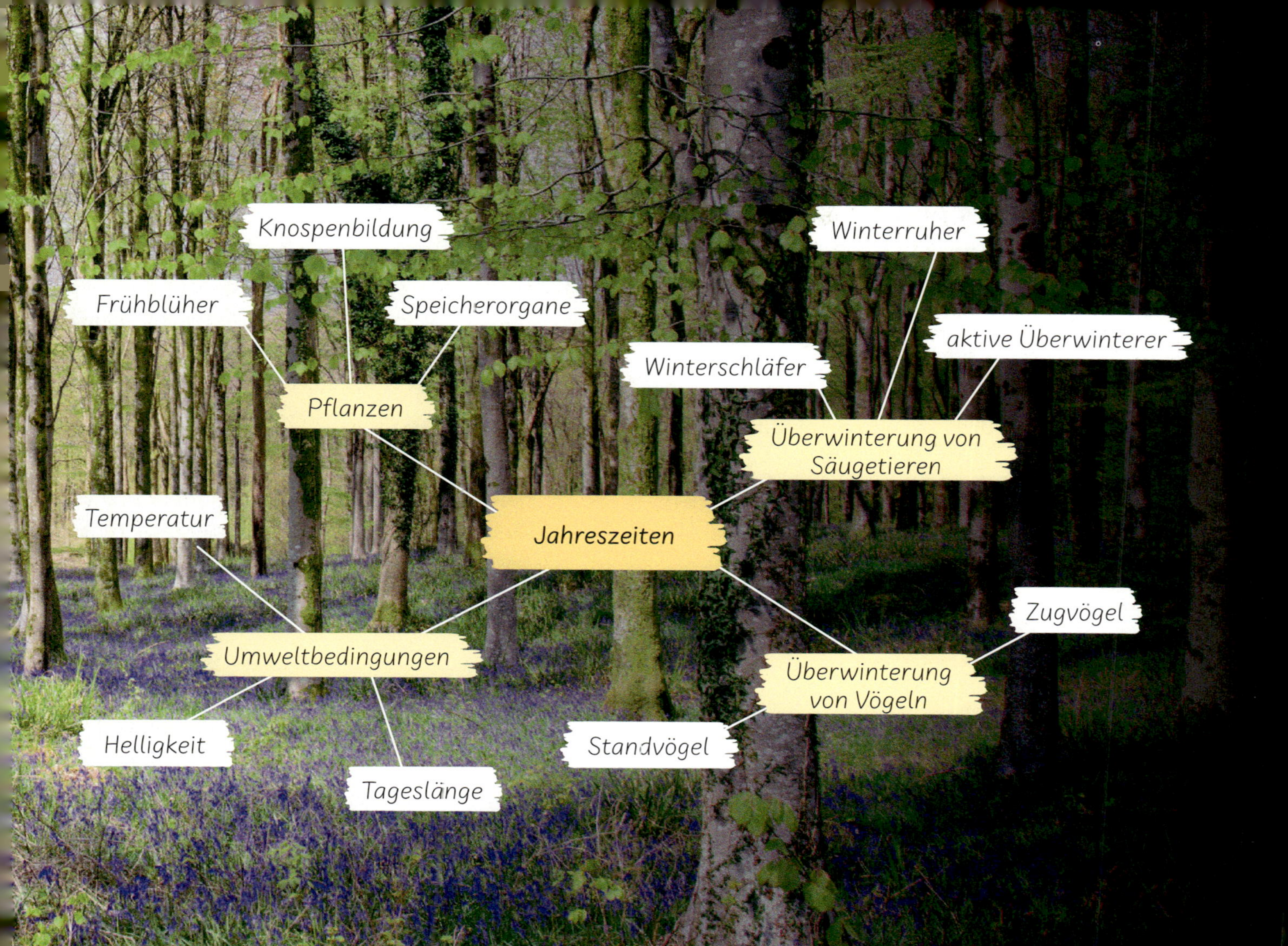

3 Früchte einer Rotbuche

A Beschreibe die Veränderungen eines Laubwalds im Jahresverlauf mit Hilfe der Abbildung.

B Ordne die Bilder den Jahreszeiten zu.

C Der Winter ist eine schwierige Zeit für Tiere. Beschreibe, wie bestimmte Tierarten diese Zeit bis zum Frühling überbrücken. Einige Begriffe aus der Mindmap können dabei helfen.

Mit Licht und Figuren können bei einem Schattenspiel Schatten an die Wand geworfen werden. Wie entstehen Schatten?

Licht und Schatten

Schattenraum und Schattenbild

Wird ein Körper oder ein Gegenstand beleuchtet, entsteht oft ein lichtfreier Raum, ein **Schatten**. Um einen Schatten zu erzeugen, braucht man einen lichtundurchlässigen Körper. Steht dieser vor einer Lichtquelle, verdunkelt er den Bereich hinter ihm. Dieser Bereich heißt **Schattenraum**. Auf dem Boden oder einer Wand sieht man das **Schattenbild** des Körpers oder des Gegenstands.

Größe des Schattenbildes

Die Größe von einem Schattenbild kann verändert werden. Die Abstände zwischen Lichtquelle, lichtundurchlässigem Körper und Wand bestimmen die Größe. Je näher der Körper an der Lichtquelle steht, desto mehr Licht wird von ihm verdeckt. Das Schattenbild wird größer. Wenn der Körper stehen bleibt und die Lichtquelle sich bewegt, wird der Schatten ebenfalls größer oder kleiner.

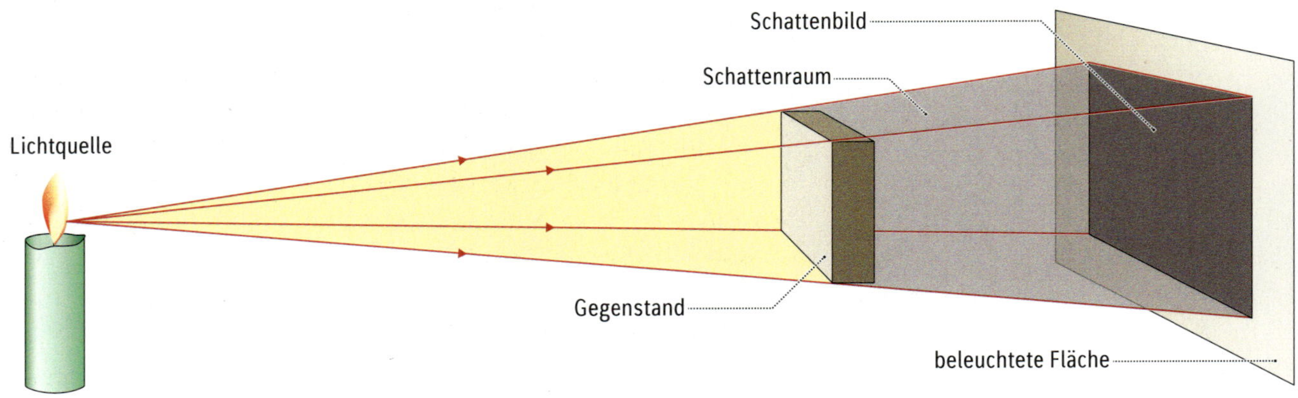

1 Schattenraum und Schattenbild

Kernschatten und Halbschatten

Bestrahlt eine Lichtquelle einen Gegenstand, entsteht genau ein Schattenbild. Wird ein Körper von zwei Lichtquellen aus verschiedenen Richtungen angeleuchtet, entstehen zwei Schattenbilder. An einigen Stellen überlagern sich die Schattenräume der zwei Lichtquellen. Es entsteht ein besonders dunkler Bereich, der **Kernschatten**. In den Kernschatten fällt kein Licht von den beiden Lichtquellen. Rechts und links daneben sind Schattenbereiche, die nur von einer der beiden Lichtquellen erzeugt werden und von der anderen ausgeleuchtet werden. Diese weniger dunklen Schatten nennt man **Halbschatten**. Stehen mehr als zwei Lichtquellen näher beieinander, gibt es auch mehrere Halbschatten.

A Erkläre die Begriffe Schattenbild und Schattenraum.

B Beschreibe die Entstehung von Kernschatten und Halbschatten.

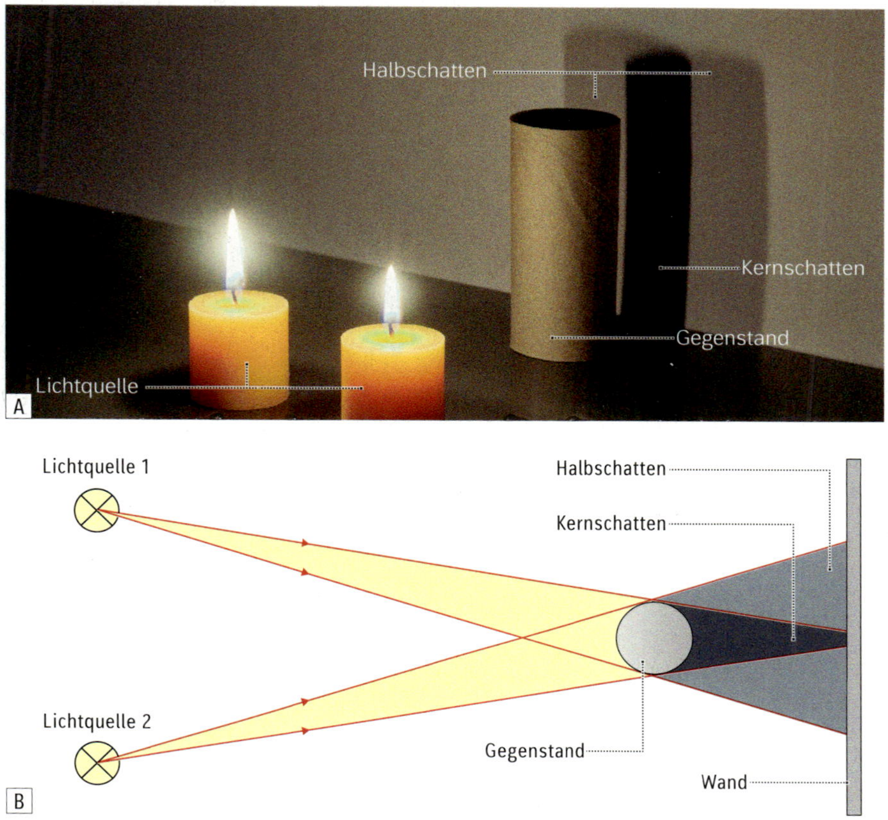

2 Kernschatten und Halbschatten: **A** Foto, **B** Schema

M1 Schattenbilder

1 Vergleiche die Schattenbilder in Bild A und Bild B miteinander.

2 Erkläre die unterschiedlichen Größen der Schattenbilder. | HILFE

3 Beschreibe, was in B passiert, wenn die Lichtquelle näher an den Gegenstand gebracht wird.

4 Beschreibe Auswirkungen auf das Schattenbild in A, wenn eine zweite Lichtquelle vor den Gegenstand gestellt wird.

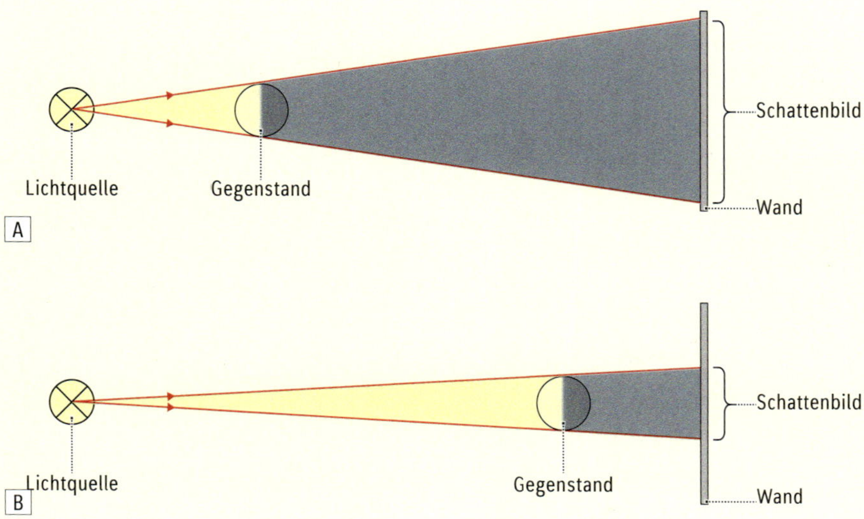

Der Mond der Erde

Der Mond

Bis heute ist der Mond der einzige Himmelskörper neben der Erde, den Menschen betreten haben. Das liegt daran, dass der Mond relativ nah an der Erde ist. Der Mond ist ungefähr 384 000 Kilometer von der Erde entfernt.

Mondbewegung

Wenn man den Mond am Himmel beobachtet, bemerkt man, dass er immer im Osten aufgeht und im Westen untergeht. Das liegt daran, dass sich die Erde täglich um die eigene Achse dreht. Zusätzlich umkreist der Mond die Erde. Ein Umlauf dauert 29,5 Tage. Die Bahn, auf der der Mond die Erde umkreist, ist leicht geneigt. Von der Erde aus sieht man immer die gleiche Seite des Mondes. Dies liegt daran, dass sich der Mond während seines Umlaufs um die Erde auch einmal um sich selbst dreht. Dabei wird er stets von der Sonne zur Hälfte beschienen. Betrachtet man den Mond in verschiedenen Nächten, merkt man, dass man immer unterschiedliche Abschnitte der beleuchteten Hälfte des Mondes sieht. Bei **Vollmond** sieht man die beleuchtete Fläche ganz und bei **Neumond** sieht man den Mond gar nicht. Zwischen Vollmond und Neumond ist oft eine Sichel zu sehen. An dieser Mondsichel kann man erkennen, ob der Mond in den nächsten Tagen zunimmt oder abnimmt.

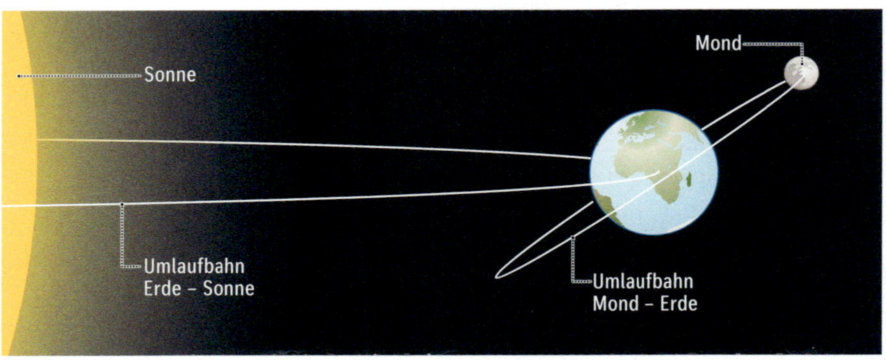

1 Umlaufbahn des Mondes

2 Mondlaufbahn

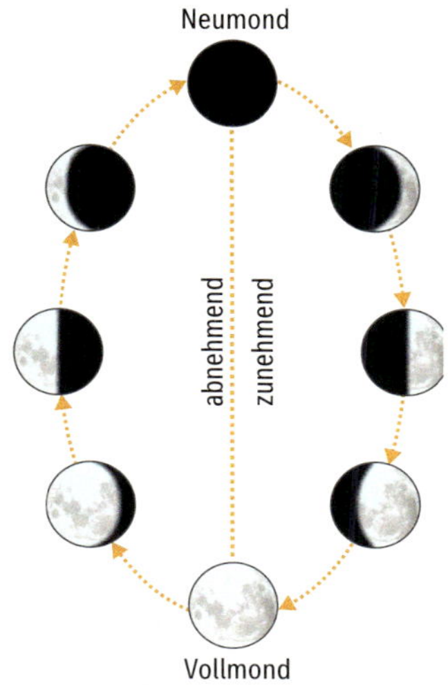

3 Mondphasen

Mondphasen

Einmal im Monat sieht man den Vollmond. Beim Vollmond wird der ganze Teil des Mondes, der der Erde zugewandt ist, von der Sonne beleuchtet. Bei Vollmond steht die Erde zwischen der Sonne und dem Mond. Die ersten zwei Wochen nach dem Vollmond nimmt der für uns sichtbare, beleuchtete Teil des Mondes bis zum Neumond immer mehr ab. Bei Neumond steht der Mond zwischen der Erde und der Sonne. Nach dem Neumond nimmt der beleuchtete Teil wieder bis zum Vollmond zu. Die Beleuchtung des Mondes ändert sich immer in dieser Reihenfolge. Daher spricht man von **Mondphasen**. Welche Mondphase gerade zu sehen ist, lässt sich einfach merken:

Sieht die Mondsichel aus, wie eine „Klammer auf", ist abnehmender Mond. Sieht sie aus, wie eine „Klammer zu", ist zunehmender Mond.

A Beschreibe den Ablauf der Mondphasen.

M1 Mondphasen ANIMATION

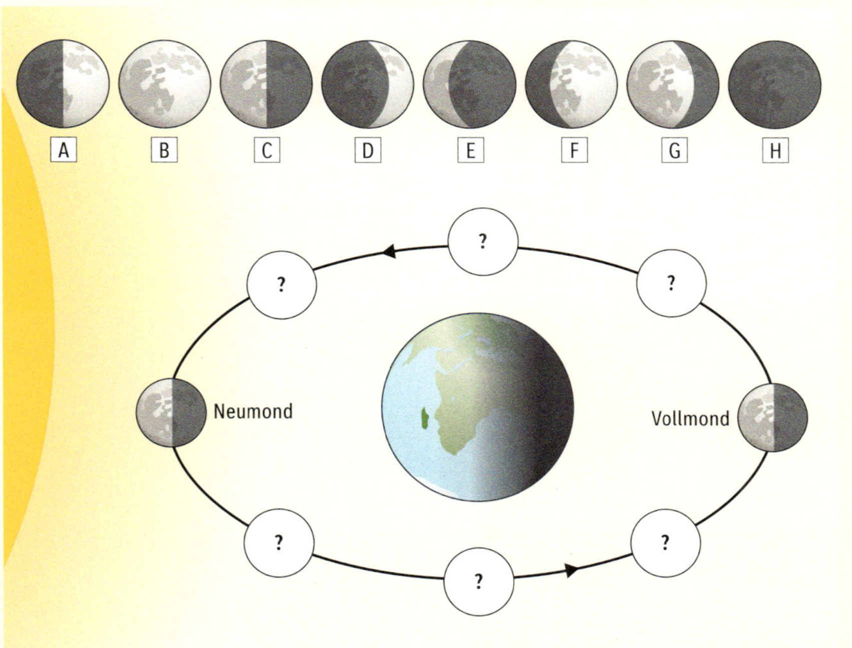

1 Beschreibe die Entstehung der Mondphasen.

2 Bringe die Mondphasen A-H in die richtige Reihenfolge. Beginne mit H. Begründe deine Reihenfolge. | HILFE

3 Erkläre wie Sonne, Mond und Erde bei Neumond stehen.

4 Erkläre, warum man oft eine Sichel sieht, obwohl der Mond immer zur Hälfte beschienen wird.

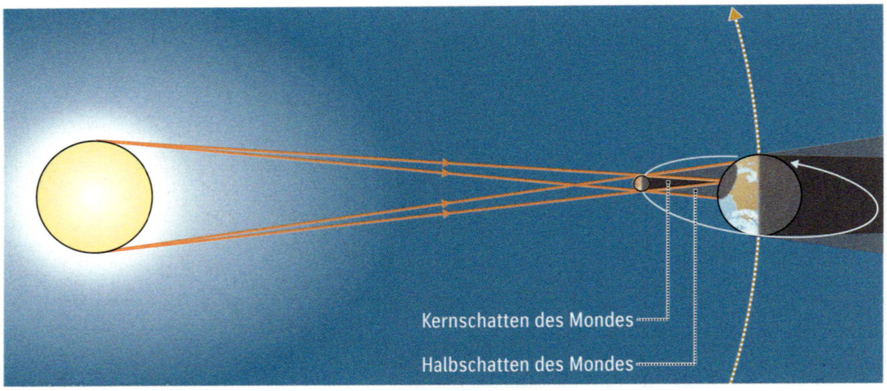

4 Entstehung einer Sonnenfinsternis

Sonnenfinsternis

Mehrmals im Jahr kann man an unterschiedlichen Orten auf der Erde beobachten, wie sich eine schwarze Scheibe vor die Sonne schiebt. So ein Ereignis nennt man **Sonnenfinsternis**. Eine Sonnenfinsternis kann nur entstehen, wenn sich die Sonne, der Mond und die Erde auf einer Linie befinden. Dabei muss der Mond zwischen Erde und Sonne stehen. Der Mond hat einen Schattenraum. Meist trifft dieser nicht auf die Erde. Wenn sich der Mond aber zwischen der Sonne und der Erde befindet, erzeugt er ein riesiges Schattenbild auf der Erde. Die Sonne ist so groß, dass sie wie zwei Lichtquellen wirkt. Durch die Position des Mondes entstehen so Kern- und Halbschatten. Wenn der Mond komplett vor der Sonne ist, sieht man nur noch einen hellen Ring. In den Gebieten, die im Kernschatten des Mondes liegen, ist es am dunkelsten. Dort herrscht dann eine **totale Sonnenfinsternis**. In den Bereichen der Halbschatten spricht man von einer **partiellen Sonnenfinsternis**. Eine Sonnenfinsternis dauert einige Minuten. Bei so einem Ereignis kann man leichter in die Richtung der Sonne schauen, weil sie einen nicht mehr stark blendet. Die Augen müssen beim Betrachten einer Sonnenfinsternis immer mit einer speziellen Brille geschützt werden.

5 Sonnenfinsternis: **A** Verlauf einer partiellen Sonnenfinsternis, **B** totale Sonnenfinsternis

Mondfinsternis

Neben der Sonnenfinsternis gibt es auch eine Mondfinsternis. Bei dieser steht die Erde zwischen der Sonne und dem Mond. Sonne, Erde und Mond befinden sich in einer Linie. Dadurch befindet sich der Mond in seiner Vollmondposition nun im Schattenraum der Erde. Bewegt sich der komplette Mond durch den Kernschatten der Erde, entsteht eine **totale Mondfinsternis**. Der Mond leuchtet dabei rot, da ihn ein kleiner Teil des roten Lichts doch noch erreicht. Bewegt sich der Mond nur teilweise durch den Kernschatten der Erde, sieht man eine **partielle Mondfinsternis**.

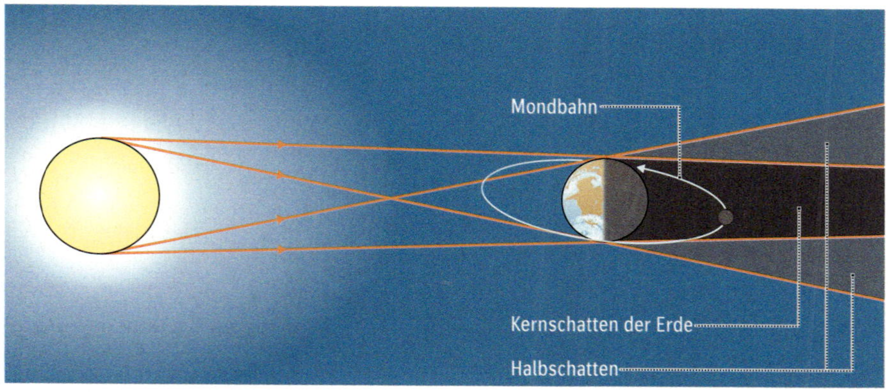

E Entstehung einer Mondfinsternis

B Beschreibe, wie sich eine Sonnenfinsternis und eine Mondfinsternis voneinander unterscheiden.

M1 Mondphasen ANIMATION

1 Ordne den Bauteilen aus den Bildern A und B die Begriffe Sonne, Erde und Mond zu.

2 Entscheide begründet, welches der Bilder eine Sonnenfinsternis und welches eine Mondfinsternis zeigt. | HILFE

3 Erkläre mithilfe des Modells die Entstehung einer totalen Sonnenfinsternis.

4 Erkläre mithilfe des Modells die Entstehung einer totalen Mondfinsternis.

5 Erkläre, was die beiden Modelle zum Thema Finsternisse nicht darstellen können.

A

B

Die Erde bewegt sich

Die Erde ist in Bewegung

Bei uns in Deutschland geht die Sonne im Osten auf, steht zur Mittagszeit im Süden und geht im Westen unter.
Innerhalb von **24 Stunden**, also einem **Tag**, dreht sich die Erde einmal um ihre eigene Achse. Die Erdachse ist eine gedachte Linie. Sie reicht vom **Nordpol** zum **Südpol**. Die Sonne bestrahlt immer nur eine Hälfte der Erde. Dort ist es dann hell. Es ist Tag. Die andere Hälfte ist dann von der Sonne abgewandt. Auf dieser Seite ist es dunkel. Es ist **Nacht**. Wir bemerken die Bewegung nicht, da wir uns mitdrehen. Die Bewegung der Erde um die eigene Achse nennt man **Erdrotation**.

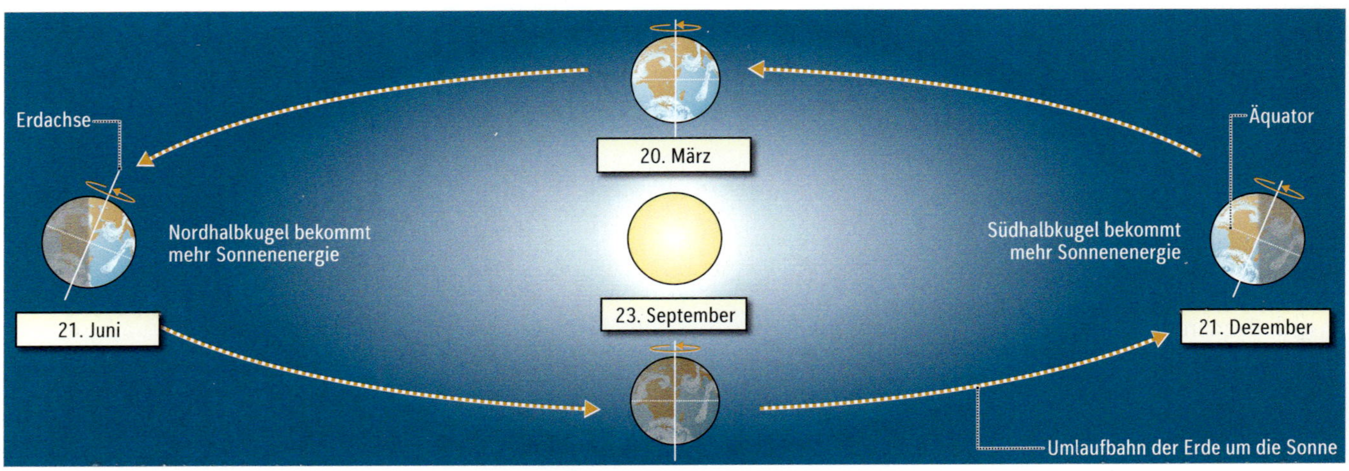

1 Rotation und Revolution der Erde

Jahreszeiten

Die Erde dreht sich nicht nur um die eigene Achse, sie bewegt sich auch gegen den Uhrzeigersinn auf einer Bahn um die Sonne. Dazu braucht sie etwa **365 Tage**. Das ist ein **Jahr**. Da die Erdachse leicht geneigt ist, fällt auf die Erde unterschiedlich viel Licht. Fast sechs Monate ist die Nordhalbkugel mehr der Sonne zugeneigt. Am 20. März beginnt der Frühling und am 21. Juni folgt der Sommer. Die Tage sind dann länger als die Nächte. Gleichzeitig wird die Südhalbkugel weniger stark bestrahlt. Die Tage sind dort jetzt kürzer. Ein halbes Jahr später ist es umgekehrt. Am 20. März und am 23. September werden die Nord- und die Südhalbkugel gleich stark beschienen. Tag und Nacht auf beiden Erdhalbkugeln sind gleich lang. Die Drehung der Erde um die Sonne nennt man **Erdrevolution**.

Sonneneinstrahlung

Wenn die Nordhalbkugel der Sonne zugeneigt ist, steht die Sonne mittags hoch am Himmel. Die Sonneneinstrahlung ist dann besonders intensiv. Es ist Sommer. Wenn die Nordhalbkugel von der Sonne weggeneigt ist, steht die Sonne mittags nicht so hoch am Himmel. Der Sonnenstand ist niedrig. Die Sonnenstrahlen treffen dann schräg auf die Erde. Die Energie der Sonne verteilt sich auf eine größere Fläche. Die Erwärmung ist dadurch geringer. Am Äquator ist es wärmer als bei uns. So ist es in Schweden kälter als in Afrika, weil die Sonnenstrahlen in Schweden schräger auf die Erdoberfläche treffen.

A Erkläre die Begriffe Erdrotation und Erdrevolution.

B Beschreibe mithilfe von Bild 1 die Entstehung der Jahreszeiten.

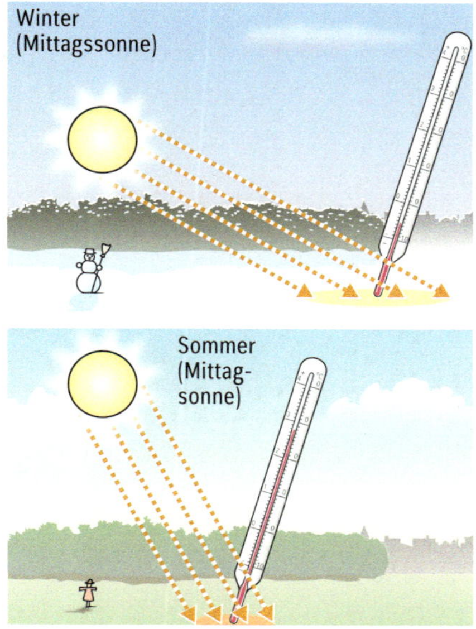

2 Sonneneinstrahlung auf der Erdoberflche

M1 Sonneneinstrahlung

1 Beschreibe die Entstehung von Tag und Nacht.

2 Erkläre, warum es an den Polen kälter ist als am Äquator. | HILFE

M2 Sonnenstand

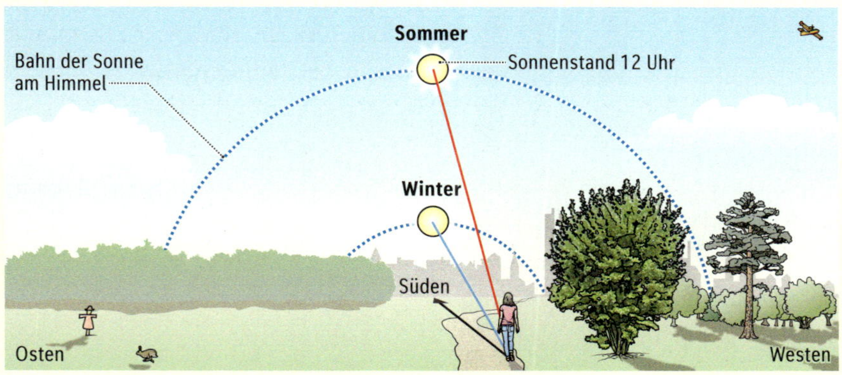

1 Beschreibe die Bahn der Sonne im Sommer.

2 Vergleiche den Sonnenstand im Sommer und im Winter. | HILFE

3 Erkläre, warum im Sommer die Tage länger sind. | HILFE

4 Erkläre, wie der Sonnenstand im Frühling und im Herbst ist.

Pflanzen- und Tierzelle

Pflanzenzellen

Betrachtet man Blätter einer Wasserpest unter dem Mikroskop, erkennt man eine netzartige Struktur. Die Linien begrenzen kleine Bereiche. Dies sind die **Zellen** der Pflanze.

Alle Pflanzenzellen sind von einer stabilen **Zellwand** umgeben. Diese verleiht der Pflanzenzelle Festigkeit und bestimmt ihre äußere Form. Im Inneren der Zelle befindet sich eine zähe Flüssigkeit, das **Zellplasma**. Es wird nach außen begrenzt durch ein dünnes Häutchen, die **Zellmembran**.

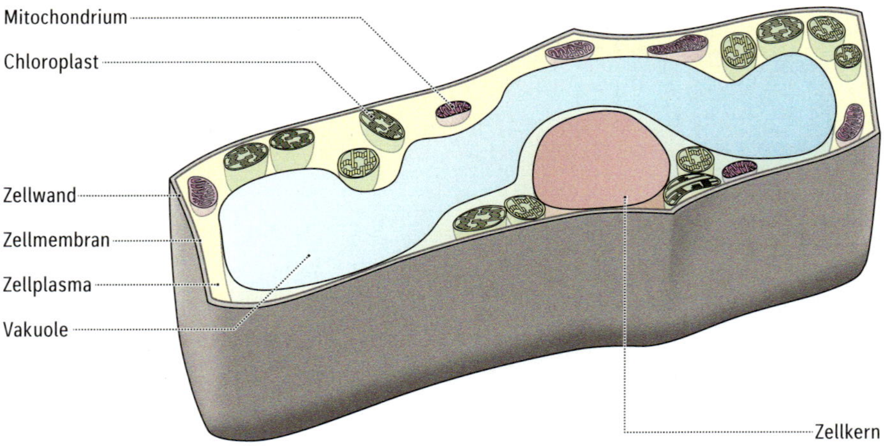

1 Aufbau einer Pflanzenzelle

Im Zellplasma liegen klar umgrenzte Bereiche, die **Zellorganellen**. Sie kommen in unterschiedlicher Anzahl in der Zelle vor und haben verschiedene Aufgaben. Sie sind alle von Membranen umgeben. So können in den verschiedenen Zellorganellen gleichzeitig unterschiedliche Vorgänge ablaufen, ohne sich gegenseitig zu beeinflussen.

Eines dieser Zellorganellen ist der kugelförmige **Zellkern**. Er enthält die Erbinformation, die „Bauanleitung" der Zelle und steuert alle Lebensvorgänge. Im Zellplasma liegen die im Lichtmikroskop nicht sichtbaren **Mitochondrien**. Ein Mitochondrium stellt aus dem energiereichen Nährstoff Glukose Energie für die Lebensvorgänge der Zelle bereit. Man bezeichnet sie manchmal daher auch als die „Kraftwerke" der Zelle. Nur Pflanzenzellen besitzen einen großen, ballonartigen Raum, die **Vakuole**. Diese ist für die Pflanzenzellen ein großes Lager für Nährstoffe, Farbstoffe oder Abfallstoffe. Zudem unterstützt sie die Form von Pflanzenzellen, indem sie die Pflanzenzelle prall hält.

In Zellen grüner Pflanzenteile sieht man viele kugelförmige **Chloroplasten**. Sie werden durch die große Vakuole meist an den Rand der Zelle gedrückt. Chloroplasten enthalten den grünen Blattfarbstoff **Chlorophyll**. Es macht das Licht der Sonne für die Pflanze nutzbar. So kann sie aus den energiearmen Stoffen Kohlenstoffdioxid und Wasser den energiereichen Nährstoff Glukose herstellen. Diesen Vorgang bezeichnet man als **Fotosynthese**.

Tierzellen

Auch Tiere und Menschen sind aus Zellen aufgebaut. Allerdings gibt es einige Unterschiede zwischen tierischen und pflanzlichen Zellen.
Die Form der Tierzelle ist weniger stark festgelegt als die einer Pflanzenzelle, weil ihr eine stabile Zellwand fehlt. Tierzellen zerreißen daher leicht. Nur die **Zellmembran** grenzt die Tierzelle nach außen hin ab. Im **Zellplasma** liegt der **Zellkern**, der die Erbinformation enthält und allen Lebensvorgänge steuert. Mit Hilfe der **Mitochondrien** wird aus den von außen aufgenommenen Nährstoffen Energie für die Lebensvorgänge der Zelle bereitgestellt. Tierzellen besitzen keine Chloroplasten. Sie können somit keine Fotosynthese betreiben und können Nährstoffe wie Glukose nicht selbst herstellen.

A Erkläre, warum Zellen auch als die „Bausteine der Lebewesen" bezeichnet werden.

B Nenne alle Zellbestandteile, die sowohl in Tierzellen als auch in Pflanzenzellen vorkommen.

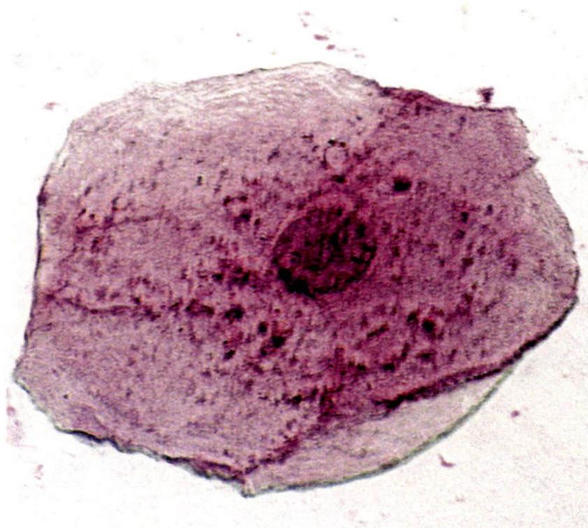

2 Mikroskopisches Bild einer Tierzelle

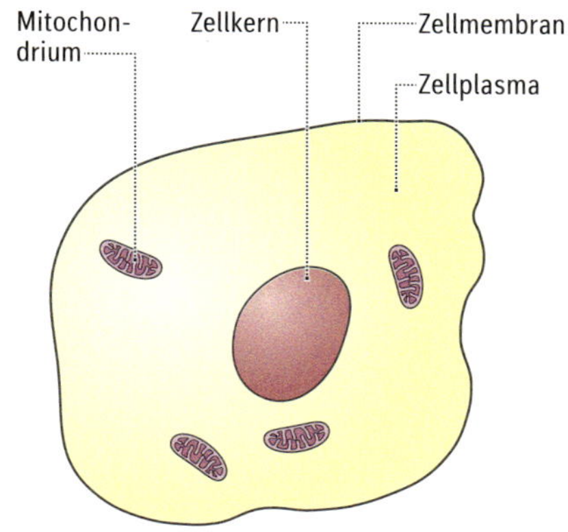

3 Aufbau einer Tierzelle

M1 Modell einer Pflanzenzelle

Das Bild zeigt die Vorgänge in einer Fabrik als Modell für die Lebensprozesse in einer Pflanzenzelle.

1 Beschreibe die einzelnen Stationen und Vorgänge in der Fabrik.

2 Ordne den Stationen der Fabrik die Bestandteile der Pflanzenzelle zu. Begründe deine Zuordnung. | HILFE

3 Begründe, was die Modellvorstellung gut und was eher schlecht veranschaulicht.

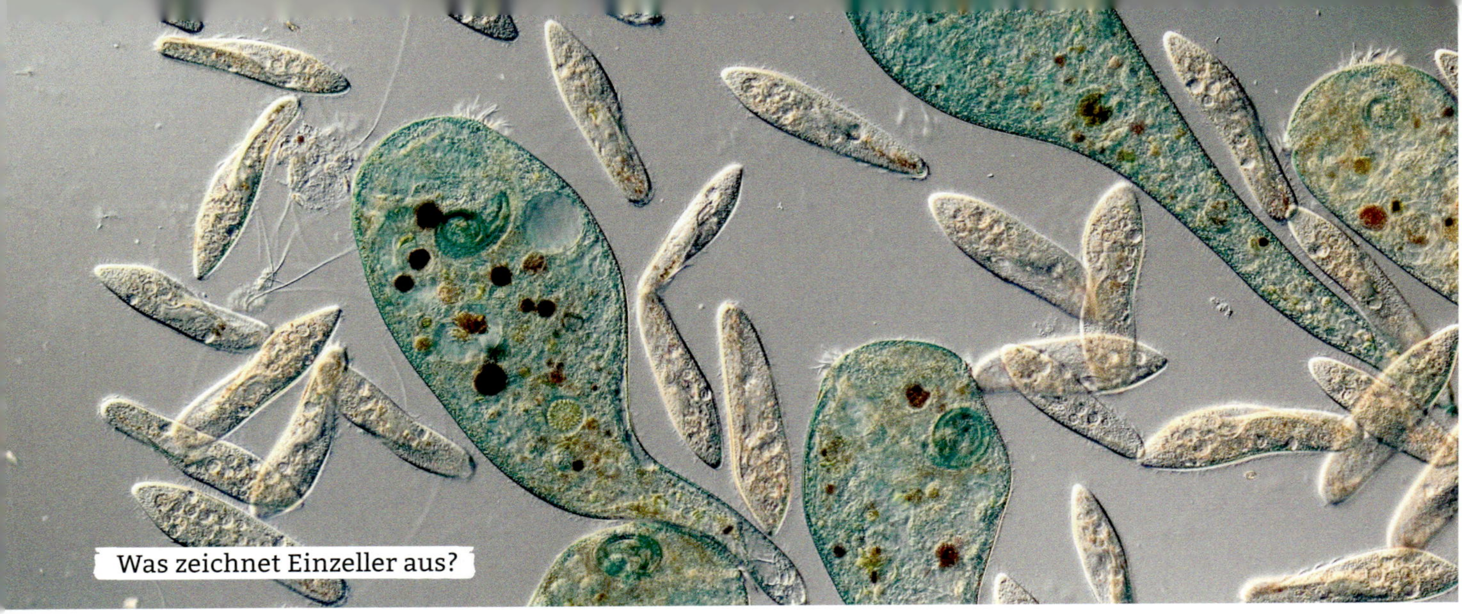

Einzellige Lebewesen

Einzeller

Während sich ein Mensch aus einer befruchteten Eizelle zu einem Organismus aus Billionen von Zellen entwickelt, bestehen **Einzeller** aus nur einer einzigen Zelle. Man kann sie in Pfützen und Teichen finden. Um Einzeller zu untersuchen, wird Heu und etwas Teichwasser etwa eine Woche lang abgedeckt stehen gelassen. In einem solchen **Heuaufguss** leben viele Einzeller, die man gut unter einem Mikroskop untersuchen kann.

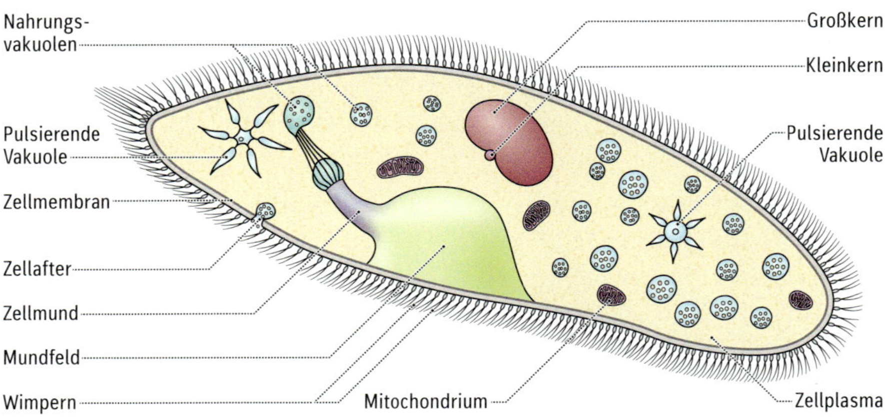

1 Aufbau eines Pantoffeltierchens

Pantoffeltierchen

Das etwa 0,3 Millimeter große Pantoffeltierchen ist von einer mit Wimpern besetzten Zellmembran umgeben. Die Nahrung wie Bakterien und Algen wird mit den Wimpern zum **Mundfeld** gestrudelt. Dort wird die Nahrung aufgenommen und in Membranbläschen, die **Nahrungsvakuolen**, eingeschlossen. Darin wird die Nahrung mit der Zeit verdaut. Unverdauliche Reste werden über den **Zellafter** ausgeschieden.

Kommt bei der Nahrungsaufnahme oder durch die Zellmembran Wasser in das Innere des Pantoffeltierchens, wird das Wasser wieder nach außen abgegeben. Dafür nutzt es zwei Vakuolen, die sich zusammenziehen und ausdehnen, die **pulsierenden Vakuolen**. Wie mit einer Pumpe wird das Wasser dabei aus der Zelle gepumpt. Ein Pantoffeltierchen hat zwei Zellkerne. Der große Kern steuert den Stoffwechsel, der kleine Kern kann mit einem anderen Pantoffeltierchen ausgetauscht werden.

Amöben

Die bis zu einem Millimeter große Amöbe hat eine Zellmembran, die sie an unterschiedlichen Stellen ausstülpt. So bildet sie **Scheinfüßchen**, in die das Zellplasma hineinfließt. Gleichzeitig fließt Zellplasma aus anderen Scheinfüßchen wieder zurück. Durch die ständige Formveränderung nennt man die Amöbe auch **Wechseltierchen**.
Amöben ernähren sich von Bakterien und kleineren Einzellern. Diese umfließt sie mit ihren Scheinfüßchen und nimmt sie über die Zellmembran auf. Die aufgenommene Nahrung wird in Nahrungsvakuolen eingeschlossen und verdaut. Die Amöbe kann an jeder Stelle ihrer Zellmembran Nahrung aufnehmen und Nahrungsreste wieder abgeben.

Augentierchen

Das etwa 0,05 Millimeter große Augentierchen bewegt sich mit einem länglichen Zellanhang, der **Geißel**. Seitlich vom Ansatz der Geißel ist der dunkle **Augenfleck**. In dessen Nähe ist ein Bereich, mit dem das Augentierchen Licht erkennen kann. Je nachdem, wie das Licht auf das Augentierchen fällt, entsteht durch den Augenfleck ein Schatten. So kann es die Richtung bestimmen, aus der das Licht kommt.
Mit seinen **Chloroplasten** kann das Augentierchen bei Licht Fotosynthese betreiben. So stellt es Nährstoffe selbst her. Sind jedoch im Wasser viele Nährstoffe vorhanden oder ist ein Augentierchen längere Zeit in der Dunkelheit, kann es seine Ernährungsweise umstellen und so auch die Nährstoffe aus dem Wasser aufnehmen.

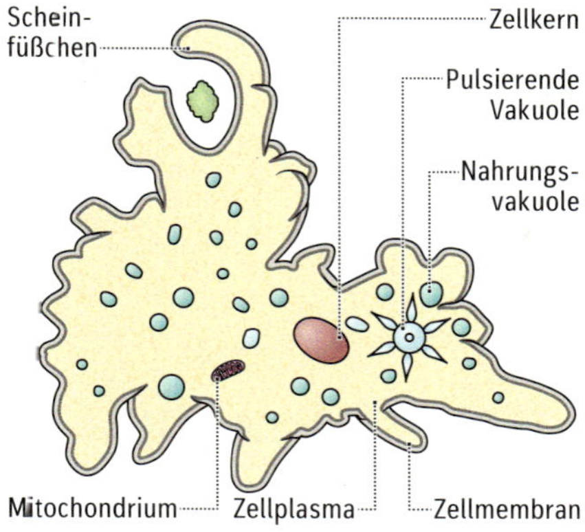

2 Aufbau einer Amöbe

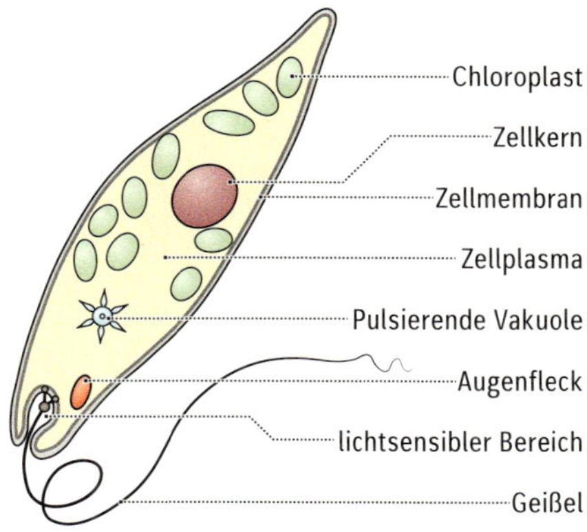

3 Aufbau eines Augentierchens

A Beschreibe die Zellbestandteile, die dem Pantoffeltierchen, der Amöbe und dem Augentierchen die Fortbewegung ermöglichen.

B Vergleiche die Ernährungsweise der drei dargestellten Einzeller.

M1 Reaktion auf Licht

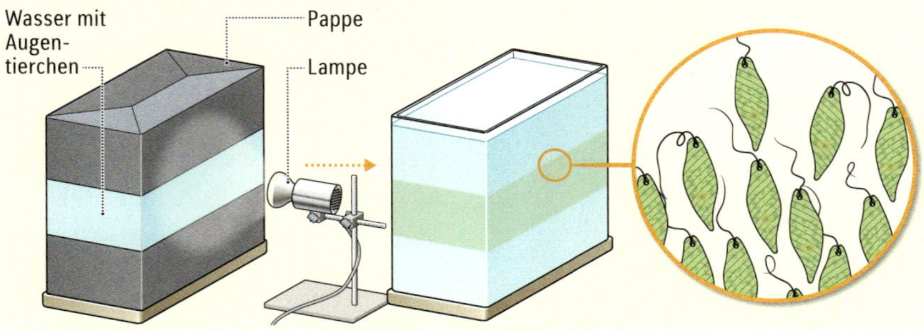

In einem Behälter befindet sich Wasser mit Augentierchen. Der in Teilen mit Pappen verdunkelte Behälter wurde nur in einem bestimmten Bereich beleuchtet. Nach einiger Zeit wurden die Pappen entfernt.

1 Beschreibe die Versuchsbeobachtungen.

2 Erkläre, welche Zellbestandteile dem Augentierchen seine Reaktion auf Licht ermöglichen. | HILFE

3 Erkläre das Verhalten des Augentierchens. | HILFE

4 Stelle Vermutungen an, wie das Versuchsergebnis mit Pantoffeltierchen und Amöben sein würde.

Mit dem Mikroskop arbeiten

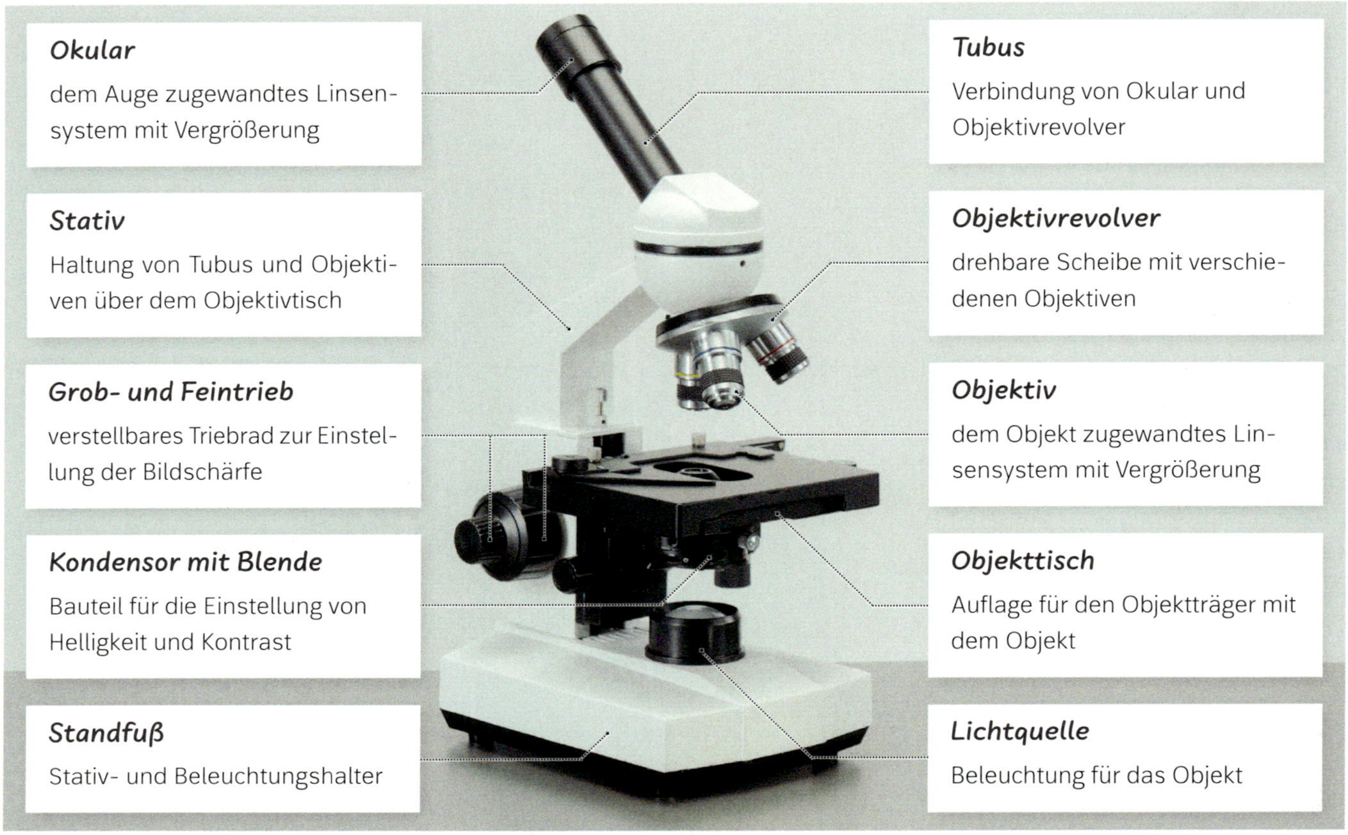

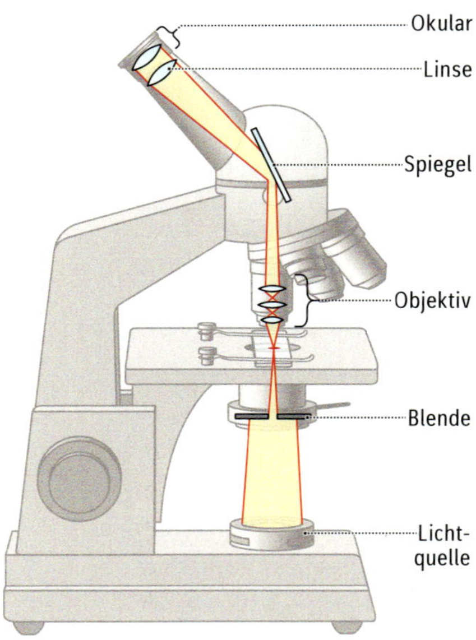

1 Mikroskop

Das Mikroskop

Das Lichtmikroskop enthält mehrere Linsen, die Objekte bis zu 1 000-fach vergrößern können. Durch seine Bauweise ist es möglich, auch sehr kleine Objekte zu untersuchen. Dabei schaut man durch das **Okular**. Auf jedem Okular steht, wie stark die Linsen in ihm ein Bild vergrößern. Über einen Tubus schaut man durch eine weitere Gruppe von Linsen, die sich im **Objektiv** befinden. Auf jedem Objektiv steht, wie stark die Linsen in ihm ein Bild vergrößern. Häufig sind mehrere Objektive über einen **Objektivrevolver** wechselbar, damit immer eine passende Vergrößerung eines Objektes eingestellt werden kann.

Unter dem Objektiv ist der **Objekttisch**, auf den das Objekt platziert wird. Der Abstand zwischen Objekttisch und Objektiv kann mit dem **Grob- und Feintrieb** verändert werden. So wird das Bild scharf gestellt. Unter dem Objekttisch ist die **Blende**. An ihr kann das Licht der **Lichtquelle** verändert werden, sodass das Objekt optimal ausgeleuchtet ist.

2 Grobtrieb

3 Feintrieb

Vorgehensweise

- **1 Aufstellen** • Trage das Mikroskop mit einer Hand am Stativ und mit der anderen am Fuß. Stelle es auf den Tisch und stecke den Stecker in die Steckdose.
- **2 Einstellen** • Drehe mit dem Grobtrieb den Objekttisch nach unten. Drehe am Objektrevolver, sodass das Objektiv mit der kleinsten Vergrößerung nach unten zeigt. Schalte die Beleuchtung ein.
- **3 Präparat platzieren** • Lege den Objektträger mit dem Präparat so auf den Objekttisch, dass das Licht der Beleuchtung genau auf das Präparat scheint. Klemme den Objektträger fest.
- **4 Bild einstellen** • Schau von der Seite auf den Objekttisch. Drehe langsam den Objekttisch mit dem Grobtrieb nach oben. Achte darauf, dass sich Objektiv und Deckglas nicht berühren.
  Schaue durch das Okular und drehe den Objekttisch mit dem Grobtrieb so weit nach unten, bis du ein scharfes Bild erkennst. Stelle mit dem Feintrieb das Bild scharf.
  Stelle mit der Blende die Helligkeit ein, bis du möglichst viele Details des Präparates erkennst.
- **5 Ausschnitt finden** • Schaue durch das Okular und verschiebe dabei den Objektträger, bis du eine passende Stelle des Präparates findet.
  Wird eine höhere Vergrößerung benötigt, kannst du das Objektiv durch Drehen des Objektivrevolvers wechseln. Drehe dafür den Objekttisch zunächst etwas nach unten.
- **6 Aufräumen** • Schalte nach dem Mikroskopieren die Beleuchtung aus. Entferne das Präparat vom Objekttisch. Stelle die kleinste Vergrößerung ein.

M1 Aufbau eines Mikroskops

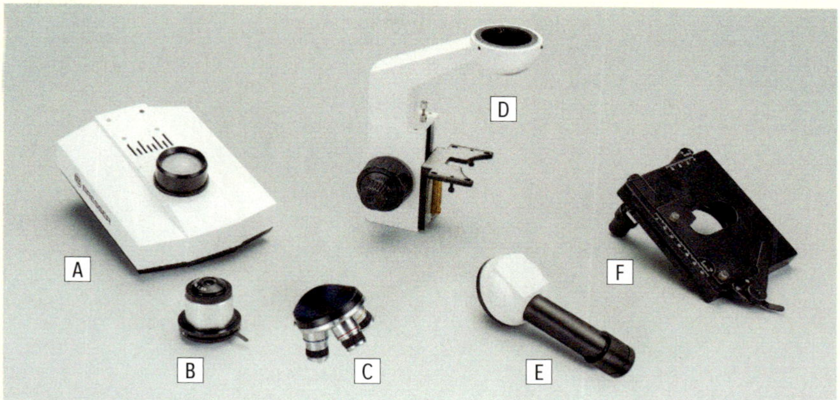

1 Benenne die Bauteile A–F des Mikroskops.

2 Beschreibe die Funktion der einzelnen Bauteile. | HILFE

M2 Berechnung der Vergrößerung

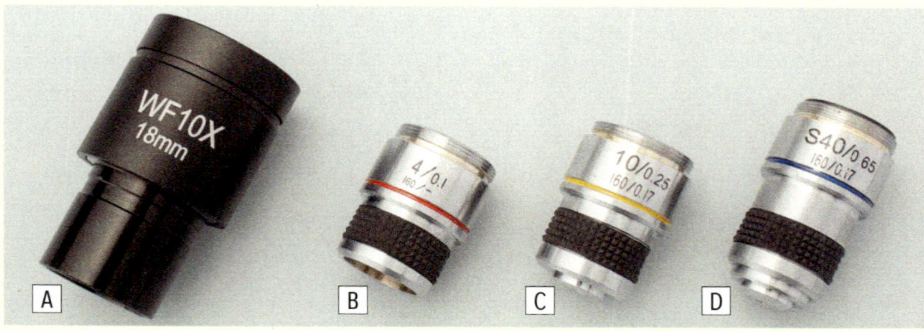

Berechnung der Gesamtvergrößerung

Die Gesamtvergrößerung berechnet man, indem man die Vergrößerungen von Objektiv und Okular multipliziert.

Beispiel: Okular: 10-fach
Objektiv: 20-fach

10 x 20 = 200

Die Gesamtvergrößerung des Objektes ist 200-fach.

Okular	Objektiv	Gesamtvergrößerung
10-fach	4-fach	...
10-fach	10-fach	...
10-fach	40-fach	...
20-fach	40-fach	...

1 Benenne die Bauteile A–D

2 Beschreibe, wo sich die Bauteile am Mikroskop befinden und welche Funktion sie jeweils haben. | HILFE

3 Übertrage die Tabelle in dein Heft vervollständige sie.

Präparate herstellen und zeichnen

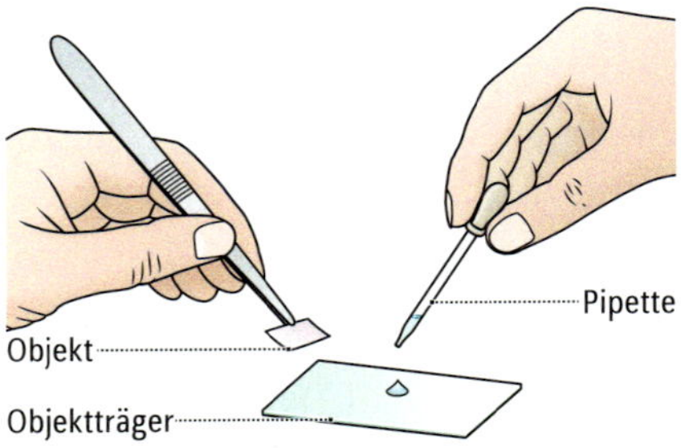

1 Objekt mit Wasser auf Objektträger geben

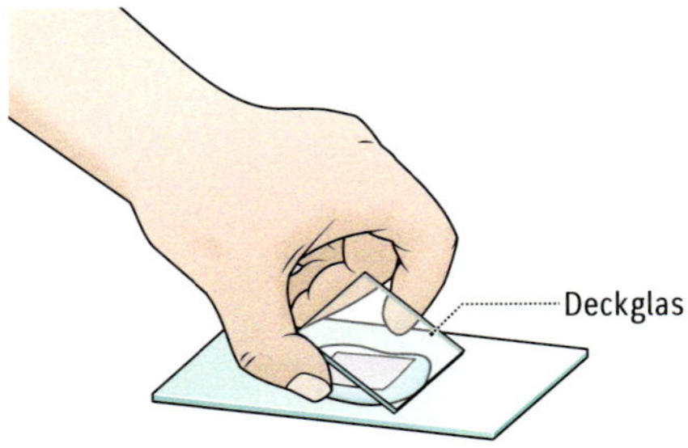

2 Deckglas auflegen

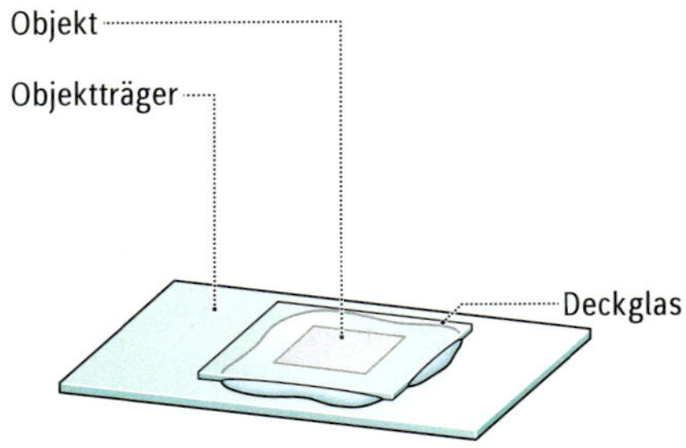

3 Fertiges Präparat

P1 Zellen der Mundschleimhaut einfärben und mikroskopieren

Färben

GHS07

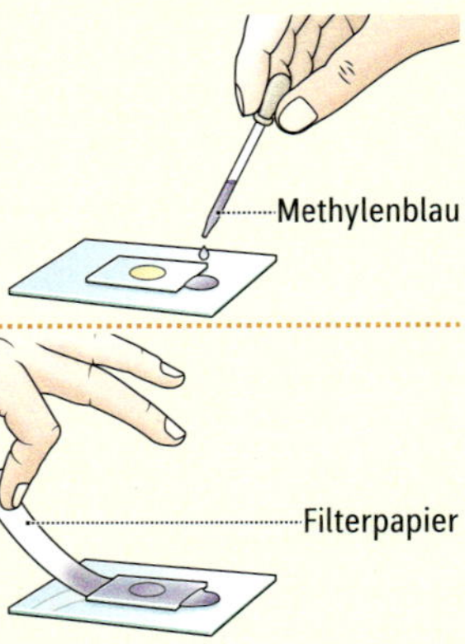

Eine Methylenblau-Färbung macht den Zellkern besser sichtbar.

Material:
Teelöffel, Objektträger, Wasser, Glasstab, Deckglas, Methylenblau-Lösung, Filterpapier, Mikroskop

Durchführung:
Schabe mit dem Teelöffel an der Innenseite deiner Wange entlang. Übertrage etwas von der Masse auf den Objektträger. Gib einen Tropfen Wasser hinzu und verrühre es vorsichtig mit dem Glasstab. Lege das Deckglas auf. Gib einen Tropfen Methylenblau-Lösung an den Rand des Deckglases. Halte etwas Filterpapier an den gegenüberliegenden Rand. Sauge so die Farblösung durch das Präparat.

1 Färbe und mikroskopiere deine Mundschleimhautzellen.

2 Fertige eine Fachzeichnung des Mikroskopbildes an.

Ein Präparat herstellen

Um **Objekte** mit dem Mikroskop betrachten zu können, müssen sie vorbereitet werden. Dabei wird aus dem Objekt ein **Präparat** hergestellt. Mit einem Lichtmikroskop lassen sich nur sehr dünne Präparate betrachten. Oft werden Objekte in Scheiben geschnitten oder zerdrückt. Einzeller sind so klein, dass man sie lebend mikroskopieren kann.

Vorgehensweise

- Gib mit einer Pipette einen Tropfen Wasser mittig auf den Objektträger.
- Lege das Objekt mit einer Pinzette in den Tropfen.
- Setze ein Deckglas seitlich an den Tropfen an, bis es Kontakt zu dem Tropfen hat.
- Lass das Deckglas vorsichtig fallen.

P2 Pflanzenzellen mikroskopieren

Material:
Messer, Skalpell, rote Zwiebel, Pinzette, Objektträger, Wasser, Deckglas, Mikroskop

Durchführung:
Teile die Zwiebel mit dem Messer. Schneide mit dem Skalpell auf die rote Seite einer Zwiebelschuppe ein kleines Rechteck. Löse das Stück mit der Pinzette heraus.

1 Mikroskopiere das Zwiebelhäutchen.

2 Fertige eine Fachzeichnung des Mikroskopbildes an.

Eine Fachzeichnung erstellen

Die Beobachtungen, die beim Mikroskopieren gemacht wurden, lassen sich in einer **Fachzeichnung** sichern. Sie sollte gut das wiedergeben, was unter dem Mikroskop gesehen wurde.

Regeln für das Zeichnen

- Zeichne mit spitzem Bleistift auf weißem, unliniertem Papier.
- Beschrifte dein Zeichenblatt mit der Bezeichnung des Objekts, der genutzten Vergrößerung, dem Datum und deinen Namen.
- Zeichne möglichst groß. Ziehe nur durchgezogene Linien ohne zu stricheln.
- Male keine Flächen aus.
- Beschrifte deine Zeichnung.

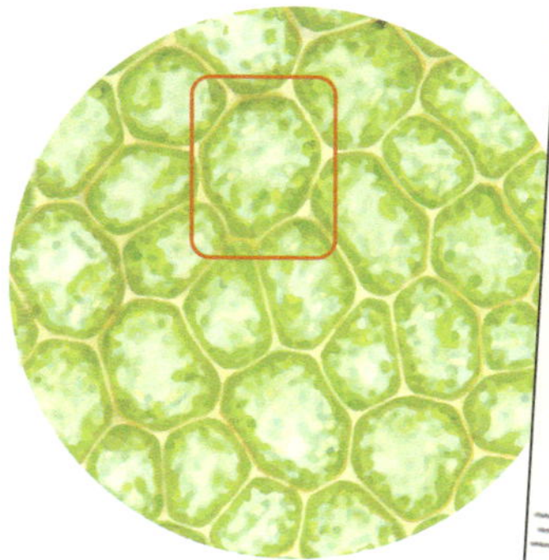

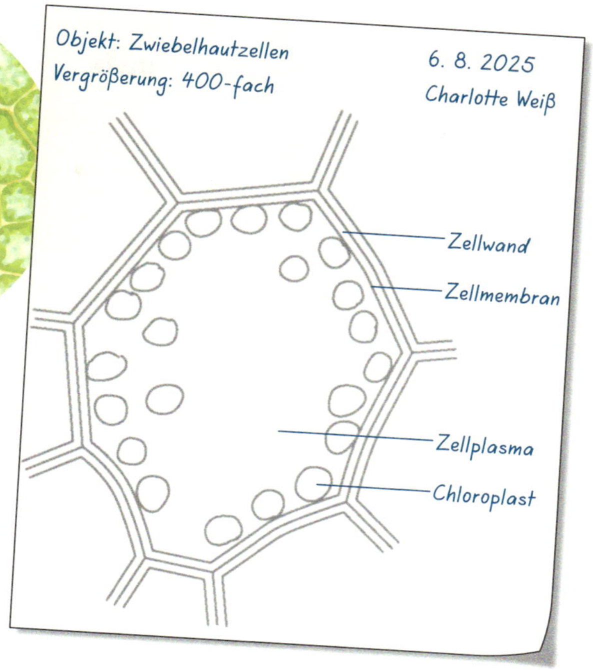

4 Zellen eines Laubmooses und die zugehörige Fachzeichnung

P3 Einzeller aus einem Heuaufguss mikroskopieren

Heuaufguss ansetzen

In einem Heuaufguss entwickeln sich in kurzer Zeit viele Einzeller.

Material:

großer Glasbehälter, Heu, Frischhaltefolie, Gummiband, Wasser aus der Natur (Bach oder See)

Durchführung:

Gib Heu in den Glasbehälter und übergieße es mit Wasser, bis der Glasbehälter zu etwa ¾ gefüllt ist. Decke alles mit der Frischhaltefolie ab. Stelle den Heuaufguss an einen hellen Standort ohne direkte Sonneneinstrahlung. Lass ihn mindestens eine Woche lang stehen.

Präparat herstellen

Material:

Deckglas, Knetgummi, Pipette, Heuaufguss, Objektträger, Mikroskop

Durchführung:

a Ziehe die Ecken eines Deckglases durch weiche Knetmasse.

b Entnimmt mit der Pipette etwas Wasser aus dem Heuaufguss und pipettiere 2 Tropfen davon mittig auf einen Objektträger.

c Decke das Präparat mit dem zuvor präparierten Deckglas ab.
Tipp: Achte darauf, dass die Probe nicht austrocknet. Gib gegebenenfalls einen Tropfen Wasser hinzu.

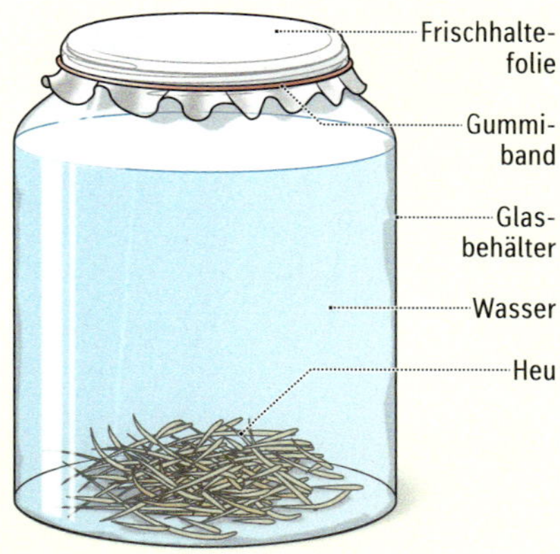

1 Setze einen Heuaufguss an.

2 Entnimm Proben aus verschiedenen Tiefen des Heuaufgusses und mikroskopiere sie.

3 Fertige eine Fachzeichnung des Mikroskopbildes an.

Die Fotosynthese

Aufbau von Glukose

Alle Lebewesen benötigen zum Leben energiereiche Nährstoffe wie **Glukose**. Anders als Tiere können Pflanzen diese selbst herstellen. Dafür benötigen sie das Gas Kohlenstoffdioxid, Sonnenlicht und Wasser. Das **Wasser** nehmen Landpflanzen mit den Wurzeln aus dem Boden auf. Es gelangt über Leitungsbahnen bis in die Blätter. Wasserpflanzen wie die Wasserpest nehmen Wasser über ihre dünne Blattoberfläche auf.

Das Gas **Kohlenstoffdioxid** nehmen Landpflanzen über Öffnungen auf der Blattunterseite, die **Spaltöffnungen**, aus der Luft auf. Aus den energiearmen Stoffen Wasser und Kohlenstoffdioxid bauen grüne Pflanzen die energiereiche Glukose auf. Für den Aufbau der energiereichen Glukose benötigen sie die Strahlungsenergie des **Sonnenlichts**. Die Energie wird in der Glukose als chemische Energie gebunden. Dieser Vorgang heißt **Fotosynthese** und bedeutet „Stoffaufbau bei Licht". Die Fotosynthese läuft in den **Chloroplasten** der Pflanzenzellen mit Hilfe des grünen Blattfarbstoffs, dem **Chlorophyll**, ab.

Aus der Glukose können Pflanzen weitere Nährstoffe wie Stärke aufbauen.

Bei der Fotosynthese entsteht auch **Sauerstoff**. Dieses Gas geben Landpflanzen über die Spaltöffnungen ab. Wasserpflanzen nehmen Wasser und darin gelöstes Kohlenstoffdioxid über ihre gesamte Oberfläche auf und geben so auch Sauerstoff ab.

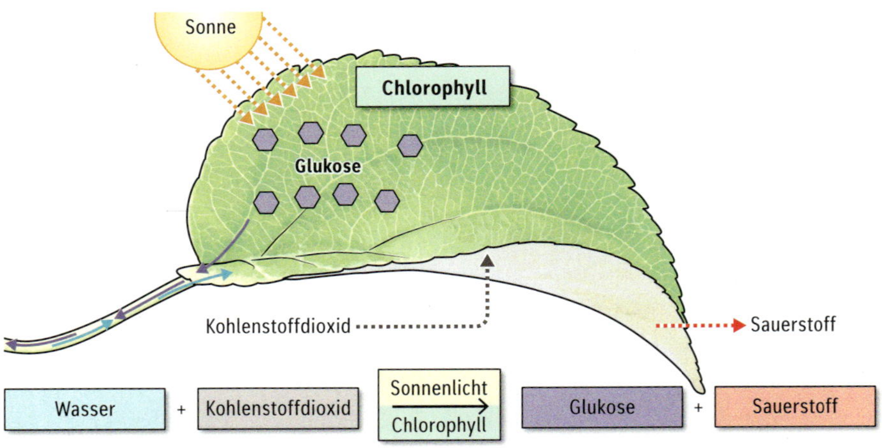

1 Fotosynthese

A Beschreibe den Vorgang der Fotosynthese.

B Beschreibe die Aufgabe der Spaltöffnungen bei Landpflanzen.

C Erkläre, warum es sich bei der Fotosynthese um eine Energieumwandlung handelt.

M1 Kohlenstoffdioxid

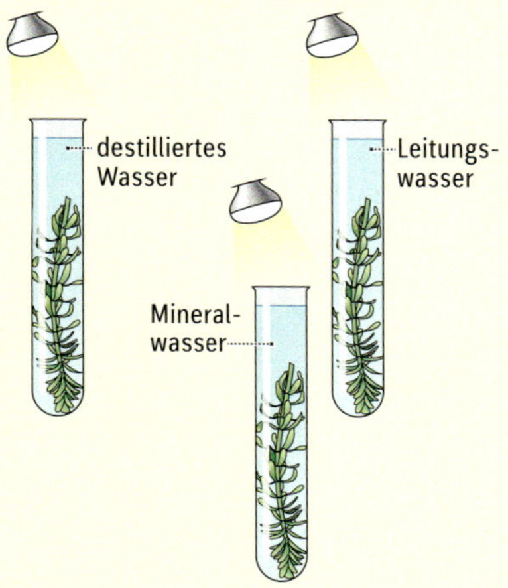

Beachte: Leitungswasser enthält etwas gelöstes Kohlenstoffdioxid, destilliertes Wasser enthält keines. Mineralwasser enthält viel gelöstes Kohlenstoffdioxid. Wasserpflanzen geben den bei der Fotosynthese entstehenden Sauerstoff als Bläschen über ihre gesamte Oberfläche ab.

1 Formuliere eine Frage, die mit dem Experiment geklärt wird.

2 Beschreibe den Aufbau des Versuches.

3 Erkläre, welche Beobachtungen bei dem Versuch zu erwarten sind. | HILFE

M2 Licht und Fotosynthese

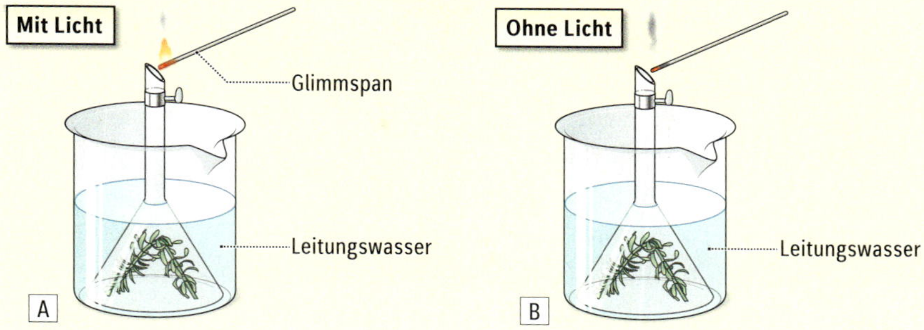

Beachte: Leitungswasser enthält gelöstes Kohlenstoffdioxid. Mit der Glimmspanprobe weist man Sauerstoff nach. Ist Sauerstoff vorhanden, flammt der Glimmspan auf.

1 Beschreibe den Versuchsaufbau.

2 Begründe, warum der Glimmspan bei A aufflammt. | HILFE

3 Begründe, warum der Glimmspan in Bild B nicht aufflammt.

P1 Stärke nachweisen

Material: Panaschiertes Blatt, siedendes Wasser, heißer Brennspiritus, Iod-Kalium-Iodid-Lösung, Petrischale, Pipette

Durchführung: Tauche ein panaschiertes Blatt in siedendes Wasser und danach in heißen Brennspiritus. Lege das Blatt in eine Petrischale und gib mit einer Pipette Iod-Kalium-Iodid-Lösung darauf.

Ist Stärke vorhanden, verfärbt sich Iod-Kalium-Iodid-Lösung violett.

1 Fertige ein Versuchsprotokoll an. Erkläre die Beobachtungen der unterschiedlichen Bereiche des Blattes. | HILFE

2 Erkläre den Zusammenhang der Versuchsergebnisse mit der Fotosynthese. | HILFE

Überwinterung von Pflanzen

Pflanzen im Winter

In den warmen Monaten nehmen Pflanzen Wasser aus dem Boden auf und verdunsten es über ihre Blätter. Im Winter ist es kälter. Das Wasser im Boden gefriert. Das Eis kann von den Pflanzen nicht aufgenommen werden. Um sich vor Vertrocknung zu schützen, gehen Pflanzen in **Winterruhe**. Sie verringern ihren Stoffwechsel wie die Fotosynthese und brauchen sehr wenig Wasser.

Wenn das Wasser in den Zellen von Pflanzen gefriert, bilden sich spitze, feste Eiskristalle. Diese können die Zellen der Pflanze zerstören. Die überwinternden Pflanzenteile müssen vor Frost geschützt sein. Dafür entwickeln viele Pflanzen **Knospen**. Sie enthalten Anlagen für Blätter und Blüten. Die harten Knospenschuppen bieten Schutz vor Austrocknung, Nässe und Kälte. Im Frühjahr treiben die Pflanzen aus den Knospen wieder aus. Man bezeichnet sie als **ausdauernde Pflanzen**. Bei Bäumen und Sträuchern befinden sich die Knospen an allen Ästen. Bei vielen krautigen Pflanzen befinden sich die Knospen bodennah oder an den unterirdischen Pflanzenteilen. Bei einigen Pflanzen überwintern nur die Samen. Sie enthalten kaum Wasser und können nicht von Frost geschädigt werden. Bei diesen **einjährigen Pflanzen** laufen Keimung und Wachstum innerhalb eines Jahres ab. Da die gesamte Pflanze vor dem Winter abstirbt, werden keine Knospen gebildet.

1 Möglichkeiten der Überwinterung

2 Laubbaum im Frühling

3 Laubbaum im Sommer

4 Laubbaum im Herbst

5 Laubbaum im Winter

Laubbäume

Heimische **Laubbäume** wie die Rotbuche entfalten im Frühling ihre flächigen, dünnen Blätter. Diese **Laubblätter** haben eine große Oberfläche, mit denen sie viel Licht für die Fotosynthese einfangen und so auch viel Wasser verdunsten können.

Im Verlauf des Herbsts entziehen die Laubbäume den Blättern die im Laufe des Sommers aufgebauten Nährstoffe und das Chlorophyll und speichern sie im Stamm. Dadurch werden die gelben und roten Farbstoffe der Laubblätter sichtbar. Man spricht von **Laubfärbung**. Schließlich sterben die Laubblätter ab. Sie vertrocknen und fallen zu Boden. Mit dem **Laubwurf** schützen sich Laubbäume vor Frostschäden und verringern ihren Wasserbedarf. Es überwintern nur die verholzten Teile wie Stamm und Äste, da sie nicht frostempfindlich sind. Laubbäume sind **sommergrün**. An den Ästen sind die Knospen mit den Blattanlagen, aus denen im Frühling neue Blätter austreiben.

A Beschreibe, wie sich das Aussehen eines Laubbaumes im Laufe des Jahres verändert.

Nadelbäume

Die **Nadeln** der **Nadelbäume** haben im Vergleich zu den Blättern von Laubbäumen eine kleine Oberfläche. Sie sind von einer dicken, wasserundurchlässigen Wachsschicht überzogen. Die Nadeln verdunsten nur wenig Wasser und überstehen so auch Frost. **Immergrüne** Nadelbäume wie die Fichte werfen im Winter ihre Blätter nicht ab.

M1 Laubbaum und Nadelbaum

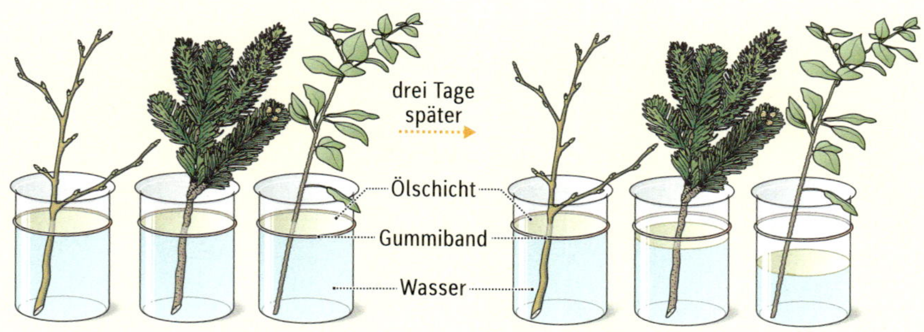

Eine Ölschicht auf einer Wasseroberfläche verhindert die Verdunstung über die Wasseroberfläche.

1 Beschreibe den Versuchsaufbau.

2 Beschreibe die Versuchsdurchführung.

3 Beschreibe die Versuchsbeobachtungen. | HILFE

4 Erkläre die Bedeutung des Gummibandes. | HILFE

5 Erläutere, wie sich die Wasserstände ändern, wenn der Versuchsaufbau an einem kühlen, dunklen Ort steht.

6 Mischwald im Frühling

7 Mischwald im Sommer

Frühblüher

Einige Pflanzenarten bilden frühzeitig im Jahr ihre Blätter und Blüten aus. Man bezeichnet sie daher als **Frühblüher**. Sie haben unterschiedlich gestaltete **Speicherorgane**, in die sie Nährstoffe aus dem vorherigen Jahr eingelagert haben. So können sie vor allen anderen Pflanzen im Jahr wachsen.

Beim Lerchensporn ist die Sprossachse kurz unter der Erdoberfläche verdickt. In diese **Sprossknolle** sind die Nährstoffe eingelagert.

Beim Scharbockskraut sind Teile der Wurzel zu **Wurzelknollen** verdickt.

Die Glockenblume und das Schneeglöckchen haben **Zwiebeln**. Diese bestehen aus unterirdischen, dickfleischigen Blättern, die die Knospe umgeben. Sie liegenals Zwiebelschalen in Schichten. Die äußeren Schichten sind dünn und trocken. Sie bilden die Zwiebelhaut. Oft wachsen in der Zwiebel weitere, kleine Brutzwiebeln. Die haben an ihrem oberen Ende eine neue Knospe. So können auch aus der Brutzwiebeln neue Pflanzen wachsen.

Das Buschwindröschen hat im Boden wachsende, verdickte **Erdsprosse**, die kurz unter der Erdoberfläche wachsen. So kann das Buschwindröschen dichte Bestände bilden.

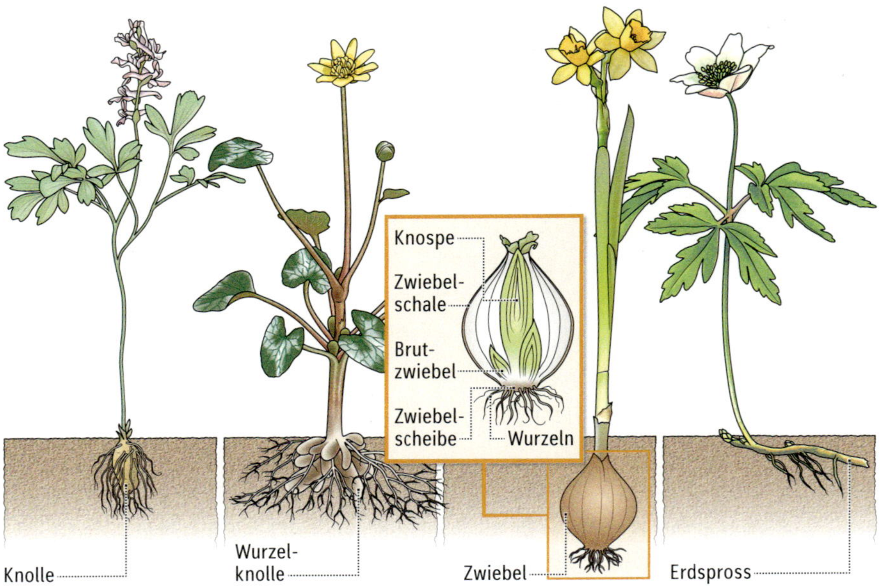

8 Speicherorgane von Frühblühern

B Beschreibe verschiedene Speicherorgane von Pflanzen.

9 Mischwald im Herbst

10 Mischwald im Winter

Jahreszeiten im Wald

Durch die verschiedenen Überwinterungsstrategien der Pflanzen verändert sich das Aussehen eines Waldes im Jahresverlauf. Im **Frühling** haben die Laubbäume keine Blätter. So kommt viel Licht auf den Waldboden, der von Frühblühern bedeckt wird. Im **Sommer** bilden die Blätter der Laubbäume ein dichtes Blätterdach, durch das kaum noch Licht bis zum Waldboden kommt. Die meisten Frühblüher haben dann bereits ihren Lebenszyklus durchlaufen und sind oberirdisch abgestorben. Dann wachsen andere krautige Pflanzen, die auch mit weniger Licht zurecht kommen. Viele Pflanzen haben im Sommer ihre Blütezeit. Im **Herbst** haben sich aus den Blüten der Pflanzen Samen entwickelt. Wenn die Laubbäume ihre Blätter verlieren, wird es wieder heller im Wald. Die oberirdischen Pflanzenteile der meisten krautigen Pflanzen sterben dann ab. Nun haben sich aus den Blüten der Pflanzen Samen entwickelt. Nur immergrüne Pflanzen wie Nadelbäume und Brombeeren tragen im **Winter** Blätter.

M2 Wald im Jahresverlauf

1 Beschreibe die Veränderung der Rotbuche im Jahresverlauf.

2 Beschreibe die Lichtverhältnisse am Waldboden.

3 Erkläre, wodurch sich die Lichtverhältnisse am Waldboden verändern. | HILFE

4 Beschreibe die Veränderung von Schneeglöckchen, Waldziest und Waldsauerklee im Jahresverlauf. | HILFE

5 Ordne dem Schneeglöckchen, dem Waldziest und dem Waldsauerklee folgende Begriffe zu: einjährig, ausdauernd, Frühblüher, immergrün. | HILFE

6 Beschreibe, wie das Schneeglöckchen an das Leben im Wald angepasst ist. | HILFE

Säugetiere im Winter

Bedingungen im Winter

Tiere benötigen für alle Lebensvorgänge **Energie**. Diese erhalten sie aus den Nährstoffen ihrer Nahrung. Bei deren Abbau wird die darin enthaltene Energie frei und ist für die Lebensvorgänge des Körpers nutzbar. Bei **Bewegungen** und beim **Stoffwechsel** wird im Körper Energie als **Wärme** frei. Der Winter ist für die meisten Säugetiere eine Zeit des Nahrungsmangels. Gleichzeitig benötigen Säugetiere bei niedrigen Umgebungstemperaturen mehr Energie zur Aufrechterhaltung ihrer Körpertemperatur.

Schutz vor Wärmeverlust

Um den Verlust von Wärme zu verkleinern, verändert sich bereits im Herbst das Fell vieler Säugetiere. Es wachsen zusätzlich viele **Wollhaare**. Die Luft zwischen ihnen bildet eine isolierende Schicht, die vor Wärmeverlust schützt. Man spricht von einem **Winterfell**.

1 Fuchs im Winterfell

Fettschicht

Viele Säugetiere sorgen für die nahrungsarme Zeit des Winters vor. Dafür fressen sie Herbst besonders viel. Die überschüssige Energie wird vom Körper zum Aufbau von Fetten genutzt, die überall in der haut eingelagert werden. Diese isolierende **Fettschicht** schützt auch vor Wärmeverlust.
Säugetiere haben zwei Typen von Fettzellen. Weiße Fettzellen speichern Energie. Braune Fettzellen wandeln Energie in Wärme um und helfen so, die Körpertemperatur aufrecht zu erhalten.

Aktive Überwinterer

Rotfüchse, Wildschweine und Hirsche sind im Winter **aktiv**. Ihre Körpertemperatur bleibt das ganze Jahr in etwa gleich hoch. Dafür benötigen sie Energie aus Nahrung. Da im Winter aber weniger Nahrung verfügbar ist, haben sie Strategien zum Überleben entwickelt.

Aktive Überwinterer sind meist gezwungen, ihre Nahrungsgewohnheiten im Winter anzupassen. Pflanzenfresser finden kaum Blätter und Früchte und fressen daher mehr Knospen, Fichtennadeln und Rinde. Viele Tiere bewegen sich nur wenig. Das spart Energie.
Angefressenen Fettreserven liefern die notwendige Energie zur Aufrechterhaltung der Körperfunktionen.
Der Maulwurf gräbt bei Frost seine Jagdgänge in tiefere, frostfreie Bodenschichten. Er ernährt sich hier von Insektenlarven und Regenwürmern.
Einige Tiere wie das Hermelin und der Schneehase haben ein weißes Winterfell. So sind sie im Schnee gut getarnt.

Winterruhe

Das Eichhörnchen legt sich im Herbst **Nahrungsvorräte** an. Es vergräbt in vielen Verstecken Nüsse, Eicheln, Bucheckern und Zapfen von Fichten und Kiefern. Während des Winters hält das Eichhörnchen dann einen **Ruheschlaf** in seinem Nest. Dieses ist mit Moos und Laub ausgepolstert, sodass die Tiere gut vor Kälte geschützt sind. Die Körpertemperatur des Eichhörnchens bleibt während des Ruheschlafes in etwa gleich hoch. Das Eichhörnchen spart aber Energie, indem es seine Lebensvorgänge etwas herunterfährt. Das ist an der geringeren Anzahl der Herzschläge und Atemzüge pro Minute messbar. Ab und zu erwacht das Eichhörnchen und verlässt sein Versteck, um Kot und Urin auszuscheiden. Dann frisst es auch von seinen Nahrungsvorräten. Säugetiere, die wie das Eichhörnchen überwintern, halten **Winterruhe**.

Auch Dachse halten in frostsicheren Verstecken Winterruhe. Nahrungsvorräte legen sie aber nicht an. Sie fressen sich nur eine dicke Fettschicht an. Wenn sie im Winter aufwachen, machen sie sich auf die Suche nach Nahrung. Dann scheiden sie auch Kot und Urin aus. ▶

A Vergleiche die Überwinterungsstrategie von Fuchs und Eichhörnchen.

B Erkläre, warum der Fellwechsel für viele Säugetiere lebensnotwendig ist.

2 Eichhörnchen frisst Vorräte

M1 Winterfell

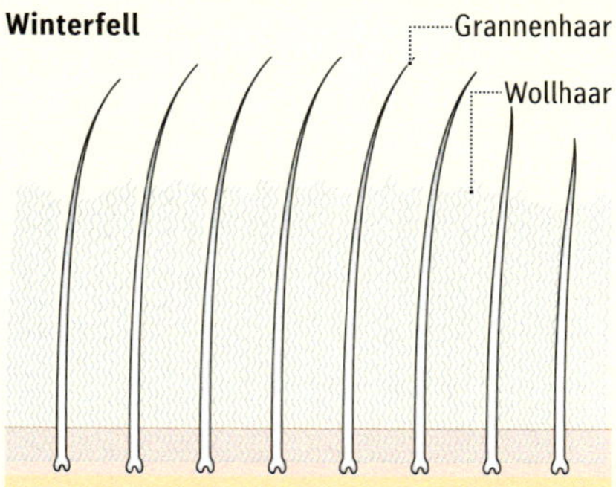

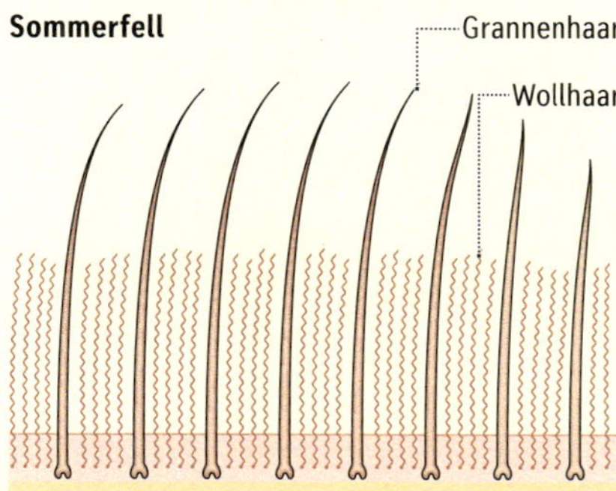

1 Beschreibe das Aussehen des Hermelins im Sommer und im Winter.

2 Vergleiche den Aufbau von Sommerfell und Winterfell beim Hermelin. | HILFE

3 Erkläre, wie das Winterfell des Hermelins vor Wärmeverlust schützt. | HILFE

4 Stelle Vermutungen an, welche Vorteile die weiße Fellfarbe des Hermelins im Winter hat.

3 Igel im Winterschlaf

Winterschlaf

Um weniger Energie zu benötigen, fahren einige Säugetiere ihre Lebensvorgänge auf ein Minimum herunter. Sie schlafen den ganzen Winter über und leben dann nur von den Fettreserven, die sie sich im Herbst angefressen haben. Während dieses **Winterschlafs** wird der Energiebedarf des Körpers stark gesenkt. Die Körpertemperatur und die Anzahl der Atemzüge und Herzschläge pro Minute ist stark verringert.

Sollte es so kalt werden, dass die Tiere während des Winterschlafes zu erfrieren drohen, wachen sie auf. Atmung, Herztätigkeit und Körpertemperatur erreichen dann wieder die normalen Werte. Da dies viel Energie kostet, ist ein häufiges Erwachen für das Tier im Winterschlaf lebensbedrohlich.

Ein Winterschläfer ist der Igel. Er rollt sich im Herbst in einem frostsicheren Versteck zusammen und beginnt mit dem Winterschlaf. Seine Körpertemperatur fällt während des Winterschlafs von etwa 37 °C auf 5 °C. Sein Herz schlägt nur noch 10 Mal in der Minute, statt sonst etwa 200 Mal. Die Zahl der Atemzüge wird von 50 Atemzüge pro Minute auf 10 Atemzüge vermindert. Erwacht der Igel, muss die Körpertemperatur schnell wieder erhöht werden. Dies geschieht mit den braunen Fettzellen.

M2 Überwinterungsstrategien

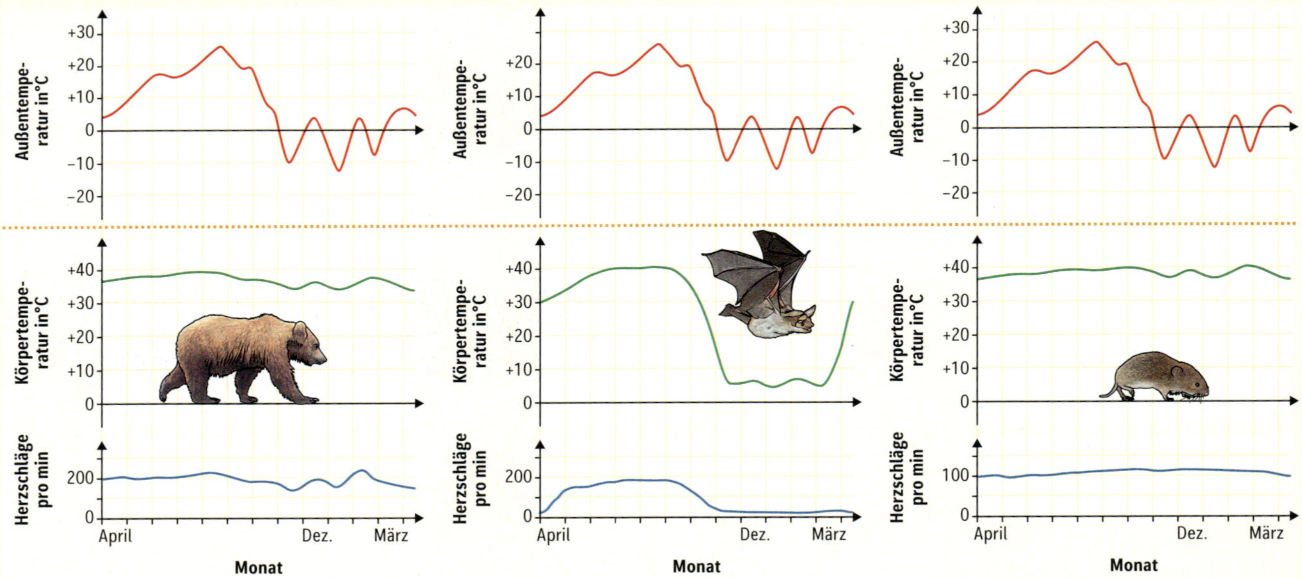

1 Ordne den Diagrammen begründet die drei Strategien Winterschlaf, aktive Überwinterung und Winterruhe zu.

2 Beschreibe und vergleiche die Zahl der Atemzüge, Herzschläge und die Körpertemperatur. Erstelle dazu eine Tabelle. | HILFE

3 Ordne jeder Strategie zwei Säugetiere zu, die auf diese Weise überwintern. Begründe deine Zuordnung.

Der Eisbär

Lebensraum des Eisbärs

Der Eisbär lebt in der Arktis, wo es das ganze Jahr über eisig kalt ist. Diese Gegend erstreckt sich rund um den Nordpol und besteht größtenteils aus Eisflächen, die das Nordpolarmeer bedecken. Im Winter liegen die Tmeperaturen bei bis zu -40 °C, im Sommer steigen die Temperaturen kaum über 0 °C.

Angepasstheiten des Eisbärs

Damit der Eisbär in der extremen Umgebung überleben kann, ist er vor Kälte geschützt. Seine **Ohren** sind sehr klein und sein **Schwanz** ist kurz, sodass er über sie nur wenig Wärme verliert. Dank seiner breiten **Pfoten** sinkt er im Schnee nicht ein. **Schwimmhäute** zwischen den Zehen machen den Eisbär zu einem guten Schwimmer im eisigen Wasser. Der Eisbär hat ein dichtes **Fell**, welches viel Luft zwischen den zahlreichen Haaren einschließt. Diese isolierende Luftschicht gibt kaum Wärme an die Umgebung ab. Sogar jedes einzelne **Haar** ist mit Luft gefüllt. So wird der wärmeisolierende Effekt des Fells noch verstärkt. Die im Fell eingeschlossene Luft ist wärmer als die Umgebungsluft. Das Fell des Eisbären wirkt nur weiß. Die einzelnen Haare sind in Wirklichkeit durchsichtig wie Glas. So können wärmende Sonnenstrahlen bis zur Haut gelangen. Die **Haut** des Eisbären ist schwarz, wodurch sie die Wärme der Sonnenstrahlen besser aufnehmen kann. Unter der Haut hat der Eisbär zusätzlich eine dicke, wärmeisolierende **Fettschicht**.

A Beschreibe Angepasstheiten des Eisbärs an ein Leben in der Arktis.

1 Angepasstheiten des Eisbärs

M1 Haut und Fell des Eisbären

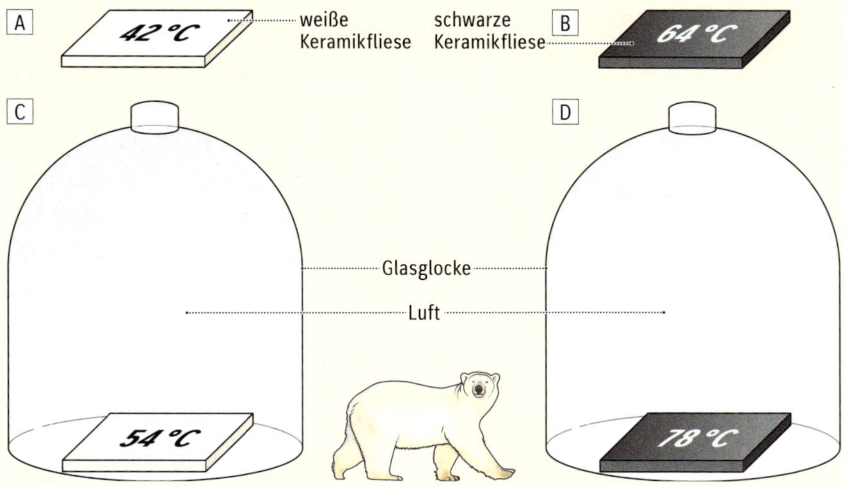

Die Abbildung zeigt die Versuchsergebnisse nach 15 Minuten Bestrahlung mit einer Wärmelampe. Der Versuch begann bei 20 °C Raumtemperatur.

1 Beschreibe den Versuchsaufbau.

2 Beschreibe die Versuchsbeobachtungen. | HILFE

3 Erkläre, welcher Versuchsaufbau der Haut eines Eisbären am nähesten kommt. | HILFE

Standvögel im Winter

Schutz vor Kälte

Wie auch Säugetiere halten Vögel das ganze Jahr über ihre Körpertemperatur konstant. Dafür können sich Vögel aber nicht wie viele Säugetiere eine dicke Fettschicht zulegen, weil sie dann zu schwer zum Fliegen wären. Um im Winter nicht zu viel Wärme abzugeben, richten Vögel daher bei Kälte ihre Federn auf. Durch dieses **Aufplustern** wird zwischen ihren Federn ein dickes Luftpolster gehalten, welches kaum Wärme nach außen abgibt.

1 Amsel bei hohen und bei niedrigen Temperaturen

Nahrungsmangel

Im Winter ist für viele Vögel ihre Nahrung kaum verfügbar. Fischfressende Vogelarten wie Störche können ihre Beutetiere kaum erreichen, weil Fische am Grund von Gewässern überwintern. Amphibien und Insekten können nur vereinzelt in ihren Winterverstecken erbeutet werden. Pflanzliche Nahrung wie Früchte und Samen werden im Laufe des Winters immer knapper. Zudem ist die Nahrung wegen des gefrorenen Bodens und unter Schnee kaum zu erreichen.

Standvögel

Finken ernähren sich von den noch zu findenden Samen und Körnern. Sie finden auch im Winter Nahrung. Solche **Körnerfresser** bleiben das ganze Jahr über am selben Standort. Man bezeichnet sie als **Standvögel**. Andere Vögel wie Meisen, die sich im Sommer von Insekten ernähren, stellen ihre Nahrung im Winter auf Samen und Körner um.

2 Winterfütterung

Winterfütterung

Normalerweise finden Standvögel im Winter in ihren natürlichen Lebensräumen und in naturnahen Gärten genug Nahrung, um den Winter zu überleben. Vor allem im Winter füttern einige Menschen aber auch wildlebende Vögel wie Enten. Dabei können verfütterte Essensreste schädlich für die Vögel sein. Zudem verschmutzt verfaulendes Brot das Gewässer, sorgt für ein starkes Wachstum von Algen und schadet so Fischen.
Die Futterstellen für kleinere Vögel sollten an erhöhter Stelle sein, um die Vögel vor Katzen und anderen Raubtieren zu schützen. So können Futterkugeln auch beispielsweise an besonders dünne Äste von Bäumen gehängt werden. An den Futterstellen kommen viele Vögel zusammen. Werden die Futterstellen nicht regelmäßig gewechselt oder gesäubert, können sich unter den Vögeln schnell Krankheiten ausbreiten.

A Erkläre, warum der Winter für viele Vögel eine schwierige Zeit ist.

B Erkläre, was man unter Standvögeln versteht.

M1 Schutz vor Wärmeverlust

1 Beschreibe den Versuchsaufbau.

2 Beschreibe, welche Teile des Versuchsaufbaus
a) dem Vogelkörper und
b) der Umwelt der Vogels
entsprechen. | HILFE

3 Erkläre mithilfe der Versuchsergebnisse in der Tabelle, wie sich Vögel vor Wärmeverlust schützen. | HILFE

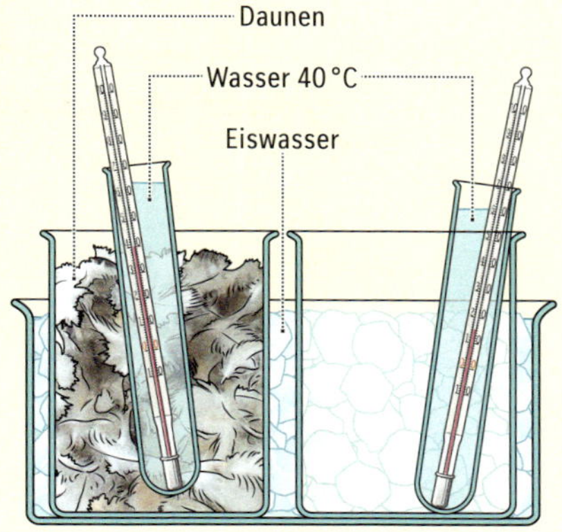

Temperatur im Reagenzglas	zu Beginn	nach 5 min	nach 10 min	nach 15 min
mit Daunen	40 °C	35 °C	31 °C	28 °C
ohne Daunen	40 °C	32 °C	26 °C	22 °C

M2 Meinungen zur Winterfütterung

1 Ordne die Aussagen Befürwortern und Gegnern von Winterfütterung zu.

2 Beschreibe die Argumente für und gegen Winterfütterung in eigenen Worten. | HILFE

3 Erläutere, warum Winterfütterung umstritten ist. | HILFE

4 Ermittele weitere Pro- und Contra-Argumente.

5 Erstelle einen Regelkatalog zur Winterfütterung.

Digital+
WES-187000-243

Im Herbst kann man oft große Gruppen von Vögel am Himmel fliegen sehen. Wohin fliegen sie?

Zugvögel im Winter

Vogelzug

Im Winter finden viele Vogelarten bei uns nicht genügend Nahrung. Sie fliegen darum im Herbst einzeln oder in Gruppen in südliche Gebiete, in denen es wärmer ist. Dort finden diese **Zugvögel** genug Nahrung. Im Frühjahr steigen in ihren **Überwinterungsgebieten** die Temperaturen und das Nahrungsangebot wird durch die vielen Vögel knapper. Dann fliegen die Zugvögel auf derselben **Zugroute** zurück. Nun finden sie dank der sommerlichen Temperaturen in ihren **Brutgebieten** genug Nahrung, um zu Brüten und ihre Jungen aufzuziehen.

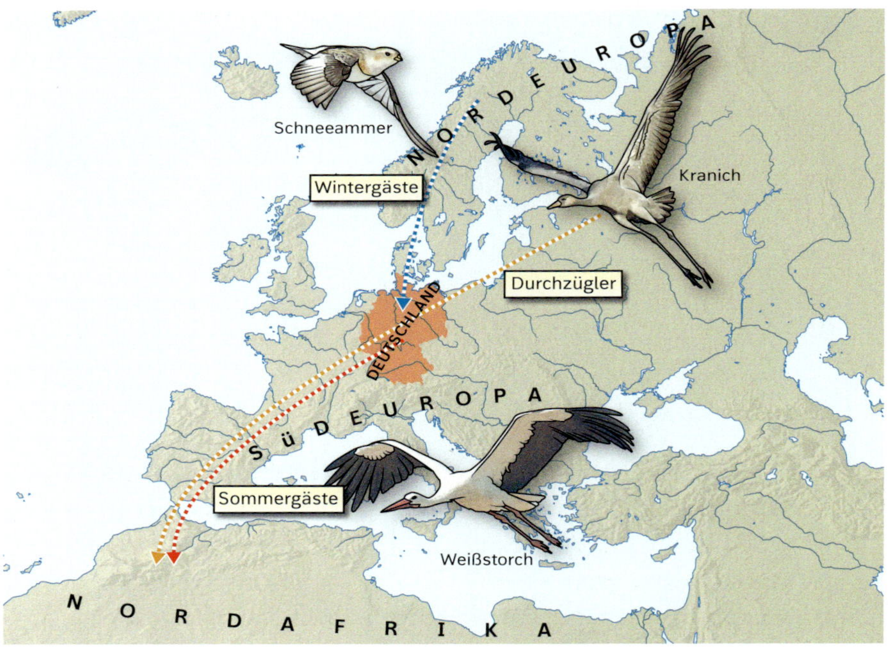

1 Zugverhalten einiger Zugvögel im Herbst

Zugverhalten

Weißstörche haben ihre Brutgebiete in Deutschland. Da sie nur im Sommer hier sind, nennt man sie **Sommergäste**. Schnee-Ammern haben ihre Brutgebiete im Norden Europas. Ihnen reichen die Temperaturen und das Nahrungsangebot in Deutschland zur Überwinterung. Sie sind **Wintergäste**. Kraniche brüten in Nordeuropa und haben ihre Überwinterungsgebiete in Nordafrika. Wir können sie während ihres Vogelzugs im Frühling und Herbst als **Durchzügler** beobachten.

Vögel, die in Europa oder im nördlichen Afrika überwintern, bezeichnet man als **Kurzstreckenzieher**. Vögel die eine längere Zugroute haben, bezeichnet man als **Langstreckenzieher**.

Orientierung

Damit sie den richtigen Weg finden, orientieren sich tagsüber ziehende Vögel am Stand der Sonne und auffälligen Orten wie Seen, Flüssen und Gebirgen. Mann nennt sie **Tagzieher**. Nachts ziehende Vögel nutzen die Sterne und den Mond zur Orientierung. Man bezeichnet solche Arten als **Nachtzieher**. Zusätzlich scheinen einige Vogelarten das Magnetfeld der Erde zu spüren und zur Orientierung nutzen zu können.

Gefahren während des Vogelzugs

Der Vogelzug bedeutet einen hohen Energieaufwand. Regen erschwert ihre Orientierung. Starke Winde können die Vögel von ihrer Zugroute abbringen. Auch Kälte erschwert den Vogelzug. Zwischen den oft sehr langen Strecken brauchen die Vögel geeignete Gebiete für Pausen, in denen sie sich ausruhen und etwas fressen können. Fehlen solche **Rastplätze**, können die Vögel nicht genügend Energie für ihre Weiterreise sammeln. In manchen Gegenden in Südeuropa und Nordafrika werden Zugvögel auch gezielt gejagt.

Änderung des Vogelzugs

In Städten finden viele Vögel im Winter genug Nahrung. Dies kann dazu führen, dass sie nicht mehr ziehen. In manchen Regionen Südeuropas gibt es viele offene Müllkippen, die den Vögeln genug Nahrung bieten. Einige Vögel nutzen diese Gegenden nicht nur als Rastplatz, sondern als Überwinterungsgebiete.

A Erkläre die Begriffe Sommergäste, Wintergäste und Durchzügler.

2 Weißstörche in Afrika

3 Weißstörche auf einer Müllkippe

M1 Zugverhalten von Weißstörchen

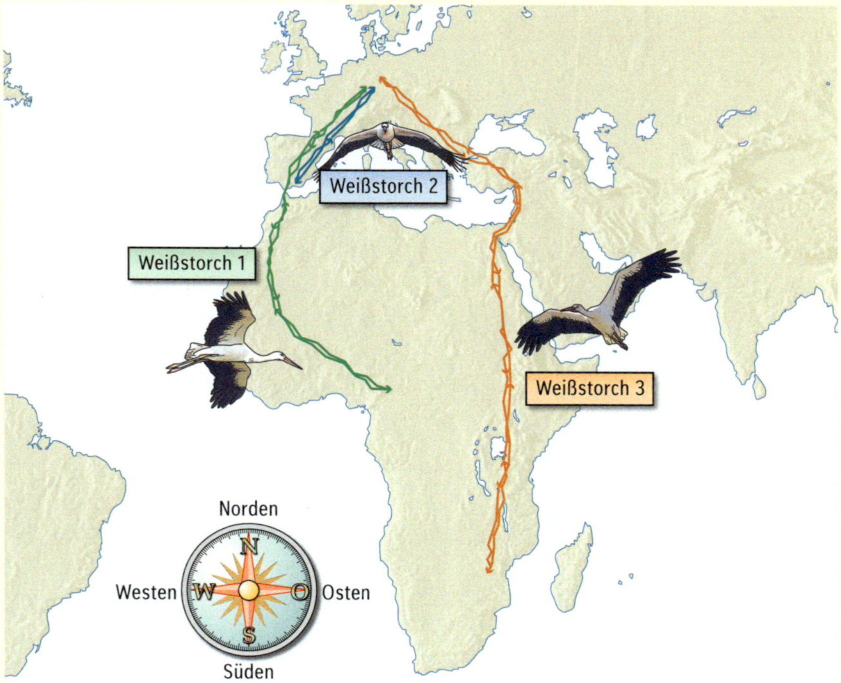

1 Beschreibe die Zugrouten der drei Weißstörche.

2 Erkläre, warum man bei Weißstörchen zwischen Westziehern und Ostziehern unterscheidet. | HILFE

3 Erkläre das Zugverhalten von Weißstorch 2. | HILFE

4 Stelle Vermutungen an, welche Vorteile es hat, dass nicht alle Weißstörche im selben Gebiet überwintern.

Wie verbringen wechselwarme Tiere wie Reptilien, Amphibien und Fische den Winter?

Reptilien, Amphibien und Fische im Winter

Wechselwarme Tiere

Tiere benötigen für ihr Überleben bestimmte Temperaturen. Säugetiere haben eine Fettschicht und Fell, die sie vor Wärmeverlust schützen. Vögel haben Federn, die ein isolierendes Luftpolster halten. Beide Tiergruppen können ihre Körpertemperatur unabhängig von der Umgebungstemperatur gleich halten. Säugetiere und Vögel sind **gleichwarm**. Weil Reptilien, Amphibien und Fische kaum isolierende Schichten haben, verlieren sie Wärme. Sie sind darauf angewiesen, Wärme aus ihrer Umgebung aufzunehmen. Da sich ihre Körpertemperatur mit der Umgebungstemperatur ändert, nennt man sie **wechselwarm**.

Überwinterung von Reptilien

Im Sommer fressen sich Reptilien Energiereserven für den Winter an. Wenn die Temperaturen sinken, ziehen sie sich in ihre Winterverstecke zurück. Diese können unter Baumstümpfen, in Felsspalten oder in Erdlöchern sein. Dort verringern sich ihre Vorgänge im Körper. Reptilien können sich dann nicht mehr bewegen. Das Herz schlägt langsam und sie atmen kaum noch. Dieser Ruhezustand heißt **Kältestarre**. Wird es zu kalt, sterben die Tiere. Wird es wieder wärmer, erwachen die Reptilien.

M1 Kältestarre bei der Zauneidechse

Umgebungstemperatur	Atemzüge pro Minute	Herzschläge pro Minute
25 °C	25	60
15 °C	10	40
5 °C	2	10
-5 °C	1	2

1 Beschreibe die Veränderung von der Anzahl der Herzschläge und Anzahl der Atemzüge bei unterschiedlichen Außentemperaturen. | HILFE

2 Begründe, warum bei niedrigen Umgebungstemperaturen die Anzahl der Atemzüge und die Anzahl der Herzschläge abnehmen. | HILFE

Überwinterung von Amphibien

Amphibien suchen sich vor den ersten kalten Nächten im Spätherbst ihre frostsicheren Winterverstecke auf. Wie auch Reptilien verfallen sie dann in Baumstümpfen, in Laubhaufen oder in Erdlöchern in **Kältestarre**.

Manche Amphibienarten überstehen auch sehr niedrige Temperaturen, indem sie im Laufe der Herbsts bestimmte Stoffe in ihre Körperzellen einlagern. Diese wirken dort wie ein natürliches Frostschutzmittel. So kann beispielsweise der Zucker Glukose verhindern, dass sich in den Zellen Eiskristalle bilden, die die Zellen beschädigen würden.

Überwinterung von Fischen

Fische überwintern am Grund der Gewässer. Dort ist das Wasser am wärmsten. Ihre Vorgänge im Körper sinken stark. Ihr Herz schlägt langsam.

Bei 0 °C gefriert das Wasser an der Oberfläche des Gewässers und bildet eine Eisschicht. Diese wirkt wie eine Isolierschicht. Sie verhindert, dass das Wasser weiter abkühlt. Während die Wasserschicht direkt unter der Eisschicht am kältesten ist, steigt die Temperatur in den tiefer liegenden Wasserschichten an. Am Grund des Gewässers beträgt die Temperatur des Wassers 4 °C. Auch einige Amphibien überwintern am Grund von Seen und Teichen. In dieser Zeit decken sie ihren Bedarf an Sauerstoff ausschließlich über Hautatmung.

A Beschreibe, was man unter Kältestarre versteht.

B Beschreibe die Überwinterung von Reptilien, Amphibien und Fischen.

1 See im Winter und im Sommer

M2 Gefrieren von Wasser und Zuckerlösung

1 Beschreibe den Versuchsaufbau.

2 Beschreibe, was der Versuch untersucht. | HILFE

3 Erkläre den Vorteil einiger Amphibienarten, die Glukose in ihren Zellen einlagern können.

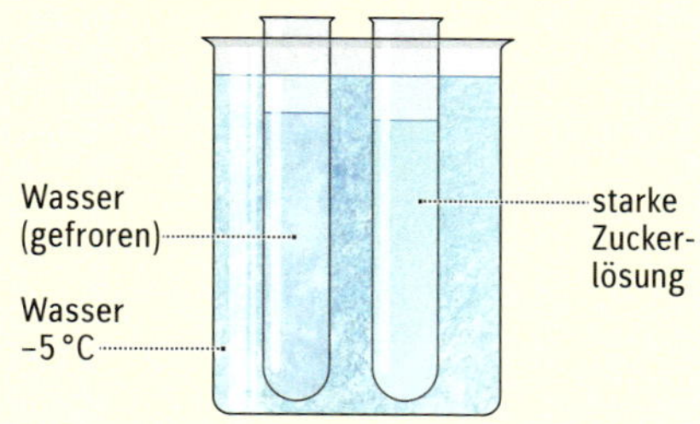

M3 Atmung von Amphibien im Wasser

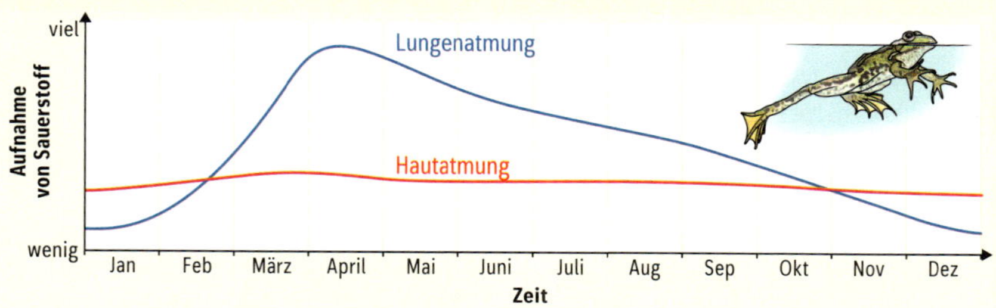

1 Beschreibe den Verlauf der beiden Kurven. | HILFE

2 Beschreibe, wie sich das Verhältnis von Lungenatmung und Hautatmung beim Wasserfrosch im Laufe des Jahres ändert. | HILFE

3 Erkläre, warum der Wasserfrosch im Winter Hautatmung nutzt.

Digital+
WES-187000-247

Leben im Wandel der Jahreszeiten

T1 Zellen

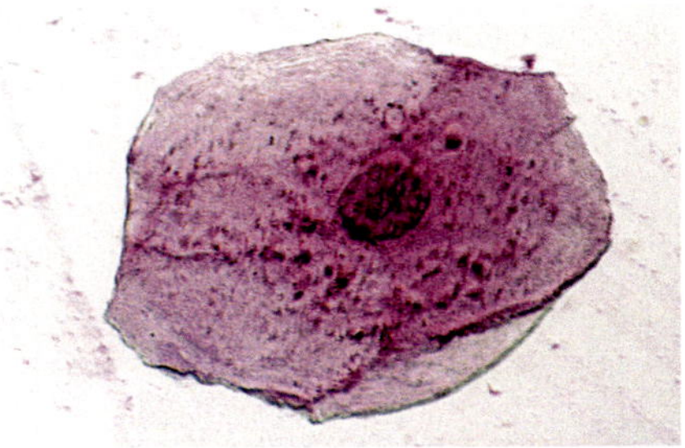

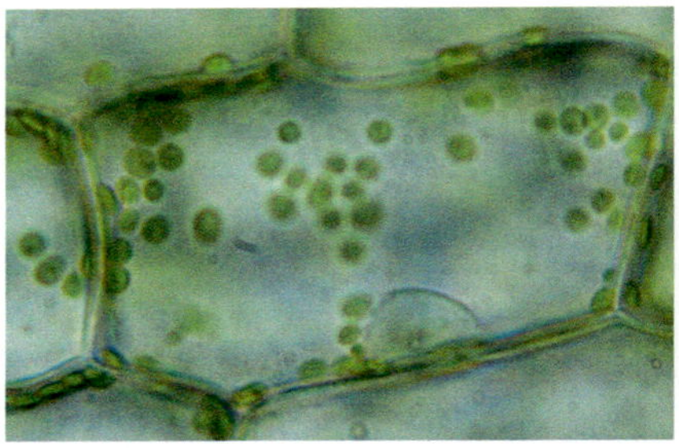

1 Ordne die beiden Abbildungen einer Tierzelle oder einer Pflanzenzelle zu.

2 Benenne die mit Ziffern gekennzeichneten Zellbestandteile.

3 Ordne den ZellbestandteilenihrejeweiligenFunktionenzu. Ergänzeauchdienichtsichtbaren Mitochondrien.

4 Vergleiche Tier- und Pflanzenzelle. Erstelle eine Tabelle.

T2 Fotosynthese

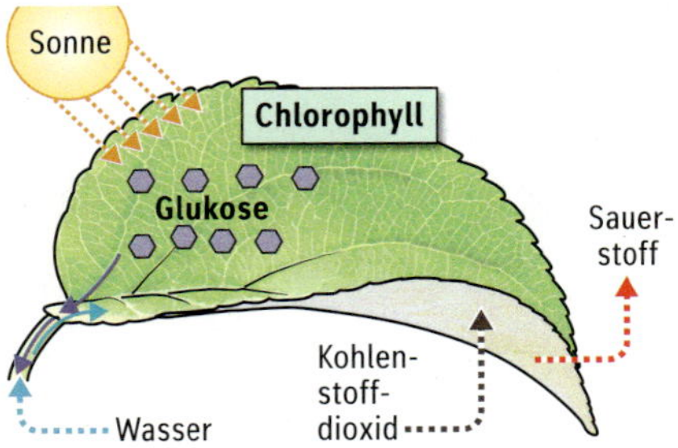

1 Erstelle die Wortgleichung für die Fotosynthese.

2 Nimm Stellung zu folgender Aussage: „Alle Lebewesen würden ohne das Licht der Sonne verhungern."

3 Erkläre die Bedeutung der Spaltöffnungen für Landpflanzen.

T3 Wald im Jahresverlauf

1 Benenne die jeweilige Jahreszeit in den Bildern A–D. Begründe.

2 Beschreibe die Veränderungen des Laubbaums.

3 Erläutere, warum die jeweiligen Veränderungen den Laubbaums im Laufe des Jahres für ihn überlebenswichtig sind.

T4 Frühblüher

1 Ordne den Speicherorganen A–D folgende Begriffe zu: Knolle, Wurzelknolle, Zwiebel, Erdspross.

2 Erkläre die Bedeutung der Speicherorgane für Frühblüher.

3 Erkläre den Unterschied zwischen einer Zwiebel und einer Sprossknolle.

T5 Gleichwarm und wechselwarm

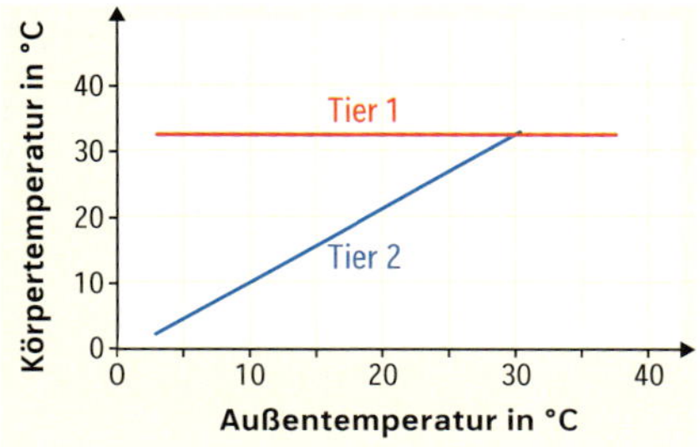

1 Beschreibe die beiden Kurvenverläufe.

2 Begründe, welches der Tiere wechselwarm ist und welches gleichwarm ist.

3 Begründe die Bedeutung der Kältestarre für das Überleben der Zauneidechse.

T7 Standvögel

Amsel im Sommer

Amsel im Winter

1 Erkläre den Begriff Standvogel.

2 Vergleiche das Gefieder der Amsel bei niedrigen und bei höheren Temperaturen.

3 Erkläre die Bedeutung des Aufplusterns für die Amsel.

4 Nenne Argumente für und gegen Winterfütterung von Vögeln.

T8 Zugvögel

1 Erkläre die Begriffe: Zugvogel, Durchzügler, Wintergast, Sommergast.

2 Erkläre, warum Zugvögel vor dem Winter ihre Brutgebiete verlassen und in wärmere Gebiete ziehen.

3 Beschreibe die beiden Zugrouten der in der Karte abgebildeten Vögel.

4 Beschreibe, wie sich Zugvögel auf dem Weg in ihre Überwinterungsgebiete orientieren können.

5 Beschreibe mögliche Gefahren, die mit dem Vogelzug verbunden sein können.

T6 Säugetiere im Winter

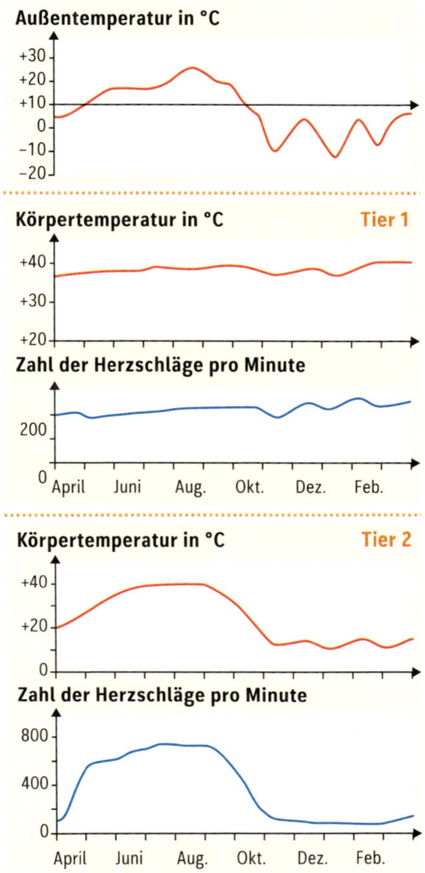

1 Erkläre die Begriffe: Aktiver Überwinterer, Winterruher und Winterschläfer.

2 Ordne die beiden Tieren in den Diagrammen einem aktiven Überwinterer oder einem Winterschläfer zu. Begründe fdeine Zurordnung.

3 Erkläre die Bedeutung des Winterfells für die Säugetiere im Winter.

4 Begründe, warum Winterschläfer in ihren Winterverstecken nicht gestört werden dürfen.

Leben im Wandel der Jahreszeiten

Lebewesen bestehen aus Zellen

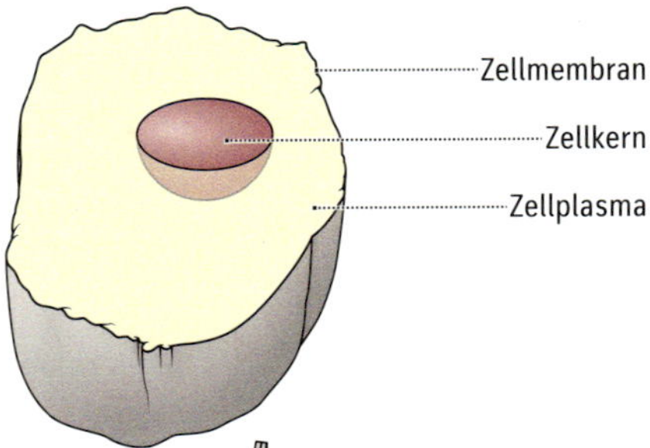

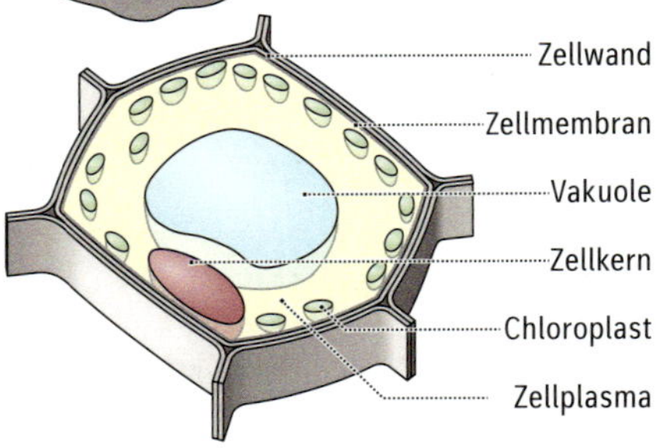

Alle Lebewesen bestehen aus Zellen. Typisch für alle Zellen ist eine elastische Zellmembran, die das Zellplasma mit dem Zellkern umschließt. Pflanzenzellen haben zusätzlich eine feste Zellwand, Vakuole und Chloroplasten.

Fotosynthese

Wasser + Kohlenstoffdioxid $\xrightarrow[\text{Chlorophyll}]{\text{Sonnenlicht}}$ Glukose + Sauerstoff

Pflanzen bauen in ihren Chloroplasten aus den energiearmen Stoffen Wasser und Kohlenstoffdioxid energiereiche Glukose auf. Dazu nutzen sie die Energie des Sonnenlichtes. Bei der Fotosynthese entsteht Sauerstoff.

Pflanzen im Jahresverlauf

Über die Blätter verdunsten Pflanzen Wasser. Ist der Boden gefroren, können die Pflanzen kein Wasser aufnehmen. Sie würden „verdursten“. Durch das Abwerfen der Blätter im Herbst wird die Verdunstung eingestellt.

Die kräftigen, ledrigen Blätter von immergrünen Pflanzen sind häufig mit einer Wachsschicht überzogen, die vor starker Verdunstung schützt.

Frühblüher überwintern mithilfe unterirdischer Speicherorgane für Nährstoffe wie Zwiebeln, Sprossknollen, Wurzelknollen oder Erdsprosse.

Überwinterung von Tieren

Viele Säugetiere bekommen im Winter ein dichtes Winterfell. Vor Kälte schützt auch eine dicke Fettschicht. Aktive Überwinterer ernähren sich von dem, was die Natur ihnen im Winter bietet. Oftmals müssen sie ihre Nahrung umstellen.

Winterschläfer halten Winterschlaf, bei dem die Herztätigkeit, Körpertemperatur und Atmung herabgesetzt sind. Winterruher erwachen gelegentlich und fressen von Nahrungsvorräten, die sich im Herbst zuvor angelegt haben.

Standvögel bleiben im Winter in ihren Brutgebieten. Zugvögel fliegen im Herbst über verschiedene Zugrouten in unterschiedliche Überwinterungsgebiete. Wechselwarme Tiere wie Fische, Reptilien und Amphibien suchen Verstecke und fallen in Kältestarre.

Das Igeljahr

ABSCHLUSSAUFGABE

1 Das Jahr eines Igels

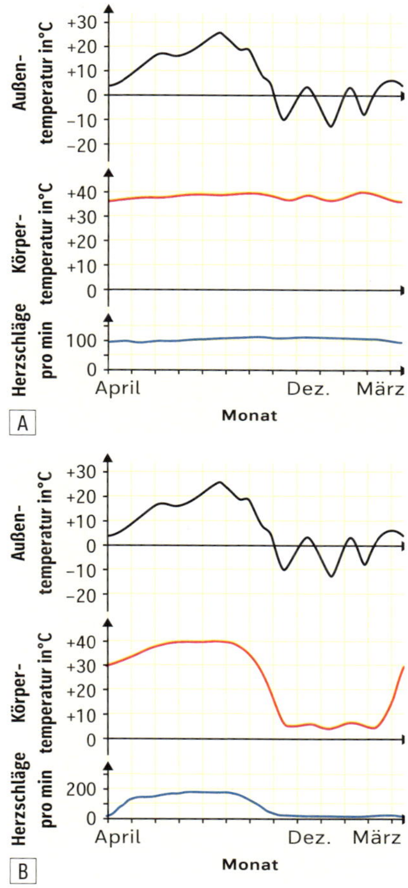

2 Diagramme von zwei Säugetieren

Igel begegnen uns oft in Parks, Gärten, Wiesen oder auch Hecken. Sie gehören zu den Säugetieren und sind für ihren stacheligen Körper bekannt. Die Stacheln auf dem Rücken des Igels dienen ihm zur Verteidung vor natürlichen Feinden wie Füchsen oder Mardern. Das Verhalten und die Lebensweise des Igels ist an die verschiedenen Jahreszeiten angepasst. Igel fressen hauptsächlich Insekten, Schnecken und Regenwürmer. Im Herbst beginnt der Igel sich auf seinen Winterschlaf vorzubereiten. Dieser dauert ungefähr von November bis März an.

1 Beschreibe die Veränderung der Pflanzenwelt im Jahresverlauf mit Hilfe der Abbildung.

2 In der Abbildung sind Frühblüher zu sehen. Erkläre, was man unter einem Frühblüher versteht.

3 Erkläre, welchen Einfluss die Veränderungen des Laubbaums auf die Überwinterung vom Igel haben.

4 Beschreibe die Verhaltensweisen des Igels im Jahresverlauf.

5 Vergleiche die Diagramme der verschiedenen Überwinterungsformen von Säugetieren.

6 Ordne dem Igel den passenden Diagrammverlauf A oder B zu. Begründe.

7 Nimm Stellung zu folgender Aussage: „Die Überwinterungsform des Igels ist eine Angepasstheit an seine Ernährungsweise.

7

Wasser - ein besonderer Stoff

1 Klares Trinkwasser

2 Felder werden mit Wasser gegossen.

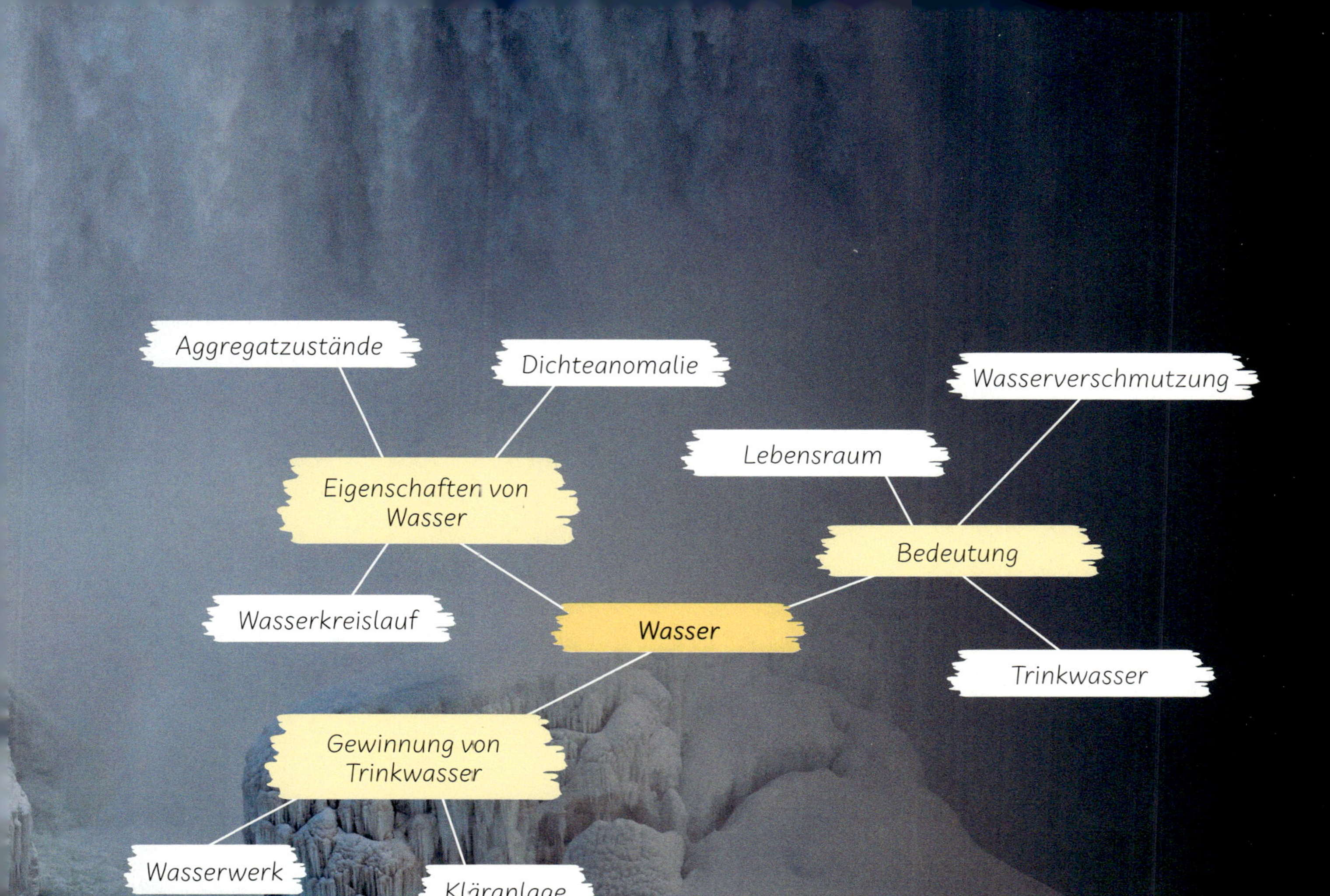

A Wasser kann in unterschiedlichen Formen vorkommen. Beschreibe, welche Zustandsformen auf dem großen Bild erkennbar sind.

B Beschreibe mit Hilfe der Abbildungen, welche Bedeutung Wasser für uns hat.

C Wasser ist ein schützenswertes Gut. Diskutiert gemeinsam, warum es wichtig ist, Wasserverschmutzung zu verhindern.

3 Lebewesen im See

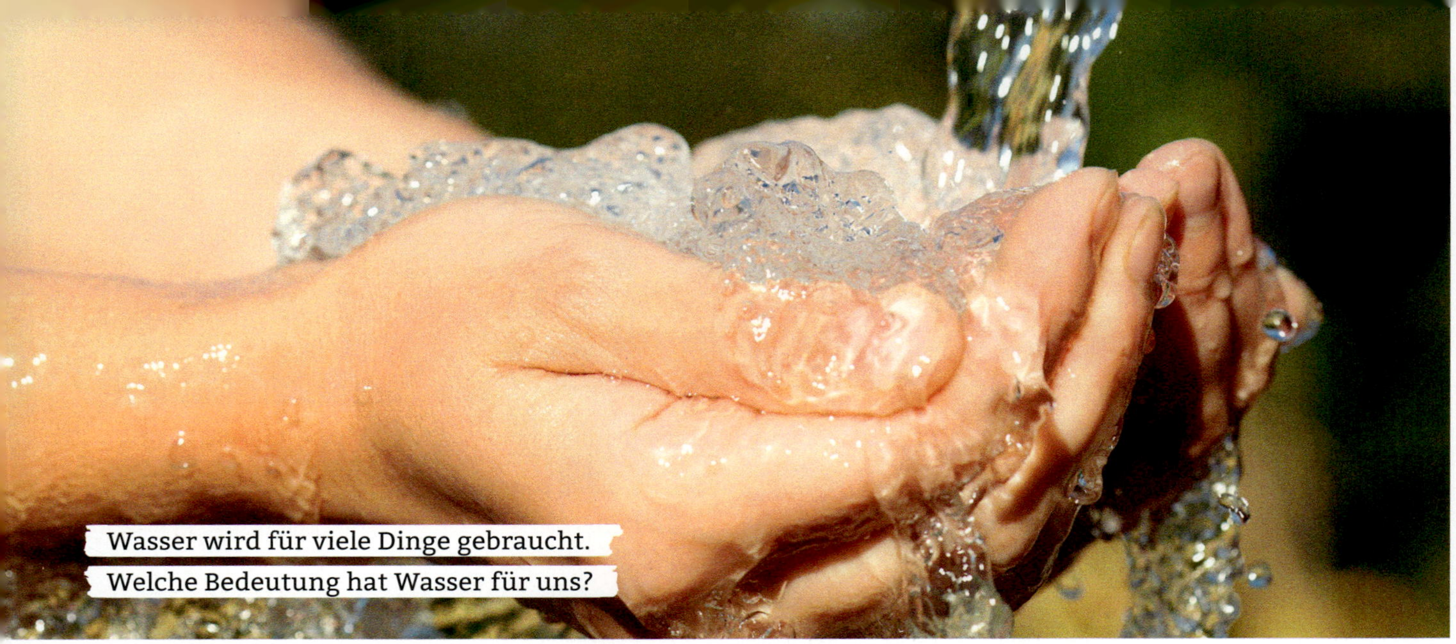

Wasser spendet Leben

Wasser als Lebensraum

Das Wasser der Erde ist für viele Tiere und Pflanzen ein **Lebensraum**. Wasser ist zum Beispiel der Lebensraum der Pinguine. Sie können blitzschnell im Wasser schwimmen und jagen so nach Fischen. Zum Luftholen tauchen sie auf und springen an Land. Dort leben Pinguine in Gruppen zusammen und ziehen ihre Jungtiere groß.

Wasser in Lebensmitteln

Unsere **Lebensmittel** stammen von Tieren und Pflanzen. Die Pflanzen benötigen Wasser zum Keimen und Wachsen. Für die Herstellung und den Anbau von Lebensmittel in der Landwirtschaft wird daher viel Wasser benötigt. Aber auch bei der Herstellung von Papier, Kleidung oder Elektrogeräten ist der Bedarf von Wasser sehr groß.

1 Lebensraum Wasser

2 Benötigtes Wasser für die Herstellung von Lebensmitteln

Trinken ist wichtig

Wasser ist der Hauptbestandteil des menschlichen Körpers. Jeden Tag verliert der Körper durch Schwitzen, über die Atemluft oder beim Toilettengang Wasser. Dieses verlorene Wasser muss ersetzt werden. Daher muss man darauf achten, dem Körper täglich Wasser zuzuführen. Besonders vor und nach dem Sport, ist es wichtig, genügend Wasser aufzunehmen. Bei sportlicher Aktivität verliert der Körper wesentlich mehr Wasser als bei normaler Aktivität. Einen Teil nimmt der Körper über die Nahrung auf. Zusätzlich sollte man täglich etwa 1,5 bis 2 Liter Wasser trinken.

Was wir trinken sollten

Getränke wie Limonade, Eistee oder Energydrinks enthalten viel zugesetzten Zucker. Sie löschen den Durst nur kurz und können zur Gewichtzunahme führen. Daher sollte man lieber zu Trinkwasser, Mineralwasser, ungesüßten Tees greifen. Auch Fruchtsäfte, die mit Wasser verdünnt werden, sind gute Durstlöscher. Beim Gang durch den Supermarkt oder Getränkemarkt fällt sofort auf: Es gibt verschiedene Getränke die Fruchtsaft enthalten. Reiner Fruchtsaft muss vollständig aus dem Saft von Früchten und dem Fruchtfleisch von Früchten bestehen. Nur dann darf auf dem Etikett zum Beispiel Orangensaft stehen. Fruchtnektar oder Limonaden enthalten viel weniger Fruchtsaft.

A Erkläre, warum Wasser wichtig für den Menschen ist.

B Beschreibe, welche Getränke man am besten trinken sollte.

3 Täglicher Wasserbedarf eines Menschen

M1 Säfte und Limonaden

1 Vergleiche die Zusammensetzung der verschiedenen Getränke.

2 Entscheide dich für ein Getränk, welches gesund und ein guter Durstlöscher ist. Begründe deine Entscheidung. | HILFE

3 Erläutere, warum reiner Fruchtsaft meistens teurer als Fruchtnektar ist.

4 Auf der Lebensmittelverpackung darf nur Fruchtsaft stehen, wenn auch nur Fruchtsaft enthalten ist. Begründe.

Wasser sparen

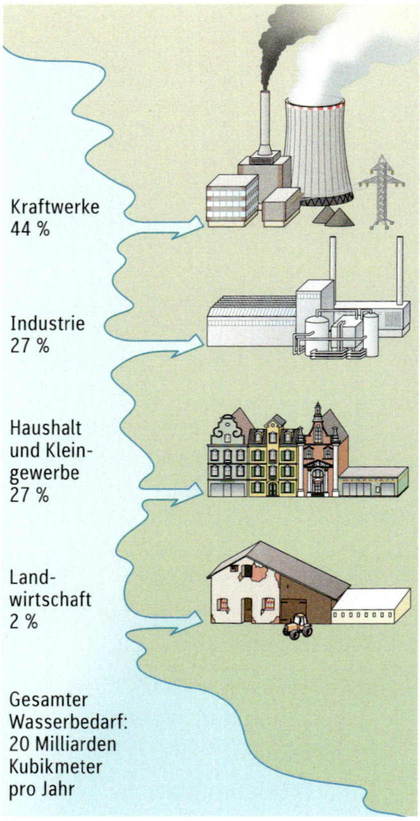

1 Wasserbedarf in Deutschland

Wasserverbrauch

Menschen benötigen für viele Dinge Wasser. Sie trinken es, benutzen es zur Zubereitung von Nahrungsmitteln oder bei der Produktion von Waren. Dafür entnehmen die Menschen das Wasser aus Flüssen, Quellen oder dem Grundwasser. Während der Verwendung verschmutzen sie das Wasser auf verschiedene Weise. Danach führen sie das verschmutzte Wasser wieder zurück. Dies versteht man oft unter dem Begriff **Wasserverbrauch**. Jedoch geht das Wasser nicht verloren, sondern wird verschmutzt zurück in die Natur oder in Reinigungsanlagen geleitet. Besonders in Industrieländern wie Deutschland ist der Wasserverbrauch im Haushalt für jeden Einwohner, der **Pro-Kopf-Verbrauch**, sehr hoch. Doch nicht nur Haushalte oder kleinere Gewerbebetriebe brauchen Wasser. Das meiste Wasser in Deutschland verbrauchen Kraftwerke und Industriebetriebe.

Kraftwerke und Industrie

Ein Großteil des Wassers in Deutschland wird zur Kühlung von Kraftwerken genutzt. Das Wasser wird dabei nur wenig verschmutzt, jedoch stark erwärmt. Die Industrie braucht das Wasser vor allem zum Herstellen von Waren. Dabei wird viel mehr Wasser benötigt als letztlich in den Produkten enthalten ist. So benötigt man für die Herstellung eines Computers etwa 20 000 Liter Wasser, die Herstellung eines Autos verschmutzt etwa 400 000 Liter Wasser.

Wassersparen im Alltag

In Deutschland gibt es ausreichend Wasser, das man als Trinkwasser nutzen kann. Wir entnehmen weniger Grundwasser zur Trinkwasseraufbereitung, als sich neu im Boden bildet. Wasser sparen lohnt sich vor allem bei Warmwasser. Je weniger Wasser erhitzt werden muss, desto weniger Energie wird benötigt.

Wasserverschmutzung

Im Haushalt, in der Industrie und in der Landwirtschaft fallen viele giftige Stoffe an. Darunter zählen einige Reinigungsmittel, Benzin oder Pflanzenschutzmittel. Auch zu viel Dünger schadet der Wasserqualität. Diese Stoffe können im Abwasser landen. Sie gefährden nicht nur das Leben in Flüssen und Seen, sondern auch das Trinkwasser. Die Einleitung von zu warmem Wasser in Gewässer, zum Beispiel von Kraftwerken, kann zu Sauerstoffmangel und somit zu einem Fischsterben führen. Deshalb müssen Kraftwerke das Abwasser vor dem Einleiten kühlen.

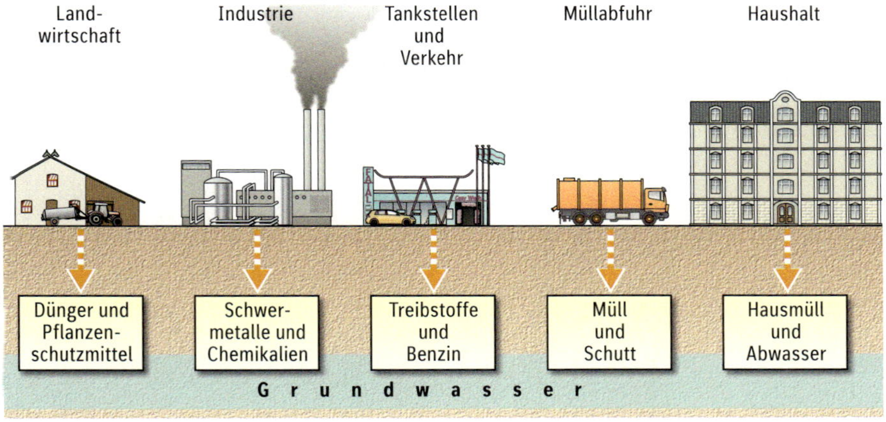

2 Wasserverschmutzung in Deutschland

A Nenne Gefahren, die durch Wasserverschmutzung entstehen.

M1 Wasserverbauch im Haushalt

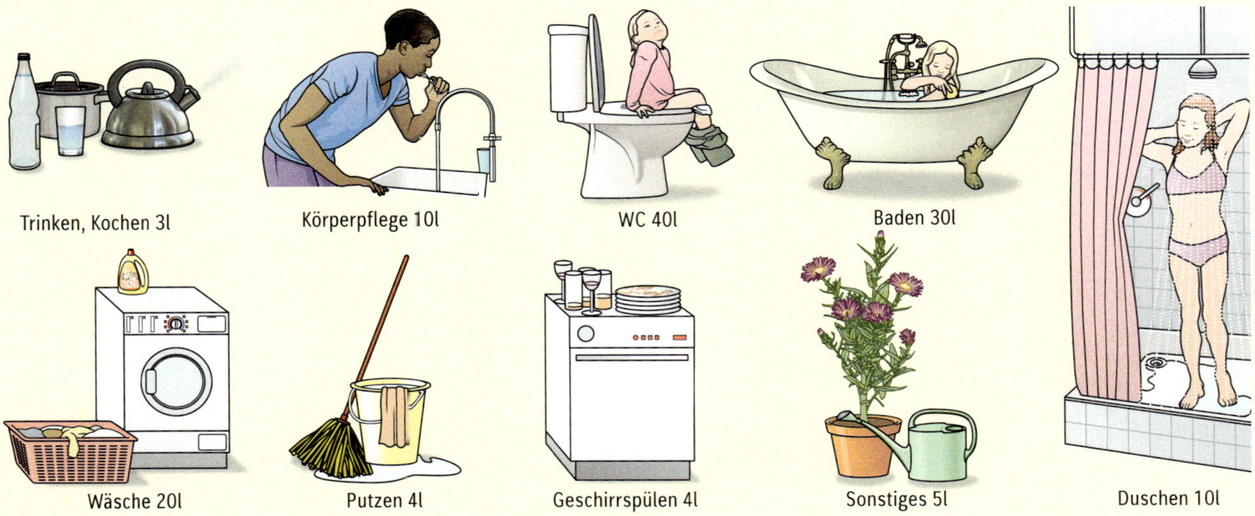

1 Nenne Beispiele, in denen das meiste Wasser benutzt wird.

2 Ermittle die Wassermenge, die jeder Mensch pro Tag im Haushalt ungefähr verbraucht. | HILFE

3 Erkläre, welche unterschiedlichen Möglichkeiten es in bestimmten Bereichen des Haushalts gibt, um warmes Wasser einzusparen. | HILFE

4 Man spricht im Alltag sehr oft vom sogenannten Wasserverbrauch. Erläutere, warum dieser Begriff nicht ganz richtig ist.

Digital+
WES-187000-257

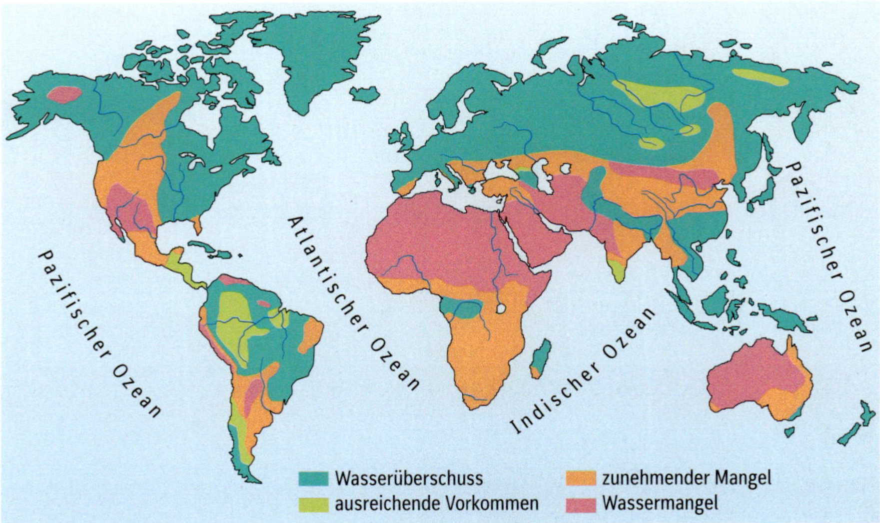

3 Verfügbarkeit von Süßwasser auf der Erde

M2 Aralsee

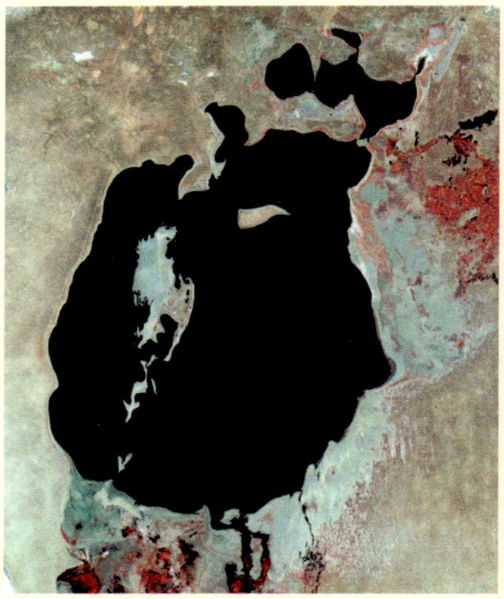

Der Aralsee war 1960 ein großer See. Er liegt in einem Trockengebiet in Zentralasien. Seit Jahren werden die einzigen Zuflüsse des Sees umgeleitet, damit riesige Baumwollfelder und wachsende Städte mit Wasser versorgt werden können.

1 Vergleiche die beiden Luftaufnahmen vom Aralsee. Beschreibe die Auswirkungen der Landwirtschaft.

2 Erläutere verschiedene mögliche Folgen für die Umwelt durch die Veränderung des Aralsees | HILFE

Verteilung von Süßwasser

Unser Trinkwasser enthält kaum gelöstes Salz. Im Vergleich zum salzigen **Meerwasser** ist das **Süßwasser** trinkbar. In Deutschland steht genug Süßwasser in Flüssen, Seen oder als Grundwasser zur Verfügung. Dagegen gibt es zum Beispiel in Nordafrika zu wenig Süßwasser. Dort herrscht ein natürlicher **Wassermangel**. In den letzten 100 Jahren hat sich die Weltbevölkerung fast verfünffacht. Damit ist auch der weltweite Wasserbedarf gestiegen. Je stärker sich ein Land wirtschaftlich entwickelt, desto mehr Wasser wird dort verbraucht. Die Ansprüche der Menschen steigen. Die Industrie stellt mehr Waren her, wozu wieder mehr Wasser benötigt wird.

Landwirtschaft

Die Landwirtschaft verbraucht weltweit das meiste Wasser. In trockenen Gebieten werden Ackerflächen angelegt, die künstlich bewässert werden müssen. Das Wasser wird aus Flüssen, Seen oder dem Meer entnommen. Es ist nicht möglich, die verfügbare Wassermenge zu erhöhen. Man muss versuchen, den Wasserbedarf zu senken. So können in Trockengebieten Nutzpflanzen angebaut werden, die mit wenig Wasser auskommen. Auch die Wasserreinigung kann verbessert werden, damit mehr Wasser wiederverwendet werden kann. Um Trinkwasser zu gewinnen, kann Regenwasser besser aufgefangen werden. Mit Hilfe von teuren und aufwändigen Entsalzungsanlagen kann salziges Meerwasser entsalzt werden. Das können sich jedoch nur reiche Länder leisten, die am Meer liegen.

Virtuelles Wasser

Verstecktes Wasser

Durch gute Bewässerungstechniken in der Landwirtschaft, wassersparende Geräte und den sparenden Einsatz im privaten Haushalt konnte in Deutschland viel Wasser gespart werden. Leider stellt dieses Wasser nur einen geringen Teil der Wassermenge dar, die wirklich verbraucht wird. Der tatsächliche Verbrauch an Wasser ist deutlich höher. Das liegt daran, dass jedes Produkt Wasser für seine Herstellung und den Transport benötigt. Dieses Wasser bezeichnet man als **virtuelles Wasser**. Uns ist dieses Wasser deshalb nicht bewusst, weil es in Lebensmitteln, Kleidung oder auch in Smartphones versteckt ist. Auch in einem Rindersteak befindet sich viel Wasser. Ein Rind benötigt etwa drei Jahre bis es schlachtreif ist. In diesem Zeitraum hat es 1 300 Kilogramm Getreide und 7 200 Kilogramm Heu gefressen. Alleine für die Produktion des Futters wurden mehrere Tausend Liter Wasser verwendet. Dazu kommen noch Trinkwasser und Wasser für die Reinigung des Stalls. Somit verbergen sich hinter einem Kilogramm Rindfleisch etwa 15 500 Liter virtuelles Wasser.

Nachhaltiges Handeln

Wasser ist wie jeder natürliche Rohstoff, der wirtschaftlich genutzt wird, eine Ressource. Die sparsame, wirtschaftliche Nutzung einer Ressource auf lange Sicht nennt man **Nachhaltigkeit**. Nachhaltiges Handeln schont Ressourcen und sichert langfristig deren Verfügbarkeit. Dabei müssen aber die Interessen der Wirtschaft, der Umwelt und der Menschen vereinbart werden.

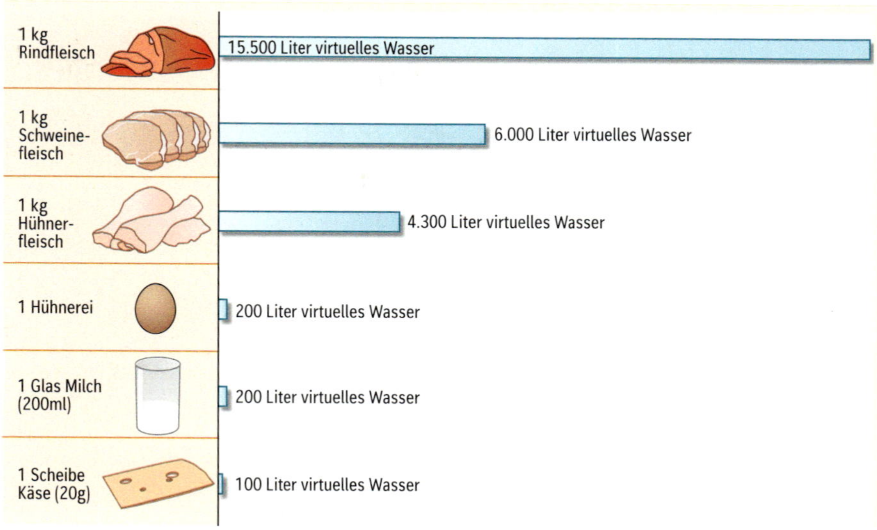

1 Virtuelles Wasser

M1 Virtuelles Wasser

Produkt	Wassermenge
Blatt Papier	10 Liter
Tomate	13 Liter
T-Shirt (Baumwolle)	2 000 Liter
Auto	bis 400 000 Liter
Computerchip	32 Liter
1 Liter Orangensaft	850 Liter

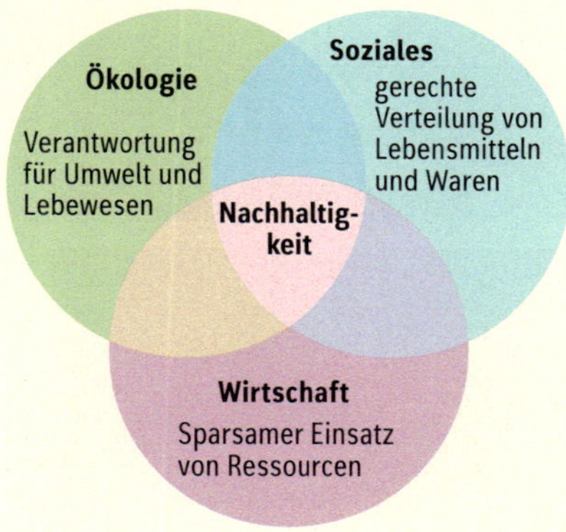

1 Vergleiche die Menge an Wasser, die für die Herstellung der Waren benötigt werden.

2 Erläutere am Beispiel des Baumwoll-T-Shirts den Begriff des virtuellen Wassers. | HILFE

3 Erkläre mit dem Bild, was man unter nachhaltigem Handeln versteht.

4 Viele Menschen ziehen regionale Lebensmittel dem Kauf von Gemüse aus fernen Ländern vor. Beurteile dieses Kaufverhalten.

Die Aggregatzustände

1 Aggregatzustände von Wasser

Fest, flüssig, gasförmig

Wasser muss nicht immer flüssig sein. Im Winter kann es auch als Eis und Schnee vorkommen. Beim Kochen in der Küche entsteht Wasserdampf. Wasser kommt in drei verschiedenen Zustandsformen vor: **fest**, **flüssig** und **gasförmig**. Diese Formen bezeichnet man als **Aggregatzustände**. Es hängt von der Temperatur ab, in welchem Aggregatzustand Wasser vorliegt.

Aggregatzustände von Wasser

Wasser ist der einzige Stoff, der in allen drei Aggregatzuständen in der Natur vorkommt: als festes Eis, als flüssiges Wasser und als gasförmiger Wasserdampf. Der Wasserdampf ist jedoch unsichtbar. Die Dampfschwaden über einem Kochtopf oder die Wolken enthalten bereits feine, flüssige Wassertröpfchen. Man kann aber auch Übergänge bei den Aggregatzuständen beobachten. So kann man aus Wasser Eiswürfel machen, indem man es in einer Schale ins Gefrierfach stellt. Eiswürfel im Getränk werden mit der Zeit wieder zu Wasser. Beim Kochen entsteht Wasserdampf, der sich an kalten Fensterscheiben als flüssiges Wasser niederschlägt.

Schmelztemperatur

Nimmt man Eiswürfel, also festes Wasser, aus dem Tiefkühlschrank, haben diese eine Temperatur von -15 °C. Lässt man die Eiswürfel bei Raumtemperatur liegen, erwärmen sie sich langsam. Das feste Eis wird nach und nach flüssig. Es **schmilzt**. Umgekehrt wird flüssiges Wasser zu festem Eis, wenn man es in den Tiefkühlschrank stellt. Das flüssige Wasser **erstarrt**. Schmelzen und Erstarren von Wasser laufen bei 0 °C ab. Die Temperatur, bei der ein Stoff zwischen dem festen Aggregatzustand und dem flüssigen Aggregatzustand wechselt, heißt **Schmelztemperatur**.

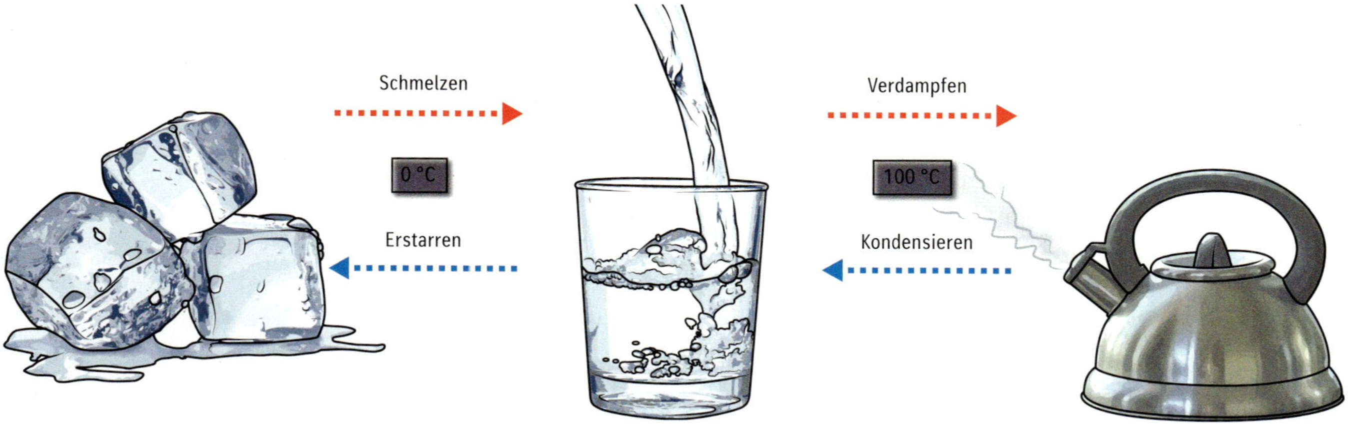

[2] Übergänge der Aggregatzustände von Wasser

Siedetemperatur

Erhitzt man Wasser in einem Becherglas, erwärmt es sich. Bei 100 °C beginnt es zu **sieden**. Dabei wird flüssiges Wasser zu unsichtbarem, gasförmigem Wasserdampf. Es **verdampft**. Wenn sich der heiße Wasserdampf an einer kühlen Oberfläche abkühlt, werden Wassertropfen sichtbar. Der Wasserdampf ist wieder flüssig geworden. Er ist **kondensiert**. Die Temperatur, bei der ein Stoff zwischen dem flüssigen und dem gasförmigen Aggregatzustand wechselt, heißt **Siedetemperatur**. Wasser hat eine Siedetemperatur von 100 °C. Oberhalb seiner Siedetemperatur kann ein Stoff nur gasförmig sein. Flüssigkeiten wie Wasser können auch auch unterhalb ihrer Siedetemperatur gasförmig werden. Sie **verdunsten**. So trocknet eine Pfütze durch die Energie der Sonne mit der Zeit. Je höher die Temperatur, desto schneller verdunstet das Wasser.

A Beschreibe die Zustandsformen von Wasser.

B Beschreibe die Übergänge der Aggregatzustände von Wasser.

M1 Schmelz- und Siedetemperatur

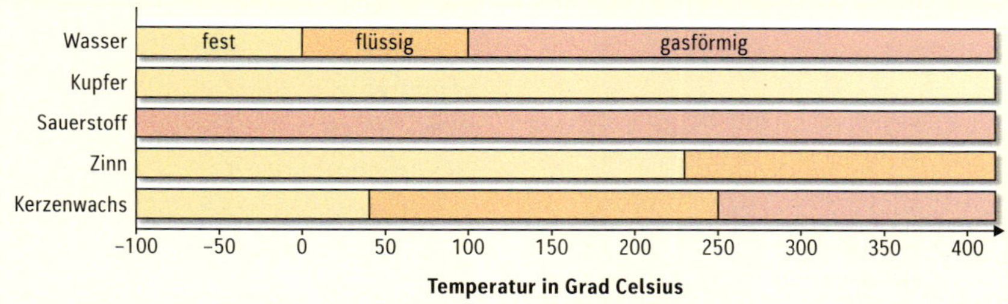

Zu Silvester wurde früher häufig Bleigießen durchgeführt. Dabei wurde ein kleines Stück Blei auf einem Löffel über einer Kerzenflamme geschmolzen. Blei hat eine Schmelztemperatur von 327 °C.
Danach wurde das flüssige Blei vom Löffel in Wasser gegossen. Das Metall wurde dabei sofort wieder fest. Aus den entstehenden Gebilden soll man Vorhersagen für das neue Jahr machen können. Da Blei giftig ist, gießt man heute kein Blei mehr zu Unterhaltungszwecken. Dafür gibt es einen Ersatzstoff.

1 Gib mithilfe des Diagramms an, in welchem Aggregatzustand die Stoffe bei 20 °C vorliegen.

2 Nenne den Aggregatzustand von Wasser bei: - 12 °C, 37 °C, 112 °C.

3 Beschreibe verschiedene Vorgänge, die beim Bleigießen ablaufen | HILFE

4 Erkläre die Begriffe: Schmelzen, Verdampfen und Kondensieren. | HILFE

5 Blei ist giftig. Man nimmt heute einen anderen Stoff. Erkläre, welcher Stoff aus dem Alltag sich eignen würde.

Digital+
WES-187000-261

3 Aggregatzustände und ihre Übergänge

4 Raureif an Früchten

Übergänge überspringen

Manche Stoffe können die Übergänge zwischen den Zuständen überspringen. Sie können direkt aus dem festen Zustand in den gasförmigen Zustand übergehen, ohne vorher flüssig zu werden. Ein Gas kann direkt fest werden, ohne zunächst flüssig zu werden.

M2 Übergänge FILM

Festes Iod wird in einem Becherglas mithilfe eines Gasbrenners erhitzt. Die Eiswürfel auf dem Uhrglas dienen zur Kühlung des Iods im Becherglas.

1 Beschreibe den abgebildeten Versuchsaufbau.

2 Beschreibe die Wechsel der Aggregatzustände bei Iod mithilfe des Versuchs. | HILFE

3 Erkläre die Vorgänge während des Versuchs unter Verwendung der Fachbegriffe.

Von fest zu gasförmig

Eis kann direkt zu Wasserdampf übergehen. So kann eine gefrorene Wasserpfütze im Winter auch unter 0 °C Außentemperatur verschwinden. Das Eis ist zu Wasserdampf **sublimiert**. Den Vorgang, bei dem feste Stoffe direkt gasförmig werden, nennt man **Sublimation**.

Von gasförmig zu fest

Im Winter oder an sehr kalten Tagen bildet sich draußen an Blättern und Ästen manchmal ein sichtbarer eisiger Belag. Diesen bezeichnet man als Raureif. Auch an Fenstern von Häusern oder Autos können nachts sogenannte Eisblumen oder sogar eine ganze Schicht aus Eis entstehen. Aus Wasserdampf in der Luft haben sich Eiskristalle gebildet. Dabei geht der Wasserdampf nicht zuerst in den flüssigen Zustand über und gefriert danach, sondern er überspringt den flüssigen Zustand. Der Wasserdampf ist **resublimiert**. Den Vorgang, bei dem gasförmige Stoffe direkt fest werden, nennt man **Resublimation**.

Teilchenmodell

Nach dem Teilchenmodell sind alle Stoffe aus winzigen Teilchen aufgebaut. Man kann sie sich als Kugeln vorstellen.
In **Feststoffen** sind die Teilchen dicht gepackt und regelmäßig angeordnet. Sie schwingen um ihre Plätze herum, können diese aber nicht verlassen.
Sie ziehen sich stark an und bewegen sich nicht weg. Der Abstand der Teilchen untereinander bleibt gleich. Daher behält das feste Kerzenwachs seine Form und sein Volumen.
Erwärmt man Feststoffe, bewegen sich die Teilchen schneller. Ist die Schmelztemperatur erreicht, verlassen sie ihre Plätze. Der Stoff ist flüssig. Die Teilchen liegen jetzt ungeordnet vor, berühren sich aber noch und sind beweglich.
Die **Anziehungskräfte** untereinander sind geringer als im festen Aggregatzustand. Form und Volumen verändern sich.
Werden **Flüssigkeiten** erwärmt, beginnen sich die Teilchen erneut schneller zu bewegen wie auch schon beim Erwärmen von Feststoffen. Ist die Siedetemperatur erreicht, bewegen sich die Teilchen sehr schnell und breiten sich aus. Der Stoff ist gasförmig.
Die Anziehungskräfte der Teilchen in **Gasen** sind untereinander gering. Dadurch sind die Teilchen ungeordnet und bilden große Abstände zueinander. Sie nehmen den ganzen zur Verfügung stehenden Raum ein. Je stärker die Anziehungskräfte der Teilchen untereinander, desto geringer ist die Bewegung.
Durch Erhöhung oder Senkung der Temperatur im Raum kann diese **Wechselwirkung** beeinflusst werden.

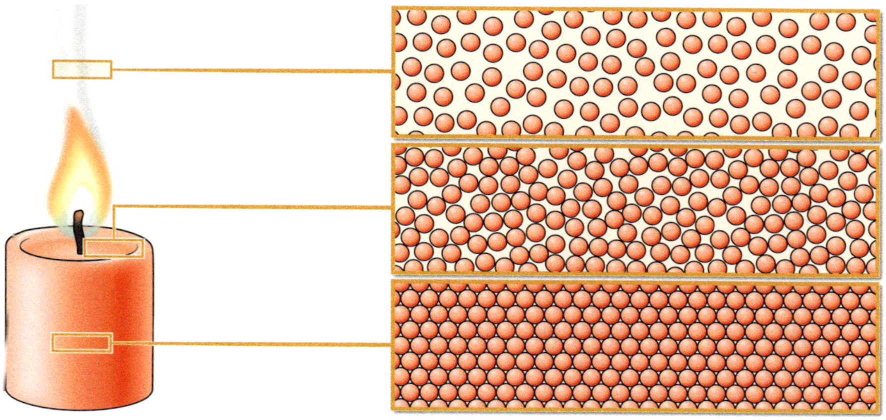

5 Aggregatzustände im Teilchenmodell

Wasser - ein besonderer Stoff

Stoffe im festen Zustand am dichtesten gepackt. Bei Wasser ist es anders. Die Teilchen sind im Eis zu einem Gitter mit Hohlräumen verbunden. Schmilzt das Eis, zerbricht das Gitter. Die Teilchen rücken dichter zusammen. Bei 4 °C sind sie am dichtesten gepackt.

M3 Übergänge

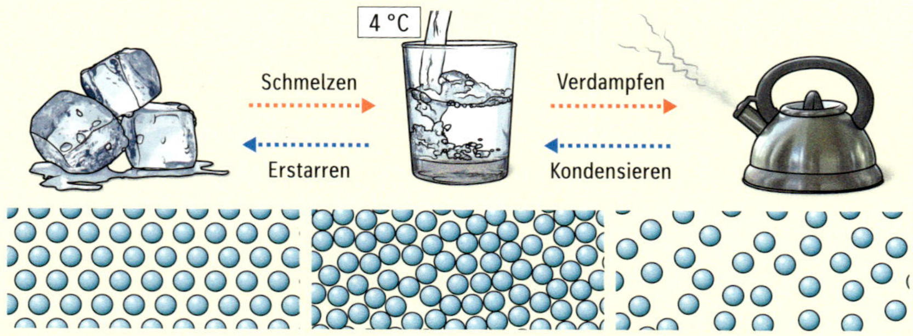

1 Beschreibe den Zustand der Wasserteilchen in den verschiedenen Aggregatzuständen.

2 Beschreibe die Übergänge der Aggregatzustände beim Schmelzen und Verdampfen mithilfe des Stoffteilchenmodells. | HILFE

3 Vergleiche die Anordnung der Teilchen im festen Zustand bei Kerzenwachs und Wasser.

Der Wasserkreislauf

1 Pflanzen verdunsten Wasser.

Wasser im Kreislauf

Nicht nur die Meere, Flüsse und Seen enthalten Wasser. Im Boden und in der Luft befindet sich ebenfalls Wasser. Auch Pflanzen und Tiere bestehen zum Großteil aus Wasser. Sie alle sind Wasserspeicher und stehen miteinander im Austausch. Durch die Energie des Sonnenlichts verdunstet Wasser aus Meeren, Seen, Flüssen, Gletschern und von der Erdoberfläche. Auch die Lebewesen geben ständig **Wasserdampf** durch Verdunstung an die Luft ab. Warme Luft transportiert den Wasserdampf, zum Beispiel über dem Meer, in höhere Luftschichten. Je höher er steigt, desto mehr kühlt sich der Wasserdampf ab. Er kondensiert. Es entstehen Wassertropfen, die **Wolken** bilden. Wenn die Wassertropfen zu schwer werden, fallen sie als **Regen** zur Erde. Dort sammelt sich das Wasser in Bächen, Flüssen und Seen. Ein anderer Teil des Wassers versickert im Boden und bildet das **Grundwasser**. Es strömt unterirdisch zum Meer. Das Grundwasser ist auch die Quelle für Bäche. Es strömt als **Oberflächenwasser** zum Meer. Von dort verdunstet es wieder. Das Wasser bewegt sich ständig in mehreren Teilkreisläufen, die von der Sonne angetrieben werden.

Wasser im Gletscher

Ein Teil des Süßwassers der Erde liegt als gefrorenes Eis in Gletschern vor. Wenn die Temperaturen im Frühling und Sommer ansteigen, schmilzt das Eis und bildet das Wasser für die Gebirgsbäche. Doch nicht der ganze Gletscher schmilzt im Frühling und Sommer ab. Ein gewisser Teil des Wassers bleibt als Eis gebunden. Dieses Wasser steht nicht im ständigen Kreislauf. In den letzten Jahrzehnten stiegen die Temperaturen auf der Erde immer weiter an. Dadurch schmelzen immer größere Teile der Gletscher stark ab.

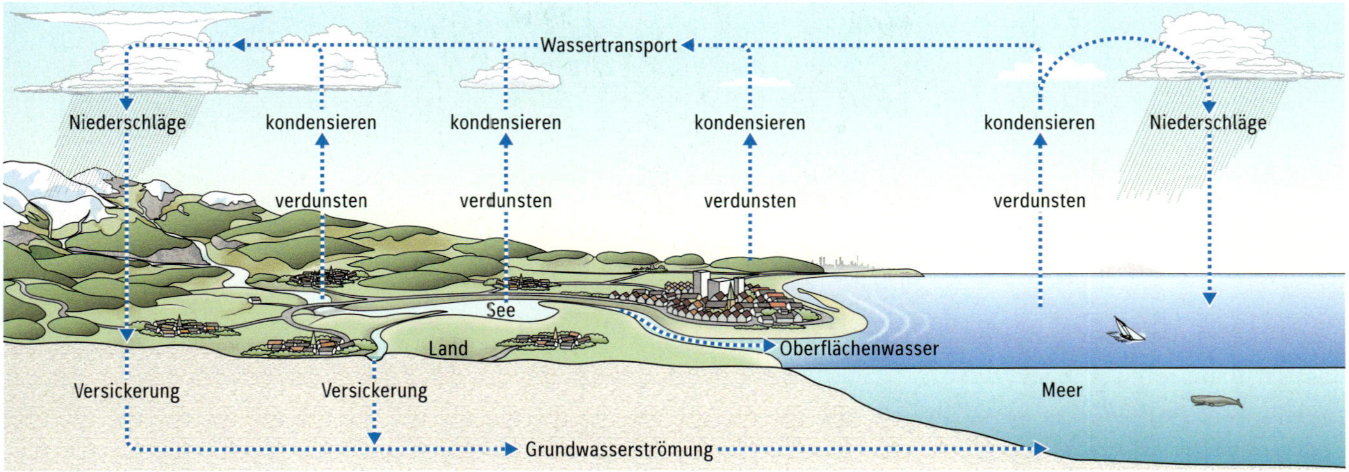

2 Wasser im Kreislauf

Schnee

In großer Höhe bestehen Wolken oft nicht aus Wassertropfen, sondern aus Eiskristallen. Fallen die Eiskristalle durch Wasserwolken, können sie zu Schneeflocken anwachsen. Ist die Luft auch in Bodennähe kalt genug, fällt Schnee.

Hagel

Damit Hagel entsteht, muss in den Wolken sehr viel Wasser vorhanden sein. Hagelkörner entstehen, wenn Regentropfen in großer Höhe bei sehr niedrigen Temperaturen gefrieren. Sie sind so schwer, dass sie schnell zur Erde fallen und auch bei höheren Temperaturen nicht auftauen.

Nebel

Häufig tritt Nebel in Flusstälern auf. Dort verdunstet viel Wasser zu Wasserdampf. Wenn nachts die Luft abkühlt, kondensiert der Wasserdampf zu kleinen Wassertröpfchen. Es entsteht Nebel.

A Erkläre, warum Pflanzen als Wasserspeicher bezeichnet werden.

M1 Wasserkreislauf

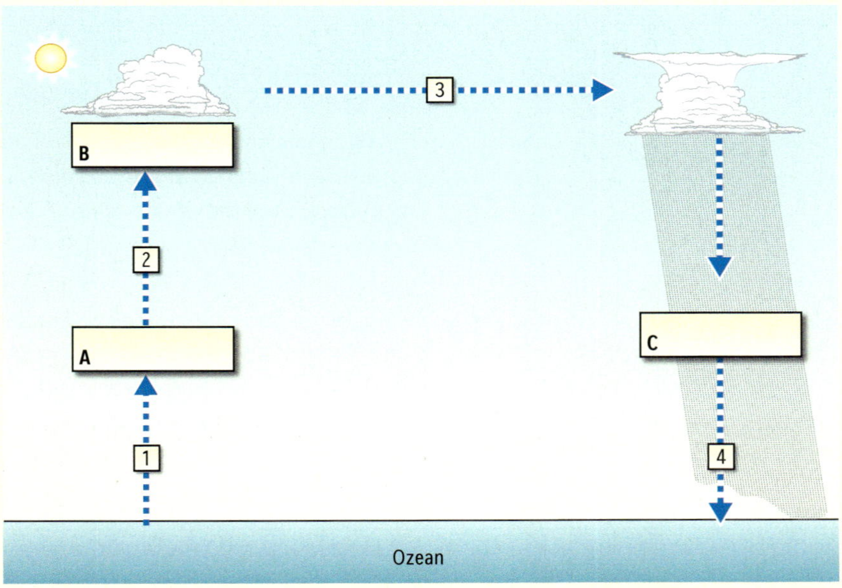

1 Übertrage das Schema in dein Heft. Ergänze mit folgenden Fachbegriffen: Wassertransport (2x), Niederschlag, Wolken, Verdunsten, Kondensieren, Wasserdampf

2 Beschreibe den Wasserkreislauf. | HILFE

3 Erkläre, warum die Sonne als Motor des Wasserkreislaufs bezeichnet wird. | HILFE

4 Erläutere, warum das Schema des Wasserkreislaufs nur eine unvollständige Darstellung ist.

Digital+ WES-187000-265

Wenn wir in Deutschland den Wasserhahn aufdrehen, erhalten wir Trinkwasser. Wie wird unser Trinkwasser aufbereitet?

Trinkwasser gewinnen

Trinkwassergewinnung

Unser **Trinkwasser** wird größtenteils direkt aus Quellen, Seen, Flüssen oder aus dem **Grundwasser** gewonnen. Grundwasser bildet sich, wenn Regenwasser oder das Wasser aus Flüssen und Bächen in den Boden versickert. Dabei bilden verschiedene Bodenschichten mit unterschiedlichen Größen von Gesteinsstücken einen natürlichen Filter. Trifft das Wasser auf eine wasserundurchlässige Schicht, staut es sich. Es sammelt sich als Grundwasser. In diese Grundwasserschicht werden tiefe Brunnen gebohrt. Das Grundwasser wird hochgepumpt und anschließend in ein **Wasserwerk** geleitet.

1 Ein Wasserwerk von oben betrachtet

Trinkwasseraufbereitung

Das ankommende Wasser wird mit Sauerstoff angereichert. Dadurch werden unerwünschte Stoffe aus dem Wasser entfernt. Danach halten verschiedene **Kies-** und **Sandfilter** weitere gröbere Verunreinigungen zurück. Jedoch werden dadurch keine gelösten Stoffe entfernt. Das Wasser durchlüft daher einen **Aktivkohlefilter**. Aktivkohle ist ein schwammiges Gewebe mit vielen Hohlräumen. Dadurch hat die Aktivkohle eine große Oberfläche, an der viele im Wasser gelöste Stoffe haften bleiben.

2 Aufbau eines Wasserwerks

Bei der **Belüftung** werden im Wasser unerwünschte Gase wie Methan entfernt. Dadurch verbessern sich der Geruch und der Geschmack des Wassers. Bevor das Trinkwasser das Wasserwerk verlässt, wird es kontrolliert. Es muss keimfrei, klar, kühl sowie farb- und geruchlos sein. Über **Hochdruckpumpen** gelangt das Trinkwasser in ein Rohrleitungen und so in die Häuser. Das verschmutzte Abwasser aus den Häusern wird zu **Kläranlagen** geleitet und dort gereinigt und wieder in Flüsse geleitet.

Wasserschutzgebiete

Damit man auch in Zukunft sauberes Trinkwasser hat, muss die Verschmutzung des Grundwassers verhindert werden. Daher werden in der Umgebung von Trinkwasserbrunnen Wasserschutzgebiete errichtet. In diesen Gebieten dürfen keine Straßen gebaut und keine Landwirtschaft betrieben werden. Auch das Abladen von Schutt und Müll ist verboten. So soll der Boden geschützt werden, damit er durchsickerndes Wasser weiterhin filtern kann.

M1 Trinkwasserkreislauf

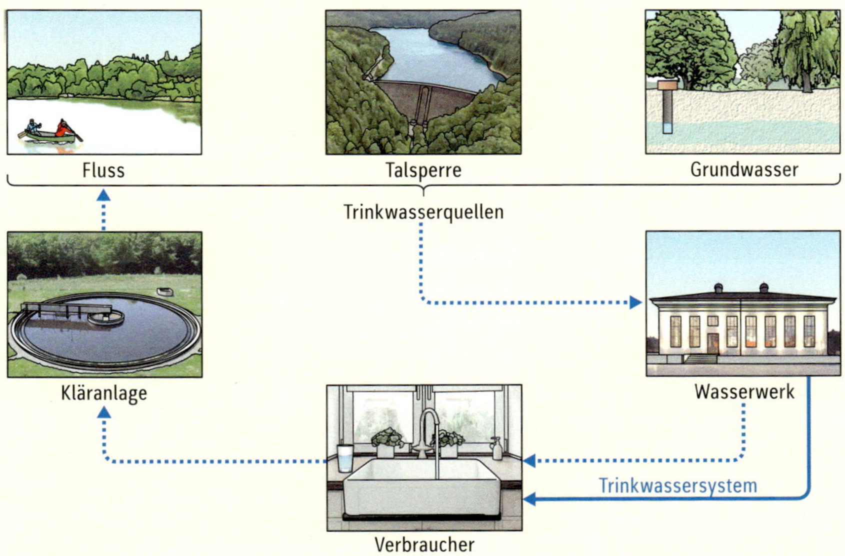

Das Wasser aus den Kläranlagen wird nach der Reinigung in Flüsse geleitet. Dort versickern Teile des Wassers und werden zu Grundwasser. Dieses wird anschließend von Wasserwerken genutzt, um frisches Trinkwasser herzustellen.

1 Nenne verschiedene Trinkwasserquellen.

2 Beschreibe den abgebildeten Trinkwasserkreislauf.

3 Erläutere die Bedeutung der Kläranlage für unseren Trinkwasserkreislauf. | HILFE

Digital+
WES-187000-267

Warum können Wasserflaschen, die zu lange im Gefrierfach liegen, platzen?

Anomalie des Wassers

Anomalie des Wassers

Wird warmes Wasser abgekühlt, zieht es sich zusammen. Es verringert sein Volumen. Bis zum Erreichen einer Temperatur von 4 °C nimmt das Volumen stetig ab. Wasser hat sein geringstes Volumen bei 4 °C. Die Wasserteilchen sind bei dieser Temperatur am dichtesten gepackt. Daher hat Wasser bei 4 °C die größte Dichte. Kühlt das Wasser noch weiter ab, nimmt sein Volumen wieder zu. Beim Gefrieren verhält sich Wasser nicht wie die meisten anderen Stoffe. Wasser dehnt sich beim Gefrieren sprunghaft aus. Aus einem Liter Wasser entstehen beim Gefrieren etwa 1,1 Liter Eis. Diese besondere Eigenschaft des Wassers bezeichnet man als **Anomalie des Wassers**.

M1 Anomalie

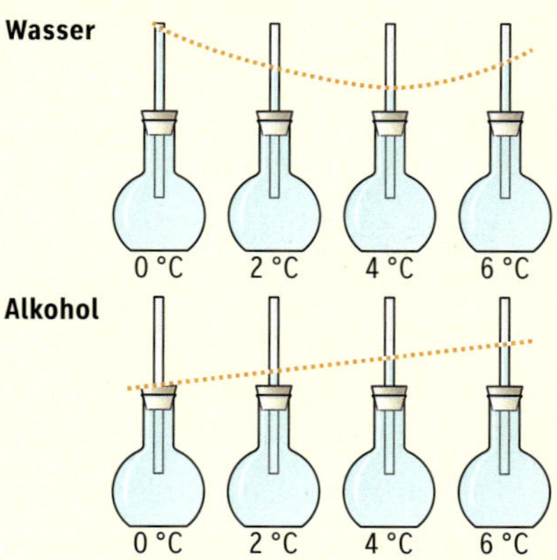

1. Beschreibe die Beobachtung des Versuchs
2. Entwickle eine Frage, die mit dem Versuch überprüft wird. | HILFE
3. Erkläre, warum eine Flasche mit Alkohol im Gefrierschrank nicht platzt.
4. Stelle Vermutungen an, wie sich die Stoffe bei weiterem Abkühlen verhalten.

Die „Kraft" des Wassers

Im Winter muss man Wasser aus nicht frostsicheren Leitungen ablassen. Sie können platzen, wenn das Wasser in ihnen gefriert. Auch eine im Tiefkühlfach vergessene Wasserflasche kann platzen.

In der Natur kann Wasser Gestein beim Gefrieren sprengen. Man nennt dies **Frostsprengung**. Auch Straßen können im Winter beschädigt werden, wenn Wasser unter den Asphalt gelangt und dort erstarrt. Es entstehen Schlaglöcher.

Überleben im zugefrorenen See

Im Spätherbst und Winter wird das Wasser an der Oberfläche eines Gewässers durch die kalte Luft stark abgekühlt. Das kühlere Oberflächenwasser zieht sich zusammen und sinkt nach unten. In der Tiefe sammelt sich das Wasser mit einer Temperatur von etwa 4 °C, weil es die größte Dichte besitzt. Lebewesen wie Fische und Frösche können so den Winter im Wasser überleben. Ab etwa 80 Zentimeter Wassertiefe gefriert ein See auch in einem sehr kalten Winter nicht bis zum Grund durch. Bei 0 °C gefriert das Wasser an der Wasseroberfläche und bildet eine Eisschicht.

A Vergleiche die Temperaturen im See im Sommer und im Winter.

B Erkläre, warum Fische im Winter am Grund des Sees sind.

1 Ein See: **A** im Sommer, **B** im Winter | FILM

M2 Frostsprengung

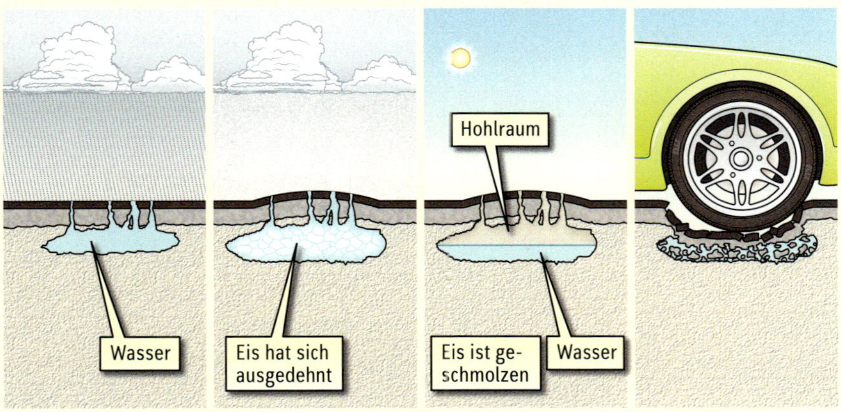

1 Beschreibe die Entstehung eines Schlaglochs.

2 Erkläre, wodurch die Asphaltdecke angehoben wird. | HILFE

3 Erkläre, zu welcher Jahreszeit Schlaglöcher in Straßen am wahrscheinlichsten entstehen. | HILFE

M3 Modellversuch

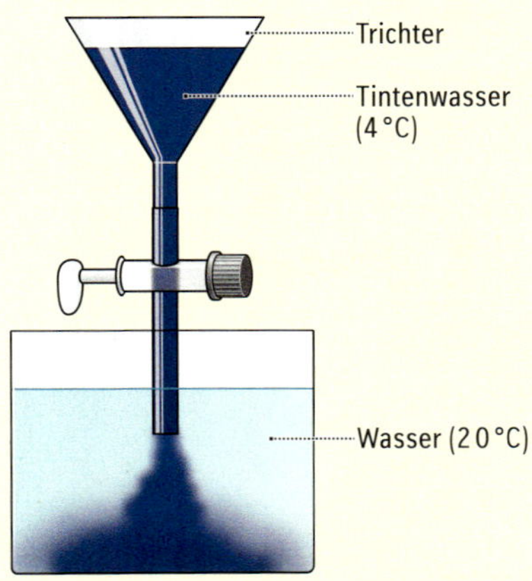

1 Beschreibe deine Beobachtungen. | HILFE

2 Erkläre, warum sich das Tintenwasser am Boden sammelt.

Digital+
WES-187000-269

Wasser - ein besonderer Stoff

T1 Wasser spendet Leben

1 Beschreibe die Bedeutung von Wasser für das Leben auf der Erde.

2 Nenne zwei Beispiele für Tiere, die im Wasser leben.

3 Vervollständige die Abbildung. Ergänze dafür die verschiedenen Möglichkeiten zur Wasseraufnahme und Wasserabgabe des Menschen.

4 Nenne Getränke, mit denen man seinen Durst am besten stillen sollte.

T2 Wasser sparen

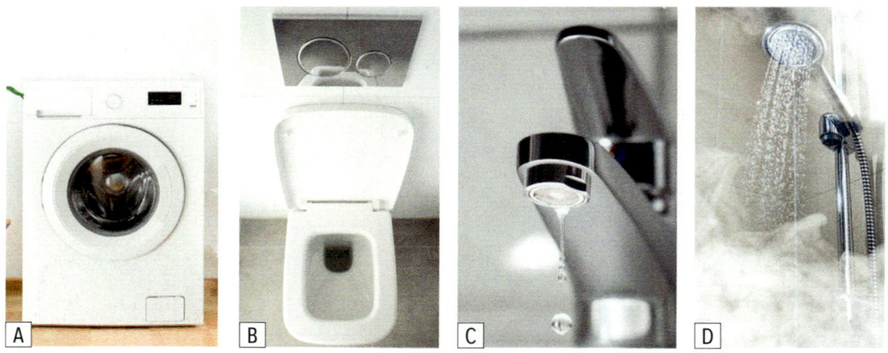

1 Sortiere die Beispiele A-D nach ihrem Wasserverbrauch.

2 Nenne weitere Beispiele, in denen viel Wasser verbraucht wird.

3 Beschreibe, wie sich im Alltag Wasser sparen lässt.

4 Erkläre, warum der Begriff Wasserverbrauch nicht ganz richtig ist.

T3 Aggregatzustände

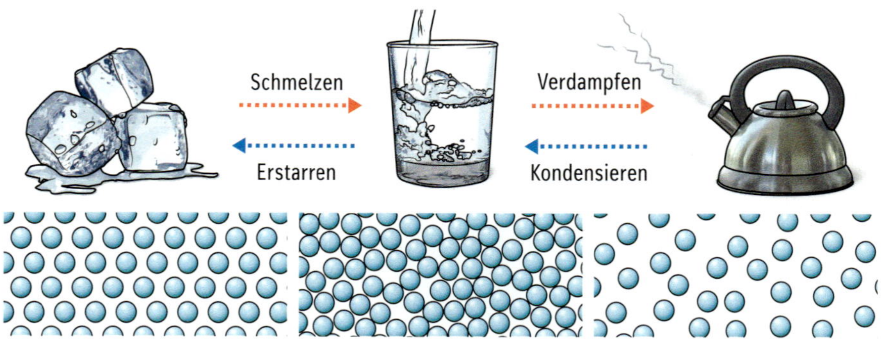

1 Nenne die Aggregatzustände von Wasser.

2 Nenne die Schmelztemperatur und die Siedetemperatur von Wasser.

3 Beschreibe, die Übergänge der Aggregatzustände von Wasser im Teilchenmodell.

4 Beschreibe, das Überspringen von Aggregatzuständen.

T4 Wasserkreislauf

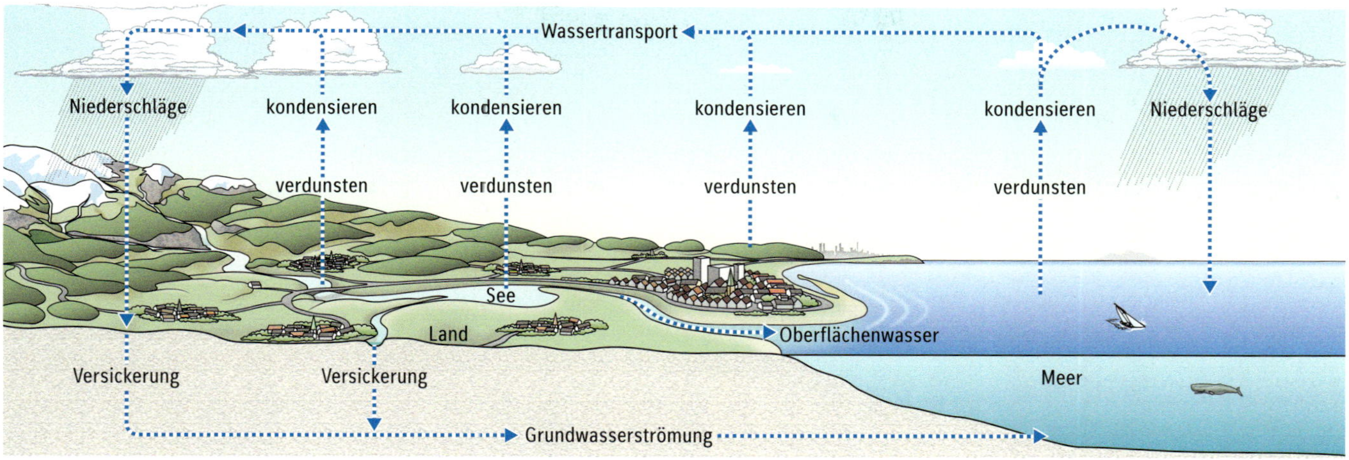

1 Beschreibe den Wasserkreislauf. Beginne damit, dass Niederschlag auf die Erde fällt.

2 Erkläre, warum Wolken nicht immer dort abregnen, wo sie entstanden sind.

3 Nenne Wege, auf denen das Wasser zurück ins Meer gelangt.

T5 Trinkwasser gewinnen

1 Beschreibe die Aufgabe eines Wasserwerkes.

2 Nenne Trinkwasserquellen, aus denen das Wasserwerk sein Trinkwasser bezieht.

3 Beschreibe die Aufgabe einer Kläranlage.

T6 Anomalie des Wassers

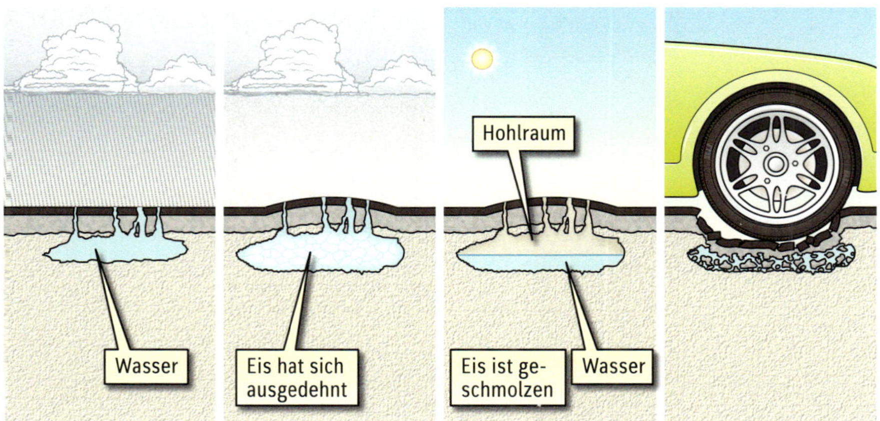

1 Nenne Besonderheiten von Wasser, wenn es bei 4 °C vorliegt.

2 Beschreibe die Anomalie des Wassers.

3 Beschreibe, was man unter der „Frostsprengung" versteht.

4 Erkläre mithilfe des Bildes, wie ein Schlagloch in einer Straße entsteht.

5 Erkläre, zu welcher Jahreszeit Schlaglöcher am wahrscheinlichsten entstehen können.

Digital+
WES-187000-271

Wasser - ein besonderer Stoff

Wasser spendet Leben

Das Wasser der Erde ist der Lebensraum für viele Tiere und Pflanzen. Wasser ist zum Beispiel der Lebensraum der Pinguine. Sie können blitzschnell im Wasser schwimmen und jagen so nach Fischen. Zum Luftholen tauchen sie auf und springen an Land. Für die Herstellung und den Anbau von Lebensmitteln in der Landwirtschaft wird auch viel Wasser benötigt.

Aggregatzustände

Die Zustandsformen fest, flüssig und gasförmig bezeichnet man als Aggregatzustände. Wasser kommt in der Natur in allen Aggregatzuständen vor. Als Eis, flüssiges Wasser und Wasserdampf. Es hängt von der Temperatur ab, welcher Aggregatzustand vorliegt. Die Temperatur, bei der ein Stoff zwischen fest und flüssig wechselt, heißt Schmelztemperatur. Die Temperatur, wenn ein Stoff vom flüssigen Zustand in den gasförmigen wechselt, heißt Siedetemperatur. Manche Stoffe können die Übergänge zwischen den Zuständen überspringen. Sie können direkt aus dem festen Zustand in den gasförmigen Zustand übergehen, ohne vorher flüssig zu werden. Ein Gas kann direkt fest werden, ohne zunächst flüssig zu werden.

Wasser sparen

Menschen benötigen für viele Dinge Wasser. Sie trinken es, benutzen es zur Zubereitung von Nahrungsmitteln oder bei der Produktion von Waren. Dafür entnehmen die Menschen das Wasser aus Flüssen oder dem Grundwasser. Während der Verwendung verschmutzen sie das Wasser auf verschiedene Weise. Danach führen sie das verschmutzte Wasser wieder zurück. Dies versteht man oft unter dem Begriff Wasserverbrauch. In Deutschland gibt es ausreichend Wasser. An vielen anderen Orten auf der Erde gibt es aber zu wenig Wasser. Es ist daher wichtig, Wasser zu sparen.

Anomalie des Wassers

Gefriert Wasser, verhält es sich nicht wie die meisten anderen Stoffe.
Alkohol zum Beispiel zieht sich beim Abkühlen zusammen. Wasser hingegen verhält sich genau andersherum. Es dehnt sich aber beim Gefrieren sprunghaft aus. Aus einem Liter Wasser entstehen beim Gefrieren etwa 1,1 Liter Eis.
Diese besondere Eigenschaft des Wassers bezeichnet man als Anomalie des Wassers. Durch diese Anomalie überleben Fische und Frösche im Winter am Grund eines zugefrorenen Sees. Der See friert im Winter nicht bis zum Grund zu.

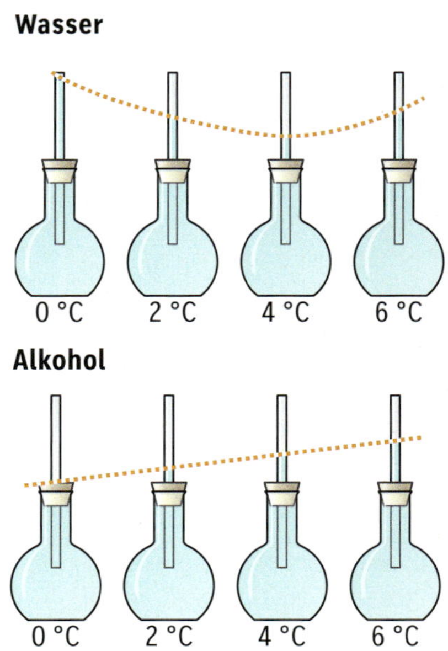

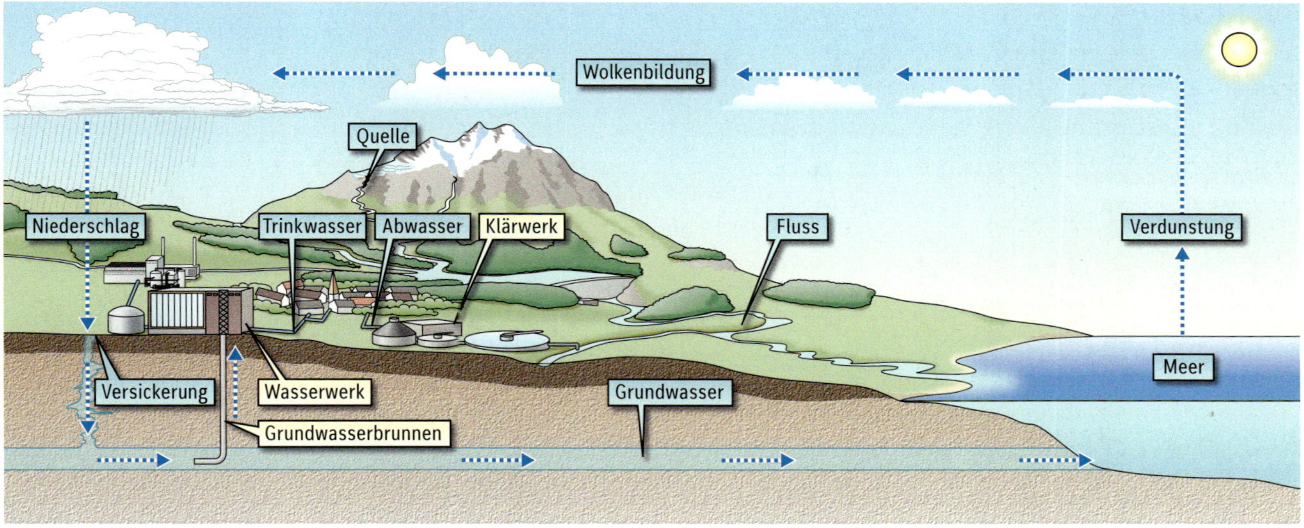

1 Wasserkreislauf

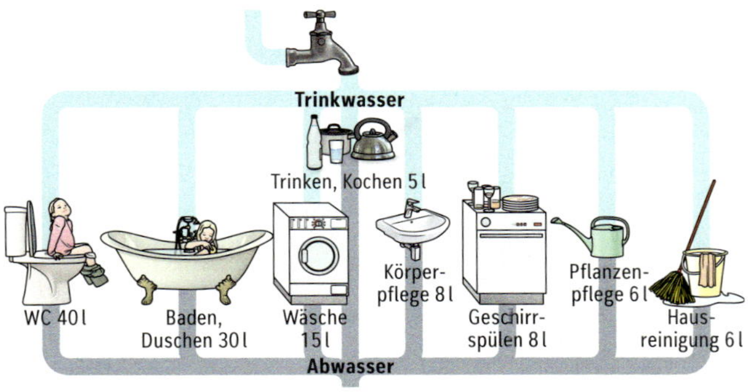

2 Wasserverbrauch im Haushalt

3 Das gehört nicht in den Abfluss

Jeder Haushalt wird in Deutschland mit sauberem Trinkwasser versorgt. Der natürliche Wasserkreislauf ist daher mit einem technischen Wasserkreislauf verknüpft. Jedoch sollte jeder Haushalt darauf achten, dass sorgfältig mit dem wertvollen Trinkwasser umgegangen wird.

1 Beschreibe den natürlichen Wasserkreislauf mit allen wichtigen Fachbegriffen.

2 Nenne die Aufgaben von Wasserwerk und Kläranlage als Bestandteile des technischen Wasserkreislaufs.

3 Erkläre, wie der technische Wasserkreislauf mit dem natürlichen Wasserkreislauf verknüpft ist.

4 Begründe, warum Wasserwerke unser Trinkwasser hauptsächlich aus tieferen Erdschichten fördern. Beachte die Bedeutung der Filterfunktion des Bodens.

5 Beschreibe Möglichkeiten im Haushalt Wasser zu sparen.

6 Einige Abfallstoffe des Haushalts gehören nicht ins Abwasser. Sie stören die Leistungen von Kläranlagen. Stelle dazu begründete Vermutungen an.

7 Alte und erdnahe Wasserrohre können in kalten Wintern rissig werden oder auch aufplatzen, wenn das Wasser zuvor darin stehen bleibt. Begründe.

8

Stoffe im Alltag

1 Kochendes Wasser im Kochtopf

2 Zerdrückte Plastikflasche

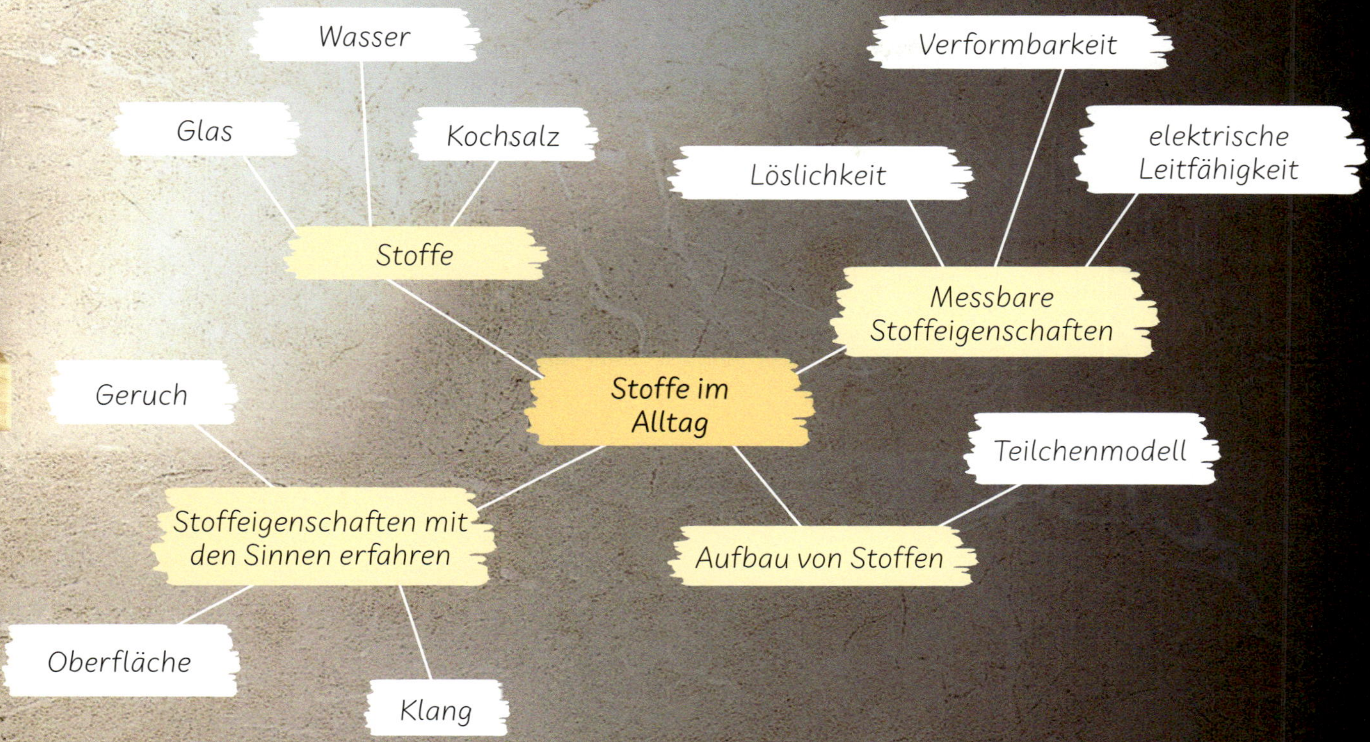

A Betrachte das Hintergrundbild mit den Gegenständen auf den Regalbrettern und beschreibe, wie diese sich unterscheiden.

B Stelle Vermutungen über den Begriff „Stoffe" in den Naturwissenschaften an.

C Die Abbildungen zeigen Alltagsgegenstände aus verschiedenen Materialien. Ordne den Materialien verschiedene Eigenschaften zu.

3 Heißes Backblech aus dem Ofen

Digital+ WES-187000-275

In unserer Welt gibt es verschiedene Stoffe.
Viele Dinge bestehen sogar aus mehreren Stoffen.
Was versteht man unter dem Begriff Stoff?

FILM

Stoff und Gegenstand

Die Welt der Stoffe

In den Naturwissenschaften interessiert man sich dafür, aus welchem Material ein **Gegenstand** besteht. Jeder Gegenstand besteht aus mindestens einem Material, einem **Stoff**. Damit ist nicht nur der Stoff eines Kleidungsstücks gemeint, sondern alle Materialien, aus denen Gegenstände hergestellt werden. Ein Nagel besteht zum Beispiel aus dem Stoff Eisen und ein Ballon kann mit einem Gas, dem Stoff Helium, gefüllt sein.

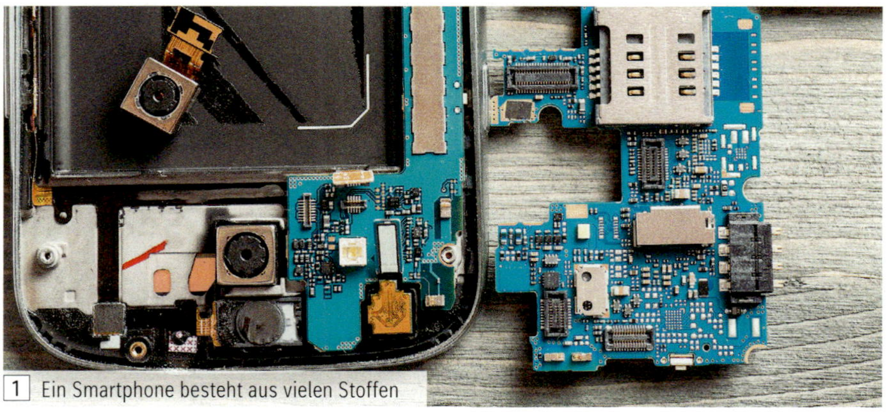

1 Ein Smartphone besteht aus vielen Stoffen

Ein Gegenstand - viele Stoffe

Es gibt Gegenstände, die aus unterschiedlichen Stoffen bestehen oder hergestellt sein können. So kann ein Lenkrad aus Kunststoff, Aluminium, Leder und verschiedenen Textilien bestehen. Es gibt also eine große Vielfalt an Stoffen. Die Stoffe haben unterschiedliche Eigenschaften. Stahl und Silber leiten Wärme besser als Holz. Kunststoff und Holz sind weniger hart als Stahl oder Silber. Kochlöffel sind daher meist aus Holz oder Kunststoff, damit beim Umrühren die Beschichtung des Topfes nicht beschädigt wird und damit man sich nicht die Finger verbrennt. Die Wahl eines Stoffes zur Herstellung eines Gegenstands richtet sich also nach seiner Verwendung. Viele Gegenstände wie Smartphones bestehen aus vielen Stoffen: So ist das Display aus Glas, das Gehäuse aus Kunststoff und im Innern sind viele verschiedene Metalle in den elektrischen Bauteilen verbaut.

Gegenstände sind Körper

Zerbricht eine Glasflasche, kann man nicht mehr aus ihr trinken. Jedoch kann man aus dem Stoff Glas neue Flaschen oder andere Gegenstände herstellen. In den Naturwissenschaften werden Gegenstände auch als **Körper** bezeichnet. So ist ein Löffel oder eine Flasche ein Körper. Damit man einen Körper genau beschreiben kann, gibt man oft zum Stoff noch seine Form an. Man spricht zum Beispiel von einer Glasflasche.

A Erläutere die Begriffe „Stoff" und „Körper".

B Zähle möglichst viele Stoffe und Körper auf.

2 Viele Gegenstände aus einem Stoff

M1 Körper und Stoffe

Körper	Stoff
Eiswürfel	Wasser
Nagel	?
?	Luft

Aluminium, Buch, Eisen, Faden, Gummi, Holz, Kaffeetasse, Luftblase, Porzellan, Ehering

1 Erweitere die Tabelle in deinem Heft. Trage alle Körper und Stoffe vom Zette richtig in die Tabelle ein.

2 Ergänze bei jedem Körper einen passenden Stoff und bei jedem Stoff einen passenden Körper. | HILFE

M2 Sortierung

A

B

1 Erläutere, nach welchem Kriterium in den Bildern jeweils sortiert wurde.

2 Entscheide, welche Ordnung für eine Chemiesammlung die bessere Wahl ist. Begründe deine Entscheidung. | HILFE

3 Auch in einem Kleiderschrank gibt es bei vielen Menschen eine festgelegte Ordnung. Beschreibe eine mögliche Ordnung in einem Kleiderschrank und verwende dafür die richtigen Fachbegriffe.

Stoffe mit den Sinnen erfahren

Stoffe und ihre Eigenschaften
Damit man Stoffe unterscheiden kann, müssen ihre typischen Eigenschaften, die **Stoffeigenschaften** verglichen werden. Das ist in vielen Fällen schon möglich, wenn man die verschiedenen **Sinnesorgane**, also Augen, Nase, Ohren oder Zunge einsetzt.

Steckbrief von Silber

Farbe:	*silber, glänzend*
Oberfläche:	*glatt, kühl*
Klang (Aufprall)	*klirrend*
Geruch	*geruchslos*
Geschmack:	*metallisch*

A

Steckbrief von Holz

Farbe:	*braun, matt*
Oberfläche:	*faserig, warm*
Klang (Aufprall)	*dumpf*
Geruch	*erdig, holzig*
Geschmack:	*holzig*

B

1 Vereinfachter Stoffsteckbrief: **A** von Silber, **B** von Holz

Sehen
Mit den Augen kann man die **Farbe** eines Gegenstands erkennen. Metalle haben einen metallischen Glanz, Kunststoffe können rot sein. Ein Ring aus Metall kann silbrig glänzen. Man kann mit den Augen aber nicht erkennen, ob es sich um den Stoff Silber handelt.

Tasten und Fühlen
Die **Oberfläche** eines Gegenstands kann rau oder glatt sein. Er kann sich kühl oder warm anfühlen. Ein Gegenstand aus Metall fühlt sich meistens kühler an als ein Gegenstand aus Holz.

Hören
Wenn ein Gegenstand auf den Boden fällt, kann man oft am Geräusch schon erkennen, um welchen Stoff es sich handelt. Man kann also viele Stoffe bereits am **Klang** erkennen. Eine fallende Holzkugel hört sich anders an als eine Kugel aus Metall oder Gummi.

Schmecken

In der Küche kann man Mehl oder Haushaltszucker leicht am **Geschmack** unterscheiden. Mehl staubt im Mund und schmeckt leicht bitter. Zucker schmeckt süß. Geschmacksproben von Lebensmitteln sollten nur in der Schulküche oder zu Hause durchgeführt werden. Im Chemieraum dürfen keine Geschmacksproben von Chemikalien genommen werden, da viele Chemikalien giftig sind.

Riechen

Viele Lebensmittel haben einen bestimmten **Geruch**. So erkennt man sauren Essig schnell. Auch viele Chemikalien im Labor kann man am Geruch erkennen. Viele Chemikalien sind schädlich und reizen die Nase. Daher darf nur vorsichtig an Chemikalien gerochen werden, indem man den Geruch mit der Hand zufächelt.

Vereinfachter Stoffsteckbrief

Auch in den Naturwissenschaften werden **Steckbriefe** benutzt. So können in der Chemie mit wenigen Worten Stoffe wie Wasser, Kochsalz oder Holz genau beschrieben werden. In einem vereinfachten Steckbrief finden sich zunächst Eigenschaften, die mit den Sinnesorganen erfasst werden können. Jedoch kann man nicht bei allen Stoffen die sinnlichen Stoffeigenschaften bestimmen.

A Nenne die Stoffeigenschaften, die man mit den Sinnen erkennen kann.

B Erstelle einen vereinfachten Stoffsteckbrief für einen Stoff deiner Wahl.

M1 Geruchsproben

1 Beschreibe, wie man eine Geruchsprobe unter Beachtung der Sicherheitsvorkehrungen durchführt.

2 Erkläre, warum man Duftproben im Fachraum auf diese Weise durchführen muss. | HILFE

P1 Stoffe am Geruch erkennen

Material: Verschiedene Dosen, Zucker, Salz, Pfeffer, Chili, Zimt, Essig, Zitronensaft, Kaffeepulver und andere Stoffe

Durchführung: Die einzelnen Dosen mit den verschiedenen Gerüchen nummerieren. Prüfe den Geruch der Stoffe in den Dosen mit verbundenen Augen durch vorsichtiges Zufächeln. Verschließe nach jeder Geruchsprobe die Dosen wieder.

1 Erstelle eine Tabelle und notiere die Ergebnisse deiner Geruchsproben.

2 Erkläre, warum man bei Proben auf Geschmackstests verzichten muss. | HILFE

Die Löslichkeit

Haushaltszucker löst sich in Wasser

Gibt man Haushaltszucker in einen Tee, ist er nach kurzer Zeit nicht mehr zu erkennen. Man kann ihn jedoch noch schmecken. Der Haushaltszucker hat sich **gelöst**. Er ist im Wasser aber so fein verteilt, dass man ihn nicht mehr sehen kann. Im warmen Wasser löst sich der Zucker schneller als im kalten Wasser.

1 Pflanzenöl schwimmt auf Wasser.

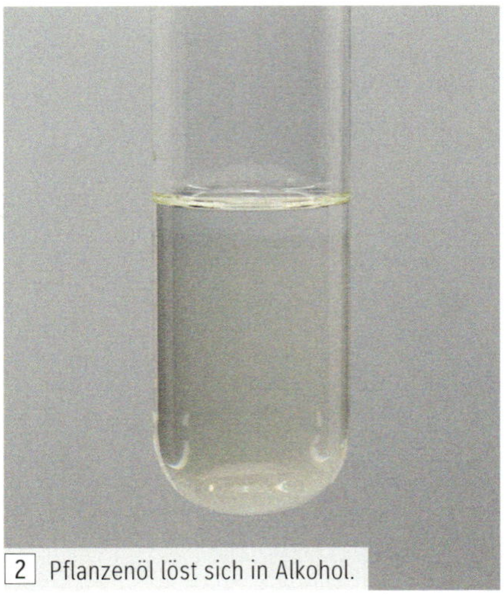
2 Pflanzenöl löst sich in Alkohol.

Öl löst sich nicht in Wasser

Wer Salatsoße mischt, kann beobachten, dass das Speiseöl oben schwimmt. Es löst sich nicht in Wasser. Man kann Öl aber zum Beispiel in Alkohol lösen. Es entsteht eine **Lösung**, wenn ein Stoff in einer Flüssigkeit gelöst wird. Die Flüssigkeit, in der sich ein anderer Stoff löst, heißt **Lösungsmittel**.

Stoffeigenschaft

Ob sich ein Stoff in einem geeigneten Lösungsmittel löst oder nicht, ist eine typische Stoffeigenschaft. Verschiedene Stoffe lösen sich unterschiedlich gut. Zucker gehört zu den Stoffen, die sich beispielsweise in Wasser sehr gut lösen. Kochsalz dagegen löst sich nur in kleineren Mengen in Wasser. Um Stoffe miteinander vergleichen zu können, gibt man an, wie viel Gramm eines Stoffes sich in 100 Gramm Lösungsmittel lösen. Die **Löslichkeit** ist eine messbare Stoffeigenschaft.

Gesättigte Lösung

Die Löslichkeit von Kochsalz beträgt etwa 36 Gramm in 100 Gramm Wasser. Sobald 36 Gramm (g) gelöst werden, ist die Lösung **gesättigt** an Kochsalz. Gibt man mehr Kochsalz hinzu, löst sich dieses nicht mehr. Das überschüssige Salz bleibt als **Bodensatz** sichtbar liegen. Die Löslichkeit von Kochsalz gilt nicht für andere Stoffe. Jeder Stoff hat seine eigene Löslichkeit.

Was löst sich in Wasser?

Grundsätzlich können sich feste, flüssige und gasförmige Stoffe in einem Lösungsmittel lösen. So ist in Flusswasser immer das Gas Sauerstoff gelöst. Dadurch können Fische und andere Wasserbewohner unter Wasser atmen.

A Nenne den Begriff für die Flüssigkeit, in der etwas gelöst wird.

B Stelle Vermutungen an, weshalb der gelöste Haushaltszucker im Tee nicht mehr sichtbar ist.

C Beschreibe, wie du eine gesättigte Lösung von Kochsalz herstellen kannst.

D Stelle Vermutungen an, wie einen Bodensatz Haushaltszucker auflösen kann.

3 Lösung mit Bodensatz Kochsalz

M1 Löslichkeit von Kochsalz und Zucker

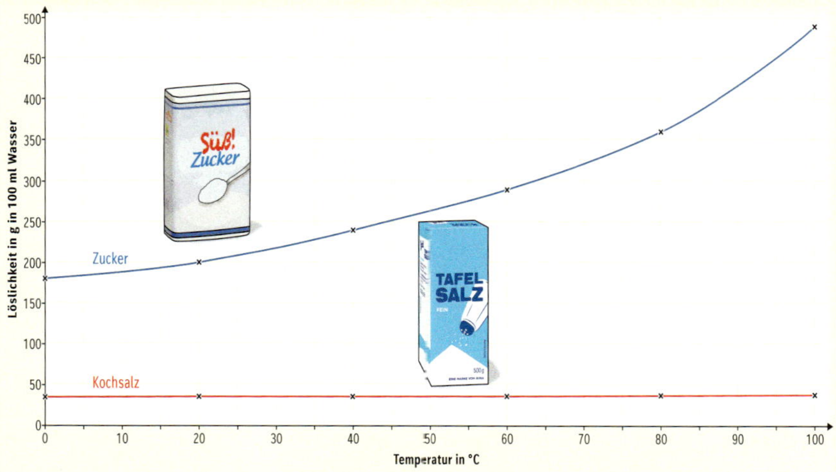

1 Gibt mit Hilfe des Diagramms an, wie viel Gramm Zucker und Kochsalz jeweils bei 60 °C ungefähr gelöst sind.

2 Begründe, woran man erkennt, dass eine Lösung gesättigt ist. | HILFE.

3 Stephania macht folgende Aussage: „Bei hohen Temperaturen lassen sich alle Stoffe besser in Wasser lösen."
Nimm Stellung zu dieser Aussage.

P1 Lösung und Temperatur

Material: Reagenzglashalter, Spatel, Reagenzglas, Brenner oder Becherglas mit heißem Wasser, Kali-Alaun (Kalium-Aluminium-Sulfat), Wasser

Durchführung: Gib etwa 4 cm hoch Wasser in ein Reagenzglas. Füge so viel Kali-Alaun hinzu, dass sich selbst bei längerem Schütteln nicht mehr alles löst. Erwärme nun das Reagenzglas, entweder mit dem Brenner oder in heißem Wasser. Beobachte genau. Lass das Reagenzglas wieder abkühlen und achte auf Veränderungen.

1 Notiere die Versuchsbeobachtungen.

2 Erkläre das Versuchsergebnis.

Digital+
WES-187000-281

Die Kugel aus Gold und die Kugel aus Aluminium sind unterschiedlich groß, aber gleich schwer. Wie lässt sich das erklären?

FILM

Stofffeigenschaft Dichte

Masse und Volumen

Wiegt man zwei gleiche Würfel aus verschiedenen Stoffen, stellt man fest, dass sie nicht gleich schwer sind. Beide Würfel besitzen einen Rauminhalt von 1 cm^3. Diesen Rauminhalt nennt man **Volumen** (V) und er wird in Kubikzentimeter (cm^3) angegeben. Der Aluminiumwürfel wiegt 2,7 g. Man sagt, er hat eine **Masse** (m) von 2,7 g. Der Goldwürfel hingegen wiegt 19,3 g. Er hat eine Masse von 19,3 g.

Dichte

Es gibt eine Eigenschaft, in der sich die beiden Würfel unterscheiden. Um diese Stoffeigenschaft bestimmen zu können, benötigt man die Masse und das Volumen. Verschiedene Stoffe haben unterschiedliche Massen bei gleichem Volumen. Man spricht von der **Dichte** eines Stoffes. Sie wird in der Einheit Gramm pro Kubikzentimeter ($\frac{g}{cm^3}$) gemessen. Jeder feste, flüssige und gasförmige Stoff hat eine bestimmte Dichte.

Schweben, Schwimmen und Sinken

Flüssiges Wasser hat bei Raumtemperatur eine Dichte von 1 $\frac{g}{cm^3}$. Ein Eisenwürfel hat bei gleichen Bedingungen eine Dichte von 7,8 $\frac{g}{cm^3}$. Da er eine höhere Dichte als Wasser hat, geht er im Wasser unter. Ein Eichenholzwürfel schwimmt dagegen auf dem Wasser. Es hat mit 0,7 $\frac{g}{cm^3}$ eine geringere Dichte als Wasser. Ein Stoff, der die gleiche Dichte wie Wasser besitzt, schwebt im Wasser.

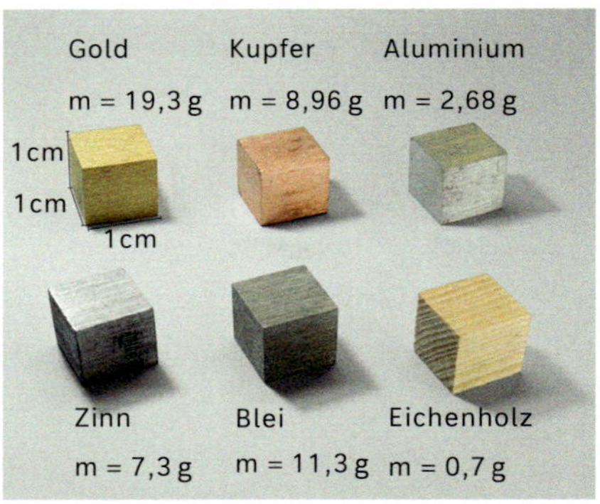

1 Würfel mit Massen

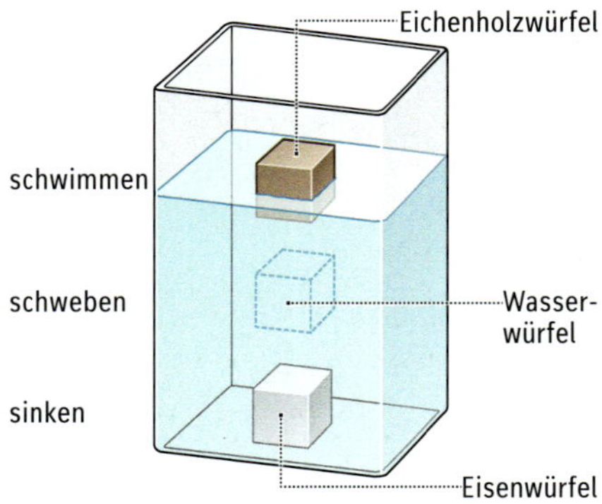

2 Schwimmen, Schweben, Sinken

Dichte berechnen

Um die Dichte eines Stoffes zu berechnen, müssen verschiedene Informationen über den Körper bekannt sein. Die Dichte berechnet man, indem man die Masse eines Körpers durch sein Volumen teilt. Es werden also die Masse und das Volumen des Körpers benötigt, dessen Dichte man berechnen will.

$$\text{Dichte} = \frac{\text{Masse}}{\text{Volumen}}$$

Die Dichte eines Eisenwürfels mit einer Masse von 15,6 g und einem Volumen von 2 cm³ wird wie folgt berechnet:

$$\text{Dichte} = \frac{15{,}6\,\text{g}}{2\,\text{cm}^3} = 7{,}8\,\frac{\text{g}}{\text{cm}^3}$$

A Erkläre, was man unter der Stoffeigenschaft Dichte versteht.

Volumen berechnen

Auch zur Berechnung des Volumens benötigt man Informationen über den Körper. Das Volumen von Quadern und Würfeln berechnet man, indem man die Länge, Breite und Höhe miteinander multipliziert. Es werden also die Kantenlängen des Körpers benötigt, dessen Volumen man berechnen will.

$$\text{Volumen} = \text{Länge} \cdot \text{Breite} \cdot \text{Höhe}$$

Das Volumen eines Würfels mit einer Kantenlänge von 4 cm wird wie folgt berechnet:

$$\text{Volumen} = 4\,\text{cm} \cdot 4\,\text{cm} \cdot 4\,\text{cm} = 64\,\text{cm}^3$$

B Begründe, warum die Waage im Einstiegsbild ausgeglichen ist.

Stoff	Dichte in $\frac{\text{g}}{\text{cm}^3}$
Eisen	7,80
Aluminium	2,68
Kupfer	8,96
Eichenholz	0,70
Wasser (Eis)	0,92
Wasser (flüssig)	1,00
Zinn	7,30

3 Auszug aus einer Dichtetabelle

M1 Dichte bestimmen

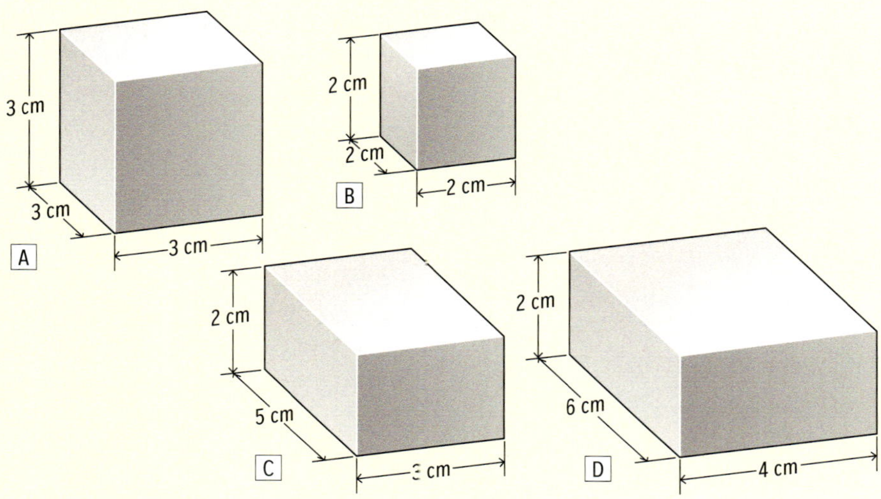

Würfel A: Masse: 18,9 g
Würfel B: Masse: 7,36 g
Quader C: Masse: 80,4 g
Quader D: Masse: 374,4 g

1 Berechne jeweils die Dichte der abgebildeten Körper. | HILFE

2 Ordne den Körpern jeweils ein Material aus der oben abgebildeten Tabelle zu. | HILFE

3 Erkläre jeweils, ob die Körper in einem mit Wasser gefüllten Becken schwimmen oder sinken.

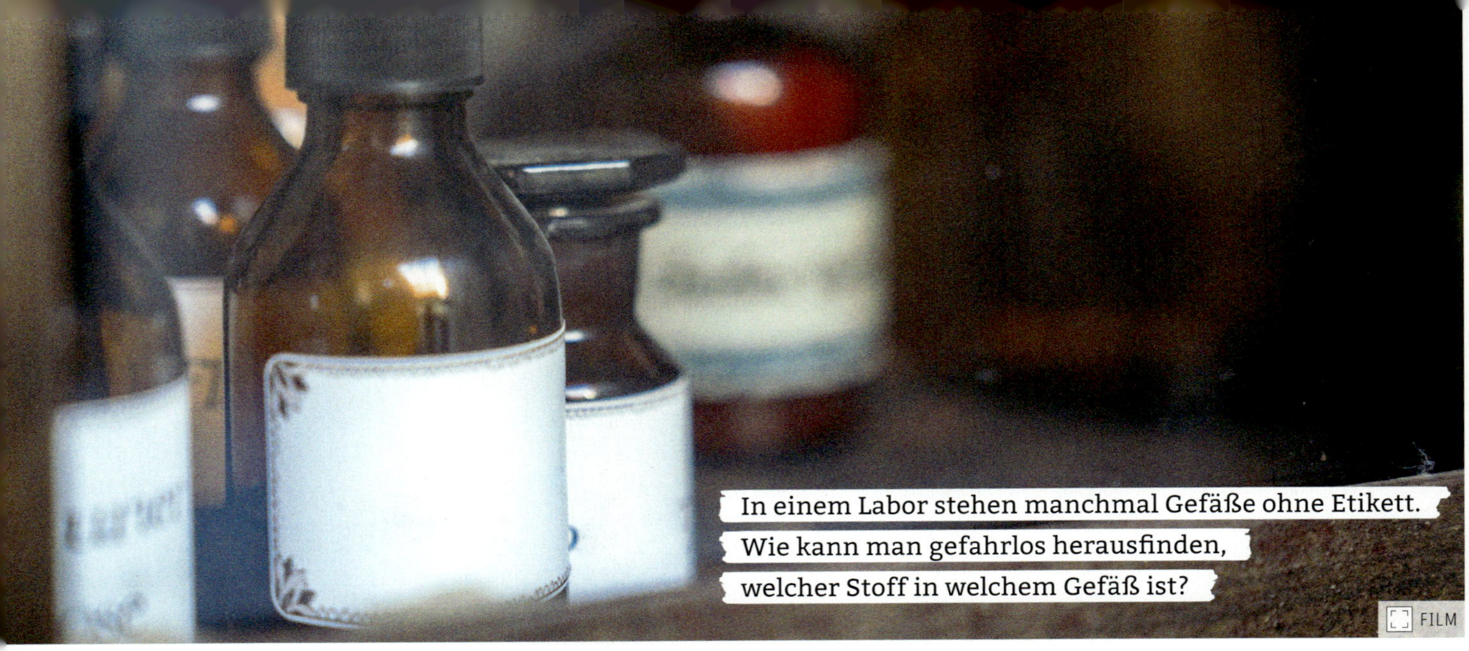

Stoffe untersuchen

Stoffeigenschaften

Einige Stoffe lassen sich mithilfe der Sinne sehr gut unterscheiden. Manchmal sehen die Stoffe aber sehr ähnlich aus. Zur besseren Unterscheidung benötigt man weitere **Stoffeigenschaften**. Es handelt sich dabei um Eigenschaften, die man nicht mit den Sinnen feststellt, sondern die man misst, mit Werten festlegt oder mit weiteren Hilfsmitteln durch Versuche überprüfen kann.

P1 Was löst sich?

Material: Vier Bechergläser, Glasstab, Spatel, Mehl, Haushaltszucker, Eisennagel, Speiseöl, Leitungswasser

Durchführung: Fülle die Bechergläser zur Hälfte mit Leitungswasser. Gib je eine Spatelspitze Haushaltszucker und Mehl, einen Eisennagel und fünf Tropfen Speiseöl in das Wasser eines der Gläser. Rühre mit dem Glasstab gut um.

1 Beschreibe deine Versuchsbeobachtungen.

Löslichkeit

Gibt man zu Hause einen Teelöffel Kochsalz in einen Topf mit Wasser und rührt anschließend um, so sieht man den Stoff nach einiger Zeit nicht mehr. Dass der Stoff nicht verschwunden ist, erkennt man am salzigen Geschmack des Wassers. Man sagt, dass sich das Kochsalz in **Lösungsmittel** Wasser gelöst hat. Einige Stoffe wie Kochsalz lösen sich sehr gut in Wasser. Die **Löslichkeit** in Wasser ist eine Stoffeigenschaft. Jedoch sind nicht alle Stoffe so gut in Wasser löslich wie Kochsalz. Es gibt auch Stoffe, die schlecht oder gar nicht wasserlöslich sind. Beispiele für diese Stoffe sind Fette und Öle.

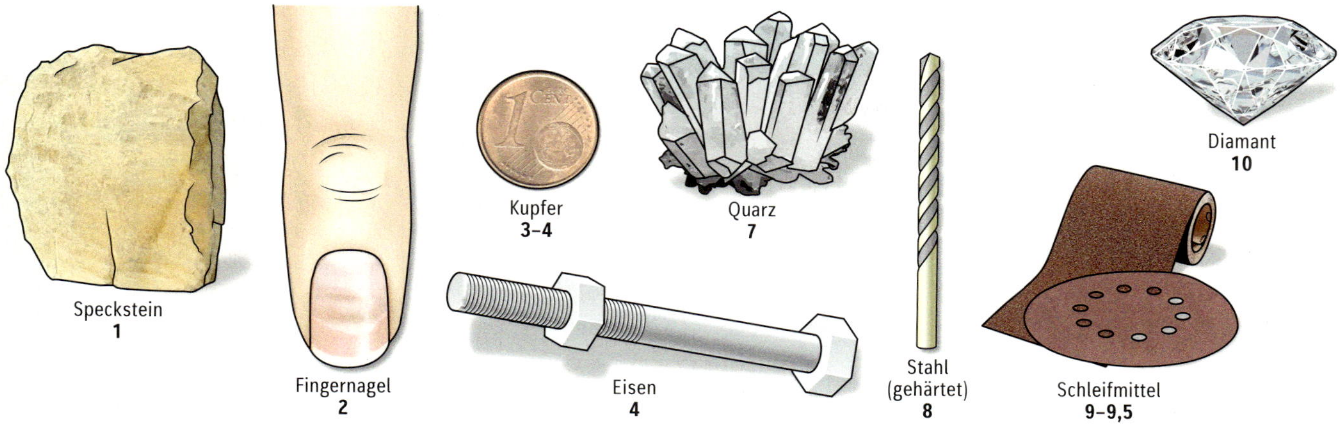

1 Härtegrade verschiedener Stoffe

Härte

Wenn man ein Holzstück mit einem Eisennagel ritzt, verursacht dies einen Kratzer im Holz. Umgekehrt kann man mit einem Holzstück aber keinen Kratzer in einem Eisennagel erzeugen. Durch solche wechselseitigen Ritzversuche kann man Stoffe in der **Härte** vergleichen. Die Härte eines Stoffes ist ein Maß dafür, wie schwierig es ist, in einen Stoff einzudringen. Jeder Stoff ist in eine **Härteskala** einsortiert. Diamant ist der härteste Stoff. Ihm wurde auf der Härteskala der Wert 10 zugeordnet. Speckstein ist sehr weich und hat den Wert 1.

Verhalten beim Erhitzen

Manche Metalle können schmelzen, wenn man sie in die Flamme eines Gasbrenners hält. Eisen schmilzt erst bei sehr hohen Temperaturen. Wird Haushaltszucker erhitzt, wird er zunächst braun und dann schwarz. Er verkohlt. Auch Holz verkohlt, wenn es im Reagenzglas stark erhitzt wird. Kochsalz bleibt beim Erhitzen über einer Kerze weiß und körnig. Einige Stoffe verändern sich beim Erhitzen und andere nicht.

Verformbarkeit

Manche Stoffe wie Eisen, Kupfer oder Aluminium lassen sich leicht verbiegen. Sie sind **verformbar**. Viele Metalle gehören zu den verformbaren Stoffen. Aber auch andere Stoffe wie Gummi oder Fingernägel lassen sich verformen. Stoffe wie Glas, Stein oder Porzellan zerbrechen, wenn man versucht sie zu verformen. Sie sind **spröde**. Die **Verformbarkeit** ist eine weitere Stoffeigenschaft. ▶

P2 Härte

Material: Holz, Aluminium (Aluminiumblock), Keramik (Fliese), Gummi (Schlauch), Stahl (Stahlplatte), Eisennagel

Durchführung: Prüfe die Härte der unterschiedlichen Stoffe zunächst mit deinem Daumennagel. Versuche sie dann mit dem Eisennagel einzuritzen.

1 Sortiere die Stoffe nach der Härte in einer Tabelle.

2 Stelle Vermutungen an, an welcher Stelle der Stoff Glas in deiner Reihenfolge der Stoffe eingefügt werden muss. | HILFE

Digital+
WES-187000-285

2 Test der ferromagnetischen Eigenschaft

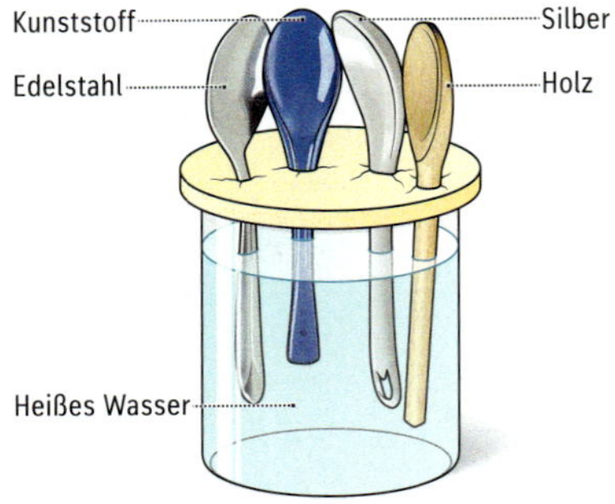

3 Test der Wärmeleitfähigkeit

Wärmeleitfähigkeit

Stellt man einen Löffel aus Metall in warmes Wasser, fühlt er sich schnell warm an. Aluminium, Kupfer und Eisen leiten Wärme gut. Sie haben eine hohe **Wärmeleitfähigkeit**. Metalle sind gute Wärmeleiter. Ein Löffel aus Kunststoff im warmen Wasser fühlt sich länger kühl an. Holz, Porzellan oder Kunststoffe sind schlechte Wärmeleiter.

Magnetische Eigenschaften

Ein Magnet zieht Eisennägel an. Aber nicht alle Metalle werden angezogen. Nur die Metalle Eisen, Kobalt und Nickel sind **ferromagnetisch**. Die Metalle Kupfer oder Aluminium werden beispielsweise nicht von einem Magneten angezogen. Auch andere Stoffe wie Holz, Glas oder Kunststoffe sind nicht magnetisch.

Elektrische Leitfähigkeit

Kupfer, Eisen und Aluminium leiten wie alle Metalle den elektrischen Strom. Metalle sind **elektrische Leiter**. Auch Flüssigkeiten wie Salzwasser oder Essig leiten den Strom. Holz, Glas, Zucker oder Kunststoff leiten den Strom nicht. Sie sind wie auch destilliertes Wasser oder Salatöl **elektrische Nichtleiter**.

A Nenne fünf Stoffeigenschaften.

P3 Welche Stoffe leiten den elektrischen Strom?

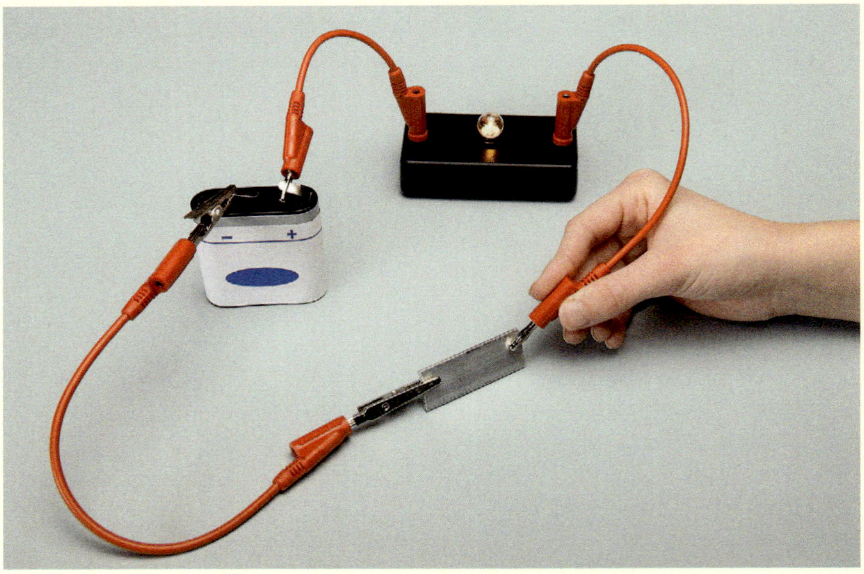

Material: Batterie, Glühlampe oder LED, Kabel, Krokodilklemmen, Eisennagel, Kunststoffteile, Bleistiftmine, Aluminiumfolie, Schälchen mit Zucker, Kupferblech

Durchführung: Baue den Stromkreis wie im Bild auf. Berühre die einzelnen Stoffe mit den beiden Krokodilklemmen. Wenn die Lampe leuchtet, leitet der Stoff den elektrischen Strom.

1 Nenne die Stoffe, die elektrische Leiter sind und die Stoffe, die den elektrischen Strom nicht leiten.

Stoffeigenschaften

AUF EINEN BLICK

Farbe, Oberfläche, Geruch

Stoffe können durch ihre Farbe oder ihren Geruch voneinander unterschieden werden.

Löslichkeit

Stoffe lösen sich leicht in Wasser, andere nicht. Manche lösen sich auch in anderen Lösungsmitteln wie Benzin.

Härte

Stoffe können unterschiedlich hart sein. Härtere Stoffe hinterlassen Kratzer auf weicheren Stoffen.

Verhalten bei Hitze

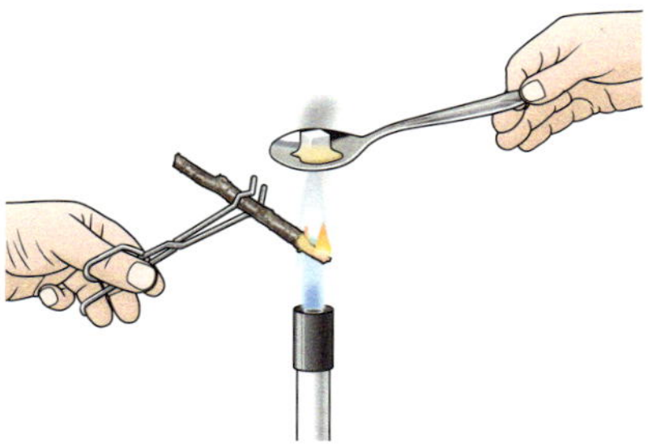

Einige Stoffe schmelzen beim Erhitzen schneller als andere. Andere Stoffe schmelzen nicht, sondern verbrennen.

Dichte

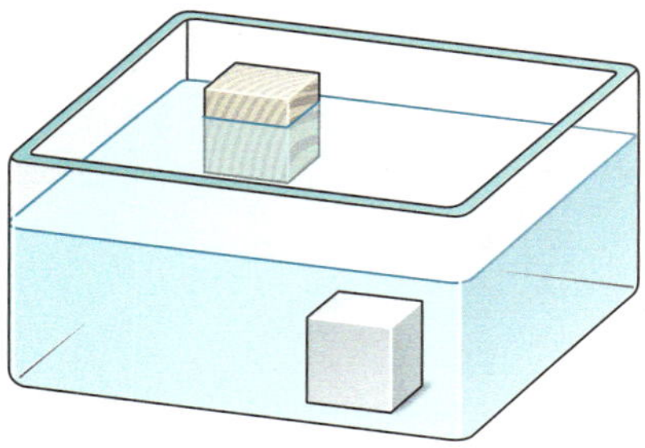

Stoffe mit einer geringeren Dichte als Wasser schwimmen, andere mit höherer Dichte sinken.

Verformbarkeit

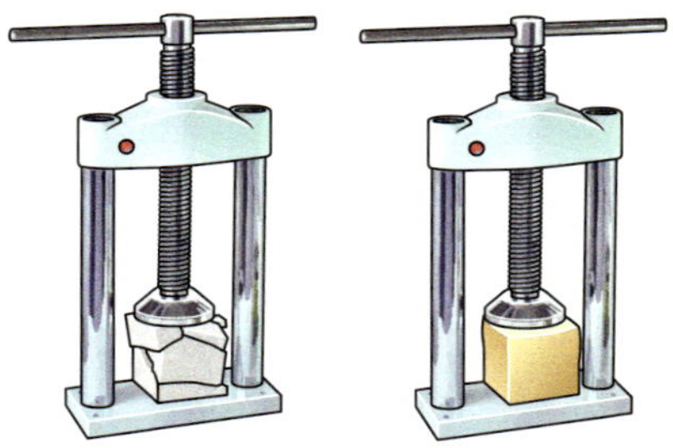

Einige Stoffe können leicht verformt werden, andere sind spröde und zerbrechen leicht.

Magnetische Eigenschaft

Stoffe wie Eisen sind ferromagnetisch, andere können nicht von einem Magneten angezogen werden.

Wärmeleitfähigkeit

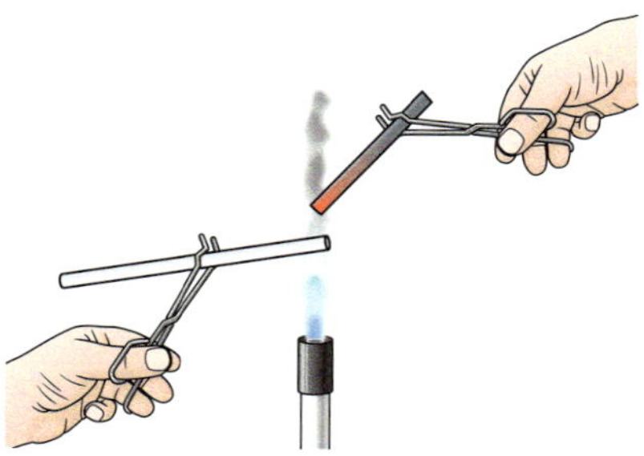

Stoffe wie Metalle leiten Wärme sehr gut, andere Stoffe wie Zucker oder Holz leiten Wärme schlecht.

Elektrische Leitfähigkeit

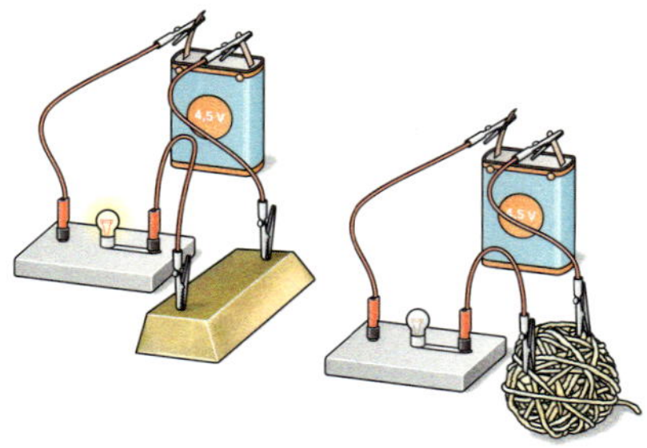

Manche Stoffe wie bestimmte Metalle oder Salzlösungen leiten den elektrischen Strom, andere Stoffe nicht.

Das Zeit- Temperatur-Diagramm

EXPERTENWISSEN

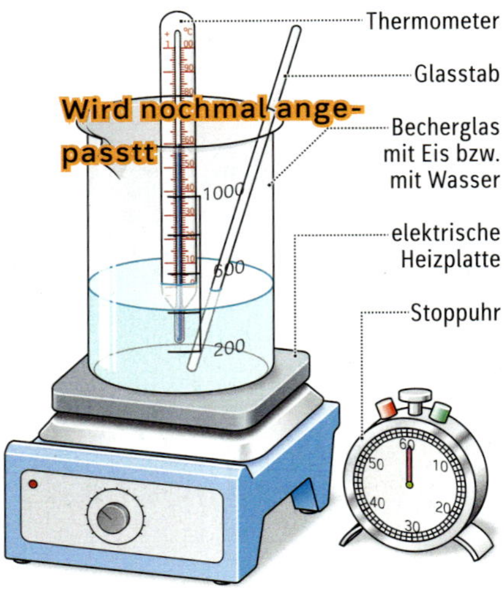

1 Wasser wird erhitzt.

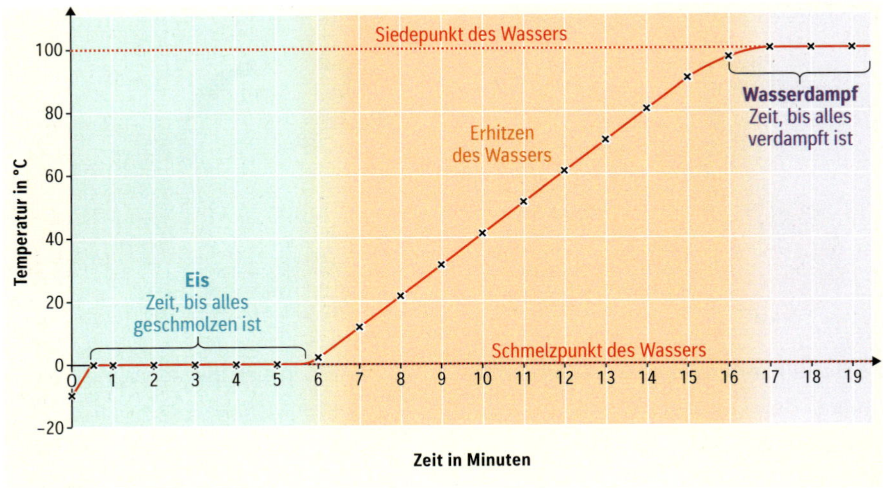

2 Temperaturverlauf von Wasser beim Erhitzen

M1 Zeit-Temperatur-Diagramm von Eisen

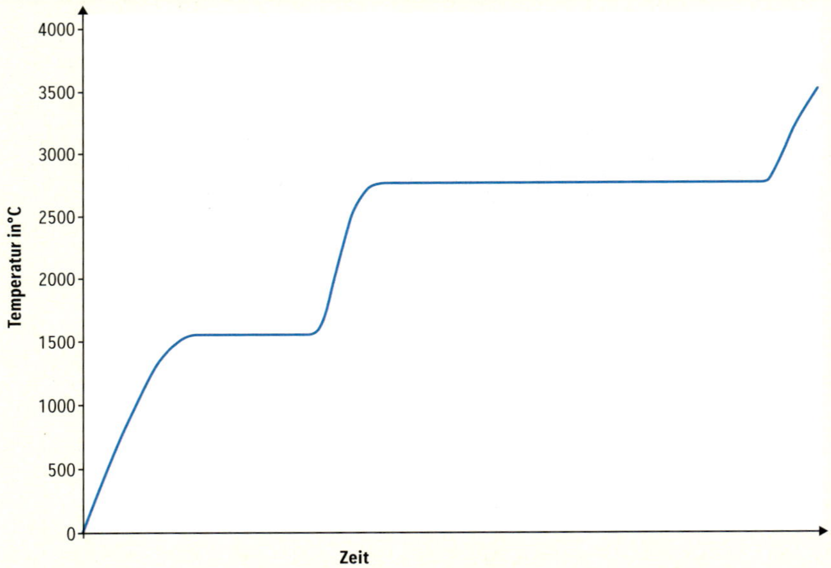

1 Beschreibe das Diagramm.

2 Vergleiche das Zeit-Temperatur-Diagramm von Eisen mit dem von Wasser.

3 Gib die ungefähre Schmelztemperatur von Eisen an.

4 Erkläre, warum die Temperatur von Wasser und Eisen beim Erwärmen nicht gleichmäßig steigt, obwohl ständig Wärme zugeführt wird.

Erhitzen von Wasser

Beim Erhitzen eines Eis-Wasser-Gemisches passiert etwas Besonderes: Solange das Eis schmilzt, steigt die Temperatur des Gemisches nicht weiter an. Erst wenn das gesamte Eis geschmolzen ist, steigt die Temperatur des flüssigen Wassers weiter an. Das Eis nimmt beim Schmelzen Wärme aus der Umgebung, dem flüssigen Wasser, auf. Diese Energie wird benötigt, damit das Eis schmilzt. Wird das Wasser weiter erhitzt, beginnt es zu sieden. Auch hier kann man dieselbe Beobachtung machen: Die Temperatur des Wasserdampfes steigt erst weiter an, wenn das gesamte flüssige Wasser verdampft ist.

Abkühlen von Wasser

Auch in umgekehrter Richtung beim Kondensieren und beim Erstarren bleibt die Temperatur des Stoffes zunächst gleich. Dies dauert solange, bis der gesamte Wasserdampf flüssig geworden ist oder das Wasser zu Eis erstarrt ist.

Stoffsteckbriefe erstellen

METHODE

Steckbriefe

Steckbriefe kennst du zum Beispiel aus Zoos. Dort werden oft Tiere mithilfe von Steckbriefen genau beschrieben. Damit die Tiere bestimmt werden können, werden viele unverwechselbare Merkmale und Eigenschaften so genau wie möglich angegeben: das Aussehen, die Größe, das Gewicht, der Lebensraum, die Verbreitung oder die Fortpflanzung. Steckbriefe kennst du auch von Pflanzen. Sie helfen, die Lebewesen miteinander zu vergleichen.
Wie die Lebewesen werden auch die Stoffe durch eine Vielzahl von Eigenschaften bestimmt. Es ist jedoch wichtig, nicht nur eine Stoffeigenschaft zu benennen, sondern möglichst viele Stoffeigenschaften aufzulisten. Nur so kann der Stoff eindeutig beschrieben und bestimmt werden. Die Stoffeigenschaften in Steckbriefen sollten übersichtlich geordnet sein und möglichst kurz beschrieben werden. So ist ein Steckbrief leicht zu lesen.

Steckbrief von Kochsalz	
Farbe	weiß
Aggregatzustand bei Raumtemperatur	fest
Schmelztemperatur	801 °C
Siedetemperatur	1 465 °C
Härte	hart
Elektrische Leitfähigkeit	nein
Magnetische Eigenschaft	nein
Dichte	größer als die von Wasser (2,16 g/cm³)
Löslichkeit in Wasser	gut
Verhalten beim Erhitzen	keine Veränderung

M1 Steckbrief erstellen

1 Übertrage den Steckbrief von Haushaltszucker in dein Heft und vervollständige ihn. Recherchiere im Internet die zusätzlichen Informationen, die man brauch.

2 Erstelle einen Steckbrief mit Eigenschaften für eine Mitschülerin oder einen Mitschüler, den dein Sitznachbar oder deine Sitznachbarin erraten soll.

Steckbrief von Haushaltszucker	
Farbe	...
Aggregatzustand bei Raumtemperatur	...
Schmelztemperatur	186 °C
Siedetemperatur	keine
Härte	...
Elektrische Leitfähigkeit	...
Magnetische Eigenschaft	...
Dichte	...
Löslichkeit in Wasser	...
Verhalten beim Erhitzen	...

Stoffe bestehen aus Teilchen

1 Ein Zuckerwürfel löst sich in Wasser

Haushaltszucker

Den alltäglichen Haushaltszucker gibt es in vielen unterschiedlichen Sorten. Es gibt staubfeinen Puderzucker, feinkörnigen Haushaltszucker oder auch Würfelzucker. Es handelt sich dabei jedoch immer um den gleichen Stoff, nämlich Haushaltszucker.

Zuckerkristalle

Bei allen Zuckersorten kann man mit der Lupe unterschiedlich große, aber ähnlich geformte kleine, kantige Körper erkennen. Es handelt sich um Zuckerkristalle. Mit einem Mikroskop kann man selbst bei Puderzucker Zuckerkristalle sehen.

Zucker auflösen

Wenn man einen Zuckerwürfel in ein Glas mit dem Lösungsmittel Wasser gibt, ist er nach einer Weile nicht mehr zu sehen. Doch der süße Geschmack des Wassers zeigt, dass der Zucker nicht einfach verschwunden ist. Der Zucker ist in dieser Lösung so klein, dass man ihn sogar mit einem Mikroskop nicht mehr erkennen kann. Der Zucker hat sich gelöst. Dieser Vorgang kann wieder rückgängig gemacht werden. Aus der Zuckerlösung kann man wieder festen Zucker zurückgewinnen. Dazu lässt man das Wasser verdunsten. Es bilden sich dann wieder Zuckerkristalle. So kann der Zucker in der Lösung experimentell nachgewiesen werden.

Zucker im Teilchenmodell

Die Vorgänge beim Lösen lassen sich mit dem **Teilchenmodell** erklären. Nach diesem Modell bestehen alle Stoffe aus vielen kleinen Teilchen, die man nicht weiter zerlegen kann. Sie werden vereinfacht als Kugeln dargestellt. Man kann sie nicht sehen, weil sie so klein sind. Ein Stück Würfelzucker besteht aus sehr vielen kleinen Zuckerteilchen, die alle gleich sind.

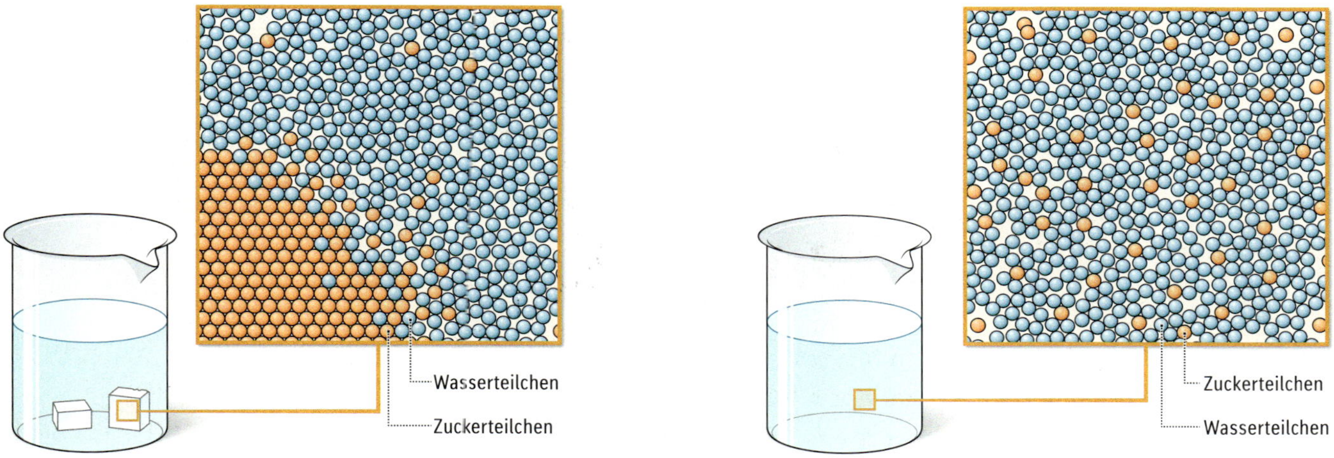

2 Die Teilchen beim Lösen von Zucker in Wasser

Zuckerwürfel im Wasser

In Bild 2 sieht man ein Becherglas, in dem sich ein Zuckerwürfel und Wasser befinden. Die Teilchen des Zuckers sind als orangefarbene Kugeln dargestellt. Die Wasserteilchen sind als blaue Kugeln gezeichnet. In einem festen Zuckerwürfel sind die Teilchen dicht beieinander. Sie sind regelmäßig angeordnet. Zwischen ihnen gibt es kaum Abstände. In flüssigem Wasser sind die Wasserteilchen sehr dicht zusammen, aber unregelmäßiger angeordnet.

Lösen im Teilchenmodell

Legt man den Zuckerwürfel in Wasser, beginnen sich die Wasserteilchen zwischen die Zuckerteilchen zu schieben. Beide Teilchensorten verteilen sich gleichmäßig. Wenn man keinen festen Zucker mehr im Becherglas sieht, haben sich alle Zucker- und Wasserteilchen vermischt. Der Zucker ist gelöst.

A Beschreibe, was mit einem Zuckerwürfel im Wasser passiert.

B Erkläre, was man unter dem Teilchenmodell versteht.

M1 Lösen von Kaliumpermanganat

Kaliumpermanganat ist ein dunkelvioletter Feststoff. Gibt man einen kleinen Kristall Kaliumpermanganat in Wasser, löst er sich langsam auf. Mit der Zeit sind die Teilchen von Wasser und Kaliumpermanganat gleichmäßig verteilt.

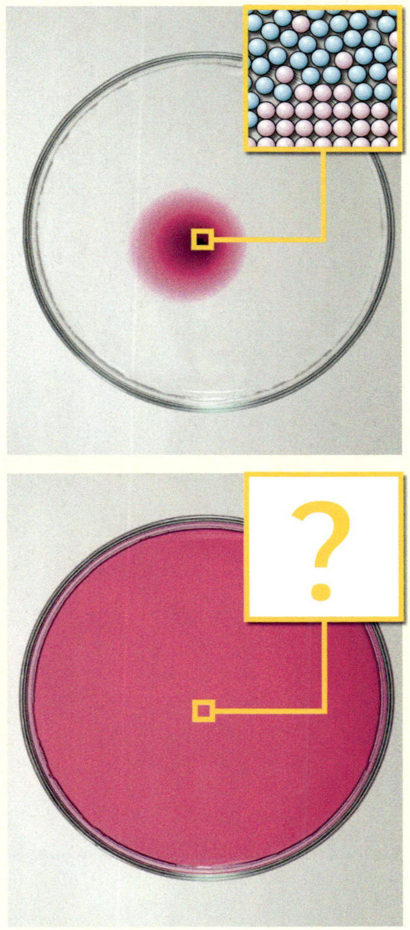

1 Beschreibe das Lösen von Kaliumpermanganat in Wasser.

2 Erkläre den beginnenden Vorgang des Lösens mithilfe des Teilchenmodells. | HILFE

3 Zeichne das Teilchenmodell, wenn sich das Kaliumpermanganat vollständig in Wasser gelöst hat.

4 Zeichne mehrere Zwischenschritte im Teilchenmodell vom Beginn bis zum Ende des Lösevorgangs, in denen sich das Kaliumpermanganat noch nicht vollständig gelöst hat.

Brownsche Bewegung

EXPERTENWISSEN

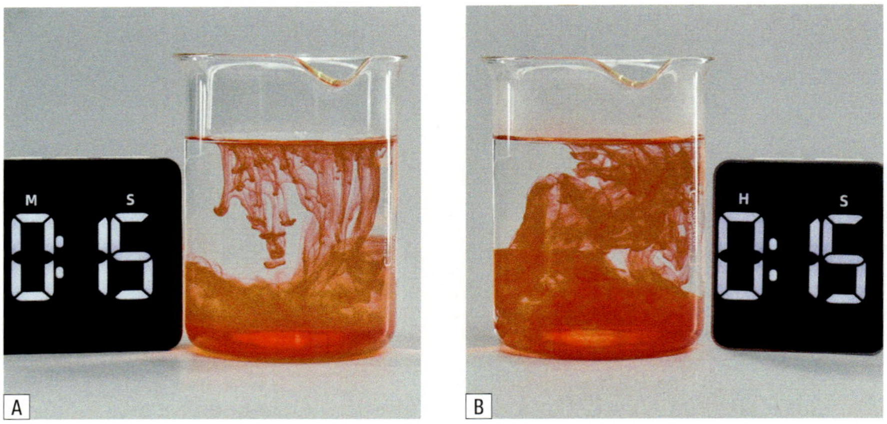

1 Tinte in: **A** kaltem Wasser, **B** warmem Wasser

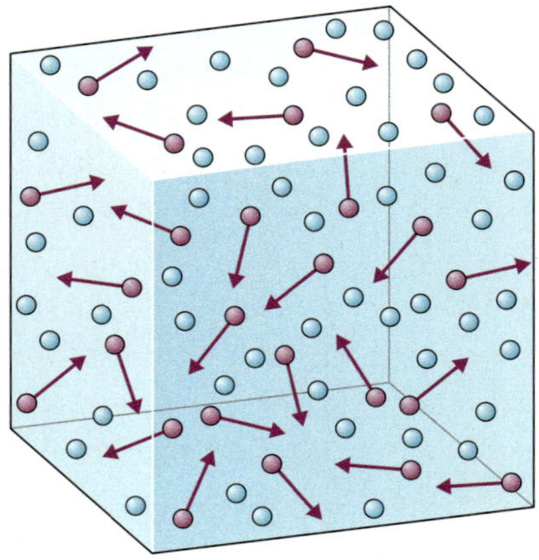

2 Parfümteilchen bewegen sich im Raum

Teilchen bewegen sich

Wird im Klassenraum Parfüm in die Luft gesprüht, kann man den Duft nach kurzer Zeit im ganzen Raum riechen. Tinte verteilt sich nach einiger Zeit ganz von allein in Wasser. Je höher die Temperatur ist, desto schneller bewegen sich die Tinten-Teilchen. Das nennt man die **Wärmebewegung** der Teilchen. Der Engländer Robert Brown hat sie entdeckt, weshalb sie Brownsche Bewegung genannt wird.

M1 Versuch zur Teilchenbewegung

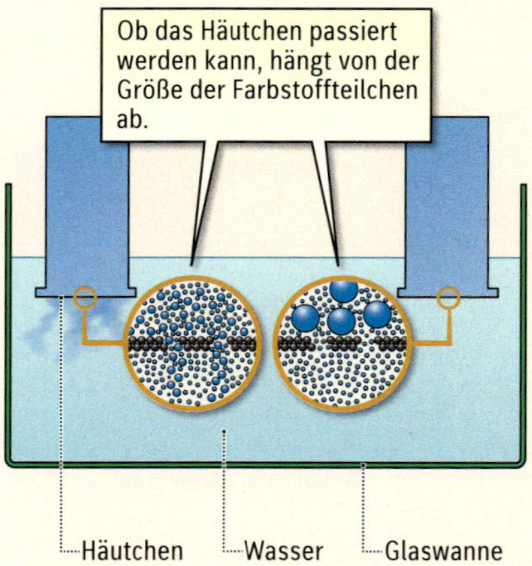

1 Beschreibe die Versuchsbeobachtungen.

2 Erkläre die Beobachtungen | HILFE

3 Stelle Vermutungen an, was passiert, wenn der Versuchsaufbau über längere Zeit stehen gelassen wird.

4 Zu Beginn des Versuchs wird wärmeres Wasser genutzt. Stelle Vermutungen über die Beobachtungen an.

Diffusion

Die Eigenbewegung der Teilchen sorgt dafür, dass sich Stoffe im Laufe der Zeit von allein ohne einen Einfluss von außen, wie zum Beispiel Rühren oder Erwärmen, vermischen. Auf diese Weise lösen sich Zucker- oder Salzkristalle in Wasser. Diese selbständige Verteilung der Stoffe in Flüssigkeiten und Gasen nennt man **Diffusion**. In Flüssigkeiten dauert die Verteilung länger als in Gasen, da die Anziehungskräfte der Teilchen in Flüssigkeiten höher sind als zwischen den Teilchen in einem Gas. In einem Raum ohne Luftbewegung kann man den Duft aus einer offenen Parfümflasche schon nach kurzer Zeit aus der entgegengesetzten Ecke aus wahrnehmen.

Erwärmen oder Umrühren

Da die Bewegungen der Teilchen bei höheren Temperaturen stärker sind, lassen sich in heißem Wasser Stoffe schneller lösen als in kaltem Wasser. Durch Umrühren wird die Bewegung und Vermischung der Teilchen beschleunigt.

Laborgeräte richtig verwenden

METHODE

Die wichtigsten Laborgeräte
Laborgeräte bestehen oft aus Glas und sind daher zerbrechlich. Man muss sehr vorsichtig mit ihnen umgehen. Oft werden **Reagenzgläser** und **Bechergläser** in der Schule verwendet. Es gibt sie in verschiedenen Größen. Sie eignen sich für feste und flüssige Stoffe. Man kann darin Stoffe mischen und erhitzen. Wenn man Stoffe in einem Becherglas erhitzen möchte, benötigst man einen **Dreifuß** mit Keramikauflage. Diesen stellt man wie ein Dach über den Gasbrenner und oben drauf stellst du das Becherglas ab. Der **Reagenzglashalter** aus Holz sieht aus wie eine große Wäscheklammer. Damit kann man Reagenzgläser halten, ohne sich die Finger zu verbrennen. Zum Abstellen der Reagenzgläser kann ein sogenanntes **Reagenzglasgestell** verwendet werden. Mit einer **Feinwaage** lassen sich Stoffe genau abwiegen. Sie hat meistens eine elektronische Anzeige. Flüssigkeiten lassen sich mit einem **Messzylinder** abmessen. Messzylinder gibt es in verschiedenen Größen.
Ein **Erlenmeyerkolben** hat eine schmalere Öffnung als ein Becherglas. Daher spritzt eine Flüssigkeit nicht gleich heraus, wenn man das Glas schwenkt, um zum Beispiel etwas darin zu lösen. Mit einem **Spatel** aus Metall kann man kleine Mengen eines Feststoffes aus einem Vorratsgefäß entnehmen. Mit Hilfe einer **Pipette** können kleine Mengen einer Flüssigkeit tröpfchenweise in andere Gefäße gegeben werden.

A Beschreibe, welche Geräte du brauchst, wenn du 5 g Kochsalz in 80 Milliliter Wasser lösen sollst.

M1 Laborgeräte kennenlernen

A

B
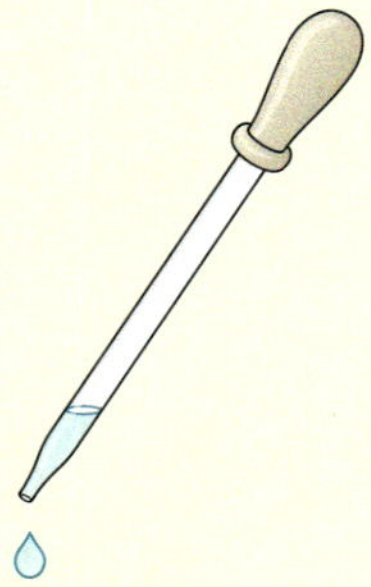

C

D

E
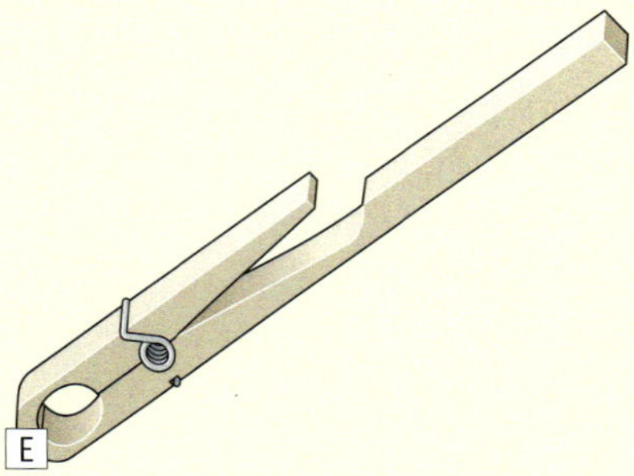

F

1 Damit können Reagenzgläser festgehalten werden.

2 Darin lassen sich sehr kleine Mengen von Stoffen einfüllen und erhitzen.

3 Damit kannst du eine Flüssigkeit tröpfchenweise in ein Gefäß geben.

4 Diese Glasgefäße sind für feste oder flüssige Stoffe geeignet.

5 Damit kannst du einen festen Stoff aus einem Vorratsgefäß entnehmen.

6 Das brauchst du, wenn du ein Becherglas mit einem Gasbrenner erhitzen willst.

1 Lies zuerst einen der Texte 1-6. Ordne anschließend den Text der richtigen Abbildung zu un benenne das jeweilige Laborgerät.

Digital+
WES-187000-293

Stoffe im Alltag

T1 Stoff und Gegenstand

Silberbesteck, Gold, Teetasse, Glasflasche, Zink, Kunststoff, Gummi, Kochtopf, Kopfhörer, Silber, Kalk, Teller

1 Erkläre mithilfe von Beispielen aus den oben genannten Begriffen den Unterschied zwischen „Stoff“ und „Gegenstand“.

2 Nimm Stellung zu der Aussage: Ein Gegenstand besteht immer nur aus einem Stoff.

3 Erstelle eine Tabelle in deinem Heft und ordne die oben aufgelisteten Stoffe und Körper richtig zu.

T3 Stoffe untersuchen

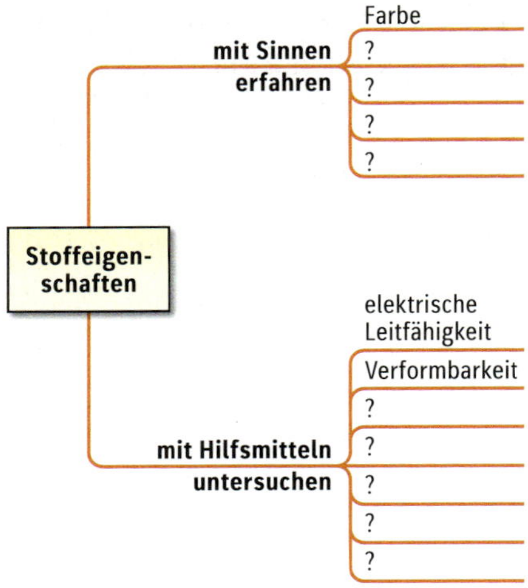

1 Ergänze die Vorlage zu den Stoffeigenschaften.

2 Nenne Hilfsmittel zur Untersuchung von Stoffeigenschaften.

T4 Härte

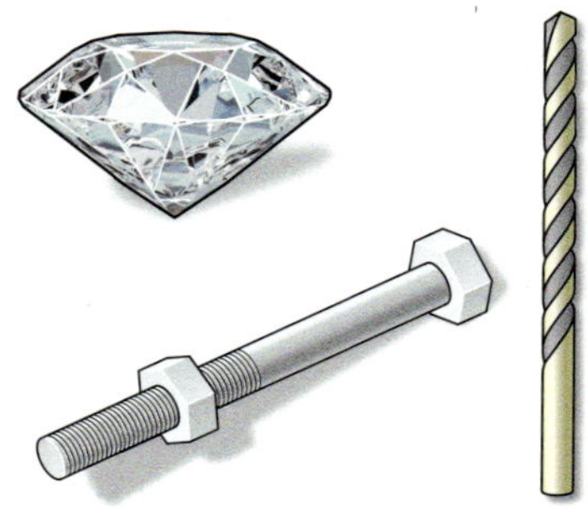

1 Beschreibe, wie sich die Härte von zwei verschiedenen Stoffen feststellen lässt.

2 Bringe die folgenden Stoffe in die richtige Reihenfolge: Beginne mit dem Stoff mit der geringsten Härte: Eisenschraube, Diamant, Stahl.

T2 Stoffe mit den Sinnen erfahren

1 Nenne zusätzlich zu den in A und B genannten Eigenschaften weitere Stoffeigenschaften, die mit den Sinnen untersucht werden können.

2 Beschreibe, was ein Stoffsteckbrief ist.

3 Erkläre, warum Stoffsteckbriefe erstellt werden.

4 Übertrage und vervollständige den Stoffsteckbrief A.

5 Übertrage den Stoffsteckbrief B in dein Heft und vermute, welcher Stoff beschrieben wird.

Steckbrief von Holz

Farbe:	*braun, matt*
Oberfläche:	*?*
Klang (Aufprall)	*?*
Geruch	*erdig, holzig*
Geschmack:	*?*

A

Steckbrief von ?

Farbe:	*rot, glänzend*
Oberfläche:	*glatt, kühl*
Klang (Aufprall)	*klirrend*
Geruch	*metallisch*
Geschmack:	*metallisch*

B

T5 Dichte

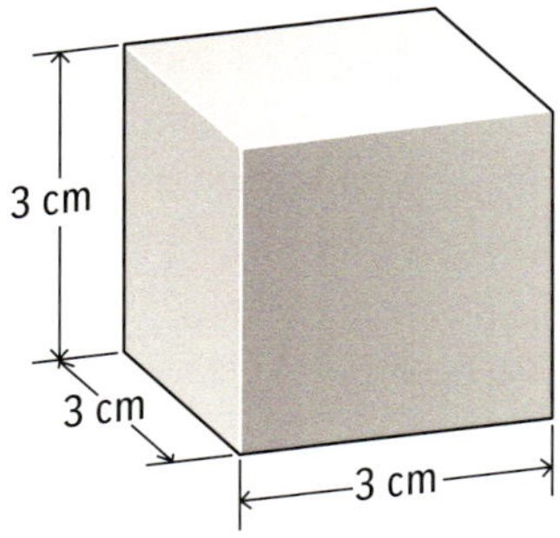

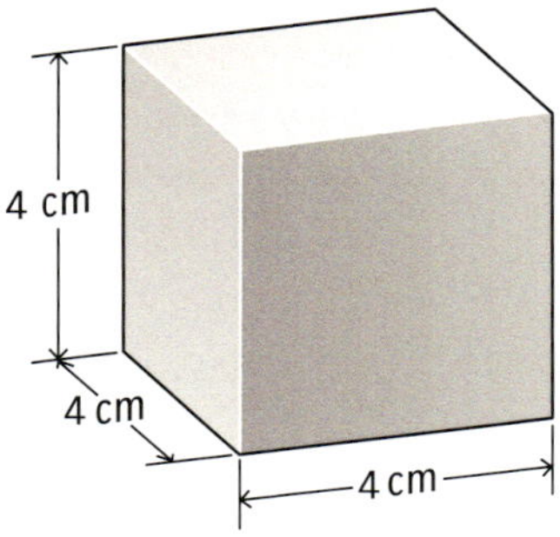

Stoff	Dichte in $\frac{g}{cm^3}$
Kupfer	8,96
Zucker	1,6
Wasser (Eis)	0,92
Speiseöl	0,91

1 Beschreibe, was die Stoffeigenschaft Dichte aussagt.

2 Gib an, wie die Dichte eines Würfels berechnet wird.

3 Berechne die Dichte der abgebildeten Würfel.

4 Nutze die Tabelle und ordne den beiden Würfeln jeweils das richtige Material zu.

T6 Die Löslichkeit

1 Vergleiche die Vorgänge bei der Zugabe von Haushaltszucker in Wasser und Speiseöl in Wasser Nutze dafür die Abbildungen.

2 Erkläre die Begriffe Löslichkeit, Lösungsmittel und Lösung anhand der Beispiele in der Abbildung.

3 Erkläre, was eine gesättigte Lösung ist.

4 Erläutere die Bedeutung der Temperatur bei der Herstellung einer Zu ckerlösung.

T7 Stoffe bestehen aus Teilchen

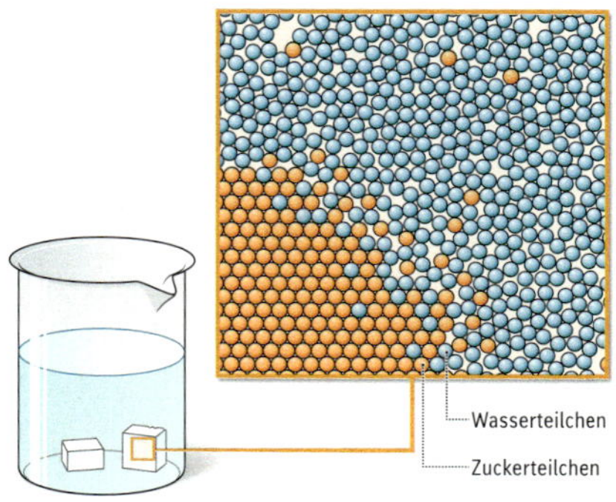

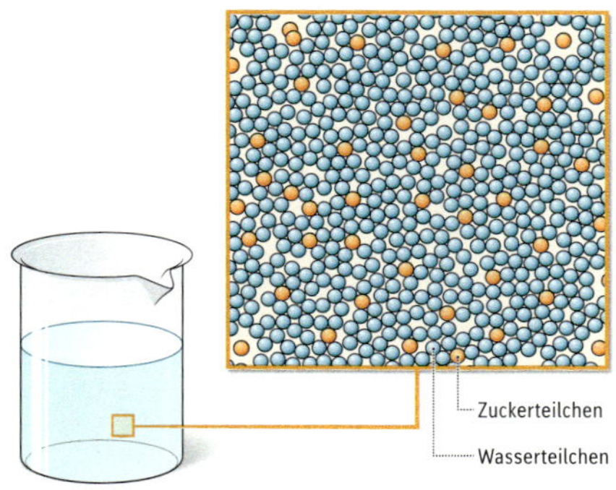

1 Beschreibe den Lösevorgang von Zucker in Wasser mithilfe des Teilchenmodells.

2 Erkläre, warum man den Zucker in einer Zuckerlösung mit bloßem Auge nicht mehr sehen kann.

3 In Eisteegranulat sind neben Zucker auch Geschmackstoffe enthalten. Zeichne den Lösevorgang von Eisteegranulat in Wasser mit dem Teilchenmodell.

Stoffe im Alltag

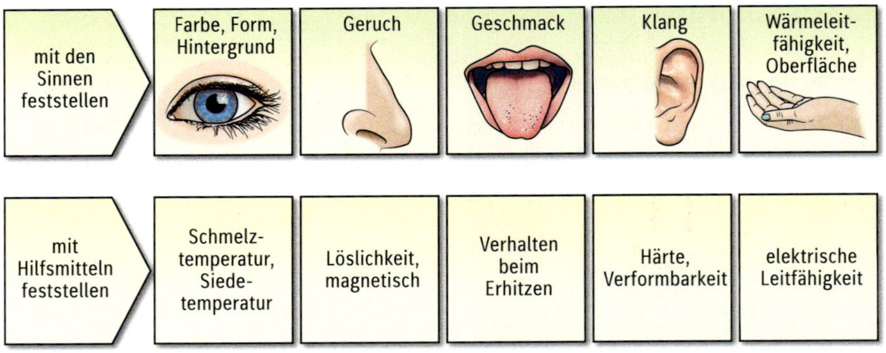

Stoff und Gegenstand

In den Naturwissenschaften ist ein Stoff das Material, aus dem ein Gegenstand besteht. Gegenstände werden auch als Körper bezeichnet. Manche Stoffeigenschaften wie die Farbe kann man mit den Sinnesorganen feststellen. Andere Stoffeigenschaften wie die Siedetemperatur kann man nur mit Hilfsmitteln feststellen.

Stoffeigenschaften

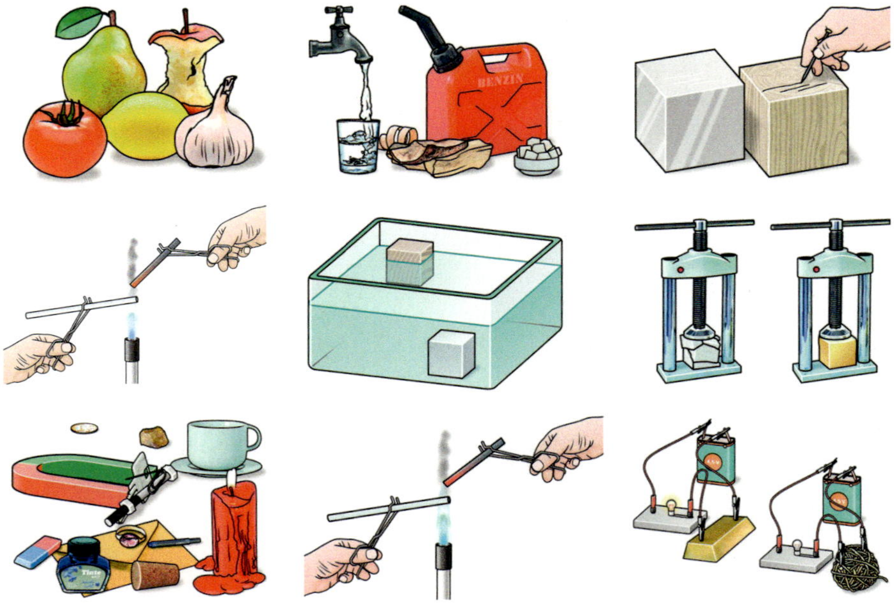

Alle Stoffe haben Stoffeigenschaften, mit denen sie unterschieden und bestimmt werden können. Einige Stoffeigenschaften können mit den Sinnesorganen festgestellt werden können. Zu diesen zählen die Farbe, der Geschmack, der Geruch und die Oberfläche eines Stoffs. Es gibt aber auch Stoffeigenschaften, die man messen kann.

Zu diesen zählen die Löslichkeit, die Härte, das Verhalten beim Erhitzen, die Verformbarkeit, die Wärmeleitfähigkeit, die elektrische Leitfähigkeit und die magnetischen Eigenschaften eines Stoffes.
Jeder Stoff lässt sich durch seine charakteristische Kombination von Stoffeigenschaften in einem kurzen Steckbrief beschreiben.

Stoffe bestehen aus Teilchen

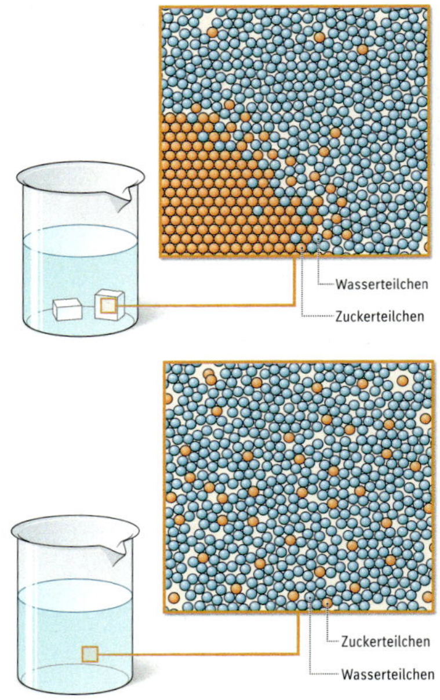

Nach dem Stoffteilchenmodell bestehen alle Stoffe auf vielen kleinen Stoffteilchen. Diese können nicht mehr weiter zerlegt werden und sind so klein, dass man sie nicht sehen kann. Beim Lösen von Zucker in Wasser, beginnen sich die Wasserteilchen zwischen die Zuckerteilchen zu schieben. Beide Teilchensorten verteilen sich gleichmäßig.

Stoffe im Alltag

ABSCHLUSSAUFGABE

1 Stoffpaar A: Eisen und Aluminium

2 Stoffpaar B: Gummi und Graphit

3 Mehl, Haushaltszucker, Kalk und Kochsalz

Stoff	Zustandsform bei Raumtemperatur (20 °C)	Farbe	elektrisch leitfähig	magnetisch	wasserlöslich	Verhalten beim Erhitzen über einer Kerzenflamme
Eisen	fest	grau	ja	ja	nein	keine Veränderung
Aluminium	fest	silber	ja	nein	nein	keine Veränderung
Kalk	fest	weiß	nein	nein	nein	keine Veränderung
Gummi	fest	beliebig	nein	nein	nein	schmilzt
Kochsalz	fest	weiß	nein	nein	ja	keine Veränderung
Zucker	fest	weiß	nein	nein	ja	schmilzt
Mehl	fest	weiß	nein	nein	ja	wird schwarz
Graphit	fest	grau	ja	nein	nein	keine Veränderung

Einige in den Fotos oben dargestellte Stoffpaare sind auf den ersten Blick kaum zu unterscheiden. Tabellen mit einer Auflistung aller möglichen Stoffeigenschaften können bei der Unterscheidung helfen.

1 Beschreibe Versuche, mit denen die Stoffpaare aus Bild 1 und 2 bestimmt werden können.

2 Bild 3 zeigt vier weiße Stoffe, die mit bloßem Auge schwer zu unterscheiden sind. Es handelt sich dabei um Haushaltszucker, Kalk, Kochsalz und Mehl. Plane mithilfe der Tabelle eine Versuchsreihe, mit der man die Stoffe voneinander unterscheiden und eindeutig bestimmen kann. Versuche eine Versuchsreihe zu planen, die ohne eine Geschmacksprobe oder eine Geruchsprobe funktioniert.

Digital+ WES-187000-297

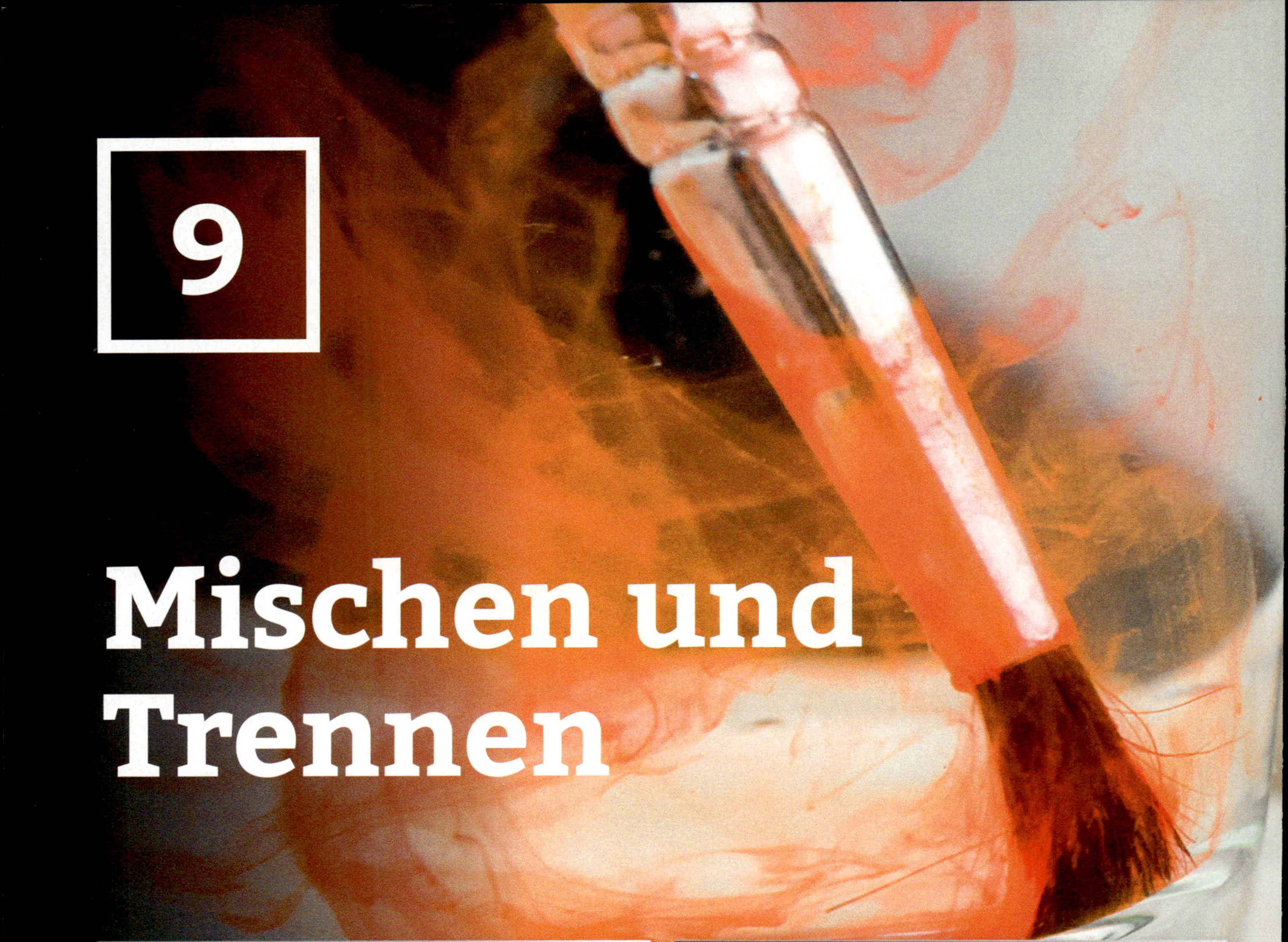

9 Mischen und Trennen

1 Ein Tropfen Tinte wurde in Wasser gegeben.

2 Die Tinte verteilt sich im Wasser.

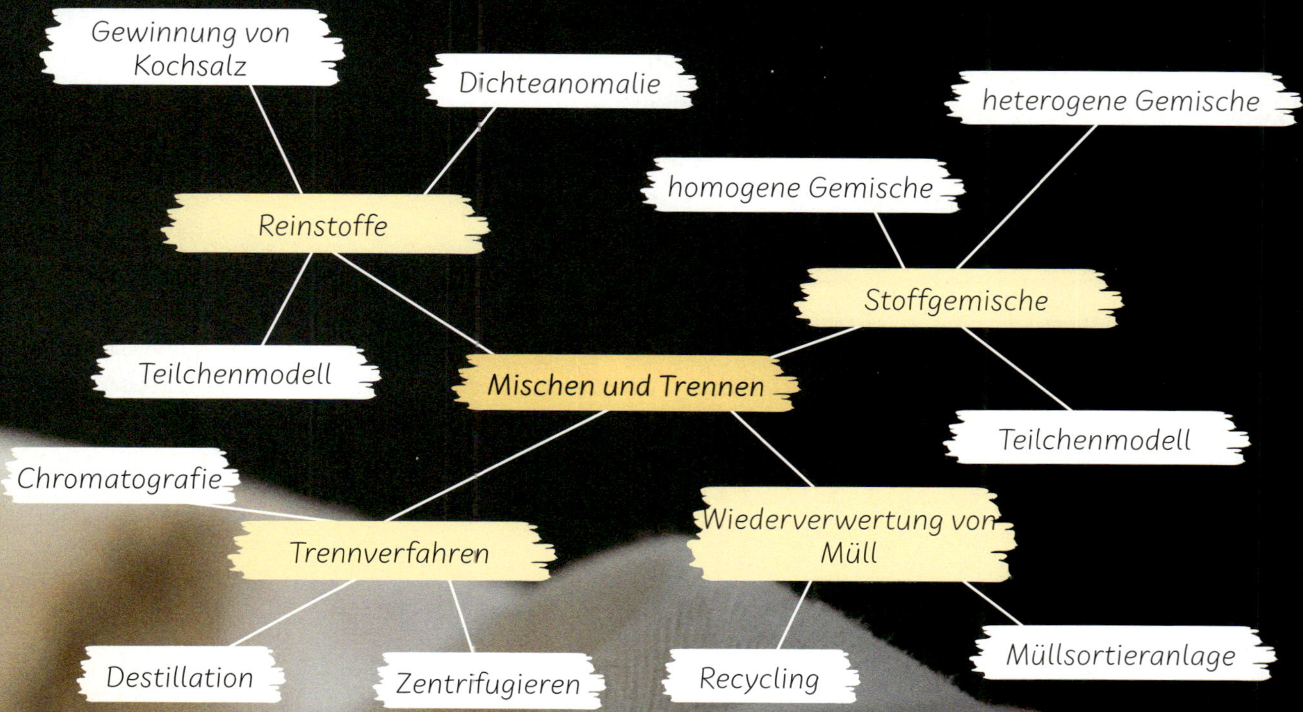

3 Die Tinte ist gleichmäßig im Wasser verteilt.

A In den Bildern 1-3 wird Tinte in Wasser gegeben. Beschreibt die Beobachtungen, die auf den Bildern dargestellt werden.

B Wenn sich Tinte mit Wasser vermischt, verfärbt sich das Wasser. Beschreibt, was mit dem Wasser passiert, wenn man es mit Salz vermischt.

C Ein Cola-Mischgetränk kann mit Sirup hergestellt werden. Stellt dazu Vermutungen auf.

Digital+ WES-187000-299

Kochsalzkristalle sehen alle sehr ähnlich aus.
Bei Kräutersalz ist ein Unterschied erkennbar.
Wie unterscheiden sich diese Salze voneinander?

Reinstoffe und Gemische

Reinstoffe - nur ein Stoff

Kochsalz besteht ausschließlich aus kleinen Salzkristallen. Auch unter einer Lupe sehen sie alle sehr ähnlich aus. Die Kochsalzkristalle haben alle die gleichen Stoffeigenschaften. Stoffe, die aus einer einzigen Stoffart bestehen, bezeichnet man als **Reinstoffe**.

P1 Reinstoff und Stoffgemisch

Material: Lupe, Waschpulver, Kochsalz, Haushaltszucker, Sand

Durchführung: Prüfe mit der Lupe, ob es Reinstoffe oder Stoffgemische sind.

1 Beschreibe deine Beobachtungen.

2 Gib an, wie man Reinstoffe und Stoffgemische voneinander unterscheiden kann.

Gemische - mehr als nur ein Stoff

Bei Kräutersalz kann man schon mit dem bloßen Auge verschiedene Bestandteile erkennen. Neben den weißlichen Salzkristallen besteht Kräutersalz aus mehreren Stoffen mit unterschiedlichen Stoffeigenschaften. Es ist ein **Stoffgemisch**. Im Gegensatz zu Reinstoffen bestehen Stoffgemischen aus mindestens zwei verschiedenen Stoffen.

Stoffe im Labor und im Alltag

In chemischen Laboren arbeitet man sehr oft mit Reinstoffen. Doch es ist ein sehr großer Aufwand Stoffe so zu reinigen, dass sie nur aus einem einzigen Stoff bestehen. Tatsächlich sind auch in „reinen" Chemikalien oft noch winzige Mengen anderer Stoffe enthalten. Im Alltag und in der Natur haben wir es sehr oft mit Stoffgemischen zu tun. So besteht zum Beispiel das häufig vorkommende Gestein Granit aus drei verschiedenen Stoffen.

Reinstoffe im Teilchenmodell

Ein Reinstoff besteht nur aus einer einzigen Teilchenart. Die einzelnen Teilchen sind untereinander gleich. Kochsalz besteht nur aus Kochsalzteilchen. Wasser besteht nur aus Wasserteilchen.

Stoffgemische im Teilchenmodell

Stoffgemische enthalten zwei oder mehr verschiedene Teilchenarten. So besteht eine Kochsalzlösung aus Wasserteilchen und Kochsalzteilchen. Eine Zuckerlösung besteht aus Wasserteilchen und Zuckerteilchen.

Homogene Gemische

Tintenwasser ist einheitlich blau gefärbt. Die Bestandteile Wasser und Tinte sind so fein ineinander verteilt, dass sie selbst in einem Mikroskop nicht voneinander zu unterscheiden sind. Es ist ein einheitlich aussehendes Stoffgemisch. Das Fachwort für dieses Gemisch heißt **homogen**.

Heterogene Gemische

Kräutersalz oder Müsli sind Gemische, die nicht einheitlich aussehen. Die Bestandteile dieser Gemische sind deutlich voneinander zu unterscheiden. Sie gehören zu den **heterogenen** Gemischen. Man kann die verschiedenen Bestandteile mit dem Auge, einer Lupe oder mit einem Mikroskop unterscheiden.

A Erläutere die Begriffe Reinstoff und Stoffgemisch am Teilchenmodell.

B Nenne drei Reinstoffe und drei Gemische aus dem Haushalt.

C Erkläre die Begriffe homogen und heterogen.

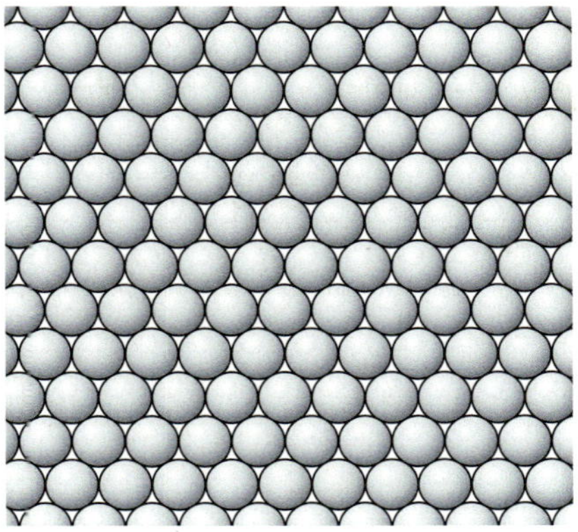

1 Reinstoff im Teilchenmodell

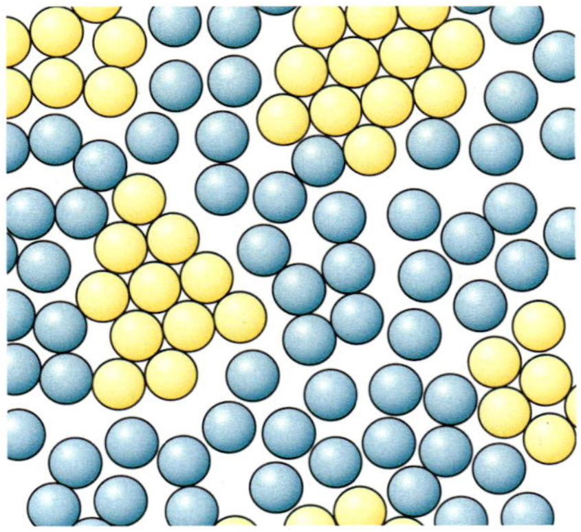

2 Stoffgemisch im Teilchenmodell

3 Homogenes Gemisch: Klarer Apfelsaft

4 Heterogenes Gemisch: Müsli

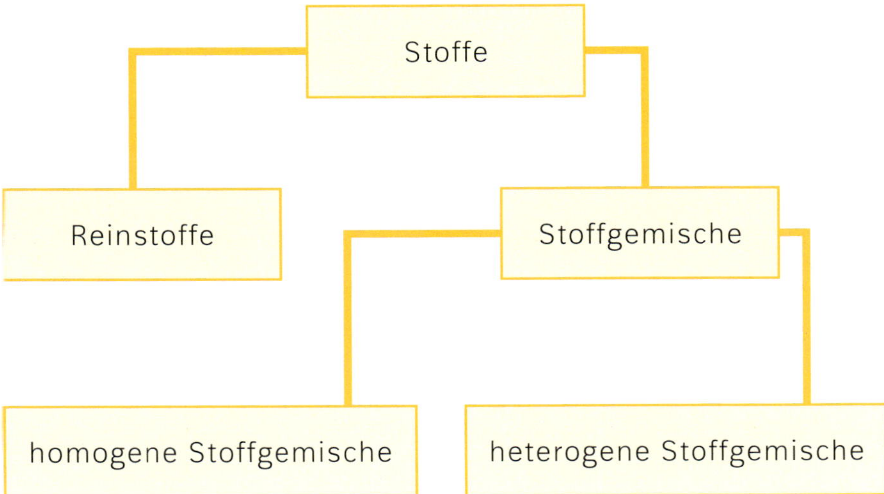

5 Einteilung der Stoffe

Stoffgemische in unserer Umgebung

Lösungen
Das Getränk Cola besteht aus mehreren Zutaten. In Cola besteht aus Wasser, Haushaltszucker und verschiedenen Farb- und Geschmacksstoffen. Es sieht einheitlich aus. Cola ist eine homogene **Lösung**. Lösungen entstehen zum Beispiel, wenn sich ein **fester Stoff** wie Haushaltszucker in Wasser löst. In Cola ist auch das **Gas** Kohlenstoffdioxid enthalten. Auch Gase lösen sich in Wasser und bilden homogene Lösungen.

1 Klarer Apfelsaft ist eine Lösung.

2 Naturtrüber Apfelsaft ist eine Suspension.

Gasgemisch
Ein homogenes Gasgemisch befindet sich jederzeit in unserer Umgebung, nämlich unsere Luft. Die Luft ist ein Gemisch aus verschiedenen Gasen. Da diese Gase farblos sind, können sie nicht unterschieden werden.

Suspension
Wenn man einen Pinsel mit Tusche in Wasser reinigt, kann man kleine Farbstoffstückchen im Wasser erkennen. Die Tuscheteilchen bleiben in größeren Gruppen zusammen. Es bilden sich sichtbare Schwebstoffe im Wasser. Wenn sich Teilchen von Feststoffen in größeren Gruppen in einer Flüssigkeit ansammeln, spricht man von einer **Suspension**. Es handelt sich dabei um ein heterogenes Stoffgemisch. Auch naturtrüber Apfelsaft ist eine Suspension. Die Fruchtteilchen sind nicht löslich und sammeln sich in großen Gruppen in der Flüssigkeit.

3 Teilchenmodell einer Lösung

4 Teilchenmodell einer Suspension

5 Teilchenmodell einer Emulsion

Emulsion

Wasser und Öl mischen sich nicht. Verrührt man die beiden Flüssigkeiten kräftig, bildet sich eine Mischung aus Öltröpfchen in Wasser. So ein heterogenes Gemisch nennt man **Emulsion**. Ein einfaches Öl-Wasser-Gemisch ist nicht stabil. Nach kurzer Zeit entmischen sich die beiden Flüssigkeiten wieder. Eine stabile Emulsion dagegen ist die Milch. Hier schweben die kleinen Öltröpfchen dauerhaft in Wasser.

Weitere heterogene Gemische

Bei einem Feuer entsteht Rauch. Von **Rauch** spricht man, wenn feste, sichtbare Teilchen wie Ruß in einem Gas verteilt sind.

Bei **Nebel** befinden sich kleine , zusammenhängende Wasserteilchen fein verteilt in der Luft.

Müsli, Vogelfutter, aber auch das Gestein Granit sind Mischungen aus mehreren festen Stoffen. Dabei handelt es sich um **Feststoffgemische**.

A Vergleiche die Gemische Suspension und Lösung miteinander.

M1 Sprudelwasser

Mit einer Sprudelmaschine kann man Sprudelwasser selbst herstellen. Dabei wird das Gas Kohlenstoffdioxid mit hohem Druck in eine Flasche mit Wasser gepresst. Wird die Flasche wieder geöffnet, kann das Gas entweichen.

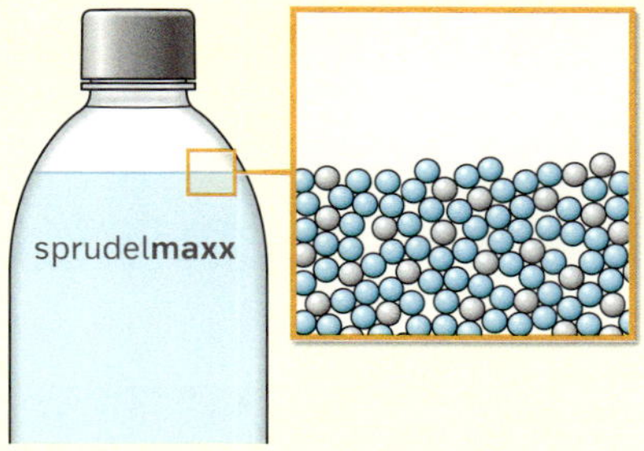

1 Ordne dem Sprudel einen Gemischtyp zu. Begründe deine Zuordnung mit dem Teilchenmodell. | HILFE

2 Skizziere im Teilchenmodell, wie sich die Darstellung der Teilchen ändert, wenn die Flasche längere Zeit offen steht.

M2 Andere Stoffgemische

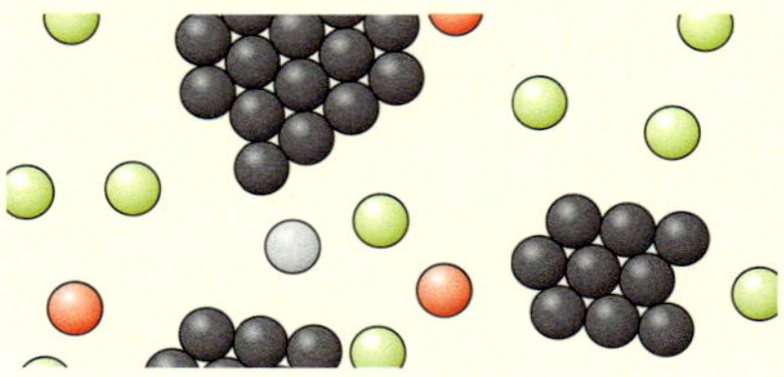

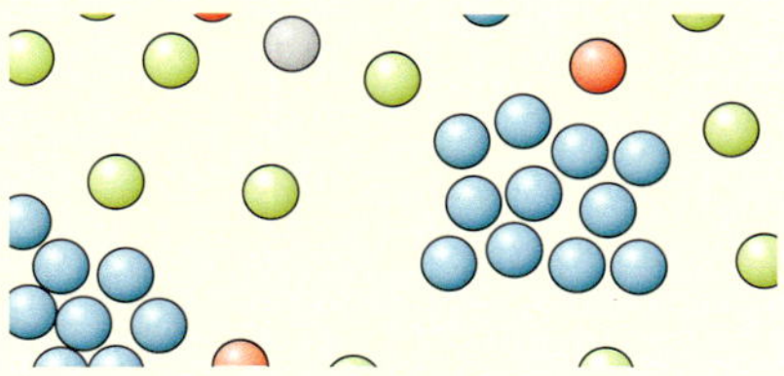

1 Ordne dem Stoffgemisch Rauch das passende Teilchenmodell zu. Begründe deine Zuordnungen.

2 Erläutere, ob Rauch zu den homogenen oder heterogenen Stoffgemischen zählt. | HILFE

Stoffgemische

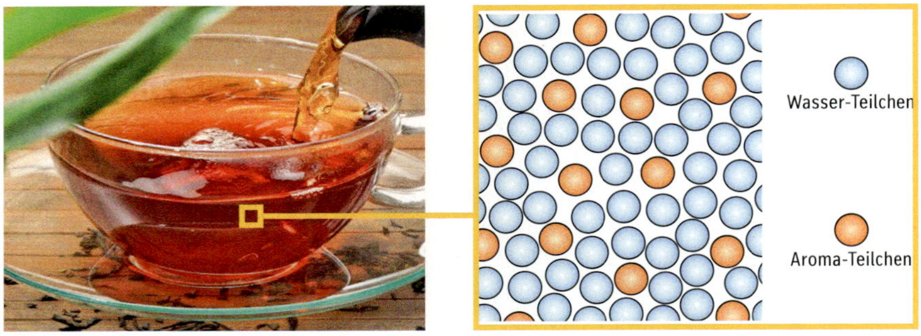

Lösung
Beispiel: Tee
Im Tee sind verschiedene Aromastoffe gelöst. Diese verleihen dem Tee seinen Geschmack.
Ein **homogenes** Gemisch aus einem Stoff und einer Flüssigkeit nennt man Lösung.

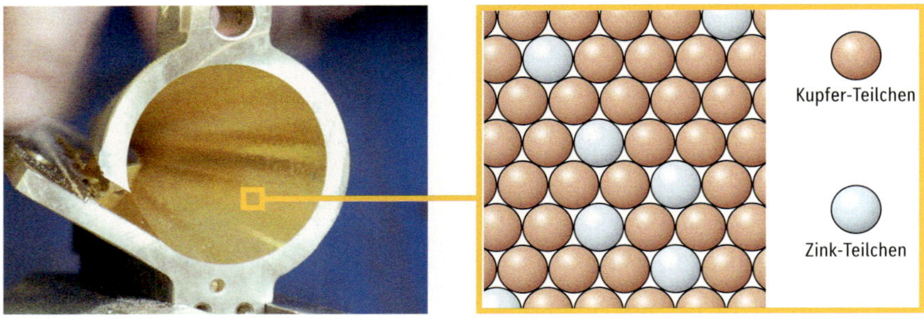

Legierung
Beispiel: Messing
Messing ist ein Gemisch aus dem Metall Kupfer und dem Metall Zink.
Ein **homogenes** Gemisch aus zwei verschiedenen Metallen nennt man Legierung.

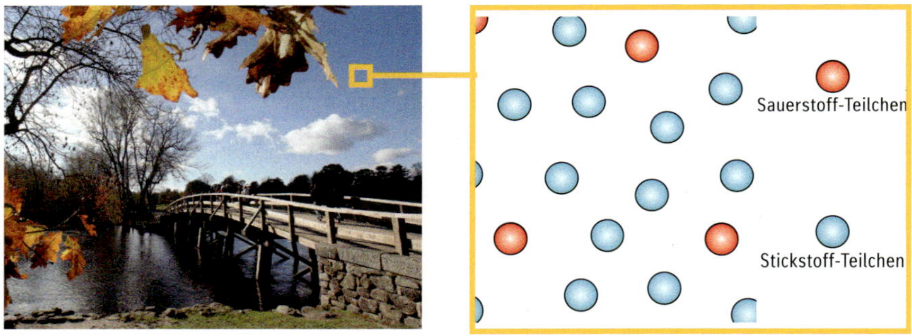

Gasgemisch
Beispiel: Luft
Die Luft, die wir atmen, besteht hauptsächlich aus den Gasen Sauerstoff und Stickstoff.
Ein **homogenes** Gemisch aus verschiedenen Gasen nennt man Gasgemisch.

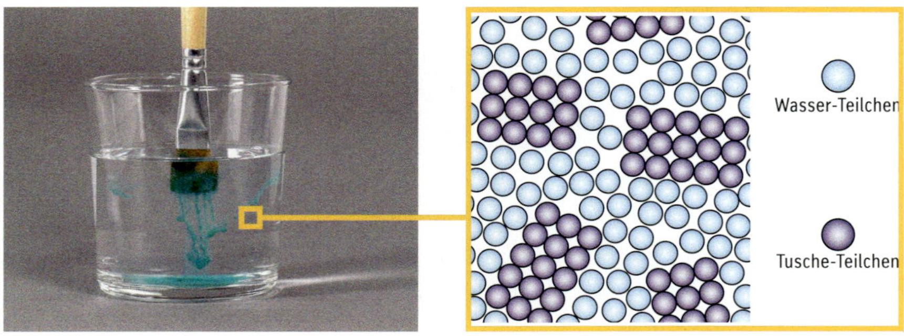

Suspension
Beispiel: Wasserfarben
Tuschekastenfarbe bildet im Wasser Feststoffteilchen, die im Wasser schweben.
Ein **heterogenes** Gemisch aus einem Feststoff und einer Flüssigkeit nennt man eine Suspension.

Emulsion
Beispiel: Milch
Milch enthält Wasser und kleine Fetttröpfchen, die im Wasser schweben.
Ein **heterogenes** Gemisch aus zwei verschiedenen Flüssigkeiten nennt man Emulsion.

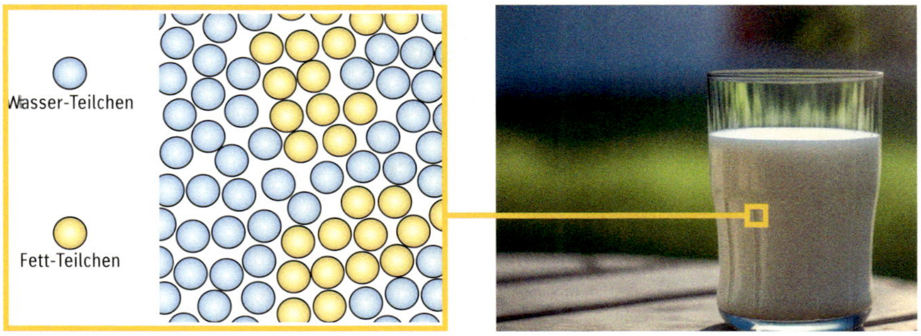

Feststoffgemisch
Beispiel: Gewürzmischung
Eine Gewürzmischung enthält verschiedene Feststoffbröckchen.
Ein **heterogenes** Gemisch aus verschiedenen Feststoffen nennt man Feststoffgemisch.

Rauch
Beispiel: Rauch bei einem Brand
Rauch enthält Feststoffteilchen, die in der Luft schweben. Sie verleihen der Rauchwolke die Farbe.
Ein **heterogenes** Gemisch aus Feststoffteilchen in einem Gas nennt man Rauch.

Nebel
Beispiel: Nebel in den Bergen
Nebel enthält viele kleine, sichtbare Wassertröpfchen, die in der Luft schweben.
Ein **heterogenes** Gemisch aus Flüssigkeitströpfchen in einem Gas nennt man Nebel.

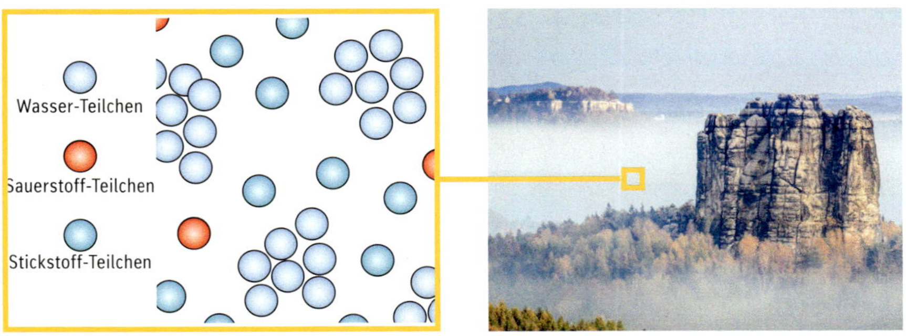

Steinsalz wird unterirdisch abgebaut.
Der Radlader transportiert das Steinsalz weg.
Wozu braucht man Steinsalz?

Stofftrennung bei der Kochsalzgewinnung

Abbau von Steinsalz

Kochsalz kann auf mehrere Arten gewonnen werden. Eine Möglichkeit ist der Abbau des Rohstoffs Steinsalz. Steinsalz liegt tief in unterirdischen Gesteinsschichten. Mithilfe von Baggern werden diese **Salzlagerstätten** abgebaut. Dabei gewinnt man ein Gemisch, das neben Steinsalzbrocken auch Steine und Sand enthält. Über Laufbänder und mit Ladefahrzeugen wird dieses Salz-Sand-Stein-Gemisch transportiert. In Förderschächten wird es an die Erdoberfläche gebracht und in Brechanlagen weiter verarbeitet. Dort werden zunächst große Gesteinsbrocken mit sichtbar wenig Steinsalz aussortiert. Danach werden die Brocken mit Steinsalz durch Walzen und Hämmer zerkleinert.

Sedimentieren

Aus dem Gemisch aus Steinsalz und Gestein lässt sich im Labor der Reinstoff Kochsalz gewinnen. Dazu wird das Gemisch zunächst mit Wasser vermengt. Kleinere Gesteinsbrocken setzen sich mit der Zeit aufgrund der höheren **Dichte** am Boden des Gefäßes ab. Diese Stofftrennung bezeichnet man als **Sedimentieren**.

P1 Salzgewinnung

Material: Ein Gemisch aus Steinen, Salz und Sand, Wasser, Sieb, Trichter, Filter, 2 Bechergläser, Abdampfschale, Dreifuß, Drahtnetz, Gasbrenner, Stativ

Durchführung:
Mische das Wasser mit dem Stein-Sand-Salz-Gemisch. Trenne danach das fertige Gemisch mithilfe der Trennverfahren aus dem Text.

1 Erstelle ein Versuchsprotokoll. | HILFE

Filtrieren

In der Salz-Sand-Wasser-Suspension befinden sich aber immer noch kleine Schwebstoffe und Sandkörner im Wasser. Diese Schwebstoffe sind überall in der Flüssigkeit verteilt und lassen sich nicht durch Sedimentieren entfernen. Um die Feststoffe zu entfernen, lässt man die Suspension durch einen Filter laufen. In den engen Poren des Filters bleiben die kleinen Feststoffe als Rückstand hängen. Die Flüssigkeit fließt durch den Filter und landet als abgetrenntes **Filtrat** im Auffanggefäß. Es ist eine **Salzlösung** als Filtrat entstanden. Dieses Trennverfahren bezeichnet man als **Filtrieren**. Bei diesem Trennverfahren werden die unterschiedlichen Teilchengrößen der Stoffe ausgenutzt.

Eindampfen

Um anschließend das feste Kochsalz zurückzugewinnen, wird die Salzlösung, auch **Sole** genannt, stark erhitzt. Das Wasser verdampft und das zuvor gelöste Salz bleibt als Feststoff zurück. Dabei nutzt man die unterschiedlichen **Siedetemperaturen** von Wasser und Salz aus. Dieses Trennverfahren nennt man **Eindampfen**. In größeren Anlagen können große Mengen Kochsalz durch Verdampfen und Verdunsten von Sole gewonnen werden. Diese Anlagen nennt man **Salinen**.

A Nenne die Trennverfahren, die bei der Gewinnung von Kochsalz aus Steinsalz eine Rolle spielen.

B Nenne die Stoffeigenschaften, die bei den verschiedenen Trennverfahren genutzt werden.

M1 Kochsalz herstellen

1 Bringe die Bilder in eine sinnvolle Reihenfolge.

2 Finde für die Bilder A-F passende Überschriften.

M2 Filtrieren und Eindampfen im Teilchenmodell FILM

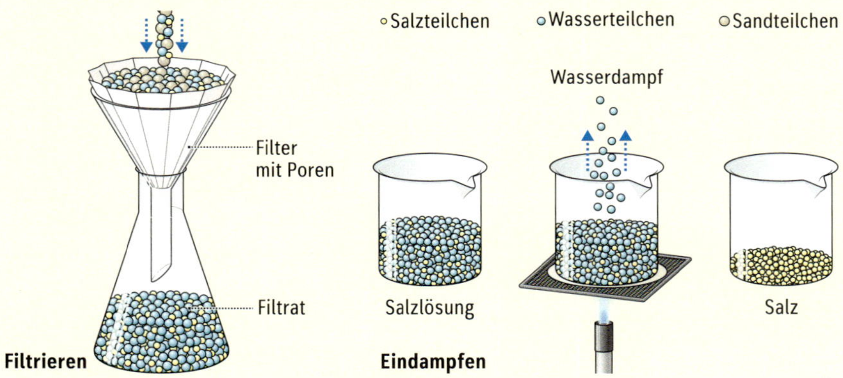

1 Beschreibe das Filtrieren und Eindampfen mithilfe des Teilchenmodells. | HILFE

2 Erkläre, welche Art von Gemischen mit den Trennverfahren getrennt werden können.

3 Erläutere, welche Stoffeigenschaften der Salz-Sand-Wasser-Suspension und der Salzlösung jeweils bei den beiden abgebildeten Trennverfahren genutzt werden können.

Destillation

Trinkwasser aus Meerwasser

In manchen Ländern wird Trinkwasser aus Meerwasser gewonnen. Das Meerwasser wird in großen, mit Glas überdachten Anlagen von der Sonne erwärmt und verdunstet dort zu Wasserdampf. Dieser steigt auf und kondensiert dann an den kühlen Glasflächen. Das entsalzene Wasser fließt an den Scheiben herunter und wird aufgefangen. Das Salz bleibt im noch nicht verdunsteten Salzwasser. Es bildet sich eine **Sole**.

Destillieren im Schullabor

Im Schullabor kann man ebenfalls aus Salzwasser entsalzenes Wasser gewinnen. Dazu wird Salzwasser in einem Kolben bis zum Sieden erhitzt. Der aufsteigende Wasserdampf enthält kein Salz. Das liegt daran, dass Salz erst bei viel höheren Temperaturen siedet. Der Wasserdampf wird nun gekühlt, damit er wieder flüssig wird. Dafür wird ein **Liebigkühler** verwendet. Er besteht aus einem inneren und einem äußeren Rohr. Durch das innere Rohr strömt der heiße Wasserdampf. Durch das äußere Rohr fließt in die entgegengesetzte Richtung kaltes Wasser. Dieses beschleunigt das Kondensieren. Der heiße Wasserdampf kühlt am gekühlten Glasrohr ab, kondensiert und fließt in ein Auffanggefäß. Das gesammelte Wasser bezeichnet man als **Destillat**. Das Verdampfen und anschließende Kondensieren durch unterschiedliche Siedetemperaturen nennt man **Destillation**.

M1 Trinkwassergewinnung

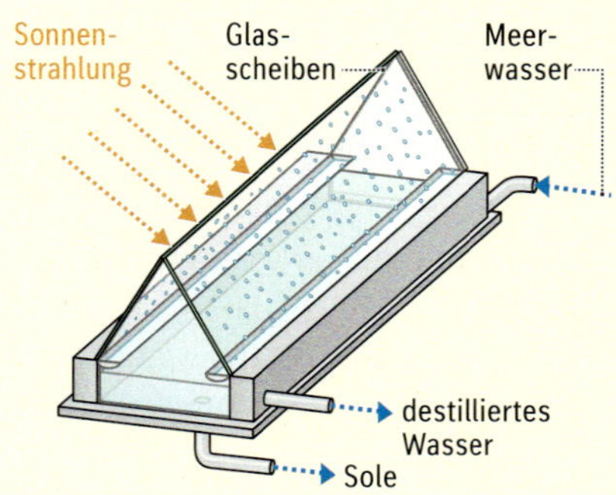

1 Beschreibe den Aufbau einer einfachen Entsalzungsanlage.

2 Erkläre die Funktionsweise einer Entsalzungsanlage | HILFE

3 Plane einen Versuch, bei dem man das Prinzip einer einfachen Entsalzungsanlage zeigen kann.

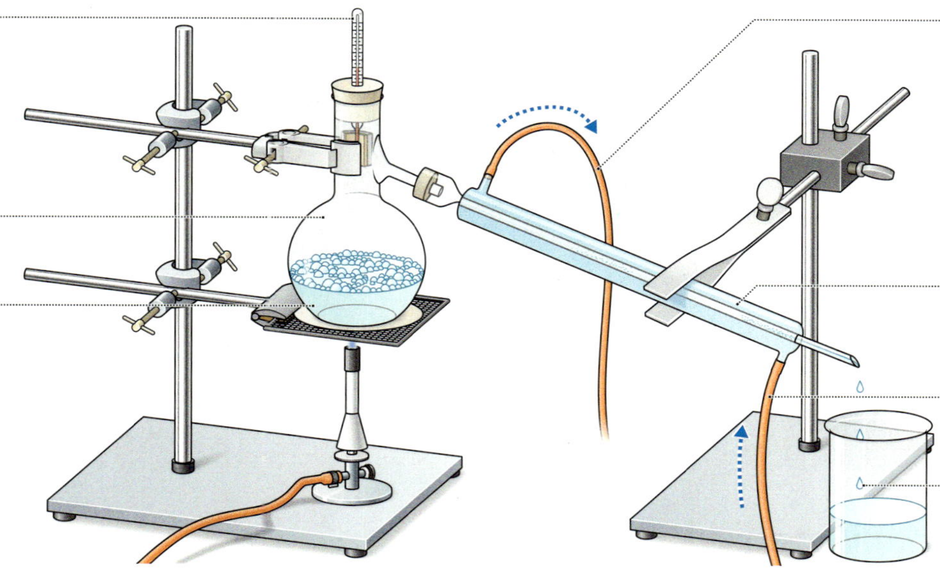

1 Destillation einer Kochsalzlösung FILM

Destillieren von Alkohol

Rotwein ist ein Gemisch aus Alkohol, Wasser, Zucker sowie Farb- und Geschmacksstoffen. Der Alkohol kann durch Destillation von den anderen Inhaltsstoffen getrennt und gewonnen werden. Dazu nutzt man die unterschiedlichen Siedetemperaturen der Inhaltsstoffe aus. Alkohol siedet bei einer Temperatur von etwa 78 °C. Wasser siedet erst bei 100 °C. Erhitzt man den Rotwein langsam, beginnt bei etwa 78 °C zunächst der Alkohol zu sieden. Dabei entstehen Alkoholdämpfe. Die Alkoholdämpfe leitet man anschließend durch den Liebigkühler. Dabei kondensiert der Dampf zu flüssigem Alkohol, der sich als Destillat sammelt.

A Erkläre den Begriff Destillation.

B Beschreibe den Aufbau eines Liebigkühlers.

C Beschreibe die Destillation von Salzwasser.

M2 Destillation von Alkohol

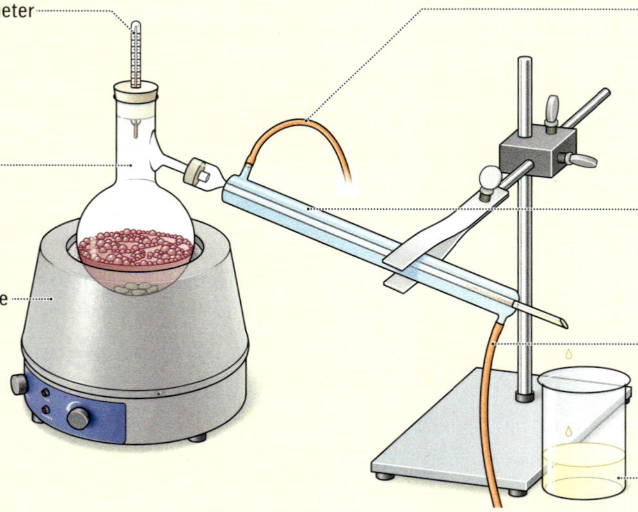

1 Beschreibe den Aufbau der dargestellten Destillationsapparatur. | HILFE

2 Beschreibe die Gewinnung von Alkohol aus Rotwein. mithilfe der Destillationsapparatur.

3 Erkläre, warum man den Wein bei der Alkohol-Destillation nicht über 78 °C erhitzen soll.

4 Stelle Vermutungen an, warum das Kühlwasser von hinten nach vorne durch den Liebigkühler geleitet wird.

Weitere Trennverfahren

Sedimentieren

Gibt man Gartenerde in Wasser, entsteht ein Erde-Wasser-Gemisch. In diesem schweben viele Feststoffe. Es handelt sich um eine Suspension. Die Erdeteilchen setzen sich mit der Zeit langsam am Boden ab. Sie haben im Vergleich zu Wasser eine höhere **Dichte**. Diesen Vorgang bezeichnet man als **Sedimentieren**. Die am Boden des Gefäßes abgesetzten Erdeteilchen nennt man Bodensatz oder **Sediment**.

Zentrifugieren

Den Vorgang des Sedimentierens kann man beschleunigen, indem man das Gemisch schnell dreht. Dabei werden die Feststoffe der Suspension durch die **Zentrifugalkraft** nach außen geschleudert und setzen sich schneller ab. Dieses Trennverfahren bezeichnet man als **Zentrifugieren**. Die Zentrifugalkraft wirkt auch bei einem Kettenkarussell. Durch sie bekommt man das Gefühl, nach außen geschleudert zu werden.

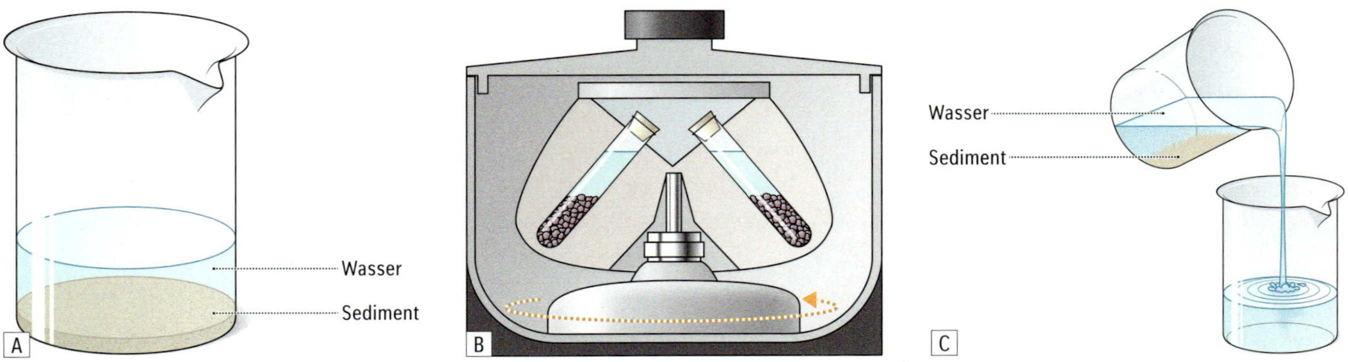

1 Trennverfahren: **A** Sedimentieren, **B** Zentrifugieren **C** Dekantieren FILM

Dekantieren

Nach dem Sedimentieren oder Zentrifugieren haben sich die Erdeteilchen wegen ihrer höheren **Dichte** am Boden abgesetzt. Darüber steht eine klarere Flüssigkeit. Diese Flüssigkeit kann man abgießen. Durch vorsichtiges und langsames Abgießen lässt sich die Flüssigkeit vom Bodensatz trennen. Dieses „Vorsichtig-über-die-Kante-Gießen" nennt man **Dekantieren**. Falls noch Feststoffe im Wasser vorhanden sind, kann das Gemisch zusätzlich noch filtriert werden. Auf diese Weise können alle Feststoffe entfernt werden.

Adsorbieren

Tintenwasser ist eine Lösung. Mithilfe eines Filters können die Tintenteilchen und Wasserteilchen nicht voneinander getrennt werden.

Dafür kann man ein besonderes Trennverfahren nutzen. Dazu wird dem Tintenwasser Aktivkohle zugesetzt. Dieser Feststoff löst sich nicht im Tintenwasser. Aktivkohlekörnchen sind sehr rau und haben eine große Oberfläche. An dieser bleiben die Tintenteilchen aufgrund ihrer **Haftfähigkeit** hängen. Anschließend wird das Gemisch mit den anhaftenden Tintenteilchen filtriert. Das Trennverfahren, bei dem man das Haften eines Stoffs an einer Oberfläche nutzt, nennt man **Adsorbieren**. Bei diesem Trennverfahren nutzt man die unterschiedliche Haftfähigkeit von Stoffen.

Die Aktivkohle wird bei diesem Trennverfahren als **Adsorptionsmittel** eingesetzt. Mit ihr können aus Flüssigkeiten und Gasen unerwünschte ungelöste und gelöste Stoffe entfernt werden.

M1 Trennverfahren im Alltag

A

B

1 Ordne den Abbildungen je ein Stofftrennverfahren zu.

2 Begründe deine Zuordnung. | HILFE

A Nenne alle im Text genannten Trennverfahren und beschreibe sie.

B Nenne die genutzten Stoffeigenschaften der verschiedenen rennverfahren

M2 Filtration und Adsorption FILM

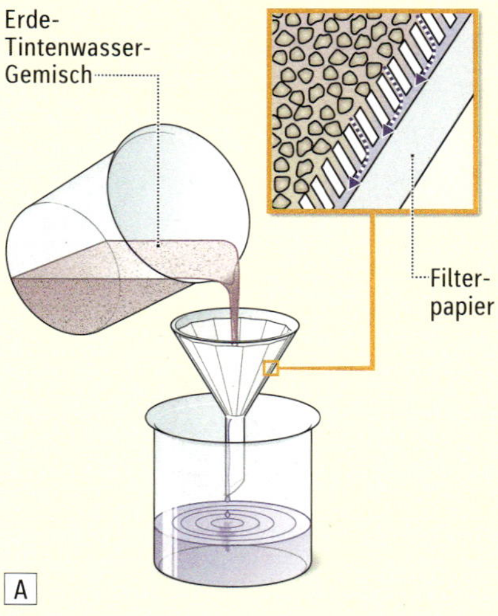

A

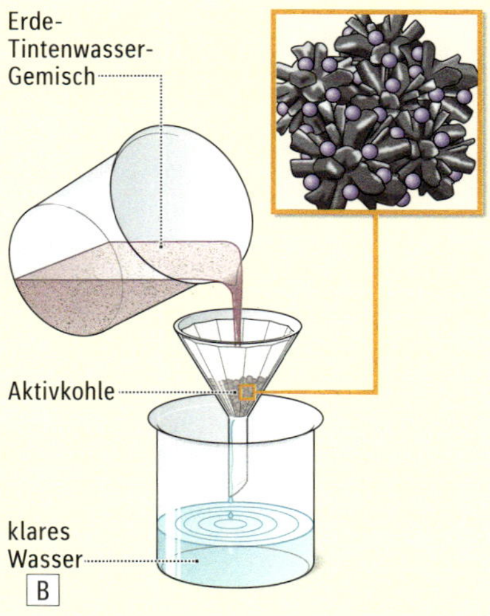

B

1 Nenne die in den Bildern A und B dargestellten Trennverfahren.

2 Beschreibe die Beobachtung in Bild B.

3 Erkläre die Wirkungsweise der beiden Stofftrennverfahren.

4 Erkläre, warum die Aktivkohle eine raue Oberfläche hat.

2 Extraktion FILM

Extrahieren

Hält man einen Teebeutel mit Teeblättern in Wasser, bilden sich farbige Bänder. Bei der Zubereitung von Tee löst das heiße Wasser die Geschmacks- und Farbstoffe aus den Teeblättern. Sie werden **extrahiert**. Das Wasser ist dabei das **Extraktionsmittel**. In den Teebeuteln bleiben nicht gelöste Feststoffe zurück. Bei der Extraktion wird die unterschiedliche **Löslichkeit** der Gemischbestandteile genutzt. Auch bei der Herstellung von Parfüm nutzt man das Verfahren der **Extraktion**. Viele Parfüms haben den Duft von Rosenblüten. Die Duft- und Farbstoffe der Rosenblüten sind schlecht in Wasser, aber gut im benzinhaltigen Lösemittel löslich. Daher legt man die Blätter für längere Zeit in gereinigtes Benzin ein und extrahiert die Duft- und Farbstoffe aus den Rosenblättern. Das gewonnene Gemisch kann zu Parfüm verarbeitet werden.

M3 Filterkaffee brühen

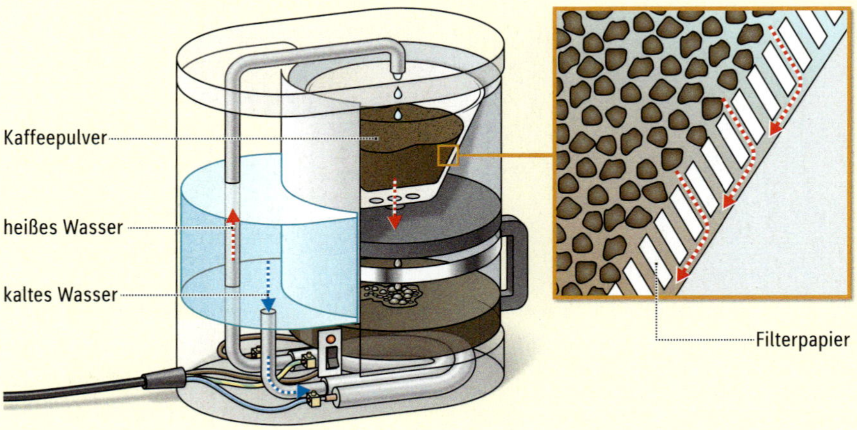

1 Beschreibe mithilfe der Abbildung das Brühen von Filterkaffee.

2 Nenne die zwei Trennverfahren, die zum Einsatz kommen. | HILFE

3 Erkläre mithilfe der Abbildung das Trennverfahren Extraktion. | HILFE

4 Erläutere, um welchen Gemischtyp es sich bei fertig gebrühtem Kaffee handelt.

M4 Trennverfahren im Teilchenmodell

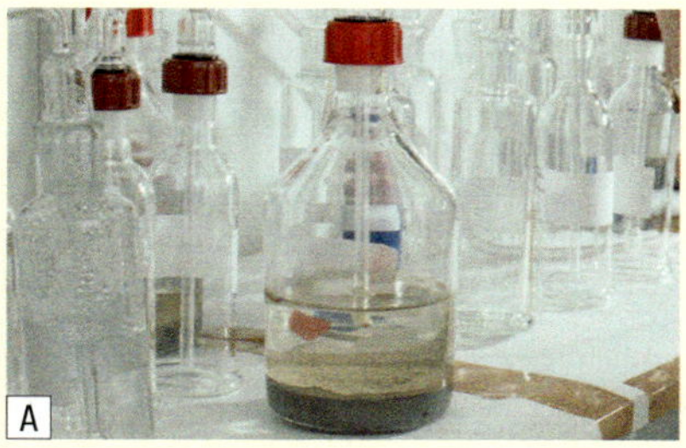
A

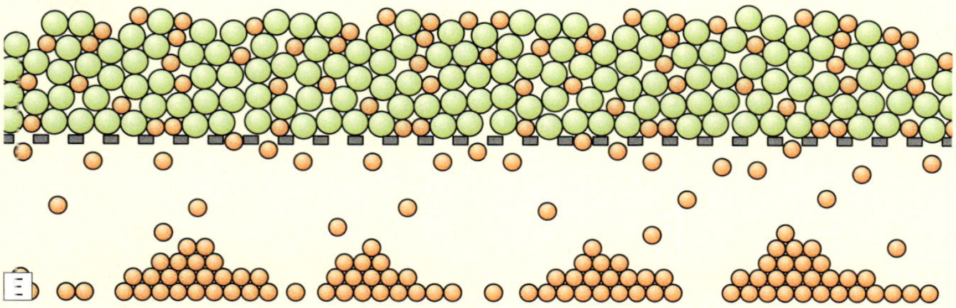
E

B

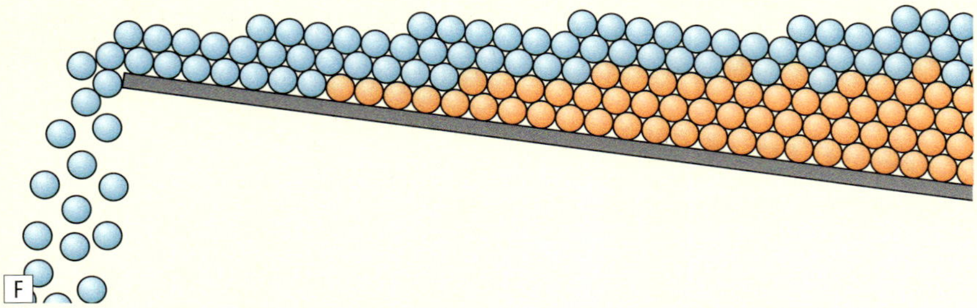
F

C

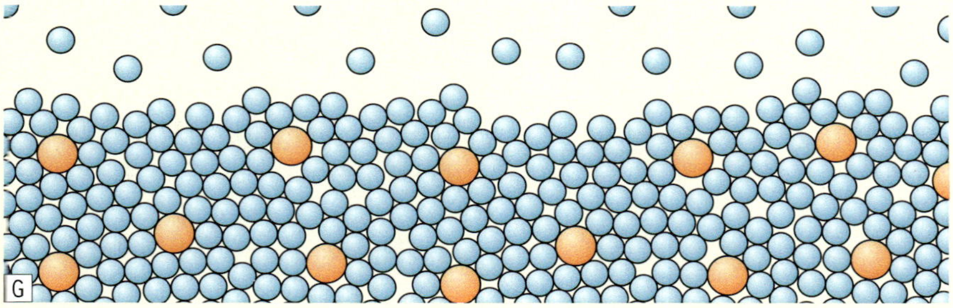
G

D

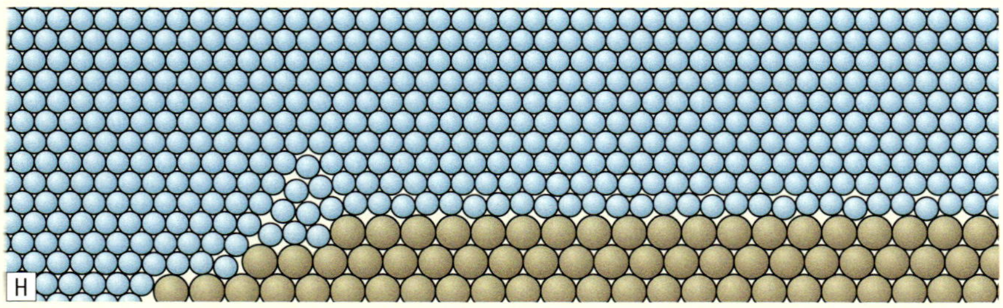
H

In den Bildern A-D werden einige Trennverfahren dargestellt. In den Bildern E-H sind die Trennverfahren im Teilchenmodell dargestellt.

1 Benenne die in den Bildern A-D abgebildeten Trennverfahren.

2 Ordne den Trennverfahren in A-D jeweils die passende Abbildung E-H im Teilchenmodell zu. | HILFE

3 Begründe deine Zuordnungen.

Die Kläranlage

Abwasser

Im Haushalt und in der Industrie wird viel Wasser benötigt. Dabei wird das Wasser verschmutzt. Anschließend wird das Wasser von uns, zum Beispiel wir über den Abfluss oder die Toilette, entsorgt. Dieses verschmutzte Wasser wird als **Abwasser** bezeichnet. Das Abwasser gelangt durch große Kanäle unter der Straße, der Kanalisation, zu einer Kläranlage. Dort wird es gereinigt und in Seen oder Flüsse weitergeleitet.

M1 **Ölabscheider**

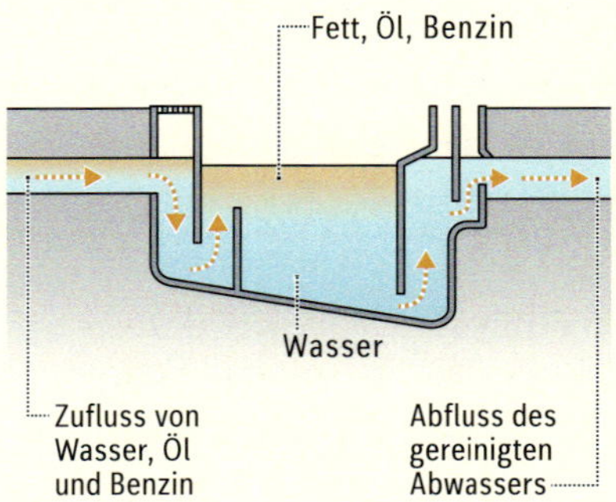

1 Beschreibe mit den Aufbau des Ölabscheiders in einem Klärwerk.

2 Erkläre mithilfe der Stoffeigenschaften, warum Öl und Fett im Ölabscheider vom Wasser getrennt werden können. | HILFE

Mechanische Reinigung

In einer Kläranlage erfolgt die Reinigung des Abwassers in aufeinanderfolgenden Stufen. Die erste Stufe einer Kläranlage ist die **mechanische Reinigung**. Hier werden nicht gelöste Feststoffe und Flüssigkeiten entfernt. Zunächst gelangt das Abwasser durch den **Rechen**, in dem grobe Feststoffe gefiltert werden. Nach dem Rechen fließt das Abwasser durch den **Sandfang**. Hier setzt sich Sand unten ab. Dieser Vorgang wird als Sedimentieren bezeichnet. Das Sediment wird mit Hilfe von Pumpen entfernt. Im **Ölabscheider** werden wasserunlösliche Fette und Öle, die auf dem Wasser schwimmen, abgetrennt. Stoffe mit einer geringeren Dichte als Wasser werden von der Wasseroberfläche abgeschöpft. Das Abwasser gelangt anschließend ins **Vorklärbecken**. Dort sinkt der größte Teil der noch vorhandenen Schwebstoffe zu Boden. Dieses Sediment wird dann mit Pumpen entfernt.

Biologische Reinigung

Die nächste Stufe ist die sogenannte **biologische Reinigung**. Hier werden einige ungelöste und gelöste Stoffe aus dem Abwasser entfernt. Das Abwasser wird in ein **Belebungsbecken** geleitet. Im Belebungsbecken befinden sich viele Kleinstlebewesen wie Bakterien. Diese nehmen bestimmte Stoffe aus dem Abwasser als Nahrung auf. Sie vermehren sich sehr schnell. Im folgenden **Nachklärbecken** verklumpt ein Großteil der Bakterien durch zugesetzte Stoffe. Dadurch setzen sich die verklumpten Bakterien als Belebtschlamm am Boden des Beckens ab.

Chemische Reinigung

Ein großer Teil der gelösten Salze befindet sich nach der biologischen Stufe noch immer im Abwasser. Durch die gezielte Zugabe von Chemikalien können diese jedoch unlöslich gemacht werden. Sie setzen sich daher am Boden des **Reaktionsbeckens** ab. Dieser Vorgang wird als Ausfällen bezeichnet. Sie können dann abgefiltert werden. Das gefilterte Wasser hat nun fast wieder Trinkwasserqualität. Jetzt darf es in ein Gewässer eingeleitet werden.

A Beschreibe den Weg von Abwasser durch eine Kläranlage.

M2 Stufen einer Kläranlage

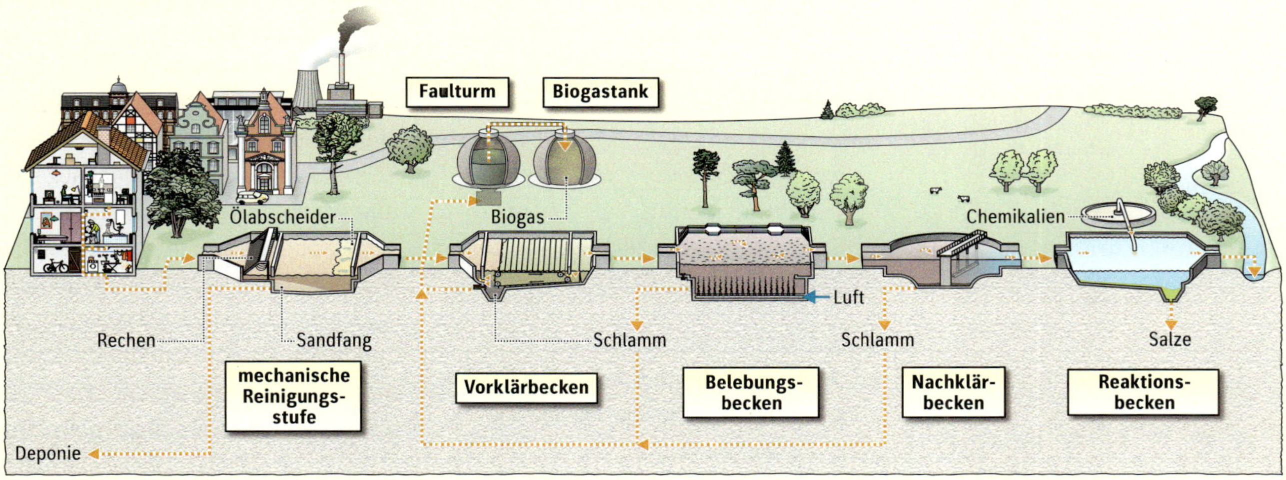

Stufe	Becken	Funktion
Mechanische Reinigung	Rechen	...
...	Sandfang	...
...	...	...

1 Beschreibe die Funktion der einzelnen Becken. Ergänze die Tabelle in deinem Heft.

2 Erkläre, welche Stoffeigenschaften bei den Trennverfahren genutzt werden. | HILFE

3 Beschreibe die Trennverfahren in der mechanischen Reinigung im Teilchenmodell.

4 Die Bakterien müssen der Kläranlage nur am Anfang zugeführt werden. Erkläre, warum immer genug Bakterien vorhanden sind.

Digital+ WES-187000-315

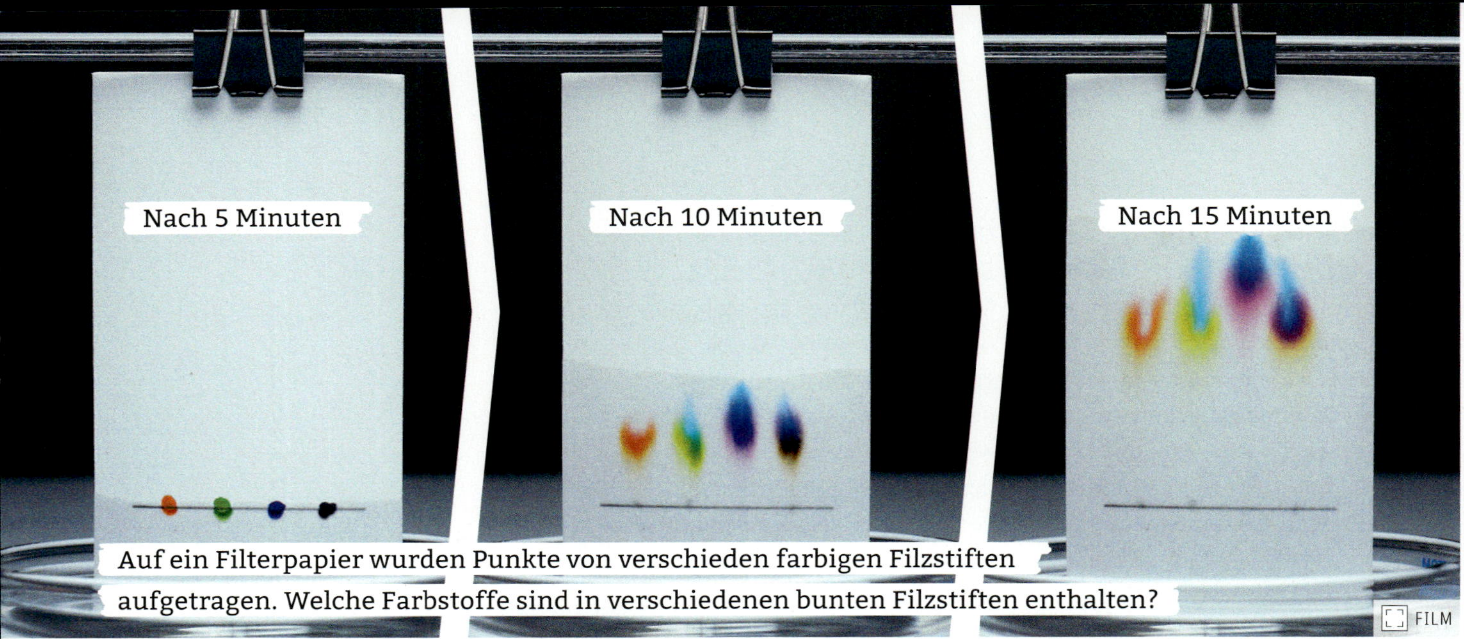

Auf ein Filterpapier wurden Punkte von verschieden farbigen Filzstiften aufgetragen. Welche Farbstoffe sind in verschiedenen bunten Filzstiften enthalten?

Chromatografie

Grundlage des Verfahrens

Die **Chromatografie** ist ein wichtiges Verfahren, um Stoffe zu trennen. Ursprünglich wurde es nur zur Trennung verschiedener farbiger Stoffe verwendet. Heute wird die Chromatografie aber sehr vielfältig eingesetzt.

M1 Papierchromatografie im Modell

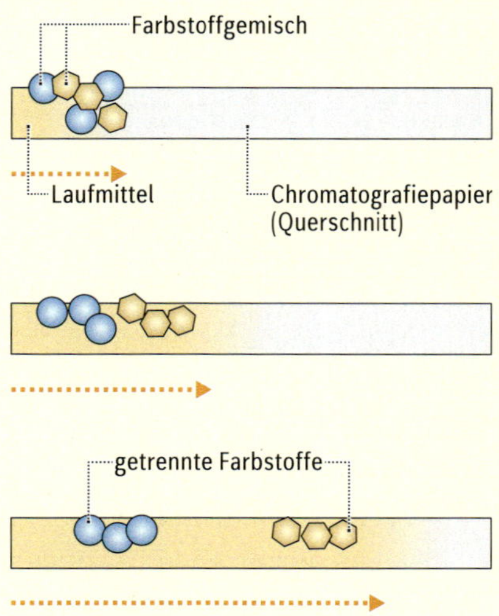

1 Beschreibe den modellhaft dargestellten Vorgang der Trennung durch Papierchromatografie.

2 Erkläre den Begriff „Laufmittel".

3 Erkläre, warum die unterschiedlichen Farbstoffe unterschiedlich weit „laufen". | HILFE

Papierchromatografie

Auf ein feinporiges, saugfähiges Papier wie etwa Filterpapier, wird eine kleine Menge eines farbigen Stoffgemischs aufgetragen. Anschließend stellt man das Papier in einen Behälter mit einer Flüssigkeit, dem **Fließ**- oder **Laufmittel**. Das Laufmittel steigt in den feinen Poren des Papiers nach oben. Die Bestandteile der Probe werden vom Laufmittel gelöst und mittransportiert. Die verschiedenen Stoffe der Probe besitzen eine unterschiedliche **Haftfähigkeit**. Durch diese werden sie unterschiedlich stark vom Papier festgehalten.

Die Farbstoffe, die nur schlecht am Filtrierpapier haften, werden schneller und weiter mittransportiert. Farbstoffe, die gut am Papier haften, gelangen langsamer durch das Filtrierpapier. Folglich steigen die verschiedenen Stoffe des Gemischs unterschiedlich schnell und weit mit dem Laufmittel nach oben. Dadurch werden die Stoffe getrennt.

Das Chromatogramm

Ist die Stofftrennung gelungen, sind die getrennten Stoffe als Flecken auf dem Papier zu erkennen. Das Papier mit dem Ergebnis nennt man **Chromatogramm**. Durch die Chromatografie ist erkennbar, dass die Proben der verschiedenen Filzstifte aus verschiedenen Farbstoffen bestehen. Filzstiftfarben sind Stoffgemische.

Vergleichsproben

Welche Bestandteile in einem Gemisch enthalten sind, erfährt man aus einem Chromatogramm nicht. Zur Bestimmung der einzelnen, gleichfarbigen Flecken benötigt man **Vergleichsproben**. Hat man eine Vermutung, um welchen Stoff es sich bei einem Fleck auf dem Chromatogramm handeln könnte, trägt man diesen Stoff als Vergleichsprobe auf. Probe und Vergleichsprobe werden nun chromatografiert. Findet man einen Fleck aus dem Gemisch in der gleichen Höhe, so kann man annehmen, dass er mit der Vergleichsstoff übereinstimmt

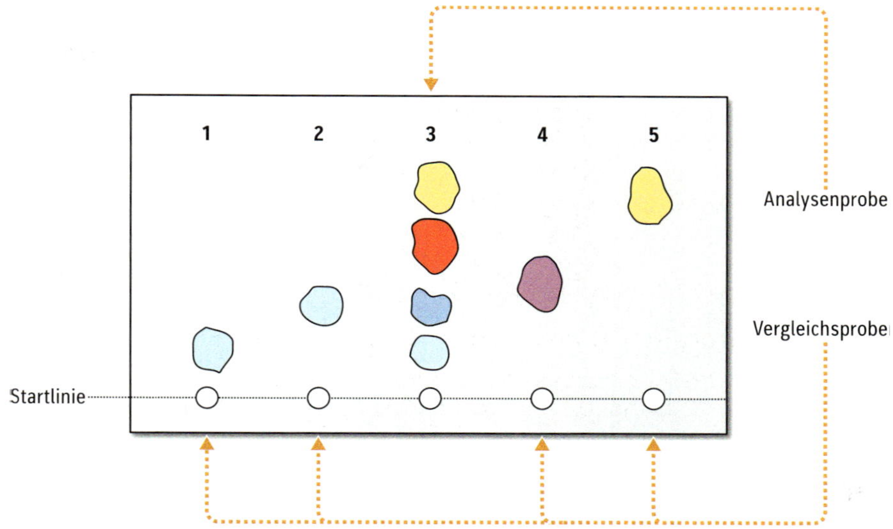

1 Chromatogramm eines Gemischs mit Vergleichsproben

A Beschreibe das Vorgehen bei der Papierchromatografie.

B Beschreibe das Chromatogramm aus Bild 1.

P1 Chromatografie von Filzstiften

Material: 2 Rundfilterpapiere, 1 Petrischale, wasserlösliche Filzstifte

Durchführung: Fülle etwas Wasser in eine Petrischale. Stich in die Mitte des einen Rundfilterpapiers ein Loch. Zeichne mit einem Filzstift mit etwas Abstand einen Kreis um das Loch. Rolle danach das zweite Rundfilterpapier zu einem schmalen Docht zusammen und stecke ihn durch das Loch des ersten Rundfilterpapiers.

Der Docht muss dabei unten in das Wasser der Petrischale eintauchen. Dein gezeichneter Kreis muss nach oben zeigen. Warte einige Zeit und beobachte, was passiert.

1 Erkläre die Beobachtungen.

2 Vergleicht die Chromatogramme in der Klasse. Stellt Vermutungen über die Unterschiede an.

Trennverfahren

Sedimentieren
Feststoffe setzen sich in Flüssigkeiten nach eine Weile durch unterschiedliche **Dichten** ab.

Beispiel: Sand setzt sich am Boden von Wasser ab.

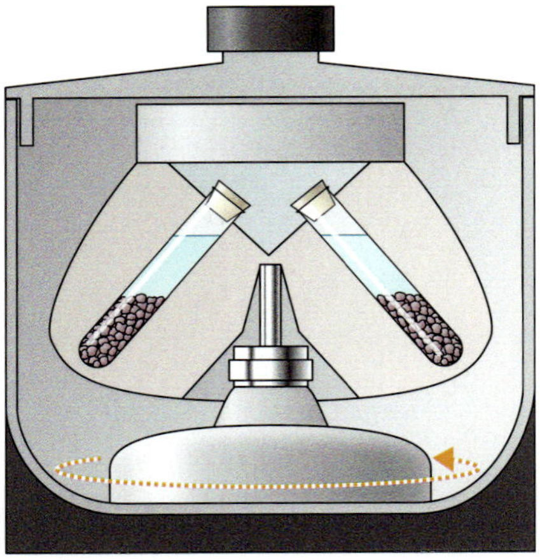

Zentrifugieren
Trennung von Stoffen mit unterschiedlicher **Dichte** durch schnelles Drehen.

Beispiel: Drehen eines Erde-Wasser-Gemischs.

Dekantieren
Trennung von unlöslichen Stoffen in Flüssigkeiten durch unterschiedliche **Dichten**.

Beispiel: Fett mit einer Fettkanne abgießen.

Eindampfen
Trennung von in Flüssigkeit gelösten Feststoffen durch unterschiedliche **Siedetemperaturen**.

Beispiel: Wasser verdampft, Salz bleibt zurück.

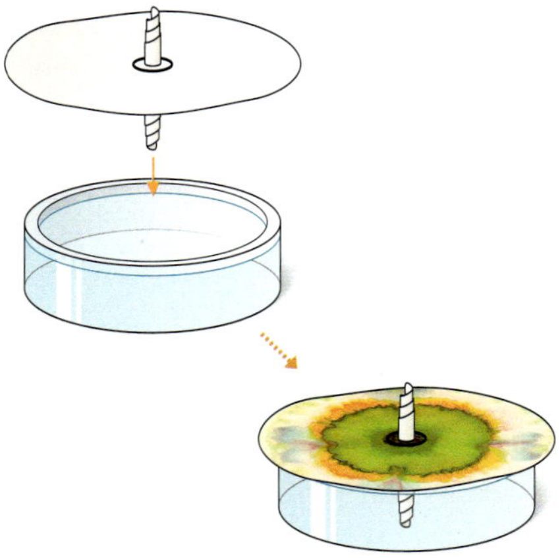

Chromatografieren
Trennung von Stoffen aufgrund ihrer unterschiedlichen **Haftfähigkeit** an Papier.

Beispiel: Farbstoffe bilden Muster auf Papier.

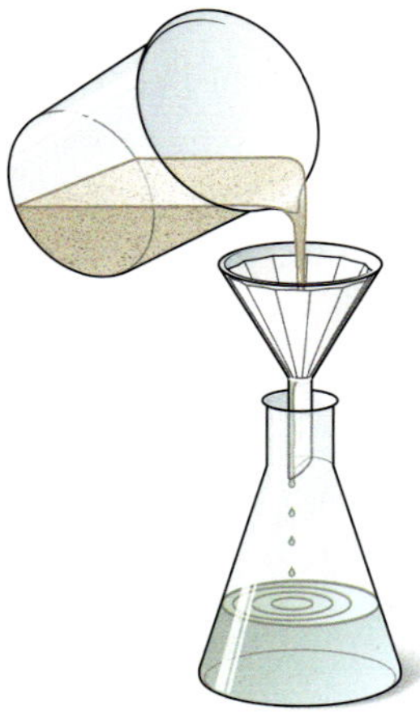

Filtrieren
Trennung von Stoffen mit unterschiedlicher **Teilchengröße** mithilfe von Filterpapier.

Beispiel: Sand bleibt im Filter, Wasser läuft hindurch.

Extrahieren
Trennung von verschiedenen Stoffen durch unterschiedliche **Löslichkeiten**.

Beispiel: Geschmack- und Geruchstoffe beim Tee herauslösen

Adsorbieren
Trennung von Stoffen durch unterschiedliche **Haftfähigkeiten** mit Hilfe eines Adsorptionmittels.

Beispiel: Farbstoffe aus einem Cola-Getränk heraustrennen.

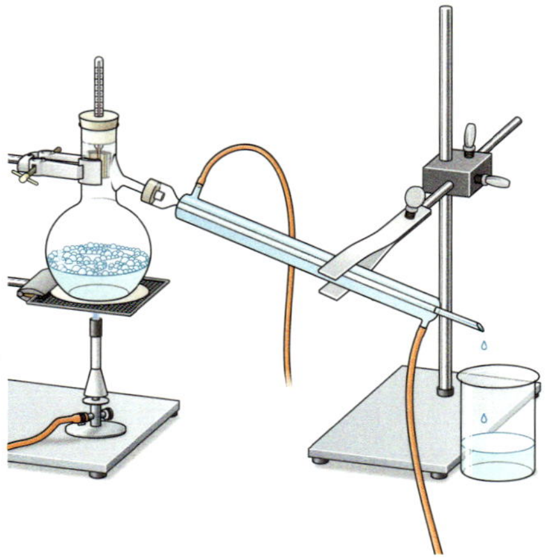

Destillieren
Trennung von Flüssigkeiten durch unterschiedliche **Siedetemperaturen**.

Beispiel: Alkohol siedet früher als Wasser und bildet das Destillat.

1 Übertrage die Tabelle in dein Heft und vervollständige sie.

2 Erkläre, mit welchem Trennverfahren man folgende Gemische trennen kann: Salzwasser, Lehmwasser, Öl-Wasser-Gemisch und Tintenwasser. | HILFE

3 Erkläre den Unterschied zwischen der Destillation und dem Eindampfen.

Trennverfahren	Stoffeigenschaft	Beispiel
Filtrieren	Teilchengröße	Sand-Wasser-Gemisch
Chromatografieren	?	?
Adsorbieren	?	?
Sedimentieren	?	?
Zentrifugieren	?	?
Destillieren	?	?
Dekantieren	?	?
Eindampfen	?	?
Extrahieren	?	?

Digital+
WES-187000-319

Müll fällt täglich an.
Warum muss Müll in verschiedenen Tonnen sortiert werden?

Müll wird getrennt

1 Müllberge auf einer Mülldeponie

Große Mengen Müll

Die meisten Waren sind mit Verpackungen verpackt. Manche Waren wie Schokolade sind sogar mehrfach verpackt. Jährlich fallen in Deutschland pro Kopf etwa 620 Kilogramm Müll an.

Mülltrennung

Viele Müllbestandteile sind wertvoll. Müll wird in verschiedene Behälter sortiert. **Papier** kommt oftmals in die blaue Tonne, **Küchen- und Gartenabfälle** gehören in die grüne oder braune Biotonne. **Glas** wird nach Farben sortiert und kommt in Glascontainer. **Wertstoffe** wie Konservendosen und Kunststoffverpackungen werden oft in der gelben Tonne, einem gelben Sack oder einem dafür vorgesehenen Behälter gesammelt. Elektrogeräte bringt man zum Wertstoffhof. Babywindeln, Staubsaugerbeutel oder Papiertaschentücher sind **Restmüll**. Dieser kommt in die schwarze Restmülltonne.

Sondermüll

Müll wie Farbreste oder Batterien sind für Mensch und Umwelt schädlich. Sie müssen als Sondermüll beim Händler oder auf Wertstoffhöfen gesammelt werden. Batterien können oft in Läden in Sammelbehälter eingeworfen werden.

In der Müllsortieranlage

Der Wertstoffmüll wird oft zu einer Müllsortieranlage gefahren. Dort wird er zunächst auf automatische Förderbänder verteilt. Bei vielen Sortieranlagen können Menschen bestimmte Materialien aufgrund ihres Aussehens und ihrer Größe **aussortieren**. Danach sortieren Maschinen die Materialien. Sie nutzen dabei die unterschiedlichen Stoffeigenschaften der Wertstoffe. Zuerst werden mithilfe von **Sieben** kleine von großen Gegenständen getrennt. Die Größe der Maschen eines Siebes bestimmt, was hindurchfällt und was nicht durchfällt.

Windsichten

Beim Windsichten wird werden die Wertstoffe an einem starken Gebläse vorbei befördert. Leichte Stoffe wie Papier oder Kunststofffolien werden dabei hoch und zur Seite in verschiedene Behälter geblasen. Die schweren Gegenstände bleiben auf dem Förderband.

Magnettrennen

Im Wertstoffmüll befinden sich auch Materialien, die die Metalle Eisen, Nickel oder Kobalt enthalten. Diese Stoffe sind **magnetisierbar**. Sie werden mit einem Magneten aus dem Müll gezogen. Dazu läuft der Müll über einen feststehenden Magneten. Magnetisierbare Stoffe werden vom Magneten angezogen und so vom übrigen Müll getrennt.

Schwimm-Sink-Verfahren

Der übrig gebliebene Müll wird zerkleinert und im Wasserbecken nach der **Dichte** der Stoffe getrennt. Papier und Kunststoffe mit geringer Dichte schwimmen auf dem Wasser und werden dann entfernt. Andere Kunststoffarten haben eine größere Dichte und sinken unterschiedlich schnell zu Boden. So lassen sie sich aussortieren. Glas oder im Müll gebliebene nicht magnetisierbare Metallteile sinken ebenfalls zu Boden.

A Nenne die verschiedenen Müllsorten.

B Ordne folgende Materialien der passenden Müllsorte zu: Kartoffelschalen, Zeitung, leeres Marmeladenglas, Autolack.

C Erkläre, warum die Trennung von Müll wichtig ist.

M1 Trennverfahren einer Müllsortieranlage

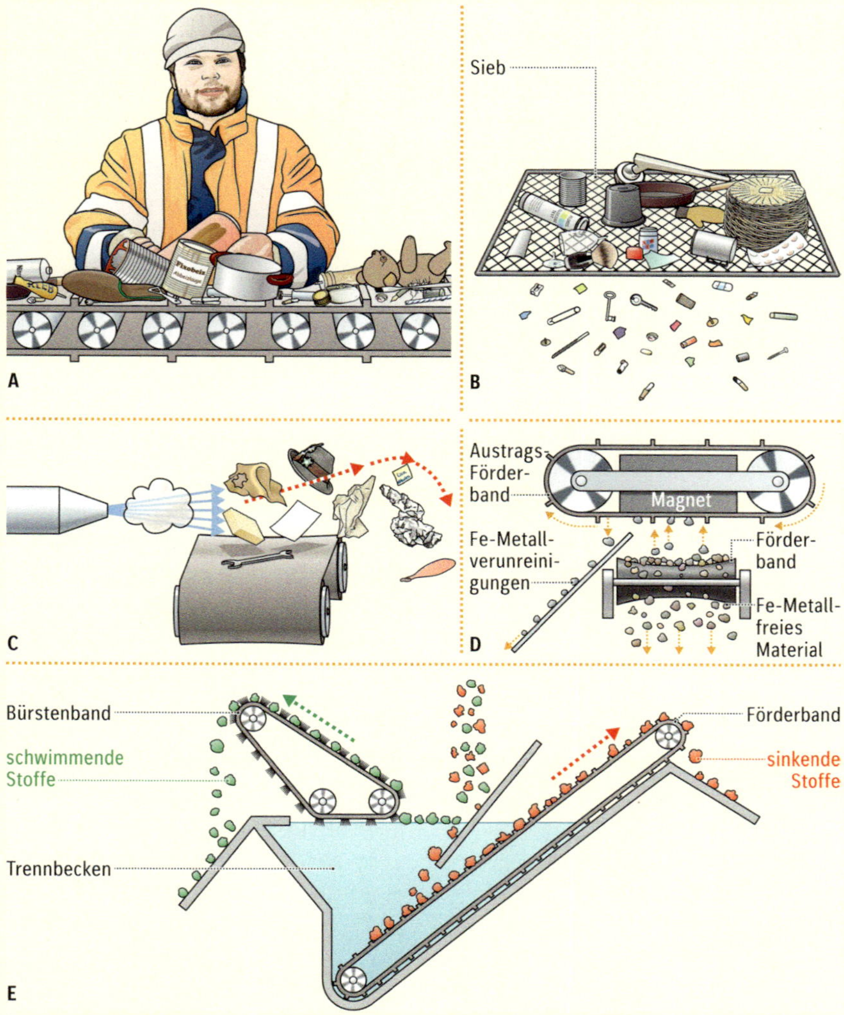

1 Beschreibe die abgebildeten Trennverfahren.

2 Nenne jeweils die Stoffeigenschaften, die genutzt werden.

3 Erkläre, warum beim Magnettrennen keine Metalle wie Silber oder Kupfer vom Müll getrennt werden können. | HILFE

4 Plane, wie du die folgenden Müllgemische mit einfachen Mitteln trennen kannst: Metalldosen, Messing- und Eisennägel, Papier. | HILFE

5 Plane, wie du die folgenden Müllgemische mit einfachen Mitteln trennen kannst: Verschiedene Kunststoffe, Schrauben, Stücke von Eisendraht, Stücke von Kupferdraht, Glas.

Oft bestehen Verpackungsmaterialien im Online-Handel aus recycletem Papier. Was bedeutet der Begriff Recycling?

Müll wird wiederverwertet

Recycling

In unserem Müll stecken viele wertvolle Stoffe wie Glas, Eisen oder Kupfer. Damit wir die Rohstoffreserven unseres Planeten nicht unnötig verbrauchen, gewinnen wir einige dieser wertvollen Stoffe wieder aus unserem Müll zurück. Aus den zurückgewonnen Stoffen können wieder neue Gegenstände hergestellt werden. Die **Wiederverwendung** nennt man **Recycling**. Dadurch benötigt man weniger Rohstoffe und spart Energie für die Herstellung von Waren.

Recycling von Papier

Papier gewinnt man aus Holz. Beim Recycling von Altpapier wird dieses zerkleinert und mit Wasser zu einem Brei verrührt. Fremdstoffe und Druckfarben werden dadurch herausgelöst. Anschließend wird der Brei getrocknet und wieder zu neuem Papier ausgerollt. Je mehr Recyclingpapier verwendet wird, desto weniger Holz muss aus den Wäldern entnommen und verarbeitet werden. Papier, das vollständig aus Altpapier hergestellt wurde, trägt oft das Symbol „blauer Engel". Papier ist ein viel genutztes Material. Es ist wichtig auf eine rohstoffschonende Herstellung zu achten.

1 Recyclingquote bei verschiedenen Abfällen

Recycling von Kunststoffen

Etwa die Hälfte des Kunststoffmülls wird verbrannt. Der Rest wird zu neuen Gegenständen verarbeitet. Der Kunststoff wird geschmolzen und in eine neue Form gebracht.

Recycling von Elektroschrott

Alte Smartphones und elektrische Geräte enthalten wertvolle Metalle wie Kupfer, Silber oder Gold. Oft sind auch für die Umwelt schädliche Stoffe verbaut. Daher dürfen die Geräte nicht zu Hause in der Mülltonne entsorgt werden. Sie werden zum Händler zurückgebracht oder auf einem Wertstoffhof entsorgt.

Recycling von Glas

Glasflaschen werden aus dem Quarzsand hergestellt. Dieser wird bei sehr hohen Temperaturen geschmolzen. Das benötigt viel Energie. Durch die Zugabe von Farbstoffen kann man neben Weißglas auch Braunglas oder Grünglas herstellen. Auch Altglas kann recycelt werden. Zunächst wird es nach Farben sortiert. Danach wird es zerkleinert. Die Verschlüsse und Deckel werden abgetrennt. Anschließend wird das Glas eingeschmolzen. Es entsteht eine flüssige Glasschmelze. Aus dieser Schmelze lassen sich neue Flaschen herstellen.

Upcycling

Neben Recycling gibt es Upcycling. Dabei werden neue Gegenstände aus alten Materialien hergestellt, zum Beispiel Designertaschen aus Autoplanen.

A Beschreibe Recyclingprodukte, die man aus Müll herstellen kann.

M1 Recycling von Papier

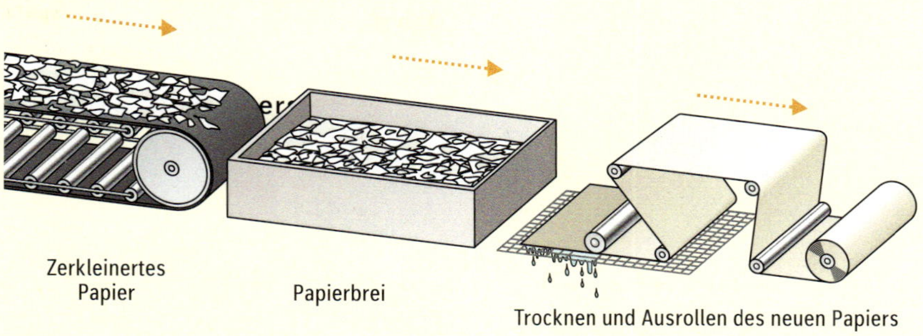

1 Beschreibe das Recycling von Altpapier.

2 Begründe, warum die Verwendung von Recyclingpapier die Umwelt schont. | HILFE

1 Kilogramm	Holz	Wasser
Recyclingpapier	0 kg	10-20 Liter
neues Papier	2 kg	30-100 Liter

M2 Recycling von Glas

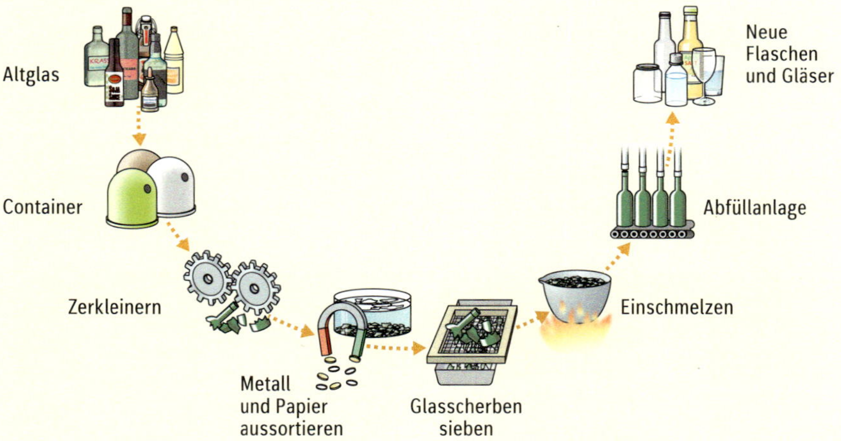

1 Beschreibe das Recycling von Glas

2 Erkläre, welche Trennverfahren beim Recycling von Glas wichtig sind. Nenne die dabei verwendeten Stoffeigenschaften. | HILFE

3 Erkläre, warum auch für das Recycling von Glas Energie benötigt wird. | HILFE

4 Erkläre, warum bei der Herstellung von Weißglas aus Altglas eine vorherige Trennung nach Farben nötig ist.

Beim Grillen bleibt von der Grillkohle am Ende nur Asche übrig. Was ist passiert?

Ein neuer Stoff entsteht

Stoffumwandlung

Beim Grillen verwendet man häufig Grillkohle. Diese besteht hauptsächlich aus Kohlenstoff. Die Verbrennung von Grillkohle benötigt neben einer ausreichend hohen Zündtemperatur auch den Sauerstoff aus der Luft. Mit der Zeit verschwindet die Grillkohle. Es entsteht bei dieser Verbrennung das Gas Kohlenstoffdioxid.

Die Asche, die im Grill übrig bleibt, besteht aus Stoffen, die nicht weiter verbrannt werden können. Aus der Kohle und dem Sauerstoff sind bei der Verbrennung neue Stoffe mit neuen Stoffeigenschaften entstanden. Entstehen bei einem Vorgang neue Stoffe, spricht man von einer **Stoffumwandlung**.

1 Chemische Reaktion: **A** Grillkohle (Edukt) verbrennt, **B** Asche

Edukte und Produkte

Stoffe, die vor einer Stoffumwandlung vorliegen, nennt man Ausgangsstoffe oder **Edukte**. Die Stoffe, die während einer Umwandlung neu entstehen, nennt man Reaktionsprodukte oder einfach nur **Produkte**. Ein Produkt einer Verbrennung mit Sauerstoff bezeichnet man allgemein als **Oxid**. So ensteht bei der Verbrennung von Kohle das Gas Kohlenstoffdioxid. Die Edukte besitzen andere Stoffeigenschaften als die Produkte. Eine Stoffumwandlung bezeichnet man auch als **chemische Reaktion**.

Darstellung von Reaktionen

Um chemische Reaktionen darzustellen, gibt es verschiedene Möglichkeiten. Am einfachsten ist es, die chemische Reaktion in einem Satz zu beschreiben: Der Kohlenstoff der Grillkohle reagiert mit dem Sauerstoff der Luft zu Kohlenstoffdioxid. Es hat eine Stoffumwandlung stattgefunden. Um sich kürzer zu fassen, kann man mit Hilfe einer Wortgleichung darstellen. Der Pfeil in der Wortgleichung bedeutet „reagiert zu", das Plus bedeutet „und".

Kohlenstoff + Sauerstoff → Kohlenstoffdioxid

Bei der Verbrennung von Grillkohle bleibt Asche im Grill zurück. Diese ist kein Teil der Stoffumwandlung und wird nicht in der Wortgleichung mit aufgeführt.

Physikalische Vorgänge

Wenn Eis erwärmt wird, schmilzt es zu Wasser. Wird das flüssige Wasser weiter erhitzt, verdampft es. Bei diesen Vorgängen ändert sich nur der Aggregatzustand des Wassers. Es handelt sich aber um den gleichen Stoff. Das Wasser ändert nur seine Form.
Der Wechsel des Aggregatzustands ist keine chemische Reaktion, sondern ein **physikalischer Vorgang**. Es entsteht beim Wechsel des Aggregatzustands kein neuer Stoff, der neue Eigenschaften besitzt.

w

A Beschreibe den Unterschied zwischen einer chemischen Reaktion und einem physikalischen Vorgang.

M1 Chemische Reaktion? FILM

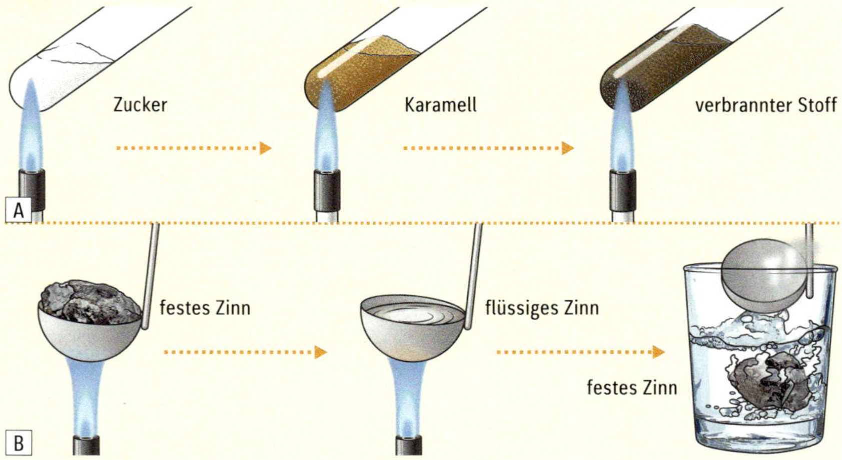

1 Beschreibe die abgebildeten Vorgänge in A und B.

2 Erkläre, bei welchem Vorgang es sich um eine Stoffumwandlung handelt. | HILFE

3 Niklas behauptet: „Das Wasser reagiert beim Erhitzen zu Wasserdampf." Nimm Stellung zu seiner Aussage.

M2 Stoffumwandlung

	Edukt: Eisen	Edukt: Schwefel	Produkt: Eisensulfid
Farbe	grau	gelb	schwarz
Dichte	7,86 g/cm^3	2,07 g/cm^3	4,84 g/cm^3
Schmelztemperatur	1 535 °C	113 °C	1 195 °C

1 Erkläre mit der Tabelle, dass eine chemische Reaktion stattgefunden hat.

2 Erstelle für die chemische Reaktion eine Wortgleichung. | HILFE

M3 Kerze

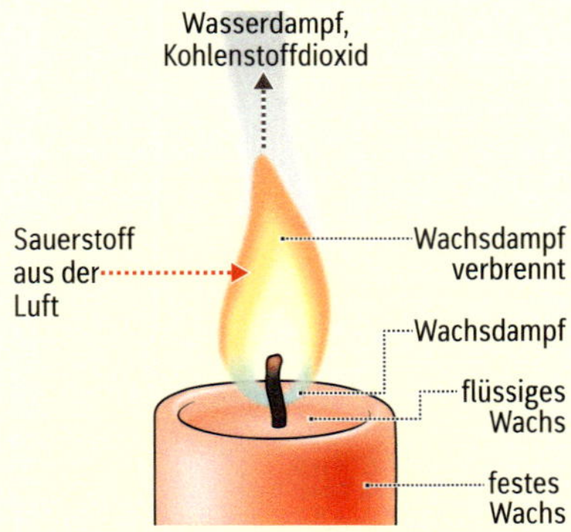

1 Beschreibe physikalische Vorgänge und chemische Reaktionen, die an einer Kerze stattfinden.

2 Erstelle für die chemische Reaktion eine Wortgleichung. | HILFE

Digital+ WES-187000-325

Mischen und Trennen

T1 Reinstoffe und Stoffgemische

1 Erläutere die Begriffe „Reinstoff“ und „Stoffgemisch“ mithilfe des Teilchenmodells.

2 Ordne dem Bild zu, ob es sich um einen Reinstoff oder ein Stoffgemisch handelt.

3 Nenne Beispiele für Reinstoffe und Stoffgemische, die du aus dem Alltag kennst.

T3 Gewinnung von Kochsalz

1 Erkläre, dass Kochsalz wichtig für den Körper ist.

2 Beschreibe mithilfe der Bilder die Herstellung von Kochsalz.

3 Nenne die verschiedenen Stofftrennverfahren, die bei der Herstellung von Kochsalz genutzt werden.

T2 Homogene und heterogene Gemische

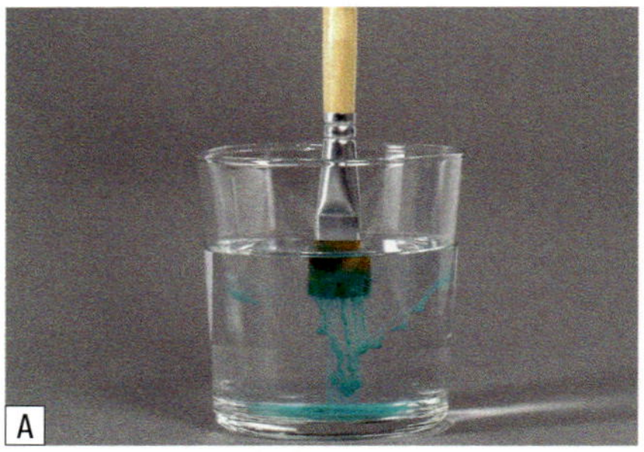
A

B

C

D

1 Beschreibe den Unterschied zwischen einem homogenen Gemisch und einem heterogenen Gemisch.

2 Ordne den Bildern A - D jeweils zu, ob es sich um ein homogenes oder heterogenes Gemisch handelt.

3 Benenne die Gemische in den Bildern A-D.

4 Erkläre, worin sich eine Emulsion und eine Suspension unterscheiden.

5 Erläutere, ob Nebel zu den heterogenen Stoffgemischen oder zu de homogenen Stoffgemischen zählt.

T4 Trennverfahren in der Küche

1 Beschreibe die beiden abgebildeten Trennverfahren in A und B.

2 Erkläre, welche Stoffe jeweils mithilfe der Trennverfahren voneinander getrennt werden.

3 Erkläre, welche Stoffeigenschaften bei den Stofftrennverfahren jeweils genutzt werden.

T5 Destillation

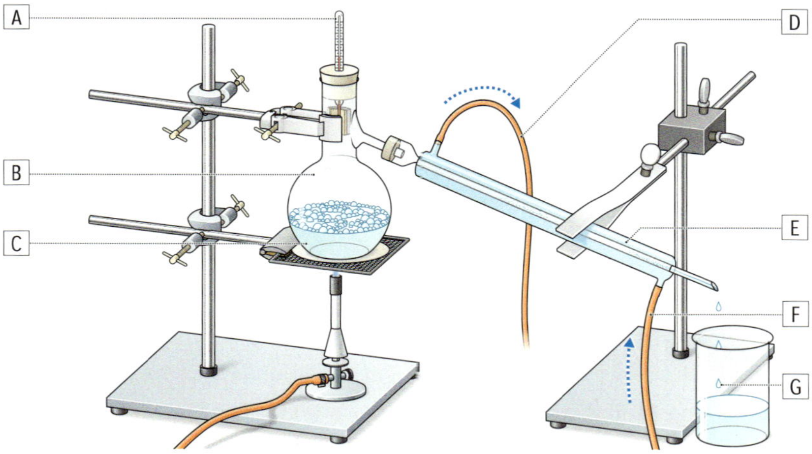

1 Vervollständige die Abbildung mit den folgenden Begriffen: Liebigkühler, Destillat, Kochsalzlösung, Kühlwasser, Destillierkolben, Thermometer

2 Beschreibe den Aufbau eines Liebigkühlers.

3 Beschreibe die Destillation von Salzwasser mithilfe eines Liebigkühlers.

4 Nenne die Stoffeigenschaft, die bei der Destillation wichtig ist.

5 Beschreibe die Destillation von Alkohol.

6 Nenne Unterschiede zwischen der Destillation von Salzwasser und der Destillation von Alkohol.

T6 Müll trennen

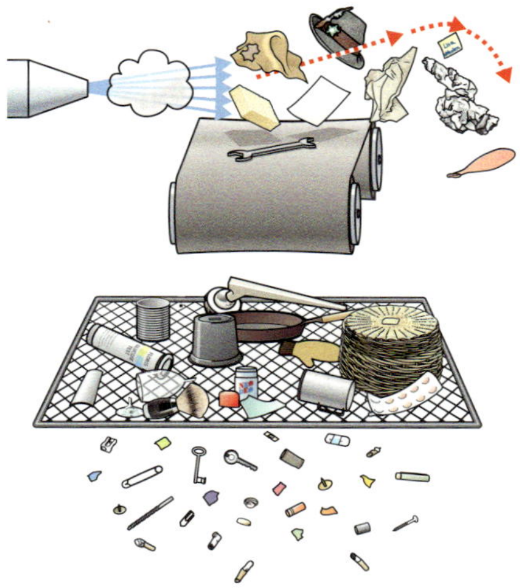

1 Nenne verschiedene Müllsorten.

2 Begründe, warum der Wertstoff-Müll in Müllsortieranlagen gebracht wird.

3 Nenne die abgebildeten Trennverfahren und beschreibe, wie sie in einer automatischen Sortieranlage durchgeführt werden.

Mischen und Trennen

Reinstoffe und Stoffgemische

Reinstoffe haben typische, unveränderliche **Stoffeigenschaften**. Sie sind einheitlich aus einer Teilchensorte aufgebaut. Gemische bestehen mindestens aus zwei Stoffen mit unterschiedlichen Teilchensorten. Bei einer Zuckerlösung sind die Bestandteile Wasser und Zucker selbst mit einer Lupe nicht zu erkennen. Es ist ein einheitlich aussehendes, **homogenes Gemisch**. Steinsalz sieht nicht einheitlich aus. Man kann die verschiedenen Bestandteile mithilfe einer Lupe erkennen. Steinsalz ist daher ein **heterogenes Stoffgemisch.**

Stofftrennverfahren

Bei der **Trennung** von Gemischen werden die unterschiedlichen Eigenschaften der Stoffe im Gemisch genutzt. Erhitzt man zum Beispiel eine Salzlösung, verdampft das Wasser und das zuvor gelöste Salz bleibt zurück. Beim Eindampfen nutzt man die unterschiedlichen Siedetemperaturen der Stoffe. Die Stofftrennverfahren spielen bei der Gewinnung von Rohstoffen eine große Rolle.

Sedimentieren

Müll trennen

Im Alltag trennt man den Hausmüll. Zum Beispiel kommt Papier in eine Papiertonne und der Biomüll in die Biotonne oder auf einen Komposthaufen. Ein Teil des Mülls ist Sondermüll und muss auf Werkstoffhöfen entsorgt werden. Dazu gehören zum Beispiel Farbreste. Wertstoffmüll kommt oft in eine **Müllsortieranlage**. Dort wird er unter Nutzung der verschiedenen Stoffeigenschaften voneinander getrennt.

Stoffe bestehen aus Teilchen

Kochsalz ist lebenswichtig. Es wird als Gewürz, Konservierungsmittel oder als Streusalz verwendet. Im menschlichen Körper regelt Kochsalz beispielsweise den Wasserhaushalt.
Das Kochsalz wird heute preiswert aus dem Steinsalz unterirdischer Salzlagerstätten hergestellt oder aus dem Salzwasser des Meeres gewonnen.
Dabei gewinnt man ein Gemisch aus Steinsalzbrocken, Steinen und Sand, aus dem man über verschiedene Trennverfahren wie **Filtrieren** und **Eindampfen** den Reinstoff Kochsalz gewinnt.

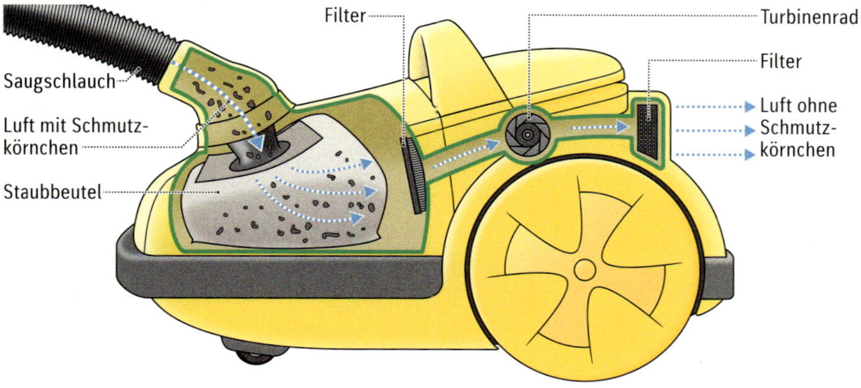

1 Querschnitt eines Staubsaugers

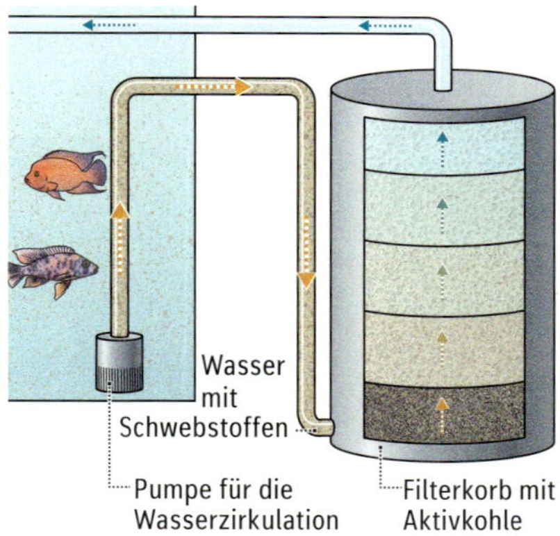

2 Querschnitt eines Aquariumfilters

3 Querschnitt einer Kaffeepadmaschine

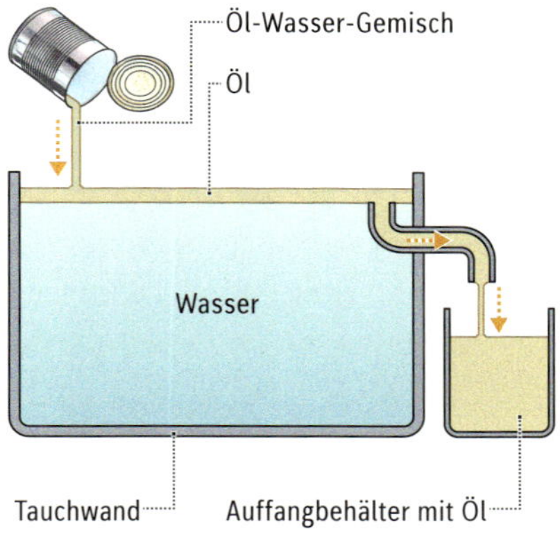

4 Unterirdischer Ölabscheider (vereinfacht)

Im Alltag gibt es verschiedene Geräte, die ihre Funktion mithilfe verschiedener Stofftrennverfahren ausüben.

Ein **Staubsauger** nimmt Dreck und Staub aus der Luft auf.

Ein **Aquariumfilter** bindet feinste Schwebstoffe an Aktivkohle.

Eine **Kaffeepadmaschine** löst Geschmackstoffe und Farbstoffe.

Bei einem **Ölabscheider** an einer Tankstelle wird ausgelaufenes Öl und Benzin abgeschöpft.

1 Beschreibe mithilfe der Abbildungen 1-4 die Ziele und Funktionsweisen der dargestellten Geräte.

2 Ordne den Abbildungen 1-4 die passenden Stofftrennverfahren zu. Begründe deine Zuordnungen.

3 Wähle zwei Beispiele aus den Abbildungen 1-4 aus. Begründe, welche Stoffeigenschaften jeweils genutzt werden.

4 Eine gute Soße besteht unter anderem aus Geschmackstoffen, die in Wasser gelöst sind. Möchte man eine leckere Soße in der Küche zubereiten, muss diese eine längere Zeit im Kochtopf gekocht werden. Dabei dickt sie ein und wird dadurch geschmackvoller. Auf der Soße schwimmendes Fett wird im Anschluss abgeschöpft und Feststoffe mit einem feinen Küchensieb herausgeholt. Beschreibe die drei Trennverfahren bei der Zubereitung einer Soße.

10

Projekt: Luft, Wärme und Wetter

1 Wandern in bergigem Gebiet

2 Thermometer im Winter

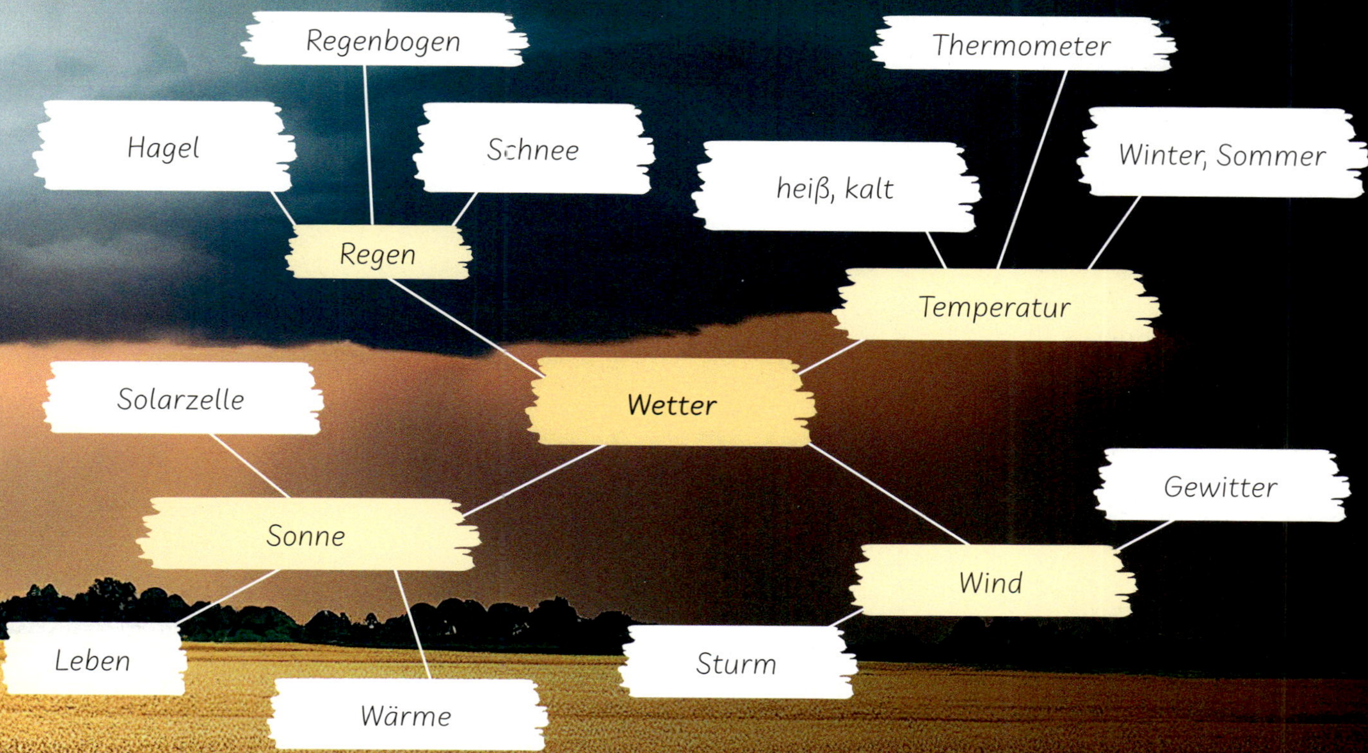

A Beschreibt, welche Wettereigenschaften in Bild 1 zu sehen sind.

B In Bild 2 ist ein Thermometer zu sehen. Nennt Situationen, in denen euch Temperaturmessungen im Alltag begegnen.

C Beschreibt die Nutzung der Sonne durch den Menschen in Bild 3 und bescheibt weitere Anwendungsgebiete.

3 Solarzellen auf einem Hausdach

Temperaturen empfinden

Temperatur und Wärme

Wenn man in einem Kochtopf Nudelwasser auf der Herdplatte erwärmt, wird kaltes Wasser erhitzt, bis es siedet. Damit 20 °C warmes Wasser auf 100 °C siedendes Wasser erhitzt werden kann, muss Energie in Form von **Wärme** zugeführt werden. Je weniger Wasser im Kochtopf ist, desto schneller wird das Wasser heiß.

Die **Temperatur** des Wassers steigt dadurch schneller an. Schaltet man die Herdplatte aus, wird keine Wärme mehr zugeführt. Da die Wärmeenergie an die Umgebung, z.B. die Luft, abgegeben wird, sinkt die Temperatur des Wassers. Dieses Beispiel verdeutlicht, dass man zwischen Temperatur und Wärme unterscheiden muss. Die Temperatur kann man mit einem Temperaturmessgerät, dem **Thermometer**, genau messen. Sie beschreibt einen Ist-Zustand des Körpers. Wärme kann nicht gemessen werden. Sie wird einem Körper zugeführt oder daraus abgeleitet. Sie verändert den Ist-Zustand des Körpers. Wird einem Körper Wärme zugeführt, steigt die Temperatur des Körpers an. Wird Wärme abgeleitet, sinkt seine Temperatur.

M1 Temperatur und Wärme

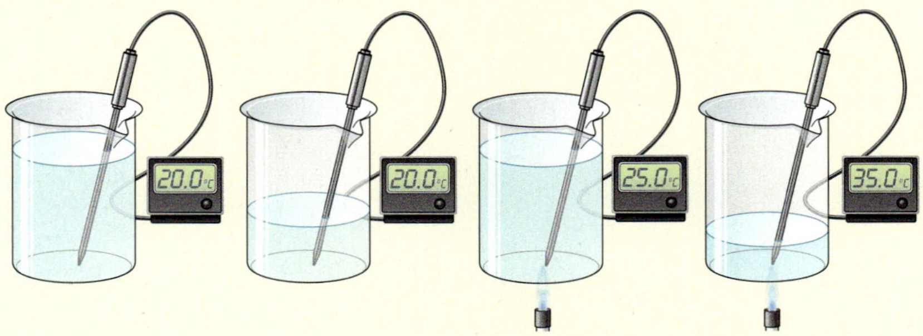

1 Beschreibe den Aufbau und die Durchführung des Versuchs.

2 Erkläre die Temperaturunterschiede beim Erhitzen. | HILFE

Hitze und Kälte empfinden

Der Körper kann Hitze und Kälte mit der Haut wahrnehmen. Das geschieht mit bestimmten Teilen der Haut, den **Wärme**- und **Kälterezeptoren**. Jedoch können zwei Personen die gleiche Temperatur unterschiedlich empfinden. Was sich für die eine Person angenehm warm anfühlt, kann sich für eine andere Person kalt anfühlen. Das Temperaturempfinden ist davon abhängig, ob man vorher in einer Umgebung mit einer höheren oder in einer Umgebung mit einer niedrigeren Temperatur war. Kommt man an einem kalten Wintertag von draußen in eine Wohnung, die 22 °C hat, empfindet man die dort herrschende Temperatur als warm. Kommt man aber an einem heißen Sommertag in eine solche Wohnung, empfindet man die 22 °C als kühl.

Temperaturwechsel

Der Körper kann nur gut wahrnehmen, ob etwas wärmer oder kälter geworden ist als zuvor. Man kann daher vor allem **Temperaturunterschiede** feststellen. Die Wärme- und Kälterezeptoren des Körpers können jedoch nicht messen, wie hoch die Temperatur wirklich ist. Dafür benötigt man ein Thermometer.

A Erkläre den Unterschied zwischen Temperatur und Wärme.

B Tarek kommt an einem kalten Wintertag vom stundenlangen Rodeln nach Hause. Beschreibe, wie er die Temperatur in der beheizten Wohnung empfinden wird.

C Lilly trifft folgende Aussage: „Das Thermometer zeigt eine Wärme von 23 °C.“ Nimm Stellung dazu.

P1 Temperaturen empfinden

Material: 3 Schüsseln, Wasser

Durchführung: Die drei Schüsseln sind mit Wasser gefüllt. Eine Schüssel enthält kaltes Wasser, die andere lauwarmes Wasser und die dritte warmes Wasser. Lege eine Hand für zwei Minuten ins kalte Wasser und gleichzeitig die andere Hand ins warme Wasser. Danach legst du beide Hände gleichzeitig in die mittlere Schüssel mit dem lauwarmen Wasser.

1 Beschreibe die Versuchsergebnisse.

2 Erkläre die Ergebnisse des Versuchs. | HILFE

M2 Temperaturempfinden im Schwimmbad

1 Beschreibe die Situation in den beiden Bildern.

2 Erkläre, warum die Mädchen das Wasser im Schwimmbecken unterschiedlich empfinden. | HILFE

Bei Fieber steigt die Körpertemperatur.
Wie kann man die genaue Temperatur bestimmen?

Temperaturen messen

Temperatur feststellen

Im Alltag und in der Technik werden genaue Temperaturangaben gebraucht. Die physikalische Größe **Temperatur** gibt an, wie heiß oder kalt ein Körper ist. Mit einem Thermometer kann man jeder Temperatur einen Zahlenwert zuordnen.

1 Fixpunkt: Eis schmilzt

2 Fixpunkt: Wasser siedet

Die Einheit der Temperatur

Es gibt verschiedene Einheiten für Temperaturmessungen. Wenn bei uns Temperaturen gemessen werden, dann gibt man die Messwerte meist in der Einheit **Grad Celsius**, abgekürzt **°C**, an.

Der Schwede Anders Celsius hat eine **Temperaturskala** entwickelt. Er hat das Verhalten von Wasser beim Erwärmen und Abkühlen beobachtet. Celsius legte zwei Punkte für seine Skala fest: Den Schmelzpunkt von gefrorenem Wasser (Eis) und den Siedepunkt von Wasser. Diese beiden Werte nennt man daher **Fixpunkte**. Celsius wählte sie aus, weil sie überall auf der Welt etwa gleich sind. Für den Schmelzpunkt legte er eine Schmelztemperatur von 0 °C fest und für den Siedepunkt eine Siedetemperatur von 100 °C. Den Abstand zwischen beiden Fixpunkten unterteilte er in 100 gleiche Abstände. Misst man Temperaturen unter 0 °C, schreibt man ein Minus vor den entsprechenden Temperaturwert.

Flüssigkeitsthermometer

In der Schule werden für Experimente oft Thermometer verwendet, die mit einer farbigen Flüssigkeit gefüllt sind. In solchen **Flüssigkeitsthermometern** befindet sich die Flüssigkeit in einem Vorratsgefäß, welches mit einem Steigrohr verbunden ist. Je nach Temperatur der Flüssigkeit ändert sich die Höhe der Flüssigkeitssäule. Auf oder neben dem Steigrohr ist die Temperaturskala angebracht. An der oberen Kante der Flüssigkeitssäule im Steigrohr kann die Temperatur abgelesen werden. In einem Flüssigkeitsthermometer können sich unterschiedliche Flüssigkeiten befinden. Je nach Flüssigkeit können Temperaturen im Bereich zwischen -80 °C und +1000 °C gemessen werden. Diesen Temperaturbereich bezeichnet man als **Messbereich** eines Thermometers.

Digitalthermometer

Im Alltag werden mittlerweile sehr oft digitale Thermometer eingesetzt. Beispiele sind das Fiebermessen oder um beim Kochen die Temperatur von einem Stück Fleisch zu überprüfen. Die Temperaturmessung erfolgt bei einem digitalen Thermometer elektronisch. Der gemessene Wert wird dann direkt auf dem Display des Thermometers angezeigt.

Infrarot-Thermometer

Infrarot-Thermometer messen Temperaturen ohne Berührung. Selbst aus mehreren Metern Entfernung kann man die Temperatur von Gegenständen oder Menschen bestimmen. Ein Elektriker kann damit prüfen, ob ein Kabelbrand vorliegt.

A Erkläre, was die Größe Temperatur angibt.

B Erkläre, was Fixpunkte sind.

C Heutzutage werden als Fieberthermometer Digitalthermometer verwendet. Beschreibe die Vorteile eines digitalen Thermometers gegenüber einem Flüssigkeitsthermometer.

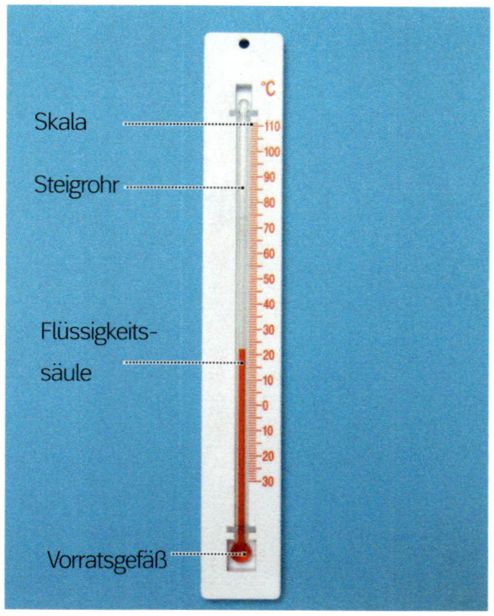

3 Flüssigkeitsthermometer

M1 Thermometer

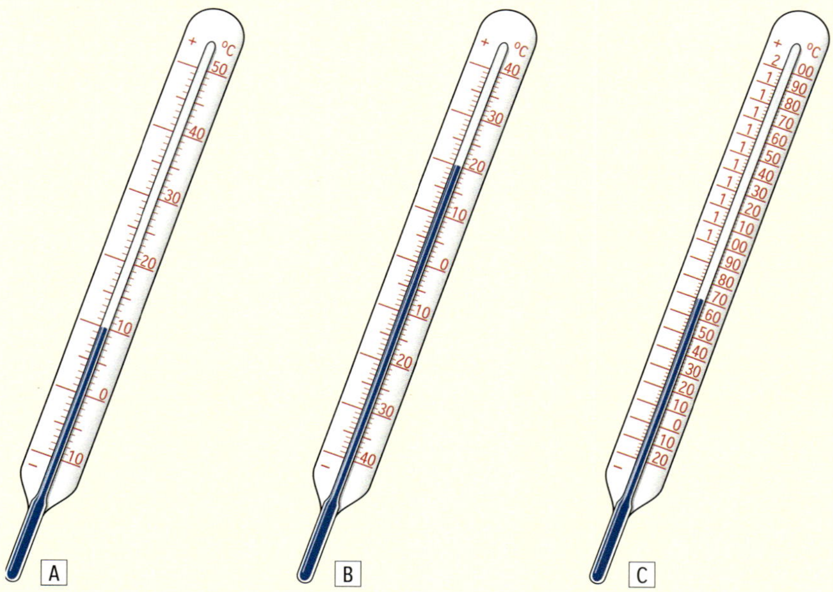

1 Gib jeweils die Temperatur und den Messbereich auf den dargestellten Thermometern an.

2 In einem Hochofen wird Stahl stark erhitzt. Stahl schmilzt bei Temperaturen von über 1000 °C. Stelle Vermutungen darüber an, mit welchem Thermometer die Temperatur gemessen wird.

Digital+
WES-187000-335

Temperaturen richtig messen

1 Die Temperatur richtig ablesen

Temperaturen messen

Beim Kochen oder Experimentieren ist es wichtig, bestimmte Temperaturen einzuhalten. Dafür benötigt man ein Thermometer. Damit kann man Temperaturen messen und vergleichen. Dabei solltest du einige Regeln beachten:

1 Das Thermometer muss für den Messbereich geeignet sein, in dem du die Temperatur messen willst. Ein Fieberthermometer mit einem Messbereich von 36 °C bis 42 °C eignet sich nicht für die Messung von siedendem Wasser.

2 Das Thermometer benötigt einige Zeit, bis es die Temperatur der Umgebung anzeigt. Warte mit dem Ablesen, bis sich die Anzeige auf deinem Thermometer nicht mehr ändert.

3 Wenn du die Temperatur von Flüssigkeiten mit einem Messfühler bestimmst, muss der Messfühler vollständig eingetaucht sein. Er sollte die Wand des Gefäßes nicht berühren und nicht aus der Flüssigkeit heraus genommen werden, wenn die Temperatur abgelesen wird.

4 Schaue beim Ablesen genau von vorne auf die Skala. Du darfst nicht schräg von oben oder unten ablesen, sonst liest du einen falschen Wert ab.

5 Wenn du die Außentemperatur messen möchtest, sollte das Thermometer immer im Schatten und nicht in der Sonne platziert werden.

A Erkläre, was Thermometer machen.

M1 Wassertemperaturen messen

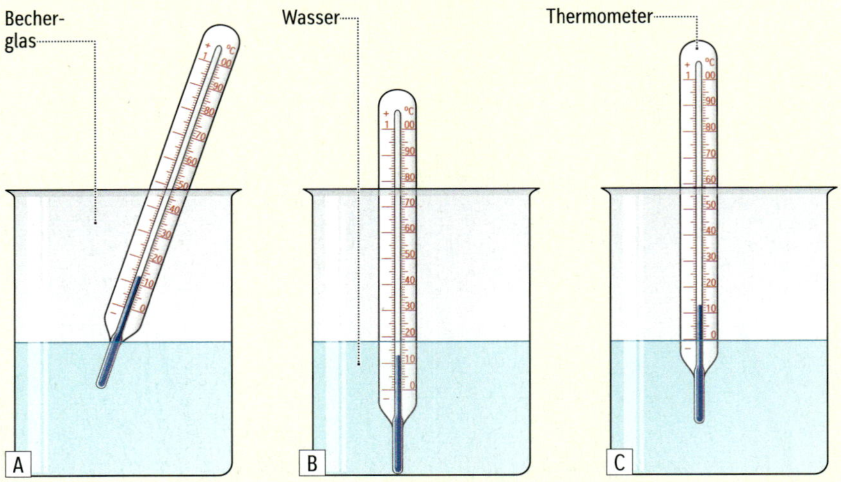

In einem Becherglas wurde fünf Minuten lang Wasser erwärmt. Jetzt soll die Wassertemperatur gemessen werden.

1 Beschreibe die unterschiedlichen Methoden von A bis C.

2 Entscheide, welche der drei Methoden die richtige ist, um die Temperatur zu messen. Begründe deine Entscheidung. | HILFE

3 Beschreibe, wie man die Temperatur richtig vom Thermometer abliest. | HILFE

Darstellen von Messwerten

METHODE

Daten übersichtlich darstellen

Bei vielen Versuchen werden Messungen durchgeführt. Um Ergebnisse auf einen Blick zu sehen, müssen die Messwerte übersichtlich festgehalten werden. Dafür trägt man die ermittelten Messwerte am besten in eine Tabelle ein und erstellt daraus ein Diagramm.

In diesem Beispiel wird die Temperatur von Wasser zu verschiedenen Zeiten gemessen. Die Tabelle besteht aus zwei Zeilen: Eine Zeile für die Zeit und eine zweite für die Temperatur. Nun kann man mithilfe der Tabelle ein Diagramm zeichnen.

1 Zeichne mit Lineal ein Achsenkreuz. Das nennt man auch **Koordinatensystem**. Im in den Bildern 2 und 3 dargestellten Beispiel ist auf der **Rechtsachse** (x-Achse) die Zeit und auf der **Hochachse** (y-Achse) die Temperatur aufgetragen.

2 Trage auf der Zeitachse die Zeit in Minuten und auf der Hochachse die Temperatur in °C ein. Wähle die Größe und die Einteilung der Achsen so, dass für alle Werte deiner Tabelle Platz ist.

3 Trage die Messwertpaare in das Diagramm ein. Suche den Zeitwert auf der Rechtsachse. Gehe dann senkrecht nach oben, bis du in der Höhe deines Temperaturwerts auf der Hochachse bist. Markiere diesen Punkt.

4 Am Schluss kannst du eine Linie (man nennt sie Gerade) ziehen, sodass der Abstand zu den eingezeichneten Punkten möglichst klein ist.

A Erkläre den Begriff Messwertpaar.

Zeit in Minuten	Temperatur in °C
0	26
2	30
4	34
6	39
8	42
10	47

1 Eine Wertetabelle

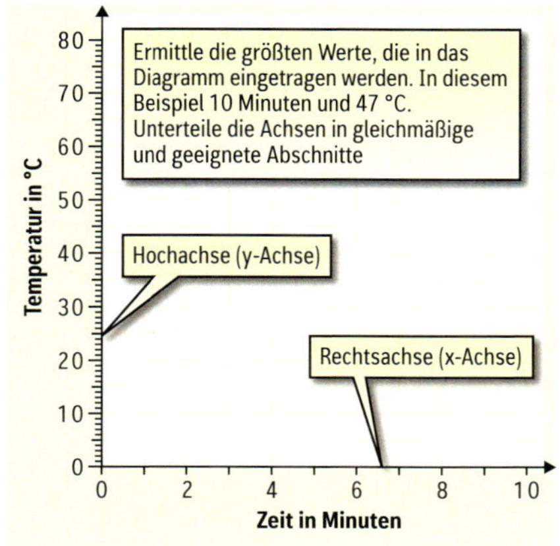

2 Ein Koordinatensystem zeichnen

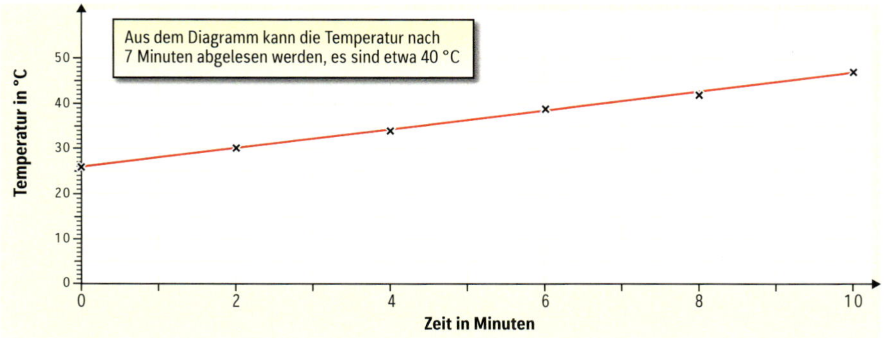

3 Ein Diagramm erstellen: Messwerte in das Koordinatensystem eintragen

M1 Diagramme erstellen und lesen

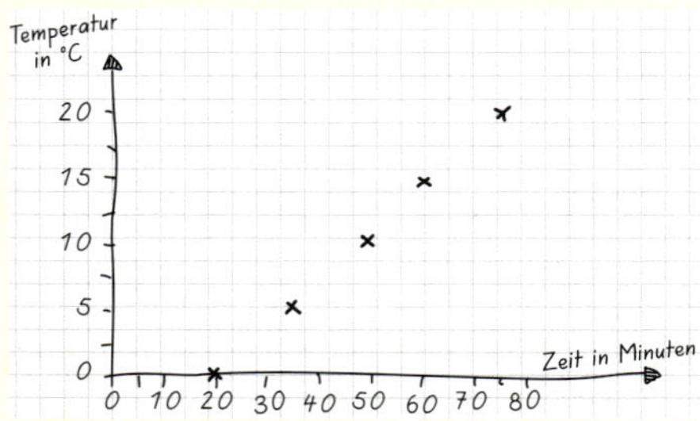

Zeit in Min	Temperatur in °C
0	20
5	35
10	50
15	60
20	75

Lisa hat die Temperatur des Wassers beim Erhitzen gemessen und in einem Diagramm dargestellt.

1 Erkäre, was Lisa beim Darstellen des Temperatur-Zeit-Diagramms falsch gemacht hat. | HILFE

2 Zeichne das richtige Diagramm in dein Heft. | HILFE

Luft ist ein Gasgemisch

Bestandteile der Luft

Alle Bestandteile der Luft sind farb- und geruchlos. Die Luft ist ein Gemisch aus vielen verschiedenen Gasen. Die einzelnen Gase kann man nicht einfach unterscheiden. Es ist aber möglich, die einzelnen Bestandteile zu trennen. Neben den Gasen Stickstoff, Sauerstoff und Kohlenstoffdioxid enthält die Luft geringe Mengen an **Edelgasen**. Zu ihnen zählen Helium, Neon, Argon und Xenon.

M1 Bestandteile der Luft

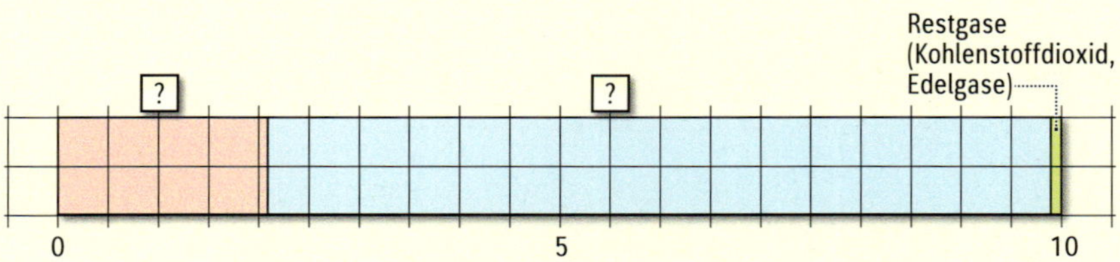

1 Nenne die Bestandteile der Luft.

2 Zeichne einen etwa 10 Zentimeter langen Balken ähnlich der Abbildung in dein Heft. Trage die Bestandteile der Luft und ihre Anteile in Millimeter pro Liter Luft in den Balken ein.

Stickstoff

Der Hauptbestandteil von Luft ist ein Gas, das zum Beispiel Flammen ersticken kann. Es wird daher **Stickstoff** genannt. Von einem Liter Luft sind 780 Milliliter Stickstoff. Wenn Lebewesen reinen Stickstoff einatmen, würden sie dadurch ersticken. In unserer Luft sind jedoch noch weitere Gase enthalten, wodurch wir nicht ersticken.

Sauerstoff

Sauerstoff ist eines der weiteren Gase in der Luft. Von einem Liter Luft sind 210 Milliliter Sauerstoff. Für Lebewesen ist er überlebenswichtig. Menschen atmen die Luft ein und nehmen den darin enthaltenen Sauerstoff über die Lunge auf. Mithilfe des Sauerstoffs gewinnt der Körper aus der Nahrung Energie für alle seine Lebensvorgänge. Das Gas Sauerstoff brennt nicht. Es unterstützt aber die Verbrennung von anderen Stoffen.

Kohlenstoffdioxid

In der Luft sind auch geringste Mengen **Kohlenstoffdioxid** enthalten. Von einem Liter Luft sind etwa 0,37 Milliliter Kohlenstoffdioxid. Wenn Lebewesen ausatmen, geben sie Kohlenstoffdioxid ab. In der ausgeatmeten Luft ist der Anteil an Kohlenstoffdioxid daher höher als bei der eingeatmeten Luft. Pflanzen bauen mithilfe des Lichts aus Kohlenstoffdioxid und Wasser den Nährstoff Traubenzucker auf. Als Nebenprodukt entsteht Sauerstoff, den sie an die Luft abgeben. Diesen Vorgang nennt man **Fotosynthese**. Durch die Fotosynthese und die Atmung bleiben die Anteile an Kohlenstoffdioxid und Sauerstoff in der Luft in etwa gleich.

Luftfeuchtigkeit

Durch die Wärme der Sonne verdunstet Wasser aus dem Meer und vom Land. Es entsteht unsichtbarer, gasförmiger **Wasserdampf**. Die Masse an Wasserdampf in einem gedachten Würfel Luft, mit einer Kantenlänge von einem Zentimeter, bezeichnet man als **absolute Luftfeuchtigkeit**. Der Wasserdampf ist jedoch kein Bestandteil trockener Luft. Kühlt warme Luft ab, bilden sich aus dem Wasserdampf wieder feine Wassertröpfchen, die die Wolken bilden. Warme Luft kann mehr Wasserdampf aufnehmen als kalte. Daher hängt die Luftfeuchtigkeit immer auch von der Temperatur ab.

A Nenne die drei Hauptbestandteile unserer Luft.

B Erkläre, dass die Luftfeuchtigkeit von der Temperatur abhängt.

M2 Erste Hilfe

Wenn ein Mensch nicht selbstständig atmen kann, müssen Maßnahmen ergriffen werden. Nach dem Absetzen des Notrufs (112), kann eine Atemspende Leben retten.

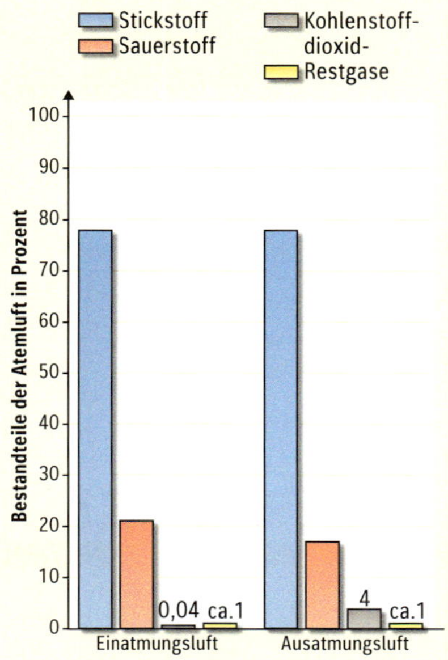

1 Vergleiche die Zusammensetzung von eingeatmeter und ausgeatmeter Luft.

2 Erkläre, wie die Unterschiede von Einatemluft und Ausatemluft entstehen. | HILFE

3 Erläutere, warum die Ausatemluft eines Ersthelfers einem Bewusstlosen helfen kann. | HILFE

M3 Atmung und Fotosynthese

Joseph Priestley erforschte die Zusammensetzung der Luft. Dazu untersuchte er verschiedene Versuchsansätze mit luftdichten Behältern.

1 Beschreibe die Versuchsbeobachtungen.

2 Erkläre die Beobachtungen von Priestley. | HILFE

3 Erläutere den Kreislauf zwischen Sauerstoff und Kohlenstoffdioxid, der im unteren Behälter entsteht. | HILFE

4 Begründe, was passiert, wenn mehrere Mäuse im unteren Behälter untersucht werden.

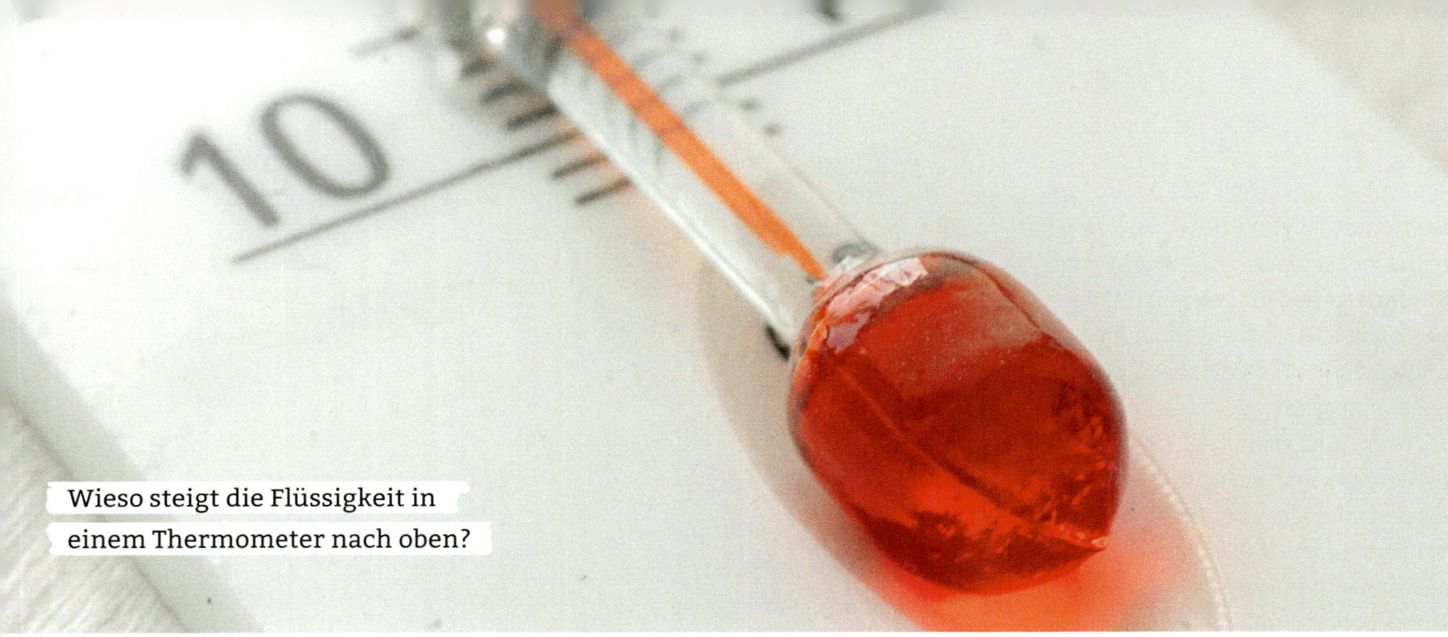

Ausdehnung von Flüssigkeiten

So funktionieren Thermometer

Jede Flüssigkeit nimmt einen Raum ein, ein Volumen. Wird das Vorratsgefäß des Flüssigkeitsthermometers erwärmt, dehnt sich die Flüssigkeit aus. Da der Platz im Vorratsgefäß des Thermometers gleich groß bleibt, weicht die Flüssigkeit beim Ausdehnen in das Steigrohr aus. So können unterschiedliche Temperaturen an der Skala des Thermometers abgelesen werden.

Ausdehnung in einer Heizung

In einer Heizungsanlage wird Wasser mithilfe eines Brenners erwärmt. Wenn die Temperatur des Wassers steigt, wird sein Volumen größer. Das Wasser dehnt sich dann aus. Damit die Heizungsrohre nicht zerstört werden, ist daher ein **Ausdehnungsgefäß** eingebaut. In ihm hat das Wasser genügend Platz, damit es sich bei steigenden Temperaturen ausdehnen kann.

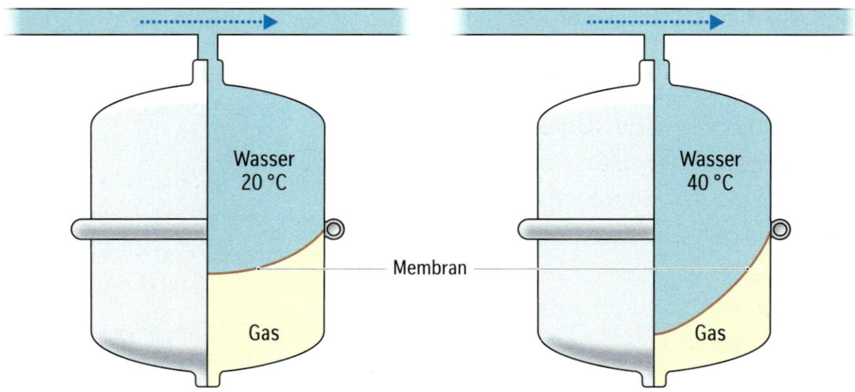

1 Ausdehnungsgefäß einer Heizung: **A** Foto, **B** Schemazeichnung

Ausdehnung von Flüssigkeiten

Benzin wird an einer Tankstelle in unterirdischen Tanks kühl gelagert. Im Sommer sollte man den Tank im Auto nicht randvoll füllen. Steht das Auto randvoll aufgetankt in der Sonne, kann sich das Benzin schnell erwärmen. Das flüssige Benzin kann sich so stark ausdehnen, dass es aus dem Tank läuft. Steigt die Temperatur um 10 °C, dann nehmen 50 Liter Benzin ein Volumen von 51 Litern ein. Bei Wasser fällt die Ausdehnung beim gleichen Temperaturanstieg geringer aus. Verschiedene Flüssigkeiten dehnen sich unterschiedlich stark aus.

Je höher der Temperaturanstieg ist, desto stärker ist die Ausdehnung einer Flüssigkeit. Beim Abkühlen ziehen sie sich wieder zusammen.

Abkühlen von Wasser

Kühlen Stoffe ab, verringert sich ihr Volumen meist immer weiter. Wasser ist jedoch ein besonderer Stoff. Bis zu einer Temperatur von 4 °C nimmt das Volumen stetig ab. Kühlt das Wasser jedoch unter 4 °C ab, nimmt das Volumen des Wassers wieder zu. Beim Gefrieren von Wasser zu Eis steigt das Volumen sprunghaft an. Durch diese **Anomalie des Wassers** können Wasserflaschen im Eisfach platzen, wenn sie nicht rechtzeitig herausgeholt werden.

A Erkläre, warum in Heizungsanlagen Ausdehnungsgefäße eingebaut werden.

B Erkläre, warum man volle Wasserflaschen nicht zu lange im Gefrierfach lassen sollte.

M1 Ausdehnung von Flüssigkeiten

Gelb gefärbtes Wasser, Olivenöl und Benzin wurden in gleich große Gefäße gleich hoch gefüllt und erwärmt.

1 Formuliere eine Frage, die mit diesem Versuch beantwortet wird. | HILFE

2 Erkläre die Beobachtungen des Versuchs. | HILFE

3 Erkläre, warum Öllagertanks nie randvoll befüllt werden.

4 Erkläre, warum Wasser sich nicht als Flüssigkeit im Steigrohr eines Thermometers eignet.

M2 Sprinkleranlage

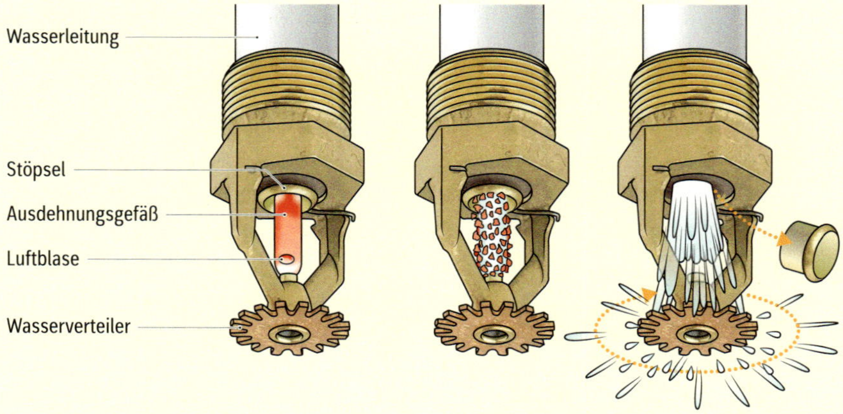

Mithilfe einer Sprinkleranlage kann ein automatischer Löschvorgang bei einem Brand ausgelöst werden. Wenn eine bestimmte Temperatur im Raum erreicht ist, startet der Löschvorgang von allein.

1 Beschreibe mithilfe des Bildes die Funktionsweise einer Sprinkleranlage. | HILFE

2 Erkläre, warum die Sprinkleranlage bei einem Brand der Löschvorgang auslöst.

Wärmetransport

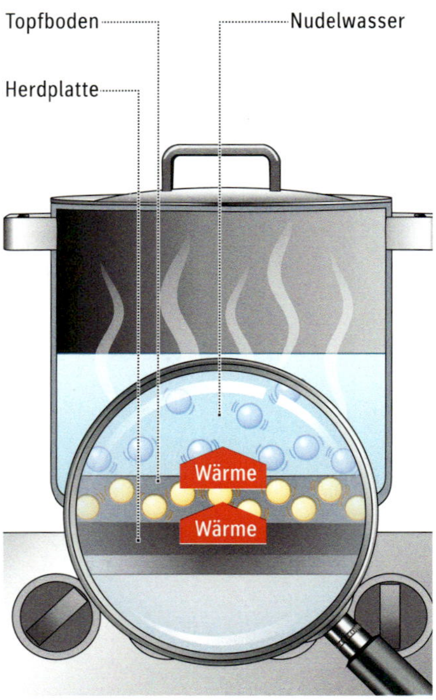

1 Wärmetransport beim Kochtopf

Arten des Wärmetransportes

Lässt man einen gekochten, heißen Tee eine Weile stehen, kühlt er sich ab, indem er Wärme an die Umgebung abgibt. Lässt man einen Metalllöffel im heißen Tee stehen, bemerkt man, dass der Löffel heiß wird. Hält man die Hand an den aufsteigenden Dampf, bemerkt man, dass auch dieser heiß ist, und kommt man in die Nähe der Tassenwände, ist auch hier eine Erwärmung zu spüren. Der heiße Tee gibt seine Wärme auf drei verschiedene Arten ab: über die **Wärmeleitung**, die **Wärmemitführung** und die **Wärmestrahlung**.

Lässt man den Tee lang genug stehen, gefriert er jedoch nicht plötzlich, sondern der Wärmetransport hört irgendwann auf. Misst man nun die Temperatur des Tees und die Temperatur der Umgebung, stellt man fest, dass diese Temperaturen gleich sind. Wärmetransport findet daher nur so lange statt, bis es zu einem **Temperaturausgleich** gekommen ist.

Wärmeleitung

Beim Kochen kann man sich ganz leicht am Kochtopf verbrennen. Der Edelstahltopf erwärmt sich schnell und wird sehr heiß. Die Herdplatte gibt Energie durch Wärme an den Topfboden ab. Die **Wärme** wird dann im Topf an das Wasser und auch an das Gargut weitergegeben. Diese Art des Wärmetransports bezeichnet man als **Wärmeleitung**. Auch beim Teelöffel im heißen Tee findet Wärmeleitung statt. Das Metall nimmt die Wärme der Flüssigkeit auf. Die Wärme wird von der heißen Seite des Löffels zur kälteren Seite geleitet. Auch die heiße Herdplatte gibt ihre Energie an den kalten Topfboden ab. Wärmetransport findet immer von einem Ort mit hoher Temperatur zu einem Ort mit niedriger Temperatur statt.

Bei der Wärmeleitung wird Wärme innerhalb eines Stoffes geleitet. Der Stoff bewegt sich dabei nicht.

Wärmeleitung im Teilchenmodell

Die meisten Topfböden bestehen aus Edelstahl. Dieser Feststoff besteht aus Teilchen. Die Teilchen haben alle einen festen Platz und können nur auf diesem ungeordnet hin und her schwingen. Je mehr Wärme zugeführt wird, desto stärker schwingen die Teilchen auf ihren Plätzen. Wird der Topfboden unten erwärmt, schwingen die Teilchen immer schneller. Irgendwann schwingen sie so stark, dass sie benachbarte Teilchen anstoßen und diese zum Schwingen bringen. Dadurch kann die Wärme von Teilchen zu Teilchen weitergeleitet und durch den Stoff transportiert werden.

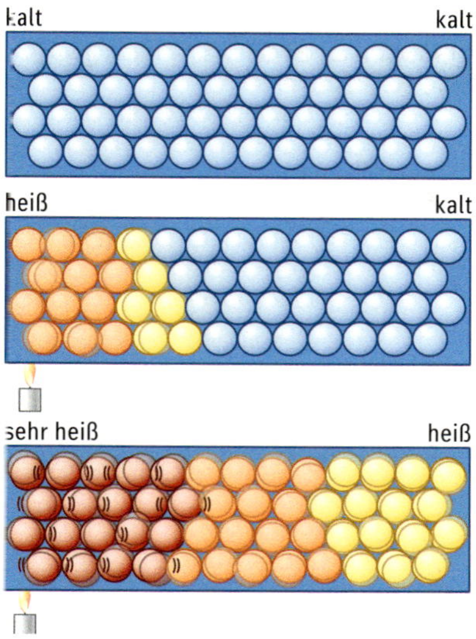

2 Wärmeleitung im Teilchenmodell

Material	Leitet so viel mal besser als Luft
Silber	16300
Kupfer	15300
Aluminium	900
Eisen	3060
Beton	80
Glas	30
Kunststoff	9
Holz	5

3 Wärmeleitfähigkeit verschiedener Stoffe: Luft = 1

Gute und schlechte Wärmeleiter

Viele Metalle wie Silber, Kupfer, Aluminium und Eisen können die Wärme besser weiterleiten als andere Materialien. Sie sind **gute Wärmeleiter**. Daher werden diese Stoffe sehr oft für Böden von Töpfen und Pfannen oder für die Herstellung von Heizkörpern und Bügeleisen verwendet. Glas und Beton leiten die Wärme schlechter. Bei ihnen dauert es länger, bis die zugeführte Wärme weitergegeben wird. Ein besonders schlechter Wärmeleiter ist Kunststoff. Man bezeichnet Kunststoff daher auch als **Isolator**. Neben Kunststoff zählen auch Holz, Gummi, Kork und Schaumstoffe zu den Isolatoren. ▶

A Beschreibe den Vorgang der Wärmeleitung beim Löffel im Tee mithilfe des Teilchenmodells.

B Erkläre, weshalb die Griffe von Töpfen und Pfannen oft mit Kunststoff überzogen sind.

M1 Wärmeleitung

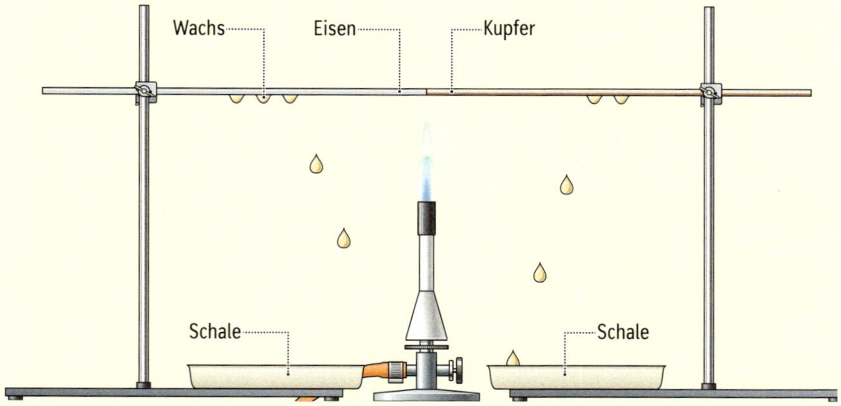

Mit Wachskugeln, einem Gasbrenner und Stangen aus verschiedenen Materialien kann man gut beobachten, wie Wärme geleitet wird.

1 Beschreibe den Versuchsaufbau.

2 Stelle eine Forscherfrage, die mit diesem Versuch überprüft wird. | HILFE

3 Erkläre, warum bei beiden Stangen die Wachskügelchen nacheinander herunterfallen. | HILFE

4 Erkläre, warum die Wachskugeln bei Kupfer schneller herunterfallen. | HILFE

5 Stelle Vermutungen über das Ergebnis an, wenn statt Kupfer Glas getestet wird.

Digital+
WES-187000-343

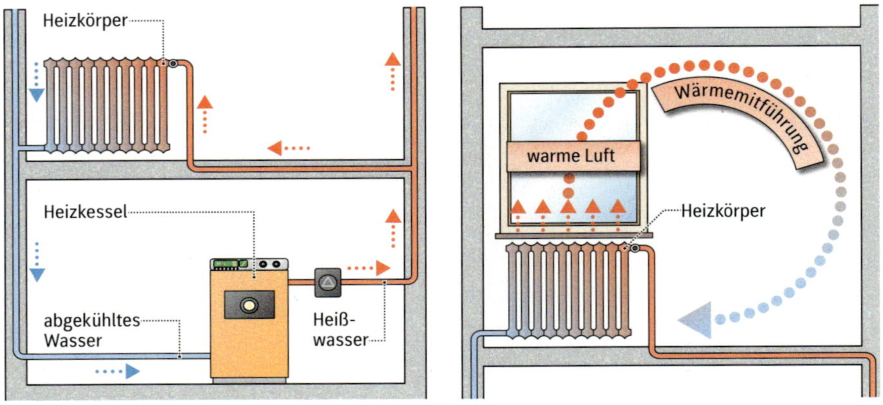

4 Wärmemitführung

Wärmemitführung

Wenn man seine Hand über einen warmen Heizkörper oder über eine Kerze hält, kann man fühlen, dass erwärmte Luft nach oben steigt. Warme Luft ist leichter als kalte Luft. Die Luft in der Nähe des warmen Heizkörpers wird erwärmt und steigt nach oben zur Zimmerdecke. Sie strömt unter der Decke entlang und wird dabei langsam abgekühlt. Dadurch sinkt die kältere und schwerere Luft auf der anderen Zimmerseite wieder nach unten. Nach einiger Zeit ist das Zimmer überall etwa gleich warm. Bei dieser Art des Wärmetransports wird die Wärme von der strömenden Luft mittransportiert. Man spricht von **Wärmemitführung**. Der Fachbegriff ist **Konvektion**. Sie findet nicht nur in Luft, sondern in allen Gasen statt. Auch in Flüssigkeiten gibt es Wärmemitführung. Der Heizkörper wird warm, weil in ihn warmes Wasser strömt. Das Wasser kommt aus dem Heizkessel im Keller. Dort wird kaltes Wasser in einem Heizkessel erhitzt. Das erwärmte Wasser steigt in Heizungsrohren nach oben in die Heizkörper. Das strömende Wasser gibt über den Heizkörper die Wärme an die Raumluft ab. Da die Wärme mit dem Wasser mittransportiert wird, spricht man ebenfalls von Wärmemitführung. Das abgekühlte Wasser strömt über die Rohre wieder zum Heizkessel.

Konvektion im Teilchenmodell

In Feststoffen haben die Teilchen einen festen Platz und können sich nicht bewegen. Daher gibt es bei Feststoffen keine Wärmemitführung. Bei Flüssigkeiten und Gasen schwingen die Teilchen nicht nur hin und her. Sie bewegen sich von ihren Stellen weg. Je stärker eine Flüssigkeit oder ein Gas erwärmt wird, desto schneller bewegen sich die Teilchen und desto besser ist die Wärmemitführung.

Bei der Wärmemitführung wird Wärme dadurch transportiert, dass Flüssigkeiten und Gase sie mit sich mitführen.

M2 Heizung im Modell

Gibt man Tinte in Wasser, bilden sich Schlieren, bis sich die Tinte gelöst hat.

1 Stelle eine Forscherfrage, die mit diesem Versuch überprüft wird.
2 Stelle eine Vermutung an, wie sich die Tinte im Rohr bewegt. | HILFE
3 Erkläre, wie du die Geschwindigkeit der Tinte ändern kannst.
4 Erläutere mithilfe des Modells die Funktionsweise einer Heizung.

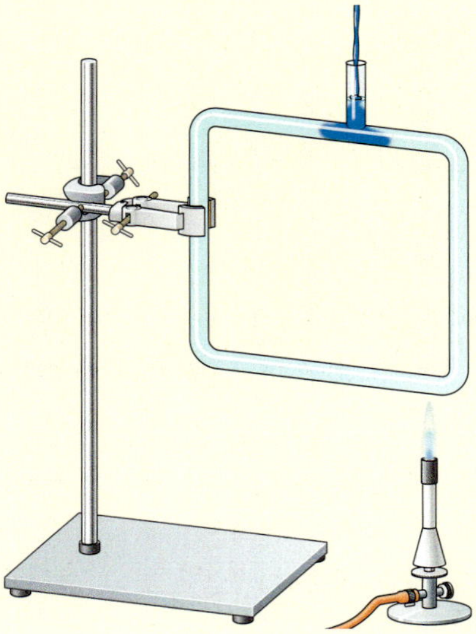

Konvektion: Der Begriff kommt vom lateinischen ,convectio' und bedeutet „das Herbeifahren".

Wärmestrahlung

Die Sonne strahlt ständig Licht und Wärme ab. Ein Teil davon gelangt zur Erde. Zwischen der Erde und der Sonne befindet sich der Weltraum. Dieser Raum ist jedoch luftleer. Die Wärme kann daher nicht mit Luft mitgeführt werden. Die Sonne sendet Wärme in Form von **Wärmestrahlung** aus.

Die Sonne sendet Wärmestrahlung aus. Für diese Art des Wärmetransports wird kein Stoff benötigt.

Körper strahlen Wärme ab

Jeder Gegenstand gibt Wärmestrahlung an die Umgebung ab. Je höher die Temperatur eines Gegenstandes ist, desto mehr Wärmestrahlung sendet er aus. Auch der menschliche Körper sendet Wärmestrahlung an seine Umgebung aus.

Aufnahme von Wärmestrahlung

Im Sonnenlicht nehmen alle Gegenstände Energie in Form von Wärmestrahlung auf. Die Gegenstände erwärmen sich. In der Mittagssonne wird der Sand am Strand oft so heiß, dass man kaum darauf laufen kann. Im Schatten ist er dagegen deutlich kühler.

Dunkle Oberflächen nehmen die Strahlung besonders gut auf. Sie **absorbieren** die Strahlung besser als helle Oberflächen. Daher erwärmen sich dunkle Gegenstände schneller. Gegenstände mit hellen und glänzenden Oberflächen werfen einen Großteil der auftreffenden Wärmestrahlung zurück. Sie **reflektieren** sie. Deshalb werden Häuser oft weiß gestrichen.

5 Absorption beim Alpensalamander

6 Reflexion bei Häusern

C Erkläre, wie eine Heizung einen Raum erwärmt.

D Erkläre die Vorteile der dunklen Haut von Alpensalamandern.

E Erläutere, warum es vorteilhafter ist, im Sommer hellere Kleidung zu tragen.

M3 Arten des Wärmetransports

Weihnachtspyramide

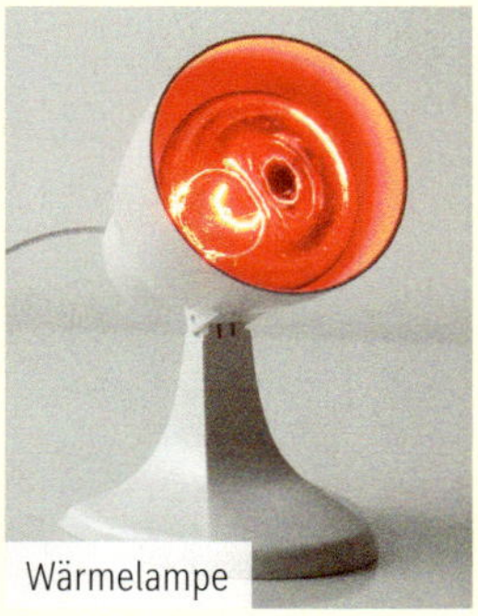

Wärmelampe

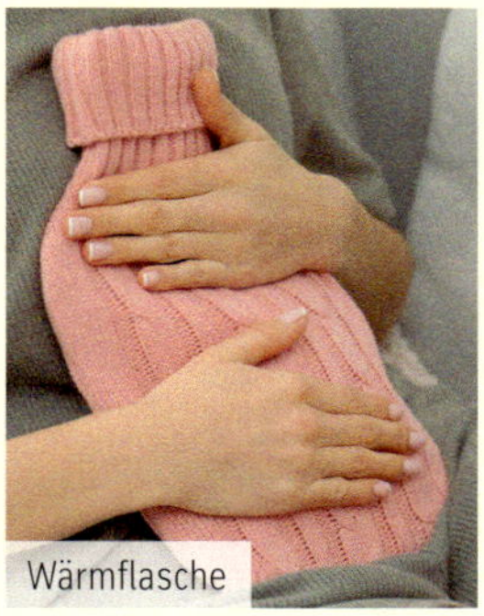

Wärmflasche

1 Ordne den Bildern eine Art des Wärmetransports zu.

2 Beschreibe an einem der Beispiele den Wärmetransport. Nenne ein weiteres Beispiel.

3 Erkläre, warum bei der Wärmemitführung und Wärmeleitung ein Stoff vorhanden sein muss. | HILFE

Wärmedämmung

Schutz vor Kälte

Viele Säugetiere und Vögel müssen im Winter die Abgabe von Körperwärme verringern. Vögel haben eine Körpertemperatur zwischen 38 °C und 42 °C. Das Gefieder der Vögel verhindert, dass ein Luftzug direkt über die Haut streicht. Die Federn verhindern die Wärmemitführung. Im Winter plustern viele Vögel ihr Gefieder zusätzlich mit Luft auf. Das Rotkehlchen wirkt im Winter dicker als im Sommer. Zwischen seinen Federn befindet sich ein großes Luftpolster. Da Luft ein schlechter Wärmeleiter ist, verringert das Luftpolster die Abgabe der Körperwärme über die Haut.

1 Hohlziegel zur Wärmedämmung

2 Glaswolle zur Wärmedämmung

Wärmedämmung

Jedes Haus gibt Wärme an die Umgebung ab. Im Winter müssen die Häuser beheizt werden, damit es innen nicht zu kalt wird. Häuser werden heute so gebaut, dass sie möglichst wenig Wärme verlieren. Dazu verbaut man Materialien, die viel Luft enthalten. Sie sind wärmedämmend. Hohlziegel und Gasbetonsteine enthalten Luftkammern, die wärmedämmend wirken. Auch Matten aus Glaswolle haben einen hohen Anteil an eingeschlossener Luft. Die Mauern und Wände werden daher mit diesen Materialien verkleidet. Sie verbessern die **Wärmedämmung** des Hauses.

Wärmebildkamera

Eine Wärmebildkamera kann die abgegebene Wärmestrahlung eines Objekts messen und in einem Wärmebild darstellen. Bei einem Wärmebild sind die wärmsten Bereiche des Bildes weiß, kalte Bereiche blau dargestellt. Die Zwischenbereiche sind rot, gelb und grün.

A Nenne die gemeinsamen Vorteile von Glaswolle und Hohlziegeln als Dämmmaterial.

B Nenne die Funktionsweise des Winterfells bei Pferden.

C Werden Personen vermisst, sucht die Polizei häufig mit Wärmebildameras an Helikoptern. Nenne die Vorteile einer solchen Kamera bei der Suche.

D Erkläre, warum es sinnvoll ist, im Winter einen gesteppten Mantel anstelle dreier Baumwollpullover anzuziehen.

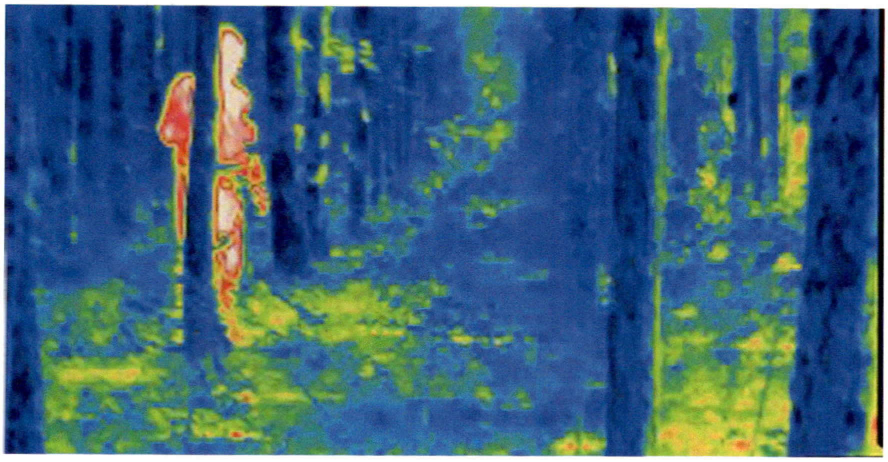

3 Suche nach Personen mit einer Wärmebildkamera

M1 Isolierkanne

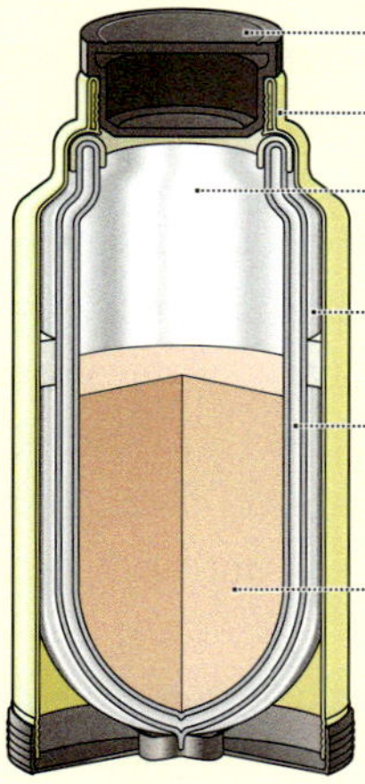

1 Beschreibe den Aufbau einer Isolierkanne.

2 Erkläre, warum warme Getränke in einer Isolierkanne lange warm bleiben. | HILFE

3 Stelle eine begründete Vermutung an, weshalb Isolierkannen von innen verspiegelt sind.

M2 Wärmebildkamera

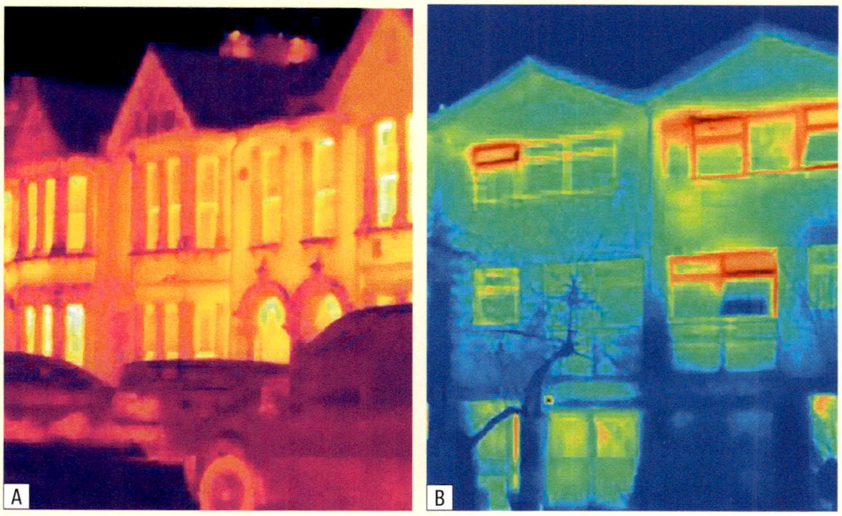

1 Vergleiche die beiden dargestellten Wärmebilder miteinander und beschreibe Gemeinsamkeiten und Unterschiede.

2 Erläutere, welche der dargestellten Häuser eine bessere Wärmedämmung besitzen. | HILFE

3 Erläutere mithilfe der Wärmebilder, welche Teile eines Hauses am schlechtesten gedämmt sind. | HILFE

4 Erläutere, warum gut gedämmte Häuser eine wichtige Maßnahme sind, Energie einzusparen.

Der Luftdruck

Entstehung des Luftdrucks

Die Luft besteht aus vielen Luftteilchen. Diese Teilchen üben auf einen Körper und die Umgebung einen Druck aus, den **Luftdruck**. Sind viele Luftteilchen in einem bestimmten Raum vorhanden, ist der Luftdruck größer. Man sagt, es herrscht ein hoher Luftdruck. Sind weniger Luftteilchen vorhanden, herrscht ein niedriger Luftdruck. Den Luftdruck kann man mit einem **Barometer** messen.

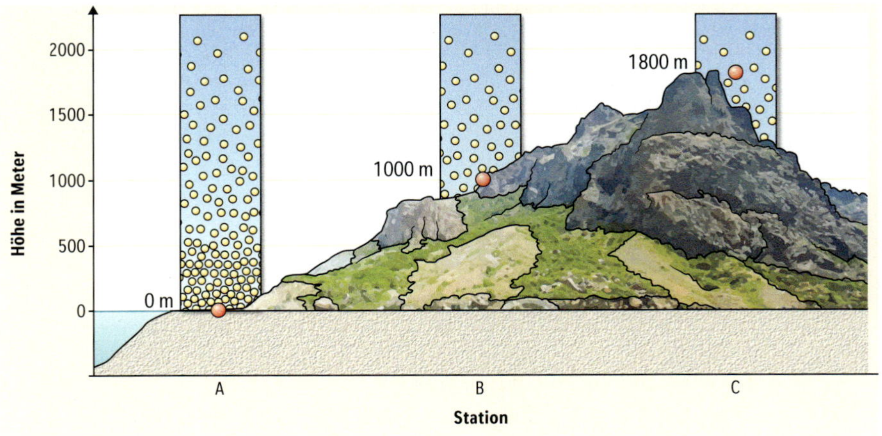

1 Der Luftdruck verändert sich mit der Höhe.

Luftdruck und Höhe

Den Luftdruck kann man sich als Luftsäule vorstellen. Diese Säule aus Luftteilchen befindet sich immer über einem bestimmten Punkt. Je höher die Luftsäule und die Zahl der Teilchen über einem ist, desto höher ist der Luftdruck. Daher nimmt der Luftdruck mit steigender Höhe ab. Wenn man auf einem Berg steht, befinden sich weniger Luftteilchen über einem, als wenn man im Tal ist.

Luftdruck im Raum

Luft in einem Raum oder Gegenstand, zum Beispiel einem Fahrradreifen, kann man sich als eingesperrte Teilchen vorstellen. Die Teilchen befinden sich überall und bewegen sich sehr schnell. Der Druck entsteht dadurch, dass die Teilchen ständig gegen die Oberflächen prallen. Da sich die Teilchen in alle Richtungen bewegen, wirkt auch der Luftdruck in alle Richtungen. Mit steigender Temperatur steigt auch der Luftdruck im Raum, da sich dieTeilchen schneller bewegen.

Pumpt man einen Fahrradreifen auf, steigt ebenfalls der Luftdruck. Es sind mehr Teilchen im Raum als vorher. Wird der Raum kleiner, hat die gleiche Anzahl an Teilchen weniger Platz. Der Luftdruck steigt ebenfalls.

Der Aufstieg des Wetterballons

Mithilfe eines Wetterballons kann man das Wetter in verschiedenen Höhen untersuchen. Wetterballons sind meist mit dem Gas Helium gefüllt. Dieses ist leichter als Luft. Daher steigt der Ballon immer weiter auf und trägt verschiedene Messgeräte in die Höhe.
Mit zunehmender Höhe wird der Luftdruck geringer. Die umgebende Luft wirkt immer weniger auf den Ballon ein. Dadurch, dass der Luftdruck sinkt, können die Heliumteilchen im Ballon mehr Platz einnehmen. Der Wetterballon wird dadurch mit zunehmender Höhe immer größer, bis er irgendwann platzt. Die Messgeräte fallen dann mit einem Fallschirm langsam zurück auf die Erdoberfläche und können eingesammelt werden.

Druckausgleich

Treffen zwei Gebiete mit verschiedenem Luftdruck aufeinander, kommt es zu einem **Druckausgleich**. Die Luftteilchen bewegen sich dann vom Gebiet mit hohem Luftdruck in das Gebiet mit dem niedrigeren Luftdruck. Das geschieht, bis der Luftruck auf beiden Seiten gleich hoch ist. Den Druckausgleich nimmt man als **Wind** wahr.

A Erkläre, warum das Wasser im Bild links oben nicht ausläuft.

2 Aufstieg eines Wetterballons

M1 Luftdruck in der Chipstüte

Eine Chipstüte ist luftdicht verschlossen. In der Chipstüte befindet sich neben den Chips das Gas Stickstoff. Dadurch werden die Chips länger haltbar gemacht.

1 Vergleiche die Tüten in den Bildern A und B miteinander.

2 Erkläre die Veränderung der Chipstüte in Bild B. | HILFE

3 Ein aufgeblasener Luftballon wird von einem Berg ins Tal getragen.
Erkläre, ob der Ballon gleich groß bleibt, kleiner oder größer wird. | HILFE

4 Erkläre mithilfe des Teilchenmodells, warum ein aufsteigender Wetterballon ab einer bestimmten Höhe platzt.

Das Wetter

Die Wetterelemente

In einem Wetterbericht im Fernsehen oder auch online bekommt man viele Informationen über das **Wetter**. Es wird berichtet, ob es regnet, wie warm oder kalt es ist oder ob es bewölkt oder wolkenlos ist. Neben der **Temperatur** und dem **Niederschlag** sind zudem auch die **Windstärke** und die **Bewölkung** Teil des Wetterberichts.

Oft wird auch über den **Luftdruck** und die **Luftfeuchtigkeit** berichtet. Das Wetter setzt sich aus Teilen zusammen, den **Wetterelementen**. Das Wetter ist das Zusammenspiel der Wetterelemente zu einer bestimmten Zeit an einem bestimmten Ort. Betrachtet man das Wetter an einem Ort über längere Zeit, spricht man von **Witterung**.

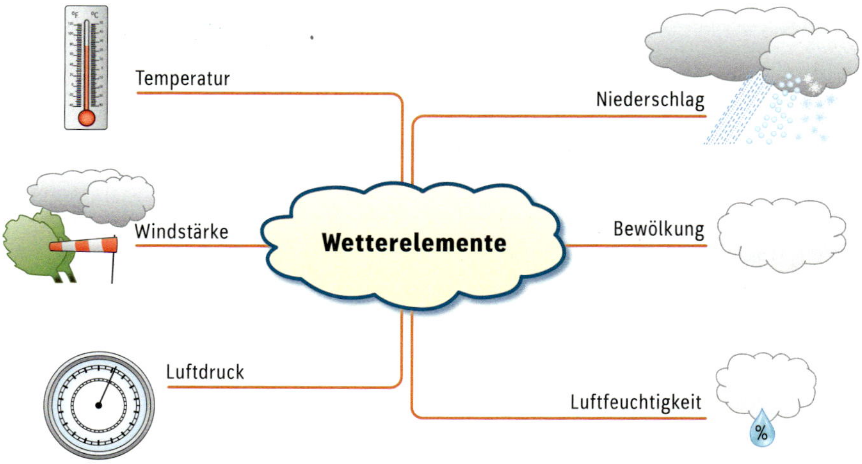

1 Verschiedene Wetterelemente

Wetter in der Troposphäre

Die gasförmige Hülle, die unsere Erde umgibt, heißt **Atmosphäre.** Sie besteht aus mehreren Schichten von Luft, Wasser und anderen Stoffen. Nur in der untersten Schicht, der **Troposphäre**, findet das Wetter statt. Die Lufttemperatur in der Troposphäre nimmt mit der Höhe ab. Die Sonne erwärmt den Erdboden. Die warme Luft steigt vom Boden auf und kältere Luft sinkt herab. Die Luft wird durchmischt. Da in der Troposphäre fast der gesamte Wasserdampf der Atmosphäre enthalten ist, bilden sich fast nur dort Wolken und es gibt Niederschlag.

Wetterbericht erstellen

Zur Erstellung von Wetterberichten werden Informationen von vielen Messstationen zum aktuellen Wetter gesammelt. Aus allen gesammelten Informationen werden Vorhersagen über das künftige Wetter erstellt. Man bezeichnet diese als **Wetterprognosen**. Trotz genauer Messungen lässt sich das Wetter aber nicht ganz genau vorhersagen.

Luftdruck und Barometer

Der Luftdruck wird mit einem **Barometer** gemessen. Er wird in der Einheit Hectopascal, hPa, angegeben und gibt an, wie viel Kraft die Luft auf 1 m^2 Erde ausübt. Bei höherem Luftdruck ist der Himmel oft wolkenlos. Bei niedrigem Luftdruck regnet es oft.

Niederschlagsmesser

Um die Niederschlagsmenge zu bestimmen, wird in einem Behälter Regen, Schnee oder Hagel aufgefangen. Die Füllstandshöhe gibt die Niederschlagsmenge in Litern pro Quadratmeter an.

Luftfeuchtigkeit und Hygrometer

Wasser liegt in der Luft in Form von gasförmigem Wasserdampf vor. Den Anteil des Wasserdampfes an der Luft bezeichnet man als Luftfeuchtigkeit. Messgeräte zur Bestimmung der Luftfeuchtigkeit werden als **Hygrometer** bezeichnet.

A Nenne die Wetterelemente, die im Wetterbericht eine Rolle spielen.

B Betrachte das Bild in der Handy-App. Beschreibe das Wetter in der hier dargestellten Handy-App.

2 Barometer

3 Niederschlagsmesser

M1 Wetterbeobachtungsbogen

Name: Camil Haghi							
Woche vom: 13.5.2024		bis: 19.5.2024		Uhrzeit der Messung: 16 Uhr			
Tag	Mo	Di	Mi	Do	Fr	Sa	So
Bewölkung	○ (sonnig)	○ (sonnig)	○ (sonnig)	(heiter)	(heiter)	(halb bedeckt)	(fast bedeckt)
Temperatur in °C	24 °C	25 °C	25 °C	22 °C	23 °C	21 °C	19 °C
Niederschlag ja/nein	nein	nein	nein	nein	ja	nein	ja
Wind	(leicht)	(mäßig)	(mäßig)	(leicht)	(mäßig)	(leicht)	(leicht)

Legende:

Bewölkung: ● bedeckt, fast bedeckt, halb bedeckt, heiter, ○ sonnig

Windstärke: ○ windstill, ○— leicht, mäßig, stark, stürmisch

Bei der Wetterbeobachtung hilft ein Wetterbeobachtungsbogen. Dabei ist es wichtig, die verschiedenen Wetterelemente immer zur gleichen Uhrzeit und am gleichen Ort zu messen. Nimm die Legende zur Eintragung der Elemente zu Hilfe.

1 Erstelle einen Wetterbeobachtungsbogen. Trage in diesen deine gemessenen und bestimmten Werte für eine Woche ein. | HILFE

2 Stelle deine Messwerte zur Temperatur in einem Liniendiagramm dar. | HILFE

Wind

Entstehung von Wind

Die Sonne spielt bei der Entstehung von Winden eine wichtige Rolle. Sie erwärmt den Boden und die untersten Luftschichten. Die erwärmten Luftteilchen bewegen sich schneller und steigen nach oben auf. In den unteren Luftschichten sind dann weniger Luftteilchen vorhanden. Sind weniger Luftteilchen vorhanden, übt die Luft hier auch einen geringeren Druck aus. Folglich ist hier ein **Tiefdruckgebiet** entstanden.

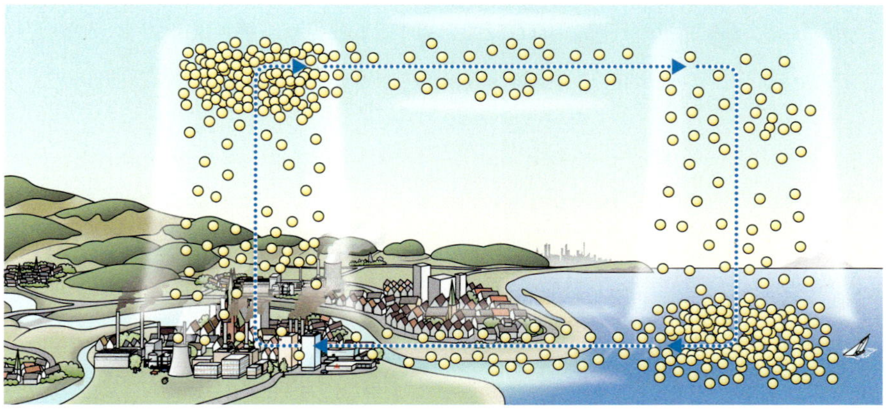

1 Entstehung von Wind und Druckausgleich

Von den Seiten strömt nun Luft ins Tiefdruckgebiet nach. Dieses Nachströmen von Luft bezeichnet man als **Wind**.
In den oberen Luftschichten befinden sich nach dem Aufstieg der Luftteilchen viele, dichter zusammenliegende Luftteilchen. Hier ist ein **Hochdruckgebiet** entstanden. Die Luft im Hochdruckgebiet kann nicht absinken, da von unten immer erwärmte Luft mit Teilchen nachströmt. Die Luft strömt deswegen zu den Seiten in ein benachbartes Tiefdruckgebiet. Dabei kühlt sie ab und sinkt wieder zu Boden.
In einem Wetterbericht werden die Druckgebiete oft mit einem **H** für das Hochdruckgebiet und einem **T** für das Tiefdruckgebiet abgekürzt.

Windböen

Wind bewegt sich meist nicht gleichmäßig. Oft schwankt die Geschwindigkeit oder er ändert abrupt die Richtung. Solche Wechsel heißen Bö oder Böe.

Land- und Seewind am Tag

An der Küste ist es oft windig. Die Entstehung des Windes kann man in mehrere Schritte aufteilen:

- **Erwärmung** • Die Sonne erwärmt am Tag das Land schneller als das Meer.
- **Luftaufstieg** • Die unteren Luftschichten an Land werden erwärmt und steigen auf. Es entsteht ein Tiefdruckgebiet am Boden. Die aufsteigende Luft bildet über dem Land in der Höhe ein Hochdruckgebiet. Da das Meer sich langsamer erwärmt, sind am Boden mehr Luftteilchen vorhanden. Dort ist ein Hochdruckgebiet.
- **Untere Winde** • Die Luft strömt vom Hochdruckgebiet des Meeres zum Tiefdruckgebiet des Landes nach.
- **Obere Winde** • Die Luft in der Höhe strömt vom Hochdruckgebiet des Landes ins Tiefdruckgebiet über dem Meer und kühlt sich dabei ab. Die kühlere Luft sinkt über dem Meer ab. Alle Luftströmungen am Tag über Land und Meer bilden einen Kreislauf des Windes. ▶

M1 Land- und Seewind bei Nacht

Am Tag erwärmt sich das Land schneller als das Meer. Jedoch kann das Wasser sehr gut Wärme speichern. In der Nacht gibt das Wasser des Meeres die gespeicherte Wärme wieder ab.

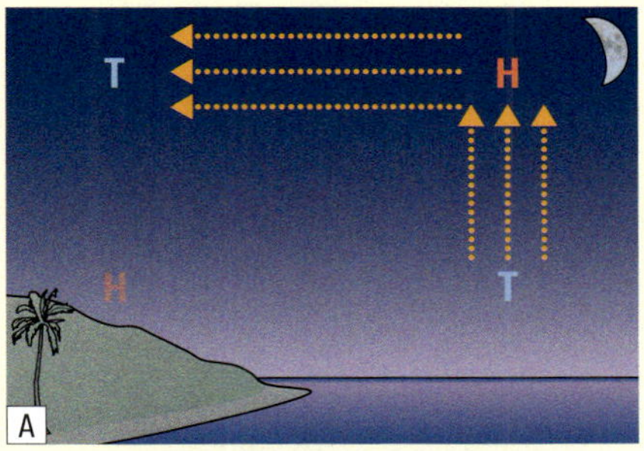

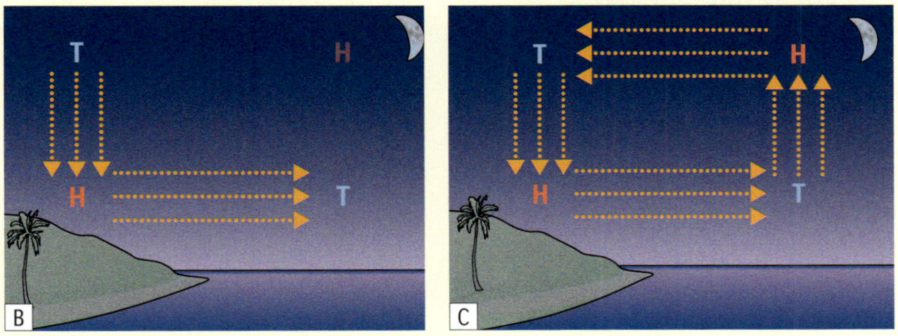

1 Beschreibe den Ablauf auf den Bildern A bis C.

2 Beschreibe, unter Verwendung von Fachbegriffen, die Bewegung der Luft in der Nacht. | HILFE

3 Erkläre, warum sich die Luft am Tag und in der Nacht in unterschiedliche Richtungen bewegt. | HILFE

4 Erkläre, warum Windsurfer gerne in der Mittagssonne surfen.

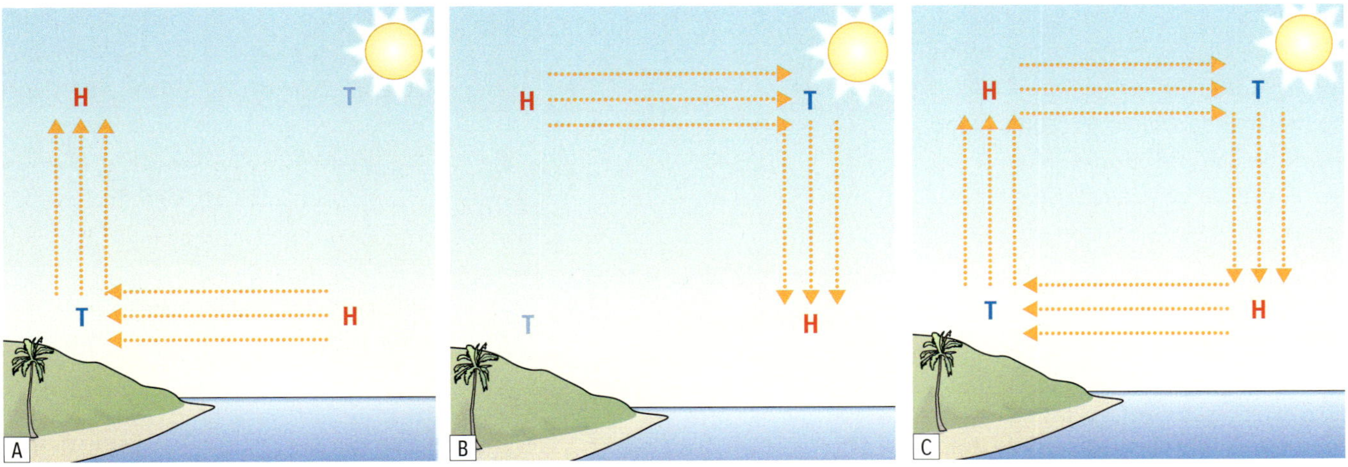

2 Land- und Seewind am Tag: **A** Luftaufstieg und untere Winde, **B** obere Winde und Abkühlung, **C** Kreislauf des Windes

Digital+
WES-187000-353

Windstärke

Wind kann unterschiedlich stark auftreten. Es kann sogar komplett windstill sein. Das kann man besonders gut an Schornsteinen erkennen, wenn Rauch senkrecht aufsteigt und auf der Haut kein Lufthauch zu spüren ist. Bei einem Orkan hingegen ist der Wind so stark, dass er sogar schwere Gegenstände bewegt und heftige Verwüstungen verursacht.

Die unterschiedlich stark auftretenden Windstärken werden in der Windststärkeskala, auch Beaufort-Skala genannt, beschrieben. Sie wurde nach Sir Francis Beaufort benannt. Diese Skala reicht von 0 bei Windstille bis Windstärke 12 bei einem Orkan. Zu jeder Windstärke gehört eine bestimmte Windgeschwindigkeit. Ein starker Wind mit der Windstärke 6 weht mit einer Windgeschwindigkeit von etwa 40 Kilometern pro Stunde (km/h). Das ist etwa so schnell wie ein Auto im Stadtverkehr. Bei einem schweren Sturm weht der Wind mit etwa 100 Kilometern pro Stunde. So schnell darf ein Auto auf der Landstraße fahren.

Die bisher auf der Erde gemessene, höchste Windgeschwindigkeit einer Böe betrug 408 km/h. Sie wurde 1996 in Australien gemessen. In Deutschland wurde die stärkste Böe mit 335 km/h auf der Zugspitze gemessen. Ungefähr so schnell kann ein ICE 3 fahren.

A Erkläre, wie Wind entsteht.

B Nenne die Beschreibungen der Windstärken 2 und 7.

C Erkläre, warum es ab Windstärke 5 besser und ab 8 notwendig ist, auf Waldspaziergänge zu verzichten.

Windstärkeskala

Windstärke	Bezeichnung	Geschwindigkeit	Auswirkung
Windstärke 0	**Windstille**	Geschwindigkeit **unter 1 km/h**	Rauch steigt gerade empor
Windstärke 1	leichter Luftzug	**bis 5 km/h**	Rauch treibt zur Seite
Windstärke 2	leichte Brise	**bis 11 km/h**	Blätter bewegen sich
Windstärke 3	schwache Brise	**bis 19 km/h**	dünne Zweige bewegen sich
Windstärke 4	mäßige Brise	**bis 28 km/h**	loses Papier wird angehoben
Windstärke 5	frische Brise	**bis 38 km/h**	kleine Bäume beginnen sich zu bewegen
Windstärke 6	starker Wind	**bis 49 km/h**	Regenschirme sind nur schwer zu halten
Windstärke 7	steifer Wind	**bis 61 km/h**	Das Gehen wird erschwert.
Windstärke 8	stürmischer Wind	**bis 74 km/h**	Zweige brechen von Bäumen
Windstärke 9	Sturm	**bis 88 km/h**	Bäume können brechen
Windstärke 10	schwerer Sturm	**bis 102 km/h**	Bäume werden entwurzelt
Windstärke 11	orkanartiger Sturm	**bis 117 km/h**	Größere Schäden an Häusern
Windstärke 12	Orkan	**ab 118 km/h**	schwere Verwüstungen

M2 Windstärke

1 Ordne die Bilder A bis D nach steigender Windstärke.

2 Ordne den Bildern eine Windstärke zu. Begründe anschließend deine Zuordnungen. | HILFE

Wetterkarten lesen

Wettervorhersagen

Wettervorhersagen enthalten meistens Informationen zur erwarteten Temperatur, Aussagen über den Niederschlag, Windstärke und Bewölkung. Im Sommer kommen oft noch Ozonwerte oder UV-Intensität und Pollenflugaussagen hinzu. Da in der Atmosphäre viele unvorhersehbare Prozesse ablaufen, kann das Wetter nie exakt vorhergesagt werden.

Wetterkarte lesen

Eine Wetterkarte zeigt verschiedene Bereiche an. Oft wird mit Farben gearbeitet. Unterschiedliche Farbtöne zeigen Bereiche unterschiedlicher Temperatur an oder Bereiche, in denen es voraussichtlich regnen wird. An den Orten, an denen die Färbung gleich ist, wird auch die angegebene Temperatur etwa gleich sein. In Bild 1 sieht man, dass beispielsweise im Bereich von Hannover bis Bremen etwa Minus ein Grad angesagt sind. An zentralen Orten, meist größeren Städten, werden dann auch Temperaturangaben eingeblendet. In Bild 1 sind bei Berlin -1°C angegeben.

Bei Aussichten auf eine Entwicklung der Wetterlage in den folgenden Tagen werden oft Hoch- und Tiefdruckgebiete und deren vermutliche Bewegung gezeigt. Daraus schließen die Meteorologen und Meteorologinnen, ob das Wetter in den weiteren Tagen eher sonnig, warm und trocken oder eher kalt, nass und stürmisch werden wird.

A Nenne die häufigsten Elemente der Wettervorhersage.

B Betrachte Bild 1 und gib an, welche Temperatur in Köln angesagt ist.

1 Temperaturanzeige Deutschlandkarte

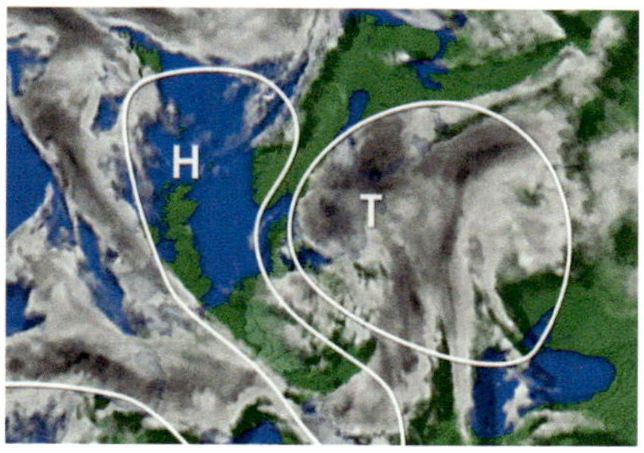

2 Hoch- und Tiefdruckgebiete über Europa

M1 Wetterkarte lesen

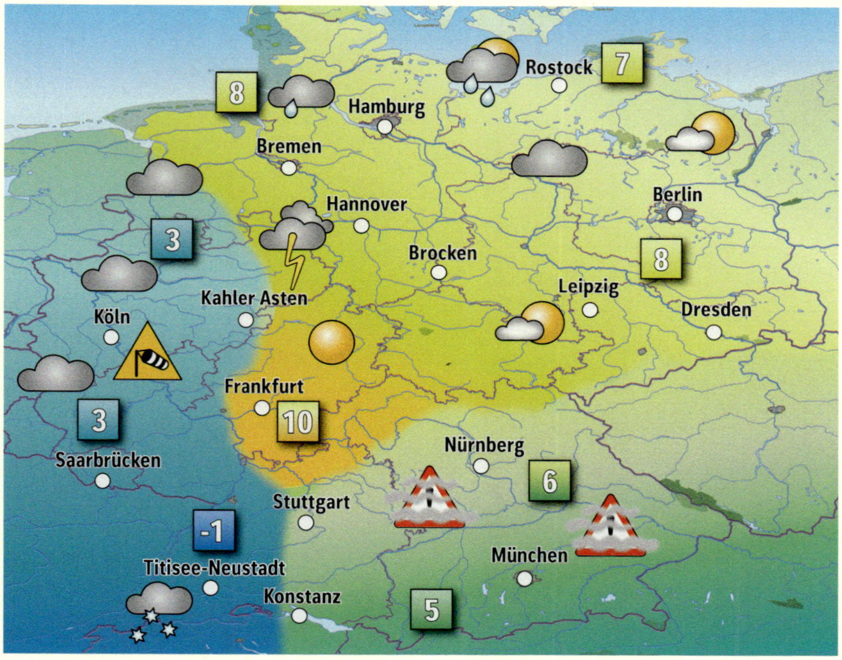

1 Betrachte die Wetterkarte und nenne den Ort, in dem es am wärmsten sein wird.

2 Betrachte die Wetterkarte und nenne den Ort, in dem es am kältesten sein wird.

3 Erläutere, wofür das rote Warndreieck mit den grauen Strichen darüber steht. | HILFE

4 Erkläre die Bedeutung der Farbbereiche, die sich über die gesamte Karte verteilen.

Digital+
WES-187000-355

Die Energie der Sonne

Die Sonne ist eine Energiequelle

Die Sonne gibt ihre Energie in Form von **Strahlungsenergie** ab. Wir nehmen diese Strahlung als Licht und Wärme wahr. Pflanzen nehmen diese Energie auf und speichern sie in Form von Nährstoffen. Bei diesem Vorgang wandeln die Pflanzen die Strahlungsenergie der Sonne in **chemische Energie** um. Diese ist in den Nährstoffen gebunden. Auch andere Lebewesen benötigen Energie. Sie nutzen sie, um sich bewegen, wachsen und fortpflanzen zu können. Wenn man eine Birne isst, nutzt der Körper die in ihr gespeicherte Energie. Der Körper wandelt die chemische Energie in **Bewegungsenergie** und **Wärme** um. Der Körper ist ein **Energiewandler**.
Die Energieumwandlungen kann man in einem **Energieflussdiagramm** abbilden.

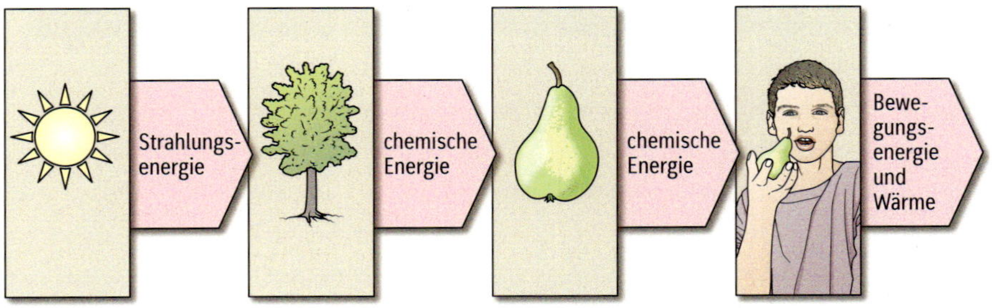

1 Energieflussdiagramm

Solarzellen

Auf vielen Dächern kann man dunkle Platten, die Solarzellen, finden. Viele dieser einzelnen Solarzellen sind zu großen **Photovoltaikanlagen** zusammengefasst. Diese sind nicht nur auf Dächern, sondern auch auf Feldern zu sehen. Sie wandeln die Strahlungsenergie der Sonne in elektrische Energie um. Die elektrische Energie kann vor Ort genutzt oder ins Stromnetz eingespeist werden. Auch einige Lampen in Gärten funktionieren mithilfe einer Solarzelle.

Sonnenkollektoren

Trifft die energiereiche Strahlung der Sonne auf Gegenstände, werden diese erwärmt. In Sonnenkollektoren wird die Energie der Sonne in Form von Wärme an das Wasser im Sonnenkollektor übertragen. Sonnenkollektoren heißen manchmal auch **Vakuumkollektoren**. Dadurch erhöht sich die Temperatur des Wassers. Das Warmwasser strömt dann von den Kollektoren über Rohrleitungen in einen Wasserspeicher. Das Warmwasser im Wasserspeicher kann dann für Heizkörper, zum Duschen oder für den Abwasch verwendet werden. ▶

2 Solarzellen

3 Sonnenkollektoren

M1 Solarzelle

1 Beschreibe den im Bild dargestellten Aufbau.

2 Beschreibe alle im Bild dargestellten Energieumwandlungen. | HILFE

3 Erstelle für dieses Beispiel ein Energieflussdiagramm.

M2 Sonnenkollektor

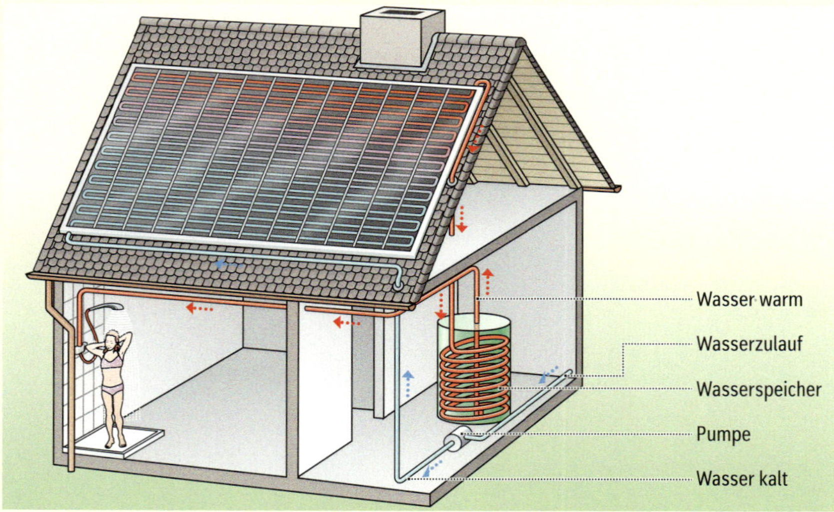

1 Beschreibe den Aufbau des Sonnenkollektors.

2 Erkläre die Funktionsweise eines Sonnenkollektors. | HILFE

3 Beschreibe die Energieumwandlung in einem Sonnenkollektor. | HILFE

4 Erkläre den Unterschied zwischen einer Solarzelle und einem Sonnenkollektor. | HILFE

5 Erstelle ein Energieflussdiagramm für einen Sonnenkollektor.

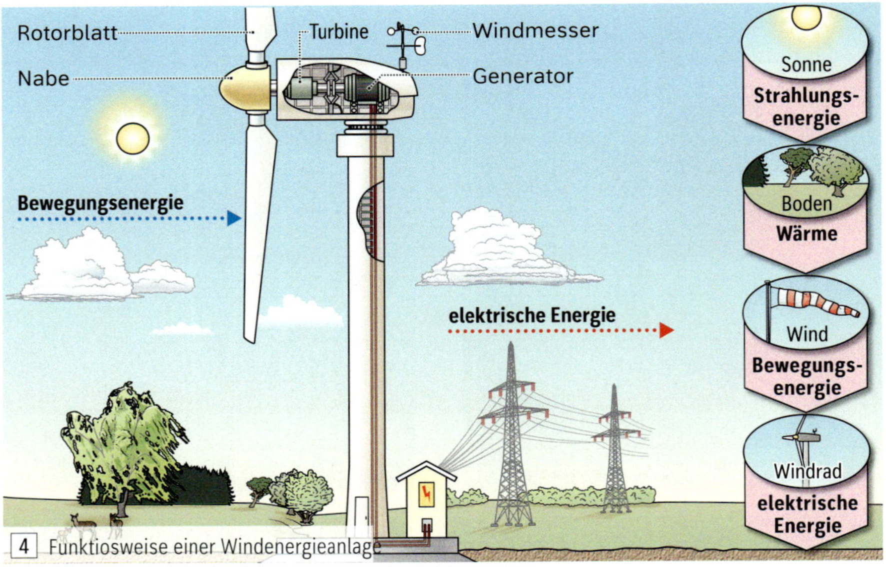

4 Funktiosweise einer Windenergieanlage

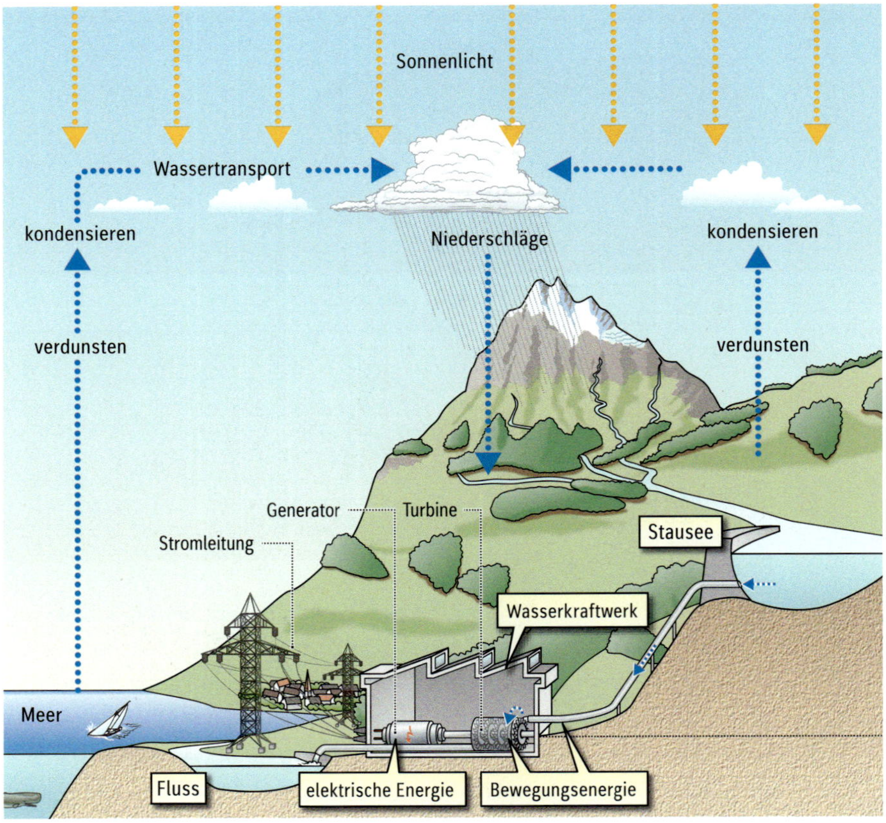

5 Nutzung der Wasserkraft

Windenergieanlagen

Durch die Energie der Sonne wird die Erdoberfläche erwärmt. Der Boden nimmt die Strahlungsenergie auf und gibt Wärme ab. Die Luft über dem Boden nimmt die Wärme in Bodennähe auf und steigt nach oben. Wenn warme Luft nach oben steigt, wird sie durch kältere Luft ersetzt, die von allen Seiten nachströmt. So entsteht Wind. Windenergieanlagen werden durch den Wind angetrieben. Sie nutzen die Bewegungsenergie der sich bewegenden Luft. Der Wind treibt die Windräder mit Turbinen und somit Generatoren an. Diese wandeln die Bewegungsenergie in elektrische Energie um.

Wasserkraftwerk

Durch die Energie der Sonne verdunstet das Wasser aus Meeren, Seen, Flüssen und von der Erdoberfläche. Wasserdampf steigt nach oben. Je höher er steigt, desto mehr kühlt sich der Wasserdampf ab. Dabei entstehen Wassertropfen, die **Wolken** bilden. Wind weht sie über das Land. Wenn die Tropfen zu schwer werden, fallen sie als **Regen** zur Erde. Über Bäche und Flüsse strömt das Wasser zum Meer. In Wasserkraftwerken wird mithilfe von Turbinen die Bewegungsenergie des strömenden Wassers an Generatoren übertragen, die sie in elektrische Energie umwandeln.

A Beschreibe die Energieumwandlungen bei einer Windenergieanlage mithilfe von Bild 4.

B Erkläre, warum in Windenergieanlagen und Wasserkraftwerken die Energie der Sonne indirekt genutzt wird.

Kohle, Erdöl, Erdgas

Kohle, Erdöl und Erdgas entstanden vor Millionen von Jahren. Deshalb werden sie als **fossile Brennstoffe** bezeichnet. Die Energie der Sonne bewirkte auch damals, dass Pflanzen wuchsen und dabei die Energie der Sonne in chemische Energie umwandelten. Wenn sie abgestorben waren, vermoderten sie und wurden von Erdschichten, Gestein und Geröll überlagert. Der Druck dieser Schichten auf die toten Pflanzen wurde mit der Zeit sehr groß. Dadurch wurde aus ihnen Kohle. Erdöl und Erdgas haben sich aus abgestorbenen Kleinstlebewesen gebildet, die vor Urzeiten im Meer lebten.

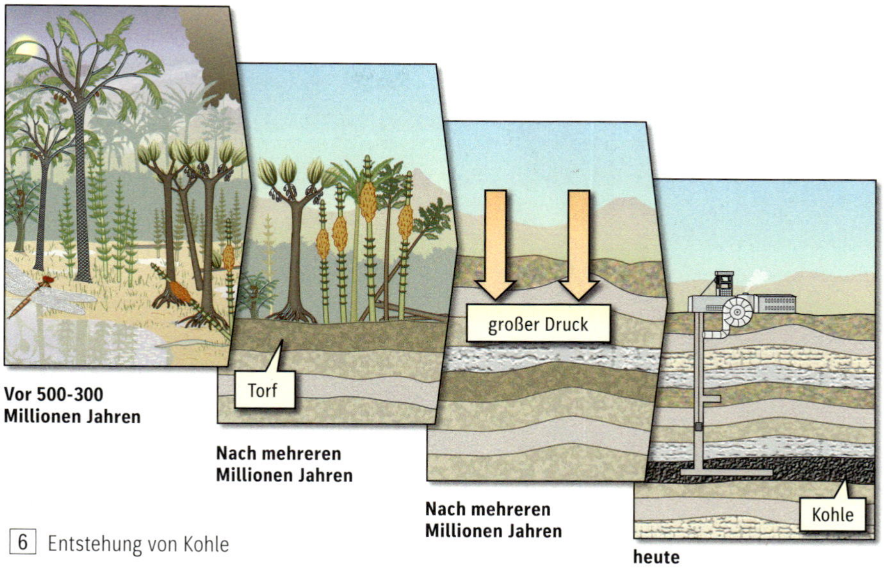

6 Entstehung von Kohle

Nachhaltige Energie

Fossile Brennstoffe entstehen sehr langsam. Sie bilden sich bei weitem nicht so schnell nach, wie die Menschen sie verbrauchen.

Zukünftig werden die Vorräte von Erdöl, Erdgas und auch Kohle auf der Erde erschöpft sein. Für sie muss eine Alternative gefunden werden. Die Sonne wird noch mehrere Milliarden Jahre lang scheinen und der Erde ständig Energie liefern. Der Vorrat an Strahlungsenergie ist folglich nicht begrenzt. Strom und Wärme, die direkt aus der Strahlungsenergie erzeugt werden, sind daher **nachhaltig**.

C Beschreibe die Bildung von Kohle und Erdöl.

D Erkläre, warum Kohle sehr energiereich ist.

E Erkläre, warum die fossilen Brennstoffe irgendwann aufgebraucht sein werden.

M3 Kohlekraftwerk

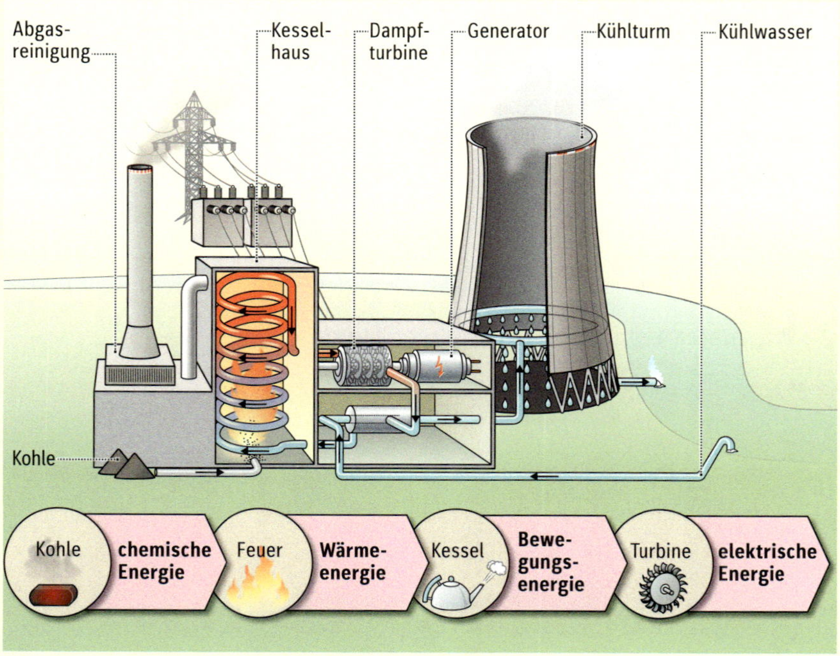

1 Beschreibe den Aufbau des dargestellten Kohlekraftwerks.

2 Erkläre, wie in einem Kohlekraftwerk elektrische Energie gewonnen wird. | HILFE

Projekt: Luft, Wärme und Wetter

T1 Temperatur

A

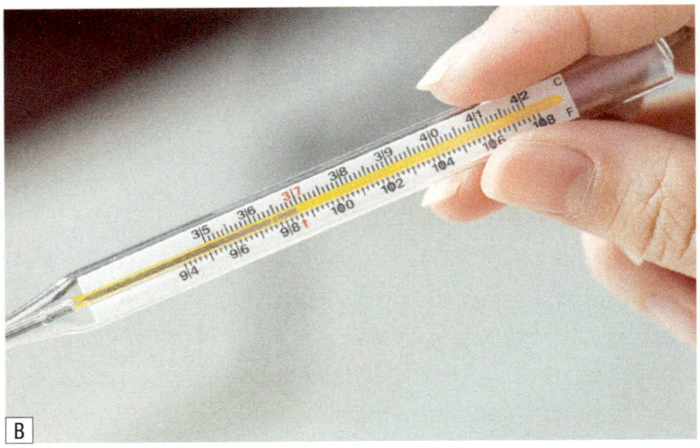
B

1 Lies die in Bild 1 abgebildete Temperatur ab und schreibe sie in dein Heft.

2 Mara kommt aus der Eislaufhalle und stöhnt: „Boah, ist das heiß!" „Nein", sagt Ilknur, die aus der Sauna kommt, „stimmt doch gar nicht." Beide schauen auf das Thermometer in Bild 1. Beschreibe die Situation der beiden.

3 Erstelle mit den Messwerten aus der Tabelle ein Temperatur-Zeit-Diagramm und lies anschließend die Temperaturen für 9 und für 22 Minuten daraus ab.

4 „Das Fieberthermometer zeigt meine Wärme an." Erkläre, was an dieser Aussage falsch ist.

5 „98 °C? Also entweder ist das Thermometer kaputt oder ich müsste schon längst tot sein!", ruft Juri entsetzt. „Weder noch. Du hast nur nicht richtig gelesen", beruhigt Özlem. Erkläre, was Juri falsch gemacht hat.

Zeit in Minuten	Temperatur von Wasser in °C
0	24
4	32
8	39
16	55
28	78
36	92

T2 Wärmetransport und Ausdehnung von Stoffen

A

B

1 Nenne verschiedene Arten des Wärmetransports.

2 Ordne den Bildern A und B eine Wärmetransportart zu. Begründe deine Zuordnung.

3 Erkläre die verschiedenen Arten des Wärmetransports.

4 Erkläre, was passieren kann, wenn man im Sommer bei einer Außentemperatur von 31 °C eine Dose mit Haarspray im Auto liegen lässt.

T3 Energie

1 Ordne den Ziffern die richtigen Fachbegriffe zu.

2 Beschreibe die dargestellten Energieumwandlungen.

3 Marlene sagt: „Energie geht nie verloren." Nimm Stellung zu Marlenes Aussage. Nutze dafür auch die Abbildung.

4 Entwickle ein Energieflussdiagramm für einen Sonnenkollektor.

T4 Wetter

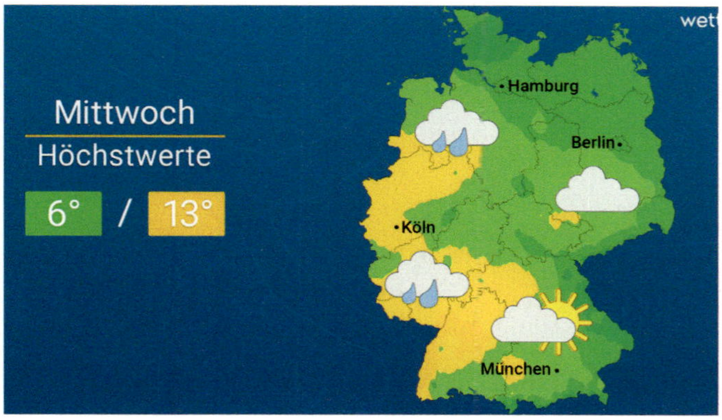

1 Nenne alle im Bild angezeigten Wetterelemente für diesen Tag.

2 Beschreibe, wie du unterschiedliche Temperaturen im Bild erkennst.

3 Erkläre, warum zwei Temperaturhöchstwerte für den Tag angegeben sind und was sie bedeuten.

4 Fährt man mit dem Auto einen Berg hinauf oder hinunter, spürt man Druck in den Ohren. Beschreibe die Ursache dafür.

5 Erkläre, warum in einem Tiefdruckgebiet das Wetter oft windig ist.

T5 Luftdruck

1 Beschreibe, was man unter dem Luftdruck versteht.

2 Erkläre, wann der Luftdruck größer oder kleiner ist.

3 Erkläre mit Hilfe der Abbildung, dass in großer Höhe ein geringerer Luftdruck herrscht.

4 Erkläre die Veränderungen vom Luftdruck in einem Fahrradreifen, wenn dieser aufgepumpt wird.

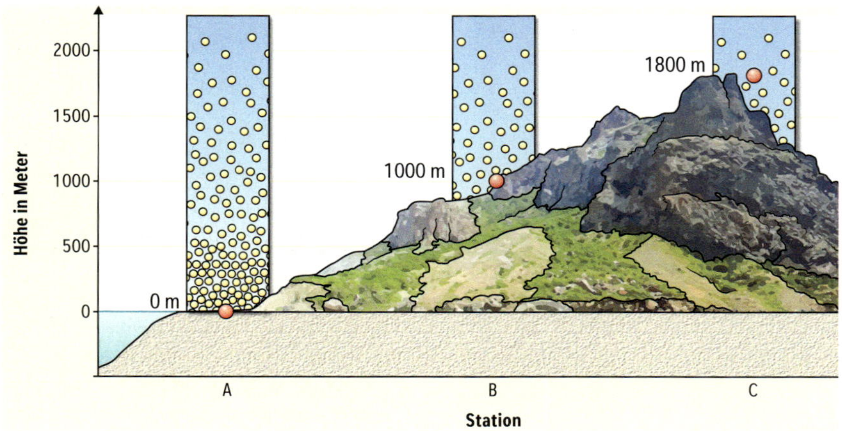

Projekt: Luft, Wärme und Wetter

Wärme breitet sich aus

In Festkörpern wird Wärme durch Wärmeleitung transportiert. Dabei breitet sich die Wärme immer vom heißen zum kalten Ende aus. Metalle sind gute Wärmeleiter. Kunststoffe sind dagegen schlechte Wärmeleiter.

In Flüssigkeiten und auch in Gasen wird Wärme durch Wärmemitführung transportiert. Luft oder Wasser werden dabei erwärmt, strömen zu einem anderen Ort und geben die Wärme dort dann wieder ab.

Bei der Wärmestrahlung wird Wärme ohne übertragenden Stoff, das bedeutet ohne Teilchen, transportiert.

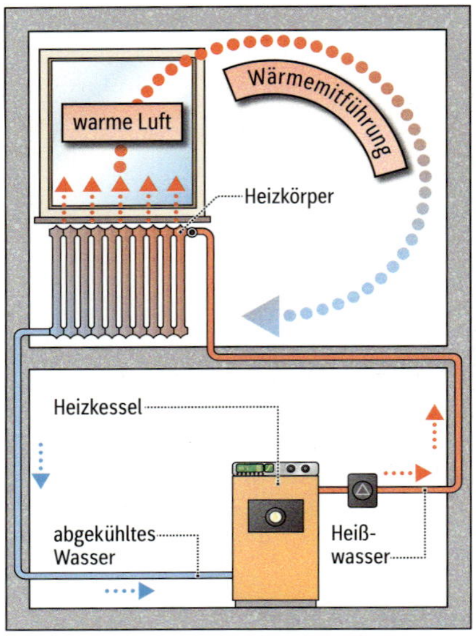

Unser Wetter

Temperatur, Luftdruck, Luftfeuchtigkeit, Windstärke, Niederschlag und Bewölkung sind Elemente des Wetters. Das Zusammenspiel dieser an einem bestimmten Ort zu einer bestimmten Zeit heißt Wetter. Betrachtet man die Wetterelemente an einem Ort über mehrere Tage, spricht man von der Witterung.

Wind

Die Sonne erwärmt den Boden und die untersten Luftschichten. Die erwärmten Luftteilchen bewegen sich schneller und steigen nach oben auf. Es ist ein Hochdruckgebiet entstanden. In den unteren Luftschichten sind dann weniger Luftteilchen vorhanden. Hier übt die Luft einen geringeren Druck aus. Es ist ein Tiefdruckgebiet entstanden. Von den Seiten strömt nun Luft ins Tiefdruckgebiet nach. Dieses Nachströmen von Luft bezeichnet man als Wind.

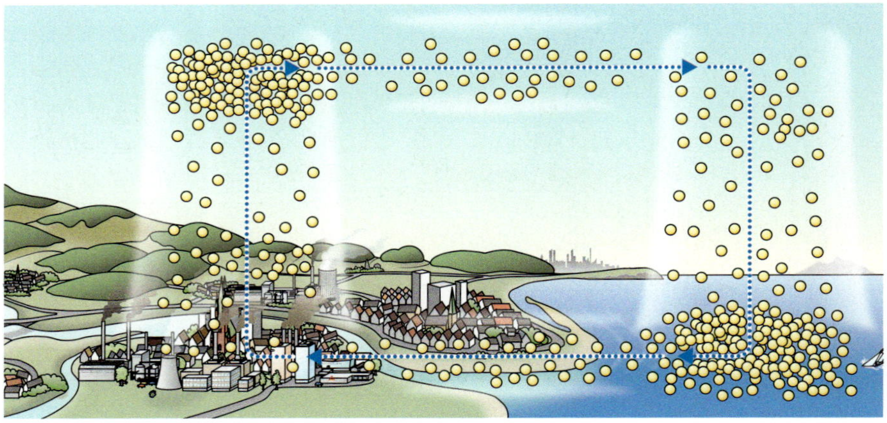

Die Sonne

Ohne das Licht der Sonne wäre ein Leben auf der Erde nicht möglich. Die Sonnenstrahlung besteht aus mehreren Bestandteilen: Dem farbigen, sichtbaren Spektrum und die für den Menschen unsichtbare infrarote und ultraviolette Strahlung. Zudem liefert die Sonne Energie, ohne die wir nicht leben könnten.

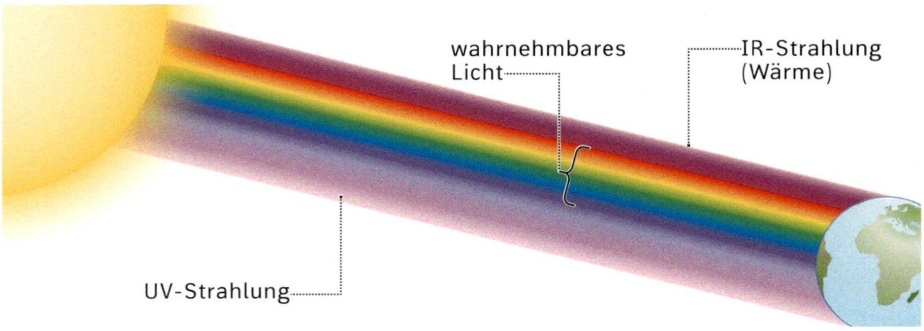

Zentralheizung im Haus

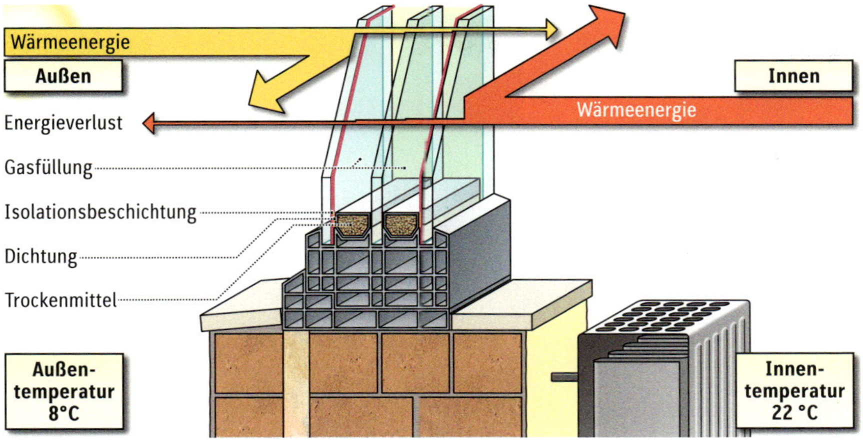

1 Aufbau eines Fensters

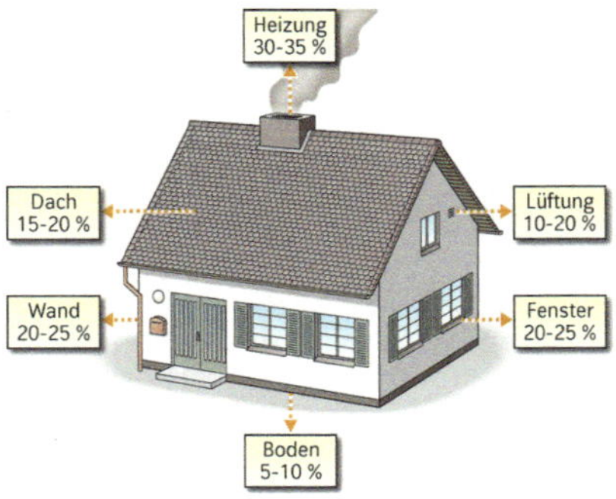

2 Energieverlust beim Heizen

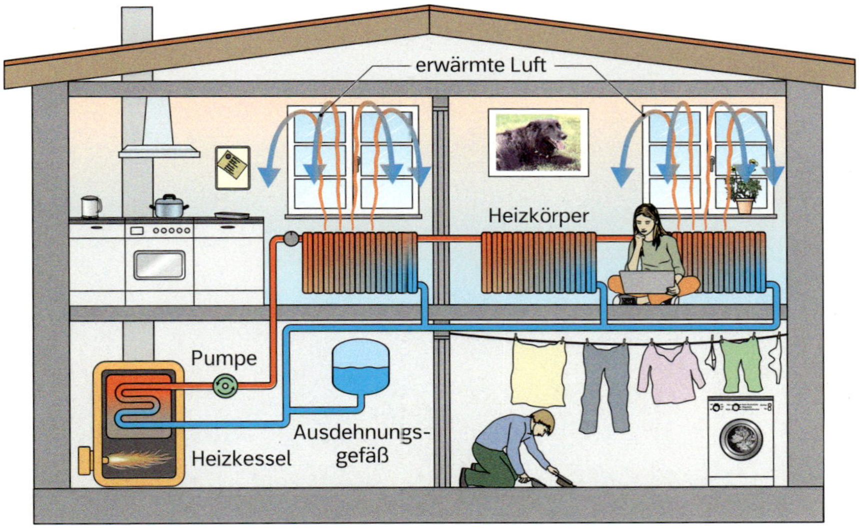

3 Heizung eines Hauses

4 Dämmmaterial

Viele Zentralheizungen von Häusern haben einen Heizkessel. Dort wird zum Beispiel Erdgas verbrannt. Mithilfe der freigewordenen Wärme wird Wasser erhitzt. Das warme Wasser wird durch Rohre im Haus verteilt.

1 Beschreibe, wie die Wärme im Haus verteilt wird.

2 Beschreibe Wärmetransportarten vom Heizkessel bis zum Wohnzimmer.

3 Begründe den Einbau eines Ausdehnungsgefäß in das Heizsystem.

4 Begründe, warum insbesondere Dächer und Fenster gut wärmeisoliert werden sollten.

5 Erläutere, warum gute Fenster und Dämmmaterialien viel Luft oder Gase einschließen.

6 Erkläre, warum in kalten Wintern die Heizung nie ganz abgedreht werden darf. Beachte die Anomalie des Wassers.

11

Bau des Körpers

1 Ein Kind macht einen Klimmzug an einem Klettergerüst.

2 Ein Kind holt beim Schwimmen Luft.

3 Ein Fahrradfahrer legt eine Pause ein und isst eine Banane.

A Erstellt eine Umfrage in der Klasse, welchen Sport ihr in eurer Freizeit ausübt.

B Nennt die Organe, die in den Bildern 1–3 im Mittelpunkt stehen.

C Beschreibt die Körperfunktionen, die diese Organe ermöglichen.

D Diskutiert gemeinsam, was der Begriff Stoffwechsel bedeutet. Nehmt die Bilder und die Mind-map zur Hilfe.

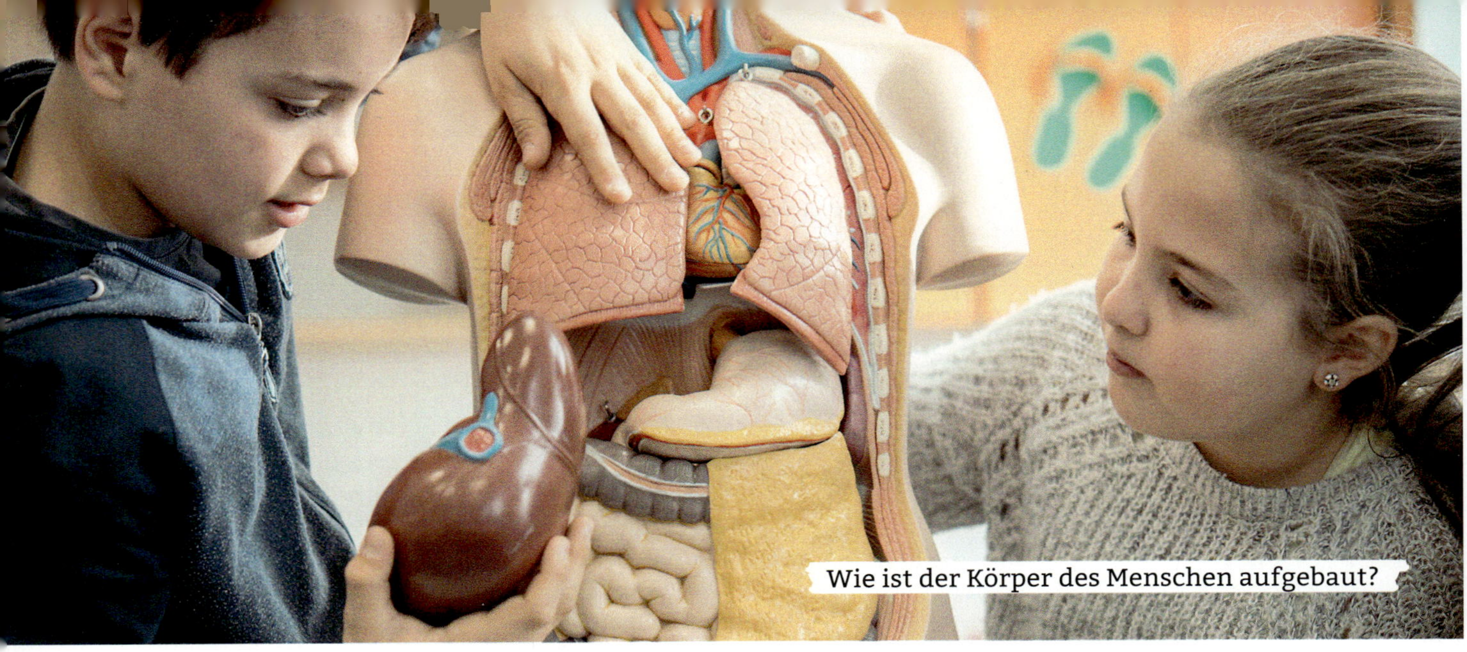

Bauplan des Menschen

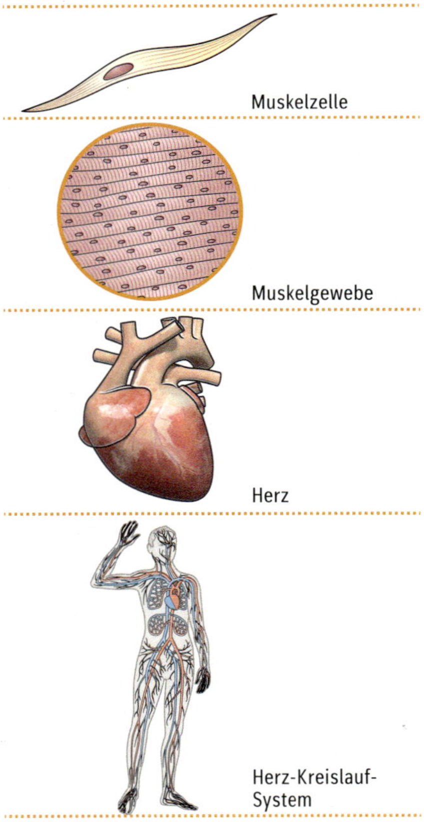

1 Von der Zelle zum Organsystem

Bau des Körpers

Menschen unterscheiden sich in ihrer Größe und Körperform. Jeder Körper hat aber den gleichen Bauplan. Er gliedert sich in **Kopf**, **Rumpf** und **Gliedmaßen**. Zum Rumpf zählen Brust, Bauch und Rücken. Über den Hals ist der Kopf mit dem Rumpf verbunden. Die Arme und Beine sind die Gliedmaßen. Auch der innere Bau ist bei jedem Menschen gleich. Im Brustraum befinden sich das Herz und die Lunge, im Bauchraum sind Magen, Darm und Leber.

Zellen und Gewebe

Der Mensch besteht aus 30 Billionen **Zellen**. Alle Zellen haben eine bestimmte Aufgabe. Sie sind spezialisiert. Beispielsweise kann sich eine Muskelzelle zusammenziehen und ermöglicht so Bewegungen. Viele gleiche Zellen arbeiten zusammen und verstärken so die Aufgabe der einzelnen Zellen. Sie bilden ein **Gewebe**.

Organe

Das Herz ist ein faustgroßer, hohler Muskel. Es besitzt zwei Hälften, die mit Blut gefüllt sind. Körperteile wie das Herz bestehen aus unterschiedlichen Geweben. Diese Gewebe erfüllen zusammen eine bestimmte Aufgabe. So pumpt das Herz Blut durch den Körper. Es ist ein **Organ**.

Organsysteme

Die inneren Organe arbeiten oft nicht unabhängig voneinander, sondern bewältigen als Gruppe bestimmte Aufgaben im Körper. Solche Organgruppen heißen **Organsysteme**. Aus dem Herz heraus und zum Herz hin führen Blutgefäße. Mit jedem Herzschlag presst das Herz Blut durch die Blutgefäße und somit durch den gesamten Körper. Das Herz und die Blutgefäße arbeiten zusammen, um das Blut durch den gesamten Körper zu transportieren. Sie bilden zusammen das **Herz-Kreislauf-System**.

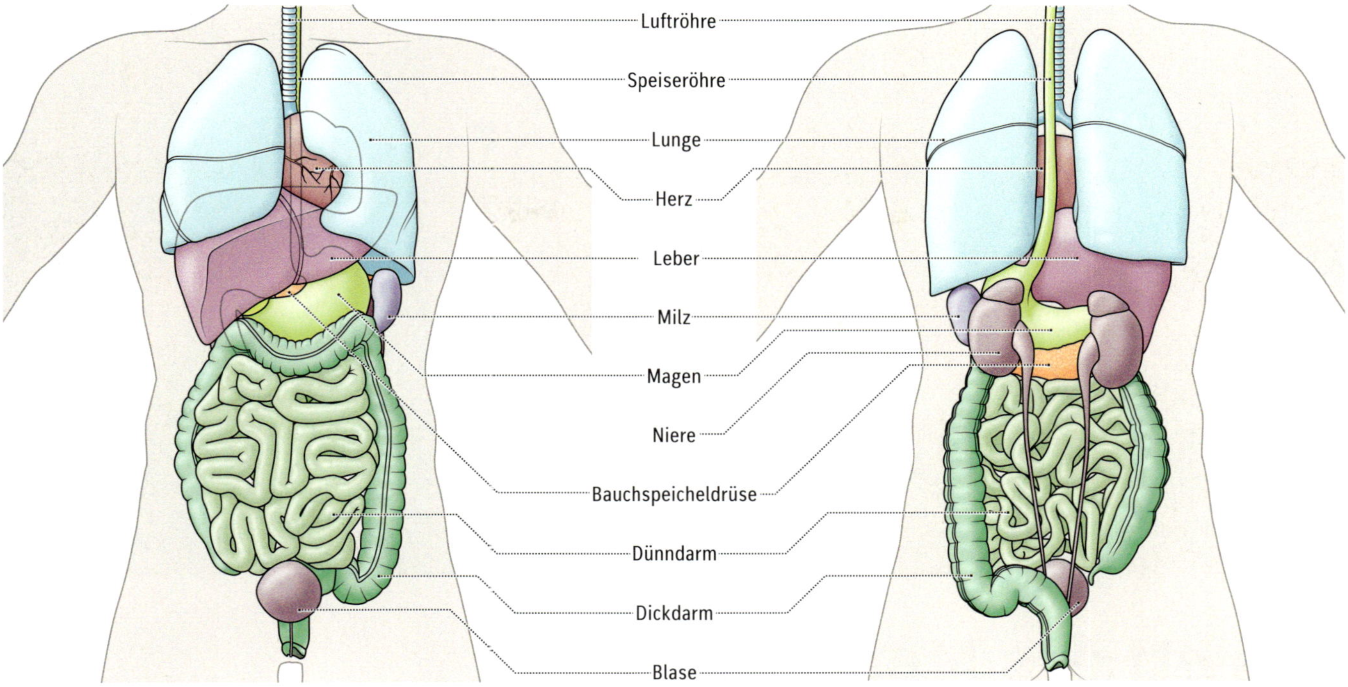

2 Innere Organe des Menschen: **A** Körperansicht vorne, **B** Körperansicht hinten

Organismus

Die Zusammenarbeit aller Organsysteme des Körpers ermöglicht das Leben eines Menschen. Der Körper besteht aus verschiedenen Organsystemen wie dem Herz-Kreislauf-System oder dem Verdauungssystem. Die Organsysteme bilden zusammen den **Organismus**.

Organisationsstufen

Jedes einzelne Organsystem des Organismus besteht aus unterschiedlichen Organen. Beim Verdauungssystem ist dies zum Beispiel der Magen. Dieser besteht aus vielen verschiedenen Zellen, die zusammenarbeiten. Die Magenwand ist ein Gewebe, welches Drüsenzellen enthält. Der menschliche Körper besteht also aus **Organisationsstufen**: die Zelle, das Gewebe, das Organ, das Organsystem und der Organismus.

A Beschreibe, wie ein Organismus aufgebaut ist.

M1 Organisationsstufen

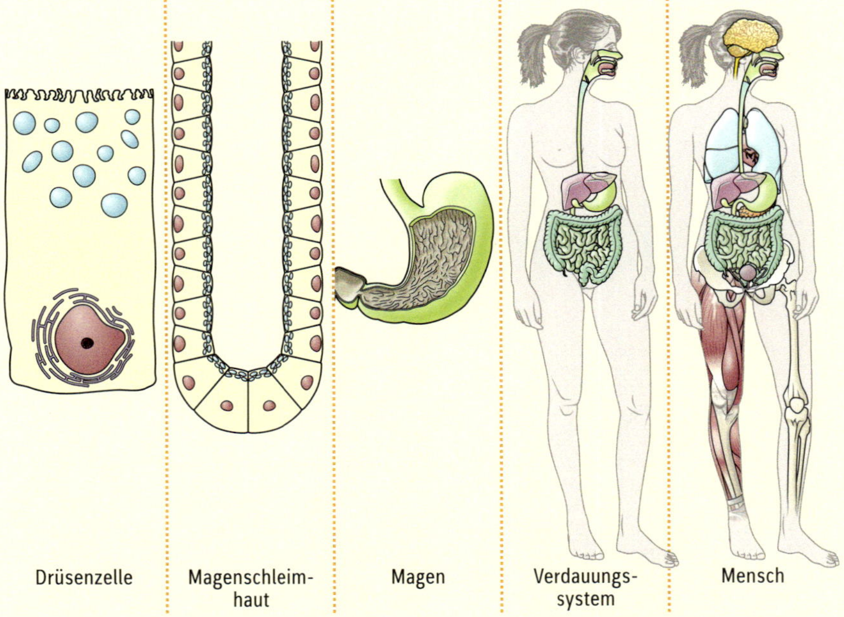

1 Ordne den Bildern jeweils richtig zu: Zelle, Gewebe, Organ, Organsystem, Organismus.

2 Beschreibe den Aufbau des menschlichen Körpers aus Zellen, Geweben und Organen. | HILFE

FILM

Skelett des Menschen

Skelett des Menschen

Über 200 Knochen bilden das Knochengerüst des Körpers, das **Skelett**. Das Skelett stützt den Körper und gibt ihm Stabilität. Das Skelett ist aber keine starre Stütze. Die einzelnen Knochen des Skeletts sind über Gelenke beweglich miteinander verbunden. Gelenke und Muskeln sorgen dafür, dass das Skelett bewegt werden kann.

Kopfskelett

Am oberen Ende der Wirbelsäule ist der Schädel. Zum **Gesichtsschädel** gehören unter anderem das Nasenbein, das Jochbein und der Oberkiefer. Der Unterkiefer ist der einzige Knochen des Schädels, der bewegt werden kann. Der **Gehirnschädel** besteht aus flachen **Knochenplatten**. Er umgibt das Gehirn und schützt es vor Verletzungen.

M1 Kopfskelett

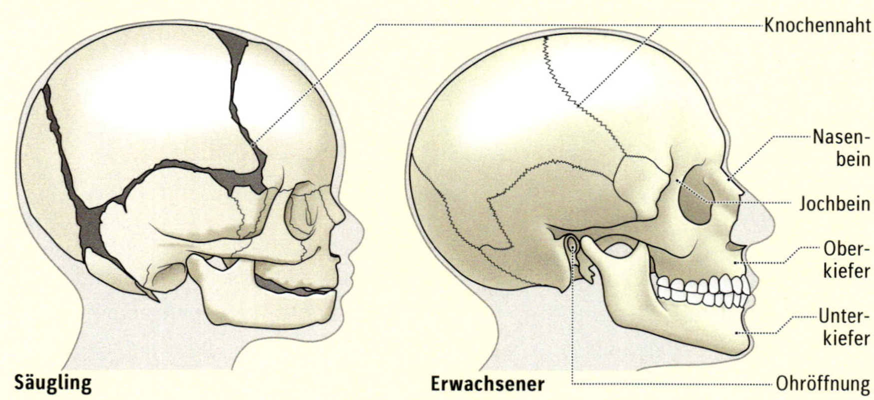

1 Nenne die dargestellten Knochen des Gesichtsschädels.

2 Beschreibe die Aufgabe des Gehirnschädels. | HILFE

3 Vergleiche das Aussehen der beiden Schädel miteinander. | HILFE

4 Stelle Vermutungen an, weshalb Säuglinge sanft hingelegt werden müssen.

Der Gehirnschädel eines Neugeborenen ist noch nicht zusammengewachsen. Dies dauert etwa ein Jahr. Die Stellen, an denen plattenförmige Knochen zusammenwachsen, heißen **Knochennähte**.

Rumpfskelett

Der zentrale Teil des Skeletts ist der **Rumpf**. Die **Wirbelsäule** ist dabei die Hauptachse, die den Körper aufrecht hält. Von ihrem mittleren Abschnitt zweigen beidseitig je 12 bogenförmige **Rippen** ab. Die meisten Rippen sind vorn mit dem **Brustbein** verbunden und bilden so den **Brustkorb**. Dieser schützt Herz und Lunge. Im oberen Bereich des Brustkorbs bilden **Schlüsselbeine** und **Schulterblätter** eine stabile, aber bewegliche Ansatzstelle für die Arme. Am unteren Ende der Wirbelsäule befindet sich der massive **Beckenknochen**, der durch seine schlalenartige Form die inneren Organe trägt. An ihm setzen auch die Beine an.

Gliedmaßenskelett

Arme und Beine sind die **Gliedmaßen**. Sie werden aus **Röhrenknochen** gebildet: dem Oberarmknochen und den zwei Unterarmknochen Speiche und Elle. Die Hand besteht aus 27 Knochen. Die Beine gliedern sich in den Oberschenkelknochen und die beiden Unterschenkelknochen Schienbein und Wadenbein. Der Fuß hat 26 Knochen.

A Nenne die Aufgaben des Skeletts.
B Ordne folgende Knochen den Skelettbereichen zu: Speiche, Brustbein, Oberkiefer, Fersenbein, Kniescheibe, Schulterblatt, Elle.

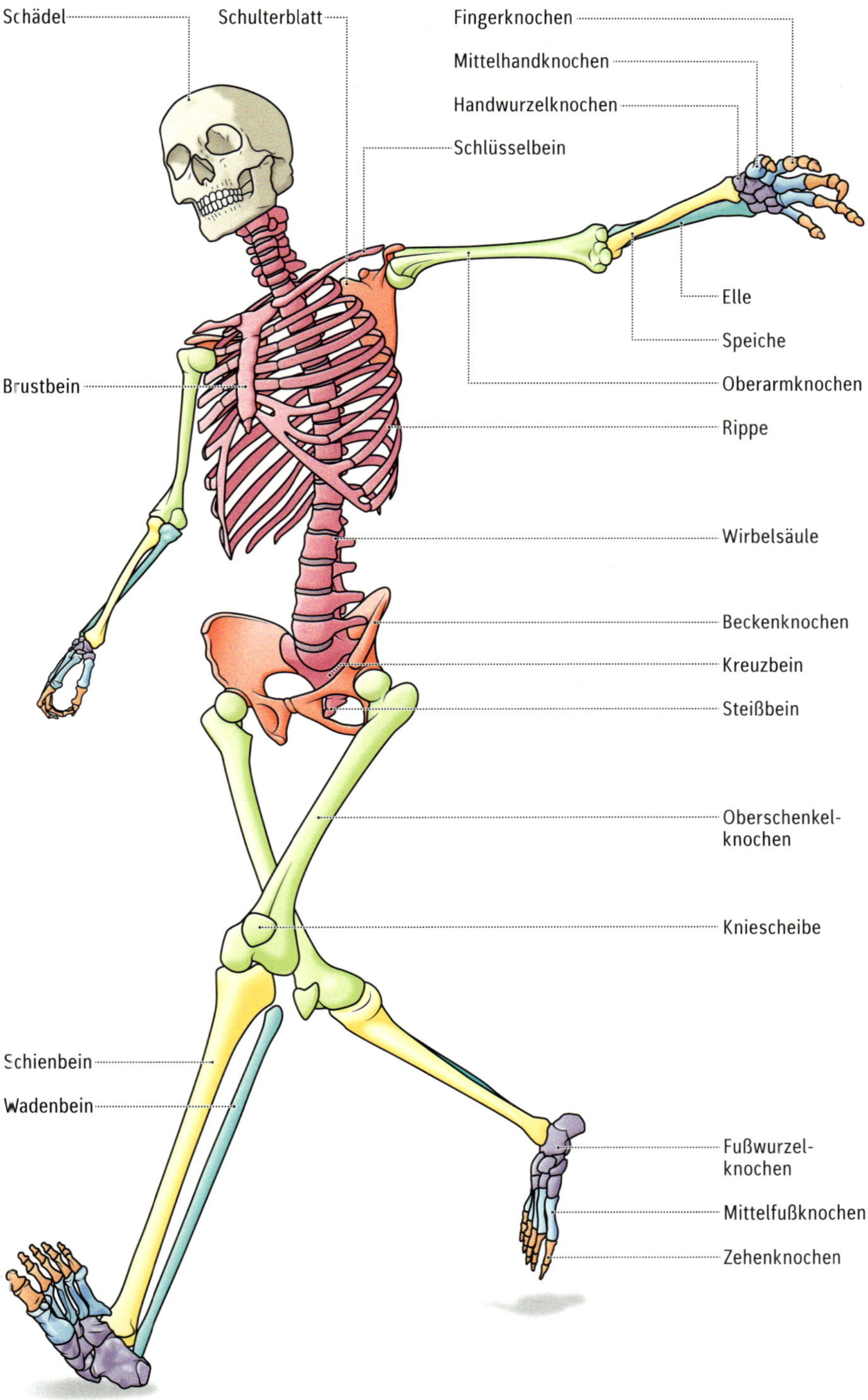

1 Skelett des Menschen ANIMATION

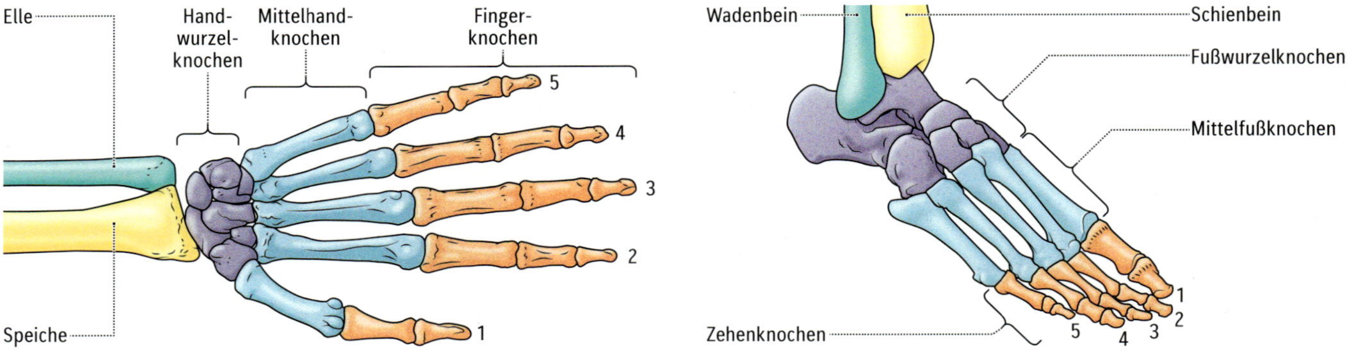

2 Gliedmaßenskelette: **A** Handskelett, **B** Fußskelett

Handskelett

An den Unterarmknochen setzt das Handskelett an. Zusammen mit den rundlichen **Handwurzelknochen** bilden die länglichen **Mittelhandknochen** die Handfläche. Die **Fingerknochen** sind über die Gelenke beweglich mit den Mittelhandknochen verbunden. Der Daumen ist ein besonderer Finger: Er kann abgespreizt werden, nach links und rechts bewegt werden sowie den anderen Fingern gegenübergestellt werden. So kann man Gegenstände gut greifen.

Fußskelett

An den Unterschenkelknochen setzt das Fußskelett an. Zusammen mit den rundlichen **Fußwurzelknochen** bilden die länglichen **Mittelfußknochen** die Sohle. Der Mensch ist ein **Sohlengänger**. Die **Zehenknochen** sind beweglich. Das Fußskelett bildet ein Gewölbe, welches das Körpergewicht trägt. Es federt Stöße beim Gehen und Springen ab. Werden die Fußmuskeln länger falsch belastet, kann sich das **Fußgewölbe** zu einem **Senkfuß** durchdrücken.

M2 Fußgewölbe

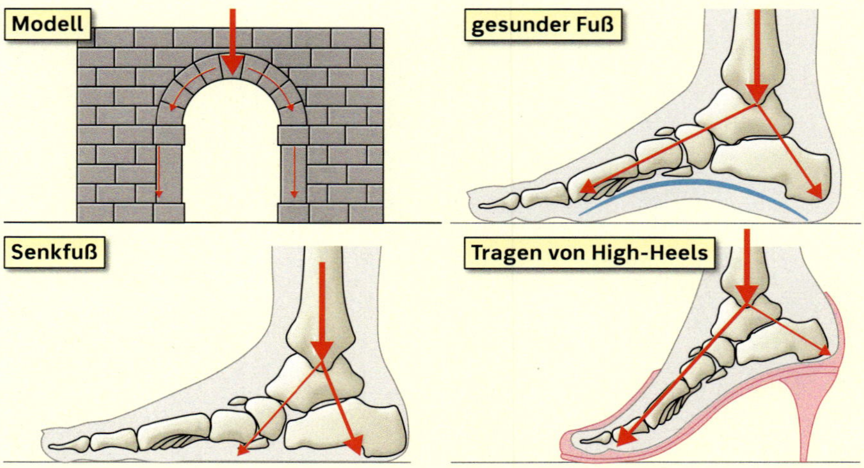

1 Beschreibe die besondere Form eines gesunden Fußskeletts.

2 Vergleiche die Gewichtsverteilung am gesunden Fußskelett mit einem Torbogen. | HILFE

3 Beschreibe die Form und die Gewichtsverteilung bei einem Senkfuß.

4 Erkläre, warum ständiges Tragen von High-Heels schädlich ist.

Aufbau eines Röhrenknochens

EXPERTENWISSEN

Knorpel und Knochen

Bei einem Kleinkind sind die Knochen biegsam. Sie bestehen aus festem, elastischem **Knorpel**. Während des Wachstums werden Kalk und andere Mineralstoffe in die Knochen eingelagert. So werden sie härter und belastbarer. Die Knochen eines Erwachsenen bestehen aus harten **Knochenkalk**. Knorpel findet sich im Erwachsenen oft noch zwischen Knochen.

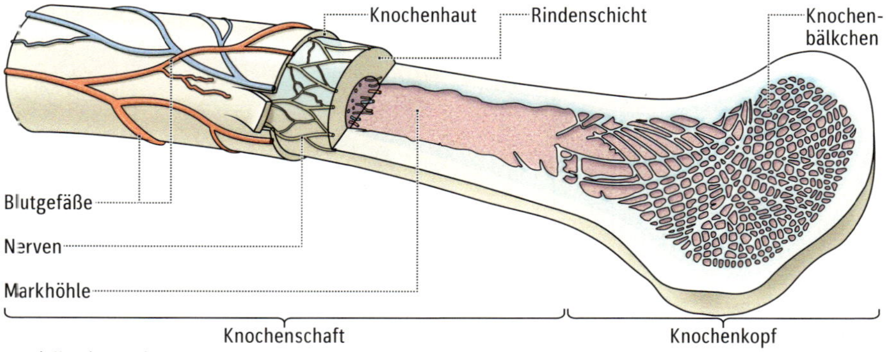

1 Bau eines Röhrenknochens

Aufbau eines Röhrenknochens

Die äußere Schicht eines Knochens ist die **Knochenhaut**. Sie ist mit Blutgefäßen durchzogen und versorgt den Knochen mit Nährstoffen und Sauerstoff. Nerven leiten Impulse weiter. Darum schmerzt auch der Tritt gegen das Schienbein. Darunter liegt die dichte **Rindenschicht**, die für Stabilität sorgt. Im Inneren des Knochens befindet sich ein großer Raum, die **Markhöhle**. Diese ist mit **Knochenmark** gefüllt. Im Knochenmark werden die verschiedenen Bestandteile des Blutes gebildet. An den Enden des Knochens ist die Markhöhle mit vielen kleinen **Knochenbälkchen** durchzogen. Das erhöht die Stabilität, weil die Belastung an diesen Enden, den **Gelenkköpfen**, oft deutlich größer ist als in der Mitte, dem **Knochenschaft**.

A Beschreibe den Unterschied von Knorpel und Knochen.

B Beschreibe den Aufbau eines Röhrenknochens.

M1 Knochenbälkchen

1 Beschreibe den Bau eines Röhrenknochens und die Funktionen seiner Bestandteile.

2 Vergleiche die Bilder A und B. Nenne Gemeinsamkeiten und Unterschiede. | HILFE

3 Erkläre, warum der Knochen leicht und doch stabil ist.

4 Erläutere, welche Eigenschaften eines Knochens für den Bau von Gebäuden genutzt werden.

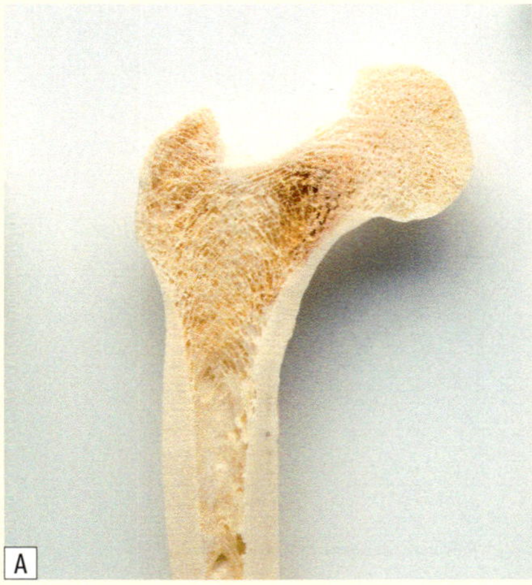

A

B

Wirbelsäule des Menschen

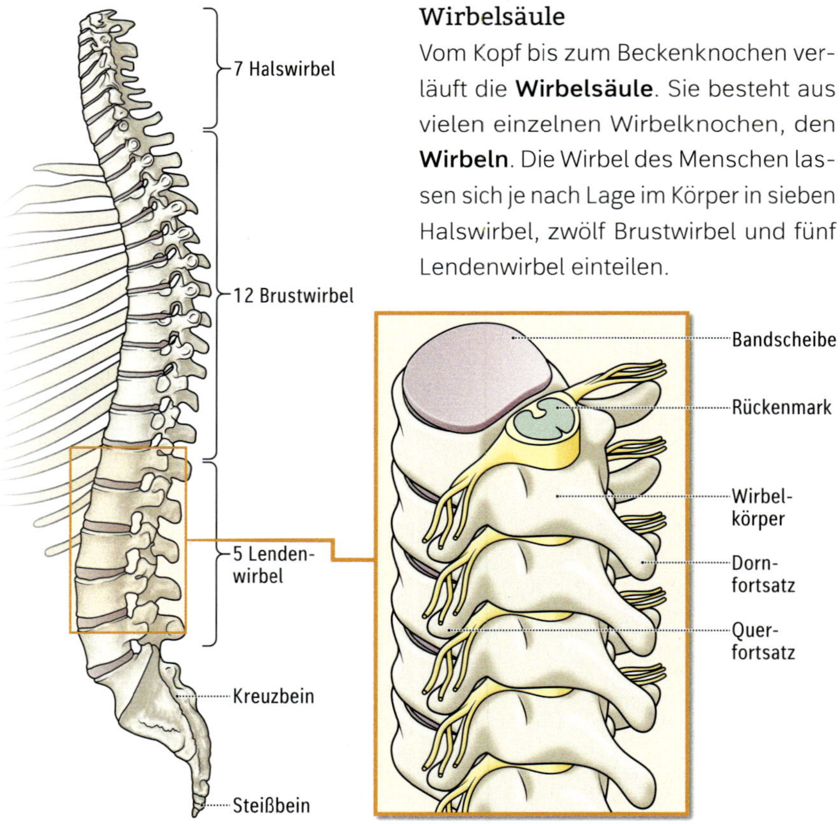

1 Aufbau der Wirbelsäule

Wirbelsäule

Vom Kopf bis zum Beckenknochen verläuft die **Wirbelsäule**. Sie besteht aus vielen einzelnen Wirbelknochen, den **Wirbeln**. Die Wirbel des Menschen lassen sich je nach Lage im Körper in sieben Halswirbel, zwölf Brustwirbel und fünf Lendenwirbel einteilen.

Die beweglichen Halswirbel tragen den Kopf und ermöglichen seine Bewegungen. An den Brustwirbeln setzen die Rippen des Brustkorbes an. Die Lendenwirbel sind groß und tragen den größten Teil des Körpergewichts. Weitere fünf Wirbel sind zum Kreuzbein verwachsen. Die letzten Wirbel sind sehr klein und bilden das Steißbein. Kreuzbein und Steißbein bilden den Übergang zum Beckenknochen.

Die Wirbelsäule ist vom Kopf bis zum Brustbereich S-förmig gebogen. Vom Brustbereich bis zum Becken hat sie eine weitere S-förmige Krümmung. Die Wirbelsäule ist **doppelt-s-förmig** gebogen. Diese Form hat eine besondere Bedeutung für den Menschen. Durch die doppete S-Form können beim Gehen Stöße abgefedert werden. Außerdem kann so das Gewicht des Körpers und Kopfes getragen werden. So wird der aufrechte Gang ermöglicht.

Wirbel

Jeder Wirbel der Wirbelsäule besteht aus einem **Wirbelkörper**. An ihm befinden sich knöcherne Fortsätze, an denen Muskeln ansetzen. So kann der Körper, aber auch die Wirbelsäule bewegt werden. Die Rippen sind über die beiden **Querfortsätze** mit dem Wirbel verbunden. Den **Dornfortsatz** jedes Wirbels kann man beim Streichen über den Rücken spüren. In der Mitte des Wirbels liegt das **Wirbelloch**. In ihm verläuft der wichtigste Nervenstrang des Körpers, das **Rückenmark**. Alle Wirbel liegen übereinander und bilden so einen durchgängigen Kanal. Dadurch verläuft das Rückenmark von oben nach unten. Das Rückenmark verbindet das Gehirn mit dem Körper. Das Gehirn schickt über das Rückenmark Impulse an die Muskeln und die Organe. Die Wirbelsäule stützt also nicht nur den Körper, sie schützt auch das Rückenmark.

Bandscheiben

Zwischen den Wirbeln liegen wie Kissen die **Bandscheiben**. Sie verhindern, dass die Wirbel schmerzhaft aneinander reiben. Die Bandscheiben sind mit Gel gefüllt, was sie elastisch macht. Bei Sprüngen oder Stößen werden sie zusammengedrückt, wodurch sie die Belastung abfedern. Einseitige Belastungen wie falsches Heben und Tragen können zu dauerhaften Haltungsschäden oder schmerzhaften Bandscheibenvorfällen führen. Dabei drücken die Bandscheiben auf die Nerven.

A Beschreibe die Form, Einteilung und Aufgaben der Wirbelsäule.

M1 Haltungsschäden vermeiden

1 Beschreibe die Fehlhaltungen in den dargestellten Comics.

2 Erkläre, welche Folgen sich durch dauerhafte Fehlhaltungen ergeben können. | HILFE

3 Erläutere, warum ein gut sitzender Rucksack besser für die Körperhaltung ist als das Tragen von Umhängetaschen.

M2 Bandscheibenvorfall

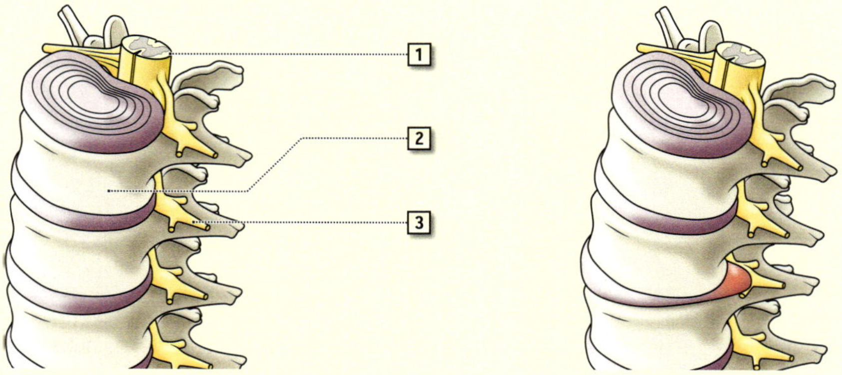

1 Benenne die mit Ziffern gekennzeichneten Bestandteile.

2 Vergleiche die Bandscheiben in Bild A und B miteinander. | HILFE

3 Beschreibe mithilfe von Bild B die Entstehung eines Bandscheibenvorfalls. | HILFE

Mit Modellen arbeiten

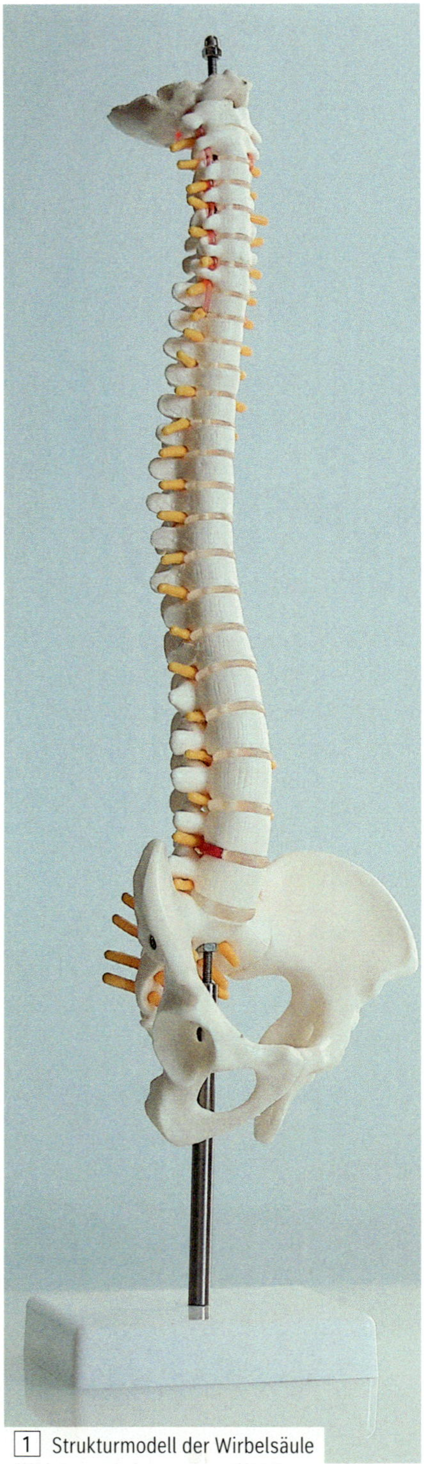

1 Strukturmodell der Wirbelsäule

Arbeit mit Modellen

Manchmal ist es in den Naturwissenschaften schwierig, sich etwas im Original anzuschauen. Bestimmte Strukturen können sehr klein, versteckt oder nicht gut zu erkennen sein. In solchen Fällen kann ein **Modell** helfen. Es stellt ausgewählte Teile dar und ist darum eine Vereinfachung der Wirklichkeit.

Mit **Strukturmodellen** kann der Aufbau von einzelnen Bestandteilen oder biologischen Strukturen veranschaulicht werden.

Mit **Funktionsmodellen** können besimmte Funktionen von Strukturen nachvollzogen oder biologische Vorgänge nachgestellt werden.

Oft können nicht alle Bauteile oder Funktionen im Modell dargestellt werden. Manche Bauteile können auch fehlen. Diese Grenzen des Modells müssen beschrieben werden. Dies bezeichnet man als **Modellkritik**.

Bei der Arbeit mit einem Modell muss man einige Fragen beachten:

- Welche Teile im Modell entsprechen welchen Teilen im Original?
- Was ist im Modell im Vergleich zum Original verändert oder vereinfacht worden?
- Was fehlt im Modell im Vergleich zum Original?

M1 Beweglichkeit der Wirbelsäule im Modell

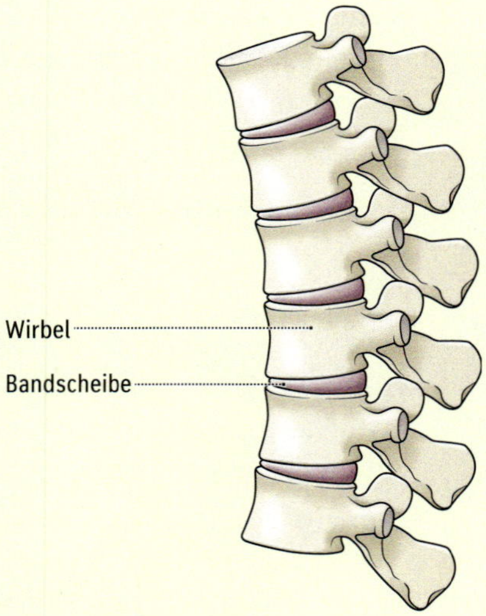

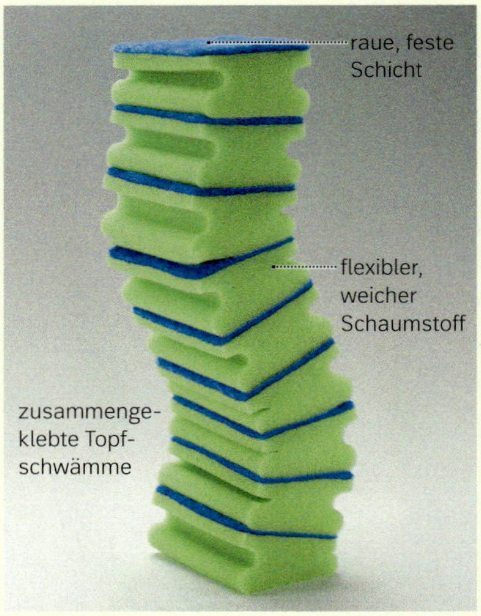

1 Ordne den verschiedenen Modell-Bauteilen die Bauteile der Wirbelsäule zu.

2 Entwickle eine Frage, die man mit diesem Modell beantworten kann. | HILFE

3 Erkläre, welche Funktionen der Wirbelsäule dieses Modell gut veranschaulicht. | HILFE

4 Erkläre die Grenzen dieses Modells und entwickle Verbesserungsvorschläge.

M2 Drahtmodelle

Dieser Modellversuch veranschaulicht die Funktion der Wirbelsäule des Menschen.

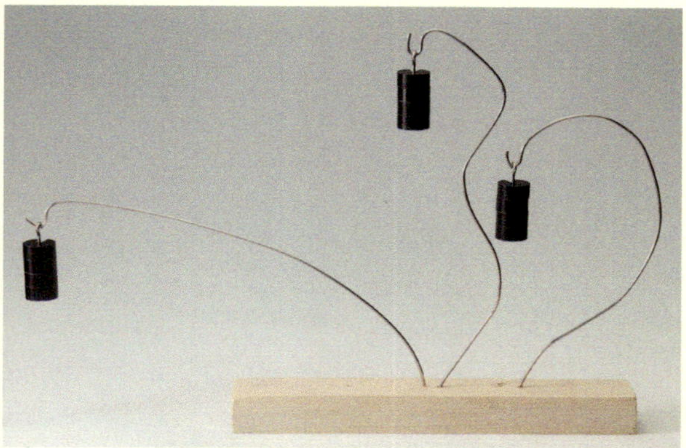

1 Beschreibe den Aufbau eines Modellversuchs.
2 Entwickle eine Frage, die man mit diesem Modellversuch beantworten kann. | HILFE
3 Erkläre, welche Funktionen der Wirbelsäule dieser Modellversuch gut veranschaulicht. | HILFE
4 Entwickle Möglichkeiten, wie die Ergebnisse des Modellversuchs beispielsweise mit einem Lineal messbar gemacht werden könnten.

M3 Modell des Fußgewölbes

Dieser Modellversuch veranschaulicht die Funktion des Fußskeletts. Die besondere Form des Fußskeletts bezeichnet man als Fußgewölbe.

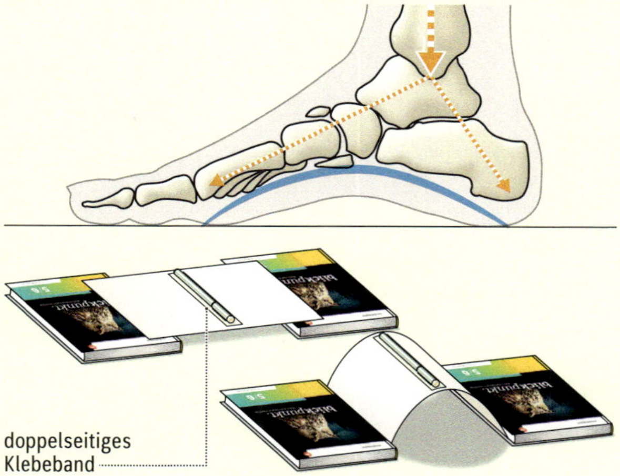

1 Beschreibe den Aufbau dieses Modellversuchs.
2 Entwickle eine Frage, die man mit diesem Modellversuch beantworten kann. | HILFE
3 Stelle eine begründete Vermutung an, wie das Ergebnis dieses Modellversuchs sein wird. | HILFE
4 Erkläre, welche Funktionen des Fußgewölbes dieser Modellversuch gut veranschaulicht. | HILFE
5 Erkläre die Grenzen dieses Modells und entwickle Verbesserungsvorschläge.

M4 Modell eines Röhrenknochens

Dieser Modellversuch veranschaulicht die Funktion eines Röhrenknochens.

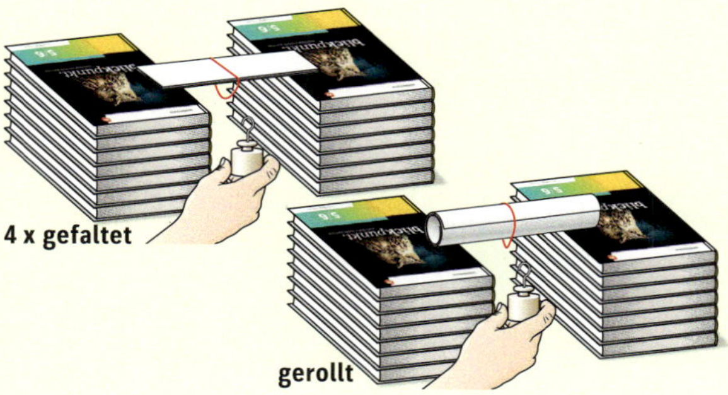

1 Beschreibe den Aufbau eines Modellversuchs.
2 Entwickle eine Frage, die man mit diesem Modellversuch beantworten kann. | HILFE
3 Erkläre, welche Funktionen eines Röhrenknochens dieser Modellversuch gut veranschaulicht. | HILFE
4 Erkläre die Grenzen dieses Modells.

Gelenke des Körpers

Aufbau eines Gelenks

Die meisten Knochen des Körpers sind über **Gelenke** beweglich miteinander verbunden. An einem Gelenk besitzt einer der beiden Knochen ein verdicktes Ende. Dieser **Gelenkkopf** passt genau in die Vertiefung des anderen Knochens, in die **Gelenkpfanne**.

An ihren Kontaktflächen sind Gelenkkopf und Gelenkpfanne von glattem, elastischen **Gelenkknorpel** überzogen. Zwischen den beiden Kontaktflächen befindet sich ein Zwischenraum, der **Gelenkspalt**. Dieser ist mit einer zähen Flüssigkeit, der **Gelenkschmiere** gefüllt. Der Gelenkknorpel und die Gelenkschmiere schützen die Knochen. Um das Gelenk herum liegt die **Gelenkkapsel**. Sie sorgt vor allem dafür, dass der Gelenkkopf bei normaler Belastung nicht aus der Gelenkpfanne springt oder sich verschiebt.

Bänder stützen das Gelenk

Dehnbare **Bänder** an den Knochen geben Festigkeit und verhindern das Verschieben von Gelenkkopf und Gelenkpfanne im Gelenk. Gleichzeitig lassen sie Bewegungen zu. Regelmäßige, schonende Bewegung stärkt die Muskeln, Bänder und somit die Gelenke.

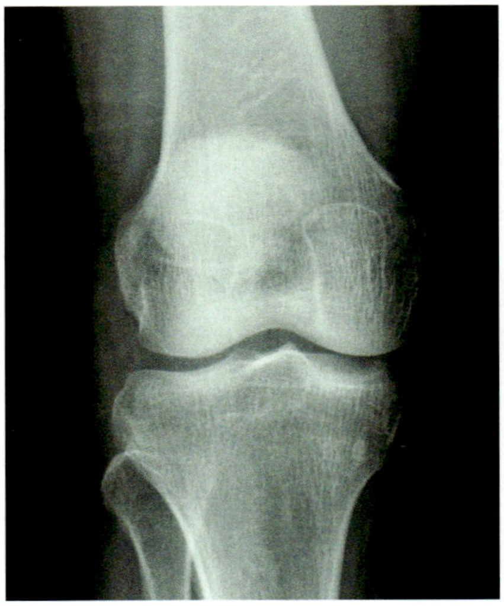

1 Röntgenbild eines Kniegelenks

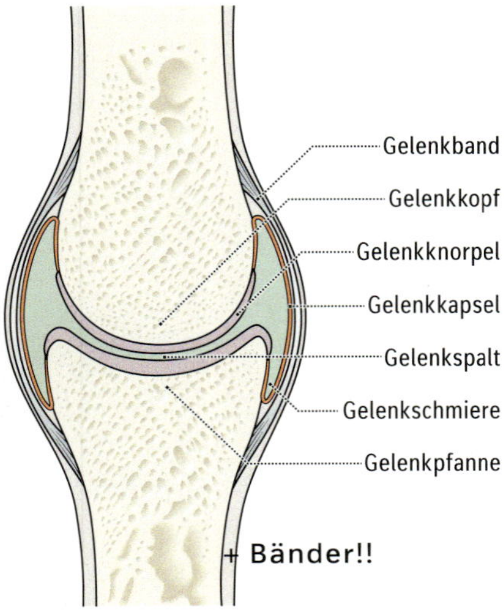

2 Schema eines Gelenks

Gelenktypen

Je nachdem, welche Bewegung ausgeführt werden kann, unterscheidet man zwischen verschiedenen **Gelenktypen**. Den Unterarm kann man im Ellbogengelenk nach oben und unten bewegen. Wie das Scharnier einer Tür ermöglicht das Ellbogengelenk Bewegungen in nur eine Richtung. Das Ellbogengelenk ist ein **Scharniergelenk**.
Der Oberarm kann in der Schulter in viele Richtungen bewegt werden. Der Gelenkkopf am oberen Ende des Oberarmknochens hat die Form einer Kugel. Die Gelenkpfanne in der Schulter ist kugelig ausgehöhlt. Das Schultergelenk ist ein **Kugelgelenk**.
Der Daumen hat zwei ineinandergreifende Gelenkflächen. Dadurch kann er abgespreizt und etwas seitlich bewegt werden. Nur der Daumen hat solch ein **Sattelgelenk**.

Gelenkverletzungen

Gelenkverletzungen sind schmerzhaft und schränken Bewegungen ein. Wird zum Beispiel das Kniegelenk verdreht, kann es zu einem Riss im Knorpel kommen. Bei ruckartigen Bewegungen zu einer **Bänderdehnung** kommen. Im schlimmsten Fall reißen die Bänder. Man spricht von einem **Bänderriss**. Wenn ein Gelenk überstreckt wird, kann der Gelenkkopf aus der Gelenkpfanne springen. Kehrt der Gelenkkopf nicht wieder in die Gelenkpfanne zurück, spricht man von einer **Verrenkung**.

A Beschreibe den Bau eines Gelenks und nenne die Funktion der einzelnen Bestandteile.

M1 Gelenkmodelle

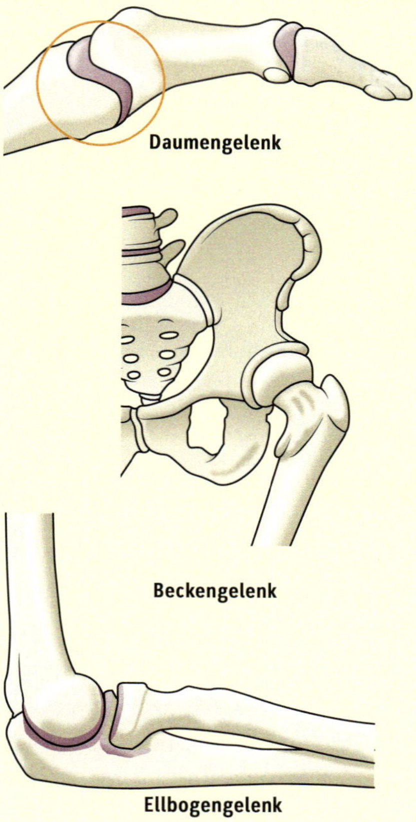

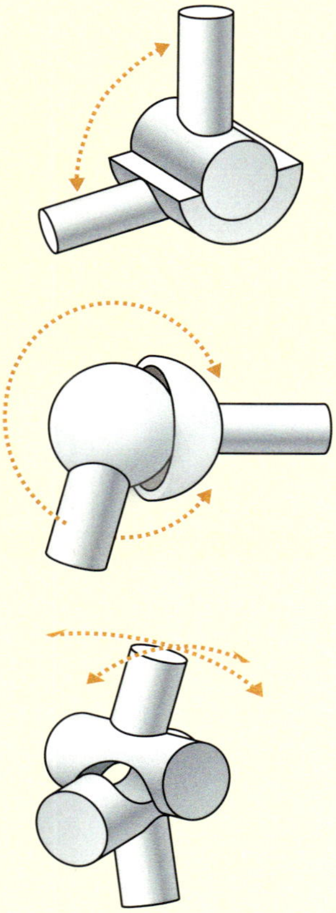

1 Beschreibe die Bewegungsrichtungen der Gelenkmodelle A–C. Beachte die Pfeile.

2 Ordne den dargestellten Gelenken die passenden Gelenkmodelle zu. Begründe deine Zuordnung.

3 Übertrage die unten stehende Tabelle in dein Heft und ergänze sie. | HILFE

4 Beschreibe die Bewegungsrichtungen des Zeigefinger- und des Schultergelenks. Begründe, um welchen Gelenktyp es sich handelt.

Gelenktyp	Beweglichkeit	Beispiele
...	Eine Richtung: vor und zurück	...
Kugelgelenk	...	...
...	...	...

Muskeln des Körpers

Bau der Skelettmuskulatur

Die **Skelettmuskeln** geben dem Körper Stabilität und Beweglichkeit. Sie sind aus mehreren **Muskelfaserbündeln** zusammengesetzt, die wiederum aus einzelnen **Muskelfasern** bestehen. Jeder Skelettmuskel wird von einer festen **Muskelhaut** umschlossen. Sie geht an den Enden des Muskels in feste, stabile **Sehnen** über. Die Sehnen sind häufig mit Knochen verbunden.

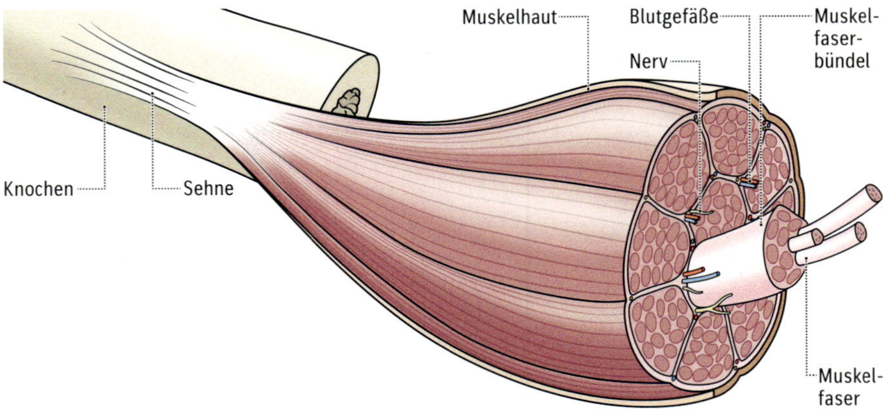

1 Bau eines Skelettmuskels

Oft überspannen Sehnen ein Gelenk, sodass viele Muskeln ihre Enden an verschiedenen Knochen haben. Durch ihre Tätigkeit bewegen die Muskeln so über die Gelenke das Skelett. Dabei arbeiten alle Muskeln gleich: Sie ziehen sich zusammen und verkürzen sich so. Das geschieht immer, wenn der Muskel über die Nerven Impulse aus dem Gehirn erhält.

Muskeln brauchen Energie

Damit sich Muskeln zusammenziehen können, benötigen sie viel Energie. Diese erhalten sie aus Nährstoffen und Sauerstoff, die sie aus dem Blut bekommen. Darum haben Muskeln viele Blutgefäße. Strengt man sich körperlich an, benötigen die Muskeln mehr Energie als bei ruhigen Bewegungen. Dafür werden die Atmung und der Herzschlag schneller und die Muskeln werden stärker durchblutet.

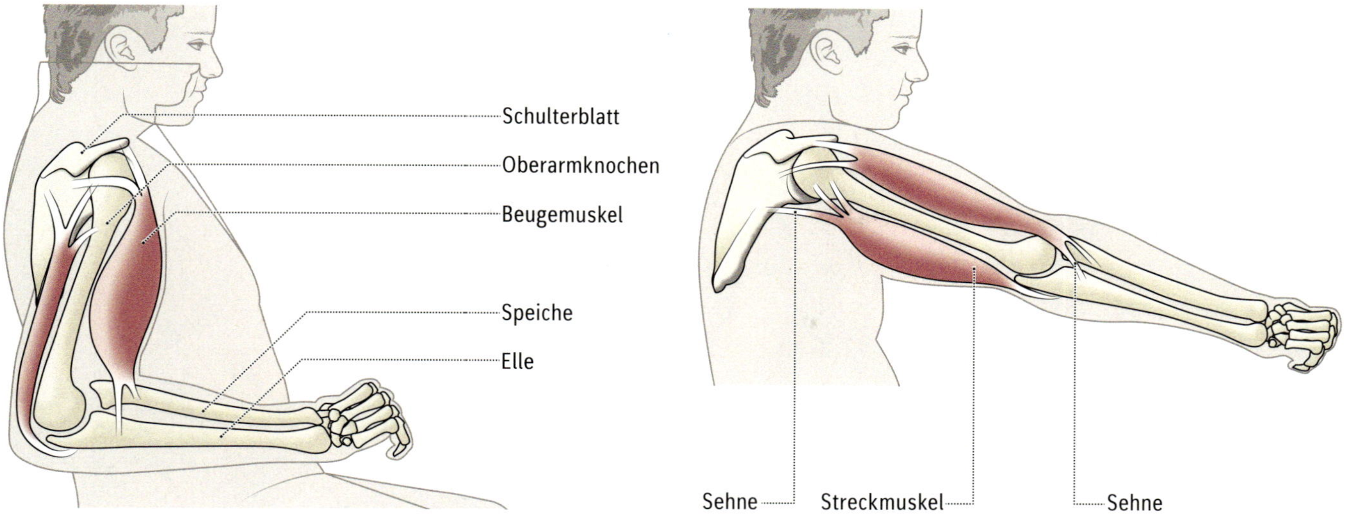

2 Muskeln arbeiten zusammen

Gegenspielerprinzip

Beim Rudern werden vor allem die Muskeln der Arme und der Beine beansprucht. Die Arme müssen dabei abwechselnd angewinkelt und wieder gestreckt werden.

Dafür ist der vordere Oberarmmuskel, der **Bizeps**, über Sehnen mit dem Schulterblatt und den beiden Unterarmknochen verbunden. Wenn sich der Bizeps zusammenzieht, wird er kürzer und dicker. Die Oberarmknochen und die Unterarmknochen bewegen sich aufeinander zu. Der Arm wird gebeugt. Der Bizeps ist ein **Beugemuskel**.

Damit der Arm nicht mehr gebeugt ist, muss ein anderer Muskel aktiv werden. Der hintere Oberarmmuskel, der **Trizeps**, ist mit dem Schulterblatt und mit der Elle verbunden. Wenn sich der Trizeps zusammenzieht, werden die beiden Unterarmknochen nach unten bewegt. Der Arm wird gestreckt. Der Trizeps ist ein **Streckmuskel**.

Wenn sich der Trizeps zusammenzieht, wird automatisch der Bizeps gedehnt. Dieser wird dadurch länger und dünner. Umgekehrt wird der Trizeps gedehnt, wenn sich der Bizeps zusammenzieht.

Bizeps und Trizeps arbeiten als Gegenspieler zusammen. Viele Muskeln arbeiten nach diesem **Gegenspielerprinzip**.

A Beschreibe den Bau eines Skelettmuskels.

B Erkläre, warum Muskeln gut durchblutet sind.

M1 Gegenspielerprinzip

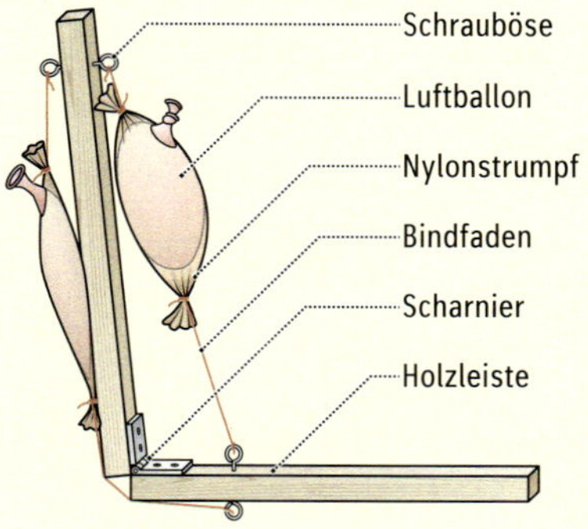

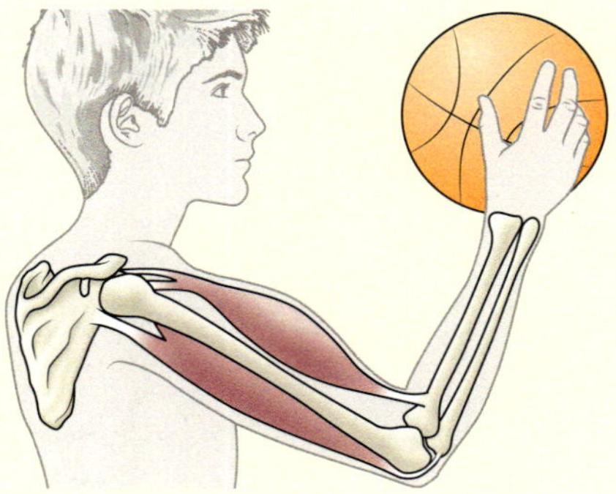

1 Ordne den Bauteilen des Modells die passenden Bauteile des Körpers zu.

2 Beschreibe die Funktionsweise des Modells und erkläre damit das Gegenspielerprinzip. | HILFE

3 Beim Ballwurf arbeiten die Muskeln des Oberarms zusammen. Beschreibe mit dem Bild, wie die Muskeln zusammenarbeiten.

4 Erkläre am Beispiel des Ballwurfs das Gegenspielerprinzip.

Digital+
WES-187000-379

Nährstoffe und Ergänzungsstoffe

Ernährung

Damit ein Auto fahren kann, braucht es energiereichen Treibstoff wie Benzin. Auch Menschen müssen energiereiche Stoffe aufnehmen. Statt Benzin nehmen wir Nahrungsmittel zu uns. Besonders wichtig für die **Ernährung** sind die Kohlenhydrate, Fette und Eiweißstoffe. Sie werden als **Nährstoffe** bezeichnet.

Kohlenhydrate

Kohlenhydrate kommen vor allem in pflanzlichen Lebensmitteln vor. Zu den einfachen Kohlenhydraten zählt Traubenzucker, die **Glukose**. Andere Kohlenhydrate wie die **Stärke** sind lange Ketten einfach gebauter Kohlenhydrate. Stärke kommt vor allem in Brot, Kartoffeln und Nudeln vor.

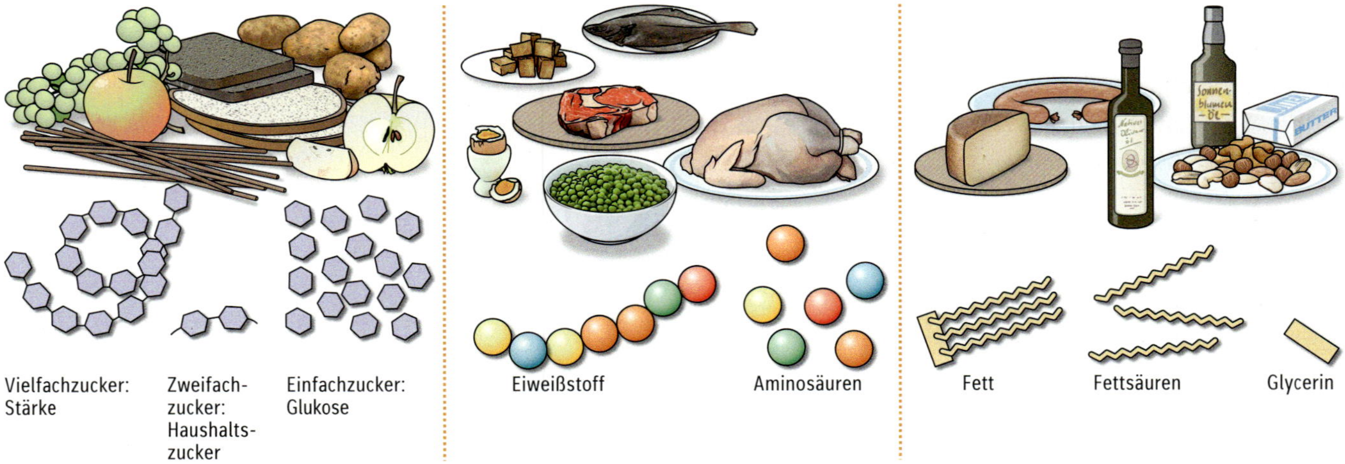

1 Nährstoffgruppen: **A** kohlenhydratreiche Lebensmittel, **B** eiweißreiche Lebensmittel, **C** fettreiche Lebensmittel

Kohlenhydrate sind energiereich. Sie können schnell vom Körper aufgenommen werden. Kohlenhydrate ermöglichen dem Körper, alle Lebensvorgänge aufrechtzuerhalten und Bewegungen auszuführen. Darum nennt man Kohlenhydrate auch **Betriebsstoffe**.

Eiweißstoffe

Die energiereichen **Eiweißstoffe** kommen vor allem in Fisch, Fleisch oder Milch vor. Sie sind aber auch in pflanzlichen Nahrungsmitteln wie Erbsen, Linsen oder Sojabohnen enthalten. Eiweißstoffe bestehen aus langen Ketten von **Aminosäuren**. Da sie ein wichtiger Bestandteil jeder Zelle sind, werden sie für den Aufbau von Knochen und Muskeln im Körper benötigt. Eiweißstoffe sind **Baustoffe** des Körpers. Für Kinder sind sie besonders wichtig, da ihr Körper noch im Wachstum ist.

Fette

Tierische **Fette** sind vor allem in Butter und Wurst enthalten. In pflanzlichen Lebensmitteln findet man Fette in Samen und Früchten. Nüsse haben einen sehr hohen Fettgehalt. Fette bestehen aus **Glycerin** und **Fettsäuren**. Schwer verdauliche, gesättigte Fettsäuren befinden sich in tierischen Fetten. Gut verdauliche, ungesättigte Fettsäuren kommen in pflanzlichen Fetten vor. Fette sind sehr energiereich und dienen als Betriebsstoffe. Unter der Haut werden Fette eingelagert. Sie schützen den Körper vor Kälte. Viele Fette sind Baustoffe. ▶

A Nenne die drei Gruppen von Nährstoffen und deren Aufgaben

M1 **Woraus besteht die Nahrung?**

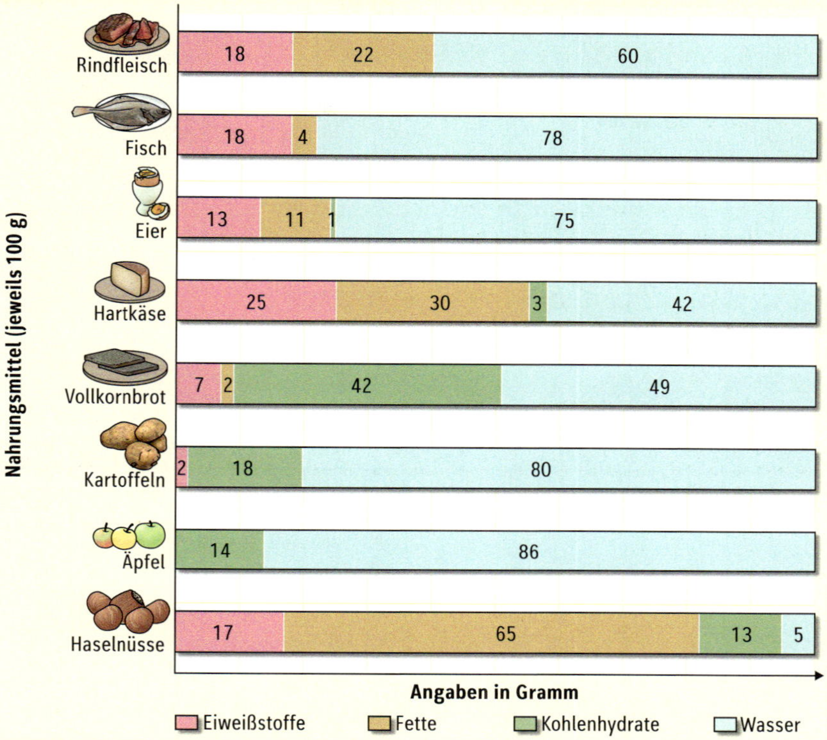

	Nusscreme	Nudeln	Hähnchenbrust
Eiweißstoffe	7 g	11 g	21 g
Kohlenhydrate	57 g	73 g	1 g
Fett	32 g	2 g	2 g
Wasser	4 g	14 g	76 g

1 Nenne das Lebensmittel in dem Diagramm mit dem jeweils höchsten Gehalt an Fetten, Kohlenhydraten und Eiweißstoffen.

2 Ein Apfel gilt als gesund. Erkläre, warum man sich aber nicht nur von Äpfeln ernähren sollte. | HILFE

3 Erkläre, welche Lebensmittel man vor einem sportlichen Wettkampf essen sollte. | HILFE

4 Erkläre, warum ein Leistungssportler zu kohlenhydratreicher Nahrung auch Nüsse isst.

5 Erstelle aus den Werten der Tabelle ein Balkendiagramm.

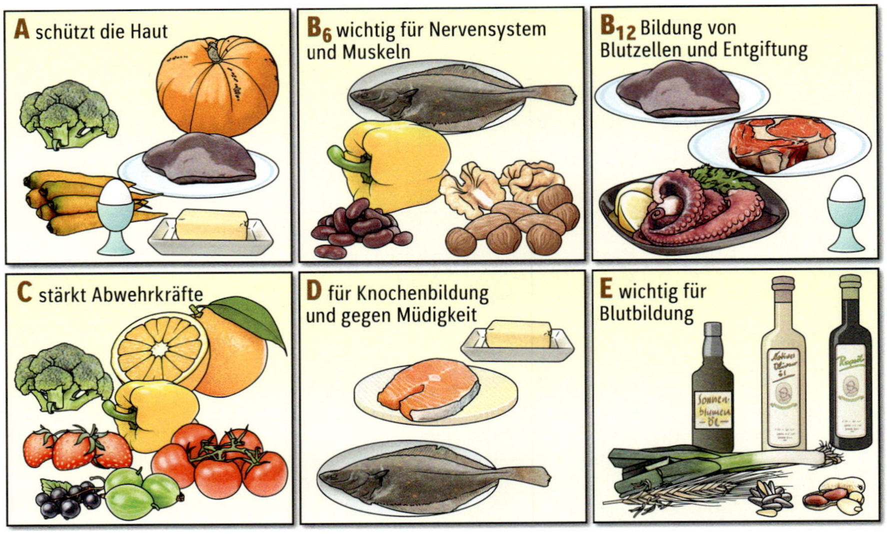

2 Vitamine in Lebensmitteln (Auswahl)

Ergänzungsstoffe

Für viele Abläufe im Körper sind bestimmte **Ergänzungsstoffe** wichtig. Nur bei einer abwechslungsreichen Ernährung nimmt der Körper ausreichend von ihnen auf.

Frisches Obst, Gemüse und Fleisch enthalten viele **Vitamine**. Sie regeln Abläufe im Körper und schützen vor Erkrankungen.
Zu den **Mineralstoffen** zählen Calcium, Kalium, Eisen und Iod. Sie sind wichtig für den Aufbau der Knochen und Muskeln sowie für die Bildung des Blutes. Obst, Gemüse, Fleisch, Vollkornprodukte und Milchprodukte enthalten viele Mineralstoffe.
Ballaststoffe findet man vor allem in Salat, Obst, Gemüse und Vollkornprodukten. Sie werden bei der Verdauung nicht abgebaut. Ballaststoffe regen die Darmtätigkeit an. Im Magen und Darm quellen sie auf und verstärken das Sättigungsgefühl. FILM

B Plane eine Mahlzeit, die einen Körper mit ausreichend Vitaminen versorgt.

M2 Nutri-Score

Seit 2020 verwenden Lebensmittelhersteller eine farbige Kennzeichnung auf ihren Lebensmittelverpackungen. Mit der Kennzeichnung sieht man, wie die Inhaltsstoffe verarbeiteter Lebensmittel innerhalb einer bestimmten Produktgruppe wie Getränke, Wurst oder Süßigkeiten zusammengesetzt sind. Der Nutri-Score wird für 100 Gramm oder 100 Milliliter eines Lebensmittels berechnet und bewertet gesunde sowie ungesunde Inhaltsstoffe. Das dunkelgrüne A zeigt die beste Bewertung an, das rote E zeigt die schlechteste Bewertung an.

Verbessert den Score:
- Anteil an Obst, Gemüse, Nüssen, Hülsenfrüchten, Raps-, Walnuss- und Olivenöl
- Ballaststoffe
- Eiweiß

Verschlechtert den Score:
- Energie-/Kaloriengehalt
- gesättigte Fettsäuren
- Zucker
- Salz

1 Vergleiche die Inhaltsstoffe der beiden Produkte.

2 Begründe die unterschiedlichen Kennzeichnungen im Nutri-Score. | HILFE

3 Stelle Vermutungen an, warum der Nutri-Score keine Aussage macht, wie gesund ein Lebensmittel tatsächlich ist.

Nährstoffe nachweisen

Nährstoffnachweise

Mit chemischen Methoden kann man das Vorhandensein von Nährstoffen in Lebensmitteln nachweisen. Dazu kann man flüssige Chemikalien oder Teststäbchen benutzen. Das Vorhandensein eines bestimmten Stoffes ist durch einen Farbwechsel erkennbar. Zum Beispiel kann man mit Iod-Kaliumiodid-Lösung Stärke nachweisen. Die Lösung verfärbt sich bei reiner Stärke blau-violett. Dies ist der **positive Kontrollversuch**. Iod-Kaliumiodid-Lösung verfärbt sich beispielsweise bei Salz dagegen nicht. Dies ist der **negative Kontrollversuch**. Nun testet man ein bestimmtes Lebensmittel. Durch den Abgleich mit den beiden Kontrollversuchen kann man bestimmen, ob das untersuchte Lebensmittel einen bestimmten Stoff enthält. Man kann aber nicht feststellen, welche Mengen von dem bestimmten Stoff enthalten ist.

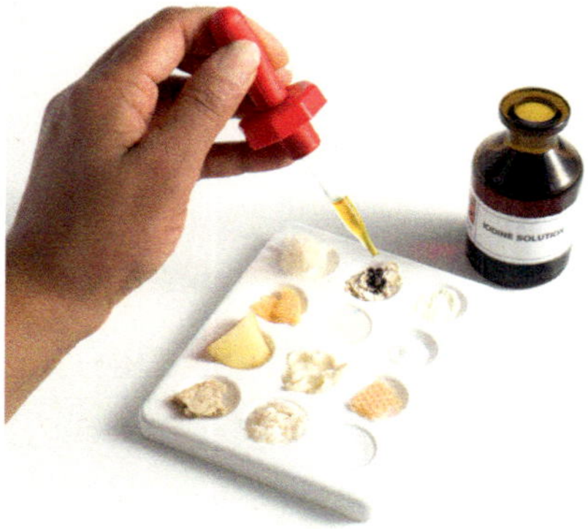

1 Nachweis von Stärke

P1 Nachweisverfahren

Welche Lebensmittel enthalten Stärke?

GHS08

Material: 2 Bechergläser, Tropfpipette, Glasstab, Stärke-Lösung, Iod-Kaliumiodid-Lösung, Wasser

Durchführung: Fülle in ein Becherglas 10 ml Wasser und in das andere Becherglas 10 ml Stärke-Lösung. Gib jeweils 3 Tropfen Iod-Kaliumiodid-Lösung hinzu. Rühre mit dem Glasstab um.

1 Führe die drei Nährstoffnachweise bei folgenden Lebensmitteln durch: Vollmilch (3,8 %), Mandelmilch, Reismilch, Sojamilch und Sahne.
Erstelle in deinem Heft eine Tabelle und trage ein, welche Nährstoffe die untersuchten Stoffe enthalten.

Welche Lebensmittel enthalten Eiweißstoffe?

GHS07

Material: 2 Reagenzgläser, Pipette, Stopfen, Wasser, Eiklar, frischer Zitronensaft oder Speiseessig

Durchführung: Fülle ein Reagenzglas mit 3 ml Wasser und eines mit verdünntem Eiklar (0,5 ml Eiklar und 2 ml destilliertes Wasser). Tropfe in die Reagenzgläser ein paar Tropfen Essig. Verschließe sie mit einem Stopfen und schüttele vorsichtig. Wenn Eiweiß mit Säure zusammenkommt, bilden sich Flocken.

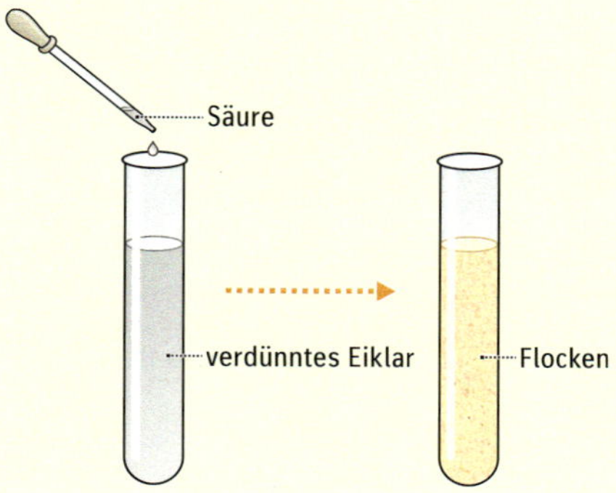

Welche Lebensmittel enthalten Fette?

Material: Rundfilterpapier oder Löschpapier, Stift, 2 Pipetten, Föhn, Speiseöl, Wasser

Durchführung: Zeichne mit dem Stift zwei Kreise auf das Filterpapier. Gib mit der Pipette einen Tropfen Speiseöl in den einen Kreis und mit der zweiten Pipette einen Tropfen Wasser in den anderen. Trockne das Filterpapier mit dem Föhn und halte es gegen das Licht. Ist Fett vorhanden, bleibt der Fleck erhalten.

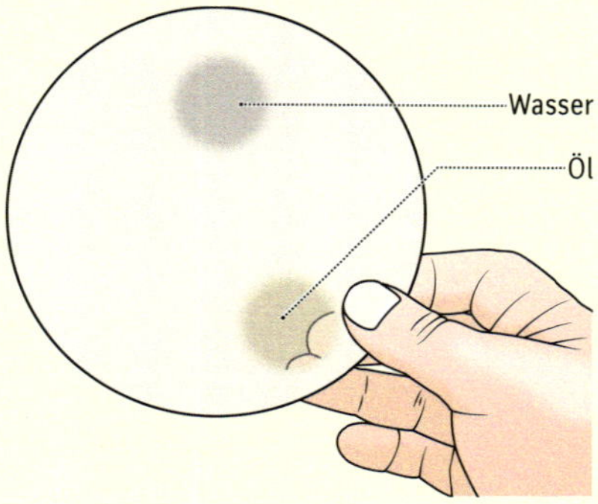

Der Körper benötigt Energie

Energiebedarf

Für alle Lebensprozesse benötigt der Körper **Energie**. Diese ist als chemische Energie in den Nährstoffen der Nahrung gebunden. Auch wenn man nicht aktiv ist, benötigen beispielsweise der Herzschlag, die Verdauung und das Gehirn Energie. Auch Schlafen benötigt Energie. Die Energie, die der Körper in Ruhe für die normale Funktion aller Organe benötigt, nennt man **Grundumsatz**. Je mehr der Körper geistig oder körperlich belastet wird, desto mehr Energie benötigt er. Dies bezeichnet man als **Leistungsumsatz**. Grundumsatz und Leistungsumsatz ergeben zusammen den **Gesamtumsatz**.

Die genaue Menge an Energie, die benötigt wird, unterscheidet sich von Mensch zu Mensch. Wird dem Körper mehr Nahrung zugeführt als er benötigt, speichert er die darin enthaltene Energie. So kann er Zeiten mit geringer Nahrungszufuhr überbrücken. Dabei werden Fette aufgebaut, die in Fettzellen gespeichert werden. Wird dem Körper weniger Nahrung zugeführt als er benötigt, holt er sich die Energie aus diesen Fettreserven.

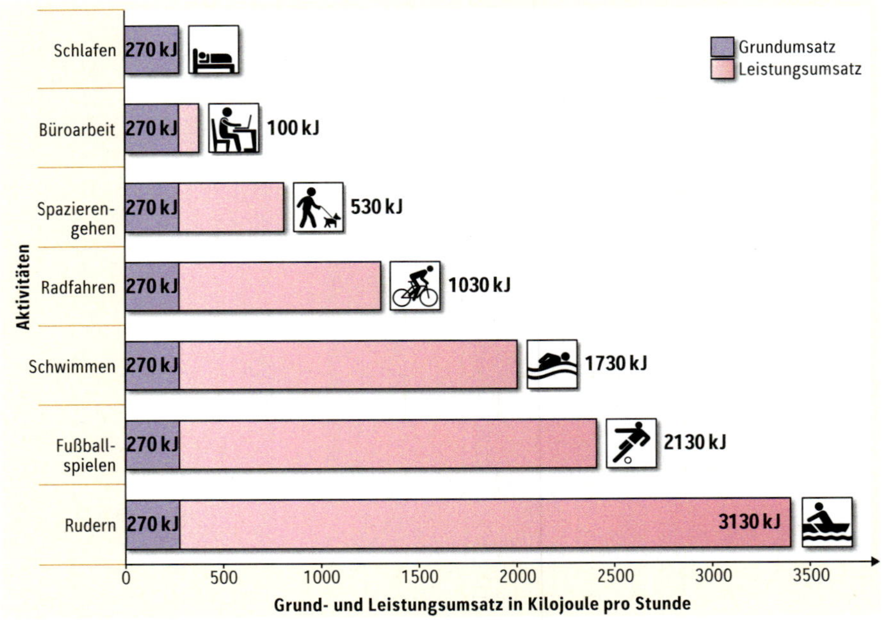

1 Grund- und Leistungsumsatz bei verschiedenen Tätigkeiten

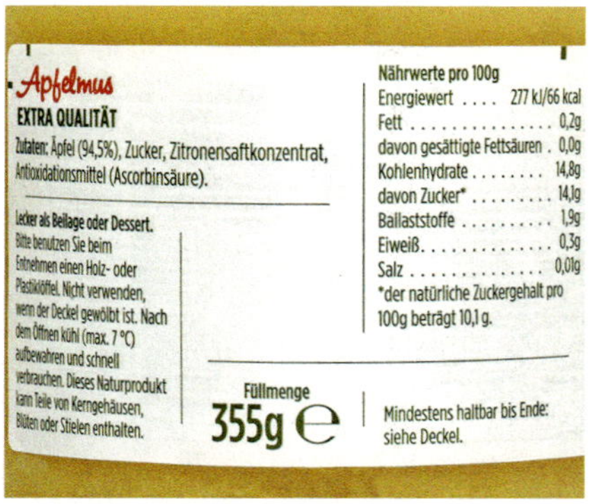

2 Nährstofftabelle von Apfelmus

3 Energiegehalte von Nahrungsmitteln und Mahlzeiten

Energie steckt in der Nahrung

Die Energie in den Nahrungsmitteln wird in der Einheit **Kilojoule**, kurz kJ, angegeben. Veraltet wird auch die Einheit Kilokalorien, kurz kcal, verwendet. Je mehr Kilojoule ein Lebensmittel enthält, desto mehr Energie kann der Körper daraus gewinnen. Ein Gramm Kohlenhydrate oder Eiweißstoffe liefern dem Körper etwa 17 kJ Energie. Fette sind energiereicher. Sie liefern dem Körper pro Gramm etwa 39 kJ Energie.

Lebensmittelverpackungen

Auf Lebensmittelverpackungen sind die Inhaltsstoffe und der Energiegehalt der Lebensmittel in einer **Nährstofftabelle** angegeben. Die verschiedenen Nahrungsmittel enthalten unterschiedliche Mengen an Nährstoffen. In ihnen steckt daher unterschiedlich viel Energie.

A Erkläre, was man unter Gesamtumsatz versteht.

B Erkläre, warum der Körper auch bei körperlicher Ruhe ständig Energie aus der Nahrung zugeführt bekommen muss.

C Beschreibe, welche Informationen auf dem Etikett von Lebensmitteln zu finden sind.

M1 Energiegehalt

Lebensmittel	Energiegehalt	Kohlenhydrate	Fett	Eiweißstoffe
Cola (0,33 l)	581 kJ	34,6 g	0 g	0 g
Apfelschorle (0,33 l)	350 kJ	19,2 g	0,3 g	0,3 g
Energydrink (0,33 l)	719 kJ	42,8 g	0 g	0 g

1 Vergleiche die Inhaltsstoffe der drei Getränke.

2 Erkläre die unterschiedlichen Energiegehalte der drei Getränke mithilfe der Tabelle. | HILFE

3 Ermittle, wie lange man Fahrrad fahren müsste, um den Energiegehalt einer Cola (0,33 l) zu verbrauchen. | HILFE

M2 Energiewaage

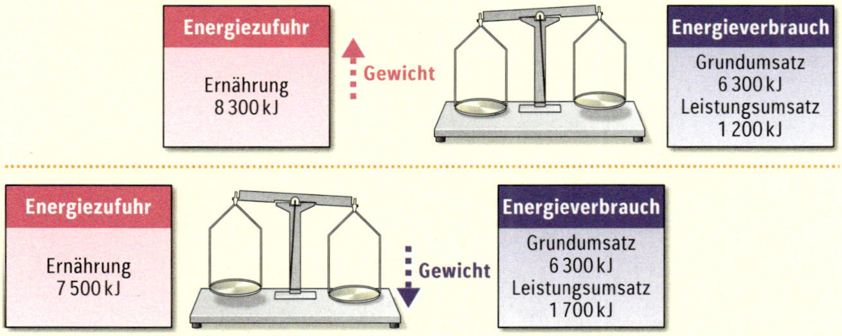

1 Vergleiche die beiden dargestellten Waagen miteinander.

2 Erkläre mit dem Modell, wie es langfristig zu Übergewicht kommen kann. | HILFE

3 Erläutere mit dem Modell Möglichkeiten, gesund abzunehmen.

4 Erläutere, warum ein trainierter Sportler mit mehr Muskelmasse mehr Energie zuführen kann als eine untrainierte Person.

Digital+
WES-187000-385

Ausgewogene Ernährung

Ausgewogene Ernährung

Der Körper benötigt von den verschiedenen Nährstoffen und Ergänzungsstoffen unterschiedliche Mengen. Kein Lebensmittel enthält allerdings alle lebensnotwendigen Stoffe im richtigen Verhältnis. Pizza, Burger und Döner schmecken zwar gut, sind aber sehr fettreich. Sie geben dem Körper kaum Mineralstoffe und Vitamine. Ziel einer gesunden und **ausgewogenen** Ernährung ist es, den Körper bestmöglich mit verschiedenen Nährstoffen und Ergänzungsstoffen zu versorgen. Der **Ernährungskreis** bietet dafür eine gute Orientierung.

1 Ernährungskreis

Ernährungskreis

Der Ernährungskreis veranschaulicht, wie groß der Anteil bestimmter Nahrungsmittel an der täglichen Ernährung sein sollte. Das größte Feld sind die Getreide und Getreideprodukte. Sie sind reich an Kohlenhydraten und Ballaststoffen. Die nächsten großen Felder sind Obst und Gemüse. Diese enthalten Vitamine, Mineralstoffe, Ballaststoffe und Wasser. Danach folgen Milchprodukte sowie Fisch, Fleisch, Wurst und Eier. Sie liefern dem Körper Eiweißstoffe. Das kleinste Feld sind Öle und Fette, da sie nur einen kleinen Anteil der Ernährung ausmachen sollten. Fisch enthält für den Körper wichtige Fette.

Wasser

Wasser steht im Zentrum des Ernährungskreises. Täglich sollte dem Körper genügend Flüssigkeit zugeführt werden. Dabei sollte man auf Wasser und ungesüßte Tees zurückgreifen. Fruchtsäfte und Fruchtschorlen enthalten zwar viele Vitamine, sollten aber nicht die Grundlage zum Durstlöschen sein, da sie viele Kohlenhydrate enthalten oder mit Zuckern versetzt sind.
Wasser transportiert viele Stoffe im Körper. Beim Schwitzen und beim Toilettengang verliert der Körper Wasser. Diesen Verlust muss man mit Getränken und der Flüssigkeit aus Nahrungsmitteln ausgleichen. Ein Kind benötigt etwa 1,5 Liter Wasser am Tag.

Vegetarisch und Vegan

Bei einer vegetarischen Ernährungsweise wird auf Fleisch und Fisch verzichtet. Eiweißstoffe, die aus Fleisch stammen, müssen dann durch andere Lebensmittel ersetzt werden. Eine vegane Ernährung bedeutet, sich frei von allen tierischen Produkten zu ernähren. Das betrifft nicht nur Fleisch, sondern auch Lebensmittel, die von Tieren stammen. Dazu zählen Eier oder Milchprodukte. Bei einer veganen Ernährung müssen dem Körper bestimmte Ergänzungsstoffe zugeführt werden, weil sie vor allem in tierischen Produkten vorkommen.

A Beschreibe den Unterschied zwischen einer veganen und einer vegetarischen Ernährungsweise.

B Erkläre, warum man sich nicht dauerhaft nur von Burgern ernähren kann.

M1 Ernährungstagebuch

	Frühstück	Mittagsessen	Abendessen	Snack
Montag	*1 Glas Orangensaft, 1 Brötchen mit Butter und Käse*	*4 Kartoffelpuffer mit Apfelmus*	*2 Scheiben Vollkornbrot mit Butter und Wurst*	*1 Apfel, 1 Müsliriegel*
Dienstag	...	...	...	...
Mittwoch	...	...	...	...

1 Erstelle für zwei Tage ein Ernährungstagebuch.

2 Vergleiche deinen Speiseplan mit den Empfehlungen des Ernährungskreises. | HILFE

M2 Veganer Ernährungskreis

1 Benenne die Felder 1–7 des veganen Ernährungskreises.

2 Vergleiche den veganen Ernährungskreis mit dem klassischen Ernährungskreis. Nenne Gemeinsamkeiten und Unterschiede. | HILFE

3 Erkläre, wie man mit einer veganen Ernährungsweise den Bedarf an Eiweißstoffen decken kann. | HILFE

4 Stelle mithilfe des veganen Ernährungskreises zwei Tagespläne mit ausgewogener Ernährung zusammen.

Weg der Nahrung

Verdauung
Die mit der Nahrung aufgenommenen Nährstoffe werden im Körper in ihre kleinsten Bausteine zerlegt. Nur so können sie ins Blut aufgenommen werden. Dieser Vorgang heißt **Verdauung**.

Im Mund
Die Nahrung wird zuerst mit den **Zähnen** zerkleinert und mit der Zunge durchmischt. Mehrere **Speicheldrüsen** geben Speichel ab, sodass ein gleitfähiger Nahrungsbrei entsteht.

M1 Enzyme

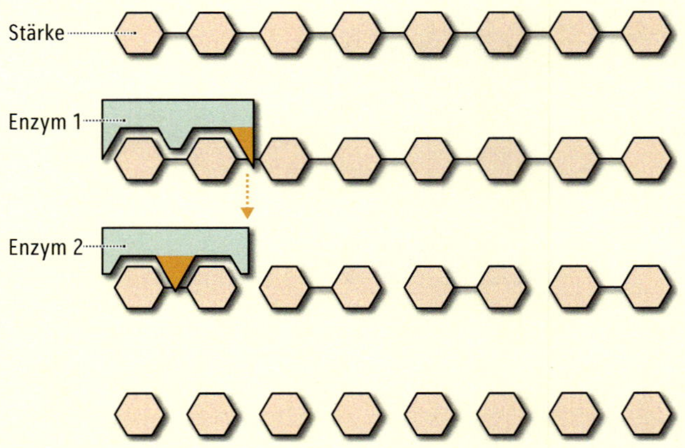

1 Beschreibe, wie Enzyme wirken.
2 Erkläre, warum bei der Verdauung der Nahrung verschiedene Enzyme benötigt werden. | HILFE
3 Erkläre das Sprichwort: „Gut gekaut ist halb verdaut".

M2 Peristaltik

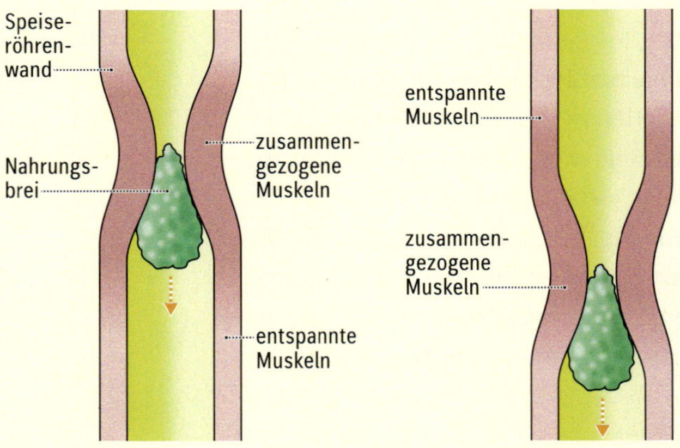

1 Beschreibe den Schluckvorgang.
2 Erkläre die Bedeutung des Speichels für das Schlucken. | HILFE
3 Erkläre, warum man im Handstand trinken kann.

Stoffe im Speichel beginnen damit, die Stärke in der Nahrung abzubauen. Diese Stoffe zur Zerlegung von Nährstoffen nennt man **Enzyme**. Ein Enzym kann dabei immer nur einen bestimmten Nährstoff in kleinere Bestandteile zerlegen. Nach dem Kauen drückt die Zunge den Nahrungsbrei in den Rachen. Der Kehldeckel verschließt die Luftröhre, damit der Nahrungsbrei in die Speiseröhre gelangt.

Speiseröhre

Die Speiseröhre ist ein langer, muskulöser Schlauch und verbindet Mund und Magen. Die Muskeln der Speiseröhre ziehen sich hinter dem Nahrungsbrei zusammen und schieben ihn wellenartig vorwärts. Dieses wellenartige Zusammenziehen der Muskulatur nennt man **Peristaltik**. So wird der Nahrungsbrei in den Magen befördert.

Magen

Der Magen ist ein dehnbarer Muskelsack. In den Magenwänden werden die **Magensäure** und verschiedene Enzyme gebildet. Beides wird als **Magensaft** in den Magen abgegeben. Die Magensäure tötet mit der Nahrung aufgenommene Krankheitserreger ab. Außerdem verklumpt sie die Eiweißstoffe aus der Nahrung. Die Enzyme zerlegen die Eiweißstoffe in kleinere **Aminosäure-Ketten**. Durch Muskelbewegungen des Magens wird die Nahrung mit dem Magensaft gut durchmischt. Je nach Zusammensetzung der Nahrung hält ein ringförmiger Muskel am Ausgang des Magens, der **Pförtner**, die Nahrung unterschiedlich lange im Magen. ▶

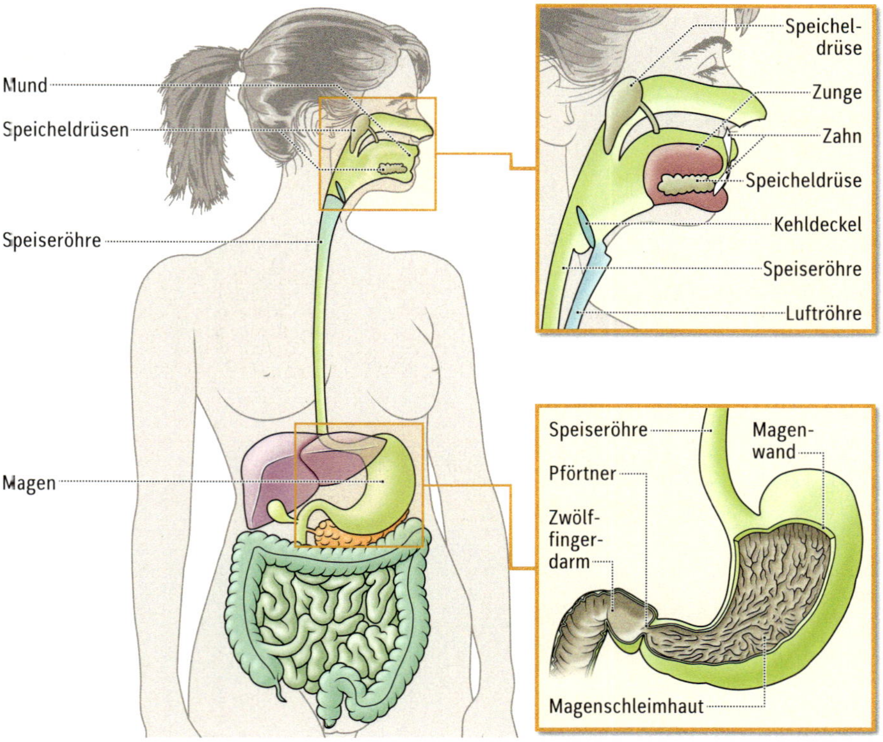

1 Die Verdauungsorgane

M3 Verweildauer im Magen

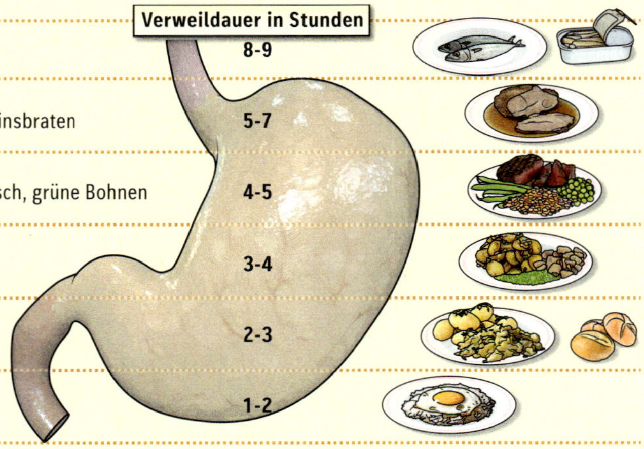

	Verweildauer in Stunden
Ölsardinen	8-9
leicht gebratener Schweinsbraten	5-7
Erbsen, Linsen, Rindfleisch, grüne Bohnen	4-5
gekochtes Geflügel, Spinat, Bratkartoffeln	3-4
gekochte Kartoffeln, Brötchen, Rührei	2-3
weiches Ei, Reis	1-2

1 Beschreibe das Bild.

2 Erkläre, warum der Magen sehr muskulös ist. | HILFE

3 Erläutere, warum eiweißreiche Mahlzeiten sehr lange im Magen verweilen.

Digital+
WES-187000-389

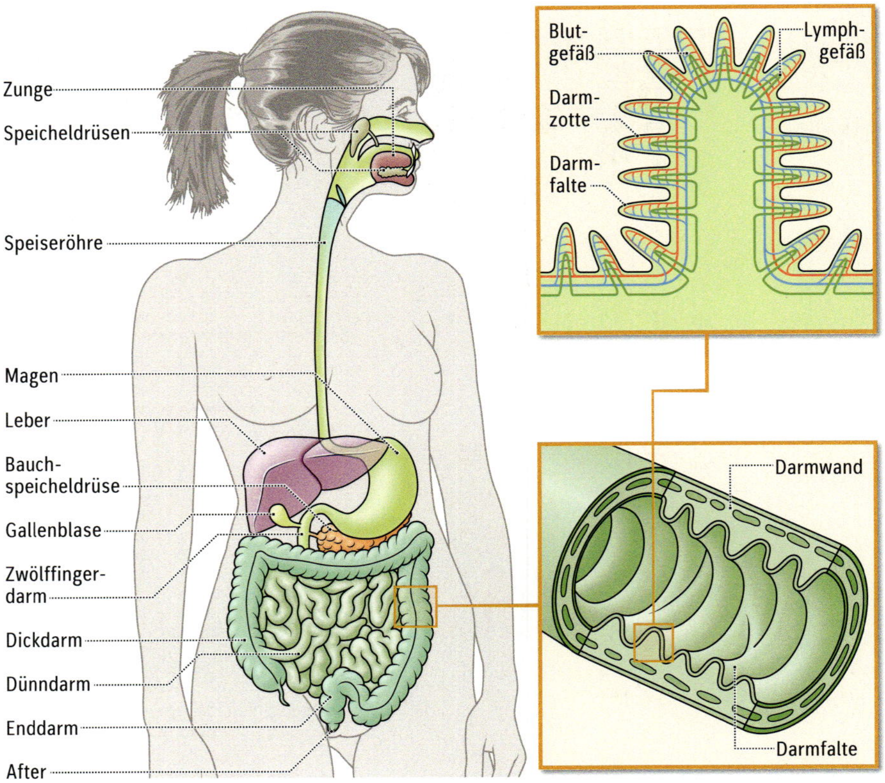

2 Die Verdauungsorgane

M4 Nährstoffaufnahme

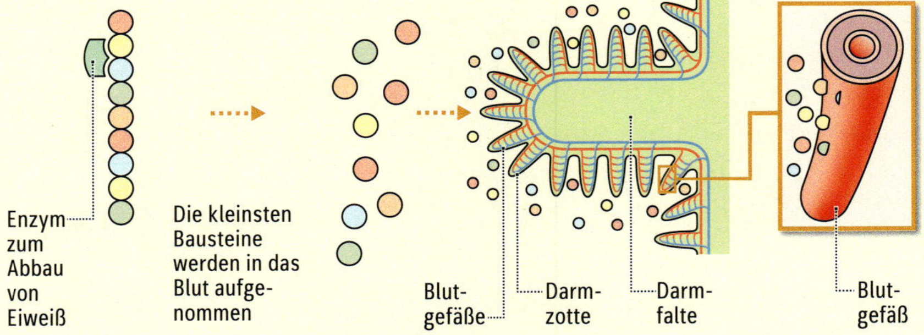

1 Beschreibe die Aufnahme eines Nährstoffes ins Blut.

2 Erkläre, warum Nährstoffe bei der Verdauung zerlegt werden müssen. | HILFE

3 Nenne Organe, die Enzyme zur Verdauung bilden. | HILFE

4 Beschreibe, wo im Körper die Verdauung von Kohlenhydraten stattfindet.

Dünndarm

Nach dem Magen kommt der Nahrungsbrei in den **Zwölffingerdarm**. Dorthin geben die **Bauchspeicheldrüse** ihre Verdauungssäfte ab. Sie enthalten verschiedene Enzyme, die weitere Nährstoffe in ihre Grundbausteine zerlegen. Einige Enzyme zerlegen Kohlenhydrate in ihre Grundbausteine wie Glukose. Andere Enzyme zerlegen die Aminosäureketten in einzelne Aminosäuren. Diese Grundbausteine werden über die Dünndarmwand ins Blut aufgenommen und im Körper verteilt.
In der Leber wird **Gallensaft** gebildet und zunächst in der Gallenblase gespeichert. Der Gallensaft zerlegt Fett in kleine Tröpfchen. Enzyme zerlegen das Fett in ihre Bausteine: Gylcerin und Fettsäuren. Diese werden über die Dünndarmwand in die Körperflüssigkeit Lymphe aufgenommen und über das Lymphsystem im Körper verteilt.

Im Dickdarm

Unverdauliche Reste gelangen in den Dickdarm. Dort werden ihnen Wasser und Mineralstoffe entzogen. Die Reste sammeln sich im Enddarm und werden über den After ausgeschieden.

A Erkläre, was man unter Verdauung versteht.

B Erstelle ein Fließschema für den Weg der Nahrung.

C Erstelle eine Tabelle mit Stationen der Verdauung und den jeweiligen Aufgaben.

D Erkläre die Bedeutung vieler verschiedener Enzyme für die Verdauung der Nahrung.

Oberflächenvergrößerung im Darm

EXPERTENWISSEN

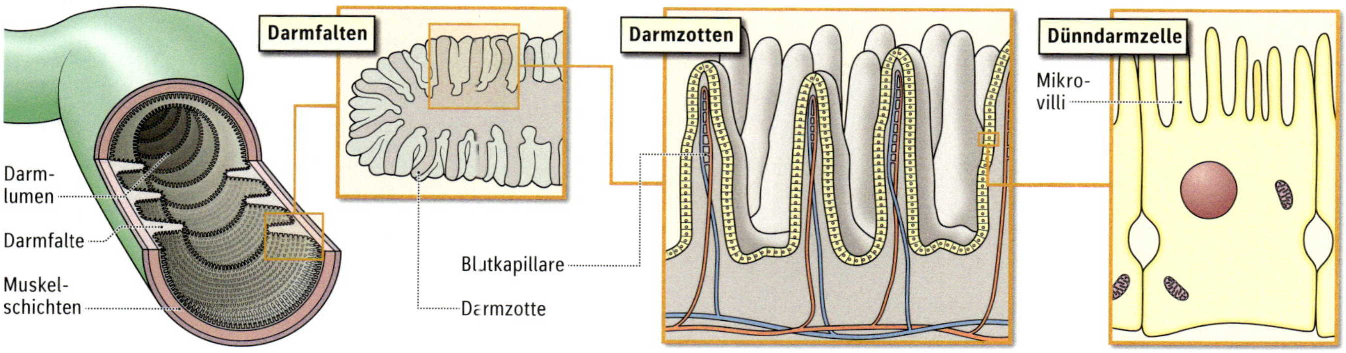

2 Oberflächenvergrößerung im Dünndarm

Oberflächenvergrößerung

Die Innenwand des Dünndarms besitzt zahlreiche Darmfalten und Wandausstülpungen, die **Darmzotten**. Sie ragen ins Darminnere wie kleine Finger. Die äußeren Schleimhautzellen der Darmzotten haben viele kleine Fortsätze. Durch diesen besonderen Aufbau wird die innere Oberfläche des Dünndarms stark vergrößert. Bei einem Menschen hat die Darminnenseite flach ausgebreitet etwa die Fläche einer sehr großen Sporthalle. Der Aufbau der Dünndarmwand ist ein gutes Beispiel für die **Oberflächenvergrößerung**. Über die Dünndarmwand können so innerhalb sehr kurzer Zeit sehr viele Nährstoffbausteine aufgenommen werden. Die Darmzotten sind von dünnen Blutgefäßen durchzogen. Die Nährstoffbausteine gelangen durch die Dünndarmwand ins Blut oder die Lymphe. Sie werden dann im Körper verteilt.

A Beschreibe den Aufbau der Dünndarmwand.

B Erkläre die Bedeutung der Oberflächenvergrößerung am Beispiel der Dünndarmwand.

M4 Oberflächenvergrößerung

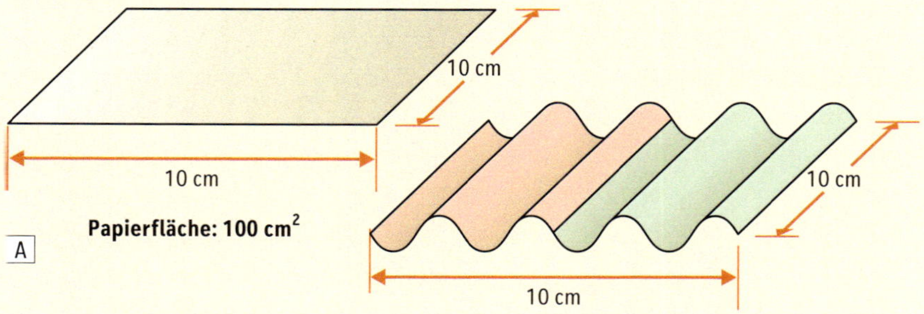

A

B

C Mikrofasertuch

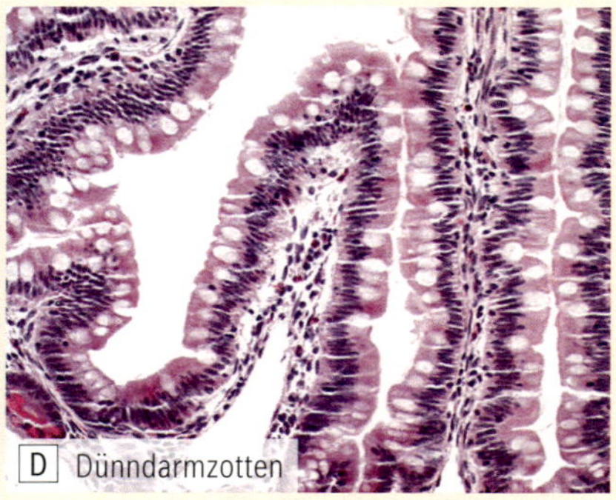

D Dünndarmzotten

1 Beschreibe die beiden Modellabbildungen A und B.

2 Erkläre mithilfe des Modells in A und B das Prinzip der Oberflächenvergrößerung. | HILFE

3 Vergleiche die Struktur des Mikrofasertuchs in Bild C mit dem Bau der Dünndarmzotten in Bild D. | HILFE

4 Erkläre, warum ein Mikrofasertuch schnell viel Wasser aufnehmen kann.

Digital+
WES-187000-391

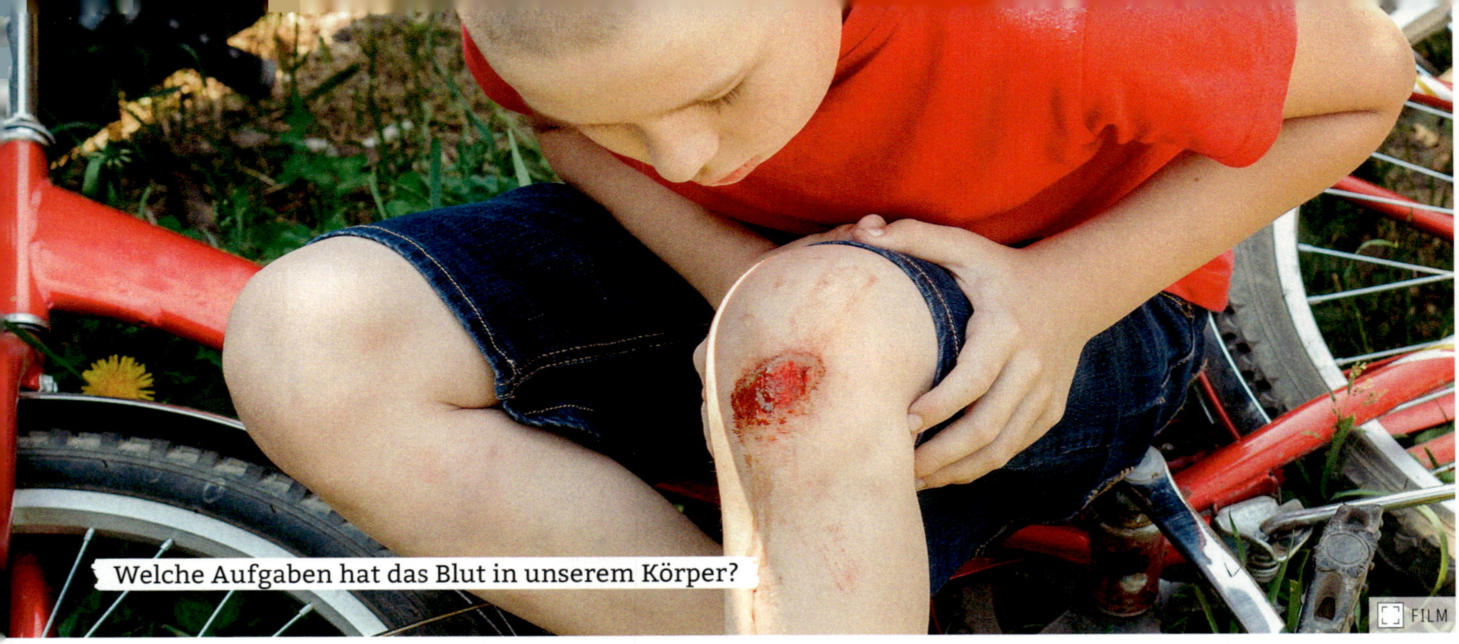

Das Blut

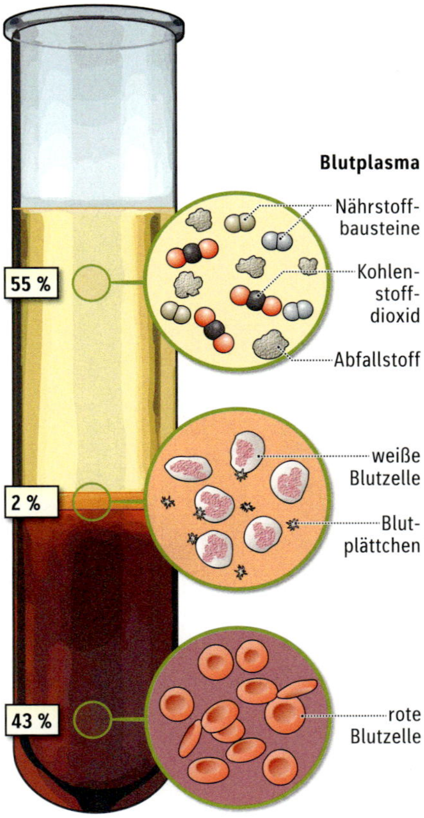

1 Bestandteile des Blutes

Blut

Ein erwachsener Mensch hat etwa fünf Liter Blut. Dieses Blut fließt in einem sehr verzweigten System aus Adern, den **Blutgefäßen**. Die Blutgefäße durchziehen den gesamten Körper wie ein riesiges Netz.

Zusammensetzung des Blutes

Lässt man Blut in einem Reagenzglas stehen, bildet sich nach einiger Zeit ein braunroter Bodensatz. Dieser enthält die festen Blutbestandteile. Es sind die **Blutzellen** und die **Blutplättchen**. Darüber steht eine gelbliche Flüssigkeit, das **Blutplasma**. Es besteht aus Wasser, in dem verschiedene Nährstoffbausteine, Vitamine und Mineralstoffe sowie Abfallstoffe und Kohlenstoffdioxid gelöst sind.

Rote Blutzellen

Die häufigsten Zellen im Blut sind die roten Blutzellen. In einem Milliliter Blut sind von ihnen etwa fünf Milliarden. Sie haben keinen Zellkern und besitzen eine eingedellte Form. Dadurch sind sie flach und haben eine große Oberfläche. Sie enthalten den **roten Blutfarbstoff**. Dieser bindet den **Sauerstoff** aus der Lunge. Der Sauerstoff löst sich erst wieder vom roten Blutfarbstoff, wenn das Blut an Organen vorbeifließt, die Sauerstoff benötigen.

Weiße Blutzellen

In einem Milliliter Blut sind fünf bis acht Millionen weiße Blutzellen. Sie sind farblos, unregelmäßig geformt und haben einen Zellkern. Weiße Blutzellen umschließen in den Körper gelangte Bakterien und zerstören sie. So bekämpfen sie Krankheitserreger.

Blutplättchen

Die winzigen Blutplättchen haben keinen Zellkern. In einem Milliliter Blut befinden sich 250 bis 350 Millionen Blutplättchen.

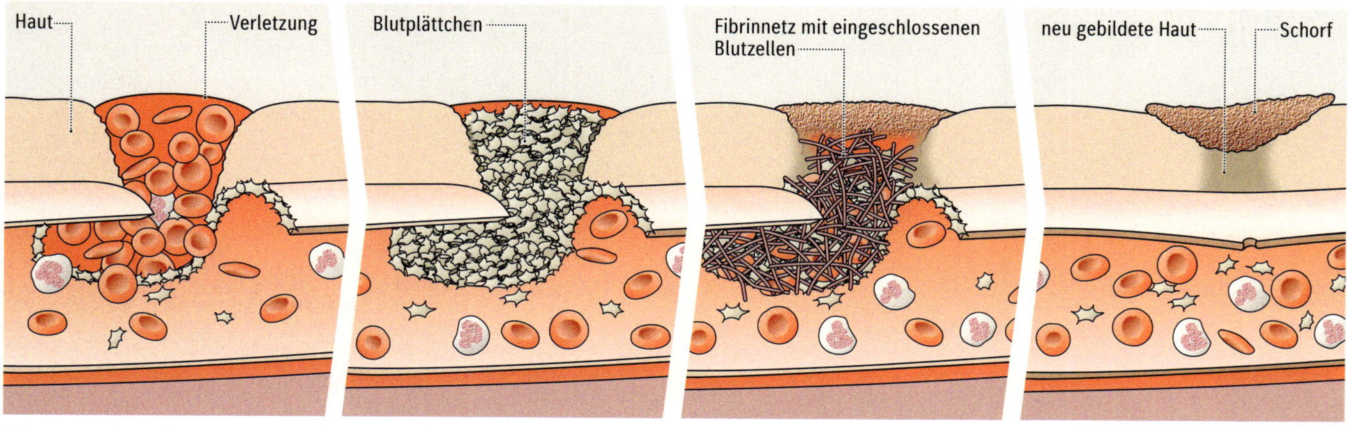

2 Wundheilung

Wundverschluss

Wird ein Blutgefäß verletzt, sammeln sich Blutplättchen an den Wundrändern und verklumpen zu einem weißen Pfropfen. Beschädigte Blutplättchen geben einen Stoff in das Blut ab. Dieser wandelt einen Eiweißstoff im Blutplasma um. Es entstehen Eiweißfäden, die **Fibrinfäden**. Sie bilden ein dichtes Netz, in dem sich Blutzellen verfangen. Es entsteht ein roter Blutpfropf, der die Wunder verschließt. Diesen Vorgang nennt man **Blutgerinnung**. Der ausgetrocknete Pfropf wandelt sich zu **Schorf**, der die Wunde während der Heilung schützt. Darunter heilt die Wunde. Nach einiger Zeit fällt der Schorf von der verheilten Wunde ab.

Transport über das Blut

Das Blut hat im Körper eine wichtige Transportfunktion. So werden im Blutplasma die bei der Verdauung aufgenommenen **Nährstoffbausteine** zu allen Organen des Körpers gebracht, damit diese arbeiten können. Das Blut transportiert aber auch von den Organen des Körpers **Kohlenstoffdioxid** zu den Lungen und **Abfallstoffe** zu den Nieren. Danach können diese Stoffe aus dem Körper ausgeatmet und ausgeschieden werden.

Neben dem Transport von Stoffen verteilt Blut auch die Wärme, die von den Organen und Muskeln abgegeben wird. Es transportiert die **Körperwärme** über Blutgefäße in alle Teile des Körpers. Das funktioniert ähnlich wie bei einer Zentralheizung, die warmes Wasser durch Rohre leitet.

A Beschreibe drei wichtige Aufgaben des Blutes.

B Nenne drei Stoffe, die im Blutplasma transportiert werden.

M1 Feste Blutbestandteile

1 Benenne die mit Ziffern gekennzeichneten Blutbestandteile.

2 Erstelle in deinem Heft eine Tabelle für die festen Blutbestandteile. Beachte dabei folgende Punkte: Anzahl pro Milliliter Blut, Zellkern, Größe, Gestalt, Aufgaben. | HILFE

3 Erkläre, warum ein großer Blutverlust lebensgefährlich ist. | HILFE

4 Erläutere, warum man die weißen Blutzellen als „Gesundheitspolizei" des Körpers bezeichnet. | HILFE

5 Stelle Vermutungen an, welche Vorteile es hat, dass voll entwickelte rote Blutzellen eingedellt sind.

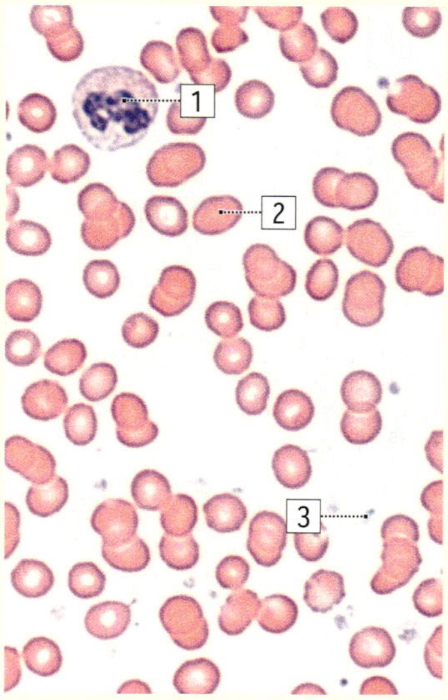

Digital+
WES-187000-393

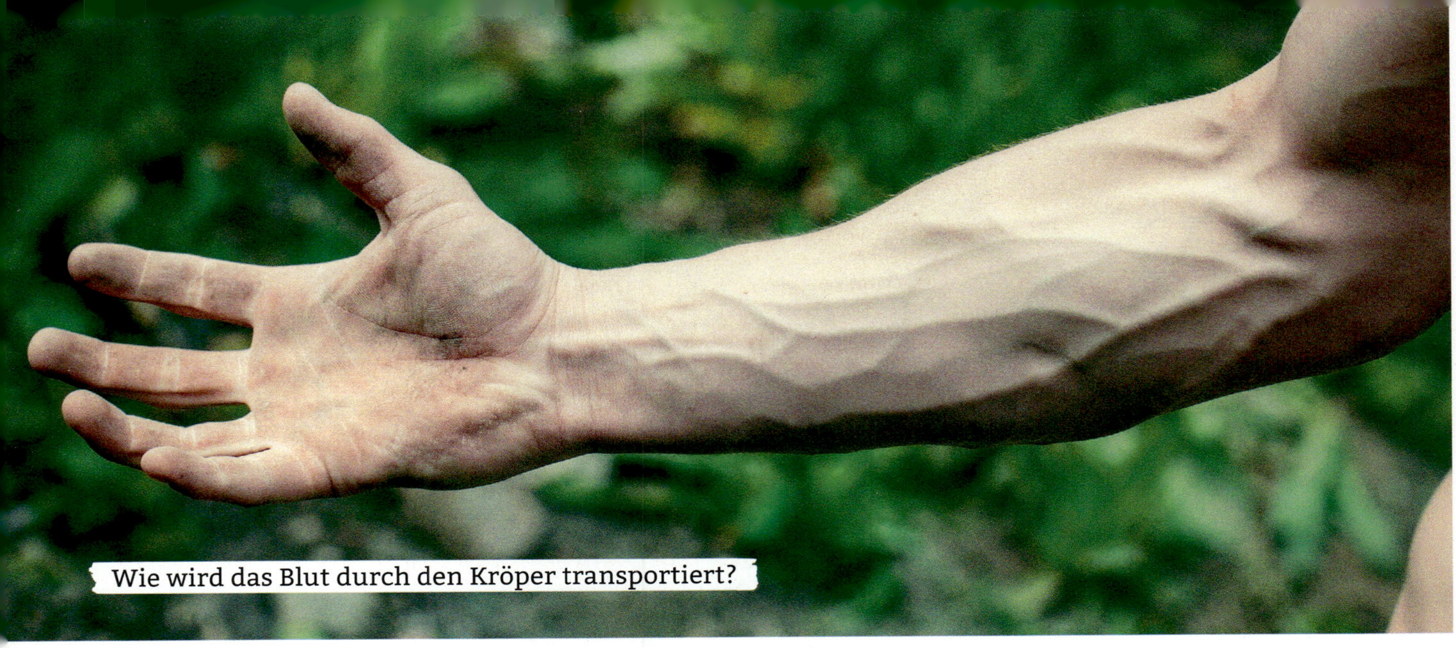

Wie wird das Blut durch den Kröper transportiert?

Blutkreislauf

Blutgefäße

Das Blut fließt in den Blutgefäßen. Sie bilden im Körper ein **geschlossenes**, verzweigtes Röhrensystem. In diesem durchläuft das Blut einen Kreislauf, den **Blutkreislauf**. Alle Blutgefäße haben zusammengenommen eine Länge von etwa 100 000 Kilometern. Die Blutgefäße, die das Blut vom Herzen wegführen, heißen **Arterien**. Ihre Wände haben eine dicke Muskelschicht. Diese Muskelschicht kann gedehnt werden und sich danach langsam wieder zusammenziehen. So können die Arterien dem hohen Druck des vom Herzen herausgepressten Blutes standhalten. Alle Blutgefäße, die das Blut zum Herzen hinführen, nennt man **Venen**. In ihnen ist der Blutdruck geringer als in den Arterien. Sie haben eine dünnere Muskelschicht als die Arterien. Sie besitzen **Venenklappen**, die sich nur in eine Richtung öffnen. So fließt das Blut durch die Blutgefäße nur in eine Richtung. Das Blut durchläuft im Körper einen doppelten Kreislauf, den **Körperkreislauf** und den **Lungenkreislauf**.

M1 **Blutgefäße**

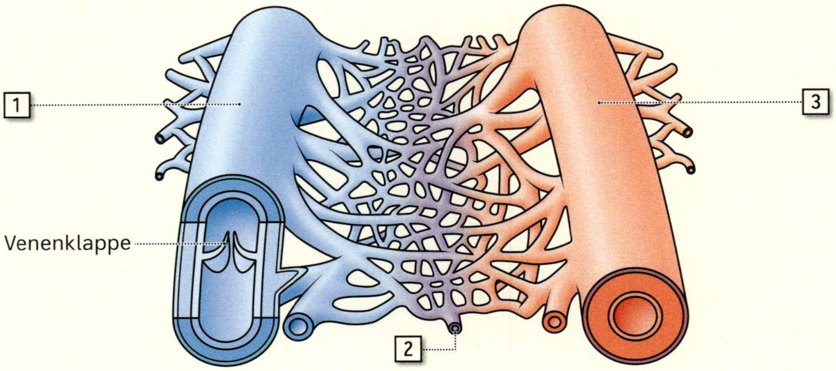

1 Benenne die mit 1–3 gekennzeichneten Blutgefäße. Begründe deine Zuordnung.

2 Erkläre, warum die Muskelschicht der Arterien besonders stark ist. | HILFE

3 Beschreibe die Aufgabe der Kapillaren.

4 Erkläre den Vorteil der Oberflächenvergrößerung am Beispiel der Kapillaren. | HILFE

Körperkreislauf

Der Körperkreislauf beginnt in der linken Herzhälfte. Von dort gelangt sauerstoffreiches Blut zunächst in das größte Blutgefäß des Körpers, die **Aorta**. Diese Arterie teilt sich zunächst in vier große Körperarterien. Diese verzweigen sich zu immer kleiner werdenden Arterien, durch die das Blut in den gesamten Körper fließt. In den Organen und Muskeln gehen die Arterien in feine Haargefäße über, die **Körperkapillaren**. Die Kapillaren umschließen die Organe wie ein Netz und bilden so eine große Oberfläche. Sauerstoff wird über die dünnen Kapillaren aus dem Blut an die Organe abgegeben. Gleichzeitig werden Kohlenstoffdioxid und Abfallstoffe über die Kapillaren ins Blut aufgenommen. Die Kapillaren vereinigen sich zu größer werdenden **Körpervenen**. Das nun sauerstoffarme Blut fließt in die rechte Herzhälfte zurück zum Herzen.

Lungenkreislauf

Das sauerstoffarme Blut wird von der rechten Herzhälfte in die **Lungenarterie** gepresst. Diese verzweigt sich bis zur Lunge in immer kleiner werdende **Lungenkapillaren**. Diese umhüllen die Lungenbläschen und bilden so eine große Oberfläche. In ihnen findet der Gasaustausch statt. Kohlenstoffdioxid wird vom Blut in die Lungenbläschen abgegeben und wird dann ausgeatmet. Gleichzeitig wird Sauerstoff über die Lungenbläschen und die Lungenkapillaren ins Blut aufgenommen. Das nun wieder sauerstoffreiche Blut fließt über die **Lungenvene** zurück zur linken Herzhälfte.

M2 Blutkreislauf

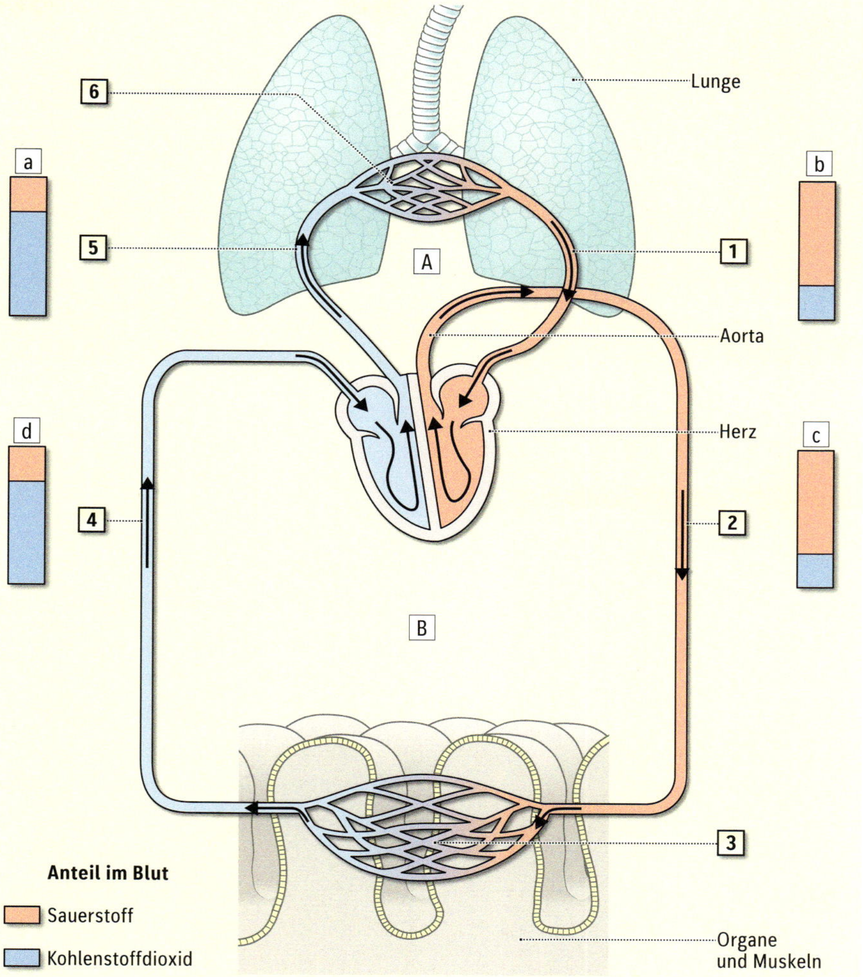

1 Nenne die Teilkreisläufe A und B des Blutkreislaufs.

2 Ordne den Ziffern 1–6 folgende Begriffe zu: Lungenarterie, Lungenvene, Aorta, Körpervene, Lungenkapillaren, Körperkapillaren.

3 Beschreibe die in den Balkendiagrammen a–d gezeigten unterschiedlichen Anteile von Sauerstoff und Kohlenstoffdioxid. | HILFE

4 Nimm Stellung zu der Aussage: „Arterien transportieren nur sauerstoffreiches Blut!“ | HILFE

5 Stelle Vermutungen an, welche Folgen es hätte, wenn die Venenklappen nicht richtig schließen.

6 Erläutere das Prinzip der Oberflächenvergrößerung am Beispiel der Kapillaren im Körper und in den Lungen.

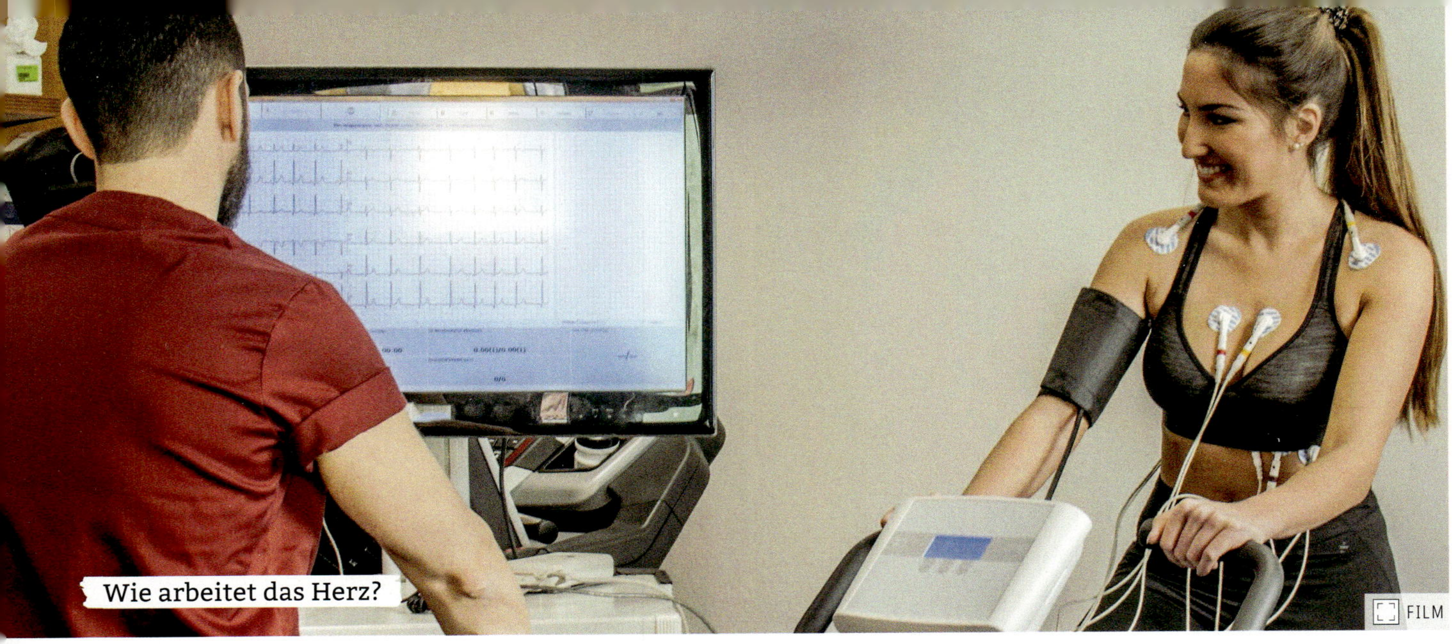

Das Herz

Bau des Herzens

Das Herz liegt im Brustkorb zwischen den beiden Lungenflügeln. Es ist ein faustgroßer Muskel, der innen größtenteils hohl ist. Die **Herzscheidewand** teilt das Herz in eine linke und eine rechte Herzhälfte. Jede Herzhälfte besteht aus einem **Vorhof** und einer **Herzkammer**. Jede Herzkammer und jeder Vorhof ist über ein Blutgefäß mit dem Blutkreislauf verbunden. Die Vorhöfe und Herzkammern stehen ebenfalls miteinander in Verbindung. An diesen Verbindungsstellen und den Herzausgängen befinden sich **Herzklappen**. Diese öffnen und schließen sich wie Ventile. So strömt das Blut immer nur in eine Richtung durch das Herz.

Puls spüren

Der Herzmuskel zieht sich regelmäßig zusammen und entspannt sich wieder. Dieses Zusammenziehen erzeugt eine Druckwelle in den Blutgefäßen, die man am Handgelenk oder Hals als **Puls** spüren kann. Das Herz eines Erwachsenen schlägt etwa 70 Mal pro Minute und pumpt dabei etwa fünf Liter Blut durch den Körper. Bei körperlicher Anstrengung schlägt das Herz schneller und pumpt so mehr Blut durch den Körper.

M1 Puls

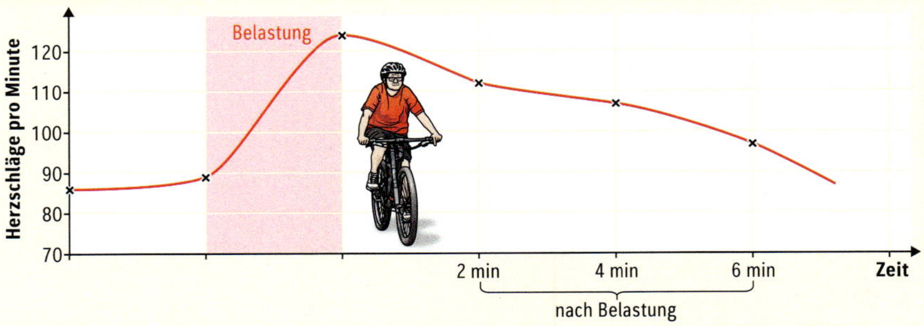

1 Beschreibe die Versuchsdurchführung.

2 Beschreibe die Veränderung des Pulses im Laufe der Zeit.

3 Erkläre, was man unter dem Puls versteht. | HILFE

4 Erkläre die Veränderung des Pulses. | HILFE

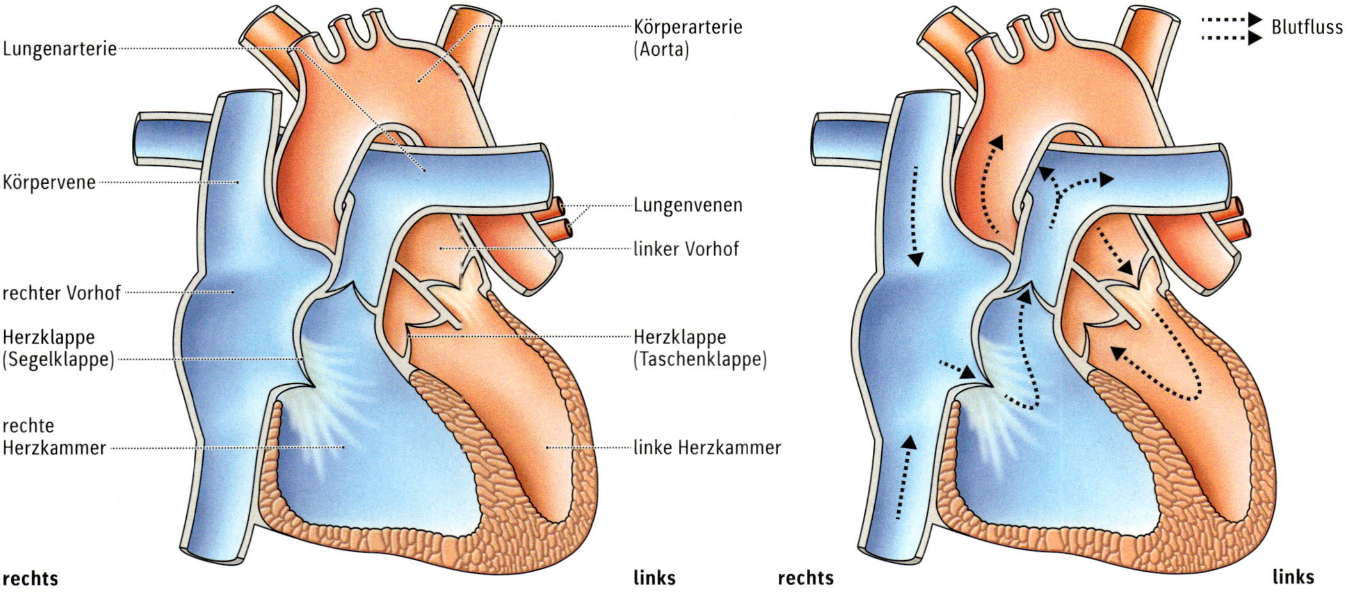

1 Bau des Herzens und Blutfluss im Herz ANIMATION

Blutfluss im Herzen

Das Herz treibt den Blutkreislauf an. Wie eine Pumpe befördert es das Blut durch die Blutgefäße. Zieht sich der Herzmuskel zusammen, wird das Blut gleichzeitig aus der linken Herzkammer in die Körperarterie und aus der rechten Herzkammer in die Lungenarterie gedrückt. Wenn sich der Herzmuskel entspannt, wird das Blut gleichzeitig aus den Körpervenen in den rechten Vorhof und aus den Lungenvenen in den linken Vorhof gesaugt. Das Herz wird so mit Blut gefüllt. Wegen seiner Arbeitsweise bezeichnet man das Herz auch als eine **Druck-Saug-Pumpe**.

A Beschreibe den Bau des Herzens.

B Beschreibe die Veränderung des Herzschlags bei körperlicher Aktivität.

M2 Blutfluss

1 Beschreibe den Weg des Blutes durch das Herz.

2 Erkläre die Funktion der Herzscheidewand und der Herzklappen für den Blutfluss im Körper. | HILFE

3 Erkläre, warum das Herz als Druck-Saug-Pumpe bezeichnet wird. | HILFE

4 Stelle Vermutungen an, weshalb der Herzmuskel der linken Herzhälfte etwas kräftiger als die rechte ist.

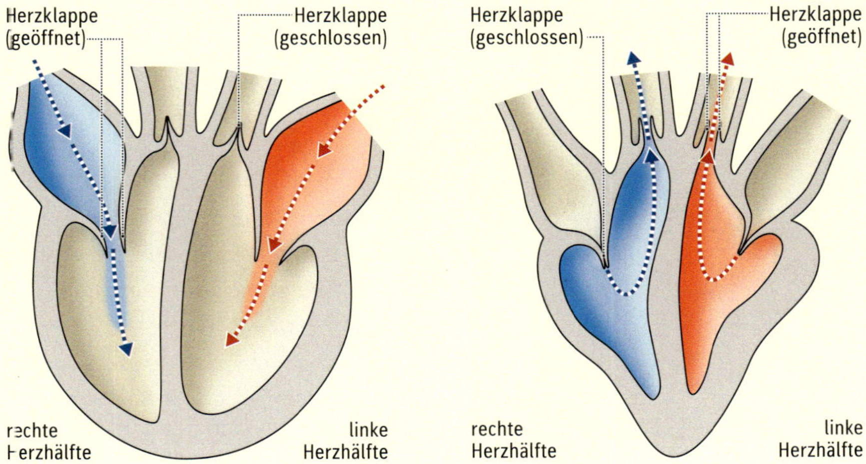

Atmung des Menschen

Atmung

Alle Organe und Muskeln des Körpers benötigen **Sauerstoff**. Der Körper nimmt den Sauerstoff mit der eingeatmeten Luft über die **Lunge** auf. Von dort gelangt der Sauerstoff ins Blut. Das Blut transportiert den Sauerstoff über das Blutkreislaufsystem zu den Organen des Körpers.

1 Flimmerhärchen (mikroskopische Aufnahme)

Der Weg der Atemluft

Atmet man mit geschlossenem Mund ein und aus, gelangt die Luft durch die Nasenlöcher in die **Nasenhöhlen**. Diese sind mit einer feuchten Schleimschicht ausgekleidet. Die Nasenschleimhaut wärmt die Luft an und befeuchtet sie. Gleichzeitig bleiben Staub und Krankheitserreger an den Nasenhaaren und an der Schleimhaut hängen. So wird verhindert, dass Fremdkörper in die Atemwege gelangen. Über den **Rachenraum** gelangt die eingeatmete Luft über den Kehlkopf in die **Luftröhre**.

Der Kehldeckel kann die Luftröhre verschließen. So gelangt keine Nahrung in die Luftröhre. Die Luftröhre wird von festen Knorpelringen stabilisiert. Diese ermöglichen, dass die Luftröhre immer geöffnet ist. Am unteren Ende teilt sich die Luftröhre in zwei Äste, die **Hauptbronchien**. Über die beiden Hauptbronchien gelangt die Atemluft in die beiden **Lungenflügel**. In diesen verzweigen sich die Hauptbronchien wie ein Baum in immer feinere Ästchen, die **Bronchien**. Die Bronchien sind innen mit feinen Härchen und einer Schleimschicht ausgekleidet. Eingeatmete Teilchen bleiben hängen und werden über die Bewegung dieser **Flimmerhärchen** nach oben transportiert. Am Ende der Bronchien befinden sich winzige, wie an einer Weintraubenrebe angeordnete **Lungenbläschen**. Beide Lungenflügel enthalten zusammen etwa 500 Millionen Lungenbläschen.

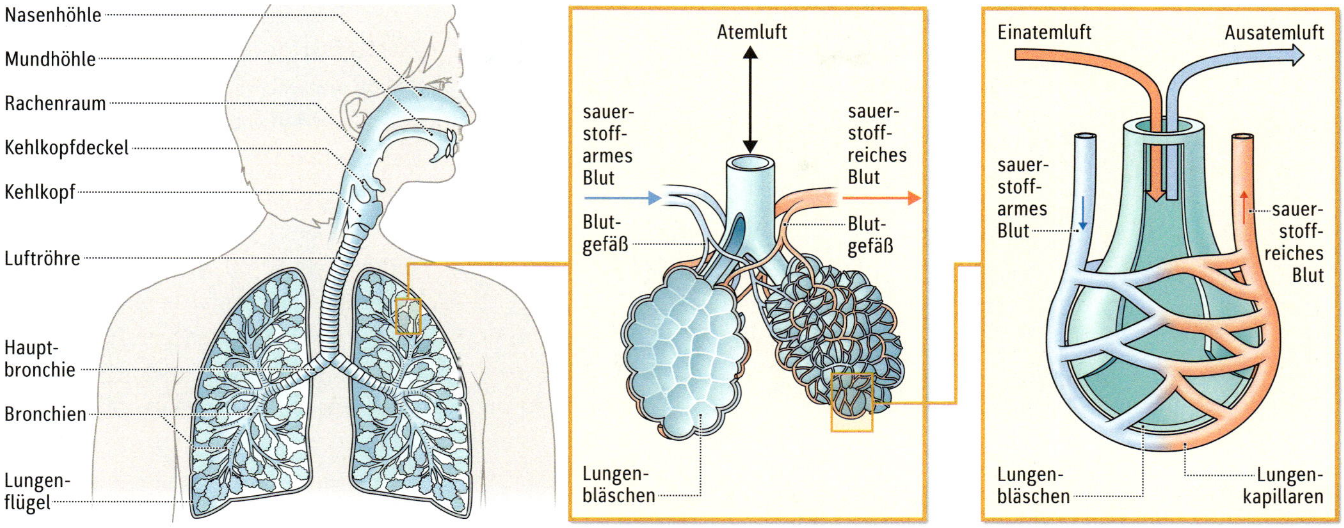

2 Atmungsorgane

Gasaustausch

Die zahlreichen Lungenbläschen vergrößern die innere Oberfläche der Lunge auf etwa 100 Quadratmeter. Das entspricht der Fläche einer großen Wohnung. Die Lungenbläschen sind von einem Netz aus vielen dünnen Blutgefäßen, den **Lungenkapillaren**, umschlossen. Beim Einatmen gelangt der Sauerstoff aus der Atemluft über die Lungenbläschen und die dünne Wand der Lungenkapillaren in das Blut. Der Sauerstoff wird im Blut zu den Organen des Körpers transportiert. In den Organen entsteht durch den Abbau der Nährstoffe Kohlenstoffdioxid. Dieses Gas gelangt von den Körperzellen aus dem Blut über die Lungenkapillaren in die Lungenbläschen und wird dann ausgeatmet.

Die eingeatmete Luft enthält also mehr Sauerstoff als die ausgeatmete Luft. Die ausgeatmete Luft enthält mehr Kohlenstoffdioxid als die eingeatmete Luft. Es findet ein **Gasaustausch** statt.

A Erstelle ein Fließschema für den Weg des Sauerstoffs der Luft von der Nasenhöhle bis ins Blut.

M1 Gasaustausch

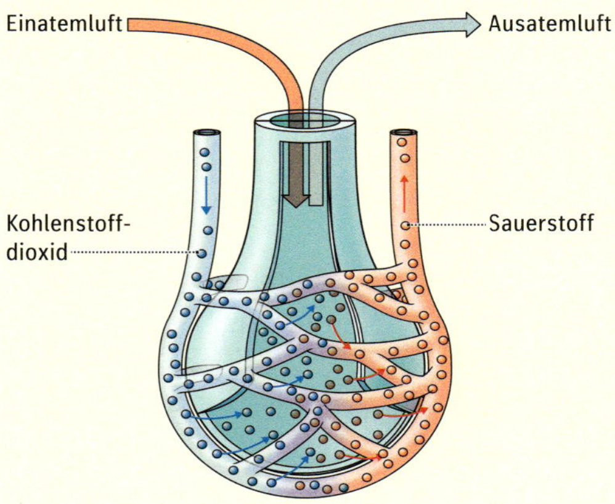

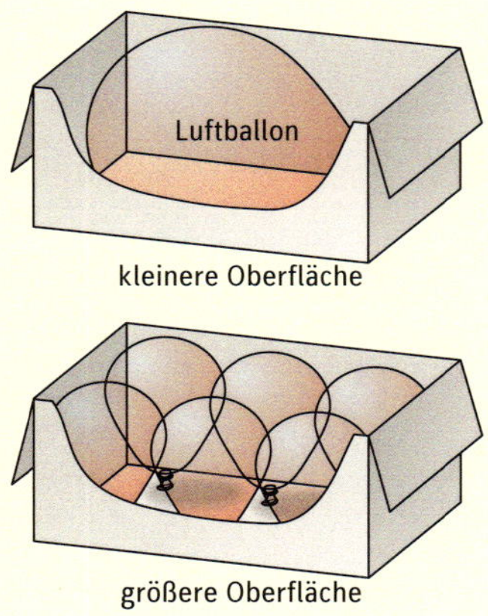

1 Nenne die Atemgase, die in der Lunge beim Gasaustausch gewechselt werden.

2 Beschreibe den Gasaustausch im Lungenbläschen. | HILFE

3 Erkläre, warum die Wände der Kapillaren und Lungenbläschen sehr dünn sind. | HILFE

4 Erkläre die Vorteile der Oberflächenvergrößerung mithilfe des Modells der Luftballons.

Digital+ WES-187000-399

Atembewegungen

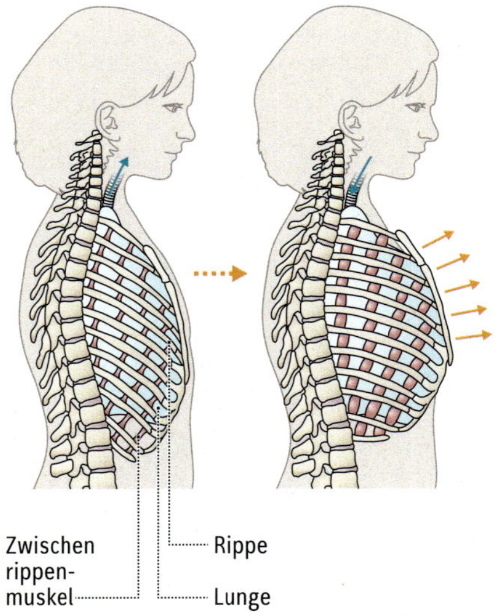

1 Brustatmung

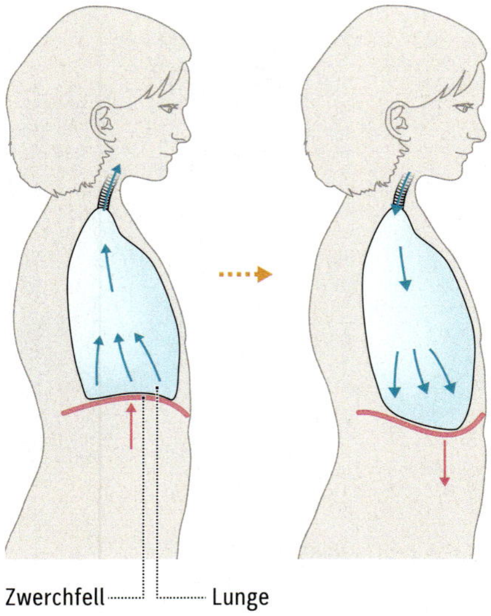

2 Bauchatmung

Brustatmung

Es gibt verschiedene Arten, wie wir bei der Atmung die Luft in die Lungen und wieder heraus bewegen können.
Bei großer körperlicher Anstrengung kann man gut beobachten, wie sich der Brustkorb immer wieder hebt und senkt. Diese Bewegung geschieht durch die **Zwischenrippenmuskeln**. Beim Einatmen ziehen sie sich zusammen. Dadurch werden die Rippen angehoben. Der **Brustkorb** weitet sich nach vorn und seitlich aus. Da die Lunge mit dem Brustkorb verbunden ist, wird auch sie gedehnt. So wird Luft in die Lunge gesaugt. Beim Ausatmen entspannen sich die Zwischenrippenmuskeln wieder. Der Brustkorb senkt sich und das Innere der Lunge wird kleiner. Dadurch wird die Luft wieder aus der Lunge gedrückt. Diese **Brustatmung** ist vor allem dann wichtig, wenn der Körper größere Mengen an Sauerstoff benötigt wie beim Sport.

Bauchatmung

Bei geringer körperlicher Anstrengung erfolgt die Atmung über das **Zwerchfell**. Das Zwerchfell ist eine große, gewölbte Muskelschicht, die den **Brustraum** vom **Bauchraum** trennt. Beim Einatmen ziehen sich die Muskeln des Zwerchfells zusammen. So senkt sich das nach oben gewölbte Zwerchfell ab und drückt die darunter liegenden Organe nach unten. Da die Lunge mit dem Zwerchfell verbunden ist, wird durch diese Vergrößerung des Brustraums Luft in die Lunge eingesaugt. Beim Ausatmen entspannt sich das Zwerchfell wieder. Es wird von den darunter liegenden Organen nach oben gedrückt und wölbt sich wieder. Der Brustraum wird dadurch verkleinert, wodurch die Luft aus der Lunge herausgedrückt wird. Diese Form der Atmung nennt man **Bauchatmung**.

A Beschreibe die Vorgänge der Brustatmung und der Bauchatmung.

M1 Atembewegungen im Modell

Modell Blasebalg

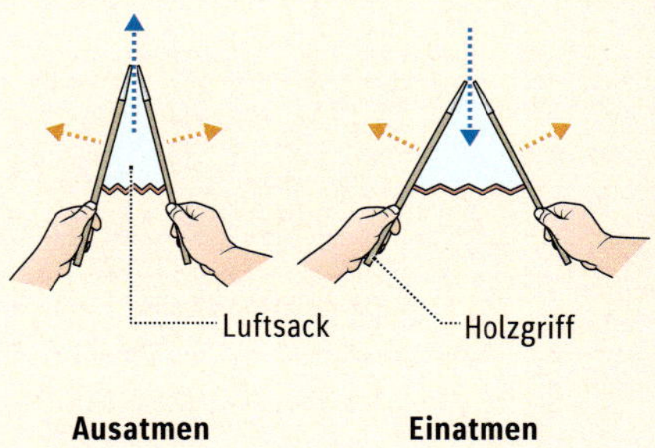

Modell Glasglocke

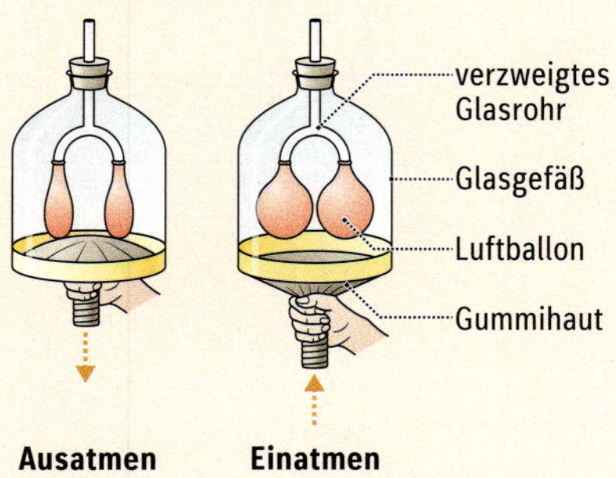

1 Ordne die Modelle der Brust- und der Bauchatmung zu.

2 Ordne den Teilen der Modelle die richtigen Körperteilen zu.

3 Erkläre mithilfe der Modelle, wie Luft in die Lunge eingesaugt wird und wieder hinaus gelangt. | HILFE

Rauchen

EXPERTENWISSEN

Rauchen stört die Atmung

Durch das Rauchen von Zigaretten nehmen Raucher viele gefährliche Stoffe auf. **Kohlenstoffmonooxid** gelangt schnell ins Blut und verdrängt dort den Sauerstoff. Dadurch wird die Versorgung der Organe mit Sauerstoff eingeschränkt. **Nikotin** verengt die Blutgefäße und verschlechtert so die Durchblutung. Es ist auch der Stoff im Tabakrauch, der süchtig macht. Darum fällt es Rauchern oft schwer, mit dem Rauchen aufzuhören. Beim Verbrennen von Tabakrauch entstehen **Teerstoffe**. Sie verkleben die Flimmerhärchen. Der Körper reagiert darauf mit einer verstärkten Schleimbildung. Der Schleim mit den Schadstoffen kann aber selbst durch starkes Husten kaum abtransportiert werden. Der Raucher entwickelt **Raucherhusten**. Die Schadstoffe im Tabakrauch können zu bösartigen Veränderungen der Zellen führen und so **Krebs** auslösen.

Passivrauchen

Man muss nicht selbst eine Zigarette rauchen, um die Schadstoffe des Tabakrauchs einzuatmen. Bereits durch die Nähe zu gerade rauchenden Personen oder das gemeinsame Aufhalten in geschlossenen Räumen atmet man die Schadstoffe Tabakrauch mit ein. Durch dieses **Passivrauchen** sind auch Nichtraucher den Risiken des Rauchens ausgesetzt. Darum ist das Rauchen in öffentlichen Gebäuden verboten.

A Nenne Stoffe, die im Zigarettenrauch enthalten sind.

B Beschreibe, was man unter Passivrauchen versteht.

1 Warnhinweis auf Zigarettenverpackung

2 Passivrauchen

M1 Rauchen

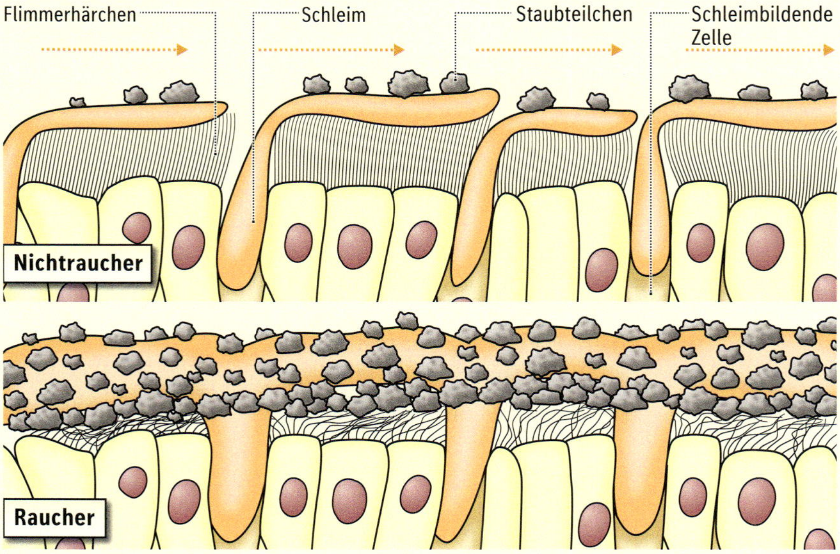

1 Beschreibe den Aufbau der Innenwand der Bronchien.

2 Nenne mögliche gesundheitliche Folgen vom Rauchen.

3 Beschreibe, wie die Luft in den Bronchien gereinigt wird.

4 Erkläre die Entstehung von Raucherhusten.

5 Erkläre, warum Raucher bei körperlicher Anstrengung schneller außer Atem sind als Nichtraucher.

Organsysteme des Körpers

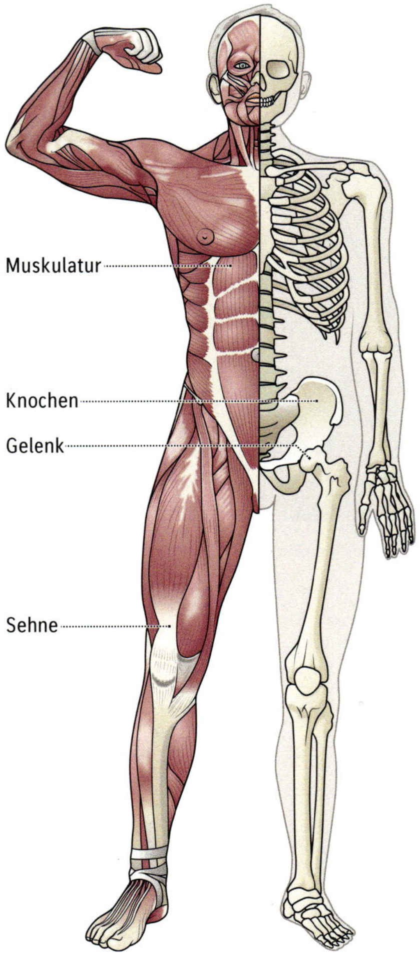

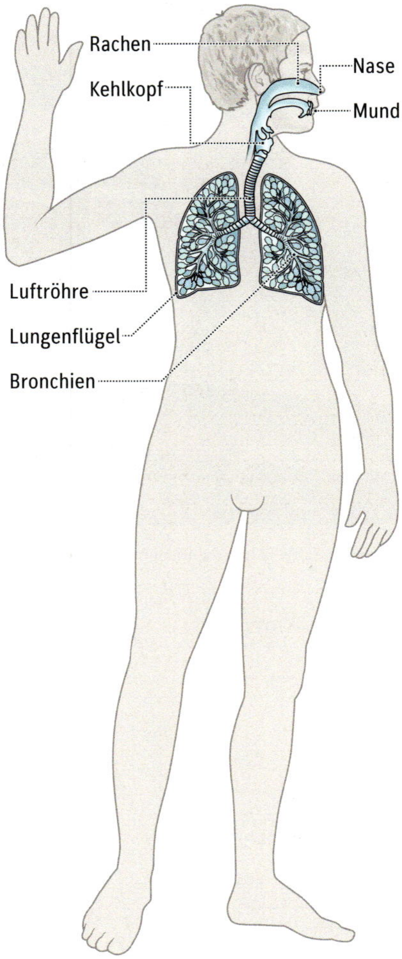

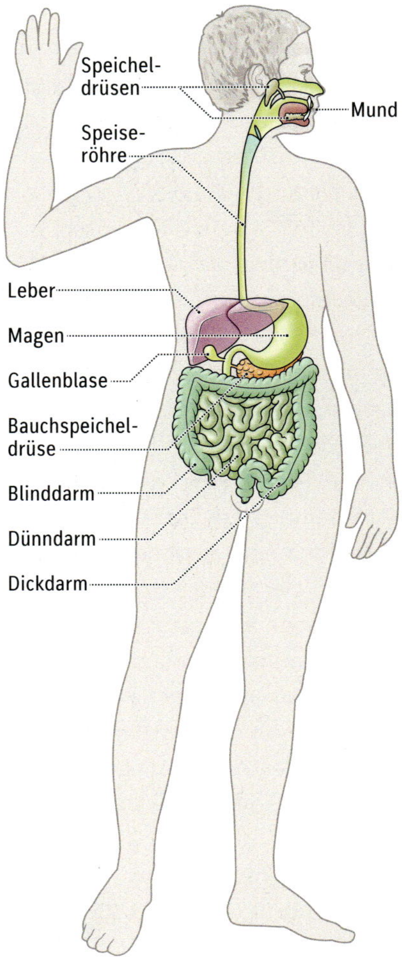

Stütz- und Bewegungssystem

Das **Skelett** besteht aus **Knochen**. Sie stützen den Körper und schützen die inneren Organe. Die Wirbelsäule ist die zentrale Stütze dieses Knochengerüsts. Bewegliche Verbindungen der Knochen heißen **Gelenke**. An den Knochen setzen Sehnen an, die eine Verbindung zu Muskeln bilden. Ziehen sich diese Muskeln zusammen, werden die Knochen bewegt. Skelett und Muskeln bilden zusammen das **Stütz- und Bewegungssystem**.

Atmungssystem

Der Körper benötigt zum Leben Sauerstoff. Dieser ist in der Luft enthalten. Die Luft wird über **Mund** oder **Nase** eingeatmet. Über die **Luftröhre** und Bronchien gelangt die Luft in die Lungenflügel. In diesen verzweigen sich die **Bronchien** immer weiter und enden in den einzelnen **Lungenbläschen**. Dort wird Sauerstoff aus der Luft ins Blut aufgenommen und Kohlenstoffdioxid aus dem Blut abgegeben. Diesen Vorgang bezeichnet man als **Gasaustausch**.

Verdauungssystem

Der Körper benötigt für alle Lebensprozesse Energie. Diese erhält er aus Nährstoffen, die in der Nahrung enthalten sind. Im **Mund** und in den Verdauungsorganen **Magen** und **Dünndarm** werden die Nährstoffe in immer kleinere Bausteine zerlegt. Das bezeichnet man als **Verdauung**. Im Dünndarm können die kleinen Bausteine dann in das Blut oder in die Lymphe aufgenommen und so auch im gesamten Körper verteilt werden.

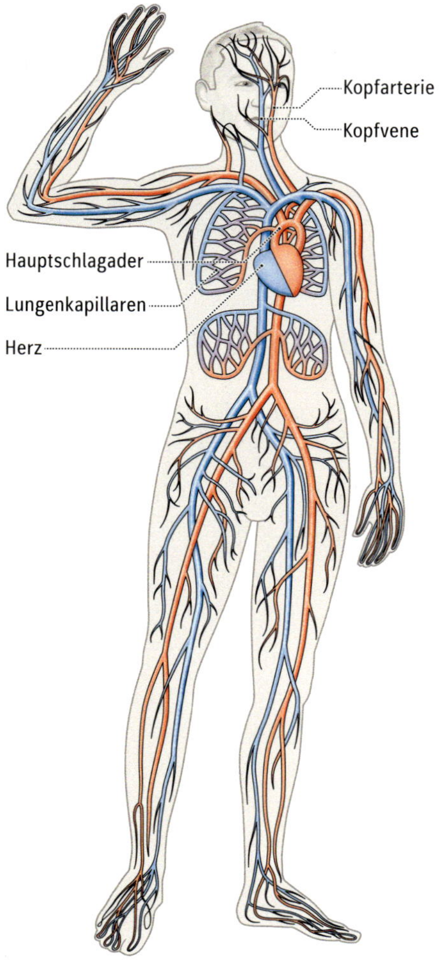

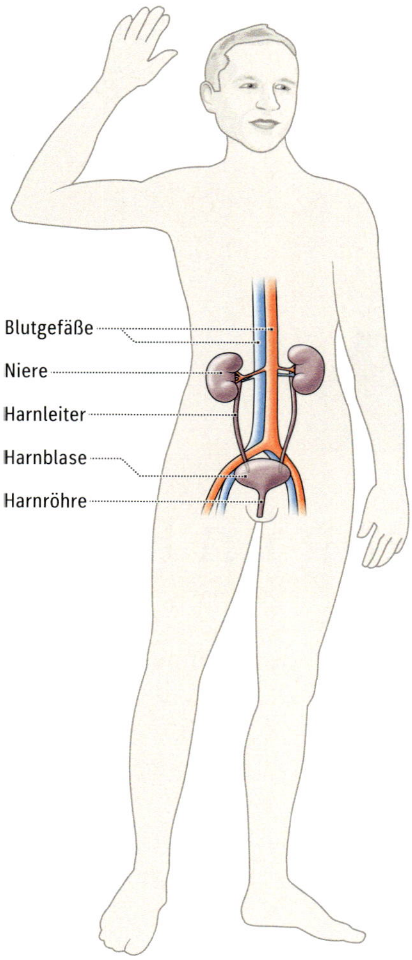

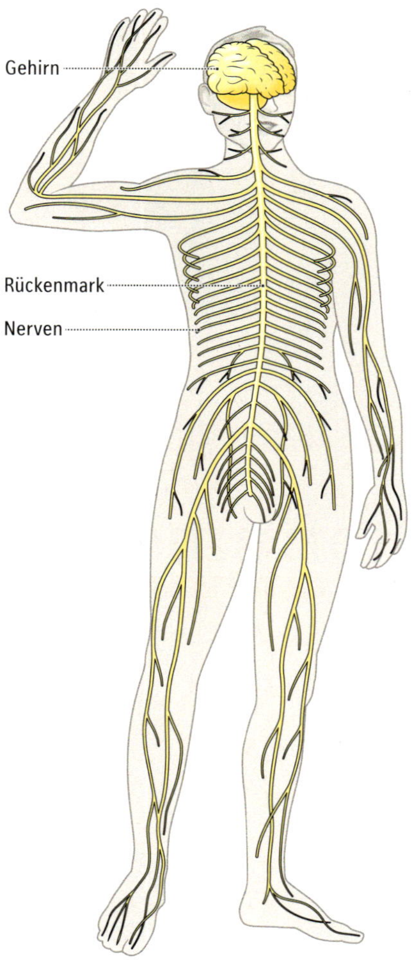

Blutkreislauf

Den gesamten Körper durchzieht ein Netz aus **Blutgefäßen**, durch die Blut gepumpt wird. Mit dem Blut werden Sauerstoff, Nährstoffe, Abfallstoffe und Wärme transportiert. Über **Arterien** pumpt das **Herz** Blut bis in die entferntesten Körperregionen. In den kleinsten Blutgefäßen, den **Kapillaren**, wird der Sauerstoff an das umliegende Gewebe abgegeben und Kohlenstoffdioxid aufgenommen. Über die **Venen** wird das Blut zurück zum Herzen transportiert.

Ausscheidungssystem

Beim Stoffwechsel des Körpers entstehen in den Zellen Schad- und Abfallstoffe. Diese werden in das Blut abgegeben. Von dort aus filtern die **Nieren** diese Stoffe aus dem Blut heraus. Abfallstoffe werden zusammen mit Wasser in der **Harnblase** gesammelt und über die **Harnröhre** mit dem Harn ausgeschieden.

Über den After und Enddarm werden am Ende der Verdauung unverdauliche Reste ausgeschieden.

Nervensystem

Der Körper ist durchzogen einem Netz aus **Nerven**. Über diese Nerven steuert das **Gehirn** alle Vorgänge im Körper und stimmt diese aufeinander ab. Reize von außen werden von den Sinnesorganen wie den Augen und den Ohren aufgenommen. Sie leiten über Impulse die augenommenen Inforamtionen zum Gehirn weiter. Im Gehirn laufen alle Verarbeitungsprozesse ab. Das Gehirn ist auch der Ort von Denken, Planen und Fühlen.

Stoffumwandlung im Körper

Transport von Stoffen

Der Körper nimmt über die Dünndarmwand kleine, energiereiche Nährstoffbausteine wie Glukose auf. Diese gelangen schnell ins Blut. Das Blut mit den darin gelösten Stoffen wird durch die Blutgefäße zu den Organen, wie den Muskeln, transportiert. Die Muskeln sind von vielen verzweigten, feinen Blutkapillaren umschlossen und durchdrungen. Durch ihre dünne Wand gelangen die Nährstoffbausteine und Sauerstoff in die Zellen der Muskeln.

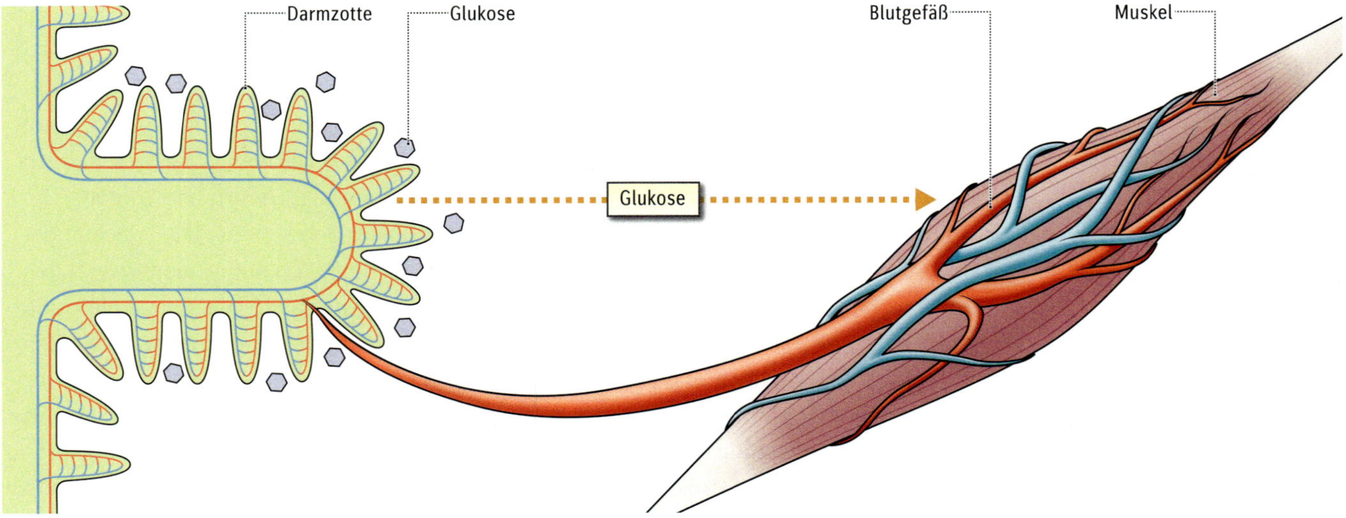

1 Transport der Nährstoffbausteine

Stoffwechsel

Muskeln benötigen für ihre Arbeit viel **Energie**. Je höher die körperliche Belastung, desto höher ist der Energiebedarf des Körpers. In den Muskeln werden die Nährstoffbausteine wie Glukose abgebaut. Mithilfe des Sauerstoffs wandeln die Zellen des Muskels die energiereiche Glukose in energiearmes Kohlenstoffdioxid und Wasser um. Dabei wird Energie freigesetzt. Diesen Stoffwechselvorgang bezeichnet man als **Zellatmung**. Wasser und Kohlenstoffdioxid gelangen aus den Muskelzellen in das Blut. Das Kohlenstoffdioxid gelangt mit dem Blut zu den Lungen und wird anschließend ausgeatmet.

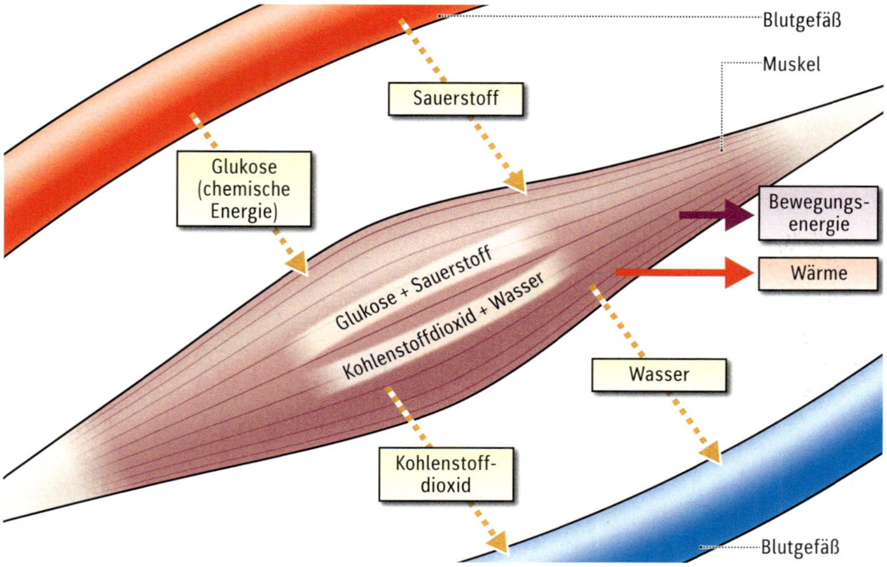

2 Stoffwechsel im Muskel

Energie wird umgewandelt

Die bei der Zellatmung freigesetzte Energie wird von den Zellen des Körpers für ihre jeweiligen Aufgaben verwendet. So wandeln die Muskelzellen die chemische Energie der Nährstoffe in **Bewegungsenergie** um. Ein Teil der Energie wird nicht in Bewegungsenergie, sondern in **Wärme** umgewandelt. Auf diese Weise kann der Körper seine Körpertemperatur von etwa 37 °C aufrechterhalten. Energie wird stets in andere Formen umgewandelt. Sie geht nie verloren.

A Beschreibe den Weg der Nährstoffbausteine vom Dünndarm bis zum Muskel.

B Beschreibe den Stoffwechsel im Muskel.

C Erkläre, wie der Körper seine Körpertemperatur von etwa 37 °C aufrechterhalten kann.

M1 Zellatmung und äußere Atmung

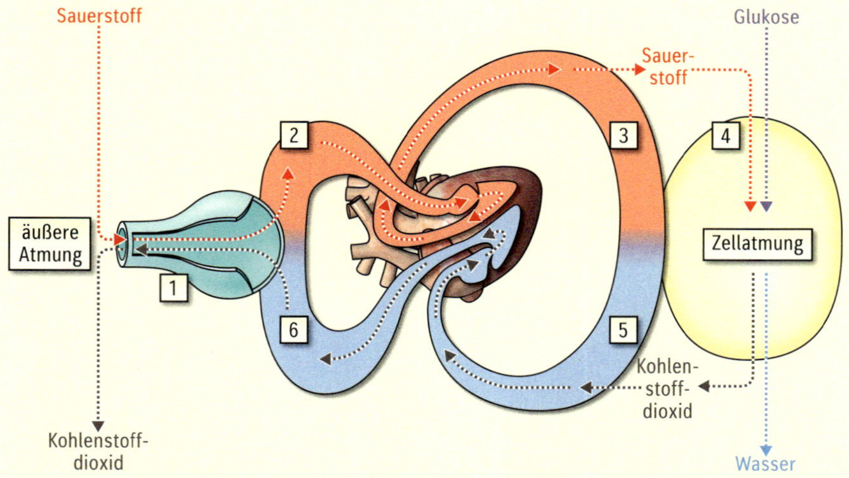

1 Ordne den Ziffern 1–6 die folgenden Begriffe zu: Lungenarterie, Lungenvene, Körperarterie, Körpervene, Körperzelle, Lungenbläschen

2 Beschreibe den Zusammenhang von Zellatmung und äußerer Atmung. | HILFE

3 Erkläre, warum die Häufigkeit der Atemzüge bei körperlicher Anstrengung steigt. | HILFE

Training und Fitness

Der Körper reagiert auf Belastung

Das Herz eines Erwachsenen schlägt etwa 70 Mal pro Minute. Die Organe und Muskeln des Körpers werden so ausreichend mit Sauerstoff und Glukose versorgt. Bei körperlicher Belastung wird mehr Sauerstoff benötigt, damit bei der Zellatmung genug Energie bereitgestellt wird. Die **Atemfrequenz** steigt. Auch wird bei jedem Herzschlag mehr Blut in die Blutgefäße gedrückt. Zusätzlich schlägt das Herz bei körperlicher Belastung schneller. Die **Herzfrequenz** steigt. So kann das Blut schneller durch den Körper gepumpt werden. Die Muskeln und Organe werden mit mehr Glukose und Sauerstoff versorgt.

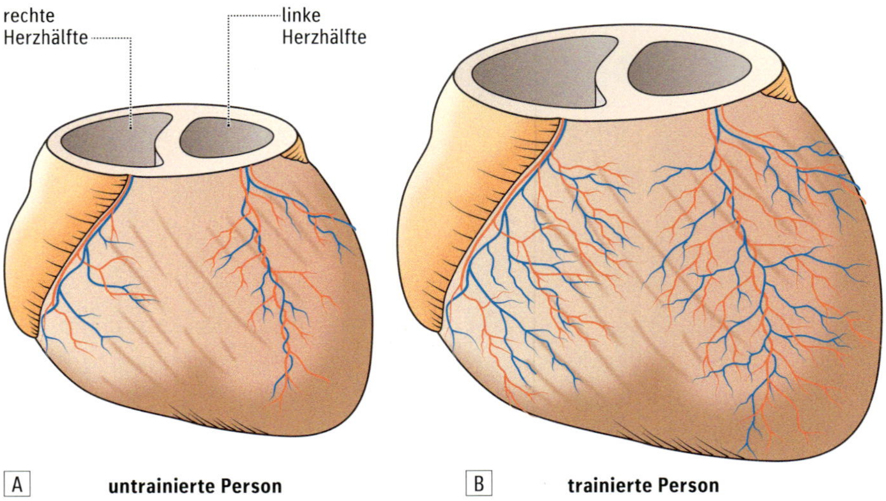

1 Herzmuskel: **A** einer untrainierten Person, **B** einer trainierten Person

Ausdauertraining

Regelmäßiger Sport erhöht die **Fitness**. Vor allem durch Laufen und Schwimmen verbessern die gesamte Leistungsfähigkeit des Körpers. Man spricht vom **Ausdauertraining**. Dabei wird der Herzmuskel größer und kräftiger. Ein trainierter Mensch kann mit einem Herzschlag mehr Blut durch den Körper pumpen und mit einem Atemzug mehr Luft in die Lungen aufnehmen. Seine Muskeln werden so besser mit Glukose und Sauerstoff versorgt. Bei der Zellatmung wird mehr chemische Energie in Bewegungsenergie umgewandelt.

Krafttraining

Durch Tätigkeiten wie Gewichtstemmen werden bestimmte Muskeln beansprucht. Wird dieses **Krafttraining** regelmäßig durchgeführt, vergrößert sich die Muskelmasse. Dabei werden vorhandene Muskelfasern verdickt. Die Muskeln werden dadurch größer und können so auch mehr Kraft entwickeln. Die Durchblutung des Muskels wird ebenfalls verbessert.

Muskelverletzungen vorbeugen

Bei übermäßigem Sport können die Muskeln auch geschädigt werden.
Werden Muskeln dauerhaft zu stark beansprucht, kann es zu Rissen der Muskelfaser kommen, die sich entzünden. Es entsteht **Muskelkater**.
Wird ein angespannter Muskel plötzlich gestreckt, werden die Muskelfasern auseinander gezogen. Der Muskel verkrampft und verhärtet sich. Es entsteht eine **Muskelzerrung**.
Wird ein Muskel plötzlich stark beansprucht, kann eine Muskelfaser reißen. Ein **Muskelfaserriss** ist sehr schmerzhaft und muss sofort vom Arzt behandelt werden.

A Vergleiche die Herzmuskeln einer untrainierten und einer trainierten Person.

B Erkläre, was man unter Atemfreqenz und Herzfrequenz versteht.

C Stelle Vermutungen an, warum die Zahl der Herzschläge pro Minute von Trainierten geringer ist als von Untrainierten.

D Beschreibe Auswirkungen von regelmäßigem Krafttraining.

M1 Auswirkungen von Ausdauertraining

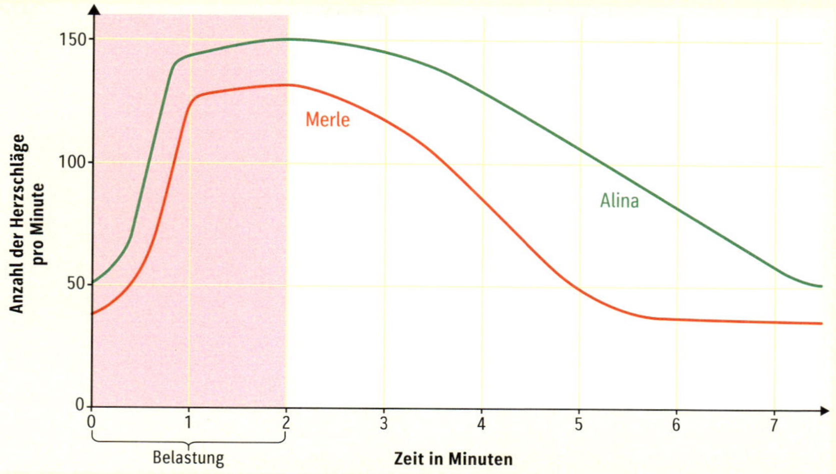

1 Beschreibe die beiden Kurvenverläufe im Diagramm.

2 Erkläre, welche der Schülerinnen fitter ist. | HILFE

3 Erläutere verschiedene Auswirkungen von regelmäßigem Ausdauertraining.

4 Stelle Vermutungen an, wie sich die Atemfrequenzen von Alina und Merle im Verlauf verändern.

M2 Muskelverletzungen

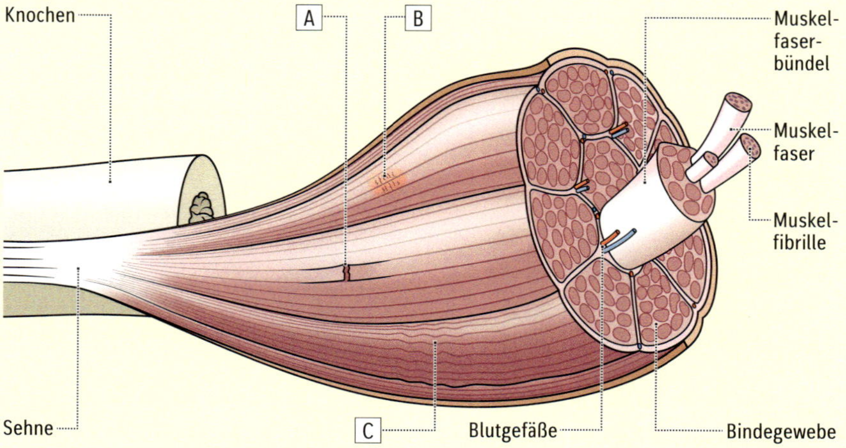

1 Ordne den Muskelverletzugen A–C die passenden Begriffe zu: Muskelkater, Muskelzerrung, Muskelfaserriss.

2 Beschreibe die abgebildeten Muskelverletzungen. | HILFE

Bei einem Crash-Test treten große Kräfte auf.
Was bewirken sie?

Kräfte im Alltag

Kräfte

Bei einem Crashtest fahren zwei Autos mit hoher Geschwindigkeit gegeneinander. Dazu werden die Autos mithilfe der Motoren in Bewegung gesetzt. Je stärker das Gaspedal getreten wird, desto schneller wird das Auto. Prallen die Autos aufeinander, werden sie verformt. Bei all diesen Vorgängen spielt **Kraft** eine Rolle. Man kann die Kraft nicht sehen, aber an ihrer Wirkung erkennen.

Kraft kann Körper verformen

Manche Gegenstände verändern ihre ursprüngliche Form, wenn eine Kraft auf sie wirkt. Zieht man zum Beispiel ein Gummiband auseinander, übt man Kraft auf das Band aus. Das Gummiband wird länger. Es verändert seine Form. Man sagt auch, es wird **verformt**. Übt man keine Kraft mehr auf das Gummiband aus, zieht es sich wieder zusammen. Es nimmt wieder seine ursprüngliche Form an. Verformungen, die nicht endgültig sind, sondern wieder in ihren Ausgangszustand zurückgehen, nennt man **elastische Verformungen**.

Bei dem Crashtest wirken Kräfte auf die Fahrzeuge und verformen sie. Die Autos haben dadurch viele Beulen. Wirkt keine Kraft mehr, dann behalten die Autos ihre neue Form. Sie haben sich dauerhaft verformt und können nicht in ihre ursprüngliche Form zurückgehen. Diese Art der Verformung nennt man **plastische Verformung**.

M1 Verformung

1 Beschreibe den Ablauf der Bildserie.

2 Entscheide, ob die Bildserie eine plastische oder eine elastische Verformung zeigt. | HILFE

1 Verschiedene Wirkungen von Kräften

Kraft kann Körper bewegen

Sitzt man auf dem Fahrrad und tritt in die Pedale, fährt man los. Mithilfe der Muskelkraft bewegt sich das Fahrrad. Die Kraft kann auch dafür sorgen, dass man mit dem Fahrrad immer schneller wird. Man sagt dann, das Fahrrad wird **beschleunigt**.

Zieht man während der Fahrt an der Bremse, wird das Fahrrad langsamer. Die Kraft der Bremse wirkt der Bewegung des Fahrrads entgegen. Das Fahrrad wird **gebremst**.

Wind kann auch eine Kraft ausüben. Trifft während der Fahrt ein starker Windstoß von der Seite auf das Fahrrad, kann es in eine andere Richtung gedrückt werden. Eine Kraft kann auch eine **Richtungsänderung** eines Körpers bewirken. Kraft ist die Ursache für Bewegungen und Verformungen. ▶

A Erkläre den Unterschied zwischen elastischen Verformungen und plastischen Verformungen.

B Beschreibe drei Formen, wie Kraft die Körperbewegung beeinflusst.

M2 Wirkung von Kräften

A

B

1 Beschreibe die Situationen in den Bildern A bis C.

2 Beschreibe, welche Bewegungsänderungen des Balls in den Bildern A-C von Kräften ausgeübt werden. | HILFE

3 Louis schießt einen Elfmeter. Der Ball prallt am Pfosten ab und Peter stoppt den Ball im Strafraum. Beschreibe, welche vier Wirkungen von Kräften auftreten.

C

2 Wirkungsrichtungen von Kräften

Kraft hat eine Richtung

Hängt man ein Gewicht an eine Schraubenfeder, übt dieses eine nach unten gerichtete Kraft auf die Feder aus. Die Kraft hat das Formelzeichen **F** und die Einheit **Newton** (**N**). Die Kraft, die zum Beispiel eine 100 Gramm schwere Schokoladentafel auf eine Feder ausübt, entspricht 1 Newton.

Kräfte darstellen

Jede Kraft hat eine bestimmte Richtung, in die sie wirkt. Um die sogenannte **Wirkungsrichtung** zu veranschaulichen, benutzt man Pfeile. Der Punkt, an dem der **Kraftpfeil** beginnt, nennt man **Angriffspunkt**. In die Richtung, in die der Pfeil zeigt, wirkt die Kraft. Je länger der Pfeil gezeichnet wird, desto größer ist die Kraft. Drücken ein Kind und ein Erwachsener von gegenüberliegenden Seiten an einer Kiste, wirken die Kräfte in entgegengesetzte Richtungen. Die Gesamtkraft wirkt in die Richtung der stärkeren Kraft. Die Gesamtkraft ist die Differenz zwischen der stärker und der schwächer wirkenden Kraft. Schieben beide in die gleiche Richtung, wirken die Kräfte zusammen. Die Gesamtkraft ist die Summe der beiden wirkenden Kräfte.

M3 Kraft hat eine Richtung

Beim Tauziehen ziehen zwei Mannschaften an einem Seil. Wer es schafft, das gegnerische Team über eine Linie zu ziehen, gewinnt das Spiel.

1 Beschreibe das Bild.

2 Erkläre, welche der Mannschaften das Tauziehen gewinnen wird. | HILFE

3 Zwei Mannschaften ziehen mit der gleichen Kraft am Seil. Erstelle eine einfache Zeichnung mit den zugehörigen Kraftpfeilen.

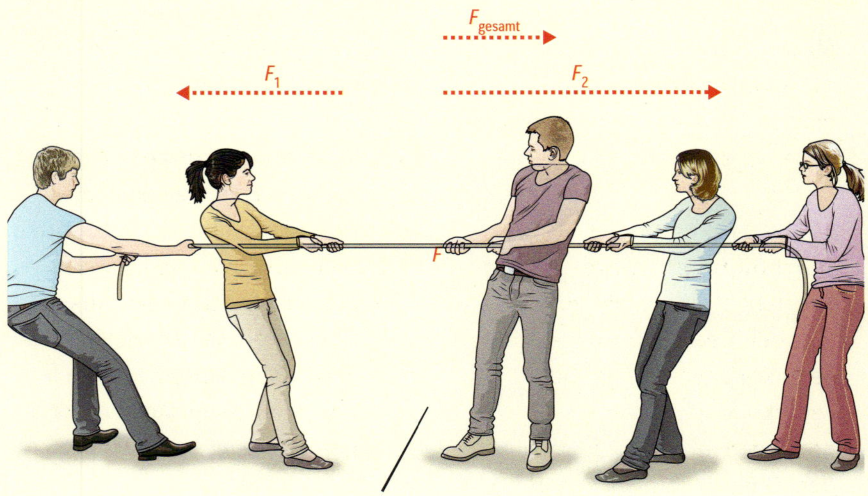

Der Federkraftmesser

Masse und Gewicht

Im Alltag sagt man, dass man mit einer Waage sein Gewicht bestimmen kann. Aus der Sicht eines Naturwissenschaftlers stimmt dies allerdings nicht. Mit einer Waage kann man nur seine **Masse** bestimmen. Das Gewicht aber gibt an, mit was für einer Kraft ein Gegenstand nach unten gezogen wird. Diese sogenannte **Gewichtskraft** kann man mit einem **Federkraftmesser** genau bestimmen.

Federkraftmesser

Ein Federkraftmesser besteht aus einer Schraubenfeder, an der eine Skala und ein Haken befestigt sind. Die Bauteile befinden sich in einem kleinen Rohr. Dieses schützt die einzelnen Bauteile. An dem Haken werden die Gegenstände befestigt, deren Gewichtskraft man bestimmen möchte.
Hängt man Gegenstände mit unterschiedlichen Massen an die Schraubenfeder, dehnt sie sich unterschiedlich stark aus. Je stärker sich die Feder ausdehnt, desto mehr ragt die Skala aus dem Rohr hinaus. An den sichtbaren Abschnitten der Skala kann die Kraft abgelesen werden.
Je nach Federkraftmesser steht ein Abschnitt für einen bestimmten Wert. Zum Beispiel kann ein Abschnitt 1 Newton bedeuten. Da nicht ein beliebig schweres Gewicht an jede Feder gehängt werden kann, gibt es verschiedene Federkraftmesser. In ihrem Inneren befinden sich Schraubenfedern in verschiedenen Dicken. Für Gegenstände mit größeren Massen und dadurch größeren Gewichtskräften benutzt man dickere Federn. Sie sind schwerer auseinanderzuziehen und gehen nicht so schnell kaputt.

A Erkläre den Unterschied zwischen den zwei Größen Masse und Gewichtskraft.

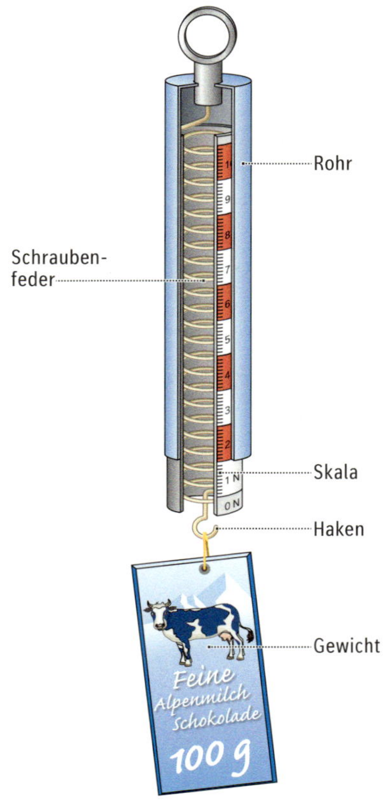

1 Ein Kraftmesser

P1 Kräfte messen

Material: Mehrere Kraftmesser mit unterschiedlichen Messbereichen, Waage, Faden, verschiedene Gegenstände oder Wägestücke

Durchführung: Wiege die Gegenstände und wähle zum Messen der Gewichtskraft geeignete Federkraftmesser aus. Halte den Federkraftmesser gerade vor deine Augen und hänge vorsichtig den Gegenstand an den Haken. Verwende ein Stück Faden, wenn du den Gegenstand nicht einfach am Haken befestigen kannst.

1 Erstelle eine Tabelle mit den gemessenen Massen und Kräften.

2 Erstelle ein Punktdiagramm, dass die Kräfte zu den verschiedenen Massen zeigt. Trage dazu die gemessenen Werte nur als Punkt ins Diagramm ein.

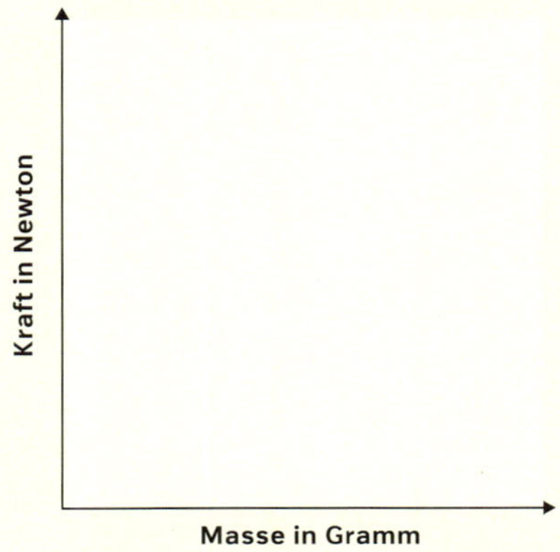

Vorlage: Kraft-Masse-Diagramm

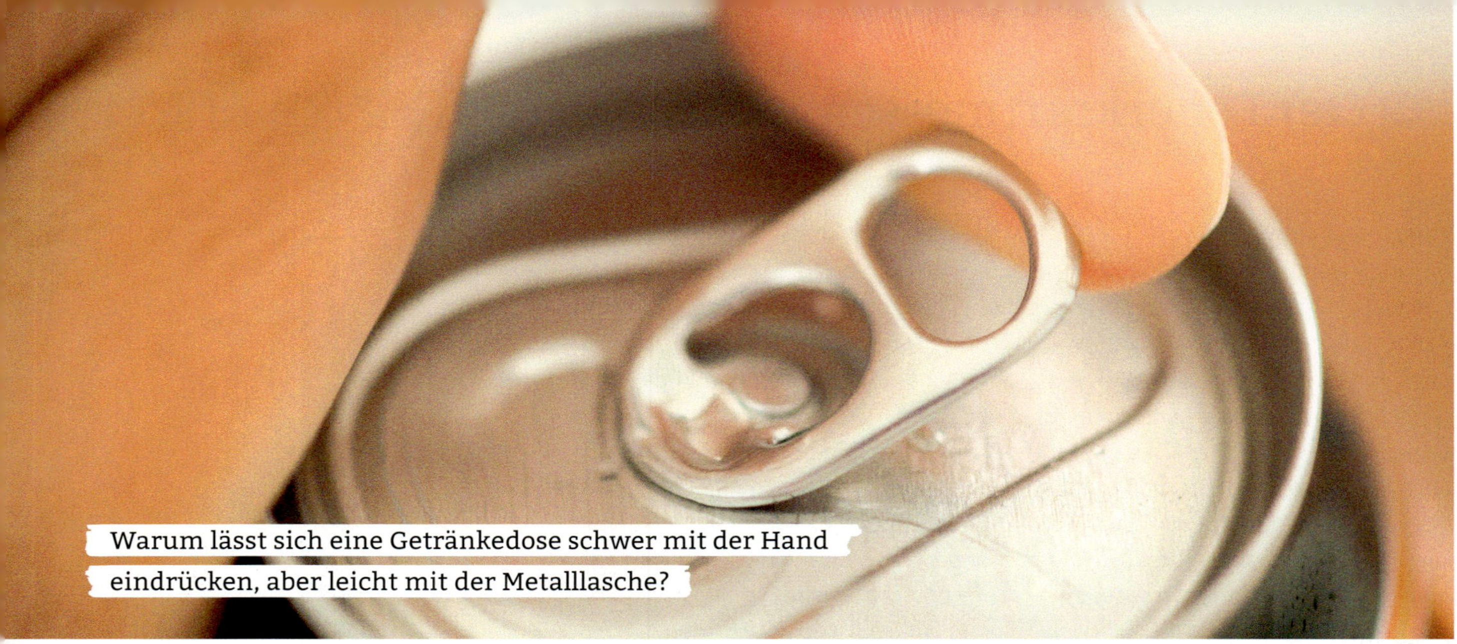

Hebel

Getränkedose öffnen

Um aus einer Getränkedose trinken zu können, muss vorher ein Teil des Deckels eingedrückt werden. Nur mit der Hand bekommt man den Deckel nur sehr schwer oder gar nicht eingedrückt. Hebt man aber die Metalllasche am Deckel der Dose an, geht sie ganz leicht auf. Die Metalllasche ist ein **Hebel**.

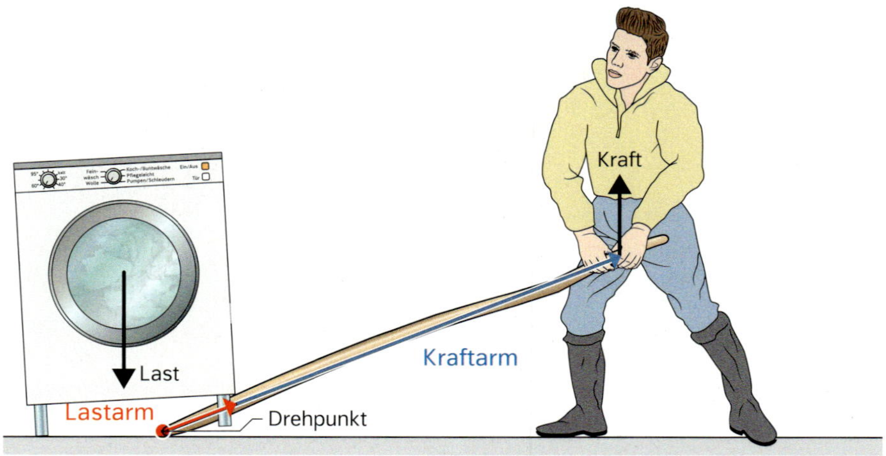

1 Einseitiger Hebel

Drehpunkt

Lange, stabile Gegenstände können als Hebel eingesetzt werden. So kann zum Beispiel ein Metallrohr oder ein Holzbrett ein Hebel sein. Zu Hause helfen Hebel beim Knacken von Nüssen oder bei der Gartenarbeit. Jeder Hebel wird immer um einen bestimmten Punkt gedreht, den **Drehpunkt**.

Einseitiger Hebel

Um eine schwere Truhe leichter anheben zu können, kann man das eine Ende einer Stange unter ihr platzieren. Auf diese Weise wird die Stange als Hebel benutzt. Wenn das freie Ende der Stange jetzt angehoben wird, dann bewegt sich auch die Truhe ein Stück nach oben. Beim Anheben bewegt sich die gesamte Stange in eine Richtung. Die Stange ist ein **einseitiger Hebel**. Der Drehpunkt befindet sich bei einem einseitigen Hebel am unteren Stangenende auf dem Boden.

Zweiseitiger Hebel

Legt man eine Auflage wie einen Stein unter einen einseitigen Hebel, befindet sich der Drehpunkt nicht mehr am unteren Ende der Stange. Er liegt nun zwischen den beiden Enden des Hebels. Rechts und links vom Drehpunkt befinden sich dadurch zwei **Hebelarme**. Man spricht jetzt von einem **zweiseitigen Hebel**. Den Hebelarm vom Drehpunkt bis zum Gegenstand bezeichnet man als **Lastarm**. Der Hebelarm vom Drehpunkt bis zum Angriffspunkt der Kraft wird als **Kraftarm** bezeichnet. Mit einem zweiseitigen Hebel lassen sich schwere Gegenstände leichter heben. Um eine schwere Truhe anzuheben, muss der Kraftarm heruntergedrückt statt angehoben werden.

Bei einem einseitigen Hebel liegen Lastarm und Kraftarm auf einer Seite vom Drehpunkt. Will man noch mehr Kraft sparen, müssen die Armlängen eines Hebels verändert werden. Es gilt: Je länger der Kraftarm und je kürzer der Lastarm ist, desto weniger Kraft muss aufgebracht werden.

Wippe

Eine Wippe ist ein zweiseitiger Hebel. Sitzt eine leichte Person am Rand eines Armes, kann sie eine viel schwerere Person anheben. Diese muss dafür auf dem anderen Hebelarm nah am Drehpunkt, der Mitte der Wippe, sitzen. Je weiter die zweite Person auf ihrem Hebelarm sich vom Drehpunkt entfernt, desto schwerer wird es, sie anzuheben.

A Vergleiche einseitige und zweiseitige Hebel miteinander.

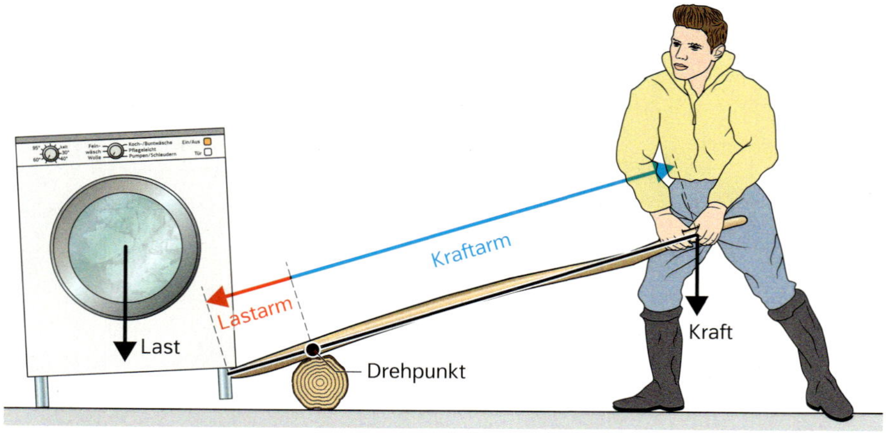

2 Zweiseitiger Hebel

M1 Hebel

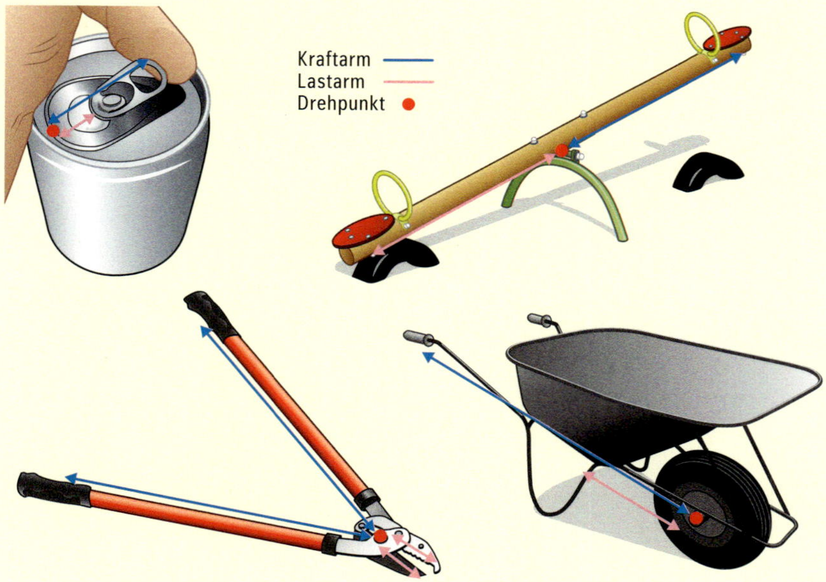

1 Ordne den Bildern begründet die passende Hebelart zu.

2 Beschreibe an je einem Beispiel die Funktionsweise eines einseitigen und eines zweiseitigen Hebels. | HILFE

3 Begründe, warum eine Astschere lange Griffe hat. | HILFE

4 Begründe, wie die Astschere gebaut sein muss, damit sie noch dickere Äste schneiden kann.

Leistungen des Körpers

T1 Ernährung

1 Benenne die drei Nährstoffgruppen in unseren Nahrungsmitteln.

2 Ordne den Bildern die Nährstoffe zu, die überwiegend in ihnen zu finden sind.

3 Nenne verschiedene Ergänzungsstoffe.

4 Begründe, warum Ergänzungsstoffe für den Körper wichtig sind.

5 Erkläre, was man unter Betriebsstoffen und Baustoffen versteht.

6 Erkläre, wie es zu Übergewicht kommen kann und weshalb dies schädlich für den Körper ist.

A

B

C

T2 Verdauung

1 Benenne die mit Ziffern gekennzeichneten Bestandteile des Verdauungssystems.

2 Beschreibe die jeweiligen Aufgaben der Verdauungsorgane 1-12.

3 Erstelle ein Fließschema für den Weg der Nahrung durch den Körper.

4 Erkläre die Bedeutung des Magensaftes bei der Verdauung von Nahrung.

5 Erkläre am Bau der Dünndarmwand die Bedeutung der Oberflächenvergrößerung.

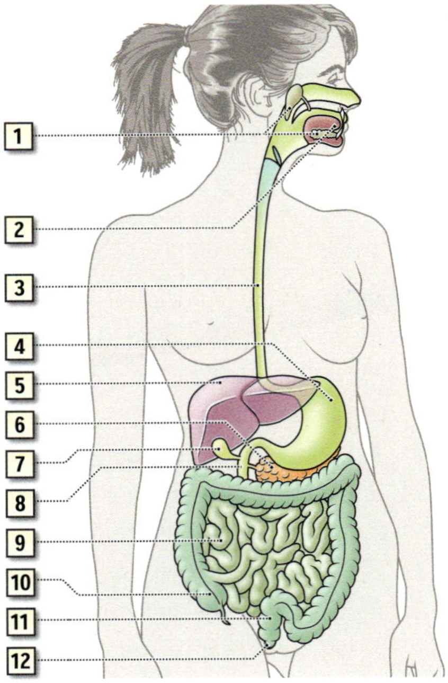

T3 Blutkreislauf

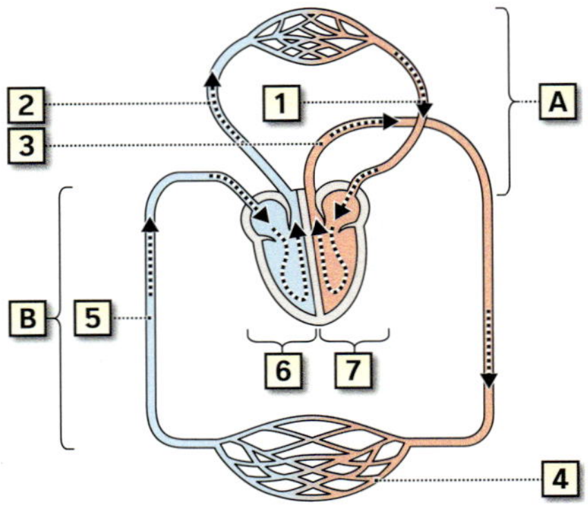

1 Benenne die beiden Kreisläufe A und B.

2 Benenne die mit Ziffern gekennzeichneten Teile des Blutkreislaufs.

3 Übertrage die Tabelle in dein Heft. Gib jeweils an, ob der Gehalt an Sauerstoff und Kohlenstoffdioxid hoch oder niedrig ist.

Ort	Sauerstoffgehalt	Kohlenstoffdioxidgehalt
linke Herzhälfte	...	...
Beinarterie	...	...
Beinvene	...	...
rechte Herzhälfte	...	...
Lungenvene	...	...

4 Erstelle ein Fließschema zum Weg des Blutes durch den Körper. Starte und ende in der linken Herzhälfte.

T4 Gelenke

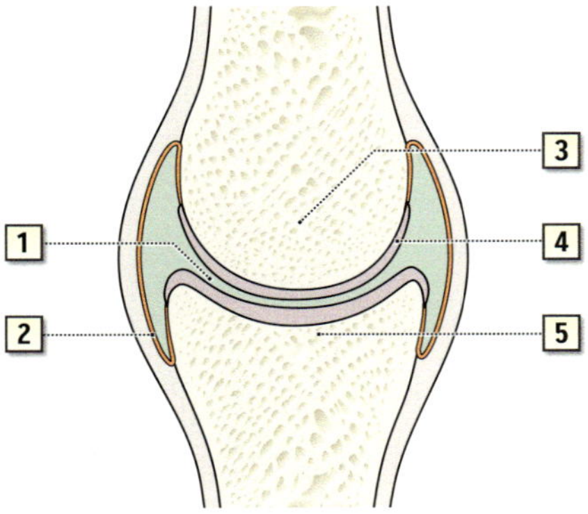

1 Benenne die mit Ziffern gekennzeichneten Bauteile eines Gelenks.

2 Ordne den Bauteilen ihre jeweiligen Funktionen zu.

3 Erkläre die Aufgabe der Bänder an einem Gelenk.

T5 Bau des Skelettmuskels

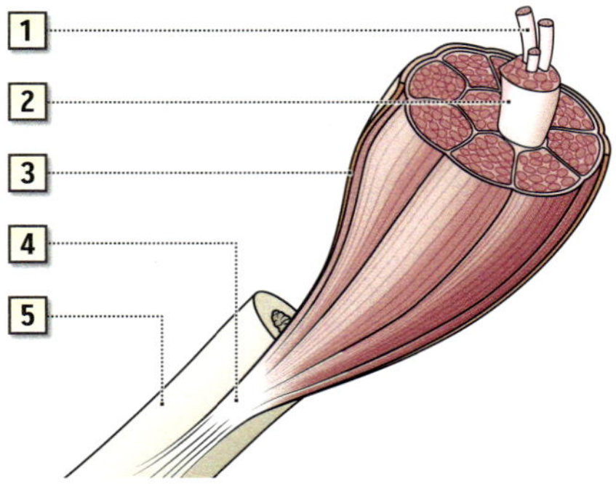

1 Benenne die Bauteile eines Skelettmuskels.

2 Beschreibe die Aufgabe von Sehnen und Nerven sowie den Blutgefäßen im Muskel.

3 Nenne verschiedene Muskelverletzungen und beschreibe eine genauer.

T6 Körperhaltung

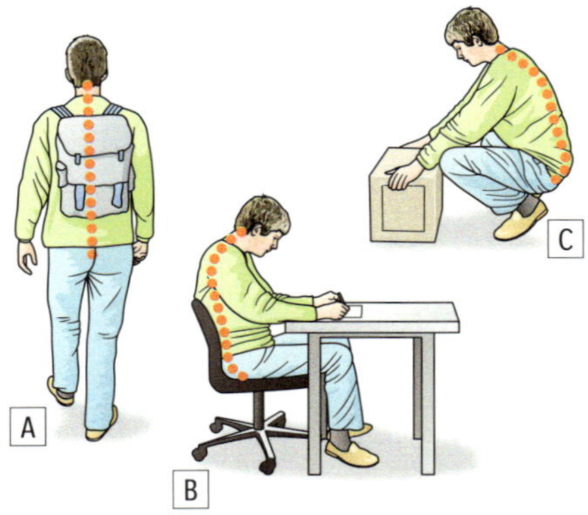

1 Vergleiche die verschiedenen abgebildeten Körperhaltungen.

2 Erkläre, warum das Tragen von Rucksäcken gesünder ist als das Tragen von Umhängetaschen.

T7 Hebel

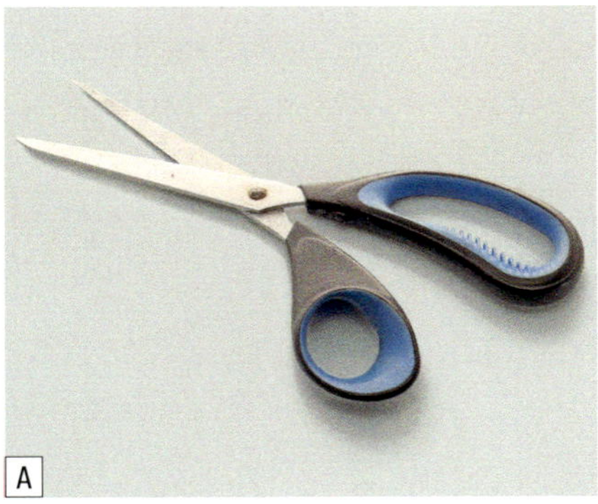

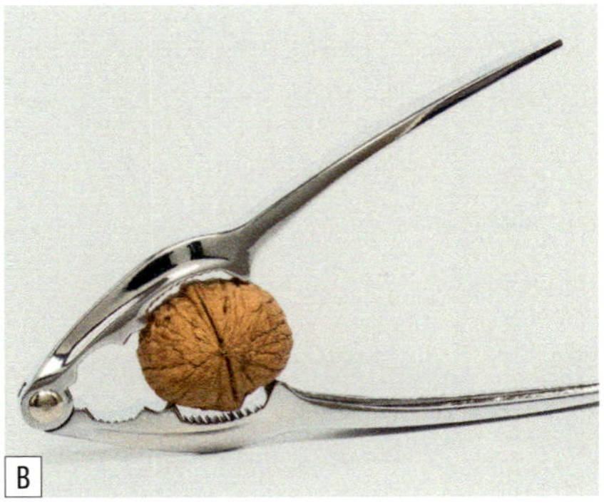

1 Ordne beiden Bildern die Begriffe einseitiger Hebel und zweiseitiger Hebel zu. Begründe.

2 Beschreibe, wo bei den abgebildeten Hebeln der Drehpunkt liegt.

3 Erkläre, warum in handwerklichen Berufen oft Hebel eingesetzt werden.

4 Fertige eine einfache Zeichnung der Schere an und zeichne die verschiedenen Hebelarme ein.

T8 Gegenspielerprinzip

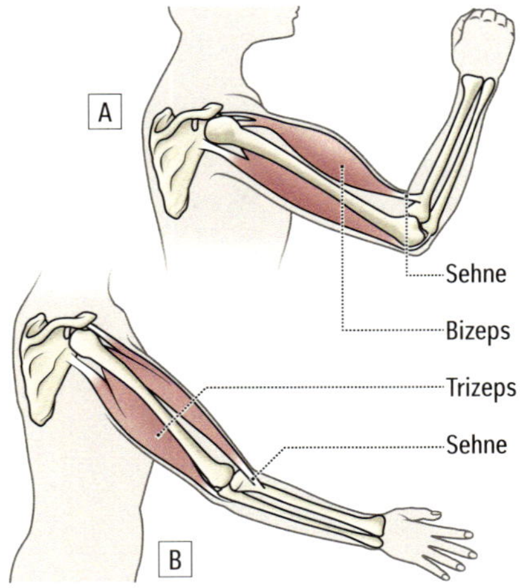

1 Erkläre das Gegenspielerprinzip am Beispiel des Streckmuskels und Beugemuskels des Oberarms.

Ernährung
Die Nahrung liefert dem Körper mit den Nährstoffen Baustoffe und Energie. Dabei dienen Kohlenhydrate und Fette vor allem als Energielieferanten für den Betriebsstoffwechsel. Eiweißstoffe werden vor allem als Baustoffe benötigt. Neben den Nährstoffen benötig der Körper noch Vitamine, Mineralstoffe, Ballaststoffe und ausreichend Wasser. Mithilfe eines Ernährungskreises kann man sich bei der täglichen Ernährung gut orientieren.

Verdauungssystem
Die von den Zähnen zerkleinerte, eingespeichelte Nahrung gelangt durch die Speiseröhre in den Magen, dann in den Dünndarm und danach in den Dickdarm. Im Mund, Magen und Dünndarm werden die Nährstoffe in ihre kleinsten Bausteine zerlegt. Dies bezeichnet man als Verdauung. Im Dünndarm werden die Bausteine dann ins Blut oder in die Lymphe aufgenommen. Unverdauliche Reste werden über den After ausgeschieden.

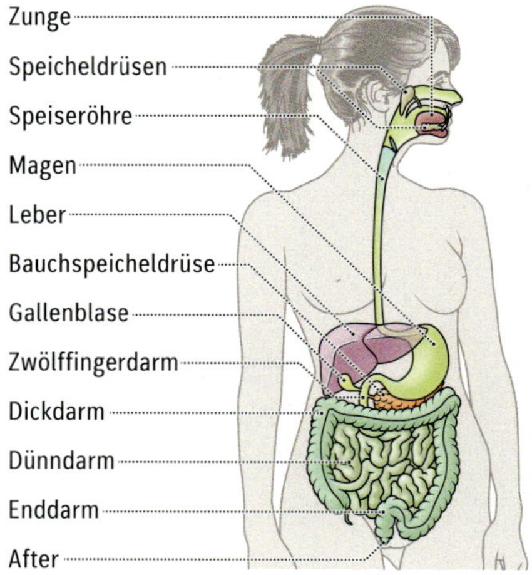

Blutkreislauf
Das Herz ist ein Hohlmuskel. Er ist in Herzhälften unterteilt. Der Herzmuskel zieht sich in regelmäßigen Abständen zusammen und entspannt sich wieder. Das Herz treibt den Blutkreislauf an. Es pumpt das Blut in den Lungenkreislauf und den Körperkreislauf. Die Arterien transportieren das Blut vom Herzen weg, die Venen zum Herzen hin. Über die dünnen Kapillaren findet der Stoffaustausch statt.

Atmung
Beim Einatmen nimmt man Sauerstoff aus der Luft in der Umgebung über die Lunge auf. Das Einatmen und Ausatmen erfolgt bei der Brustatmung mithilfe der Zwischenrippenmuskulatur. Bei der Bauchatmung wird mithilfe des Zwerchfells eingeatmet und ausgeatmet. Die eingeatmete Luft gelangt über die Nase und den Mund zuerst in den Rachen. Von dort aus gelangt sie als nächstes in die Luftröhre und in die Bronchien.

Von den Bronchien aus gelangt die Luft in die winzig kleinen Lungenbläschen, die sich im Lungenflügel befinden. In den Lungenbläschen erfolgt der Gasaustausch. Mithilfe des Gasaustauschs gelangt Sauerstoff in den Körper und Kohlenstoffdioxid durch die Lunge wieder aus dem Körper in die Luft. Der Gasaustausch in den Lungenflügeln kann durch ungesundes Verhalten wie Rauchen stark beeinträchtigt werden.

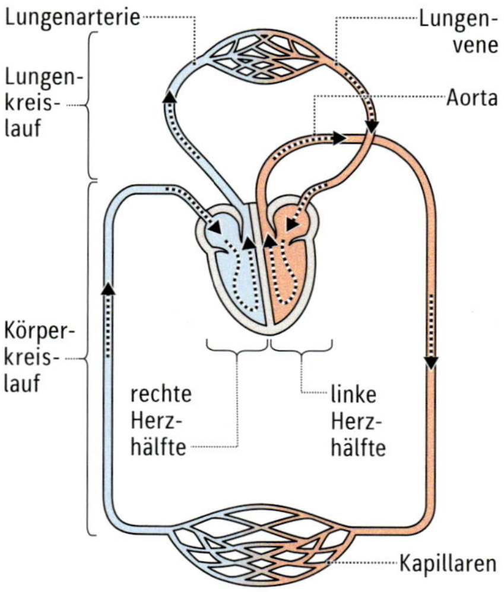

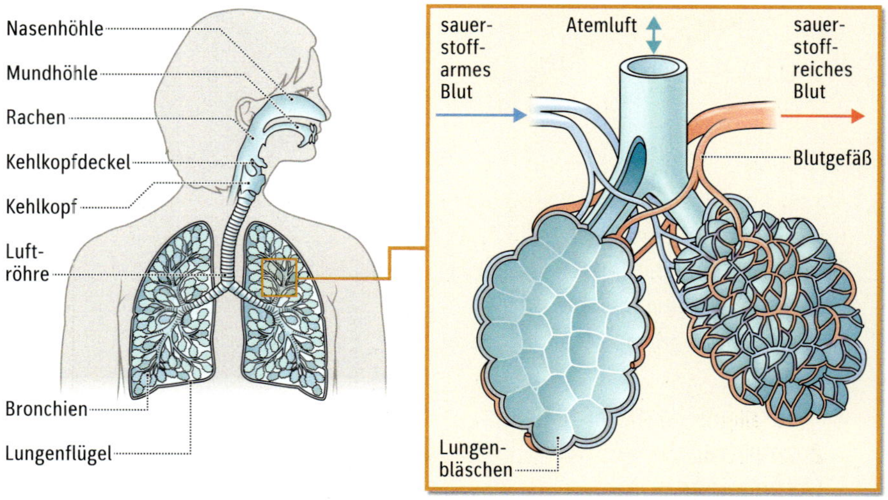

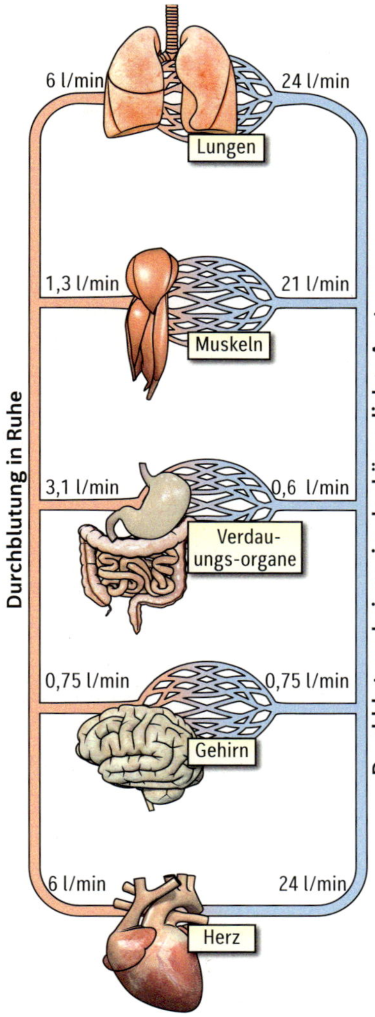

1 Durchblutung

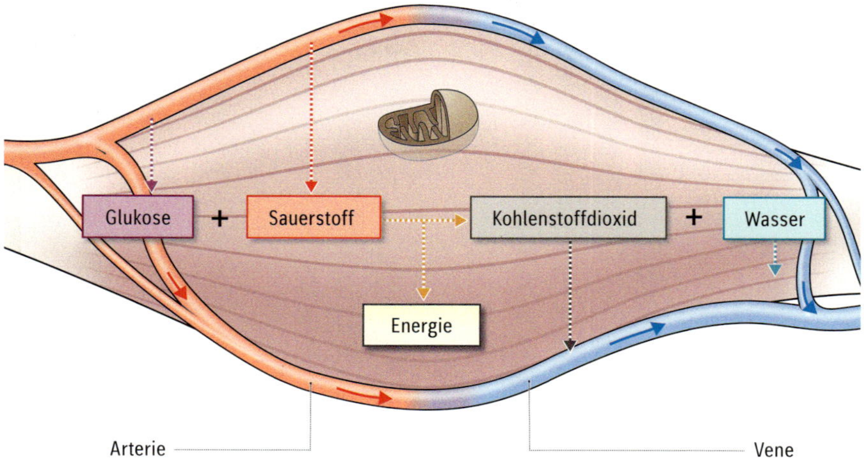

2 Zellatmung

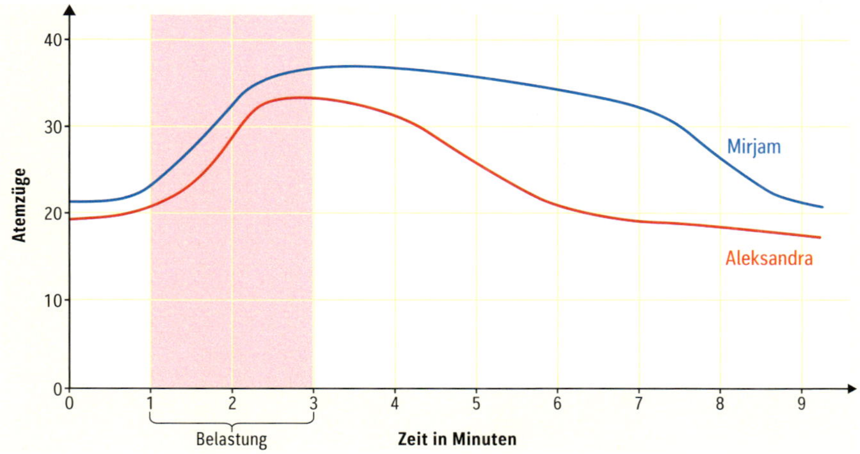

3 Atemfrequenz Diagramm

Beim Sport wird der Körper und seine Organsysteme stark beansprucht. Die Zellen des Körpers müssen mit Stoffen und Energie versorgt werden. Die Atemfrequenz und der Puls verändern sich bei körperlicher Belastung.

1 Beschreibe, wie im Körper Energie für körperliche Bewegungen bereitgestellt wird. Nenne dabei die beteiligten Stoffe der Zellatmung.

2 Erkläre die Veränderung der Durchblutung von Muskeln und der Lunge.

3 Begründe die Veränderung der Atemfrequenz während einer körperlichen Belastung.

4 Im Diagramm sind die Atemfrequenzen von zwei Mädchen gleichen Alters dargestellt. Beide Mädchen machen im Sportunterricht einen 400 Meter Lauf und laufen gemeinsam in einer Gruppe. Beurteile, welches der Mädchen fitter ist.

5 Erkläre, mit welchen Körperfunktionen der Körper Wärme an seine Umgebung abgibt. Beachte auch die Durchblutung der Haut.

12

Elektrizität im Alltag

1 Öllampe

2 Handgeschriebener Brief

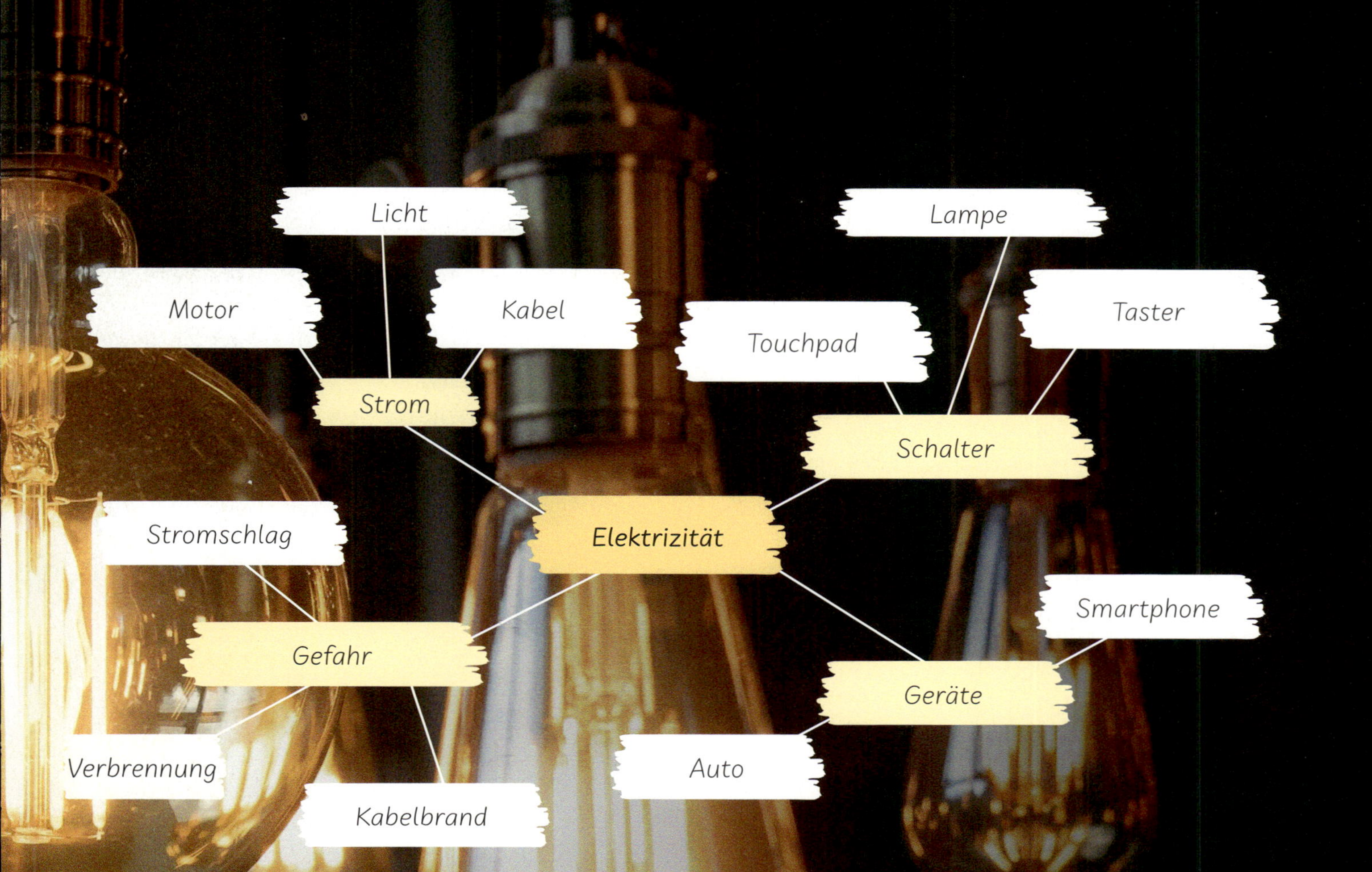

A Die Bilder zeigen Geräte, die ohne Strom verwendet werden können. Nennt die elektrischen Geräte, die die abgebildeten Geräte heutzutage ersetzen.

B Nennt weitere Situationen, in denen wir heute Strom und elektrische Geräte nutzen.

3 Dampflokomotive

Elektrischer Strom bringt ein Karussell zum Leuchten und zum Drehen. Wieso bewirkt der elektrische Strom beides?

Wirkungen des Stroms

Elektrische Geräte
Viele Tätigkeiten im täglichen Leben werden durch die Nutzung elektrischer Geräte einfacher. Das Wäschewaschen ist mit der Waschmaschine deutlich leichter und schneller als mit der Hand. Bei handwerklichen Tätigkeiten erleichtern elektrische Werkzeuge die Arbeit sehr. Darüber hinaus machen Geräte wie Lampen, Fernseher und Computer unser Leben viel angenehmer. All diese Geräte werden mit **elektrischem Strom** betrieben. Elektrischer Strom ist folglich aus dem Alltag nicht wegzudenken.

Wirkung des elektrischen Stroms
Man kann Strom nicht sehen, sondern man erkennt ihn nur an seiner Wirkung. Der Strom bringt Lampen zum Leuchten. Er hat eine **Lichtwirkung**. Bei Herdplatten erzeugt der Strom Wärme. Er hat daher eine **Wärmewirkung**. Strom sorgt auch dafür, dass sich Motoren, mithilfe von Elektromagneten, drehen. Er hat eine **magnetische Wirkung**. In elektrischen Geräten treten mehrere Wirkungen des Stroms gleichzeitig auf. Beispielsweise erzeugen Lampen nicht nur Licht, sondern können auch sehr heiß werden.

1 Toaster

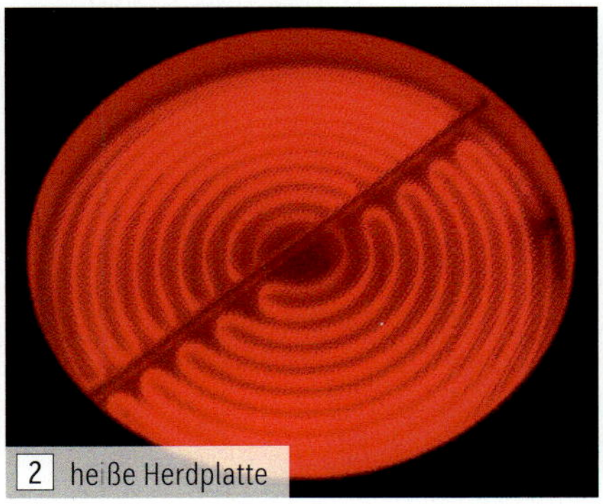
2 heiße Herdplatte

3 Glühlampe

Einfluss auf den Menschen

Der elektrische Strom kann für den Menschen gefährlich werden. Die Wärmewirkung führt beispielsweise zu Verbrennungen. Besonders schädlich wirkt sich Strom auf die Muskeln aus. Es kann bei Stromschlägen zu starken Krämpfen oder zum Tod kommen, insbesondere, wenn der Herzmuskel betroffen ist. Daher ist es wichtig, nach einem Stromunfall sofort zum Arzt zu gehen. Da Strom gut durch Wasser fließt, sollten elektrische Geräte nie in nasser oder feuchter Umgebung betrieben werden. Vor der Nutzung eines elektrischen Geräts sind immer die Sicherheitshinweise der Gebrauchsanweisung zu lesen.

Gefahrsymbol für Strom

Nicht nur im Haus, auch unterwegs gibt es Gefahren durch Strom. Dies gilt vor allen Dingen in der Umgebung von **Freileitungsmasten** (umgangssprachlich: Strommasten) und auf Bahnhöfen. Ein gelbes Dreieck mit schwarzem Blitz warnt vor Gefahren durch elektrischen Strom. Mit dem Zusatz „Hochspannung Lebensgefahr" werden besonders gefährliche Spannungsquellen gekennzeichnet. Auf elektrischen Geräten gibt die Spannungsangabe einen Hinweis auf die Gefährlichkeit.

A Zeichne das Gefahrensymbol für Strom in dein Heft.

B Wähle drei elektrische Geräte aus deinem Alltag und beschreibe für sie die Wirkung des Stroms.

C Erkläre, warum es wichtig ist, nach einem Stromunfall sofort einen Arzt aufzusuchen.

Regeln zum Umgang mit elektrischem Strom

1. Geräte mit defekten Kabeln und/oder kaputter Isolierung dürfen nicht genutzt werden!

2. Elektrische Geräte dürfen nur aufgeschraubt oder repariert werden, wenn keine Stromzufuhr besteht!

3. Elektrische Geräte dürfen nicht mit nassen Händen, barfuß oder auf feuchten Böden betrieben werden!

4. Nie mit spitzen Gegenständen an eine Steckdose gehen!

5. Haartrockner außer Reichweite von Dusche und Badewanne nutzen!

6. Luftballons oder Drachen nicht in der Nähe von Freileitungsmasten oder Bahnsteigen verwenden!

7. Nie auf Freileitungsmasten klettern!

8. Von Gebäuden oder Bauten, an denen das oben abgebildete Warnschild hängt, fernhalten!

M1 Wirkungen und Gefahren des elektrischen Stroms

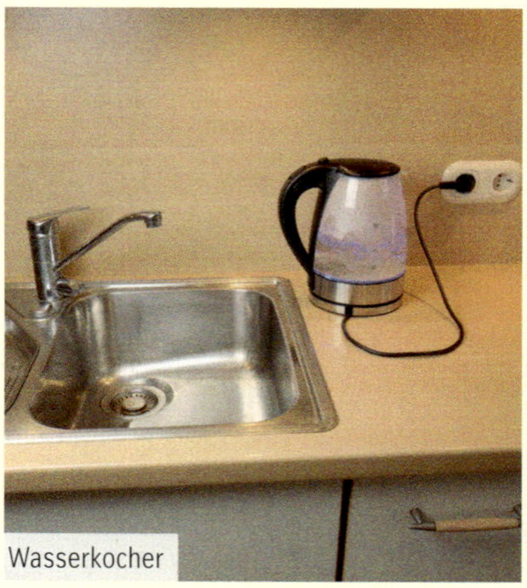
Wasserkocher

Stabmixer

1 Ordne den dargestellten elektrischen Geräten eine oder mehrere Wirkungen des Stroms zu.

2 Beschreibe mögliche Gefahren, die im Umgang mit den dargestellten Geräten lauern können. | HILFE

Was ist elektrischer Strom?

Ströme

Das Wort Strom wird für viele Dinge verwendet. Es gibt einen Luftstrom, Menschenstrom, Wasserstrom oder Lavastrom. Bei einem Lavastrom fließt heißes, flüssiges Gestein. Immer, wenn sich viele Lebewesen oder Teilchen, z.B. Wasserteilchen, in die gleiche Richtung bewegen, spricht man von einem **Strom**.

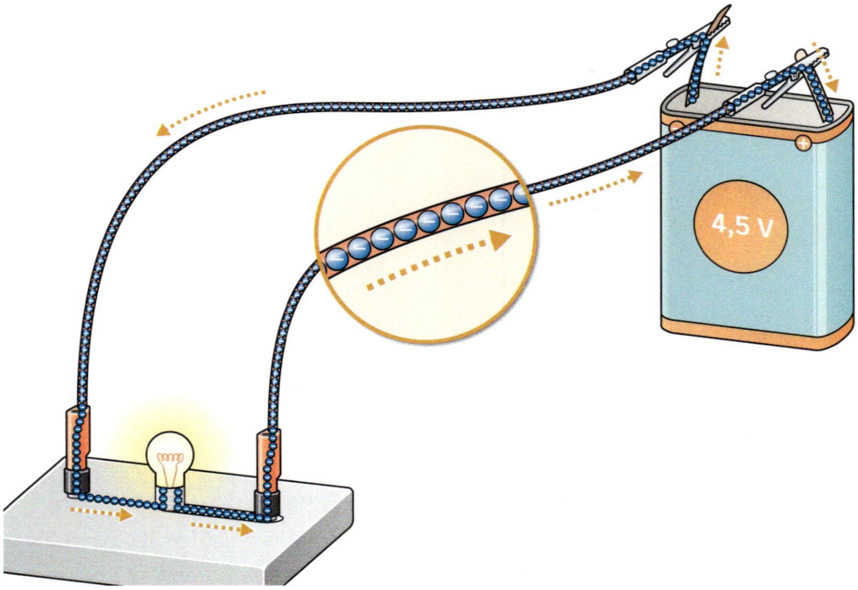

1 Bewegung der Elektronen in einem geschlossenen Stromkreis

Elektrischer Strom

Beim elektrischen Strom bewegen sich viele Teilchen in eine Richtung. Diese Teilchen nennt man **Elektronen**.

In einer Batterie gibt es einen **Pluspol** und einen **Minuspol**. Am Minuspol sind mehr Elektronen vorhanden als am Pluspol. Beide Pole sind innerhalb der Batterie voneinander getrennt.

Man bezeichnet eine Batterie, ein Netzgerät oder eine Steckdose auch als **Spannungsquelle**. Baut man mit einer Spannungsquelle einen einfachen Stromkreis auf, dann bewegen sich die Elektronen vom Minuspol der Spannungsquelle durch Kabel, Schalter, Glühlampen und andere Bauteile des Stromkreises zum Pluspol der Spannungsquelle.

Strom fließt nur, wenn der **Stromkreis geschlossen** ist. Beide Pole der Spannungsquelle müssen durch Kabel und Bauteile miteinander verbunden sein. Wenn man eine Lampe einschaltet, dann fängt sie sofort an zu leuchten. Das Aufleuchten ist deshalb so schnell, weil sich auch in den Kabeln Elektronen befinden. Wird der Stromkreis geschlossen, schieben die Elektronen der Batterie auch alle weiteren Elektronen im Stromkreis an. Dadurch bewegen sich alle Elektronen in eine Richtung und die Glühlampe fängt sofort an zu leuchten.

Nutzung des elektrischen Stroms

Man hört öfter die Aussage, dass man elektrische Geräte ausschalten soll, da sie sonst zu viel Strom verbrauchen. Elektrische Bauteile wie eine Glühlampe, eine Klingel oder ein Motor werden auch **Verbraucher** genannt. Diese Aussage, dass elektrische Geräte Strom verbrauchen, ist so nicht korrekt.
Der elektrische Strom kann nicht verbraucht werden. In einem Stromkreis wird die elektrische Energie der Elektronen nur umgewandelt. Stromzähler zuhause dienen nicht dazu, den verbrauchten Strom zu messen. Sie messen die elektrische Energie, die in einem bestimmten Zeitraum im Haus oder in der Wohnung genutzt wird.

A Nenne verschiedene Stromarten und was sich bei ihnen bewegt.

B Nenne die Teilchen, die sich beim elektrischen Strom bewegen.

C Erkläre, warum die Glühlampe in Bild 1 sofort leuchtet, wenn der Stromkreis geschlossen wird.

M1 Strom im Modell

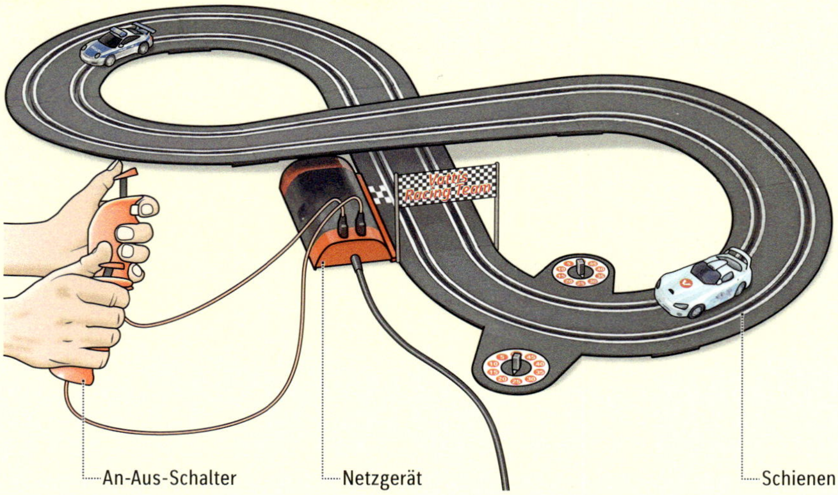

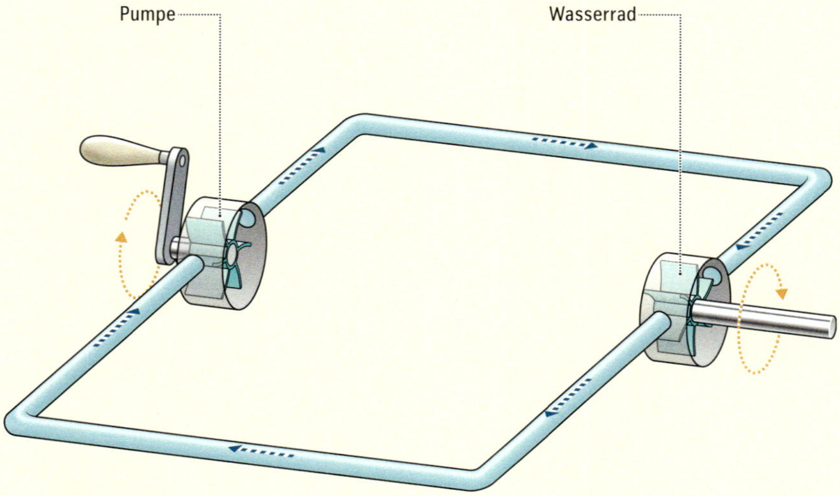

Wähle ein Modell für den elektrischen Strom aus und bearbeite die Aufgaben.

1 Beschreibe die Bewegung des Autos oder des Wassers in deinem gewählten Modell.

2 Ordne den Teilen des Modells die Teile eines elektrischen Stromkreises zu. Beachte dabei: Spannungsquelle, Kabel mit Elektronen, Verbraucher.

3 Vergleiche das ausgewählte Modell mit dem elektrischen Stromfluss in einem einfachen Stromkreis.

4 Erläutere, was in dem gewählten Modell die Modellvorstellung vom elektrischen Strom gut und schlecht veranschaulicht.

Durch elektrische Lampen wird es auch nachts so hell wie am Tag. Doch wie bringt man Glühlampen zum Leuchten?

Bauteile von elektrischen Stromkreisen

Erfindung der Glühlampe

Die Erfindung der Glühlampe veränderte die Welt. Sie löste Kerzen und Öllampen ab. Der Erfinder Thomas A. Edison baute im Jahr 1879 eine Glühlampe mit einem Glühdraht aus Kohle. Heute verwendet man nicht mehr Glühdrähte aus Kohle. Sie bestehen aus Metallen wie Wolfram. Der Glühdraht wird von einem weiteren Draht in seiner Position gehalten. Ein Glaskolben schützt den Draht. Die Enden vom Glühdraht reichen bis zum unteren Ende der Glühlampe in das Gewinde. Dort sind sie mit einem Fußkontakt und einem Seitenkontakt verbunden. Über die Kontakte fließt der elektrische Strom. Heutzutage werden kaum noch Glühlampen verwendet. Es werden Leuchtmittel wie Leuchtdioden, sogenannte LEDs, eingesetzt. Sie sind deutlich wirksamer und halten länger.

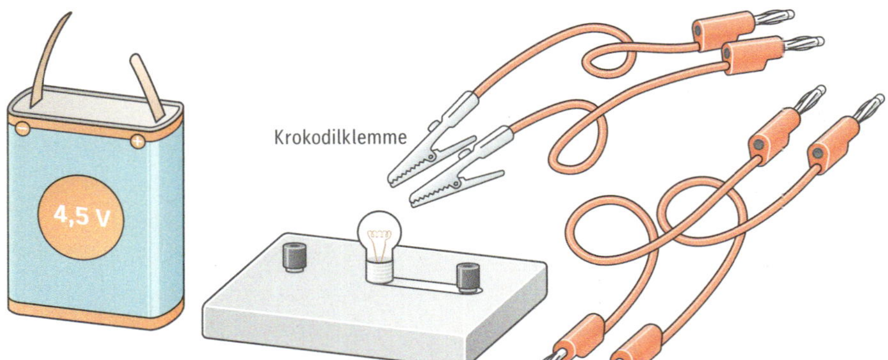

1 Bauteile eines einfachen Stromkreises

Einfache Stromkreise

Damit eine Glühlampe leuchtet, muss sie erst mit elektrischem Strom versorgt werden. Dazu benötigt man eine Spannungsquelle. Im einfachsten Fall ist dies eine Batterie oder ein Akku. Die meisten elektrischen Geräte werden jedoch an eine Steckdose angeschlossen. Diese ist mit einem Kraftwerk verbunden. Das Kraftwerk ist dann die Spannungsquelle. Jede Spannungsquelle hat einen **Minuspol** und einen **Pluspol**.

Die Glühlampe beginnt zu leuchten, wenn sie Teil eines **geschlossenen Stromkreises** ist. Dazu müssen beide Pole an unterschiedlichen Stellen mit der Lampe verbunden sein. Wenn der Stromkreis unterbrochen ist, leuchtet die Lampe nicht. Damit man die Lampe gezielt ein- oder ausschalten kann, braucht man etwas, um den Stromkreis zu unterbrechen. Dazu wird oft ein **Schalter** eingebaut. Werden Bauteile zu einem Stromkreis verbunden, spricht man von einer **Schaltung**.

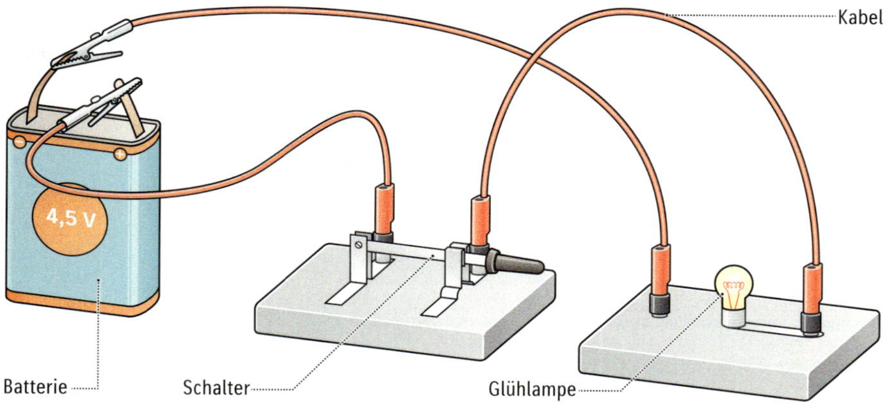

2 Ein einfacher, geschlossener elektrischer Stromkreis

A Erkläre, was man unter einer Schaltung versteht.

B Erkläre, wann eine Glühlampe in einem Stromkreis leuchtet.

P1 Bau eines Stromkreises

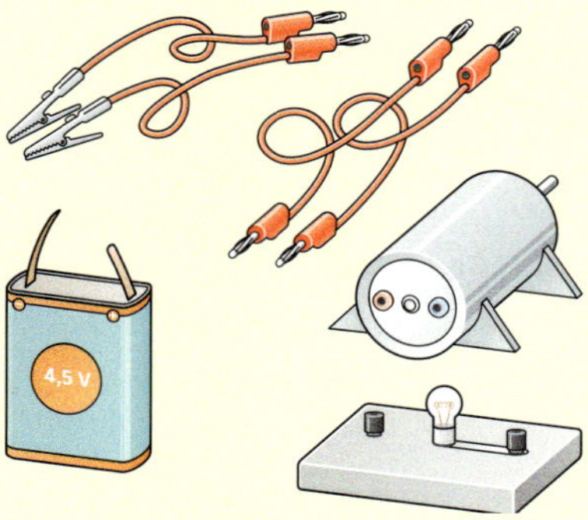

Material: Batterie, Glühlampe, Kabel, Motor

Durchführung: Baue einen Stromkreis mit verschiedenen Bauteilen auf. Vertausche dann jeweils die Kabel an Glühlampe und Motor.

1 Erstelle eine Skizze des Versuchsaufbaus und fasse deine Beobachtungen zusammen. | HILFE

M1 Stromfluss in einer Glühlampe

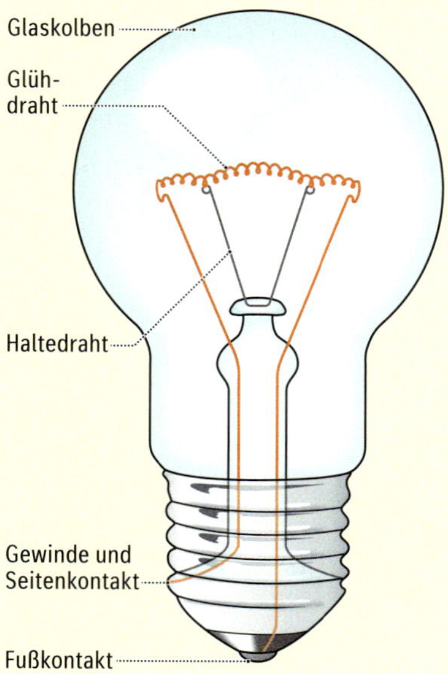

A Das Innere einer Glühlampe

1 Erstelle eine Tabelle. Trage mithilfe von Bild A alle Bauteile einer Glühlampe und ihre Funktionen ein.

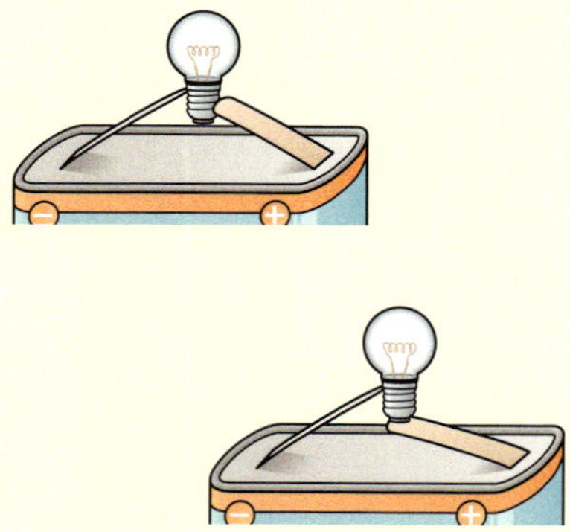

B Glühlampen an Batterien

2 Fertige eine einfache Zeichnung an, die den Stromfluss durch eine Glühlampe zeigt. Der Seitenkontakt von der Glühlampe ist am Minuspol der Batterie angeschlossen. | HILFE

3 Erkläre, welche der beiden Glühlampen in Bild B leuchtet. | HILFE

Digital+
WES-187000-425

Schaltzeichen und Schaltplan

Eindeutige Anleitung

An der Produktion eines Smartphones oder Computers sind viele Menschen beteiligt. Bei der Herstellung der Leiterplatten müssen komplizierte Stromkreise auf kleinstem Raum platziert werden. Oftmals nennt man diese Leiterplatten auch Platinen. Um die richtigen Bauelemente auch an der richtigen Stelle einzubauen, braucht man eine verständliche Anleitung.
Damit auch Menschen unterschiedlicher Länder und Sprachen zusammenarbeiten können, wurden international einheitliche Zeichen entworfen. Diese Zeichen gelten für alle Typen von elektrischen **Schaltungen**.

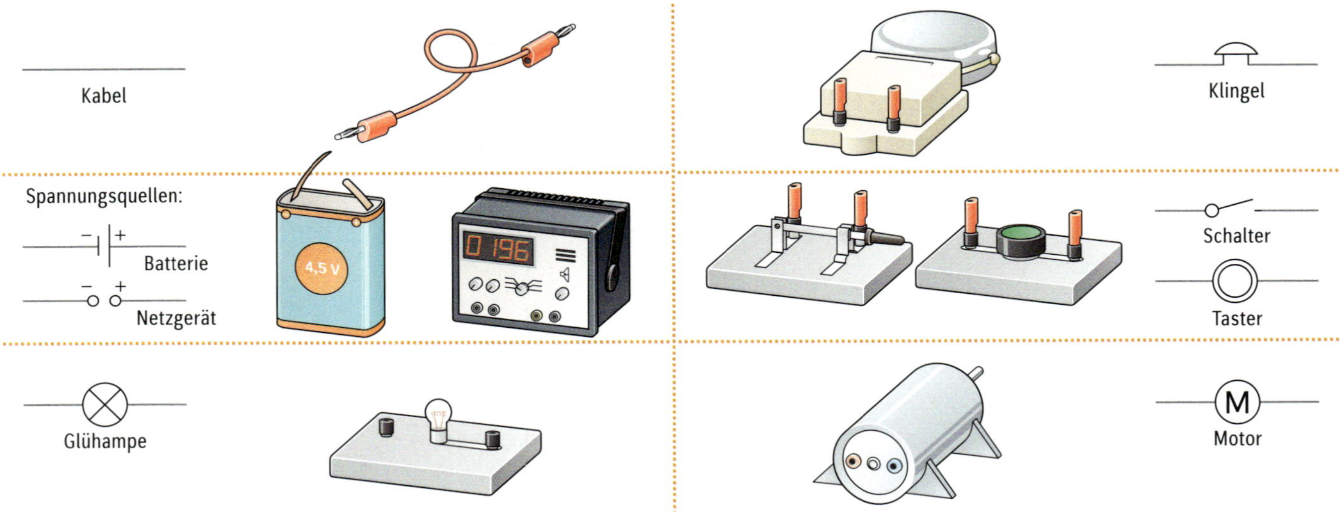

1 Verschiedene Schaltzeichen

2 Foto einer Schaltung

3 Zeichnung einer Schaltung

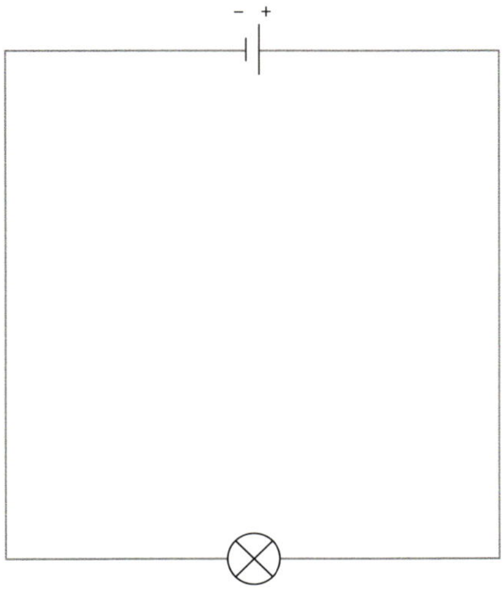

4 Schaltplan einer Schaltung

Schaltzeichen

Eine Schaltung von einem elektrischen Gerät kann aus vielen verschiedenen Bauteilen bestehen. Es würde lange dauern, alle Einzelteile und ihre Verknüpfungen zu beschreiben. Daher hat man sich weltweit auf Zeichen für elektrische Bauteile geeinigt. Jedes Bauteil eines Stromkreises hat sein eigenes Zeichen. Diese werden **Schaltzeichen** genannt.

Schaltpläne

Mithilfe von Schaltzeichen kann man Schaltungen übersichtlich darstellen. Eine solche einfache Zeichnung wird **Schaltplan** genannt. Der Schaltplan eines elektrischen Gerätes zeigt, welche Bauteile im Stromkreis miteinander verbunden sind. Mithilfe von Schaltzeichen und Schaltplänen können sich Menschen auf der ganzen Welt über verschiedene Schaltungen austauschen.

A Beschreibe die Vorteile von Schaltzeichen und Schaltplänen gegenüber einer detaillierten Zeichnung.

M1 Schaltplan

1 Benenne die Bauteile in der Schaltung. Zeichne danach für jedes Bauteil das entsprechende Schaltzeichen in dein Heft.

2 Zeichne den Schaltplan dieser Schaltung in dein Heft. | HILFE

3 Zeichne den Schaltplan so in dein Heft, dass anstelle der Lampe ein nicht ausschaltbarer Motor betrieben wird. | HILFE

4 Zeichne den Schaltplan mit einer Klingel, die ausgeschaltet werden kann.

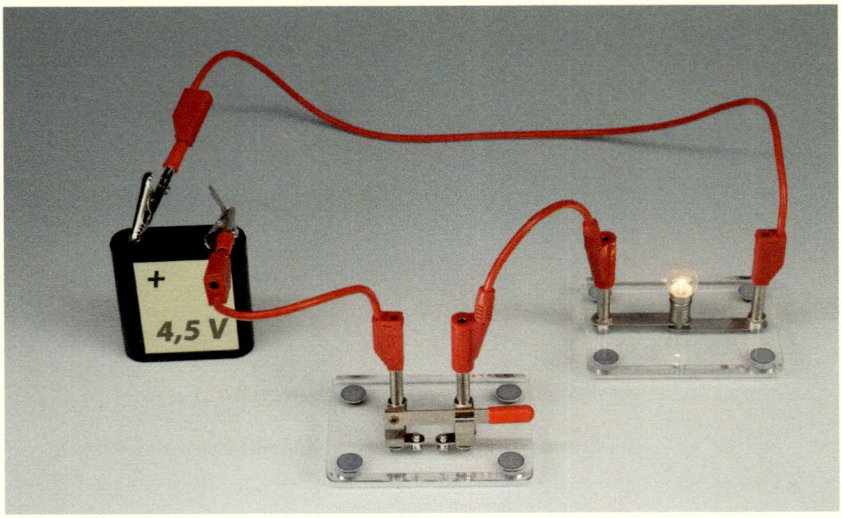

Aufbau von Schaltungen

METHODE

M1 Schaltplan zeichnen

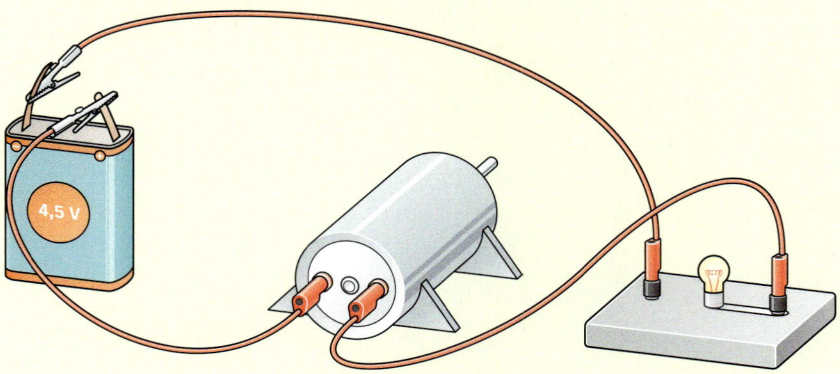

1 Nenne alle Bauteile, die für die hier abgebildete Schaltung benötigt werden.

2 Zeichne den Schaltplan für die hier abgebildete Schaltung in dein Heft. | HILFE

M2 Schaltplan und Schaltungen

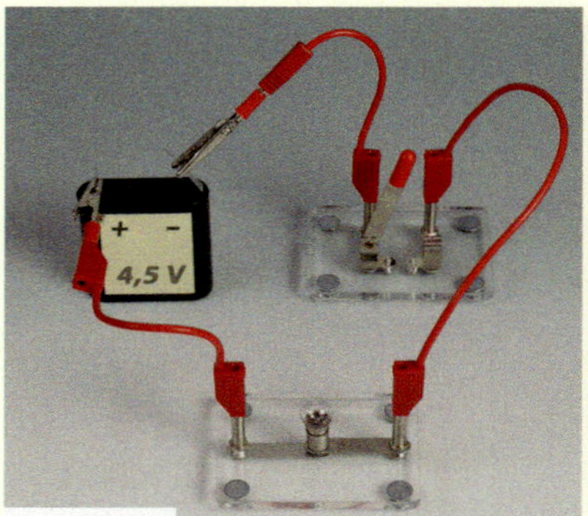

Schaltung 1

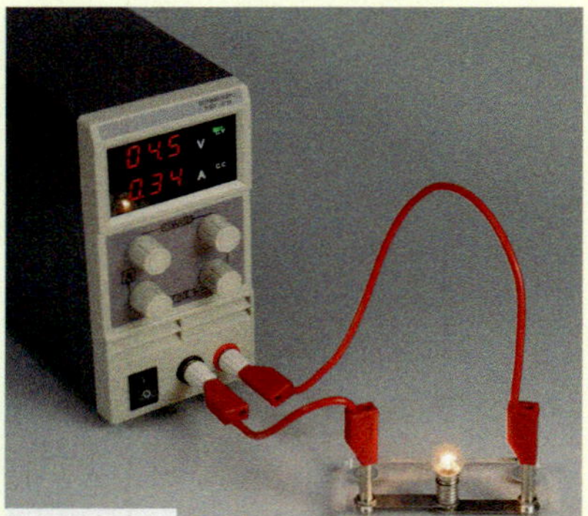

Schaltung 2

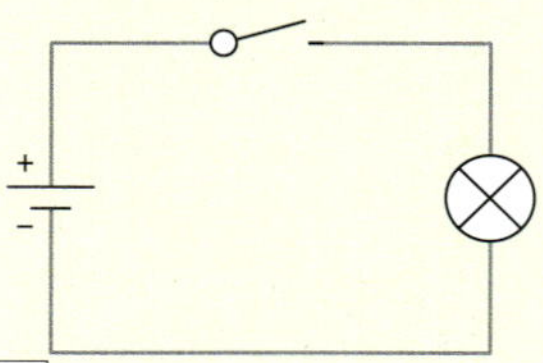

A

B

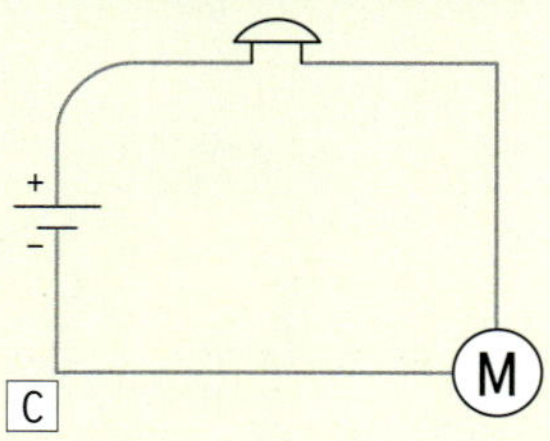

C

1 Nenne die Bauteile in den Schaltungen 1 und 2.

2 Ordne den Fotos den richtigen Schaltplan zu. | HILFE

3 In einem der Schaltpläne befinden sich zwei Fehler. Korrigiere die Fehler und zeichne den richtigen Schaltplan in dein Heft.

Zeichnen von Schaltplänen

Damit dir der Umgang mit Schaltplänen leichter fällt, gibt es ein paar Regeln:

1. Leitungen werden immer mit dem Lineal als gerade Linien gezeichnet.
2. Es werden nur waagerechte oder senkrechte Leitungen mit 90°-Winkeln gezeichnet.
3. Bauteile nicht in die Ecken zeichnen.
4. Immer an einem Pol der Spannungsquelle beginnen. Das letzte Bauteil wird mit dem zweiten Pol verbunden.

Aufbauen von Schaltungen

Damit du Schaltungen mithilfe von Schaltplänen richtig aufbaust, beachte am besten die folgenden Tipps:

1. Bevor du beginnst, legst du alle benötigten Bauteile und Leiterkabel bereit.
2. Dein Arbeitsplatz sollte immer ordentlich sein. Gehe immer konzentriert Schritt für Schritt vor.
3. Beginne mit dem Aufbau deiner Schaltung an einem Pol der Spannungsquelle. **Netzgeräte dabei immer ausschalten!**
4. Verbinde die Bauteile, wie im Schaltplan gezeigt, durch Leiterkabel. Verbinde das letzte Bauteil mit dem zweiten Pol der Spannungsquelle.

A Erkläre, warum Regeln zum Zeichnen von Schaltplänen nützlich sind.

Arten von Schaltern

Schalter im Alltag

Nicht nur bei Lampen, sondern an fast allen elektrischen Geräten gibt es Schalter, mit denen die Geräte aus- und eingeschaltet werden. Es gibt verschiedene Arten von Schaltern.

An-Aus-Schalter

Ein einfacher **An-Aus-Schalter** wird zum Beispiel bei Lampen genutzt. Wird er gedrückt, dann wird der Stromkreis geschlossen oder geöffnet. Der Schalter bleibt in seiner Stellung, bis er erneut betätigt wird. Eine besondere Art des An-Aus-Schalters ist der **Umschalter**. Betätigt man den Umschalter, wechselt man zwischen zwei möglichen Stromwegen mit der gleichen Stromflussrichtung. So kann eine Fußgängerampel abwechselnd auf rot und grün schalten.

Tastschalter

Manche Geräte sollen nur laufen, solange ein Schalter gedrückt ist. Das ist zum Beispiel bei einem Stabmixer der Fall. Dort ist ein **Tastschalter** eingebaut. Er schließt den Stromkreis nur so lange, wie er gedrückt wird.

Schalter mit Sensoren

Einige Schalter reagieren auch auf äußere Einflüsse. Dafür werden Sensoren genutzt. Bei der Außenbeleuchtung von Häusern werden oft Bewegungssensoren eingesetzt. Diese schließen den Stromkreis, wenn eine Bewegung einer Person in der Nähe des Hauses erkannt wird. Die Information wird von dem Sensor an den Schalter gesendet und dieser schließt dann den Stromkreis.

A Beschreibe drei Schalterarten.

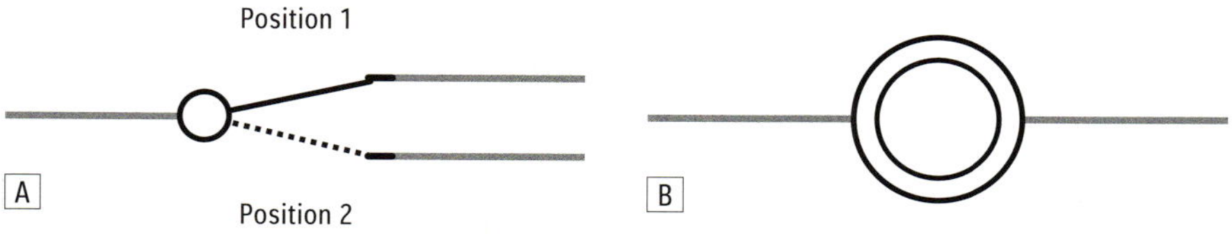

1 Schaltzeichen: **A** Umschalter, **B** Tastschalter

M1 Arten von Schaltern

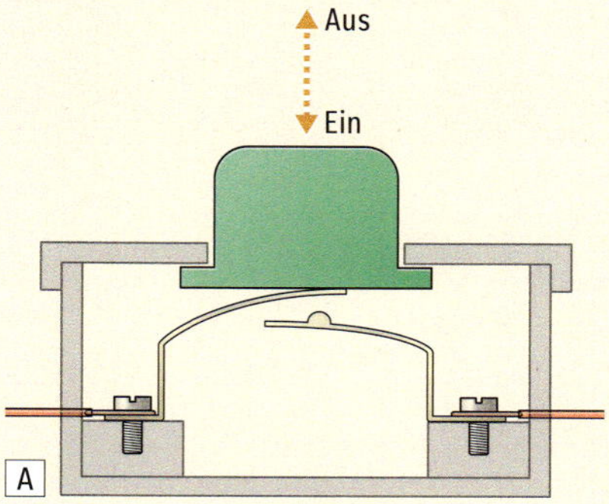

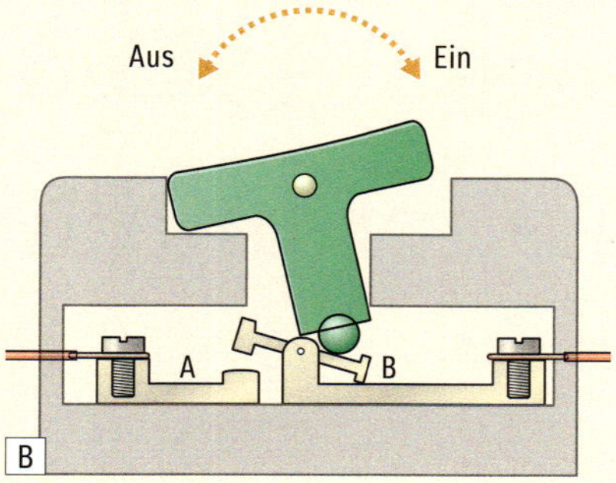

1 Ordne den Schaltern die passende Schalterart zu. Begründe deine Zuordnung. | HILFE

2 Nenne Anwendungen, in denen Tastschalter verwendet werden. | HILFE

M2 Ampel

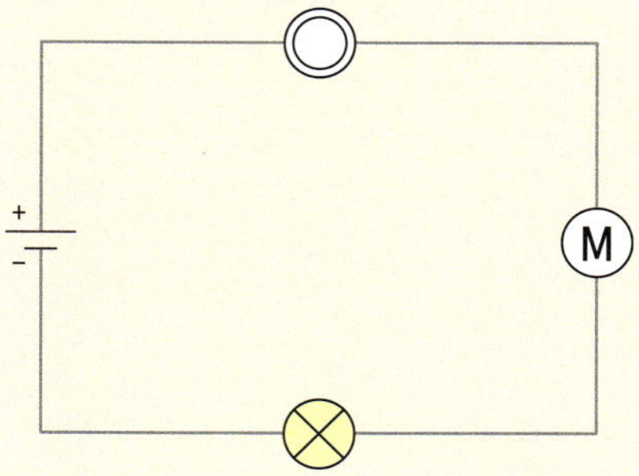

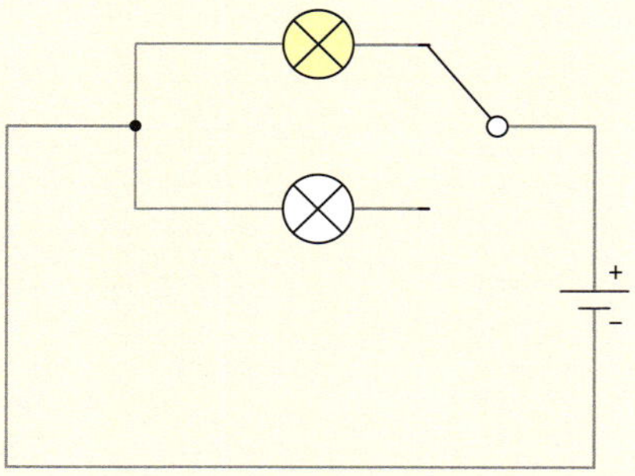

Bei einer einfachen Fußgängerampel leuchtet entweder nur die obere rote Lampe oder es leuchtet nur die untere grüne Lampe. Im Schalter ist eine Zeitschaltuhr verbaut, sodass die Ampel auch ohne zu drücken nach einer Weile umschaltet.

1 Begründe, ob der rechte oder der linke der beiden Schaltpläne zu einer Fußgängerampel gehört. | HILFE

2 Zeichne den Schaltplan einer Autoampel mit roten, gelben und grünen Lampen.

Warum bestehen Leitungen und Kabel aus verschiedenen Materialien?

Leiter und Nichtleiter

Aufbau von Kabeln

An defekten Kabeln erkennt man gut, wie sie aufgebaut sind. Das Innere eines Kabels besteht oft aus kleinen Kupferleitungen. Durch sie fließt der Strom. Jede Leitung und jedes Kabel sind jeweils von einem Kunststoffmantel umgeben. So werden sie voneinander und von der Umgebung getrennt.

Leiter und Nichtleiter

Materialien, die den elektrischen Strom leiten, werden als **elektrische Leiter** bezeichnet. Der beste Leiter ist Silber. Da Silber zu teuer ist, wird oft Kupfer verwendet. Materialien, die den Strom nicht leiten, nennt man Nichtleiter oder **Isolatoren**. Man verwendet oft Kunststoffe zur Isolierung von Kabeln.

P1 Welche Stoffe leiten den elektrischen Strom?

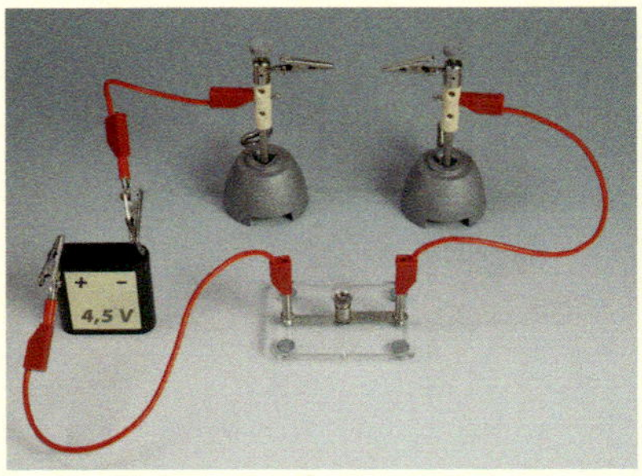

Material: Batterie, mehrere Kabel, Glühlampe, Krokodilklemmen, Holz, Graphit, Radiergummi, Eisen, Baumwolltuch

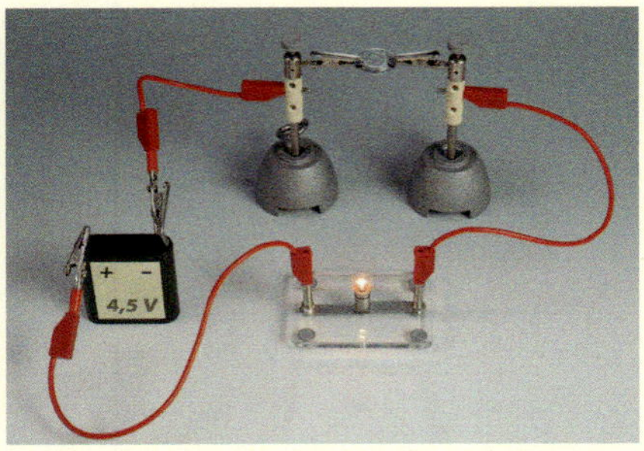

Durchführung: Baue die Schaltung mithilfe des hier abgebildeten Fotos auf und schließe mit den Materialien den Stromkreis.

1 Erstelle eine Tabelle und trage ein, bei welchem Material die Lampe leuchtet und bei welchem nicht.

2 Ordne den getesteten Materialien die Begriffe Leiter und Isolator zu. | HILFE

3 Erkläre deine Beobachtungen mithilfe der dir bekannten Fachbegriffe. | HILFE

4 Erkläre, was passieren würde, wenn man ein nasses Baumwolltuch einbauen würde.

Flüssige Leiter

Auch Flüssigkeiten können Leiter oder Isolatoren sein. So leitet Leitungswasser den elektrischen Strom. Elektrische Geräte dürfen daher nicht nass gereinigt werden und auch Getränke sollten nicht am Arbeitsplatz mit technischen Geräten stehen. Die Leitfähigkeit von Leitungswasser wird verbessert, wenn beispielsweise Salz hinzugefügt wird. Gelöste Salze erhöhen die **elektrische Leitfähigkeit** des Wassers. Sehr reines Wasser bezeichnet man als destilliert. Hierin befinden sich keine Salze. Deswegen leitet destilliertes Wasser den Strom nicht. Es ist ein Isolator. Weitere flüssige Isolatoren sind zum Beispiel Öle. Pflanzenöle leiten den Strom sehr schlecht.

Der Mensch als elektrischer Leiter

Lebewesen wie Menschen, Tiere und Pflanzen bestehen zu einem Großteil aus Wasser und gelösten Salzen, den Mineralstoffen. Der menschliche Körper ist deshalb ein elektrischer Leiter. Elektrischer Strom ist dadurch für den Menschen sehr gefährlich. Starke Stromschläge können zu schweren Verletzungen und sogar zum Tod führen. Ist die Haut nass, kann der elektrische Strom besonders leicht fließen.

A Erkläre den Unterschied zwischen einem elektrischen Leiter und einem elektrischen Isolator.

B Erläutere, warum am Arbeitsplatz beim Experimentieren mit Strom kein Wasser stehen darf.

C Erkläre, weshalb Kupferkabel mit Kunststoff ummantelt werden.

M1 Flüssige Leiter und Nichtleiter

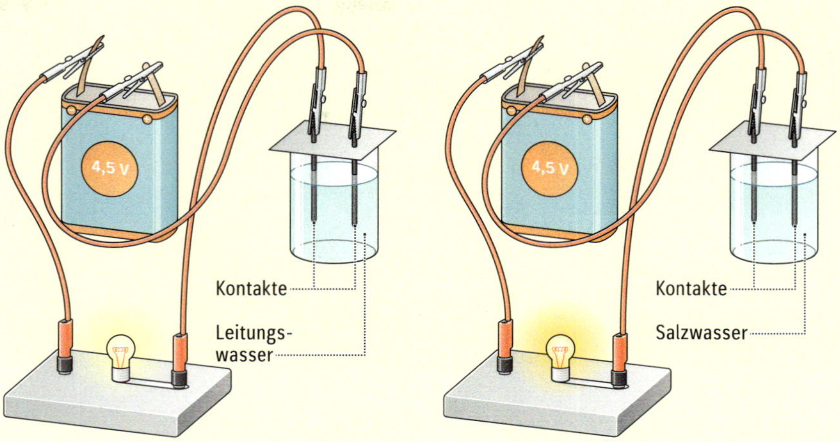

1 Beschreibe den Versuchsaufbau.

2 Erkläre die Ergebnisse des Versuchs. | HILFE

3 Stelle Vermutungen über die Versuchsergebnisse an, wenn destilliertes Wasser oder Speiseöl getestet wird.

M2 Leitfähigkeit

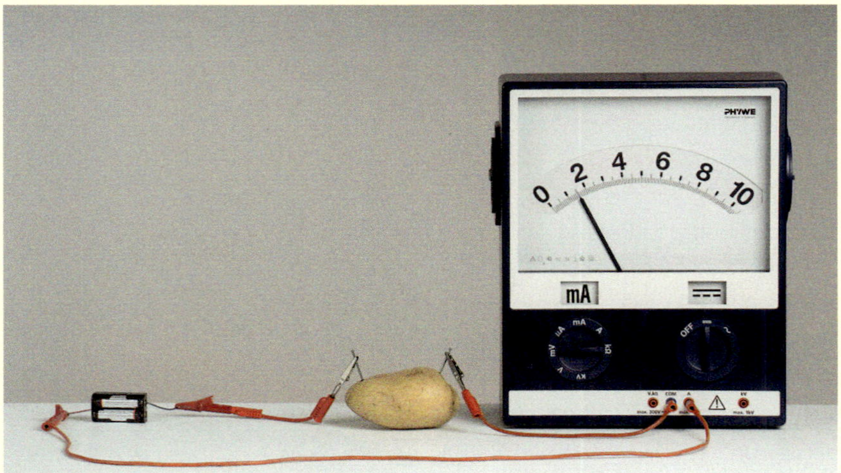

Strommessgeräte kann man in Schaltungen als Verbraucher einbauen. Schlägt der Zeiger des Messgerätes aus, dann fließt Strom im Stromkreis.

1 Beschreibe den abgebildeten Stromkreis.

2 Erkläre, warum der Zeiger des Messgerätes ausschlägt. | HILFE

Reihenschaltung

Aufbau einer Lichterkette

Ältere Lichterketten sind einfach aufgebaut. Alle Glühlampen befinden sich in einer Reihe. Sie sind alle abhängig voneinander an der Spannungsquelle angeschlossen. Wenn man eine Glühlampe aus der Fassung dreht, gehen alle anderen Lampen auch aus. Eine solche Schaltung nennt man **Reihenschaltung**.

P1 Reihenschaltung

Material: Batterie, mehrere Kabel und 3 Glühlampen

Durchführung: Baue den hier abgebildeten Stromkreis nach. Ergänze nacheinander zwei Lampen in deiner Schaltung. Benutze dabei möglichst wenige Kabel. Drehe danach eine der Lampen aus ihrer Fassung heraus.

1 Zeichne den Schaltplan deiner aufgebauten Schaltung mit den drei Glühlampen.

2 Erkläre, warum du nicht nur eine einzelne Lampe ausschalten kannst. | HILFE

3 Zeichne einen Schaltplan, in dem an einer Batterie eine Klingel, ein Motor, eine Glühlampe und ein An-Aus-Schalter angeschlossen und in Reihe geschaltet sind.

Reihenschaltung

Je mehr Glühlampen in einer Reihenschaltung verbaut sind, desto schwächer leuchtet jede einzelne Glühlampe. Den elektrischen Strom in der Reihenschaltung kann man modellhaft mit Wasserrädern in einem schmalen Bach vergleichen. Die Glühlampen stellen die Wasserräder im fließenden Wasser dar. Baut man hinter einem Wasserrad ein zweites Wasserrad ein, muss das Wasser zwei Räder bewegen.
Baut man eine zweite Glühlampe in die Schaltung ein, muss der Strom beide Glühlampen zum Leuchten bringen, wodurch alle Glühlampen mit jeder weiteren eingebauten Glühlampe immer schwächer leuchten.

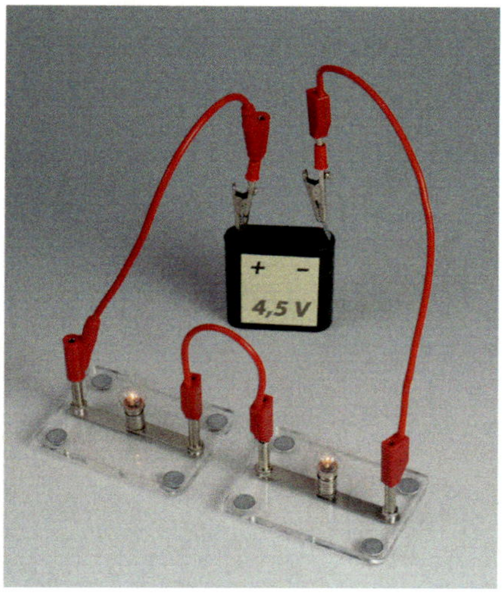

1 Foto einer Reihenschaltung

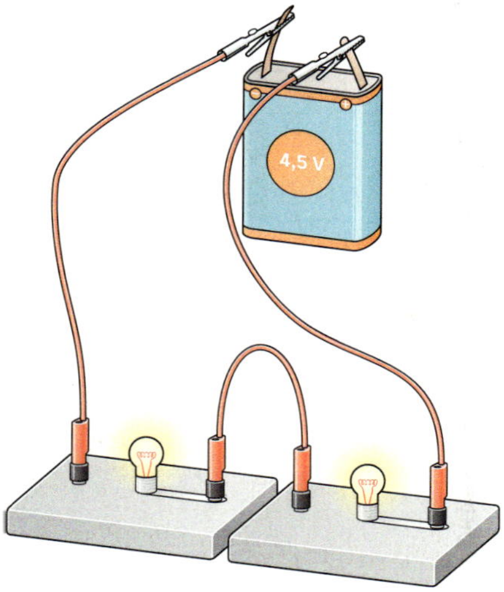

2 Zeichnung einer Reihenschaltung

3 Schaltplan einer Reihenschaltung

UND-Schaltung

Elektrische Heckenscheren werden in vielen Gärten eingesetzt. Wegen der sich schnell drehenden und scharfen Klingen sind sie sehr gefährlich. Damit die Finger nicht an die Messer geraten, gibt es eine besondere Schaltung. Bei dieser Schaltung müssen zwei Schalter gleichzeitig gedrückt werden. Sie wird als **UND-Schaltung** bezeichnet. In einer UND-Schaltung sind mehrere Schalter in Reihe geschaltet. Sobald ein Schalter offen ist, wird der Stromkreis unterbrochen. Es kann dann kein elektrischer Strom mehr fließen und das Gerät startet nicht oder geht wieder aus. Deswegen wird die UND-Schaltung auch Sicherheitsschaltung genannt.

A Erkläre, warum in einer Reihenschaltung die Helligkeit mit jeder Lampe immer mehr abnimmt.

B Erkläre, warum UND-Schaltungen häufig in gefährlichen elektrischen Geräten verbaut sind.

C Nenne Vorteile und Nachteile von Reihenschaltungen.

M1 UND-Schaltung

Heckenschere

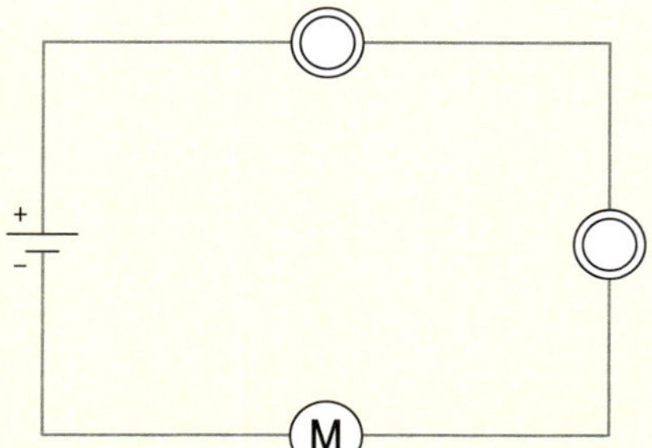

A

Milchaufschäumer

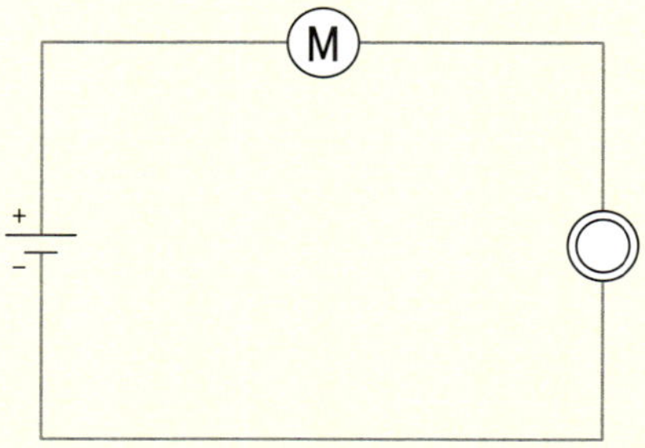

B

1 Ordne den beiden Schaltplänen die passenden Geräte zu.

2 Erkläre, bei welcher der beiden Schaltungen es sich nicht um eine UND-Schaltung handelt. | HILFE

3 Stelle eine Vermutung an, ob im Alltag UND-Schaltungen mit mehr als zwei Schaltern sinnvoll sind.

Parallelschaltung

Licht am Auto

Die Lampen in einem Auto sind komplizierter geschaltet als die Lampen in alten Lichterketten. Von jeder Lampe aus gibt es links und rechts eine Verbindung direkt zur Spannungsquelle. Keine Lampe ist direkt mit einer anderen Lampe verbunden. Eine solche Schaltung heißt **Parallelschaltung**.

Parallelschaltung

Sind mehrere Glühlampen parallel geschaltet, dann leuchten sie alle gleich hell. Den elektrischen Strom in der Parallelschaltung kann man modellhaft mit fließendem Wasser in einem breiten Bach vergleichen. In diesem breiten Bach stehen mehrere Wasserräder nebeneinander. Jedes Wasserrad wird unabhängig von den anderen Wasserrädern von der gleichen Menge Wasser in Bewegung gesetzt.
In der Parallelschaltung ist jede Lampe mit der Spannungsquelle direkt verbunden und verhält sich so, als wäre sie die einzige im Stromkreis. Dadurch leuchten die Lampen in der Parallelschaltung genauso hell wie eine einzeln geschaltete Lampe.

P1 Parallelschaltung

Material: Batterie, Kabel und 3 Glühlampen

Durchführung: Baue den abgebildeten Stromkreis nach. Ergänze zwei weitere Glühlampen, sodass sie nicht in Reihe geschaltet sind. Drehe dann eine Lampe aus der Fassung.

1 Zeichne den Schaltplan deiner aufgebauten Schaltung mit den drei Glühlampen.

2 Erkläre, warum du bei einer Parallelschaltung einzelne Glühlampen entfernen kannst, ohne dass die anderen erlöschen. | HILFE

3 Zeichne einen Schaltplan, in dem an einer Batterie eine Klingel, ein Motor und zwei Glühlampen parallel angeschlossen sind. Jedes der vier Bauteile soll einzeln ausgeschaltet werden können.

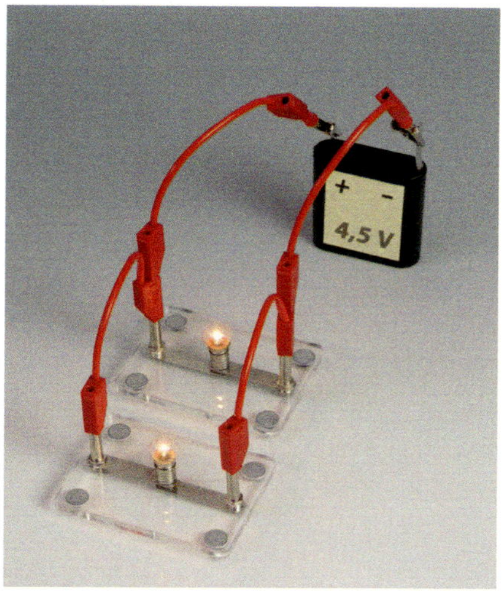

1 Foto einer Parallelschaltung

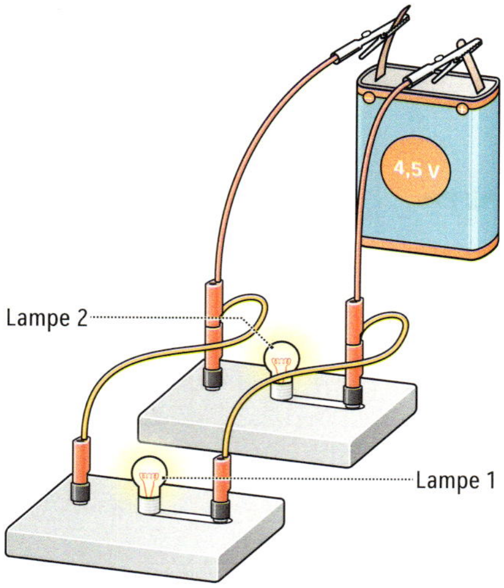

2 Zeichnung einer Parallelschaltung

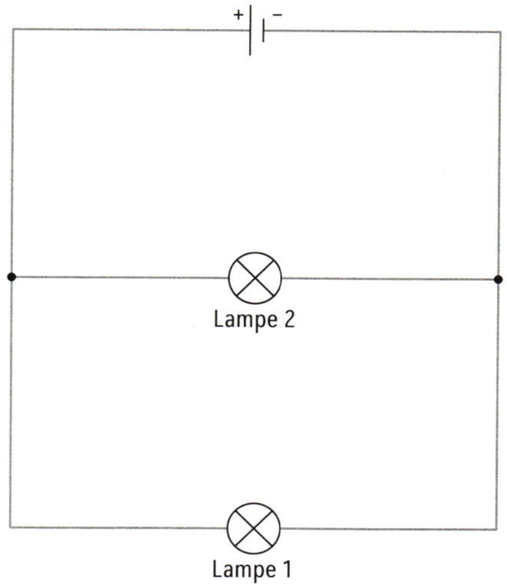

3 Schaltplan einer Parallelschaltung

ODER-Schaltung

Wenn bei einem Auto die Tür geöffnet wird, dann geht das Licht im Innenraum an. Mit dem Öffnen der Tür schließt sich in einer Schaltung im Auto gleichzeitig ein Schalter. Damit die Lampen im Inneren angehen, ist es nicht wichtig, welche der Türen geöffnet wird. Das Licht geht erst wieder aus, wenn alle Türen geschlossen sind. Mithilfe der Beleuchtung wird der Fahrer darauf aufmerksam gemacht, wenn eine der Türen nicht vollständig geschlossen ist.
Für das Einschalten der Lampen im Auto sind die vielen Schalter parallel geschaltet. Eine solche Schaltung wird als **ODER-Schaltung** bezeichnet. In einer ODER-Schaltung wird der Stromkreis nur dann unterbrochen, wenn alle Schalter geöffnet sind.

A Beschreibe mithilfe von Bild 2 den Aufbau einer Parallelschaltung.

B Erkläre, warum das Licht im Innenraum des Autos angeht, wenn eine der Türen geöffnet wird.

C Nenne Vorteile und Nachteile von Parallelschaltungen.

M1 ODER-Schaltung

Licht im Auto

Rasenmäher

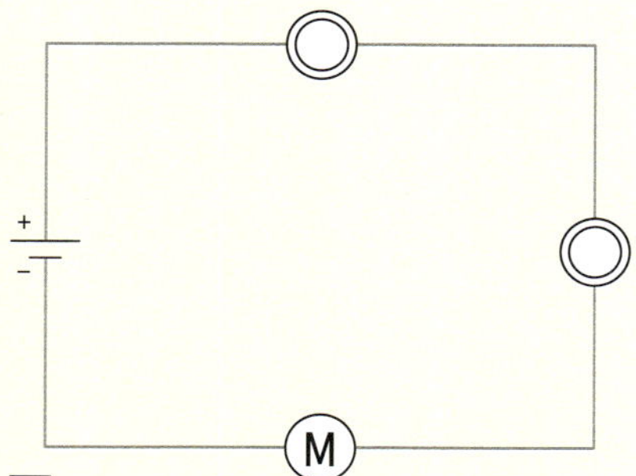

A

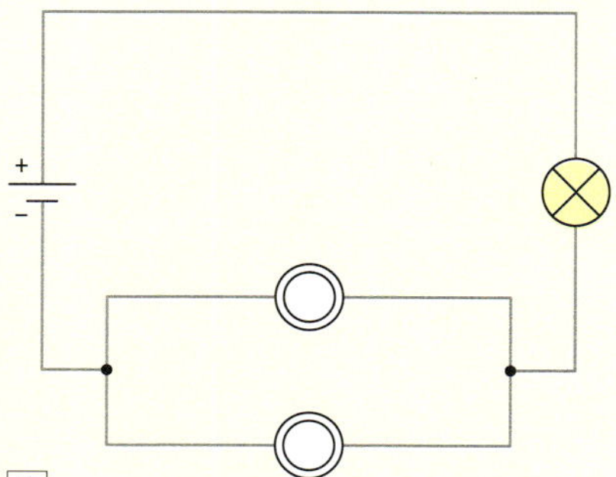

B

1 Ordne den beiden Schaltplänen die passenden Geräte zu.

2 Erkläre, bei welcher der beiden Schaltungen es sich nicht um eine ODER-Schaltung handelt. | HILFE

3 Zeichne eine ODER-Schaltung mit drei Schaltern. | HILFE

4 Suche weitere Anwendungen für ODER-Schaltungen und schreibe sie in dein Heft.

Wechselschaltung

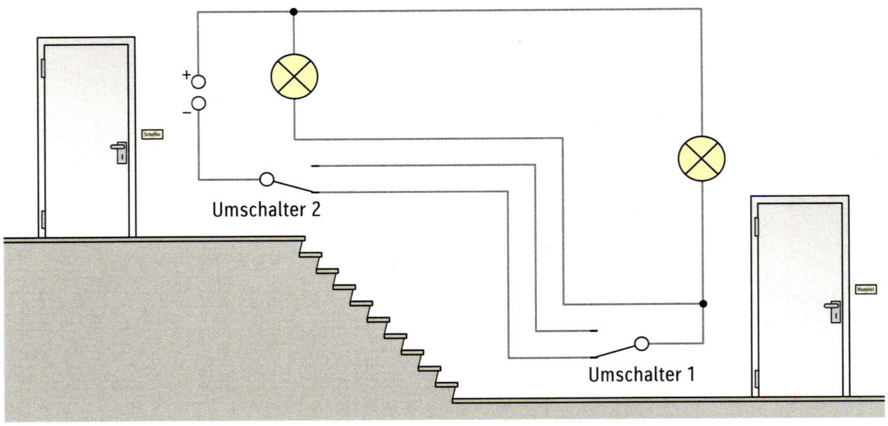

1 Wechselschaltung im Treppenhaus

Licht im Treppenhaus

In einem Treppenhaus gibt es mehrere Lichtschalter, oft auf jeder Etage. Mit ihnen kann das Licht an- und auch wieder ausgeschaltet werden. Mit mehreren Schaltern kann man demnach ein und denselben Stromkreis schließen und auch wieder öffnen.

Wechselschaltung

In einem Treppenhaus können die Lampen in beiden Stockwerken ein- und ausgeschaltet werden. Bei dieser Art von Schaltung werden zwei **Umschalter** verwendet. Bei einem Umschalter teilt sich der Weg des elektrischen Stroms in zwei mögliche Pfade auf. Mit zwei Umschaltern kann man dann entscheiden, ob der Stromkreis geschlossen werden soll. Dabei ist es unwichtig, welchen der zwei Schalter man zuerst betätigt. Wenn die Lampen vorher ausgeschaltet waren, dann leuchten sie danach. Wenn sie vorher leuchteten, dann schaltet man sie aus. Eine Schaltung wie bei der Treppenhausbeleuchtung, die mit zwei Umschaltern funktioniert, bezeichnet man als eine **Wechselschaltung**.

A Erkläre den Unterschied zwischen UND- und Wechselschaltung.

M1 Wechselschaltung

Der Schaltplan zeigt eine Wechselschaltung. Die Stellung der Schalter wird mit A und B beschrieben.

1 Nenne alle Bauteile der hier abgebildeten Wechselschaltung. | HILFE

2 Übertrage die nebenstehende Tabelle in dein Heft und ergänze sie.

3 Nimm Stellung zu der Aussage: „Wenn vorher die Lampe in einem Treppenhaus aus war und man einen der beiden Umschalter drückt, geht das Licht immer an."

Schalter 1	Schalter 2	Lampe leuchtet?
A	A	...
A	B	...
B	A	...
B	B	...

Kurzschluss und Sicherungen

EXPERTENWISSEN

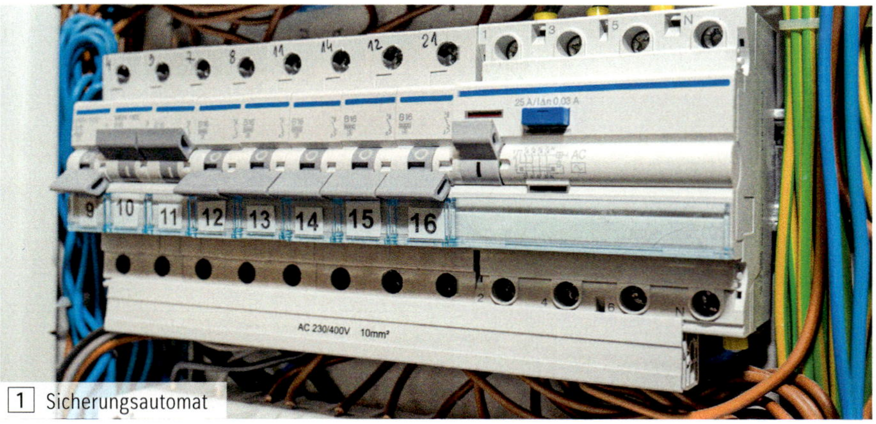

[1] Sicherungsautomat

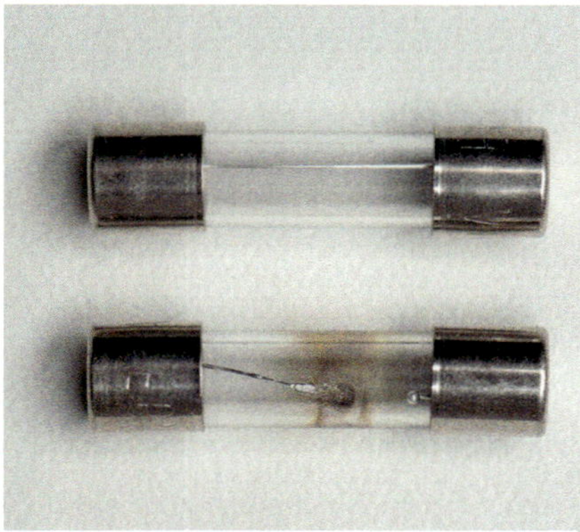

[2] Schmelzsicherung vor und nach Gebrauch

Kurzschluss

Wenn sich zwei elektrische Leitungen berühren, kann ein **Kurzschluss** entstehen. Dabei fließt der elektrische Strom direkt von einem Pol der Spannungsquelle zum anderen Pol, ohne einen Verbraucher zu durchströmen. In diesem Fall können starke Ströme fließen, die zum Erhitzen der Kabels führen können. Die Wärmewirkung des Stroms kann dabei so stark werden, dass Geräte und Kabel anfangen zu brennen. In elektrischen Geräten dürfen sich die Kupferdrähte in den Kabeln nicht berühren, sodass keine anderen Stromwege möglich sind und keine Kurzschlüsse entstehen. Die Kabel sind mit Kunststoff, einem **Isolator**, ummantelt.

Sicherungen

Zum Schutz vor zu starken Strömen baut man Sicherungen in Schaltungen von elektrischen Geräten ein. Schmelzsicherungen bestehen aus einem dünnen Draht. Dieser befindet sich in einem nicht leitenden Gehäuse. Bei einem zu starken Strom schmilzt der Draht. Dadurch wird der Stromkreis unterbrochen. Die Sicherung muss vor dem erneuten Einsatz ausgetauscht werden. Im Haushalt werden zum Schutz vor allem Sicherungsautomaten eingesetzt. Bei diesen wird ein Schalter umgelegt, sodass der Stromkreis unterbrochen wird.

A Erkläre, was bei einem Kurzschluss passiert.

M1 Kurzschluss

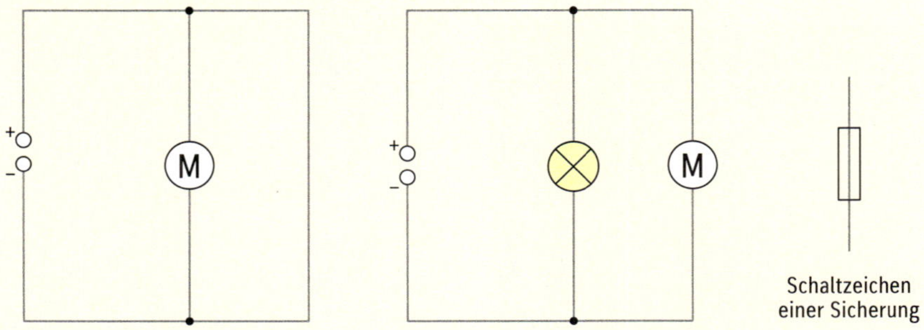

1 Erläutere, wie ein Kurzschluss entstehen kann. | HILFE

2 Entscheide, bei welcher der beiden dargestellten Schaltungen es zu einem Kurzschluss kommt. Begründe deine Zuordnung. | HILFE

3 Zeichne einen Schaltplan von einer UND-Schaltung mit einer Sicherung.

4 Nimm Stellung zu der Aussage: „Mit einer Sicherung kommt es im Normalfall nie zu einem Kurzschluss.“

Magnetische Wirkung des Stroms

Strom erzeugt ein Magnetfeld

Fließt elektrischer Strom durch einen elektrisch leitenden Stoff, bildet sich ein Magnetfeld um den elektrischen Leiter. Wickelt man den Leiter zusätzlich noch auf, wird das Magnetfeld verstärkt. Der aufgewickelte Leiter wird als **Spule** bezeichnet. Je mehr die Spule aufgewickelt ist, desto stärker ist ihr Magnetfeld. Die aufgewickelten Leiterschleifen werden als **Windungen** der Spule bezeichnet. Eine Spule, durch die ein elektrischer Strom fließt, bildet, genau wie ein Magnet, einen Nordpol und einen Südpol aus.

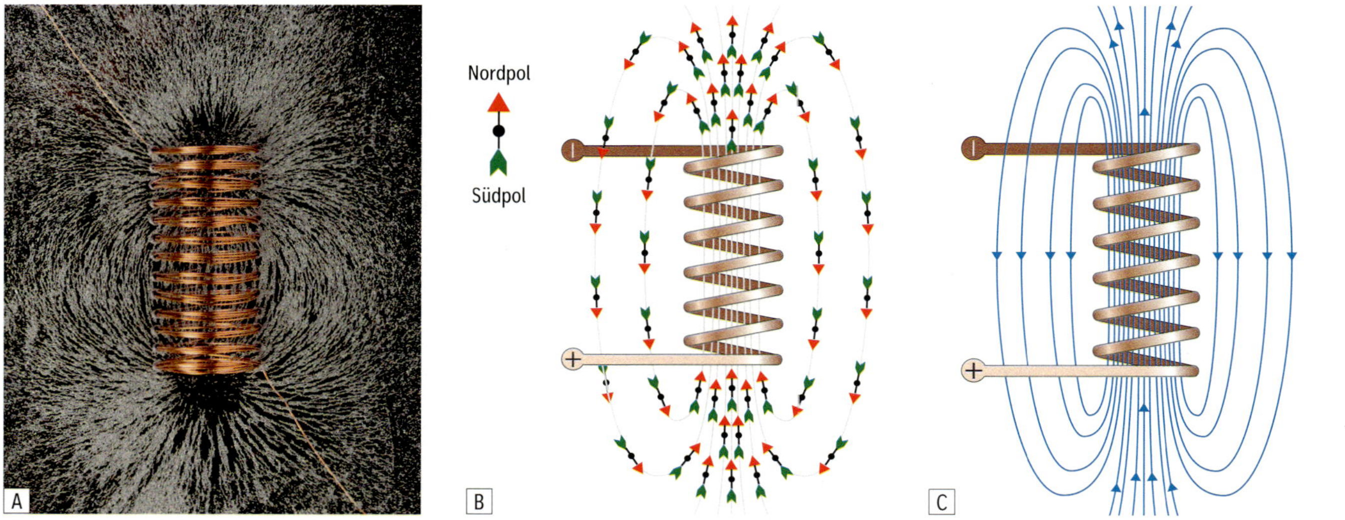

1 Magnetfeld einer Spule: **A** mit Eisenspänen, **B** mit gezeichneten Magnetnadeln, **C** mit gezeichneten Feldlinien FILM

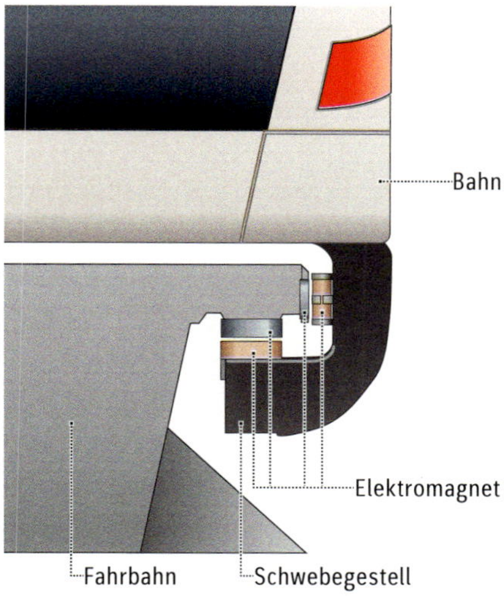

2 Querschnitt Magnetschwebebahn

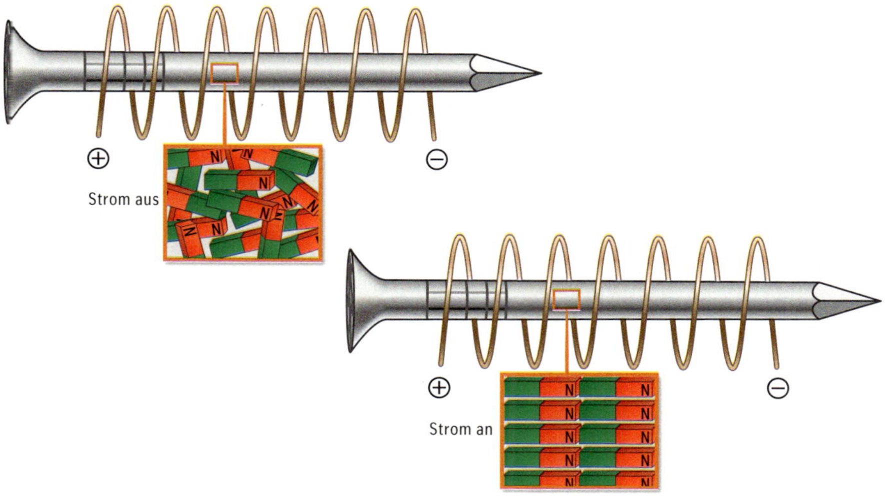

3 Spule mit Eisennagel

Spule mit Eisenkern

Die magnetische Wirkung des Stroms kann zusätzlich verstärkt werden. Dafür wird ein Gegenstand aus Eisen in die Spule gesteckt. Wird der Strom dann eingeschaltet, bildet sich ein Magnetfeld um die Spule und das Eisenstück wird magnetisiert. Die Elementarmagnete richten sich im Eisen aus und ein starker Magnet entsteht, ein **Elektromagnet**.

Magnetschwebebahn

Eine Magnetschwebebahn schwebt mithilfe von Elektromagneten. Diese befinden sich an der Unterseite der Fahrbahn und der Oberseite des Schwebegestells. Dabei stehen ungleiche Pole einander gegenüber. So wird die Bahn von unten an die Fahrbahn herangezogen und schwebt. Mit Elektromagneten an den Seiten bleibt die Bahn in ihrer Position. Durch weitere Elektromagneten vor der Bahn kann die Bahn nach vorn bewegt werden.

A Nenne ein Gerät aus deinem Alltag, das Elektromagneten besitzt.

B Beschreibe den Aufbau einer Spule.

M1 Elektromagnet

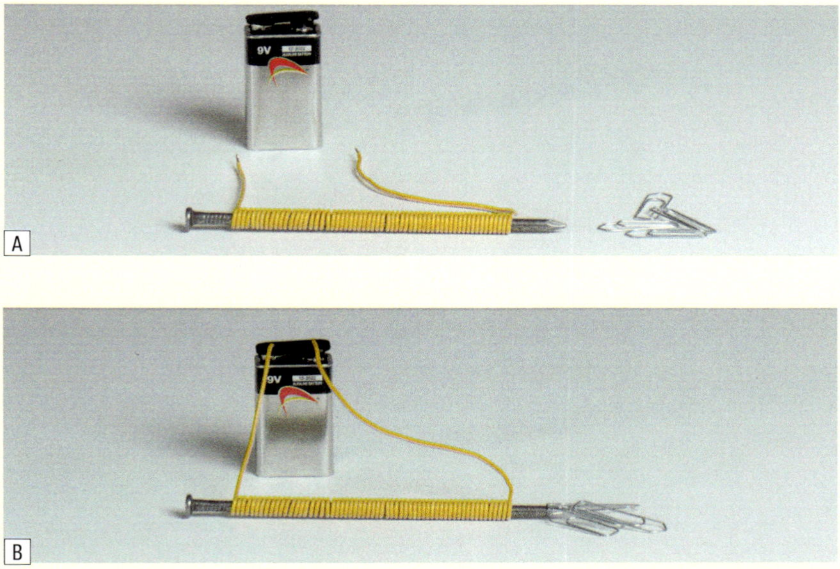

1 Beschreibe den Aufbau und die Durchführung des dargestellten Versuchs.

2 Erkläre, warum in Bild B die Büroklammern von dem Eisennagel angezogen werden. | HILFE

3 Stelle Vermutungen darüber an, wie man die Stärke eines Elektromagneten ändern kann. | HILFE

4 Stelle Vermutungen darüber an, ob die Büroklammern beim Ausschalten des Stroms sofort vom Eisennagel abfallen.

Elektrizität im Alltag

T1 Wirkungen und Gefahren des elektrischen Stroms

1 Stromunfall

1 Nenne drei Wirkungen des elektrischen Stroms.

2 Nenne zu jeder Wirkung ein Beispiel aus deinem Alltag.

3 Ordne den Geräten die passenden Wirkungen des Stroms zu: Wärmelampe, ferngesteuertes Auto, Waschmaschine.

4 Beschreibe, was die Person in Bild 1 falsch gemacht hat.

5 Jemand möchte der unter elektrischem Strom stehenden Person in Bild 1 helfen. Erkläre, wie sich die helfende Person verhalten muss.

T2 Elektrische Energie

2 Seifenblasenmaschine

1 Zeichne das Energieflussdiagramm einer elektrischen Seifenblasenmaschine. Man kann sich das wie bei einen Ventilator vorstellen.

2 Leander sagt: „Ich habe mir eine neue Kaffeemaschine gekauft. Die alte hat zu viel Strom verbraucht.“ Erkläre, was Leander mit dieser Aussage wirklich meint.

T3 Leiter und Nichtleiter

3 Prüfstücke zur elektrischen Leitfähigkeit

1 Nenne die Unterschiede zwischen einem elektrischen Leiter und einem Nichtleiter.

2 Nenne Beispiele für flüssige beziehungsweise feste Leiter und Isolatoren.

3 Erkläre, warum man bei einem aufziehenden Gewitter nicht schwimmen soll.

4 Skizziere einen Versuchsaufbau, mit dem man die elektrische Leitfähigkeit der Gegenstände in Bild 3 prüfen kann.

5 Skizziere einen Versuchsaufbau, mit dem man die elektrische Leitfähigkeit von Flüssigkeiten überprüfen kann.

T4 Schaltungen

4 Elektrische Handkreissäge

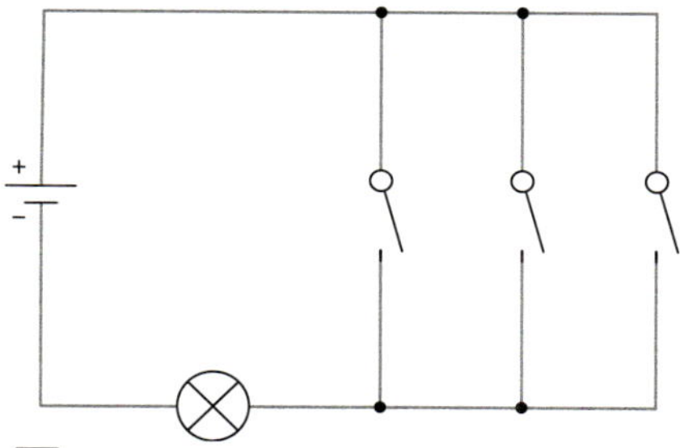

5 Schaltung mit drei Schaltern

1 Zeichne jeweils einen Schaltplan für eine Reihen- und eine Parallelschaltung mit jeweils drei Glühlampen.

2 Zeichne den Schaltplan einer Handkreissäge. Die Säge kannst du durch das Schaltzeichen für einen Motor darstellen.

3 Erkläre, ob es sich bei der Handkreissäge um eine UND- oder eine ODER-Schaltung handelt.

4 Ordne dem in Bild 5 dargestelten Schaltplan den Begriff UND-Schaltung oder ODER-Schaltung zu.

T5 Magnetische Stromwirkungen

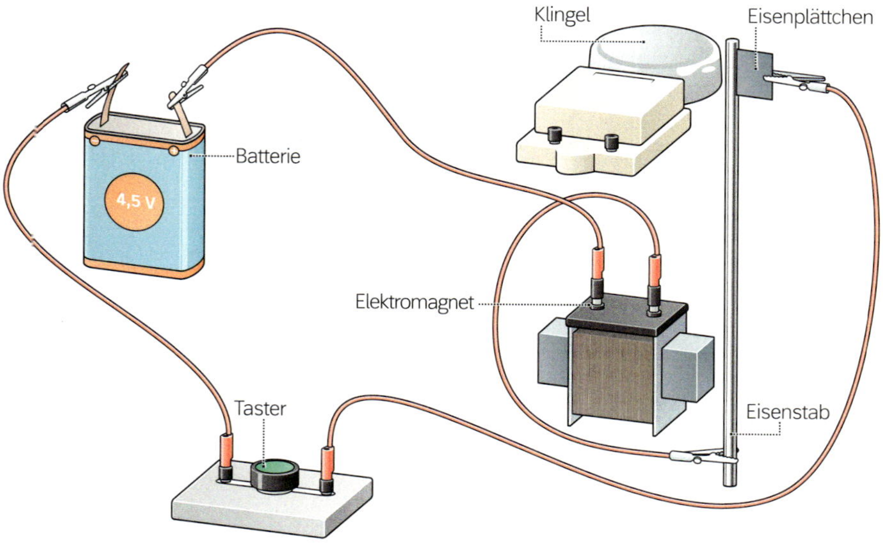

6 Klingelschaltung

1 Nenne drei dir bekannte Bauteile aus der Klingelschaltung in Bild 6.

2 Zeichne zu zwei Bauteilen der Schaltung die Schaltsymbole in dein Heft.

3 Beschreibe, wie der Elektromagnet in der Schaltung in Bild 6 aufgebaut ist.

4 Erkläre die Funktionsweise der Klingelschaltung.

T6 Komplexe Schaltungen

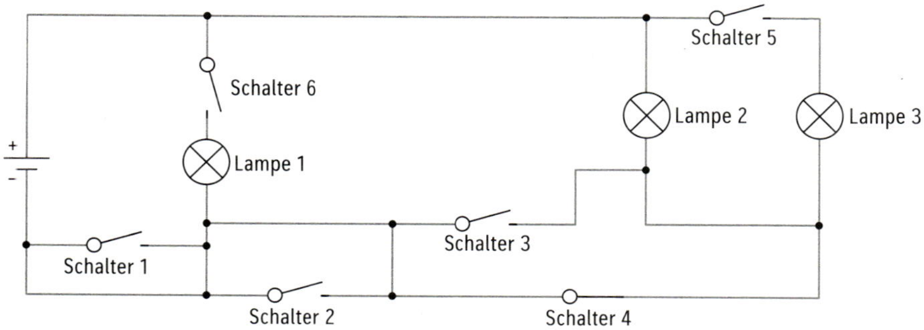

7 Komplexe Schaltung

1 Nenne die Lampe, die in Bild 7 leuchtet.

2 Erkläre, welcher Schalter geschlossen werden muss, damit Lampe 3 leuchtet.

3 Zeichne einen neuen Schaltplan, in dem alle unnötigen Schalter und Stromwege aus dem abgebildeten Schaltplan entfernt worden sind.

Digital+
WES-187000-441

Stromfluss und Energie

In einem geschlossenen Stromkreis bewegen sich die Elektronen vom Minuspol der Batterie zum Pluspol. Sie befinden sich auch in den Leitungen der Schaltung. Die Elektronen der Batterie schieben auf dem Weg zum Pluspol die Elektronen im Stromkreis an. In einem Stromkreis geht keine Energie verloren, elektrische Energie wird in den Geräten lediglich umgewandelt.

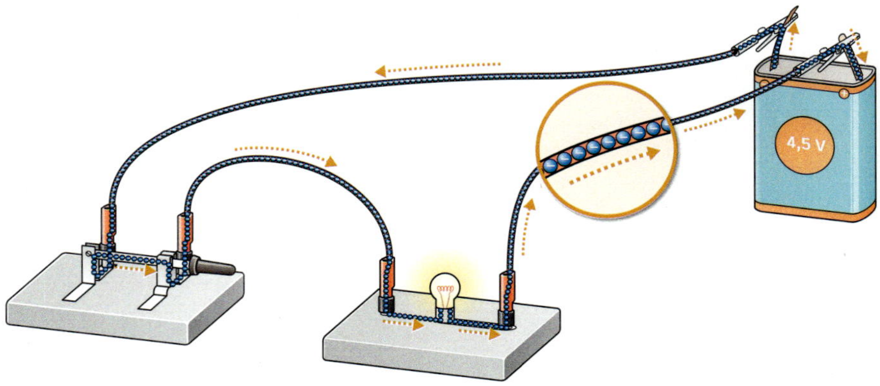

Schaltzeichen und Schaltpläne

Damit Stromkreise übersichtlich und für jeden auf der Welt verständlich dargestellt werden können, benutzt man einheitliche Schaltzeichen und Schaltpläne. Jedes elektrische Bauteil hat ein eigenes, allgemein bekanntes Schaltzeichen. Durch Schaltpläne kann man schneller und sehr übersichtlich sehen, welche Bauteile miteinander verbunden sind; denn es wäre sehr zeitaufwendig und mühsam, immer detailgetreue Zeichnungen einer Schaltung zu machen.

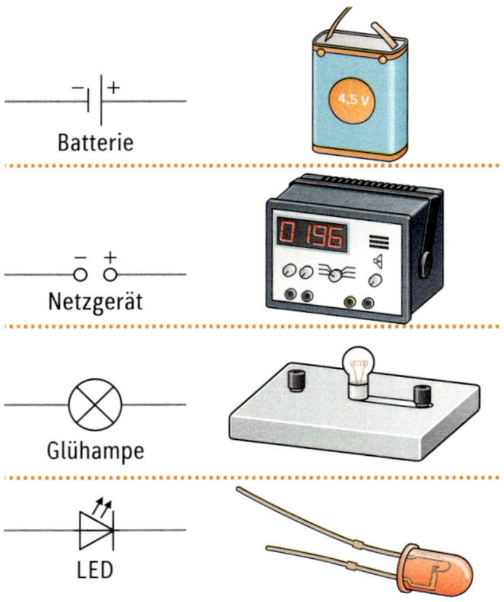

Reihenschaltung

In einer Reihenschaltung sind die Bauteile hintereinander verbaut. Wenn mehrere Lampen in Reihe geschaltet sind, leuchten sie mit jeder Lampe etwas schwächer. Geht eine Lampe im Stromkreis kaputt, leuchten alle nicht mehr, weil der Stromkreis dadurch unterbrochen ist. Wird eine Reihenschaltung aus Schaltern aufgebaut, nennt man diese eine UND-Schaltung, denn damit ein Bauteil funktioniert, z.B. eine Lampe leuchtet, müssen alle Schalter geschlossen sein.

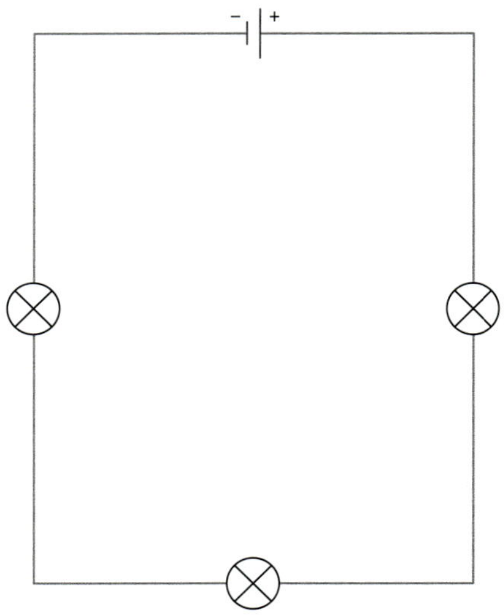

Parallelschaltung

In einer Parallelschaltung ist jedes Bauteil direkt mit der Spannungsquelle verbunden. Baut man mehrere Lampen in eine Parallelschaltung, dann wird das Leuchten nicht schwächer, sondern alle Lampen leuchten gleich hell. Sollte eine Lampe kaputt gehen, leuchten die anderen noch, denn sie besitzen jeweils noch eine geschlossene Verbindung zur Spannungsquelle. Eine Parallelschaltung mit Schaltern heißt ODER-Schaltung, denn bereits ein Schalter schließt den Stromkreis.

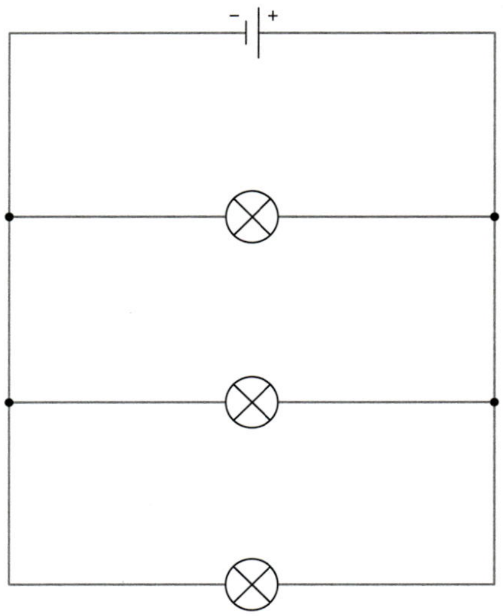

Der Küchenhelfer

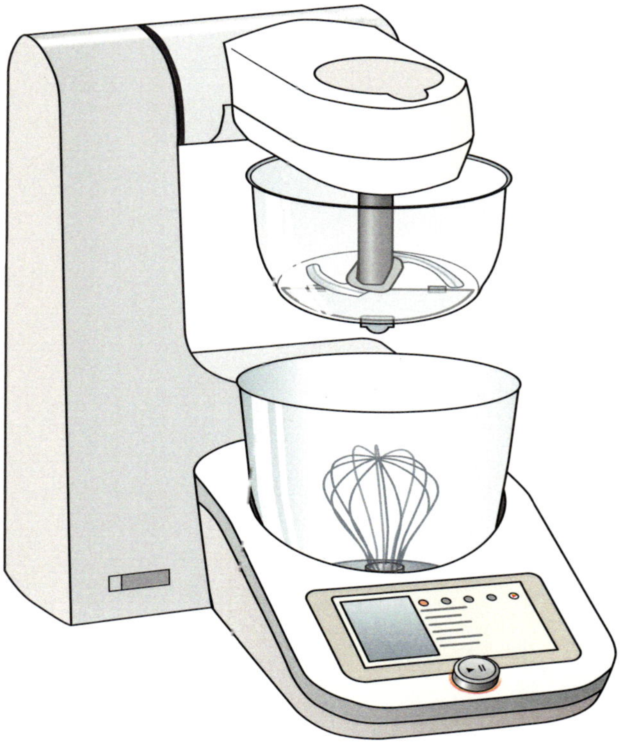
1 Küchenhelfer Helpmix. Seitenansicht

2 Helpmix: Draufsicht

Elektrische Geräte vereinfachen den Alltag. Ein solches Gerät ist ‚Helpmix', der Küchenhelfer. Ein solcher Küchenhelfer verbindet verschiedene Geräte miteinander. Dadurch sind weniger Arbeitsschritte nötig.

Helpmix kann Lebensmittel zerkleinern, umrühren und kochen. Damit lässt sich beispielsweise eine Möhrensuppe kochen. Dafür werden die geschälten Möhren und die anderen Zutaten in den Zerkleinerer gegeben. Nach dem Zerkleinern werden die Lebensmittel unter ständigem Rühren im Topf erhitzt.

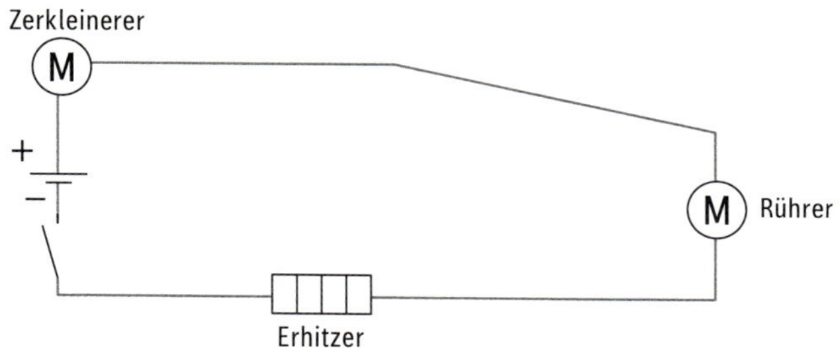

3 Einfacher Schaltplan Helpmix

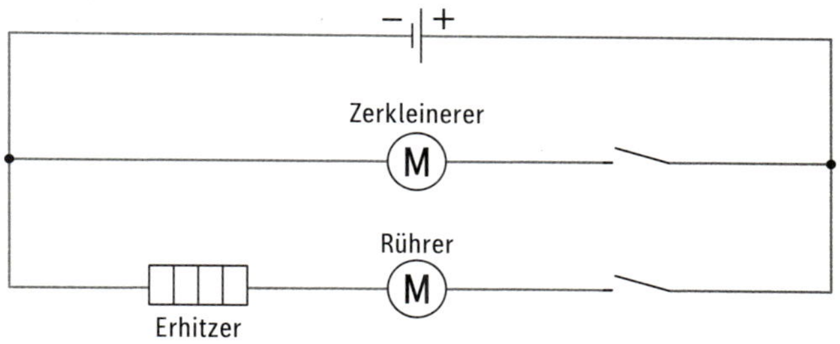

4 Komplexer Schaltplan Helpmix

1 Nenne die Wirkungen des elektrischen Stroms, die beim Helpmix auftauchen.

2 Zeichne den in Bild 3 dargestellten, vereinfachten Schaltplan für den Helpmix in dein Heft und korrigiere ihn.

3 Die Teilgeräte im Helpmix sollen nicht gleichzeitig laufen. Erkläre, bei welchen Schalterstellungen in Bild 4, welche Geräte funktionieren.

5 Erkläre mit einem Modell deiner Wahl, wie sich die Elektronen in der in Bild 4 dargestellten Schaltung bewegen.

6 Damit niemand seine Finger in den Zerkleinerer halten kann, soll dieser mit einer Sicherheitsschaltung mit zwei Tastschaltern betrieben werden. Passe den Schaltplan in Bild 4 an.

7 Das Gerät wird während der Nutzung heiß. Stelle eine begründete Vermutung auf, welche Materialien für die Ummantelung der Kabel verwendet werden können.

13

Entwicklung der Sexualität

1 Kinderzimmer eines 7-Jährigen

2 Kinderzimmer eines 11-Jährigen

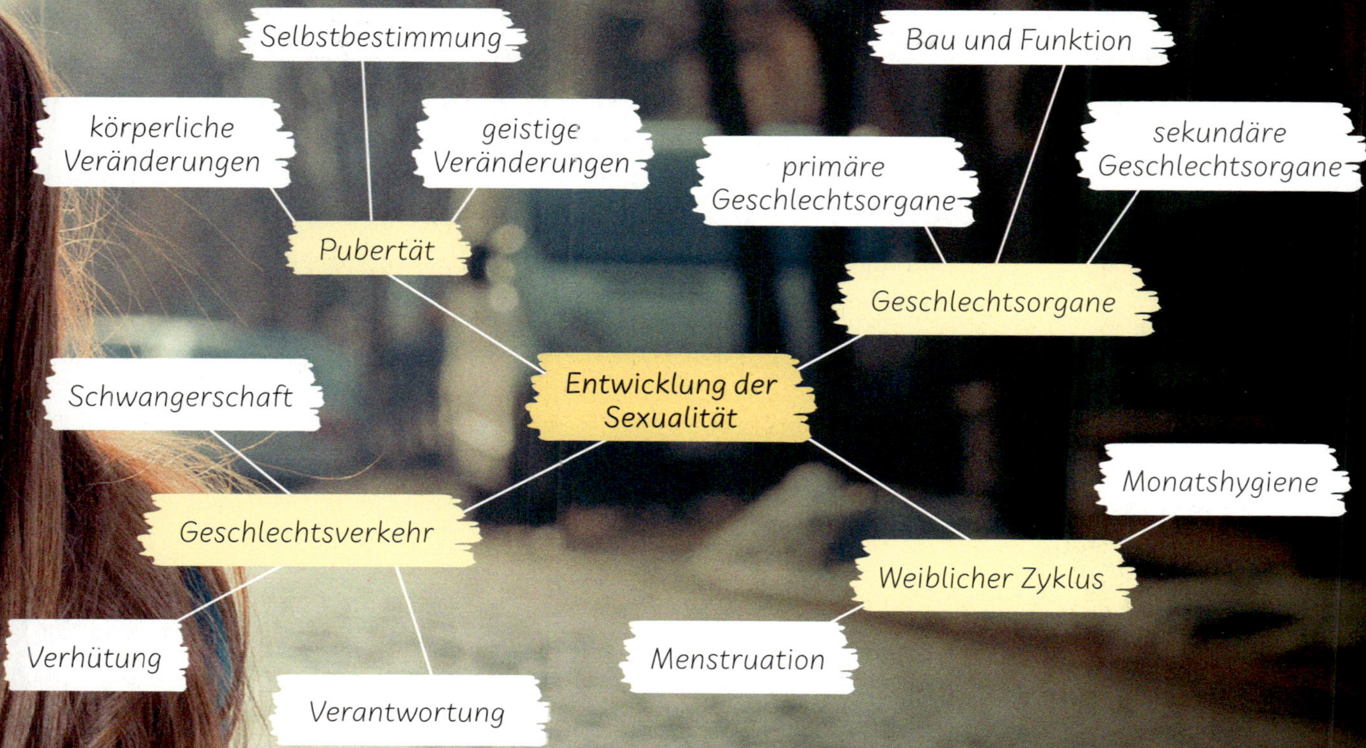

A Betrachtet die Abbildungen. Beschreibt Veränderungen der Kinder auf ihrem Weg zu Jugendlichen. Beachtet die körperlichen Merkmale, die Interessen und die Freizeitgestaltungen.

B Beschreibt aus eigenen Erfahrungen, wie sich eure Interessen verändert haben.

C Diskutiert gemeinsam die Bedeutung des Wortes Pubertät.

3 Kinderzimmer eines 14-Jährigen

Pubertät

1 Jungen und Mädchen spielen zusammen

Erwachsen werden

Als Kinder spielen Jungen und Mädchen häufig noch zusammen. Etwa zwischen dem 9. und 14. Lebensjahr beginnt sich das zu ändern. Die Mädchen entwickeln sich zu jungen Frauen und die Jungen zu jungen Männern. Die Zeit des Erwachsenwerdens nennt man **Pubertät**. Sie ist eine Zeit vieler Veränderungen. Bei jedem ist der Zeitpunkt, die Dauer und der Ablauf der Pubertät ganz unterschiedlich. Nach einigen Jahren ist die Pubertät abgeschlossen.

Hormone

Die Veränderungen, die in der Pubertät auftreten, werden durch **Hormone** ausgelöst. Hormone sind Botenstoffe, die von **Hormondrüsen** gebildet werden. Sie werden ins Blut abgegeben und im gesamten Körper verteilt. Hormone steuern viele Vorgänge im Körper.

Mit der Pubertät werden besondere Hormone gebildet, die Veränderungen des gesamten Körpers auslösen.

Geschlechtsmerkmale

Bei Kindern unterschieden sich die Körper von Jungen und Mädchen nur durch die Geschlechtsorgane. Bei Jungen sind Penis und Hodensack zu sehen, bei Mädchen die Schamlippen. Neben diesen äußeren Geschlechtsorganen gibt es noch weitere im Inneren des Körpers. Die Geschlechtsorgane werden bereits vor der Geburt ausgebildet. Man bezeichnet sie daher als erste oder auch **primäre Geschlechtsmerkmale**.

Hormone lassen ab der Pubertät Geschlechtszellen heranreifen. Bei Jungen sind das **Spermienzellen**, bei Mädchen sind es **Eizellen**. Jugendliche sind nun **geschlechtsreif**.

2 Junge mit Akne

Im Laufe der Pubertät bilden sich weitere Geschlechtsmerkmale aus. Bei Jungen wird der Körper muskulöser, die Schultern werden breiter und der Bartwuchs setzt ein. Bei Mädchen werden die Hüften runder und die Brüste größer. Weil diese Merkmale erst bei der Pubertät auftreten, nennt man sie zweite oder **sekundäre Geschlechtsmerkmale**.

Veränderungen des Körpers

Im Laufe der Pubertät wird der Körper größer und es wachsen **Achsel-** und **Schamhaare**. Die Schweißdrüsen der Haut produzieren mehr Schweiß. Auch die Hautfettdrüsen, die **Talgdrüsen**, sind aktiver. Überschüssiger Talg kann die Talgdrüsen verstopfen. Auf der Haut lebende Bakterien können dann zu Entzündungen der verstopften Talgdrüsen kommen. Es entsteht ein **Pickel**.

Hygiene

Auf der empfindlichen Haut der äußeren Geschlechtsorgane können sich aus Talg, Bakterien, Urinresten und Scheidenflüssigkeit riechende Rückstände bilden. Tägliches, gründliches Waschen befreit die Haut von Schweiß und überschüssigen Talg.

M1 Pickel

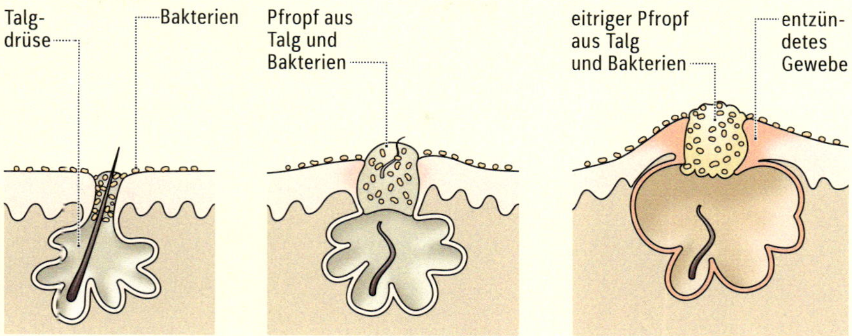

1 Beschreibe die Ursache von Pickeln.

2 Beschreibe, wie ein Pickel entsteht. | HILFE

3 Vermute, warum Pickel schmerzen können. | HILFE

4 Erkläre die Bedeutung der Körperhygiene während der Pubertät. | HILFE

M2 Geschlechtsmerkmale

1 Ordne die Personen im Bild einem Mann, eine Frau, einem Jungen oder einem Mädchen zu.

2 Begründe, warum die Zuordnung von Mann und Frau einfach ist. | HILFE

3 Nenne Merkmale, die die Zuordnung von Mann und Frau ermöglichen. | HILFE

4 Begründe, warum die eindeutige Zuordnung von Junge und Mädchen schwierig ist. | HILFE

Vom Jungen zum Mann

Pubertät

Die Pubertät beginnt bei Jungen zwischen dem 9. und 14. Lebensjahr und ist mit einem Alter von etwa 19 Jahren abgeschlossen. Der Körper eines Jungen verändert sich in dieser Zeit stark. Es wächst die **Körperbehaarung** an Brust, Bauch, Achseln und im Schambereich. Im Gesicht beginnt der Bartwuchs.

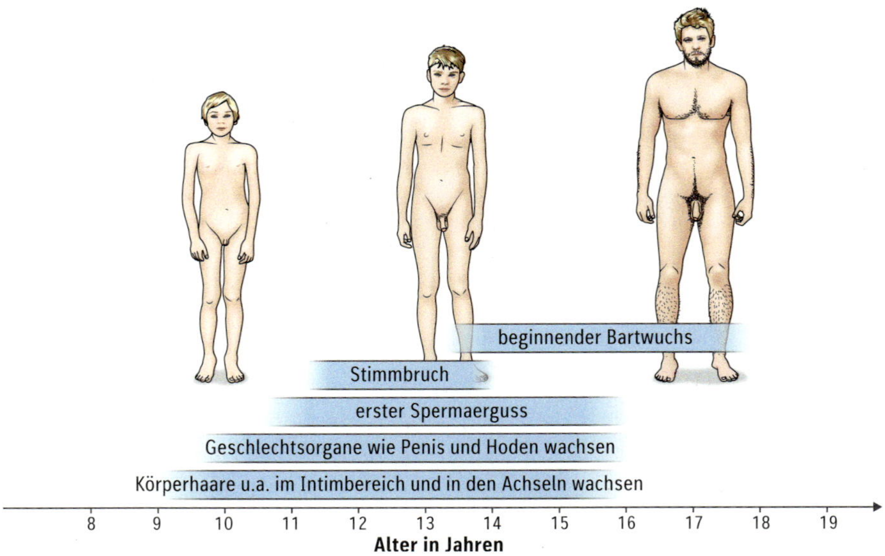

1 Entwicklung während der Pubertät

Der Kehlkopf wächst und die Stimme wird tiefer. Es kommt zum **Stimmbruch**. Der Aufbau von Muskulatur führt zur Ausbildung der männlichen Statur mit breiten Schultern und schmalen Hüften. Diese für Jungen typischen **sekundären Geschlechtsmerkmale** können bei jedem etwas anders ausgeprägt sein.

Äußere Geschlechtsorgane

In der Pubertät wachsen die männlichen Geschlechtsorgane. Diese sehen bei jedem Jungen ein wenig anders aus. Der größte Teil vom **Penis** ist von außen sichtbar. Im Penis befinden sich drei **Schwellkörper**. Bei sexueller Erregung fließt mehr Blut in den Penis, das dort gestaut wird. Das führt zu einer Vergrößerung der Schwellkörper und einer Erhärtung des Penis, einer **Erektion**. Diese ist wichtig für den Geschlechtsverkehr. Besonders empfindlich ist die Spitze des Penis, die **Eichel**. Sie ist von der **Vorhaut** bedeckt. Diese schützt vor Verletzungen und Schmutz.

Bildung der Spermienzellen

Der **Hodensack** ist von außen sichtbar. Darin befinden sich die zwei Hoden mit den beiden Nebenhoden. Ab der Pubertät bilden die Hoden täglich mehrere Millionen männliche Geschlechtszellen, die **Spermienzellen**. Sie werden in den **Nebenhoden** gespeichert. Dort reifen sie einige Tage, bis sie ihre volle Beweglichkeit erlangt haben. Jede Spermienzelle besteht aus einem Kopfteil und einer Geißel zur Fortbewegung.

Weg der Spermienzellen

An die Nebenhoden schließt sich je ein **Spermienleiter** an, die beide in die Harnröhre münden. Ab dort spricht man von der **Harn-Sperma-Röhre**. Unterhalb der Harnblase liegen die **Prostata** und die Bläschendrüse. Beide Drüsen produzieren Flüssigkeiten, in der die Spermienzellen schwimmen. Sie bilden zusammen mit den Spermienzellen das **Sperma**. Die Harn-Sperma-Röhre endet an der Penisspitze. Während eines Sperma-Ergusses gelangt das Sperma über den Harn-Spermien-Röhre nach außen. Dies nennt man **Ejakulation**. Kommt es nicht zu einer Ejakulation, sterben die Spermienzellen im Nebenhoden nach etwa einem Monat.

Hygiene bei Jungen

Zwischen Eichel und Vorhaut sind Drüsen, die fettige Stoffe abgeben. Tägliche Körperpflege entfernt diese Stoffe und Bakterien, die Entzündungen hervorrufen können. Zur Reinigung wird die Vorhaut zurückgezogen. Eichel und Penis werden mit warmem Wasser und milder Seife gereinigt.

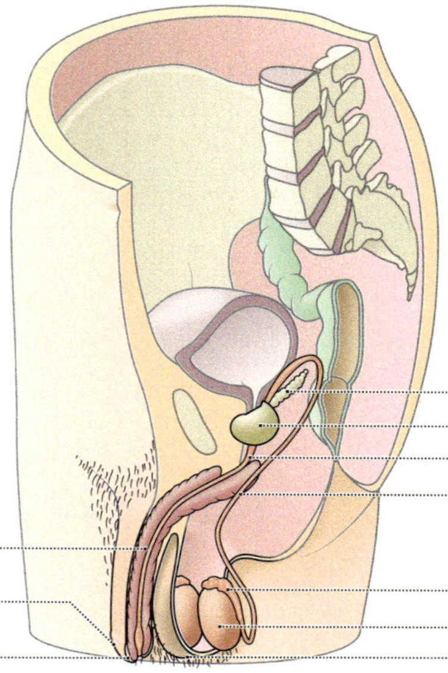

2 Männliche Geschlechtsorgane

A Nenne die äußeren und die inneren männlichen Geschlechtsorgane.

B Erkläre, warum tägliche Hygiene wichtig ist.

M1 Bildung von Spermienzellen

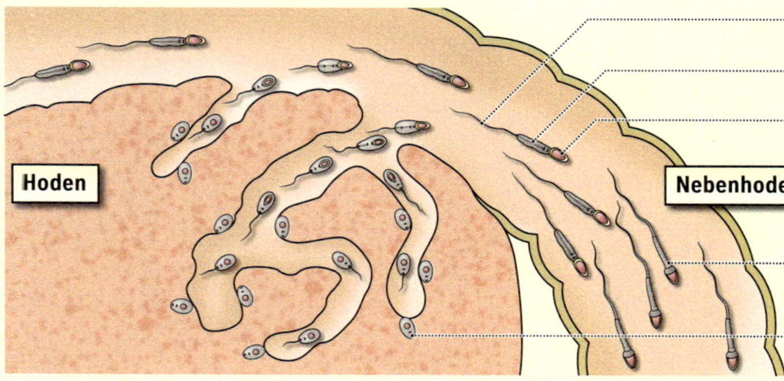

1 Beschreibe den Aufbau einer Spermienzelle.

2 Beschreibe die Bildung von Spermienzellen. | HILFE

3 Stelle Vermutungen an, warum der Hodensack bei Kälte kleiner wird und sich so näher an den Körper zieht.

Vom Mädchen zur Frau

Pubertät

Die Pubertät beginnt bei Mädchen zwischen dem 8. und 13. Lebensjahr und ist mit einem Alter von etwa 18 Jahren abgeschlossen. Der Körper eines Mädchens verändert sich in dieser Zeit stark. Es wächst die **Körperbehaarung** vor allem in den Achseln und im Schambereich. Der Kehlkopf wächst und die Stimme wird etwas tiefer. Das Wachstum und Fetteinlagerungen führen zur Ausbildung der weiblichen Statur mit rundlichen Hüften und schmalen Taillen. Die Brustwarzen und Warzenhöfe werden größer und die **Brüste** wachsen. Oft sind die Brüste nicht gleich groß. Diese für Mädchen typischen **sekundären Geschlechtsmerkmale** können bei jedem etwas anders ausgeprägt sein.

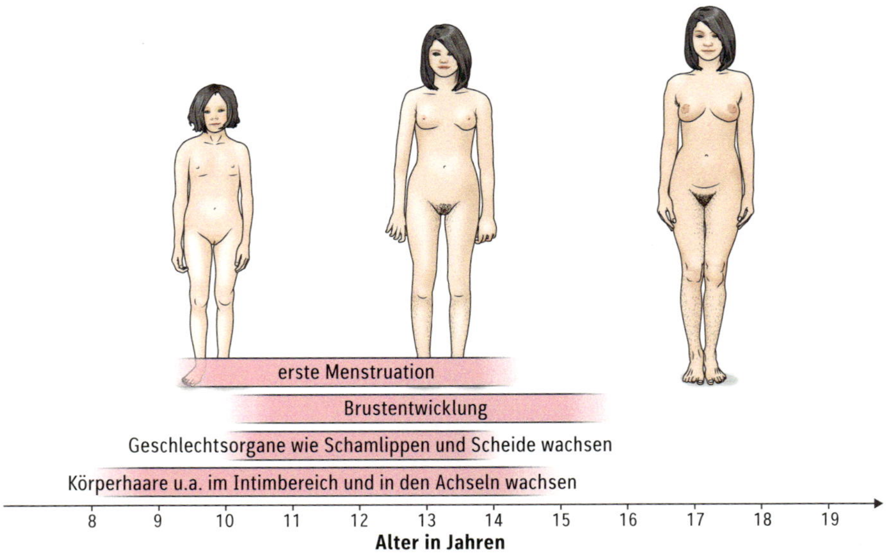

1 Entwicklung während der Pubertät

Äußere Geschlechtsorgane

In der Pubertät wachsen die weiblichen Geschlechtsorgane. Diese sehen bei jedem Mädchen ein wenig anders aus. Von den inneren Geschlechtsorganen führt die **Scheide** nach außen. Sie bildet eine Flüssigkeit, den **Weißfluss**, die Krankheitserreger ausspült. Die Scheide nimmt beim Geschlechtsverkehr den Penis des Mannes auf. Die Öffnung der Scheide und der Ausgang der Harnröhre sind auf jeder Seite von zwei weichen **Schamlippen** bedeckt. Über den beiden inneren Schamlippen liegt die Eichel der **Klitoris**. Die Klitoris hat Schwellkörper, die sie bei sexueller Erregung vergrößern.

Reifung der Eizelle

Alle weiblichen Geschlechtszellen, die **Eizellen**, liegen unreif seit bei der Geburt in den **Eierstöcken**. Ab der Pubertät reift etwa alle 28 Tage in einem der beiden Eierstöcke eine Eizelle. Sie entwickelt sich in einem Bläschen. In etwa 14 Tagen wandert das Bläschen zum Rand des Eierstocks. Dort gibt die Eizelle über den **Flimmertrichter** in den **Eileiter**. Das nennt man **Eisprung**. Danach kann die Eizelle etwa 12 bis 24 Stunden lang von einer Spermienzelle befruchtet werden.

Weg der Eizelle

Mithilfe von Muskelbewegungen und Flimmerhärchen im Inneren des Eileiters wird die Eizelle zur **Gebärmutter** transportiert. Während die Eizelle zur Gebärmutter transportiert wird, verdickt sich die Schleimhaut der Gebärmutter und wird stärker durchblutet. Kommt es im Eileiter zur Befruchtung der Eizelle, nistet sich die befruchtete Eizelle in der Gebärmutterschleimhaut ein. Der Weg von der Befruchtung bis zur Einnistung dauert bis zu 8 Tage. Wenn die Eizelle nicht befruchtet wird, stirbt sie ab. Die Gebärmutterschleimhaut wird dann wieder abgebaut und zusammen mit der nicht befruchteten Eizelle ausgestoßen. Wird die Eizelle befruchtet, kann das der Beginn einer Schwangerschaft sein.

Hygiene bei Mädchen

Tägliche Körperpflege entfernt den Weißfluss und Bakterien, die Entzündungen hervorrufen können. Die Schamlippen sollten mit warmem Wasser von vorn nach hinten gewaschen werden, um Krankheitserreger fernzuhalten.

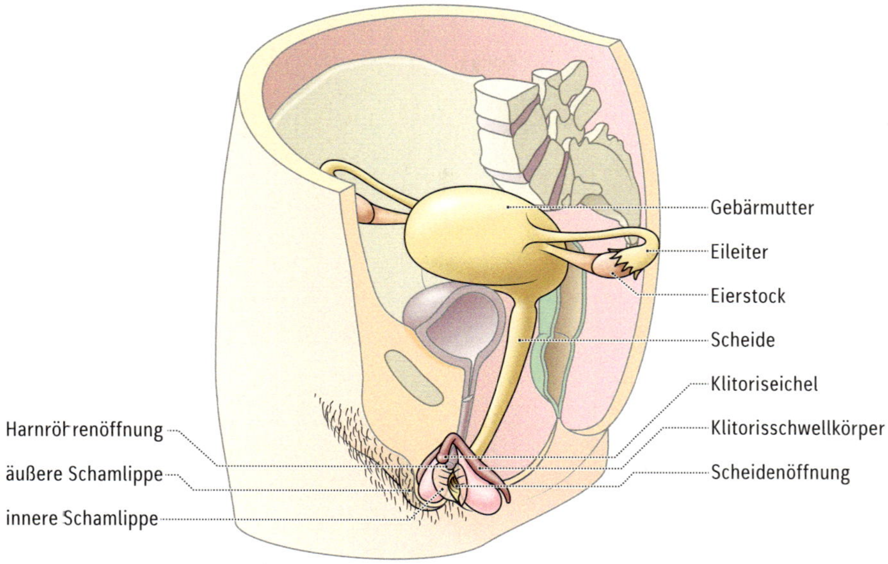

2 Weibliche Geschlechtsorgane

A Nenne die äußeren und die inneren weiblichen Geschlechtsorgane.

B Erkläre, warum tägliche Hygiene wichtig ist.

M1 Reifung der Eizelle

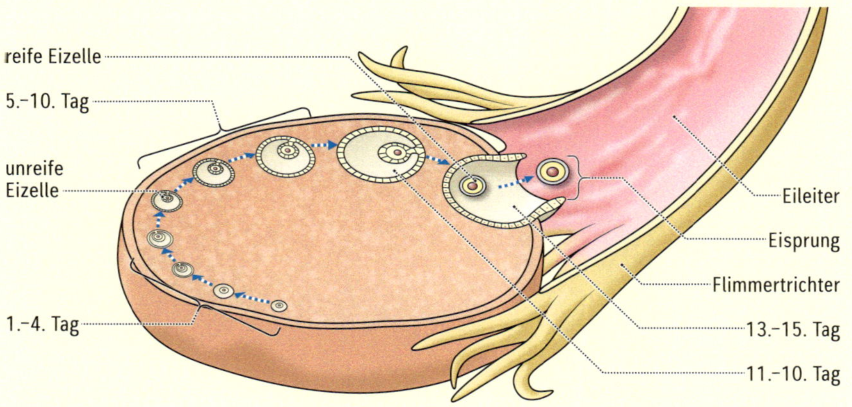

1 Beschreibe den Aufbau einer Eizelle.

2 Beschreibe die Reifung der Eizelle. | HILFE

3 Erkläre, was beim Eisprung passiert. | HILFE

4 Erkläre, was mit der Eizelle alles nach dem Eisprung passieren kann.

Der weibliche Zyklus

Menstruation

Ab der Pubertät bereitet sich der Körper einer Frau regelmäßig auf eine mögliche Schwangerschaft vor. Dafür reift etwa alle 28 Tage in einem der beiden Eierstöcke eine Eizelle heran.

M1 Menstruationszyklus

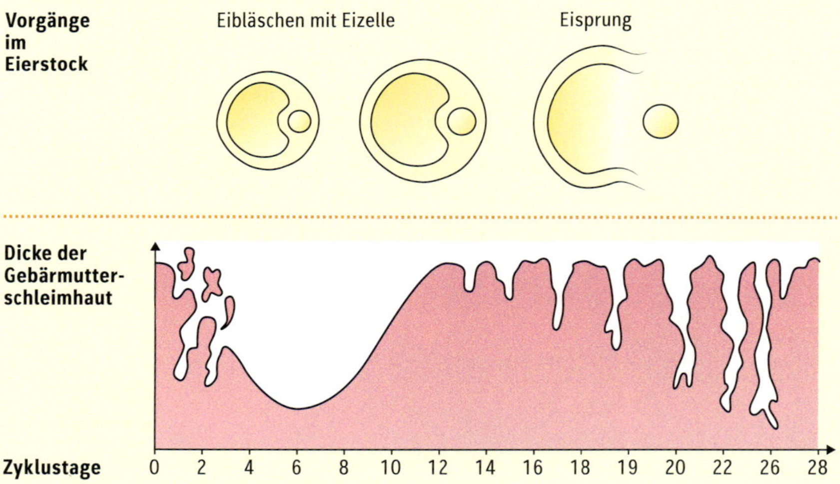

1 Beschreibe die Veränderungen der Gebärmutterschleimhaut.

2 Begründe, warum sich die Gebärmutterschleimhaut verändert. | HILFE

3 Beschreibe die Vorgänge im Eierstock während des Zyklus. | HILFE

Nach dem Eisprung wird die Eizelle zur Gebärmutter transportiert. Gleichzeitig wird die Schleimhaut der Gebärmutter dicker. Wird die Eizelle in dieser Zeit von einer männlichen Spermienzelle befruchtet, kann sich diese in die verdickte Schleimhaut der Gebärmutter einnisten. Eine Schwangerschaft beginnt.

Wird die Eizelle nicht befruchtet, wird sie zusammen mit der aufgebauten Gebärmutterschleimhaut durch die Scheide ausgestoßen. Dies bezeichnet man als Monats- oder Regelblutung, Periode oder **Menstruation**. Es werden etwa 50–80 ml Blut abgegeben. Die Menstruation dauert meist drei bis sieben Tage.

Menstruationsbeschwerden

Viele Mädchen und Frauen haben während der Menstruation Bauchschmerzen. Die Beschwerden kommen daher, dass sich die Schleimhaut der Gebärmutter durch Zusammenziehen der Muskeln im Unterleib ablöst.

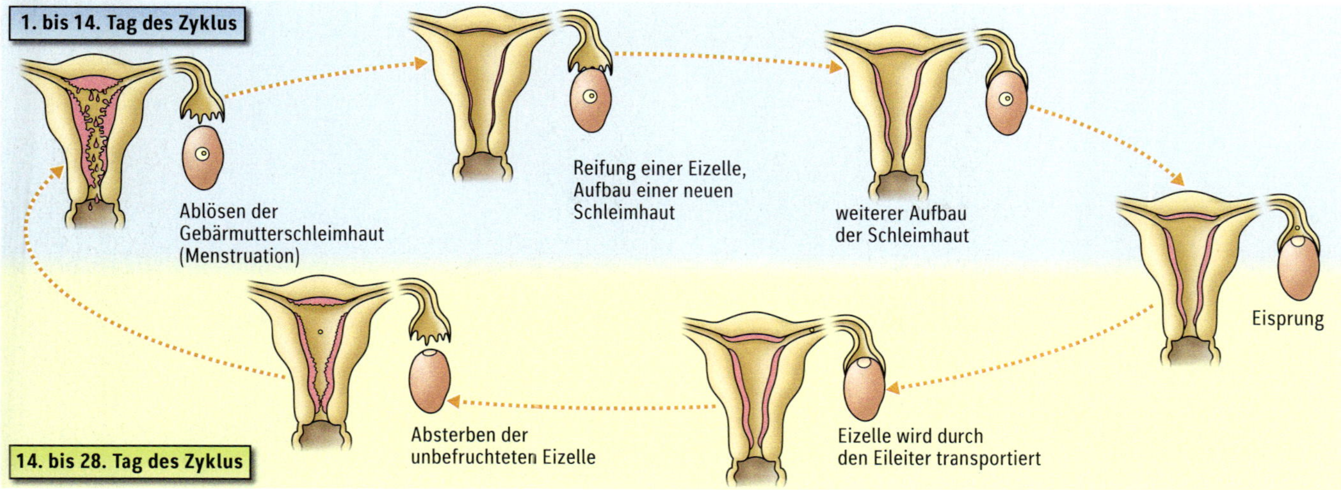

1 Weiblicher Zyklus

Menstruationszyklus

Direkt nach der Menstruation findet die nächste Vorbereitung einer Schwangerschaft statt. Wegen dieser Wiederholung von Eizellreifung, Eisprung und Menstruation spricht man von einem Kreislauf oder **Zyklus**. Ein Zyklus dauert vom ersten Tag der Menstruation bis zum ersten Tag der nächsten Blutung etwa 28 Tage. Bei jungen Mädchen ist die Menstruation oft noch unregelmäßig, sodass ein Zyklus auch länger oder kürzer sein kann. Ein **Menstruationskalender** hilft dabei, die Übersicht zu behalten.

Menstruationshygiene

Mit speziellen Hygieneprodukten kann das Menstruationsblut aufgefangen werden. **Slipeinlagen** und **Binden** sind saugfähig und werden in den Slip geklebt. **Menstruationsunterwäsche** hat mehrere, saugfähige Stoffschichten. **Tampons** werden in die Scheide eingeführt. Sie saugen das Menstruationsblut auf. **Menstruationstassen** sammeln das Menstruationsblut direkt in der Scheide. Alle Hygieneprodukte müssen regelmäßig und je nach Stärke der Menstruation gewechselt werden.

M2 Menstruationskalender

Februar

Mo	Di	Mi	Do	Fr	Sa	So
1	2	3	4	5	6	7
8	9	10	11	12	13	14
~~15~~	~~16~~	~~17~~	~~18~~	~~19~~	~~20~~	21
22	23	24	25	26	27	28

März

Mo	Di	Mi	Do	Fr	Sa	So
1	2	3	4	5	6	7
8	9	10	11	~~12~~	~~13~~	~~14~~
~~15~~	~~16~~	17	18	19	20	21
22	23	24	25	26	27	28
29	30	31				

April

Mo	Di	Mi	Do	Fr	Sa	So
			1	2	3	4
5	6	7	8	9	10	11
12	13	14	15	16	17	18
19	20	21	22	23	24	25
26	27	28	29	30		

In einem Menstruationskalender wurden für die Monate Februar und März bereits die Tage der Blutungen eingetragen.

1 Bestimme jeweils, wann der Eisprung stattgefunden hat.

2 Bestimme den ersten Tag der Menstruation im April. | HILFE

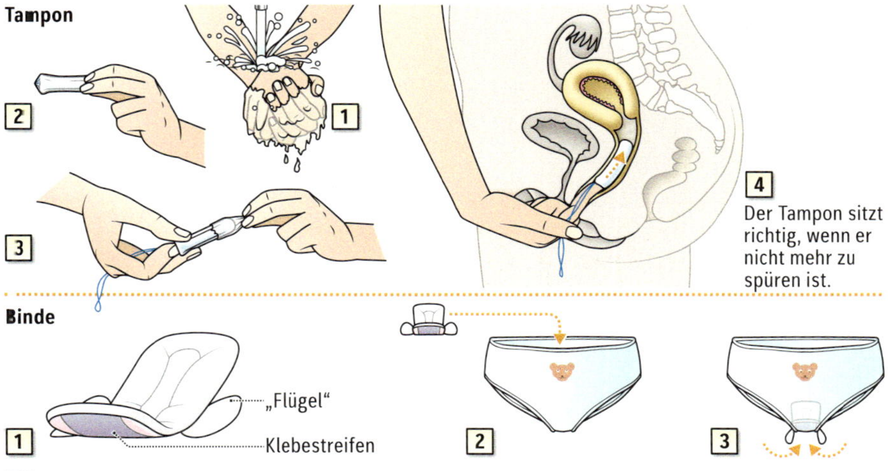

2 Anwendung ausgewählter Hygieneprodukte

Was bringen neue Partnerschaften mit sich?

Sexualität, Partnerschaft und Grenzen

Regeln im Umgang

- Dein Körper gehört dir.
- Du bestimmst, wer dich wo anfassen darf.
- Du darfst „Nein" sagen, wenn du etwas nicht möchtest.
- Du musst niemanden anfassen oder bestimmte Körperstellen bei ihm anschauen.
- Achte auf dein Bauchgefühl.
- Stelle sicher, dass jemand weiß, wo du bist.

„Nummer gegen Kummer"
116111
Telefonseelsorge
08001110111

Entwicklung der Sexualität

In der Pubertät interessieren sich Jugendliche mehr für ihren Körper. Sie entdecken, dass bestimmte Gedanken und Berührungen angenehm oder erregend sein können. Welche Berührungen oder Körperstellen das sind, ist von Person zu Person unterschiedlich.

In der Pubertät beginnen Jugendliche auch, sich für bestimmte Gleichaltrige zu interessieren. Fühlt sich ein Mensch zu einer Person des anderen Geschlechts sexuell hingezogen, spricht man von **Heterosexualität**. Bei Menschen, die sich zu Personen des eigenen Geschlechts hingezogen fühlen, spricht man von **Homosexualität**. Es gibt aber auch Menschen, die sich von Frauen und Männern angezogen fühlen. Dies bezeichnet man als **Bisexualität**.

Partnerschaft

Zum Erwachsenwerden gehört es, neue Beziehungen zu knüpfen. Viele Jugendliche interessieren sich in der Pubertät für eine bestimmte Person aus ihrem Umfeld. Haben beide die gleichen Gefühle, kann daraus eine Partnerschaft entstehen. Oft wünschen sich Verliebte nach einer gewissen Zeit auch körperliche Nähe. Am Anfang halten sie Händchen oder umarmen sich, später kommen Kuscheln und der erste Kuss dazu. Wenn man sich gut kennt und vertraut, will man manchmal „einen Schritt weiter gehen". Ob und wann es zum ersten Mal Sex kommt, entscheidet jeder selbst. Für manche passiert es spontan, manchmal wird es geplant. Wichtig ist, dass beide Partner einverstanden und einfühlsam sind.

Kontakte haben Grenzen

Alle Kontakte zu anderen Menschen haben ihre **Grenzen**. Jede Person entscheidet dabei selbst, für welche Kontakte welche Situationen angenehm sind und welche nicht. Wenn dir eine Situation unangenehm ist, du dich unwohl fühlst oder bei etwas nicht machen willst, dann zeige das. Es ist wichtig, anderen deine Grenzen zu zeigen und „**Nein**" zu sagen. Man muss nichts tun, was man nicht möchte und sollte die Grenzen anderer respektieren. Man nennt das **Selbstbestimmung**.

Grenzüberschreitungen

Es kann vorkommen, dass die persönlichen Grenzen von anderen überschritten werden. Das können unerwünschte Gesten, Bemerkungen oder das Zeigen von Fotos oder Videos mit sexuellen Inhalten sein. In Gesetzen ist geregelt, welche Grenzüberschreitungen strafbar sind. Es gibt auch Erwachsene, die Kinder und Jugendliche überreden oder zwingen, etwas zu tun, was diese nicht möchten. Das können unangemessenes Schreiben in sozialen Medien, Versenden von Fotos oder Videos mit sexuellen Inhalt oder sexuelle Handlungen sein. Das nennt man **sexuellen Missbrauch**. Wenn jemand deine Grenzen überschreitet, rede mit einer Person, der du vertraust. Es gibt auch Beratungsstellen, die dir anonym und vertraulich helfen. Es ist wichtig, sich bei einer Grenzüberschreitung Hilfe zu suchen. Du hast keine Schuld an der Situation und musst dich nicht schämen. Ein solcher Vorfall ist kein Geheimnis, das du bewahren musst.

M1 Situationen

A

B

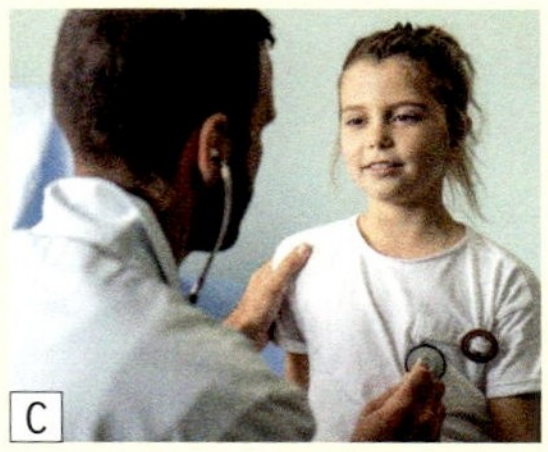
C

1. Beschreibe die Situationen A–C.
2. Beschreibe, wie sich jede Person fühlen könnte. | HILFE
3. Erkläre, warum es in jeder Situation wichtig ist, die Grenzen von jeder Person zu respektieren. | HILFE
4. Beschreibe für jede Situation eine Möglichkeit, „Nein" zu sagen.

M2 Chat

Hey, du siehst auf deinem Profilbild echt toll aus. 22:01

Oh, danke. 😎 22:03

Hast du noch andere Bilder von dir? Ich wette, du siehst auf jedem Bild super aus. 22:03

Hm, weiß nicht... Wieso willst du die sehen? 22:04

Ich würd einfach gern mehr von dir sehen. 😉 22:04

Danke, aber ich schick eigentlich keine Bilder an Leute, die ich nicht kenne... 22:06

Verständlich. Ich bin aber voll der nette Typ. Können uns ja mal besser kennenlernen. Bock? 22:06

1. Beschreibe die Situation.
2. Beschreibe, was der Unbekannte erreichen will.
3. Beschreibe Anzeichen, die zeigen, dass der Unbekannte die Grenzen des Mädchens nicht respektiert. | HILFE
4. Entwickle Ratschläge, wie man sich in solch einer Situation verhalten sollte.

M3 Klassenchat

Ole

19:25

Lana 😄😄😄 19:26

Könnt ihr das mit den Stickern bitte lassen, das nervt! ☹️ 19:29

Ole 👉👌 🍆😈 *So besser?* 19:30

Niklas

Schaut ma was mir zugeschickt wurde, ist das Saskia? 20:01

1. Beschreibe die Situation.
2. Beschreibe, wie sich Saskia fühlen könnte. | HILFE
3. Begründe, warum eine Verbreitung unangemessener Inhalte gerade in Gruppenchats problematisch ist. | HILFE
4. Entwickle Ratschläge, wie man sich in solch einer Situation verhalten sollte.

Digital+
WES-187000-455

Wie entsteht ein Kind?

Schwangerschaft

1 Pärchen genießt gegenseitige Nähe

Geschlechtsverkehr

Durch Kuscheln, Küssen und Streicheln wird die sexuelle Erregung gesteigert. Werden dabei die Geschlechtsorgane einbezogen, spricht man von **Petting**. Durch sexuelle Erregung können beim Mann einige Tropfen Flüssigkeit abgegeben werden, die Spermienzellen enthalten können. Bei der Frau wird bei sexueller Erregung die Scheide feucht. Beim **Geschlechtsverkehr** oder **Sex** zwischen Mann und Frau wird der erigierte Penis in der feuchten Scheide hin und her bewegt. Dadurch kann sich das Lustempfinden bis zu einem Höhepunkt, dem **Orgasmus**, steigern. Dabei ziehen sich Muskeln der Geschlechtsorgane rhythmisch zusammen. Beim Mann kommt es dann zum schubweisen Ausstoßen des Spermas, der **Ejakulation**. Nicht immer erleben Mann und Frau beim Sex einen Orgasmus.

Geschieht die Ejakulation des Mannes in der Scheide der Frau, schwimmen sie über die Gebärmutter bis in die Eileiter. Dort können die Spermienzellen bis zu 5 Tage lang überleben. Es kann zu einer **Schwangerschaft** kommen.

„Entjungferung"

Früher dachte man, der Scheideneingang ist durch ein **„Jungfernhäutchen"** bis zum ersten Sex verschlossen. Heute weiß man, dass es solch ein Jungfernhäutchen nicht gibt. Es ist eher ein **Schleimhautring**, der bei allen Frauen unterschiedlich aussieht. Er ist dehnbar und wird beim ersten Sex meist nicht beschädigt. Der Schleimhautring hat eine Öffnung, durch die das Blut während der Menstruation abfließen kann. Darum können auch Tampons problemlos verwendet werden.

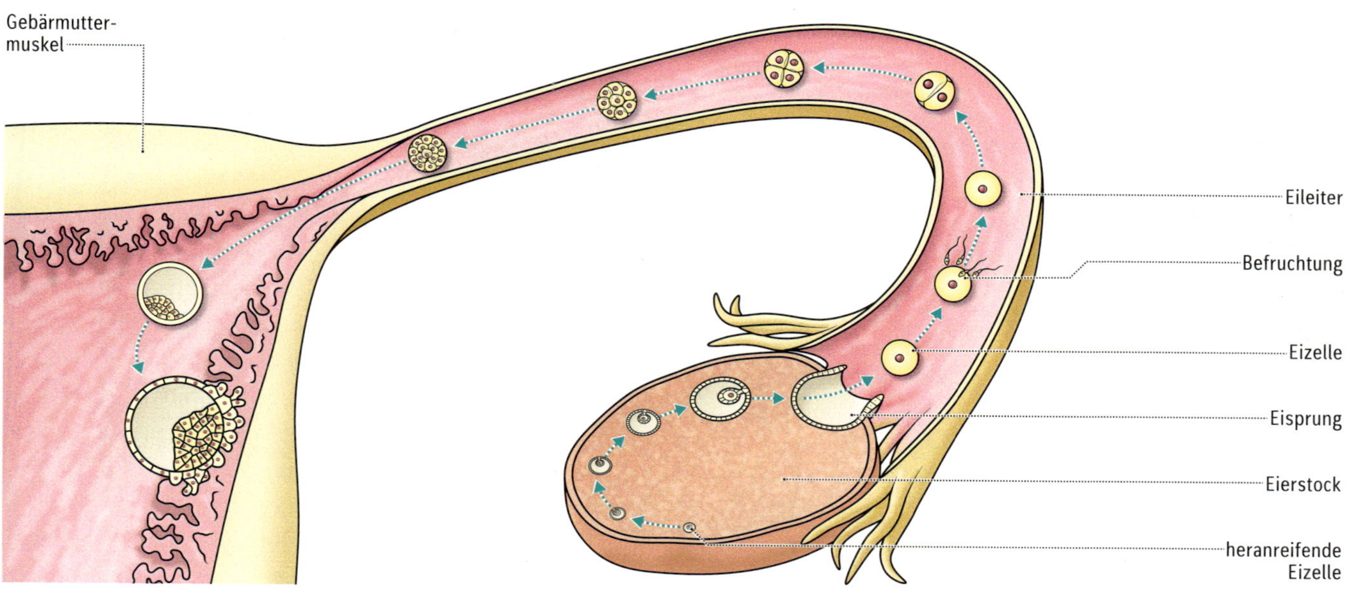

2 Befruchtung und Einnistung

Befruchtung

Während der fruchtbaren Tage kann eine Eizelle auf dem Weg durch den Eileiter zur Gebärmutter 12 bis 24 Stunden lang mit einer Spermienzelle verschmelzen. Bei der **Befruchtung** dringt die Spermienzelle in die Eizelle ein. Dann kann keine weitere Spermienzelle mehr in die Eizelle eindringen. Die beiden Zellkerne verschmelzen. Die so befruchtete Eizelle nennt man **Zygote**.

Einnistung

Direkt nach der Befruchtung teilt sich die Zygote. Auf dem Weg zur Gebärmutter finden weitere Zellteilungen statt. Nach sechs Tagen hat dieser den 15 Zentimeter langen Weg durch den Eileiter in die Gebärmutter zurückgelegt und nistet sich in die Gebärmutterschleimhaut ein. Man spricht nun vom **Embryo**. Mit der **Einnistung** beginnt die Schwangerschaft. ▶

M1 Befruchtung

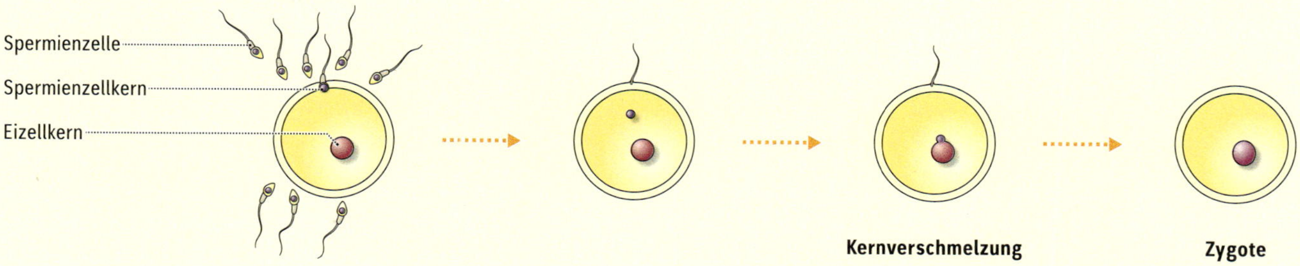

1 Vergleiche den Aufbau, die Größe und die Fortbewegung von Spermienzelle und Eizelle.

2 Erkläre den Zusammenhang zwischen Aufbau und Funktion bei Spermienzelle und Eizelle. | HILFE

3 Beschreibe die Vorgänge bei der Befruchtung. | HILFE

4 Erkläre, warum nur eine Spermienzelle die Eizelle befruchten kann.

Digital+ WES-187000-457

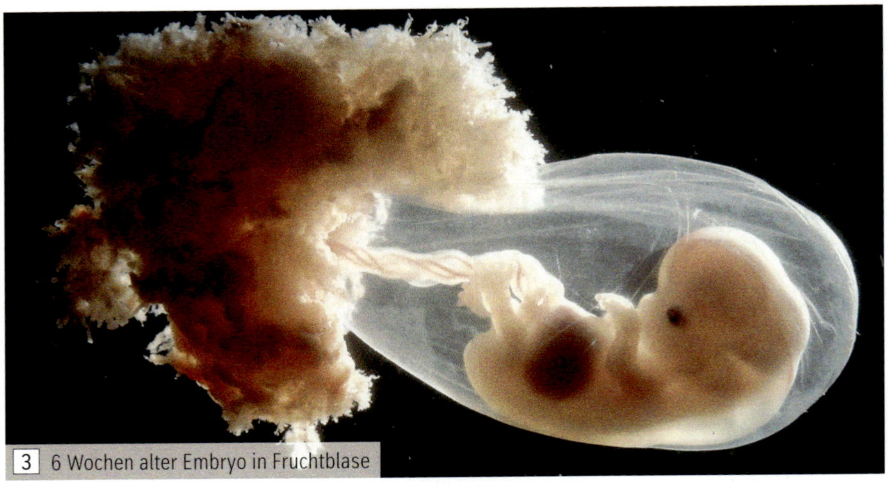

3 6 Wochen alter Embryo in Fruchtblase

Embryonalphase

Nach der Einnistung nennt man die befruchtete Eizelle **Embryo**. Am Ende der dritten Woche hat sich um ihn eine Fruchtblase mit Fruchtwasser gebildet. Über ein stark durchblutetes Gewebe der Gebärmutter, die **Plazenta**, stehen Mutter und Kind in Verbindung. Der Embryo ist über die **Nabelschnur** am Bauch mit der Plazenta verbunden. In der achten Schwangerschaftswoche sind alle Organe des Embryos angelegt und ab der 13. Woche voll entwickelt.

M2 Modell zur Funktionsweise der Fruchtblase

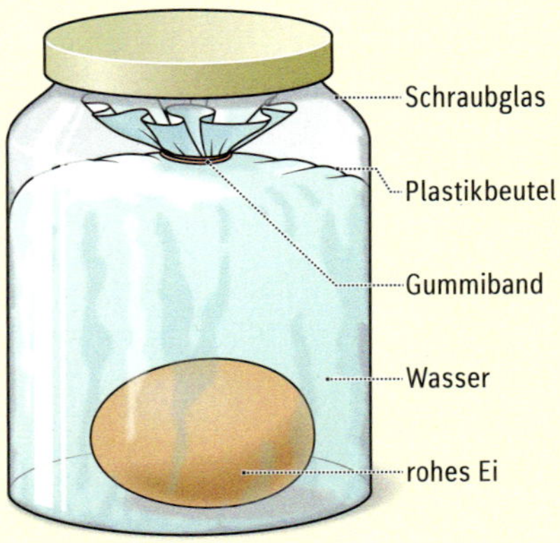

1 Beschreibe den Aufbau des Modells.

2 Ordne den Bauteilen des Modells die Teile der Wirklichkeit zu. Erstelle dazu eine Tabelle. | HILFE

3 Erkläre die Bedeutung der Fruchtblase für den Fetus im Mutterleib. | HILFE

4 Erläutere, was das Modell nicht veranschaulicht.

Versorgung des Embryos

Der Embryo wird von der Mutter über die Plazenta mit Sauerstoff und Nährstoffen versorgt. Das ist nötig, da der Embryo im Mutterleib nicht atmen und keine Nahrung aufnehmen kann. Abfallstoffe aus dem Blut des Embryos werden in das Blut der Mutter gegeben. In der Plazenta liegen die Blutgefäße der Mutter und des Embryos dicht beieinander. Dabei vermischt sich das Blut der Mutter nicht mit dem Blut des Kindes. Man spricht von der **Plazentaschranke**.

Schädliche Stoffe

Der Stoffaustausch funktioniert auch für Stoffe, die dem Kind schaden. Raucht die Mutter während der Schwangerschaft oder trinkt Alkohol, gelangen Schadstoffe über die Plazentaschranke auch zum Embryo und können ihn schädigen. Es können körperliche und geistige Entwicklungsrückstände oder Fehlbildungen beim Embryo die Folge sein. Je früher der Embryo mit Schad- und Giftstoffen in Kontakt kommt, desto größer können die Schäden für ihn sein.

Die Fetalphase

Ab dem vierten Monat bezeichnet man das Kind als **Fetus**. Die äußeren Geschlechtsorgane sind erkennbar. Ab dem fünften Monat spürt die werdende Mutter Bewegungen des Fetus. Die Herztöne sind messbar. Der Fetus kann die Stimme der Mutter und andere Geräusche hören. Im achten Monat ist die Lunge voll ausgebildet, aber noch mit Fruchtwasser gefüllt. Der Fetus wächst weiter und nimmt viel an Gewicht zu. Die Fetalphase endet mit der Geburt.

M3 Die Plazanta

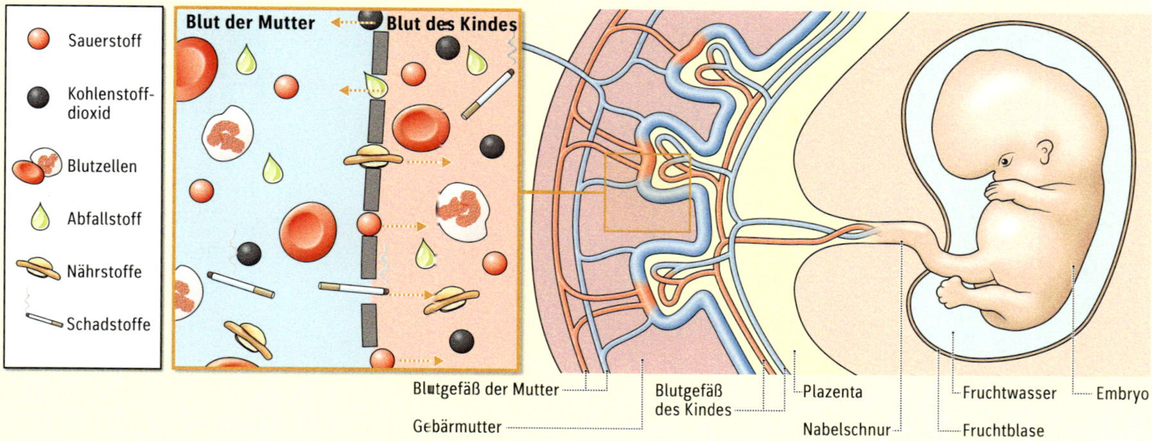

1 Beschreibe den Aufbau der Planzenta.

2 Nenne Stoffe, die zwischen Mutter und Kind ausgetauscht werden.

3 Erkläre warum der Embryo Sauerstoff und Nährstoffe über die Plazenta erhält. | HILFE

4 Erkläre den Begriff Plazenta-Schranke. | HILFE

5 Begründe, welche Verhaltensweisen eine Schwangere zum Schutz ihres ungeborenen Kindes vermeiden sollte.

M4 Die Entwicklung des Kindes im Mutterleib

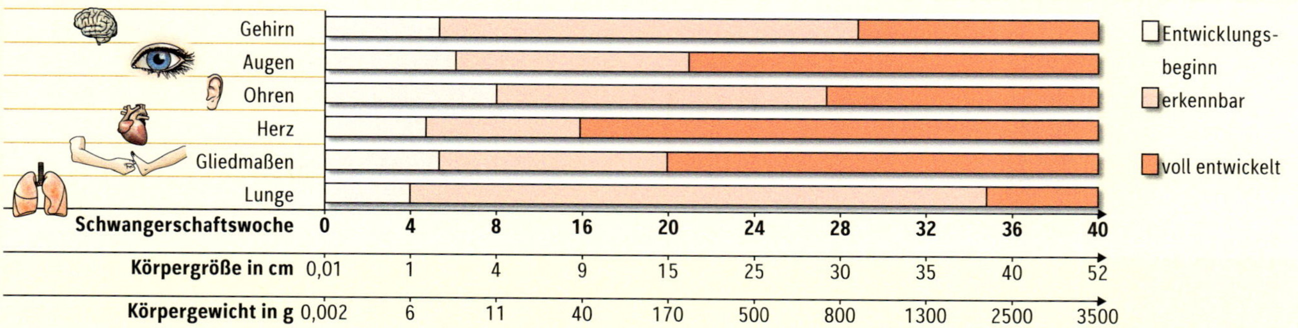

1 Erstelle eine Rangliste, nach der sich die Organe des Kindes voll entwickeln.

2 Beschreibe das Wachstum des Kindes während der Schwangerschaft. | HILFE

3 Erkläre, warum ungeborene Kinder auf Geräusche reagieren können. | HILFE

4 Erkläre die guten Überlebenschancen eines drei Wochen zu früh geborenen Kindes.

5 Erläutere, warum die Gefahr einer Schädigung des Kindes größer wird, je früher es geboren wird.

6 Erkläre, warum sich die Lunge später entwickelt als das Herz.

Entwicklung und Sexualität

T1 Pubertät

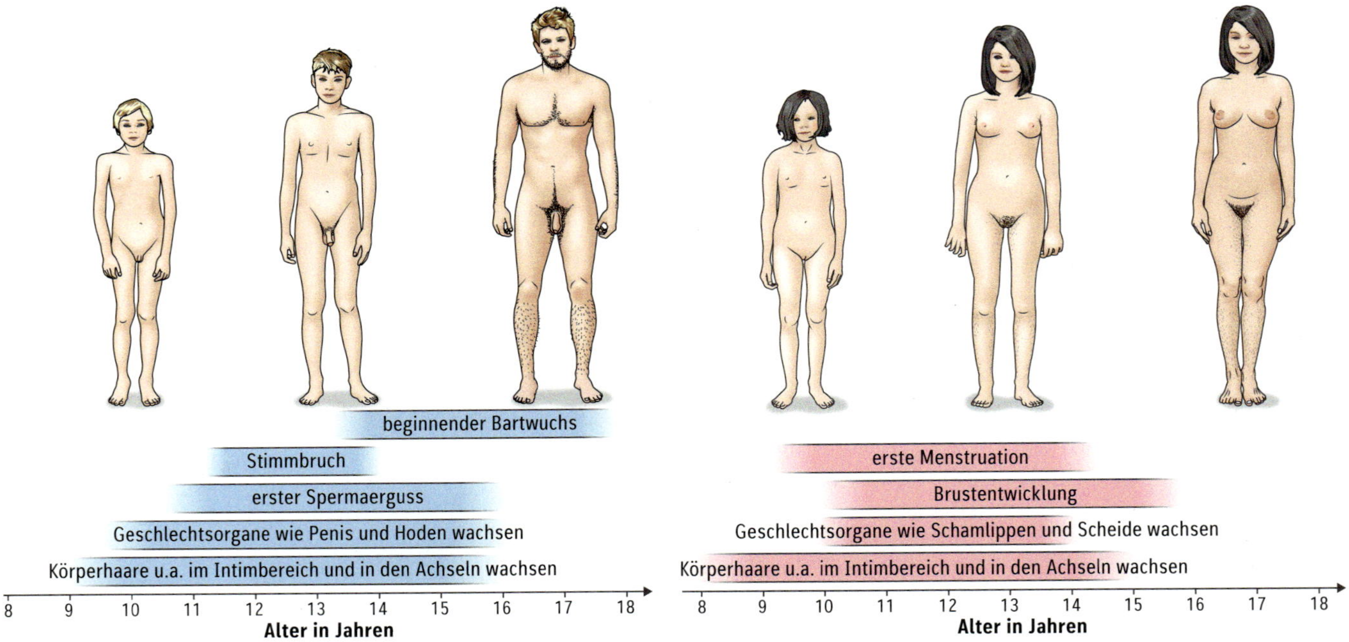

1 Beschreibe die körperlichen Veränderungen von Jungen und Mädchen während der Pubertät.

2 Begründe, warum die körperlichen Veränderungen als Balken dargestellt sind.

3 Nimm Stellung zu der Aussage: „Mädchen werden schneller erwachsen."

T2 Geschlechtsorgane

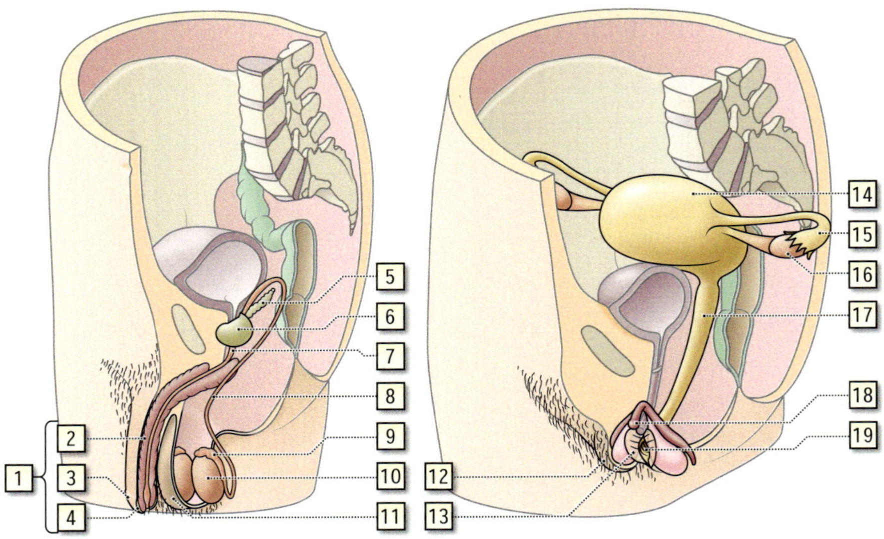

1 Benenne die mit Ziffern gekennzeichneten Geschlechtsorgane.

2 Stelle in einer Tabelle die Geschlechtsorgane und ihre jeweiligen Funktionen zusammen.

3 Erkläre, was man unter dem Fachbegriff Erektion versteht.

4 Beschreibe den Weg der Eizelle von der Reifung bis zur Gebärmutter.

5 Erkläre, warum tägliche Hygiene wichtig ist.

T3 Menstruationszyklus

1 Ordne die sechs Bilder zum Menstruationszyklus in der richtigen Reihenfolge an.

2 Beschreibe den Menstruationszyklus.

3 Beschreibe die Aufgabe der Gebärmutterschleimhaut und ihre Veränderung während des Zyklus.

4 Erkläre, warum eine Frau nicht an jedem Tag des Zyklus schwanger werden kann.

5 Beurteile den Begriff „Monatsblutung."

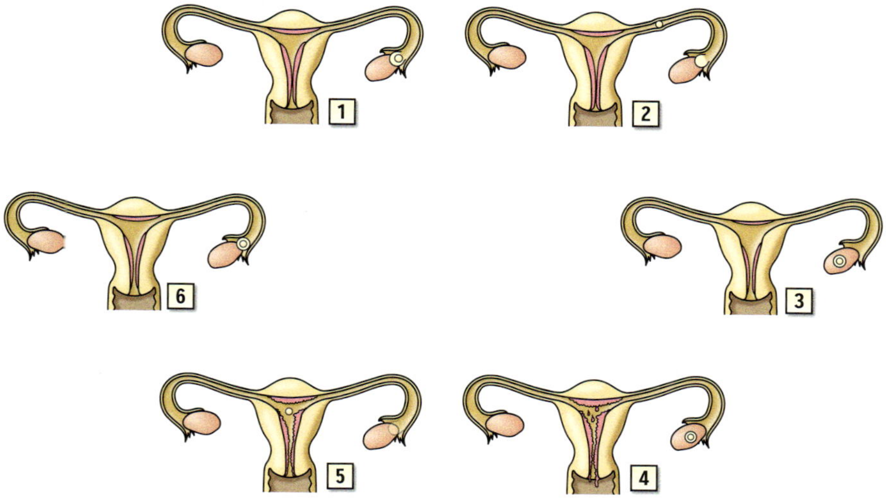

T4 Befruchtung

1 Vergleiche den Bau der Eizelle und der Spermienzelle miteinander.

2 Benenne die mit Ziffern gekennzeichneten Teile.

3 Beschreibe die Vorgänge vom Eisprung bis zur Einnistung in die Gebärmutterschleimhaut.

4 Beschreibe Möglichkeiten der Verhütung einer Schwangerschaft.

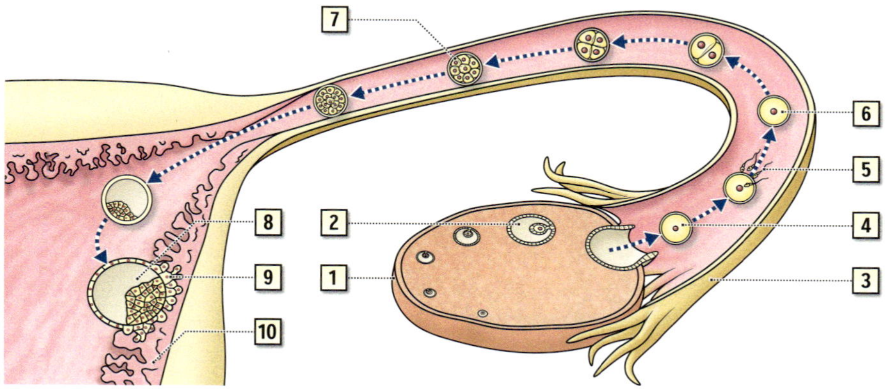

T5 Schwangerschaft

1 Benenne die mit Ziffern gekennzeichneten Bestandteile der Mutter und des Embryos.

2 Erkläre die Bedeutung der Fruchtblase für den Fetus.

3 Erkläre, wie der Embryo im Mutterleib mit Nährstoffen und Sauerstoff versorgt wird.

4 Erkläre den Begriff Plazenta-Schranke.

5 Begründe, welche Verhaltensweisen eine Schwangere zum Schutz ihres ungeborenen Kindes vermeiden sollte.

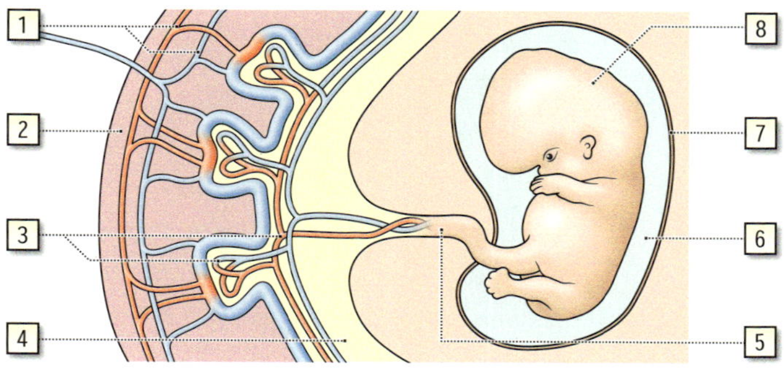

Entwicklung und Sexualität

ZUSAMMENFASSUNG

Pubertät

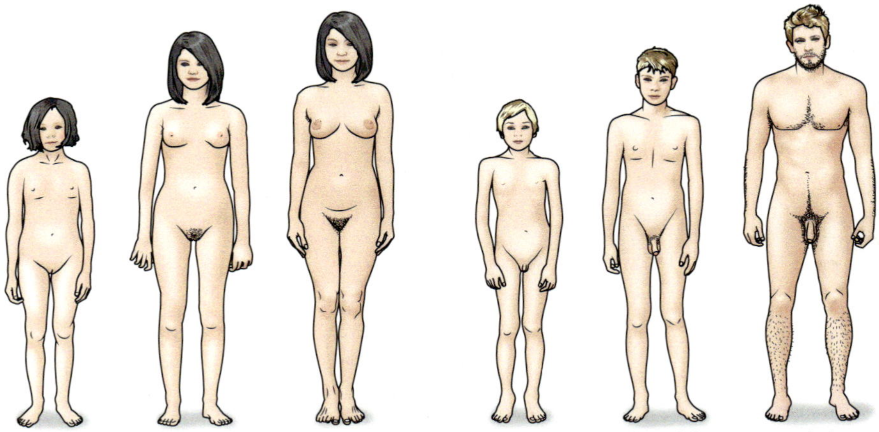

Die Pubertät beginnt ungefähr in einem Alter zwischen 10 und 14 Jahren. In der Pubertät kommt es zu körperlichen Veränderungen. Die primären Geschlechtsmerkmale wachsen und die sekundären Geschlechtsmerkmale beginnen sich zu entwickeln. Hormone, die mit dem Beginn der Pubertät produziert werden, sorgen für diese jeweilige Entwicklung.

In den Hoden des Mannes werden die männlichen Geschlechtszellen, die Spermienzellen gebildet. In den Eierstöcken der Frau reift jeden Monat eine Eizelle heran. Neben den körperlichen Veränderungen kommt es auch zu Veränderungen der Gefühlswelt. Ansichten und Meinungen können sich ebenfalls ändern. Häufig verliebt man sich in der Pubertät zum ersten Mal.

Partnerschaft, Verhütung

In der Pubertät verändern sich die Beziehungen zu anderen Menschen. Viele Jugendliche interessieren sich dann für bestimmte Personen aus ihrem Umfeld. Oft wünschen sich Personen in einer Partnerschaft nach einer gewissen Zeit auch körperliche Nähe. Es ist wichtig, die eigenen Grenzen angemessen klarzustellen. Das kann Streit und schlimme Erfahrungen verhindern. Das Wissen um verschiedene Verhütungsmethoden kann das Risiko einer ungewollten Schwangerschaft reduzieren.

Befruchtung, Schwangerschaft und Geburt

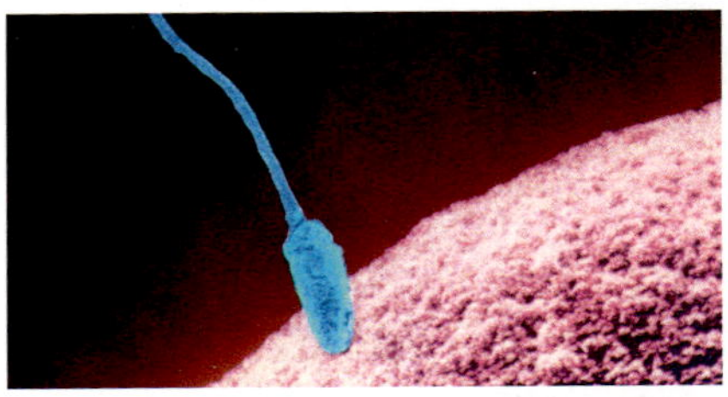

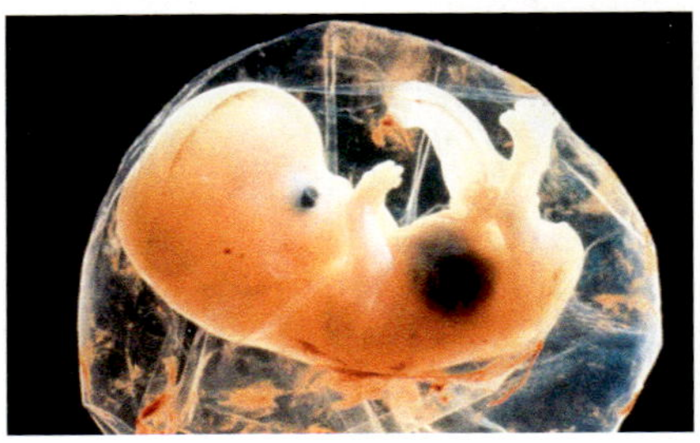

Damit eine Frau schwanger wird, muss eine Befruchtung stattfinden. Dies passiert durch Geschlechtsverkehr. Bei der Ejakulation des Mannes gelangt Sperma in die Scheide der Frau. Die Spermienzellen gelangen über die Gebärmutter in den Eileiter. Dort verschmilzt eine Spermienzelle mit der reifen Eizelle. Dabei verschmelzen auch die beiden Zellkerne miteinander. Die befruchtete Eizelle teilt sich auf ihrem Weg durch den Eileiter mehrmals und nistet sich schließlich in der Gebärmutterschleimhaut ein.

Mit der Einnistung der befruchteten Eizelle beginnt die Schwangerschaft. Nach zwölf Wochen sind alle Organe des Embryos vorhanden. Der Embryo wird nun Fetus genannt. Nach etwa 40 Wochen wird das Kind geboren.
Die Geburt teilt sich in Eröffnungs- und Austreibungsphase.
Wenn die reife Eizelle der Frau nicht befruchtet wird, löst sich die Schleimhaut der Gebärmutter ab und wird mit einer Blutung ausgestoßen. Es kommt bei Frauen zur Monatsblutung oder Menstruation.

Die Pubertät

ABSCHLUSSAUFGABE

1 Beschreibe die Situationen.

2 Formuliere für jede Situation eine passende Überschrift.

3 Begründe, was die Situationen mit Pubertät zu tun haben.

4 Entwickelt Vorschläge, wie sich die Person oder Personen in den Bildern am besten verhalten können, um die Situation zu lösen.

5 Sammelt eure Lösungsvorschläge für jedes der Bilder. Bewertet eure Ideen gemeinsam in der Klasse.

f. = die folgende Seite, ff. = die folgenden Seiten

Stoff Gefahrenpiktogramm, Sicherheits- und Entsorgungssymbole	Signalwort Hinweise
Brennspiritus (Ethanol) GHS02 GHS07	Gefahr H225, H319 P210, P233, P241, P243, P280
Holzkohle	
Iod-Kalium-Iodid-Lösung GHS08	Gefahr H373 P260, P314
Kali-Alaun (Kalium-Aluminium-Sulfat)	
Methylenblau-Lösung GHS07	Achtung 105 H302, H412 P270, P273
Speiseessig	
Waschpulver GHS07	Achtung H319 P101, P102,P305+P351+P338, P337+P313
Zitronensaft	

GHS02: entzündlich

GHS08: gesundheitsschädlich

Schutzbrille

GHS07: reizend

Behälter für anorganische Stoffe

Abzug

Gefahren- und Sicherheitshinweise (H- und P-Sätze)

H225: Flüssigkeit und Dampf leicht entzündbar.

H302: Gesundheitsschädlich bei Verschlucken.

H319: Verursacht schwere Augenreizung.

H373: Kann die Organe schädigen bei längerer oder wiederholter Exposition.

H412: Schädlich für Wasserorganismen, mit langfristiger Wirkung.

P101: Ist ärztlicher Rat erforderlich, Verpackung oder Kennzeichnungsetikett bereithalten.

P102: Darf nicht in die Hände von Kindern gelangen.

P210: Von Hitze, heißen Oberflächen, Funken, offenen Flammen sowie anderen Zündquellenarten fernhalten. Nicht rauchen.

P233: Behälter dicht verschlossen halten.

P241: Explosionsgeschützte Geräte verwenden.

P243: Maßnahmen gegen elektrostatische Entladungen treffen.

P260: Staub / Rauch / Gas / Nebel / Dampf / Aerosol nicht einatmen.

P270: Bei Gebrauch nicht essen, trinken oder rauchen.

P273: Freisetzung in die Umwelt vermeiden.

P280: Schutzhandschuhe / Schutzkleidung / Augenschutz / Gesichtsschutz tragen.

P314: Bei Unwohlsein ärztlichen Rat einholen / ärztliche Hilfe hinzuziehen.

P305+P351+P338: BEI KONTAKT MIT DEN AUGEN: Einige Minuten lang behutsam mit Wasser spülen. Eventuell vorhandene Kontaktlinsen nach Möglichkeit entfernen. Weiter spülen